# 고전시가 맥락 읽기

조규익 지음

한국문학과예술연구소 학술총서 71

# 고전시가 맥락 읽기

조규익 지음

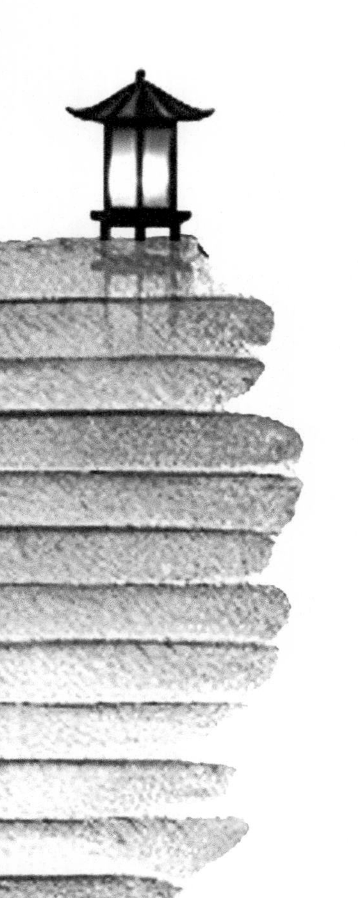

學古房

## 고전시가의 맥을 찾아

글자 없던 시대의 사람들이라고 말이나 감정까지 없었을까. 요즘 사람들보다 오히려 더 풍부했으리라. 미감(美感)을 증폭시키는 가락이 등장하면서 말과 결합하여 노래가 되고 몸짓과 결합하여 춤이 되었다. 장구한 세월을 거치며 그 노래와 춤은 사람들의 마음과 몸을 통해 전승되었고, 글자와 악보 및 무보(舞譜)의 고안에 따라 기록으로 남겨지기 시작했다.

가·무·악 융합체 안의 노랫말에 대한 인식과 함께 각 민족어로 이루어지던 시가 장르의 존재도 가시화되었다. 고전시가 실체에 대한 본질적 이해의 단초가 바로 그것이다. 과연 고전시가를 현대시와 똑같은 차원으로 볼 수 있는가. 아니면, 음악과 무용이 함께 이루는 맥락 속에서만 인식할 수 있는 특별한 양식인가. 이 물음이 그간 학문 도정에서 한 번도 놓아본 적 없는 핵심 화두(話頭)였다. 장황한 논리의 초점도 따지고 보면 그 문제와 직결된다.

조선조 숙종-영조 대의 시인이자 문장가였던 정래교(鄭來僑) 선생은 '노래를 글로 기록하면 시가 되고 시를 관현에 올리면 노래가 된다'는 '시가일도(詩歌一道)'의 명제를 가집 『청구영언』 서문 앞머리에 제시했다. 시와 노래의 만남이 가·무·악 융합으로 확대되는 전제임을 일찍이 깨달은 것도 선생의 그 혜안 덕이다. 그러나 어쩌랴? 재주가 짧고 얕아 더 이상의 논의를 진행시키지 못하는 것을.

종으로 횡으로 짜인 예술적·역사적 맥락 속에서 머지않아 한국 고전시가를 입체적으로 통찰하는 획기적 안목이 반드시 등장할 것이다.

* * *

지금껏 국문학 연구 도정의 길동무로서 고락을 함께해주신 학고방의 하운근 사장 및 조연순 팀장과, 이 책을 멋지게 완성해주신 추윤정 대리께 진심으로 고마움을 표한다. 출판계가 극도로 어려운 지금, 이분들이 이토록 작지 않은 부피의 책을 만들기로 결정한 이유는 무엇일까. 학계를 위해 좋은 책을 만들어야 한다는 프로의식 때문이리라. 이 책이 그런 희망과 기대에 얼마나 부응할 수 있을지 걱정스럽지만, 고전시가를 공부하는 초학자들이 책상 근처에 놓아두고 가끔씩 참고해 주었으면 하는 바람은 갖고 있다.

변함없는 평생 친구 임미숙, AI 연구를 선도하는 경현(뉴욕대 교수), 금융 투자업의 패러다임을 바꾸고 있는 원정(딜매치 대표)과 그 가족 미언·영빈에게 사랑과 고마움을 전한다.

을사년 여월(如月)에

에코팜 주인 백규 조규익

## 제1부 : 고전시가는 무엇이며 어떻게 변화되어 왔는가?



## 제2부 : 고전시가와 소재·주제·이념의 구현양상



## 제3부 : 고전시가의 존재양태

## 제4부 : 고전시가 작품들과 담론 정립의 가능성

# 1 고전시가는 무엇이며 어떻게 변화되어 왔는가?

# 고전시가의 의미범주와 통시적 양상

## 1. 고전시가의 개념 및 범주

현재까지 남아 전해진다는 이유만으로 우리의 옛 시가들을 '고전'의 범주에 넣을 수 있을까? 그 점은 '고전'의 의미 여하에 따라 달라질 수 있으며, 언제든 논쟁의 여지를 지니는 문제다. 동양에서 고전은 '옛날의 법도, 제도, 중요한 전적(典籍)' 등을 뜻했다.[1] 옛날부터 삶의 표준으로 정착되어온 모범적인 규칙이나 그것들을 적어놓은 기록들이 고전이라는 것이다. 이처럼 고전의 동양적인 의미범주는 '오래 됨, 모범이 됨', 즉 시간성과 가치성을 포괄한다.

라틴어 클라시쿠스(classicus)에서 나온 서양의 '고전(classics)'이란 용어[2] 역시 가치성을 1차적으로 내포한 말이다. 원래 클라시쿠스는 지배층 혹은 상층계급을 의미하는 말이었다. 과거에 저작된 모범적이면서도 영원성을 지니는 예술작품, 곧 질적 가치가 인정될 뿐 아니라 후세인들에게 끊임없이 영향력을 행사할만한 작품을 말한다.[3] 이처럼 '시간성과 가치성'을 고전의 요인으로 꼽고 있는 점은 동·서양이 공통된다. 예술 작품이 절대적 가치를 내재적으로 갖고 있기 때문이 아니라 지배계급의 정치적 이해를 반영하고 문화적 필요를 충족시키기 때문에 고전이 된다고 보는 것이 최근의 상대주의적 견해다.[4] 고려의 속악가사[5]들이 살아남은 것은 상대주의적 관점으

1) 諸橋轍次, 「大漢和辭典」 권 2, 大修館書店, 1984, 1817쪽.
2) Robert Barnhart, ed., *Dictionary of Etymology-The Origins of American English Words*, H.W. Wilson Company, 1995, 129쪽.
3) 한국문학평론가협회, 『문학비평용어사전 상』, 국학자료원, 2006, 186쪽.
4) 조셉 칠더즈·게리 헨치, 황종연 옮김, 『현대문학·문화비평 용어사전』, 문학동네, 1999, 109쪽.
5) 본서 제3부 첫째 글['고려속악가사의 존재와 확장'] 참조.

로 설명될 수 있는 실례다. 조선조의 출범과 함께 상당수의 고려 속악가사들이 선별적으로나마 살아남아 문적에 기록된 것은 '예악의 지속'이라는 문화적 필요, 성리학적 실천윤리의 선양[6]이라는 정치적 계산 덕분이었다.

이렇게 지금까지 이루어진 고전에 대한 개념들을 뭉뚱그리면 다음과 같이 요약될 수 있을 것이다. 즉 '시간성, 가치성, 지배층의 정치적·문화적 필요성 등에 의해 살아남은 예술작품들'이 바로 그것이다. 이처럼 '고전'에 대한 열린 관점을 전제로 할 때, 비로소 우리의 옛 노래문학은 이론(異論)의 여지없이 '고전시가'로 정위(定位)될 수 있다.

<공무도하가(公無渡河歌)>, <황조가(黃鳥歌)>, <구지가(龜旨歌)> 등 이른바 상고시가들은 사서(史書) 혹은 그에 준하는 기록들에 실려 있다. 제의의 한 부분이었든, 단순한 역사적·예술적 사건이었든, 그 노래들은 지배계층의 역사인식이나 현실적 필요에 의해 기록·보존될 수 있었다. 그런 점은 향가도 고려속악가사들도 마찬가지였다. 『고려사악지』[7]에 대강이나마 삼국의 속악들을 기록해 놓은 점이나 조선조에 들어와 앞 시대의 노래들을 광범하게 수집한 사실[8] 등은 지배계층의 현실적 필요에 의한 것으로 사라질 운명에 처해있던 노래문학을 '고전시가'의 반열에 올린 역사적 계기들이었다.

조선조에 들어와 훈민정음이라는 표기수단이 확보됨으로써 노래문학 중의 상당 부분은 살아남아 오늘날까지 전해질 수 있었다. 한시 문학은 국문의 노래문학에 비해 훨씬 사정이 좋아서 특별한 경우가 아니면 유실될 이유가 없었다. 물론 한시 역시 여러 가지 이유로 상당 부분 흩어진 경우는 있었겠지만, 기록에 올리지 못해서 사라진 경우는 거의 없었을 것이다. 한시작품들의 문학성이 뛰어나서 보존되었건 시인의 사회적 지위가 높은 덕에 보존되었건 그것들이 오늘날까지 남아 있다는 사실 하나만으로도 일정 수준 이상의 가치성은 인정되어야 할 것이다. 그런 점에서 지금까지 전승되어온 국문 노래문학이나 한시문학 등을 고전시가의 범주에서 다루어도 무방하리라 본다.

주지하다시피 근세 이전의 국문 표기 시가들은 모두 노래 혹은 그와 유사한 방법으로 향수되던

---

6) '충신연주지사(忠臣戀主之詞)'의 관점에서 <정과정(鄭瓜亭)>이, '남편의 안위를 걱정하는 열녀의 노래'라는 관점에서 <정읍(井邑)>이 각각 추장되었다. [물론 <정읍>에 대한 관점은 뒤에 수정된다.]

7) 본서에서 사용하는 『고려사』 혹은 그 한 부분인 『고려사악지』의 본문이나 내용은 한국사 데이터베이스(db.history.go.kr)의 것을 사용한다.

8) 세종 권 61, 15년 9월 12일. 이하 조선왕조실록 기사의 출전은 웹사이트 "http://sillok.history.go.kr" 참조

것들이었다. 물론 한시도 경우에 따라 가창되었을 가능성이 있으며, 문자 없던 시기에 우리의 노래가 한시 형태로 번역되어 기록된 경우도 있을 것이기 때문에 현재 기록된 문자만으로 가창 여부를 단정할 수는 없다. 그렇다고는 해도 정통 중국 한시를 우리가 그들처럼 성조(聲調)로 향수(享受)하기 위해 지었다고 볼 수는 없다. 어느 시기부터인가 이 땅에서의 한시 창작은 주제나 의미 전달에 주목적을 두고 이루어지던 행위였다. 따라서 이 땅에서 창작되어온 한시가 중국의 그것 그대로일 수는 없었다. 창작 배경이나 의식구조에 따라 장르의 성격은 얼마든지 변모될 수 있기 때문이다. 말하자면 그것들은 한국화(韓國化)된 한시, 즉 한국문학을 구성하는 한 부분으로서의 그것이다. 그런 만큼 그 속에 우리 삶과 정서가 온전히 담길 수 있었다. 우리 선조들이 지은 한시면 모두 우리 시가문학으로 포괄되어야 한다고 보는 이유도 바로 여기에 있다.

물론 시가를 표기해온 수단은 시대에 따라 한자, 차자(借字), 국문 등으로 다양하였다. 그것들은 제 나라 문자를 가지고 있지 못하던 과거의 실상이 문학적 측면에서 표출된 모습들이기도 하였다. 그러나 그렇다고 하더라도 당대의 문인들은 그 점에 대하여 크게 개의하지는 않았던 듯하다. 어떤 식으로든 표기할 수만 있으면 되었고, 또 노래는 어차피 '입으로 불러' 표현하고 '귀로 들어서' 향수하던 예술의 한 형태였기 때문이다.[9] 적어도 노래를 문자로 기록·전승하려는 의식이 강렬해지기 이전에는 구비전승 자체만으로 충분했고, 기록으로 남길 필요를 느꼈을 때 차자가 생겨났으며, 그것만으로 미흡하다는 점을 절실히 느꼈을 때 우리의 독자적인 문자를 고안해낼 수 있었다. 그러나 독자적인 문자를 고안해낸 이후에도 한자문학은 그 나름의 발전을 계속하였다. 한자문학과 국문문학 병행 시대가 열린 셈인데, 그 시기 이후로 국문학계에는 한자문학과 국문문학의 역할분담이 이루어지게 되었다. 이런 점들을 전제로 하여, 과연 한국 고전시가는 언제 어떻게 형성되었으며, 어떤 양상으로 전개되었는지 간략하게 살펴보기로 한다.

## 2. 통시적 의미와 전개 양상

우리 시가문학의 초기 형태는 원시시대 제의의 현장에서 행해지던 종합예술에 포함되어 있었다. 영신(迎神)과 송신(送神)의 단계에서 구송되던 샤만의 주문(呪文)이나 무가 등도, 오신(娛神)

---

9) '부르는 문학'의 개념 및 장르적 현실에 대한 상론은 조규익의 논문[「단시조·장시조·가사의 一元的 秩序 摸索-가사 및 장·단가의 형성과 그 장르적 상관관계 규정을 중심으로-」, 『韓國學報』 Vol.17 No.1, 일지사, 1991.] 참조.

의 단계에서 부족민들에 의해 행해지던 가무악(歌舞樂)의 종합예술체도 시가문학 그 자체이거나 그 편린을 지니고 있는 것들이었다. 악곡과 함께 가사가 있어야 노래가 이루어질 수 있었는데, 그 가사가 바로 오늘날의 시문학에 상응하는 언어적 구조물이었다. 그리고 노래는 반드시 춤을 동반하기 마련이었다. 따라서 그 당시의 예술은 제의적 기반 위에서 만들어지고 향유되었으며, 결과적으로 그것은 다양한 장르가 통합된 복합예술일 수밖에 없었다.

그 초창기 작품 가운데 지금 흔적이나마 찾아 볼 수 있는 것들로 『시용향악보(時用鄕樂譜)』에 실려 있는 각종 주문 형태의 무가들과 민요를 들 수 있다. 그러나 창작 당시부터 이 단계에 이르기까지 그것들이 겪었을 변모의 실상은 오늘날 전혀 짐작할 수가 없다. 이것들을 제외한다면 본격 서정문학 단계의 첫 작품으로 <공무도하가>, <황조가>, <구지가> 등 이른바 상고시가들을 들 수 있다. 이것들은 고조선에서 삼국 초기에 주로 불린 것으로 보이는데 전 2자는 북방의 노래, 후자는 남방의 노래다. 표기 문자가 없던 당대의 사정상 한자로 번역·기록될 수밖에 없었으며, 그 결과 『시경』에서 흔히 볼 수 있는 4언체 고시 형태를 띠게 되었다. 이것들은 제의 현장에서 불리던 집단예술의 단계를 지나 개인적 정서를 본격적으로 표출한 첫 단계 노래들이다.

이 노래들은 당대 혹은 그보다 훨씬 전부터 불려오던 많은 노래들 가운데 기록으로 살아남은 것들이다. 이 노래들이 초창기 고전시가의 전모를 파악할 수 있는, 일종의 단서나 암호 역할을 할 수밖에 없는 것도 바로 이 때문이다. 그러나 이 노래들의 잔존은 우연한 사건에 지나지 않는다. 물론 '우연한 사건'이 그 노래들의 가치를 폄하하는 말은 아니다. 앞에서 말한 바와 같이 '가치성, 지배층의 정치적·문화적 필요성' 등 노래들의 잔존에 관여한 요인들을 감안할 때, 이 노래들은 '문학적 사건들' 혹은 '역사적 사건들'임이 분명하기 때문이다. 이것들이 오늘날의 시문학과 다른 점은 대개 역사적 사실들을 창작이나 발생의 문맥으로 하고 있기 때문이다. 다시 말하면 그것들은 역사적 사건들이면서도 상당부분 미적인 측면을 포함하고 있다는 것이다. E. H. 카아의 말대로 역사적 사실이란 어느 정도까지는 해석을 전제로 하는 것이며 역사적 해석은 언제나 도덕적 판단, 가치 판단을 내포한다고 볼 수 있다.[10] 우리의 고전시가가 지닌 가치성은 그에 대한 해석의 당위성을 전제로 한 것들이며, 고전시가를 읽거나 분석하는 일은 그 속에 숨겨진 가치를 발굴해내는 일이어야 한다고 보는 것이다. 그래서 지금 우리가 자료로서 만나는 고전시가는 아직 미확정의 '고전'일 뿐이며, 외견상 우연의 사건일 뿐이라는 것이다.

---

10) E. H. 카아, 길현모 역, 『역사란 무엇인가』, 탐구당, 1976, 103쪽.

그러므로 이것들만 가지고 이 시기 고전시가의 전모를 파악하려 한다는 것은 대단히 위험한 일이다. 이것들이 다양한 노래 장르들 가운데 어느 한 부분만을 대표할 경우, 그 부분을 제외한 나머지 큰 부분들은 사상(捨象)되기 마련일 것이기 때문이다. 신중한 접근이 요청되는 까닭이 바로 여기에 있다.

한역(漢譯)만을 기준으로 삼는다면, 네 줄 형식의 가사로서 세 작품들 모두 짧은 형태의 노래들이다. 그리고 우리 노래의 일반적 기준에 비추어 보아도, 그것들은 가장 간결하며 비서사적인 내용으로서 단순한 민요 형태를 띠고 있다. 그러나 이 시기의 노래들 모두가 짧은 것은 아니었고 노래로 불렸다고 모두가 서정양식인 것은 아니다. 이 시기에 이미 제의 현장을 중심으로 이루어지던 본풀이 류의 무가들은 대상 신의 내력담이자 해설이며 신의 강림을 빌던 청배가(請拜歌)였다는 점에서 그것은 분명 노래로 불리거나 읊어진 서사체라고 할 수 있다. 부족이나 국가적 차원에서 이루어지던 큰 규모의 제의도 있을 수 있고, 동제(洞祭)나 재수굿·진혼굿 등 작은 규모의 제의도 있을 수 있다. 이 외에도 종교적 범주를 떠난 개인의 현실적 삶 또한 무시할 수 없는 우리 옛 노래의 한 근원이었던 것이다.

그렇다면 당대의 노래를 다음과 같이 크게 세 가지 층위로 나누어 생각해볼 수 있다.

① 국가나 부족단위의 공동제의에서 부르던 본풀이 류의 무가
② 마을 단위 혹은 가정단위의 무속신앙에서 불리던 소규모의 무가
③ 개인적 차원의 즐거움이나 감정발산을 위주로 하던 비 작위적이고 자연발생적인 노래

①은 현재 신화의 형태로 잔존해 있거나 서사문학으로 발전되어 갔으니[11] 이 글에서 더 거론할 필요는 없을 것이다. ②는 상당부분 ①과 같은 양상을 보이거나 ③의 일부로 흡수되어 그것과 함께 근대 이전의 이른바 고전시가로 전개되어 나온 부분이다. ①이 후대에 마을 굿 즉 동제의 형태로 변모되었고, 그 동제에서 마을사람들을 하나로 묶는 '신내림'이나 '황홀경' 또는 거기서 연행(演行)되던 가무의 형태로부터 노래가 구체화되기 시작했다면, 우리 노래의 근원은 무속이 대표하는 종교 체험에서 발생되었다고 할 수 있다.

---

11) 예컨대 「단군신화」는 그 서사구조나 등장인물의 성격에 있어 나머지 건국신화들의 규범형식을 다 갖추고 있으며, 우리나라 서사문학 일반에 나타나는 삼대기(三代記)의 원형이 되었다고 본다.[『한국민족문화대백과사전 권6』, 한국정신문화연구원, 1992, 78쪽 참조.]

동제의 한 장면 [중요무형문화재 제 82-가의 한 장면, 강원도 고성군 현내면 대진리]

이 시기의 사람들이 신을 의식하게 된 것은 생존의 관건일 수밖에 없었던 식생활 문제 해결 즉 풍요에 대한 기원 때문이었다. 말하자면 이 시기의 제의를 대체로 풍요제의로 보아도 무방하다는 것이다. 중국 측 사서(史書)들에 나오는 이 시기 우리 민족의 제의 양태는 '놀이'로 단순화시킬 수 있을 만큼 음주가무 일변도로 기술되어 있다.

(a) 동이는 거의 모두 토착민으로서, 술 마시고 노래하며 춤추기를 좋아한다.[12]

(b) 그 풍속은 음탕하고 깨끗한 것을 좋아하며, 밤에는 남녀가 떼 지어 노래를 부른다. 귀신·사직·영성에 제사지내기를 좋아하며, 10월에 하늘에 제사지내는 큰 모임이 있으니 그 이름을 '동맹'이라 한다. 그 나라의 동쪽에 큰 굴이 있는데 그것을 수신이라 부르며, 역시 10월에 그 신을 맞이하여 제사를 지낸다.[13]

(c) 해마다 5월에는 농사일을 마치고 귀신에게 제사를 지내는데, 낮이나 밤이나 술자리를 베풀고 떼 지어 노래 부르며 춤춘다. 춤출 때에는 수십 명이 서로 줄을 서서 땅을 밟으며 장단을

---

12) 『後漢書』 85, 「東夷列傳」 제75, 『국역 중국정사조선전(中國正史朝鮮傳)』, 국사편찬위원회, 1986, 13쪽과 513쪽의 "東夷率皆土著 憙飮酒歌舞" 참조. 이하 「후한서」의 기록은 이 책에서 인용함.

13) 『後漢書』 「高句驪傳」의 "其俗淫 皆潔淨自憙 暮夜輒男女群聚爲倡樂 好祠鬼神社稷零星 以十月祭天大會 名曰東盟 其國東有大穴 號隧神 亦以十月迎而祭之" 참조.

맞춘다. 10월에 농사의 추수를 끝내고는 또다시 이와 같이 한다.[14]

(d) 은력 정월에 지내는 제천행사는 국중 대회로 날마다 마시고 먹고 노래하고 춤추는데, 그 이름을 영고라 하였다.[15]

(e) 해마다 10월이면 하늘에 제사를 지내는데, 주야로 술 마시며 노래 부르고 춤추니 이를 무천이라 한다.[16]

(f) 그 나라의 풍습은 노래하고 춤추며 술 마시기를 좋아한다. 비파가 있는데 그 모양은 축과 같고 연주하는 음곡도 있다[17]

(g) 풍습은 귀신을 믿음으로 해마다 5월에 씨 뿌리는 작업을 마친 뒤, 떼 지어 노래하고 춤추면서 신에게 제사지낸다. 10월에 이르러 추수를 마친 뒤에도 역시 그렇게 한다.[18]

이상의 기록들은 모두 이 땅의 부족국가 시대에 베풀어지던 풍요제의를 묘사한 내용들이다. (a)-(g)에 공통되는 내용은 "술 마시고 떼 지어 춤추며 노래한다"는 것이다. 그러한 행위가 이루어지는 무대가 제의의 현장이었음은 물론이다. 이 행위가 바로 '놀이'다. 놀이는 신성(神性)과 유오(遊娛)의 두 측면을 갖는다.[19] 경건해야할 제의의 현장에서 '술 마시고 노래하며 춤춘' 당시 민중들의 사고는 놀이가 지닌 이중성을 전제하지 않는 경우 제대로 이해될 수 없다. 부족원들은 놀이를 통하여 신을 만날 수 있었고, 일체감을 이룰 수 있었다. 그들의 관념 속에 자리하고 있었던 신의 이미지가 바로 자신들의 모습이었음은, 신을 모시기 위한 제의적 절차의 상당 부분을 자신들이 가장 즐기는 내용의 노래나 춤으로 채워 넣었다는 점에서 확실해진다. 그것이 바로 놀이였다.

놀이의 어원은 '놀다'이다. '노는 것'과 '일하는 것'을 상호 배치(背馳)되는, 비생산적이고 부정적인 의미범주로 인식하기 시작한 것은 그로부터 훨씬 후대의 일이었다. 그러나 오늘날에 들어와

14) 『後漢書』「韓傳」의 "常以五月田竟祭鬼神 晝夜酒會 群聚歌舞 舞輒數十人相隨蹋地爲節 十月農功畢 亦復如之" 참조. 「三國志」「魏書」東夷傳에는 이 내용이 좀 더 구체적으로 묘사되었다. 즉 "그들의 춤은 수십 명이 모두 일어나서 뒤를 따라가며 땅을 밟고 구부렸다 치켜들었다 하면서 손과 발이 서로 장단을 맞추는데, 그 가락과 율동은 탁무(鐸舞)와 흡사하다"고 함으로써 이 당시의 가무가 결코 마구잡이는 아니었음을 보여주고 있다.

15) 『三國志』「魏書」 夫餘傳의 "以殷正月祭天 國中大會 連日飮食歌舞 名曰迎鼓" 참조.

16) 『三國志』「魏書」 濊傳의 "常用十月節祭天 晝夜飮酒歌舞 名之爲舞天" 참조.

17) 『三國志』「魏書」 弁辰傳의 "俗喜歌舞飮酒 有瑟 其形似筑 彈之亦有音曲" 참조.

18) 『晋書』「馬韓傳」의 "俗信鬼神 常以五月耕種畢 群聚歌舞以祭神 至十月農事畢 亦如之" 참조.

19) 김열규, 『韓國民俗과 文學硏究』, 일조각, 1978, 135쪽.

서 오히려 그것은 생산성 즉 일의 능률을 높이는 필수적 행위, 다시 말하여 재창조[recreation]의 의미로 반전되고 말았다. 오늘날 우리가 말하는 레크리에이션의 원리란 당대인들이 놀이에 상정한 현실적 의미와 얼마간 들어맞는다. 물론 그들은 레크리에이션을 통하여 신을 위로하는 데에 더 큰 목적을 두었을 것이다. 그러면서도 그들은 철저히 자신들이 좋아하는 내용들을 그 수단으로 삼았다.

놀이의 구성요소는 노래와 춤이다. 그리고 (c)에서 보듯이 그런 노래와 춤이 아무렇게나 이루어진 것은 아니었다. 장단, 가락, 율동 등이 정연(整然)한 모습으로 짜여 있었다. 이것들이 정연했다면 그것들과 함께 가창된 노랫말 역시 마구잡이가 아니었을 것임은 당연하다. 그리고 그것들은 우리말, 혹은 우리말의 앞 단계라고 할 수 있는 그들의 일상어로 이루어진 것들이었다. 또한 술 마신 상태에서 남녀가 떼 지어 노래하고 춤추었다면, 그 현장에서 불린 노래들은 대체로 노동요나 연정요가 주류를 이루었으리라 짐작된다.

더구나 수십 명이 질서정연하게 움직이며 땅을 밟고 구부렸다 치켜들었다 하는 동작은 바로 노동 그 자체를 형상[20]하기도 하고, 농경사회의 풍요 의식과 긴밀하게 연결되기도 한다.[21] 당대의 이 땅에는 이미 많은 노래들이 지어져 불리고 있었음을 단편적이나마 이런 기록들을 통해서 충분히 짐작할 수 있다. <공무도하가>, <구지가>, <황조가> 등은 이런 시기에 불리다가 한역의 힘을 빌어 잔존하게 된 가요군(歌謠群)의 편린으로 보아야 할 것이다.

부족국가 시대의 노래는 대체로 그 기능이나 효용성의 면에서 '열린' 노래들이었다. 특별한 용도의 노래들이 별도로 존재했었다고 생각되지 않기 때문이다. 예컨대 <구지가>의 경우 노동요와 제의요의 성격을 함께 지니고 있는 점으로도 이런 사실은 분명해진다.[22]

<공무도하가>는 독특한 등장인물들을 통하여 사별의 슬픔을 부각시킨 노래로서 뒷시대 이별노래들의 원형이 되었다. 그러나 기록을 통하여 추정할 경우 이 노래를 오구굿이나 초망자굿 같은 무속제의에서 행해진 원초적 발화로서의 넋두리로 보는 편이 좀 더 설득력이 있을 것이다. 주인공들을 대리한 무당 부부의 극적인 행위를 목격한 주변 인물들의 행동은 고대시가의 창작과 전파를

---

20) 물론 몸을 구부렸다 폈다 하는 동작이나 손을 들어 올리는 행위 등은 식물의 발아와 성장을 기원하는 상징적인 의미가 있으며, 풍요제의의 핵심적 내용이기도 하다.

21) W.O.E. Oesterly. 1967. The Sacred Dance, London: Harper & Row, pp.18-20.

22) 「가락국기」에 언급된 "你等掘峯頂撮土 歌之云(…)以之蹈舞則是迎大王 歡喜踴躍" 중 '굴봉정촬토(掘峯頂撮土)'는 이 노래의 노동요적 성격을, '도무(蹈舞)'는 풍요제의의 의식을 각각 나타낸다.

구지봉의 현재 모습 [경남 김해시 구산동, 해발 208m. 대한민국 사적 제 429호]

둘러 싼 문제들을 해명해주는 열쇠가 될 수 있다.[23]

<황조가>는 고구려 제 2대 유리왕과 한족 출신의 후궁 치희(雉姬)가 배경설화의 주인공으로 등장하는 애정 노래다. 이 노래는 유리왕의 작품으로 거론되어 왔으나, 배경 이야기의 문맥이나 저간의 사정 등을 미루어 본다면 오히려 민간에서 많이 불리고 있던, 일종의 민요였을 가능성이 높다. 유리왕 자신이 성장기를 민간에서 지냈음을 감안한다면, 당시에 익힌 노래가 이런 상황에서 자연스럽게 튀어나온 것으로 보는 편이 합리적이다.

<구지가>는 연행의 맥락을 감안할 때 노동요와 제의요의 성격을 모두 함유하고 있는 주술 노래다. 그것은 가락국 건국신화의 한 부분으로서 수로왕(首露王)의 출생과 등극에 관련되는 의식을 노래하고 있으며 무리들이 모여 '땅을 파며' 불렀다는 점에서 노동요적 성격과 의식요적 성격을 함께 지닌다고 볼 수 있다. 이 노래는 허왕후(許王后) 영입(迎入)의식과 함께 가락국 쇠퇴기에 행하여지던 희락사모지사(戱樂思慕之事)로서의 국가 창건 기념행사에서 불린 것으로 추정된다.

「가락국기(駕洛國記)」 초두에 언급된 바와 같이 "皇天所以命我者 御是處 惟新家邦爲君后"는 하늘의 명령, 즉 천명(天命)을 받아 왕이 되었음을 말한다. 수로가 토착민이 아니라 외래인이었음은 이 언급으로 분명해진다. 일각의 주장대로 수로가 중국으로부터의 망명객임이 분명하다면

23) 조규익, 『한국고전시가사』 서술방안(2), 『한국시가연구』 창간호(1997) 참조.

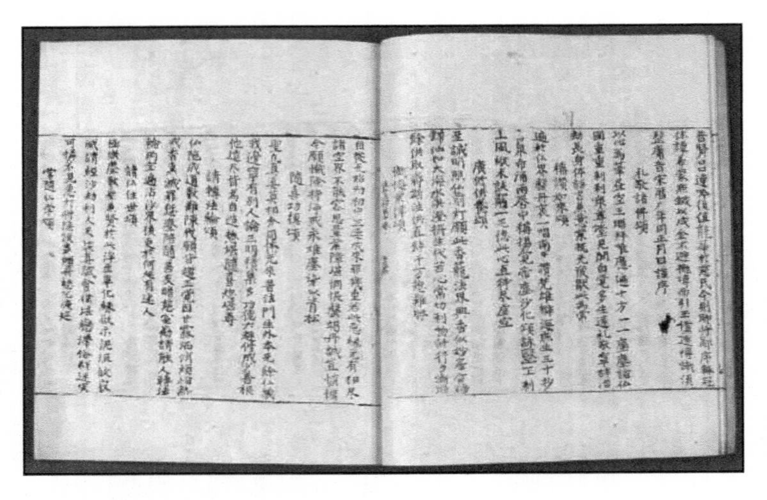

『균여전』 [장서각 소장 목판본]

천명관(天命觀)의 차용은 더욱 설득적이다. 어쨌든 <구지가>는 국조(國祖)의 탄강과 혼인 및 건국이 하늘로부터 점지된 일이라는 신이성을 강조함으로써 백성들의 자긍심을 고취할 수 있었고, 그 결과 국가적 단결이 공고해질 수 있으리라는 현실적 목적의식과 믿음이 전제된 노래였다고 할 수 있다.

상고시가 이후 노래의 새로운 시대를 연 첫 작품은 <두솔가(兜率歌)>다. 앞 시대에 제의에 쓰였거나 자연적으로 발생된 노래들은 <두솔가>를 필두로 사뇌가 장르가 자리 잡으면서 가요계의 주류로부터 밀려나 그 명맥만을 겨우 유지하게 되었다. 상고시대의 노래들은 민간에서 자연적으로 발생되었거나 굿을 비롯한 의식에서 제차(祭次)의 하나로 쓰이던 것들이었다. 따라서 이들 노래로부터 서정성이 표출된다 할지라도 그것들은 주술적 시의식과 밀접한 상관성을 노출시키기 마련이었다. 이들 노래에서 사뇌가로 넘어간 것은 집단정서에서 개인정서로의 전환과 등가 관계를 나타낸다. 이와 같이 '부르고 듣는 문학'[24]이 대체문자를 통하여 기록문학으로 합류된 시발점이자 개인적 정서 중심의 서정미학을 구현하는 단계로 진입하게 된 단서가 바로 <두솔가>다.

<두솔가> 이후 나타난 사뇌가 작품으로 『삼국유사』의 14수와 『균여전』의 11수를 들 수 있지만, 이것들이 전부가 아님은 명백하다. 상고시가의 경우도 남방과 북방의 노래들 간에 형태적으로 큰 차이 없었음을 감안한다면, 문헌에 남아 있지 아니한 고구려나 백제 노래 역시 질이나 양으로

24) '부르고 듣는 문학'의 개념은 조규익, 『가곡창사의 국문학적 본질』, 집문당, 1996, 19-22쪽 참조.

신라 향가에 못지않았을 것이다. 그리고 현재 제목만 남아 있는 고구려, 백제의 노래들이나 백제의 노래로 전해지는 <정읍사> 등도 만약 당시에 표기되었다면, 예외 없이 향찰을 사용하였을 것이다.[25]

『삼국유사』를 편찬한 일연의 신분이나 『균여전』의 성격 등을 생각할 때 현재 전해지는 노래들이 불교적인 내용으로 치우쳐 있는 것은 지극히 당연하다. 만약 『삼대목(三代目)』이 남아 있거나 여타 향가들을 찾아낼 수 있다면, 그 사상이나 내용적 갈래는 다양했을 것이다. 노래는 인간의 감정이나 사상을 가장 진솔하게 나타내는 양식들 중의 하나이기 때문에 삼국시대의 향가가 다양한 내용과 형식의 노래들을 포함하고 있었을 것은 의심의 여지가 없는 일이다. 따라서 신라의 가사 부전 가요들과 <정읍사>를 포함한 백제의 가요, 고구려의 가사 부전 가요들 모두 넓은 의미에서 향가의 범주에 속하는 것들로 일단 간주해야 할 것이다.

현재 남아 전해지는 향가로는 삼국시대와 고려시대의 것들이 전부다. 학자에 따라 이 노래들을 다양한 기준으로 가르기도 하지만 그러한 논리들이 당대의 예술적 기반에 비추어 그리 큰 의미를 갖는 것은 아니다. 노래로 불린 것들을 시문학적 기준으로 가르는 것도 문제려니와 노래에 쓰인 말의 형태나 의미조차 아직 제대로 파악을 못하고 있기 때문이다. 향가가 주술처럼 특정 효능을 발휘하였건 그렇지 못하였건, 결과적으로 개인의 서정을 노래한 것들이 대부분이었음은 분명하다. 물론 개중에는 개인이나 집단의 제의에 쓰였음직한 노래들도 있다. 개인적 서정이나 집단적 제의는 모두 당대인들의 삶의 모습을 집약하는 의미를 지닌다. 그리고 현존 향가들의 특징으로 꼽을 수 있는 것은 현세 지향의 노래들이나 내세 지향의 노래들을 막론하고 모두 구도적(求道的)인 삶의 자세를 보여준다는 점이다. 그만큼 당대인들에게 미친 종교, 특히 불교의 영향은 대단한 것이었음을 알 수 있다.

우리가 주목해야할 가사 부전의 노래들은 삼국 모두에 있었다.[26] 이 노랫말들이 당시에 기록되

---

25) 설화상의 언급이기는 하지만, <서동요>의 작자는 백제인 서동(薯童)이었다. <두솔가> 이래 가장 이른 시기의 노래로 기록되어 있는 것이 <서동요>임을 감안한다면, 당대의 향찰표기가 삼국에 보편화되어 있었을 가능성은 아주 높다.

26) <두솔가(兜率歌)>·<회소곡(會蘇曲)>·<돌아악(突阿樂)>·<지아악(枝兒樂)>·<물계자가(勿稽子歌)>·<가무(笳舞)>·<사내(思內)>·우식악(憂息樂)>·<대악(碓樂)>·<간인(竿引)>·<미지악(美知樂)>·<원화가(原花歌)>·<원사(怨詞)>·<도령가(徒領歌)>·<날현인(捺絃引)>·<사내기물악(思內奇物樂)>·<석남사내(石南思內)>·<치술령곡(鵄述嶺曲)>·<달도가(怛忉歌)>·<실혜가(實兮歌)>·<해론가(奚論歌)>·<양산가(陽山歌)>·<무애가(無㝵歌)>·<신공사뇌가(身空詞腦歌)>·<앵무가(鸚鵡歌)>·<현금포곡(玄琴抱曲)>·<대도곡(大道曲)>·<문군곡(問羣曲)>·<동경곡(東京曲)>·<목주가(木州歌)>·<장한성(長漢城)>·<이견대(利見臺)> 등은 신라 노래이고, <내원성(來遠城)>·

었다면, 향찰 외의 다른 기록 수단이 없었으리라는 점은 앞에서 언급한 바 있다. 말하자면 향가가 신라에만 있었던 것은 아니기 때문이다. 향가는 1차적으로 시가 아니라 노래다. 기록의 절실한 필요에 의해 향찰이 만들어졌고, 그에 따라 '글 문학'으로의 부분적 정착을 보았을 뿐 애당초 향가의 본질은 '말 문학'이었다는 것이다. 다시 말하여 향가는 양식개념을 포함한 시가장르명이 아니다. 그것이 단지 널리 불린 노래였던 만큼 단형의 규모가 주류를 이루고 있을 뿐, '음보[혹은 음절]·행·연' 등에 관한 고정된 틀이 존재한 것은 아니었다고 본다.[27]

삼국을 통일한 신라가 고려로 이어지면서 향가의 전통 역시 그대로 계승되었다. 963-967년 사이에 지어진 것으로 추측되는 균여[均如, 923-973]의 <보현시원가(普賢十願歌)>, 이와 함께 1120년에 예종[睿宗, 1450-1469/재위 1468-1469]이 지은 <도이장가(悼二將歌)> 등은 뚜렷한 향가 작품들이다. 이와 함께 1022년[현종 13]에 세운 「현화사비음기(玄化寺碑陰記)」의 내용으로 미루어 당시에도 향가가 창작되고 있었음을 알 수 있다. 뿐만 아니라 신라의 <처용가>를 모태로 하여 이루어진 고려 <처용가>의 경우 신라 <처용가> 외의 부분 역시 향가 형을 모태로 하고 있으며, <정과정(鄭瓜亭)>·<이상곡(履霜曲)>·<사모곡(思母曲)> 등도 향가의 형태적 범주와 유관한 것들로 인정되고 있다. 이 가운데 <보현시원가>는 향가 장르의 시대적 하한선을 나타내 주는 동시에 작자와 목적의식, 형태가 뚜렷하며 부대된 역시(譯詩)를 통하여 그 내용을 정확하게 파악할 수 있다는 점에서 현존 향가들 중 가장 의미 있는 작품으로 꼽히기도 한다. <보현시원가>는 고려대장경 보판(補板)인 『석화엄교분기원통초(釋華嚴敎分記圓通抄)』 권10의 부록으로 실린 「대화엄수좌원통양중대사균여전병서(大華嚴首座圓通兩重大師均如傳幷序)」의 '제 7 가행화세분(歌行化世分)'에 향찰로 기록되어 있는 노래들이다. 11수의 개별 노래들로 이루어진 이 작품은 『화엄경』 「보현행원품(普賢行願品)」의 어려운 종취(宗趣)를 중생들이 알기 쉽도록 하기 위해 우리말로 풀어 부르고, 향찰로 기록한 노래다.

향가를 제외한 고려노래들은 훈민정음이 창제된 조선조에 들어와서야 비로소 문헌에 정착될 수 있었다. 그렇다면 그것들이 불리던 고려시대 이후 기록 시점까지는 어떻게 전승되었을까. 악공

---

<연양(延陽)>·<명주(溟州)> 등은 고구려 노래들이며, <선운산(禪雲山)>·<지리산(智異山)>·<무등산(無等山)>·<방등산(方等山)>·<산유화가(山有花歌)> 등은 백제 노래들이다.

27) 향가 연구가 시작된 이래 '4·8·10' 등 구체의 규모가 형태 파악의 기준으로 정착되어 왔으나, 그것들은 향가의 창작과정이나 내용을 규제하는 틀이 될 수 없고, 또한 장르를 설명할만한 규범적 의미를 지니는 것도 아니다. 이러한 자의적인 틀을 제거하는 일이야말로 우리 고전시가의 본질을 제대로 파악하기 위한 첫 관문이다.

들이나 민간의 구비전승에 의한 방법과 함께, 그것들이 어떤 식으로든 기록되어 있었을 가능성을 상정할 수 있다. 그럴 경우 향찰은 유일한 수단이었을 것이다. 그것들이 궁중에 유입되면서 상당 부분 개작되긴 했겠지만, 고려노래들의 소원(遡源)은 대부분 민간의 노래들이었다. 따라서 현존하는 고려노래들이 아무 근거 없이 조선조의 기록에 등장한 것은 아니었다. 즉 조선조 문헌에 등장하는 고려노래들은 삼국시대와 고려조 향가의 연속선상에 놓인다고 보아야 한다.

그러나 조선조에 들어와 훈민정음이 만들어진 만큼, 향찰과 같은 구차한 수단을 더 이상 사용할 필요가 없었다. 그 때문에 우리는 현존 고려노래들에서 전 시대 향가의 모습을 발견할 수 없다. 그러나 시대에 상응하는 표기수단의 차이로 인하여 향가와 고려노래가 표면상 현격하게 다른 모습을 보여 주지만, 표기 수단만 같았다면 마찬가지 구조의 노래들이었을 것이다. 이와 같이 향가나 고려노래들은 비교적 일관성 있는 흐름의 선상에 놓이거나 동질적 존재양상을 지닌다고 할 수 있다.

고려 노래들 가운데도 가사가 전해지지 않는 것들이 많은데, 삼국시대 가사 부전의 가요들과 함께 이것들 역시 같은 차원의 설명이 가능하다. 즉 명제법(命題法)이나 설명된 내용 등에서 양자가 전혀 이질적이지 않다는 점, 삼국시대의 그것들과 마찬가지로 이것들 역시 기록되었더라면 향찰을 그 수단으로 하는 향가의 모습을 띠었거나 조선조 문헌에 정착된 고려노래들과 같았을 것이라는 점 등을 감안한다면, 두 시기의 그 노래들 사이에 큰 차이는 없었으리라 짐작된다.

주로 『고려사악지』에 그 유래와 함께 소개되어 있는 가사 부전의 고려노래들[28]은 가사가 전해지는 본격 고래노래들과 같은 성격의 것들이면서, 삼국시대의 노래들과 이것들을 효과적으로 연계시켜 주는 역할을 한다. 예컨대 삼국의 속악 중 <동경(東京)>·<장한성(長漢城)>·<무등산(無等山)>·<내원성(來遠城)> 등은 공동작으로서의 민요적 성격을 띠고 있다는 점에서 <서경>·<대동강>·<정산>·<원흥>·<금강성>·<사리화> 등과 같은 범주에 속하며, <목주(木州)>·<여나산(余那山)>·<이견대(利見臺)>·<선운산(禪雲山)>·<방등산(方等山)>·<정읍(井邑)>·<지리산(智異山)>·<연양(延陽)>·<명주(溟州)> 등은 <장단>·<거사련>·<장암>·<제위보>·<예성강>·<한송정>·<풍입송>·<야심사> 등과 함께 어떤 개인에 의해 지어진 노래들일 가능성이 있다는

28) <양주(楊州)>·<제위보(濟危寶)>·<원흥(元興)>·<거사련(居士戀)>·<예성강(禮成江)>·<서경(西京)>·<대동강(大同江)>·<장단(長湍)>·<정산(定山)>·<금강성(金剛城)>·<송산(松山)>·<동백목(冬栢木)>·<오관산(五冠山)>·<월정화(月精花)>·<사리화(沙里花)>·<장암(長巖)>·<안동자청(安東紫靑)>·<사룡(蛇龍)>.

점에서 같은 범주에 속한다.

가사가 전해지는 고려노래들[29]은 『고려사』·『악학궤범(樂學軌範)』·『악장가사(樂章歌詞)』·『시용향악보(時用鄕樂譜)』·『악학편고(樂學便考)』·『대악후보(大樂後譜)』 등에 전문 혹은 일부가 실려 있다. 이들 가운데는 창작된 노래도 있지만, 원래 민중의 노래였던 것이 궁중악으로 편입되면서 내용적·형태적 측면에서 궁중악에 맞도록 개작되었거나 재편된 것들이 대부분이다. 따라서 민요가 궁중의 속악가사(俗樂歌詞)로 이루어지기까지의 과정은 국문학사상 구비문학으로부터 기록문학으로 이행하는 과정과 동질적인 관계에 놓인다. 그러나 민요와 여타의 장르들이 복잡하게 섞여 있었기 때문에 속악가사의 형성 과정에서 개별 노래들 간의 상호 교섭이 활발하게 이루어졌을 가능성 또한 농후하다. 그뿐 아니라 12세기 초 송나라로부터 도입한 대성악(大晟樂)이나 그 이전부터 쓰이고 있던 당악(唐樂) 등 외래음악은 고유 음악의 발전에 상당한 영향을 주었고, 그에 따라 새로운 노랫말의 수요도 증대되었을 것이다. 특히 아악인 대성악보다도 중국 속악으로서 당악 대곡(大曲)의 산사(散詞)인 송사(宋詞)들이 당대 노래에 미친 영향은 상당했으리라 본다. 그리고 노랫말은 기존의 민간에서 채집된 것이거나 새로 지은 것들이었는데, 그런 노랫말들과 기존의 악조가 잘 맞지 않는 경우에는 여러 노래의 가사들을 부분적으로 합성하거나 여음을 첨가하기도 하고 반복구와 병행구를 첨가하기도 하였다.

조선조 사람들은 '남녀상열지사(男女相悅之詞), 충신연주지사(忠臣戀主之詞), 송도지사(頌禱之詞)' 등의 관점에서 고려노래들을 수용하였다. 그러나 그 가운데 남녀상열지사는 다른 두 부류의 노래들과 달리 가혹하게 비판되었다. 조종(祖宗)의 공덕을 칭송하는 일이나 신하가 임금에 대한 충성을 노래하는 일 모두 강력한 왕권 중심의 통치 질서 확립에 필수적인 행위들이었다. 이러한 일들이 집단적 지배 이념의 선양에 결정적 역할을 한다는 사실을 생각하면, 개인적 감정을 절실하게 읊은 노래들이 대부분 논척되던 당대의 상황은 쉽게 납득될 수 있을 것이다.

지금 학계에서 이해되고 있는 고려노래의 주제들이 절대적인 것은 아니다. 관점에 따라 주제는 물론 서정의 대상 역시 얼마든지 다르게 파악될 수 있다. 작자가 밝혀져 있든 그렇지 않든 대부분의 고려노래들은 민요적 성향을 띤 것들이다. 따라서 사랑이나 별리(別離)를 노래한 것들은 모두 남녀 간의 원초적인 감정들을 주된 내용으로 하고 있다. 따라서 상당수의 노래들에 드러난 '임금

---

29) <정석가(鄭石歌)>·<청산별곡(靑山別曲)>·<서경별곡(西京別曲)>·<사모곡(思母曲)>·<쌍화점(雙花店)>·<이상곡(履霜曲)>·<가시리>·<처용가(處容歌)>·<만전춘(滿殿春)>·<동동(動動)>·<정읍사(井邑詞)>·<정과정(鄭瓜亭)> 등.

에 대한 사랑'은 대개 작위적인 주제, 표방된 주제일 뿐이다. 궁중악으로 도입되면서 노래 속의 '님[異性]'이 임금으로 바뀌어 이해될 수 있다고 본 것은 당대 수용자들의 일반적인 인식이었다.

고려 후기에 등장하여 조선조 중엽까지 왕성하게 창작, 가창된 경기체가도 당대 속악의 범주에 속하는 노래 장르였다. 이 가운데 <한림별곡(翰林別曲)>, <관동별곡(關東別曲)>, <죽계별곡(竹溪別曲)> 등을 제외한 모든 작품들[30]은 조선조에 들어와 창작된 것들이다. 사대부 관인계층의 자긍심과 풍류, 왕조의 문물제도와 임금에 대한 찬양 및 송축, 자연 속의 생활, 유교 및 불교 이념 등 경기체가의 주제들은 다방면에 걸쳐 있다. 그리고 상당수의 노래들이 연장체로 되어 있어 규모가 비교적 크고 내용 또한 풍부하다. 그리고 같은 시기의 악장을 간과할 수 없다. '조선 초기/전례적(典禮的) 상황에서/왕조 영속의 당위성이나 삼대지치(三代之治)의 이념을 고양할 목적으로/당대에 존재하던 시가들의 형태를 차용하고/선왕 혹은 현왕에 대한 찬양을 내용으로 하여 교술적 어조로 전개하는 특수한 문학'이 바로 악장이다.[31] 악장은 개인들이 지어 올린 것들과 복수의 작자들이 공동으로 지은 것, 예조 등 국가 기관에서 지어 올린 것, 기존의 민간 가요들을 개편한 것 등 다양하다. 중국계 아악의 수용과 함께 정격 악장들은 모두 중국 것들의 형태와 같거나 그 영향을 받아 이루어진 고려의 악장들을 습용한 것들이 대부분이었다. 특히 조선 초기에 자리 잡은 중국계 아악의 사용이 세종에 의해 비판되었는데, 이 사실은 음악뿐 아니라 악장의 경우도 조선 특유의 양식이 확고히 자리잡게 될 것임을 암시하는 단서였다고 볼 수 있다.

변격악장들은 다양한 모습을 보여주기 때문에 한 마디로 규정할 수는 없겠으나, 이것들에 표면화되는 장르적 성향은 교술이다. 작품에 따라 부분적으로 서정·서사적 요소들이 표면화되지 않는 것은 아니다. 개개 작품들에 총체적으로 전경화 되는 것은 교술적 성향이고, 서정·서사적 요소들은 이들에 내재하는 본질적 성향인 경우가 대부분이다. 물론 이 경우의 교술은 '가송(歌頌) 대상의 덕망·업적에 대한 찬양→삼대지치의 재현 및 왕조 영속의 당위성 선양'이라는 정치적 목적의식을 대전제로 했기 때문에 표출될 수 있었던 장르적 성향이라 할 수 있다. 따라서 이것은 악장이면

---

30) <상대별곡(霜臺別曲)>·<구월산별곡(九月山別曲)>·<화산별곡(華山別曲)>·<가성덕(歌聖德)>·<연형제곡(宴兄弟曲)>·<오륜가(五倫歌)>·<미타찬(彌陀讚)>·<안양찬(安養讚)>·<미타경찬(彌陀經讚)>·<기우목동가(騎牛牧童歌)>·<불우헌곡(不憂軒曲)>·<금성별곡(錦城別曲)>·<배천곡(配天曲)>·<화전별곡(花田別曲)>·<도동곡(道東曲)>·<육현가(六賢歌)>·<엄연곡(儼然曲)>·<태평곡(太平曲)>·<독락팔곡(獨樂八曲)>·<정동방곡(靖東方曲)>·<천권동수지곡(天眷東陲之曲)>·<복록가(福祿歌)>·<축성수(祝聖壽)>·<온문의경왕추존악장종헌가(溫文懿敬王追尊樂章終獻歌)>.

31) 조규익, 『조선조 악장의 문예미학』, 민속원, 2005, 40쪽.

어느 작품이나 다 같은 양상을 보이는 현상이다.

공동 제작의 악장이면서 선초악장의 결정판으로 <용비어천가>를 들 수 있다. 이 작품의 특징은, ①국가 기관에서 왕명으로 다수의 학자들이 참여하여 지었다는 점, ②규모가 방대하며 대부분 악곡에 올려 공사(公私) 연향에 쓰였다는 점, ③기존의 악장과 달리 현왕(現王)을 대상에서 제외시키고 선대 조종만을 대상으로 하였다는 점, ④작품의 자료들을 각 지방으로부터 광범하게 수집하여 상징적으로나마 전체 백성들까지 제작에 참여시켰다는 점 등을 그 이유로 들 수 있다.[32] <용비어천가> 이후에는 이와 필적할 만한 규모의 악장이 더 이상 나오지 않았으며, 특히 이 노래 이전에 왕성하게 헌상되던 개인 제작 악장도 거의 자취를 감추고 말았다.[33] 따라서 개인 제진(製進) 악장으로 인하여 생겨날 수밖에 없었던 '악장=아유문학(阿諛文學)'이라는 오해가 이 노래로 인하여 해소될 수 있었다.

이상에서 살펴 본 바와 같이 고려속악가사, 경기체가 등은 조선조 중기까지 왕성하게 가창되었으며 그것들과 함께 악장 또한 창작되고 있었다. 대략 고려의 음악들이 쇠퇴하면서 대엽(大葉)이라는 조선조의 노래가 자리 잡기 시작하였으며, 노랫말 또한 조선조의 이념에 부합하는 방향으로 정비되기 시작하였다. 말하자면 조선조의 대표적 노래장르인 가곡 역시 그 소원을, 조선조 중엽까지 왕성하게 불린 고려의 속악으로부터 찾을 수 있다는 것이다. 이 가운데 <북전(北殿)>과 <심방곡(心方曲)>은 가곡의 발생기 혹은 초기적 양태의 중요한 단서를 지니고 있다.

<심방곡>은 대엽이다. 그리고 대엽의 근원이 <과정삼기곡(瓜亭三機曲)> 즉 진작(眞勺)이고, 고려 당대 <북전>의 악곡 형태가 진작이었으므로, <북전>과 <심방곡>은 원래 뿌리를 함께 하던 같은 계통의 노래들이었다고 할 수 있다. 그리고 그것들은 조선조 후대에 이르기까지의 주요 악서들에 꾸준히 나타나며 결국 가곡의 중요한 부분으로 정착될 수 있었다. 『금합자보(琴合字譜)』에는 이것들과 함께 <정석가>, <한림별곡>, <감군은>, <여민락(與民樂)>, <보허자(步虛子)>, <사모곡> 등 고려와 조선의 노래들이 실려 있다. 이 노래들은 적어도 당대에 널리 불린, 가장 대표적인 노래들이라고 할 수 있다. 그리고 그것들은 궁중이나 관인 층에서 주로 가창되던 노래들이었을

---

32) 같은 책, 230쪽.

33) 선초 악장에 속한 작품으로 <납씨가(納氏歌)> · <문덕곡(文德曲)> · <수보록(受寶籙)> · <궁수분곡(窮獸奔曲)> · <신도가(新都歌)> · <근천정(覲天庭)> · <수명명(受明命)> · <하황은(荷皇恩)> · <하성명(賀聖明)> · <성택(聖澤)> · <봉황음(鳳凰吟)> · <북전(北殿)> · <용비어천가(龍飛御天歌)> · <월인천강지곡(月印千江之曲)> · <감군은(感君恩)> · <유림가(儒林歌)> 등을 들 수 있다.

것이다. 『금합자보』의 편자인 안상[安瑺, 1567-1608]이 장악원(掌樂院) 첨정(僉正)이었다는 점도 이 책에 실린 노래들이 대부분 궁중악이었던 점을 뒷받침하는 또 하나의 물증이다. 이 노래들은 구체적인 선율이 약간씩 다르다는 점에서 개별적 독자성을 지닐 뿐 당대 속가들의 범주에 속해 있었음은 물론이다. 따라서 가곡 즉 후대 시조문학의 근원과 출발이 고려속가에 있었다는 사실은 이런 점에서 확실해진다. 부연하자면 <만대엽>이나 <북전>과 같은 구체적이고 개별적인 노래들이 대엽이라는 하나의 장르로 정착·확장되었고, 후대에 시조로 변이되었다는 것이다.

3대 가집[『청구영언』·『해동가요』·『가곡원류』]이 등장한 시기까지 조선조 노래문학의 주류는 가곡이었다. 물론 가곡의 집대성자라고 할 수 있는 안민영[安玟英, 1816-?] 당대에 시조의 대가로 꼽을 만한 이세보[李世輔, 1832-1895]가 『풍아(風雅)』와 같은 시조집을 만든 바 있지만, 그렇다고 노래의 주류가 바뀔 수는 없었다. 안민영의 자작 노래집인 『금옥총부(金玉叢部)』의 기록에 따르면 당시에 시조창이 이미 등장해 있었음을 알 수 있다. 즉 이천에서 만난 가기(歌妓) 금향선(錦香仙)에게 시조를 청하자 그녀가 '창오산붕상수절(蒼梧山崩湘水絶)[34]'의 노래를 불렀다는 것이다. 그녀는 시조 3장을 부른 후 우조와 계면조 한 편을 이어 부르고 또한 잡가를 불렀는데 모흥갑(牟興甲)과 송흥록(宋興祿) 등 명창의 조격(調格)에 모두 통달할 만큼 뛰어난 명인이었다고 한다.[35] 이와 같이 이 시기에 시조가 등장해 있었던 것은 사실인 듯 하나, 가곡을 정음(正音)으로 생각하여 고수하고자 한 것이 당대의 가객들이었다. 그것은 가곡의 전문가로서 그들이 차지하고 있던 현실적 위상을 유지하는 일과 직결되는 문제이기도 하였다. 새로운 노래를 요구하는 시대의 변화와 대중의 요구를 외면하면서까지 '옛것'을 고집할 수밖에 없었던 가객들의 의식은 가곡의 유지·발전을 자신들의 기득권과 직결시켜 생각한 프로의식의 소산이었을 것이다.

가집 가운데 『시조 관서본(時調 關西本)』, 『시조 가사(時調 歌詞)』, 『풍아(風雅)』 등과 『시여(詩餘)』, 『남훈태평가(南薰太平歌)』 등은 시조집으로 볼 수 있으나 3대 가집을 포함한 나머지는 모두 가곡집이다. 이것들을 시조집으로 보는 것은 거기에 수록된 노래들의 종장 종구가 모두 생략되어 있기 때문이다. 가곡은 5장창이고, 시조는 3장창이다. 가곡의 레퍼토리에는 남창 26곡[우조 11곡,

---

34) 심재완, 『교본 역대시조전서』, 세종문화사, 1972, 997쪽, No. 2729의 작품[蒼梧山崩湘水絶이라야 이ᄂᆡ 시름이 업슬거슬 九疑峰 구름이 가지록 ᄉᆡ로왜라 밤中만 月出東嶺ᄒᆞ니 님 뵈온듯 ᄒᆞ여라] 참조. 이 노래의 주지는 <遠別離>[『文淵閣四庫全書電子版: 集部/別集類/漢至五代/太白文集』 卷二, 歌詩 三十一首, 樂府一]에서 차용해온 것으로 보인다.

35) 『金玉叢部(周翁漫詠)』, 규장각 가람문고 소장본, No. 157의 해설.

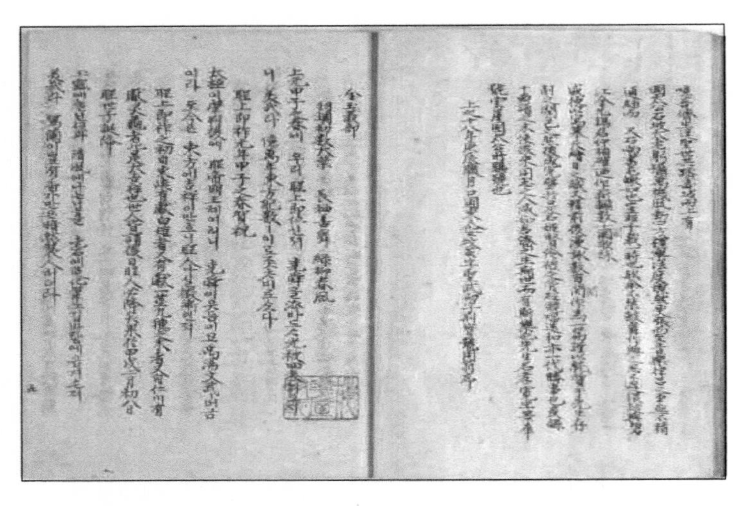

『금옥총부』 [규장각 소장 필사본]

계면조 13곡, 반우반계 2곡]과 여창 15곡[우조 4곡, 계면조 9곡, 반우반계 2곡] 등이 들어 있다. 그리고 반드시 격식을 갖춘 관현악 반주를 요구했다. 그러나 무릎장단만으로도 가능한 것이 시조였다. 이런 점이 가곡의 쇠퇴와 시조의 등장을 가속화시켰을 것이다.

이와 대조적으로 가사(歌辭)와 12가사(歌詞), 잡가(雜歌) 등 긴 노래들이 창작되어 불리고 있었다. 가사는 아직도 장르문제를 중심으로 논란이 많은 분야이긴 하나 역시 가창을 위해 만들어진 장르임은 부정할 수 없다. 서술적으로 길어질 수 있는 개방적 장르라는 점 때문에 가창의 효율성이 감소되었고, 그에 따라 후대로 내려오면서 이 장르의 산문화는 빨라질 수밖에 없었다. 결국 기행가사·유배가사·내방가사 등 장편 가사로 탈바꿈 하였고, 가창 장르로서의 면모는 겨우 12가사와 같은 비교적 짧은 노래에서나 찾아볼 수 있게 되었던 것이다.

그러나 가사는 교술적 목적의식에 부합하는 장르였다. 가사의 출발기 작품인 <서왕가> 등이 불교의 포교를 목적으로 하던 종교가사였고, 전성기의 가사 대부분은 유교적 세계관을 지니고 있던 양반 사대부들의 작품이었으며, 조선조 후기의 종교가사인 천주가사나 동학가사, 그리고 개화가사 등에서도 이런 장르적 성향은 분명히 드러난다. 그리고 개화가사 역시 교술적 목적의식이 바탕에 깔려 있었다. 물론 서정가사도 있었으나 기본적으로 교술적 나열이나 부연설명이 가사 표현의 주된 방법이었다. 당대인들은 짧은 노래들을 통하여 서정적 심회를 표출하였고, 긴 노래들을 통하여 보고나 설명 등의 현실적 목적을 달성하려 했던 듯하다.

이외에 어느 시대이든 민요가 있어, 고전시가의 연속성을 담보할 수 있는 기반으로서의 역할을 수행하였다. 그와 함께 진정한 대중예술의 담당층이었던 기층 민중들의 표현 욕구를 충족시켜주기도 하였다. 그리고 그것은 상층민들의 격식을 갖춘 노래들과 상호 교섭을 통하여 그것들에 변화의 단서를 제공하였으며, 노래 장르 전승의 바탕을 이루기도 하였다. 글 문학보다 말 문학이 민족문학의 관점에서 우선적이라고 본다면, 우리 고전시가의 본질은 구비 장르인 민요에서 찾아야 할 것이다. 글 문학은 말 문학을 표기하기 위한 기호 이상의 의미를 지니고 있지 않으며, 단순한 보존이 아닌 진정한 지속의 차원에서라면 말 문학의 중요도가 훨씬 앞설 것이기 때문이다. 그런 점에서 민요가 뿌리요 줄기라면 시대마다 민요로부터 파생된 고전시가의 각 장르는 가지나 이파리에 불과하다고 할 수 있다. 그러나 문학 연구의 관습상 중요도나 우선순위가 전도되어버린 현실 또한 인정하지 않을 수 없다. 민요 역시 시대에 따라 내용이나 형식의 면에서 변화를 보인 것은 사실이겠으나 그것은 오히려 시가문학의 지속적 측면을 대표하며, 각 시대마다 다른 모습으로 표면화된 다양한 장르의 시가들은 변화[혹은 변이]의 측면을 대표한다.

다음으로 한시의 경우를 살펴보자. 한시는 국문노래와 달리 우리 고유 음악의 변천과 무관하다. 반드시 꼭 들어맞는 것은 아니겠으나, 그것이 중국 본토의 사조나 문학적 현실의 변화와 궤(軌)를 같이 해온 점만은 분명하다. 따라서 한시의 경우 중국적 영향의 수용이라는 기반 위에서 논의되어야 할 것이나, 그렇다고 우리 한시로서의 독자성까지 부인할 수는 없다. 한시는 한자의 도입과 거의 비슷한 시기부터 창작되기 시작했으리라 본다. 그러나 구체적인 작품은 문헌에 남아 있지 않다. 을지문덕(乙支文德)의 <여수장우중문시(與隋將于仲文詩)>, 정법사(定法師)의 <영고석(詠孤石)>, 작자미상의 <인삼찬(人蔘讚)> 등이 고구려의 작품으로 전해진다.

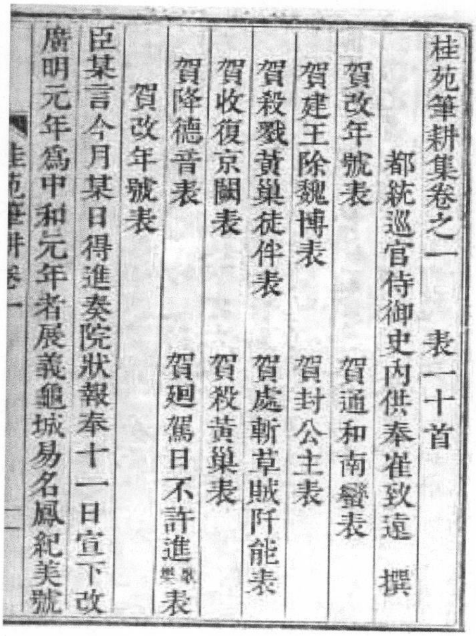
桂苑筆耕集卷之一　表一十首
都統巡官侍御史內供奉崔致遠 撰
賀改年號表　賀通和南蠻表
賀建王除魏博表　賀封公主表
賀殺戮黃巢徒伴表　賀處斬草賊阡能表
賀收復京闕表　賀殺黃巢表
賀降德音表　賀廻駕日不許進歌樂表
賀改年號表
臣某言今月某日得進奏院狀報奉十一日宣下改
廣明元年爲中和元年者展義龜城易名鳳紀美號

『계원필경집』[규장각 소장본]

신라의 경우, 진덕여왕[眞德女王, ?-654/재위 647-654]이 650년 <치당태평송(致唐太平頌)>을 지었고, 왕거인[王巨仁, ?-?]의 <분원시(憤怨詩)>가 『전당시(全唐詩)』에 전해지고 있다. 그리고 나말여초의 시인으로는 최치원[崔致遠, 857-?] · 최광유(崔匡裕) · 최승우[崔承祐, ?-935년] · 박인범(朴仁範) 등을 들 수 있다. 특히 최치원은 한국한문학의 개조(開祖)라 할 수 있으며, <등윤주자화사상방(登潤州慈和寺上房)>이나 <제가야산(題伽倻山)> 등은 인구에 회자된 작품들이다. 나머지 사람들의 작품도 『동문선』에 실려 전해진다. 고려 초에는 과거제도의 실시로 인하여 문풍이 크게 진작되었으며, 이러한 기풍의 여파로 고려 전기에 걸쳐 사장학(詞章學)의 전통이 자리를 잡는다. 이 시기의 대표적인 시인으로 오학린(吳學麟) · 최승로[崔承老, 927-989] · 장연우[張延祐, 954-1015] · 최충[崔沖, 984-1068] · 이자량[李資諒, ?-1123] · 최석[崔奭, ?-?] · 박인량[朴寅亮, ?-1096년] · 김연[金緣, ?-?] · 최유선[崔惟善, ?-1075] · 곽여[郭璵, 1058-1130] · 권적[權適, 1094-1147] · 이자현[李資玄, 1061년-1125] · 김부식[金富軾, 1075-1151] · 정습명[鄭襲明, 1094년-1150] · 김부의[金富儀, 1079-1136] · 고조기[高兆基, ?-1157] · 최유청[崔惟淸, 1093년-1175] · 정지상[鄭知常, ?-1135] 등을 들 수 있다. 나말여초에는 만당풍(晩唐風)이 주조였으나 고려 중기에 이르면 소동파[蘇東坡, 1037-1101]로 대표되는 송시(宋詩)의 도입이 활발해진다. 임춘[林椿, 1149?-1182?]과 이인로[李仁老, 1152-1220] 같은 대가들이 동파 시(東坡 詩)의 오묘한 경지를 학습하였으며, 그로 인하여 당대 시단은 온통 동파 시에 빠져들게 된다. 이규보(李奎報)가 신의론(新意論)이나 의기론(意氣論)을 통하여 시적 개성의 발양을 강조하고 나선 것도 이에 대한 반발의 일환이었다. 또한 임춘과 오세재(吳世才)는 이인로 등과 더불어 죽림고회(竹林高會)를 결성하여 허무주의의 시풍을 생활화 하였으며, 그 밖에 김군수[金君綏, ?-?] · 유승단[兪升旦, 1168-1232] · 김양경[金良鏡, ?-1235] · 최자[崔滋, 1188-1260] · 김지대[金之岱, 1190-1266] · 곽예[郭預, 1232-1286] · 김구[金坵, ?-?] · 홍간[洪侃, ?-1304] 등도 좋은 작품들을 남긴 바 있다.

고려 말에는 성리학이 도입되었고, 그것을 현실에 응용하고자 하는 기풍이 일었다. 이른바 신흥사대부들은 그러한 기풍의 핵심 세력이었다. 이 시기의 대표적인 시인들로 민사평[閔思平, 1295-1359] · 전록생[田祿生, 1318-1375] · 한종유[韓宗愈, 1287-1354] · 백문보[白文寶, 1303-1374] · 이공수[李公遂, 1308-1366년] · 이달충[李達衷, 1309-1385] · 탁광무[卓光武, ?-?] · 정추[鄭樞, 1333-1382] · 설손[偰遜, ?-1360] · 이인복[李仁復, 1308-1374] · 이존오[李存吾, 1341-1371] · 원천석[元天錫, 1330-?] · 길재[吉再, 1353-1419] 등을 꼽을 수 있다.

성리학을 통치이념으로 선택한 조선조에 들어오면서 문예적 측면에서도 재도적(載道的) 문예관이 확립되었고, 그것은 결국 사장파와 도학파의 분열과 대립을 초래하였다.

중종대를 전후하여 이행[李荇, 1478-1534] · 박은[朴誾, 1479년-1504] · 정사룡[鄭士龍, 1491-1570] 등 해동 강서시파(海東 江西詩派)와 함께 신광한[申光漢, 1484-1555] · 나식[羅湜, 1498-1546] · 김인

후[金麟厚, 1510-1560] 등이 등장함으로써 시세계의 수준이 높아지게 된다. 특히 정사룡은 다음 시기의 노수신[盧守愼, 1515-1590]·황정욱[黃廷彧, 1532-1607] 등과 더불어 관각문학(館閣文學)을 대표한다.

다음 시기의 선조-인조 연간은 많은 시인들이 배출됨으로써 목릉성세(穆陵盛世)로 일컬어졌는데, 이 시기 박순[朴淳, 1523년-1589]은 당풍(唐風)의 선두 주자였다. 3당시인(三唐詩人)인 이달[李達, 1539년-1612]·백광훈[白光勳, 1537-1582]·최경창[崔慶昌, 1539년-1583] 등의 원류를 박순에게서 찾을 수 있으며, 이들은 고경명[高敬命, 1533-1592]·임제[林悌, 1549-1587] 등과 함께 호남시단을 형성하기도 하였다.

이 밖에 이 시기를 대표하는 시인으로 차천로[車天輅, 1556-1615]·유몽인[柳夢寅, 1559-1623]·이안눌[李安訥, 1571-1637] 등을, 천류(賤類)시인으로 유희경[劉希慶, 1545-1636]·백대붕[白大鵬, ?-1592] 등을, 여류시인으로 황진이[黃眞伊, 1506?-1567?]·이매창[李梅窓, 1573-1610]·이옥봉[李玉峰, ?-?]·허난설헌[許蘭雪軒, 1563-1589] 등을 각각 들 수 있다.

앞 시대처럼 화려하지는 않지만 임병양란 이후에도 시단은 그 나름의 새로운 양상을 보여주었다. 정두경[鄭斗卿, 1597-1673], 이민구[李敏求, 1589-1670], 김창흡[金昌翕, 1653년-1722], 이광려[李光呂, 1720-1783], 신광수[申光洙, 1712-1775] 등은 각각 뚜렷한 개성의 바탕 위에서 작품 활동을 하였다. 한문4가(漢文四家) 가운데 이덕무(李德懋)·유득공[柳得恭, 1748-1807]·박제가(朴齊家) 등은 시에서도 높은 경지를 보여주었고, 시·서·화(詩·書·畵) 삼절(三絶)로 이름이 높았던 신위(申緯)는 자유로운 시상의 전개 등으로 대가의 면모를 보여주기도 하였다.

황현[1855-1910]의 초상

이 시기에 특기할만한 일은 위항시인(委巷詩人)들의 활발한 등장이었다. 홍세태[洪世泰, 1654-1725]의 『해동유주(海東遺珠)』를 시작으로 『소대풍요(昭代風謠)』, 『풍요속선(風謠續選)』, 『풍요삼선(風謠三選)』이 60년 간격으로 간행됨으로써 위항시인들의 저력을 보여주었다. 이 시집들은 당대의 비평적 논점 가운데 하나였던 천기(天機)가 활발하게 거론되는 바탕 역할을 하기도 하였다.

한말에는 당대의 4대가(四大家)로 불린 강위[姜瑋, 1820-1884], 이건창[李建昌, 1852-1898], 김택영[金澤榮, 1850-1927], 황현[黃玹, 1855-1910] 등이 출현하여 조선조 한문학의 대미를 장식하기도 하였다.

## 3. 고전시가 변용체로서의 현대시

원시시대 풍요제의의 현장에서 행해지던 종합예술에서 발견할 수 있는 것이 우리 시가문학의 초기 형태다. 그리고 그 시대의 노래는 대체로 기능이나 효용성의 면에서 '열린' 노래들이었다. 특별한 용도의 노래들이 별도로 존재했었다고 생각되지 않기 때문이다. 악곡과 함께 노랫말이 있어야 온전한 노래가 이루어질 수 있었는데, 그 노랫말이 바로 오늘날의 시문학에 상응하는 언어적 구조물인 것이다. 오늘날 그 흔적만을 짐작할 수 있는 각종 주문(呪文)형태의 무가와 민요들을 제외한다면 소수의 상고시가들을 그 예로 찾아볼 수 있을 뿐이다. 풍요제의에서 공동체 구성원들을 하나로 묶는 '신내림'이나 '황홀경', 또는 거기서 연행(演行)되던 가무의 형태로부터 노래가 구체화되기 시작했다면 결국 우리 노래의 근원은 무속이 대표하는 종교 체험에서 발생되었다고 할 수 있을 것이다.

비록 시대마다 표기 수단은 달랐지만, 우리의 고전시가는 정신이나 내용적 측면에서 시대적 한계를 초월하여 하나의 동질적 질서를 형성한다. 그리고 그것들은 대부분 노래로 향수되었다. 예컨대 판소리 등은 대표적인 서사문학이지만, 동시에 유려한 노래장르이기도 하였다. 가곡이나 시조 등이 상하가 모두 즐기던 양식으로서 사회적 통합의 양상을 보여 주었다면, 판소리도 그런 점에서는 마찬가지였다.

한시 역시 원래는 글자를 아는 지배층의 전유물이었지만, 후대로 내려오면서 민중적인 체취를 담기 시작하였다. 상대로 올라갈수록 민요와 창작가요의 경계가 불분명하다는 점까지 생각한다면, 적어도 고전시가의 범주에서 전승되고 있는 우리의 노래나 시가는 대체로 신분 계층에 구애받지 않고 즐길 수 있던, 사회적 공유물이었음에 틀림없다.

기독교의 도입과 함께 찬송가가 번역되었다거나, 근대화의 물결 등 우리 시가의 변화에 직접적인 영향을 주는 사건들이 많았다. 그에 따라 우리의 옛 시가는 새로운 모습으로 바뀌어갔고, 그 와중에서 신체시나 근대시, 현대시가 속속 출현하였다. 정치·경제 등 사회적 변화, 생활의 변화에 가장 민감하게 대응한 것이 우리의 시가라고 할 수 있는 것도 바로 이런 이유 때문이다.

현대문학의 전개를 이해하기 위해서는 그 출발점을 알아야 하고, 그 출발점을 알기 위해서는 우리의 옛 시가들을 알아야 한다. 평지에서 어느 날 갑자기 돌출한 것이 현대시는 아니다. 향가와 고려노래, 고려노래와 조선노래 등이 각각 별개의 것들이 아니라 연속된 양식들이었음을 감안한다면 옛 노래들의 궁극적 변용체가 현대시임은 너무나 자명한 사실이다. 그 점에 대한 투철한 인식만이 현대에 들어와 끊어진 한국시가사를 완성시키는 대전제인 것이다.

# 고전시가의 전환적 계기와 장르 변이의 양상

## 1. 시가사 전환의 계기와 지향

고전시가의 흐름을 살피기 위한 작업은 다양한 측면에서 이루어져야 한다. 그 방면의 선행 업적들이 있다면, 그것들을 면밀히 분석하여 논리의 출발점으로 삼아야 옳다. 행인지 불행인지 우리에겐 도남(陶南) 조윤제[趙潤濟, 1904-1976]의 『조선시가사강(朝鮮詩歌史綱)』만이 유일한 선행 업적이다. 물론 그간 이루어진 수많은 국문학사들에 시가 분야가 포함되어 있는 것은 사실이다. 그러나 전체 문학사의 한 부분으로 조망된 시가와 독립된 시가사의 그것과는 엄밀히 말하면 전혀 다르다. 같은 대상이라도 놓이는 위치와 관점에 따라 상대적인 관계와 의미를 가질 수 있기 때문이다.

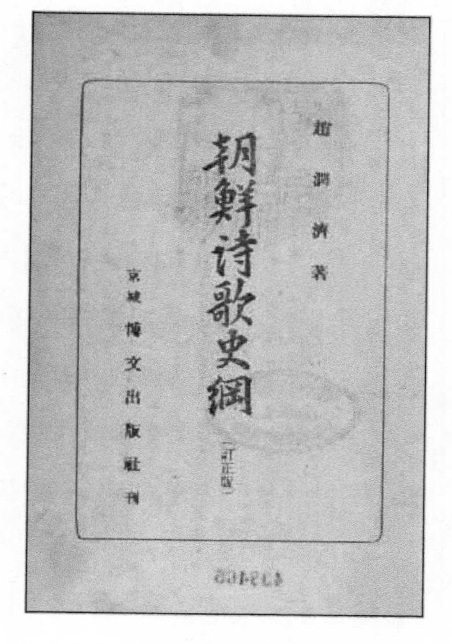

『조선시가사강』 [박문출판사, 1937]

일반 역사가 과거의 사실들을 토대로 하면서도 그것들 자체라기보다는 역사가의 판단에 의하여 새롭게 이루어진 체계로 볼 수 있듯이 문학사 또한 문학사가의 관점에 의해 종횡(縱橫)으로 여타의 사상(事象)들과 함께 견고한 관계망을 형성한다. 그러니 똑 같은 작품이라 해도 그것이 서술되는 상황이나 맥락에 따라 다른 모습으로 나타나게 되는 것은 당연하다. 그런 점에서 그간 국문학사가 많이 출현하였음에도 불구하고 시가분야에서 도남의 『조선시가사강』을 유일한 선행업적으로 추단하는 것도 바로 이런 이유 때문이다.

고전시가의 흐름을 정확히 파악하려면 시간의 동질성과 이질성을 정확히 구획해야 한다. 하나의 동질적인 시간대에서 또 다른 동질적인 시간대로 넘어가기 위해서는 일종의 전환점이 필요하다. 각각 이질적인 시간대인 전자와 후자 사이에는 전환점이 놓인다. 그 전환점이 바로 시대구분의 단서가 된다. 전환점을 찾지 못할 경우 고전시가의 공시적·통시적 양상은 정확히 파악될 수 없고, 그 흐름 또한 제대로 기술될 수 없다.

시간의 흐름에서 볼 때 전환이란 무엇이며, 전환에 대한 인식은 가능한 것인가. 우리의 감각은 순수한 시간의 지속을, 구체적으로 말하여 공간과 같은 다른 요소들을 개입시키지 아니한 채 그것을 인지할 수 있는가. 전환이란 이질적인 지속들 사이의 경계를 지칭한다고 볼 수 있는데 시간을 질적으로 다르게 인식하는 요인은 무엇인가, 등등 제기될 수 있는 문제들은 많다. 시간의 철학적 의미를 파고들면 들수록 고전시가의 흐름을 거론하려는 우리의 의도가 점점 미궁에 빠져들 수밖에 없는 것이 당연하다.

베르그송(Henri-Louis Bergson)은 하나의 운동에서 경과된 공간과, 공간을 경과한 동작과, 계기적 위치와 위치의 종합을 발견할 수 있다고 했다. 즉 한편은 흘러간 시간이요, 다른 한편은 흐르고 있는 시간으로서 전자는 공간 바로 그것이며 운동궤도가 선으로 표시되는 것도 그것이 이미 공간화 되었기 때문일 뿐, 흐르는 시간은 아니라는 것이다. 베르그송은 동질적 시간을 구체적 지속으로부터 구별하였다. 즉, 시간의 경과에 따라 성숙하는 의식의 체험하는 시간[즉 지속]과 동시성의 집합으로서의 물리학적 시간 사이에는 본질적으로 다른 것을 인정하지 않을 수 없다고 한다.[1)]

이런 점에서 러셀이 단정한 바와 같이 지속이야말로 실재의 재료로서 영원한 생성이며, 이미 만들어진 어떤 것이 결코 아니다.[2)] 즈봐르트(J. P. Zwart)도 시간은 존재하지 않는 것이며, 다만 흐르는 것이므로 엄밀하게 말하여 현재만이 실재하는 것이라고 한다. 왜냐하면 실제로 일어나고 있는 사상만이 현실 속에서 거기 있기 때문이다.[3)]

이와 같이 질적·심리적 시간이나 양적·물리적 시간 등 어느 측면에서 접근해도 역사의 진행은 시간 그 자체이거나, 시간이란 척도 위에서 이루어지는 변화를 본질로 한다. 무엇이든 그것은 '객관/주관', '심리적/물리적'이라는 상반되는 범주들을 포괄한다. 시간의 흐름이나 역사를 대상으로 하는 인식 작업이 일견 객관적인 듯하면서도 대부분 인식 주체의 주관적 판단에 좌우된다는

---

1) 베르그송, 정석해 역, 『시간과 자유의지』, 삼성출판사, 1978, 20-21쪽.

2) B.러셀, 최민홍 역, 『서양철학사』하, 집문당, 1991, 1100쪽.

3) P.J. Zwart, 권의무 역, 『시간론』, 계명대 출판부, 1983, 53-54쪽.

점을 생각한다면 이런 사실은 분명해지고, 그것은 그만큼 역사에 대한 천착이 쉽지 않다는 점을 드러내는 요인이기도 하다. 시간이나 시간의 흐름 그 자체에 대한 정의를 내리고자 하는 것이 본서의 목표는 아니며, 가능한 일도 아니다. 다만 흐름이라는 선상(線上)에서 나타나는 '현상들'을 중심으로 지속되는 성격들만을 살펴보는 데 만족할 따름이다.

이와 같이 역사상의 전환점이나 전환적 상황을 설명하는 일은 시대구분을 전제로 하는 작업이다. 어쨌든 순수 시간이나 지속만으로 과거 시간대의 본질을 추정하기란 불가능하다. 결국 공간이 개입된 시간개념이라는 점을 감안할 경우에라야 인간이 경험한 삶의 발자취로서의 구체적인 역사, 문학사, 시가사는 거론될 수 있는 것이다. 이 경우에 '위대한 역사란 분명히 과거에 대한 역사가의 비전이 현재의 제 문제에 대한 통찰에 의하여 빛을 받을 때에만 씌어지는 것',[4] '과거는 현재의 빛에 비쳐졌을 때에만 비로소 이해될 수 있는 것이며 또한 현재도 과거의 조명 속에서만 충분히 이해될 수 있는 것'[5]이라는 E. H. 카아의 언급들이 타당한 의미를 지니는 것이다. 즉 역사의 기술은 지난 시대의 사상(事象)들에 대한 인식 주체의 선택적 조사(照射)의 결과이며, 그러한 역사기술자들에 의한 개별적 행위들을 하나로 묶는 보편성이 있을 수는 있겠으나 근본적으로는 개별적 양상을 띠기 마련이라는 점을 카아의 말은 극명히 보여준다는 것이다. '역사가는 과거[역사적 시간] 전체가 아니라 그 가운데서 [그에게 역사적으로] 의미 있는 부분만을 인식대상으로 삼는다'는 선학의 지적도 역사가들의 개별적 가치관에 따른 대상 선택의 필요성이나 불가피성을 분명하게 설명한다.[6]

그러나 무엇을 기준으로 역사의 전환점을 찾고, 시기 구분을 할 것인가에 관한 문제는 여전히 풀리지 않은 채로 남게 된다. 조동일은 왕조교체, 대표적인 작가, 문학사조 등을 내세우는 시대구분은 한 나라에서나 통용되고, 한 문명권 어느 시기 문학에서나 의의를 가질 따름이며, 세계문학사를 총괄해서 서술할 수 있게 하는 보편성은 없다[7]고 하면서도 문학사의 시대구분과 역사 전반의 시대구분이 합치될 수 있게 해야 한다고 하였다.[8] 지금까지의 역사가 주로 정치·경제·사회변화 등을 중심으로 기술되었고, 그 가운데서도 정치가 주류를 이루었다는 점을 감안한다면, 조동일

---

4) E. H. Carr, 길현모 역, 『역사란 무엇인가』, 탐구당, 1976, 47쪽.

5) 같은 책, 71쪽

6) 김경현, 「역사연구와 시대구분」, 『한국학연구』 1, 단국대 한국학연구소, 1994, 30쪽.

7) 조동일, 「문학사 시대구분을 위한 고대서사시의 특성 검증」, 『한국사의 시대구분에 관한 연구』, 한국정신문화연구원, 1995, 143쪽.

8) 같은 논문, 141쪽.

이 말한바 시대구분에서 문학사와 일치되어야 한다고 본 역사 전반이란 지금까지 역사학계에서 이루어져 온 형태의 현실적 역사 아닌 이상적 형태의 그것임이 분명하다.

말하자면 일반 역사 분야의 시대구분이 타당하게 이루어져야 하고, 그런 연후에 문학사의 그것 또한 그에 맞추어져야 한다는 언급일 것이다. 그러나 현실적으로 그것은 지극히 어려우며, 거의 불가능해보이기까지 한다. '인간'의 한계를 벗어날 수 없는 역사가의 비전이 과거 삶의 총체적인 것을 대상으로 하기가 벅찰 것임은 거의 운명적이기 때문이다. 따라서 '보편사(普遍史)와 그 하위의 특수사(特殊史)를 기술함에 있어, 그 각각의 시대구분은 현실적으로 일치될 수 없다'고 잘라 말하고 '국어사란 국어의 역사로서 국어가 겪어온 음운체계, 어휘체계, 통사[문법]체계, 의미체계 등의 변화를 말한다'고 본 이광호의 견해가 보다 현실적일 수 있다.[9] 그는 그러한 변화의 과정에 대한 가시적인 이해를 국어사 시대구분의 목적으로 보았는데, 그러나 잘못 될 경우 그것 역시 '인위적인 자르기'에 지나지 못한다는 점에서는 다른 견해들과 마찬가지의 문제를 지닌다고 본다.

만약 그렇게 된다면 그것은 대상으로서의 역사 자체를 오도하는 결과 이외의 아무것도 아니다. 이런 점에서 커다란 변환기를 설정하고 그 전후의 역사를 발전적으로 파악하며, 한 시대의 특징을 추출하여 그 시대의 성향을 설명함으로써 전체적인 분위기를 이해하고 변화와 지속의 요소 및 그와 관련한 시대의 변화 여부를 총체적으로 인식하려는 데 시대구분의 의미가 있다는 정구복의 견해[10]는 보편사이든 특수사이든 역사기술과 시대구분의 어려움을 어느 정도 모면케 하는 현실적 방법이라 할 수 있다.

궁극적으로 보편성과 객관성을 획득하는 것이 목표이긴 하지만, 어차피 모든 역사는 역사가의 주관적인 비전에 의해 이루어지기 마련이다. 특수사라 할 수 있는 정치·경제·문화·과학·문학·언어사 등은 더욱더 그렇다. 그 가운데서도 미의식과 감성을 존립기반의 주된 요인으로 하고 있는 문학사, 또 그것의 한 부분인 시가사는 말할 나위도 없이 기술자의 주관적 비전에 의해 결정될 가능성이 크다. 다만 보편성과 객관성의 잣대로 검증된 연후에야 그런 주관적인 작업들은 일정한 가치를 인정받게 될 것이다. 보편사에 대한 통찰을 갖추지 않은 상태에서 특수사인 시가사를 살펴볼 수 있다고 생각한 이유도 바로 여기에 있다.

시가사는 우리의 시가가 겪어온 변화를 내용으로 하는 기술의 체계다. 이 경우 변화란 이질적인 지속들의 계기로부터 나타나는 현상을 지칭한다. 즉 우리가 동질적이라고 생각하는 일정한 길이의 지속

---

9) 이광호, 「국어사의 시대구분」, 그 실상과 문제점, 『한국사의 시대구분에 관한 연구』, 402쪽.

10) 정구복, 「사학사에 있어서의 시대구분과 각 시대의 특징」, 『한국사의 시대구분에 관한 연구』, 280쪽.

에 다른 지속이 이어지고, 그 다음에 또 다른 지속이 연달아 이어짐으로써 하나의 시가사는 완결된다. 그 경우의 '동질/이질' 여부는 실재 자체에 대한 지적일 수 없으며, 어디까지나 기술자의 주관과 의식에 따라 형성되는, 관념 차원의 문제들임은 물론이다.

홍대용 초상 [연경에서 만난 항주 선비 엄성이 그려주었음]

시가사를 기술하려고 할 때 또 하나 분명히 해 두어야 할 범주가 있다. 즉 시가사(詩歌史)와 시사(詩史)의 관계에 대한 문제다. 시사(詩史)와 가사(歌史)의 단순 합성어가 시가사는 아니며, 역으로 시가사를 나눈 것이 또한 시사와 가사는 아니다. 시는 언어예술이고, 가는 음성예술이다. 이와 같이 범주를 달리 하는 두 말, 즉 시와 가가 융합되어 이루어진 것이 시가이므로 그것은 우리문학만의 독특한 현상이라고 할 수도 있다. 시와 가가 미분화된 상태로 존재한 것은 고대로부터 중세까지, 다시 말하여 근대 이전까지로 본다. 영조조의 홍대용[洪大容, 1731-1783]과 김천택도 이미 그 점을 분명히 지적한 바 있다. 홍대용은 방언이 변하니 시와 노래가 그 체를 달리하게 되었다[11] 하였고, 김천택은 옛날에는 노래와 시가 한 가지였으나, 고시로부터 근체시가 나오고부터는 노래와 시가 나뉘어 둘로 되었다고 하였다.[12]

『시』[또는 『시경』]는 원래 실제로 불리던 노래를 문자로 적어 놓은 것들이므로 노래로 불리던 것을 문자로 적어놓으면 시가 되고 시를 관현에 올리면 노래가 된다는, '시가일도(詩歌一道)'의 관념은 적어도 근대 이전까지는 얼마간 상식적인 생각이었다. 다시 말하여 시와 노래의 두 범주가 불가분의 관계로 융합된 실현체를 『시경』으로 보았다는 점에서 홍대용과 김천택 두 사람의 관점은 일치한다는 것이다.

방언이 변했다고 본 홍대용의 견해는 『시경』 시대 이후 서민들의 일상어에 많은 변화가 생겨 『시경』의 시를 누구나 노래로 부를 수 없는 상황에 이르렀음을 말한다. 각 시기의 시와 노래가

11) 「대동풍요 서」, 소재영·조규익, 『한·중 한문선』, 태학사, 1988, 155-156쪽의 "自周以後 華夷雜糅 方言 日以益變 風俗澆薄 人僞 日以益滋 方言變 而詩與歌 異其體" 참조.

12) 「청구영언 서」, 황순구 편 『시조자료총서 1: 청구영언』[한국시조학회, 1987]의 "古之歌者必用詩 歌而文之者爲詩 詩而被之管絃者爲歌 歌與詩固一道也 自三百篇變而爲古詩 古詩變而爲近體 歌與詩分而爲二" 참조.

원래의 그것들로부터 많이 변했다는 말인데, 이 점을 감안한다면 그가 시가사(詩歌史) 변화의 요인을 언어로 잡고 있었음을 알 수 있다. 시가의 변화가 정치·경제·사회 등 인간의 삶이나 사회적인 상황의 변화에 의해 촉발된 것이 아니라 언어의 변화에 수반된 것으로 보았으니 홍대용이야말로 본질적인 시가사의 변이를 가장 바람직하게 파악하고 있었던 셈이다.

김천택은 노래와 시가 융합된 형태를 원형으로 보았고, 이것들이 별개의 것으로 분화된 것을 변화로 보았다. 그는 또한 『시경』에 실린 것들이 시이면서 노래였으나 근체시가 나오면서 양자는 완전히 분리되었다고 하였다. 노랫말을 짓는 것은 문장을 잘 해도 성률에 정통하지 않으면 할 수 없으므로 시에 능한 자가 반드시 노래를 잘 하는 것은 아니고 노래하는 자라고 반드시 시를 짓는 것은 아니라고 보았기 때문이다. 노래와 시가 분화되었다고 본 김천택의 견해 밑바닥에는 단순히 말 문학과 글 문학으로의 분화뿐만 아니라 홍대용이 언급한 방언 즉 생활언어의 변화라는 현실적인 요인도 들어 있음을 알 수 있다.

김천택이 언급한 근체시는 당나라 때 송지문[宋之問, 656?-712]이나 심전기[沈佺期, 656?-714?]에 이르러 모습을 갖추었다. 그리고 우리나라의 경우 만당을 배우고 돌아온 최치원·최승우·최광유·박인범 등에서 비롯되었으니 우리나라와 중국은 근체시의 출발이나 전개를 둘러싼 사정부터 다르다. 중국은 근본적으로 어문일치가 되어있는 상황이었으나 우리의 경우 당시에 아무리 근체시를 도입했다 해도 그것을 우리말로 받아들이기 위해서는 번역이라는 한 단계를 더 거칠 필요가 있었다. 더구나 노래는 우리말로 해야 했으니 근체시의 도입은 우리말 노래의 창작과 가창에 전혀 아무런 영향도 미칠 수 없었던 것이다.

근체시가 홍대용이나 김천택 시대보다 엄청나게 오래전부터 이 땅에서 시작되었으나, '우리말로 짓고 부른 노래'의 측면에서 보면 '시가일도'의 상황은 그들 당대까지도 계속되었다고 보는 것이 정확하다. 문제는 말과 노래의 불가분리성을 정확히 이해한 바탕 위에서 시가 혹은 시의 통시적 양상을 따질 수 있느냐의 여부에 있다. 즉 악곡의 변화에 따라 노랫말 또한 변했다고 보는 경우와, 표현하고자 하는 의식의 변모 때문에 노랫말이 새로운 모습으로 바뀌었고 그에 따라 악곡 또한 변할 수 있다고 보는 경우들 모두 가능하기 때문이다. 만약 악곡과 노랫말을 별개의 것으로 간주하고 접근할 경우 십중팔구 각각의 통시적 변모 양상을 제대로 짚어낼 수 없을 것이다.

노래는 글[글자] 아닌 말과 불가분의 관계를 맺고 있다. 최행귀[崔行歸, ?-?]·이황[李滉, 1501-1570]·김만중[金萬重, 1637-1692] 등의 생각으로부터 우리는 시가장르의 지속이나 변모에 대하여 큰 암시를 받게 된다. 최행귀는 우리말을 늘어놓아 3구와 6명으로 절차(切磋)한 것이 노래라고 본 반면에 한자를 얽어 5언과 7자로 탁마(琢磨)한 것이 시라고 하였다. 3구6명의 개념이 음악적 형식 개념이거나 가절(歌節)을 지칭한 것이라는 견해[13]는 이 방면의 많은 학설들 가운데 우리말 노래라는 관점에서 향가의 본질을 이해하도록 하는데 크게 기여했다고 본다.

향찰은 차자(借字)로서 우리의 말을 표기하기 위한 말문자다. 다시 말하면 향찰을 사용함에 따라 문자의 공백기를 거쳐 드디어 대체문자 사용기로 들어선 셈이다. 그러나 구술이나 가창이라는 실질적 표현양태가 근본적으로 바뀌었다고 볼 수는 없다. 로트만(Yuri Mikhailovich Lotman)에 따르면 '쓴다는 것'은 이차적으로 양식화된 체계로서 구술되는 말이라는 1차적 체계에 의존한 것이라고 한다. 대부분의 경우 구술적 표현은 쓰기와는 무관하게 이루어져 왔으며, 말에 의한 표현의 근저에는 구술성이 잠재되어 있음에도 불구하고 텍스트로서 씌어진 것에 너무나 눈이 팔린 결과 구술의 성격에 입각하여 만들어진 작품을 쓰기에 의해 만들어진 작품의 한 변종으로 보기에 이르렀다는 것이다.[14]

텍스트로서 시각적으로 남겨진, 즉 기록된 문헌은 앞에 인용한 로트만의 견해대로 현실의 말이 아니라 2차적으로 모형화된 체계에 불과하다. 필사문자와 활자문자에 익숙한 사람들은, 말이 본질적으로는 음성이지만 그것을 기호로 간주하는 것을 당연하다고 생각한다.[15] 향가를 비롯한 옛 노래들, 특히 대체문자로 기사(記寫)되어 있는 그것들을 쓰기의 양식으로만 바라볼 경우 그 본질이 간과될 우려가 많다. 대개 구술의 공식이나 악곡에 힘입어 전사(轉寫)되었을 그것들을 씌어진 텍스트로 간주할 경우 자칫 오해에 이를 가능성이 농후하다는 말이다.

전술한 3구6명을 가절(歌節)의 양식 개념으로 보려고 한다거나[최정여·성호경], 그것이 범어(梵語)나 우리글자의 음성 언어적 성격에 토대를 둔 것으로서 특히 자(字)와 명(名)을 대구(對句)의 기반으로 설정한 점은 향가가 일정한 자수로 가행(歌行)을 산정할 수 없다는 사실을 보여주는 것[양희철][16]이라는 주장 등은 고시가에 대한 새로운 안목이 필요함을 강조한다. 말하자면 기록된 문자에 근거하고 있는 사람의 발상으로 구술문화나 말 문자에 익숙한 사람의 문학적 발화를

13) 최정여[「향가 분절고」, 『국문학논문선 1: 향가연구』, 민중서관, 1977]와 성호경[「'삼구육명'에 대한 고찰」, 『국어국문학』 86, 국어국문학회, 1981]의 견해 참조.

14) 월터 J. 옹, 이기우·임명진 옮김, 『구술문화와 문자문화』, 문예출판사, 1995, 18쪽.

15) 같은 책, 118-119쪽.

16) 양희철, 『고려향가연구』, 새문사, 1988, 77-113쪽.

분석하는 것이 불가능하거나 불합리하다는 근본적인 이유에서 그렇다고 보는 것이다.

옹(Walter J. Ong)이 말한 바와 같이 문자에 의한 쓰기는, 말하기를 '구술-청각'의 세계에서 새로운 감각의 세계, 즉 시각의 세계로 이동시킴으로써 말하기와 사고를 함께 변화시킨다.[17] 그런데 우리의 옛 시가들은 거의 모두 노래로 전승된 것들이거나, 노래로 전승되다가 대체문자 혹은 본격문자로 기록된 것들이다. 시가의 구비 전승에 있어 노래가 역기능을 발휘한 경우도 있었지만, 시가로 하여금 축어적(逐語的)으로 전승될 수 있도록 한 것은 대체로 노래의 생산적 기능 때문이었을 것으로 본다. 약간의 장애 요인들도 없진 않았겠으나, 음악은 텍스트의 완벽한 고정에 기여할 수 있었던 것이다.[18]

이상의 논리를 전제로 할 경우 우리 시가의 전환은 대체로 그것의 존립 기반이었던 국어와 음악의 변화에 대응되는 현상이었으리라 추측된다. 물론 현 시점에서 국어와 음악의 변화 양상이나 그 시기를 정확히 짚어내는 일은 불가능하다. 그러나 몇몇 기록과 작품들을 연결시킬 경우 그런 추론 자체가 전혀 무의미하지는 않으리라 본다.

요컨대 정치사적 변화의 맥락에 의존할 수밖에 없었던, 문학사 서술의 기존 관습에서 벗어나기 위해서라도 시행착오의 위험쯤은 무릅쓸 필요가 있을 것이다. 더구나 그것이 본격 시대구분의 앞 단계 작업인 전환기의 모색임에랴. 이 글에서는 근대 이전 시가사의 전환점 넷을 들고자 한다. 물론 실제로 시대를 구분할 경우 이런 전환점을 그대로 원용할 수도, 각각의 전환점들 사이에 실재할 수 있는 다양한 전환적 계기들을 기준으로 삼을 수도 있으리라 본다.

---

17) 옹, 앞의 책, 133쪽.

18) 구술물의 전승에서 음악은 필사본을 베낄 때 일어나는 잘못과 마찬가지의 잘못을 일으키기도 한다고 한다. 즉 같은 구절이 문말(文末)에 반복적으로 사용되고 있을 때, 앞의 구절에서 뒤의 구절로 뛰어버리고 그 사이의 부분을 완전히 넘어가버리는 그런 일이 생긴다는 것이다.[옹, 앞의 책, 101쪽.]그러나 기록으로 전승되지 못할 바에야 불완전한 상태로나마 음악의 힘을 빌어서라도 전승될 수 있는 것은 우리말 노래의 유지를 위해서는 크게 도움이 되었다고 생각한다.

## 2. 시가사 전환의 필연성과 장르 교체 양상

### 1) 제1전환점 : 상고시가 → 향가

현재 학계에서는 <공무도하가>, <구지가>, <황조가> 등을 상고시가[가요] 혹은 고대시가[가요]로 통칭한다. 상고나 고대는 역사적으로 시기를 구분하고 한정하는 용어들이다. 그러나 대부분의 연구자들이 상고시가 다음 시기의 것들로 삼국의 노래들을 언급하고 있는 점으로 미루어, 이 노래들이 삼국 이전의 것들로 폭넓게 받아들여지고 있는 것은 사실이다. 그러나 <공무도하가>는 고조선, <구지가>는 가야의 노래였음에 반하여, <황조가>는 고구려 유리왕대의 노래라는 사실이 기록에 남아 있는 점을 감안한다면, 우리가 이 노래들에 '고대'나 '상고'라는 시간적 범주를 일률적으로 관치(冠置)시키는 것이 적절한 일은 아닌 듯하다. 다만 노래의 변화가 역사적 발전 단계와 정확하게 맞아떨어질 수 없다는 점, 정치체제의 변화 과정에는 늘 지나간 시대와 새로운 시대가 겹치는 부분이 있다는 점 등을 고려한다면 고대국가 출범 이후 상당 기간의 문화에는 부족 중심의 원시적 요소가 잔존해왔으리라는 점도 인정될 필요는 있을 것이다. 따라서 '고대가요 또는 고대시가란 원시종합예술 시대로부터 향찰 표기의 향가가 발생하기 이전 시대까지 존재하였던 가요를 지칭한다'는 김승찬의 견해[19]가 막연하긴 하지만 현 시점에서 수용할만한 규정이라 할 수 있다.

세 노래들을 포함한 이 시기의 가요들은 종교나 농경생활과 깊은 관련이 있었고 집단무요의 형태를 지니고 있었으며, 그것들을 만들어 즐긴 선민들의 창조적 능력이 탁월했다고 보는 것이 일반적이다.[20] 이런 점에서 원시종합예술 시대로부터 향가시대로 넘어간 것을 우리 시가사상 의미 있는 시대적 변환의 첫 사례로 파악해야 할 것이다. 그리고 그 구체적인 물증으로 유리왕대의 <두솔가>를 들 수 있으리라 본다.

이 노래에 대한 언급은 『삼국사기』[21]와 『삼국유사』[22]에 나온다. 두 문헌의 기록에 공통되는 내용은 '처음으로 <두솔가>를 지었다는 점, 차사사뇌격이 있었다는 점' 등이다. 여기서 주목할 만한 사항은 개별 노래의 제목과 차사사뇌격이라는 양식[혹은 장르]개념이 구체적으로 등장했다

---

19) 한국문학개론편찬위원회, 『한국문학개론』, 혜진서관, 1991, 51쪽.

20) 정병욱, 『증보판 한국고전시가론』, 신구문화사, 1985, 46쪽.

21) 『교감 삼국사기』, 민족문화추진회, 1982, 권 1, 신라본기 제1 유리니사금, 11-12쪽.

22) 『교감 삼국유사』, 민족문화추진회, 1982, 권 1, 기이 제2·제3 노례왕, 58쪽.

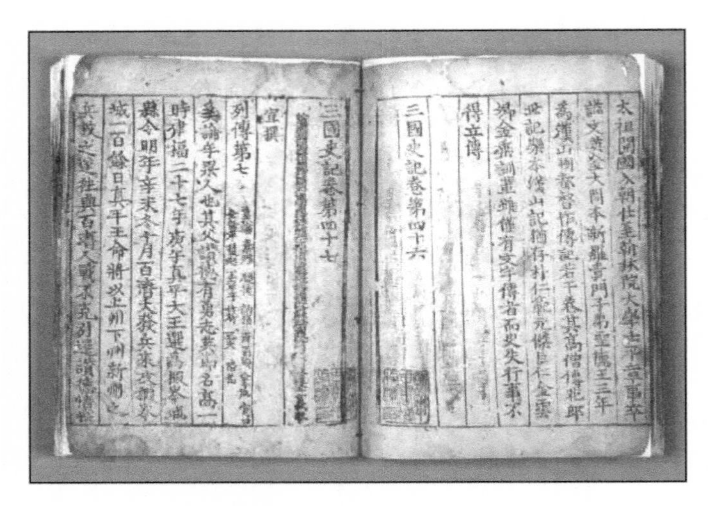
太祖開國入朝仕至翰林院大學士平章事卒
爲漢山州都督作傳記若干卷其高僧傳花郎
世記樂本漢山記猶存朴仁範元傑巨仁金雲
卿金垂訓輩雖僅有文字傳者而史失行事不
得立傳
三國史記卷第四十六

三國史記卷第四十七
列傳第七
奚論牟梁人也其父讚德有勇志英節名高一
時建福二十七年庚午眞平大王選爲椵岑城
縣令明年辛未冬十月百濟大發兵來攻椵岑
城一百餘日眞平王命將以上州下州新州之
兵救之遂往與百濟人戰不克

『삼국사기』 [성암고서박물관 소장본]

는 사실이다.

그런데 그 유리왕대[儒理王代, 24년-57년]에 회악(會樂)과 신열악(辛熱樂)이 창작되었다. 신열악이란 <두솔가>를 올려 부르던 음악이었다. 그 후 내해왕대[奈解王代, 196-230]에 사내악(思內/詩惱樂)이 창작되었으며, 그 후 정확한 연대는 알 수 없지만 사내기물악[思內奇物樂; 原郎徒 지음]·석남사내[石南思內; 道同伐郡樂]·덕사내[德思內; 河西郡樂] 등이 등장했다. 그 뿐 아니라 신문왕(神文王) 9년[689년] 왕이 신촌에 행차하여 잔치를 베풀고 음악을 연주하였는데, 이 자리에서 공연된 춤 가운데 상신열무(上辛熱舞)·하신열무(下辛熱舞)·사내무(思內舞) 등은 사뇌악에 맞추어 연기되던 것들로 보인다. 더구나 애장왕(哀莊王) 8년[807년]에 사내금(思內琴)을 처음으로 연주했다는 사실까지 감안하면 유리왕대부터 애장왕대에 걸쳐 사뇌격이 가·무·악을 지배하는 양식개념으로 자리 잡게 되었음을 알 수 있다.[23]

이미 언급한 하서군악(下西郡樂)과 도동벌군악(道同伐郡樂) 등이 사뇌였다는 사실은 이 시기에 이르러 중앙의 음악과 지방의 음악 대부분이 사뇌격으로 통일되어 있었음을 입증한다. 뿐만 아니라 경덕왕[景德王, 742-765]은 충담(忠談)이 지은 찬기파랑(讚耆婆郎)의 노래를 사뇌가(詞腦歌)라고 지칭하였으며,[24] 그로 미루어 보면 같은 자리에서 짓게 한 <이안민가(理安民歌)> 역시 사뇌가

23) 사뇌(詞腦)·시뇌(詩惱)·사내(思內)·신열(辛熱) 등이 동일한 차자임은 양주동의 『증정 고가연구』, 일조각, 1981, 35-36쪽 참조.

의 범주를 벗어나는 노래는 아니었을 것이다.

흥미로운 사실은 경덕왕대[景德王代, 742년-765]에 <도솔가(兜率歌)>[월명], <제망매가(祭亡妹歌)>[월명], <찬기파랑가(讚耆婆郞歌)>[충담], <이안민가(理安民歌)>[충담], <도천수관음가(禱千手觀音歌)>[희명] 등 다른 왕대에 비해 많은 노래들이 창작된 점이다. 이 가운데 사뇌가의 명칭으로 언급된 것은 <찬기파랑가> 하나뿐이고, <도솔가>와 <제망매가> 관련 배경산문에는 향가라는 명칭이 사용되고 있다. 특히 <도솔가>의 배경산문에는 당시 범패와 병행되던 대립적 장르로서의 향가가 언급되어 있음을 감안하면, 당대의 음악이나 가사, 대중적 선호 양상 등을 좀 더 구체적으로 지칭한 것이 사뇌가이며 이것보다 좀 더 넓으면서도 소박한 개념의 명칭이 향가가 아니었나 생각한다.

경덕왕으로부터 20여년 후에 즉위한 원성왕[元聖王; 785-798]은 그 자신이 몸소 사뇌가를 지었던 듯 하고[25] 같은 왕대에 영재(永才)는 <우적가(遇賊歌)>를 지었다. 원성왕이 궁달의 변화를 잘 알고 있었다는 것은 곧 그의 즉위와 관련된 사건에서 분명해지는데, 물이 불어나 즉위식에 참석치 못한 김주원(金周元)을 대신하여 왕위에 추대되었다는 것은 백성들의 신망이 그에게 있었음을 암시하는 내용의 사건이다. 그리고 그가 당시 민중의 음악이었던 사뇌가를 능숙하게 했고, 그 사뇌가를 통하여 민심의 동향을 파악하고 있었다는 사실 또한 이 기록에 암시되어있다. 말하자면 민심의 동향을 파악하여 행동노선을 잡을 수 있었던 것도 그가 결국 궁달의 변화를 파악할 수 있었다는 사실을 말하는 내용이라고 보아야 할 것이다. 원성왕대 '영재가 향가를 잘 했다'는 기록을 통하여, '사뇌가와 향가'라는 두 개념이 혼용된 것은 경덕왕 대 '향가와 사뇌가'의 명칭이 혼용된 것과 맥을 같이 한다.

그러나 무엇보다도 사뇌가의 존재양상을 가장 뚜렷이 보여주는 기록과 작품은 균여[均如, 923-973]의 <보현시원가(普賢十願歌)>다. 혁련정(赫連挺)은 사뇌가를 '민중들이 즐기던 도구'라 했다. 이 말 속에는 사뇌가의 대중성이 극명하게 설명되어 있다. 민중들이 즐겼다면, 그것은 가·무·악의 세 요소가 한데 어우러진 복합적 예술형태이자 대중예술 형태의 하나였음을 암시한다. 예술 일반의 사뇌격 시대가 정착되어 있었음은 이런 단편적인 사실(史實)들을 통해서도 분명히 드러난다.

유리왕대의 <두솔가>와 <신열악>이 이러한 삼국시대 예술의 사뇌격 시대를 개화시킨 서막이

---

24) 『교감 삼국유사』, 399쪽의 "朕嘗聞師讚耆婆郞詞腦歌" 참조.

25) 『교감 삼국유사』, 129쪽의 "大王誠知窮達之變 故有身空詞腦歌" 참조.

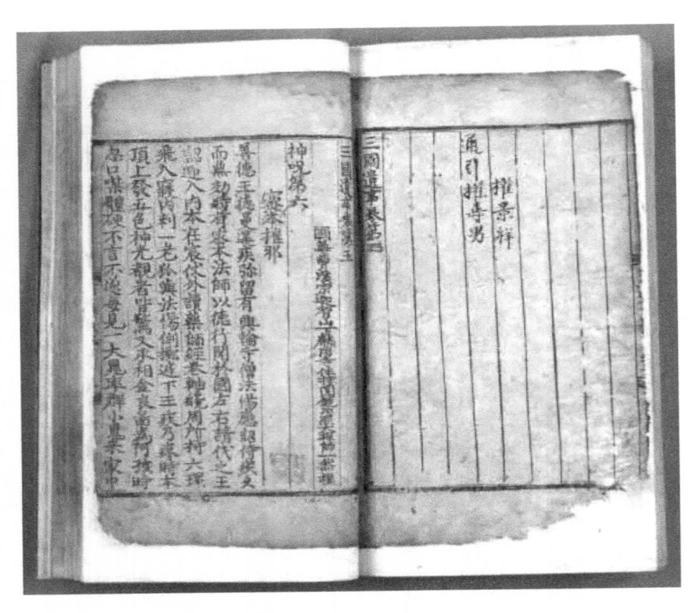

『삼국유사』(규장각 소장 목판본, 보물 제 419호)

되었던 것이다. 이 경우 가무악의 사뇌격이 노랫말의 사뇌격을 포함하는 것은 당연하다. '차사사뇌격'은 차사와 사뇌격으로 구분된다. 차사란 노랫말 가운데 가창 예술적 장치로서의 탄식의 어구를, 사뇌격은 사뇌가의 음악적 형식을 각각 지칭한다. 그런데 이것을 가악(歌樂)의 시발이라 했다. 이 경우 가악이란 일정한 곡조와 악기의 연주를 수반하는 창작음악을 일컫는다. 말하자면 <두솔가>는 역사상 처음으로 등장한 본격 창작음악이었던 것이다.

앞의 인용문에서 신열악과 병기되었던 회악은 아소곡(會蘇曲)이며[26] 유리왕 9년[32년]에 지어진 노래로서 5년에 지어진 <두솔가(兜率歌)>보다 대략 4, 5년 이후에 지어진 작품이다.[27] 흥미로운 것은 '아소아소(會蘇會蘇)'[28]라는 소리가 탄식하는 말[起舞嘆曰]이었다는 설명이다. 다시 말하

---

26) 양주동[앞의 책, 33쪽]과 송방송[『한국음악사연구』, 영남대출판부, 1982, 271쪽의 각주 84]의 견해 참조.

27) 「삼국사기」 권 1, 신라본기 1, 『교감 삼국사기』, 12쪽의 "負者置酒食以謝勝者 於是歌舞百戲皆作 謂之嘉俳 是時負家一女子 起舞嘆曰 會蘇會蘇 其音哀雅 後人因其聲而作歌 名會蘇曲" 참조.

28) 모든 연구자들이 '會蘇'를 '회소'로 음독한다. 이와 달리 비록 문헌적 근거를 제시하지는 않았으나, 일제 강점기 국어학자였던 정희준(鄭熙俊)은 "'會'의 새김 '아'['알'의 'ㄹ'이 탈락한 것]+'蘇'의 음 '소'"[『朝鮮古語辭典附國文古書略誌』, 동방문화사, 1949, 259쪽]로 보아 감탄사 '아소'로 읽었다. 사실 일본어 '會う(あう)'에서 會를 'あ(아)'로 訓讀한 것을 간과할 일은 아니다. 일찍이 향가와 일본 萬葉歌 사이의 동질성을 깊이 있게 분석한 송석래[『鄕歌와 萬葉集의 比較硏究』, 을유문화사, 1991]·이영희[『노래하는 역사: 한·일 고대사 이야기』, 조선

여 여기서 언급된 탄사(嘆辭)는 <도솔가>의 설명에서 언급된 바 있는 "有嗟辭詞腦格"의 '嗟辭'와 동일한 의미를 지니고 있었으리라 추정된다. 그렇다면 '아소'는 우리말의 차자 표기였을 가능성이 크고, 따라서 '아소'는 '아야(阿耶), 아사야(阿邪也)' 등 향가의 감탄어와 같은 말이었을 것이다. 후세 사람들이 그 소리[아소]로 인하여 노래를 지었다면 그 노래가 향가 이외의 다른 장르가 될 수는 없었으리라 본다. 다시 말하여 <두솔가>에서 시작된 사뇌격의 노래는 <아소곡>을 거쳐 그 후의 다양한 노래들로 확대되어 나갔음을 여기서 추정할 수 있다고 본다.

그렇다면 <두솔가> 이전의 노래들은 어떠했을까. 여기서 구별해야 하는 것이 창작음악과 자연발생적 음악이다. 전자는 특정한 의도와 예술미를 전제로 개인이 만든 것이고 후자는 생활현장의 필요에 의해 즉흥적으로 만들어진 원시적 종합예술로서의 집단가무를 지칭한다. 즉 <두솔가>는 예술적 의도를 가지고 만든 최초의 노래로서 예술가요 장르인 향가의 출발점이었다.

<두솔가>가 최초의 창작 가요였다면 그 이전의 노래들은 어떤 성격의 것들이었는지 살펴 볼 필요가 있다. 중국 측의 옛 기록들[29]에 등장하거나 언급되는 우리 노래들은 대부분 원시종합예술 차원의 것들이다. 그 가운데 한역으로나마 그 흔적을 살펴 볼 수 있는 것이 현재 상고시가로 호칭되는 노래들이다. 말하자면 원시부족국가시대의 시가로부터 <공무도하가>, <황조가>, <구지가>[30] 등에 이르는 기간을 하나의 시기로 끊을 수 있을 것이다.

우선 <공무도하가>를 살펴보자. 다양한 해석들이 나왔으나 그 가운데 백수광부 부부를 무격(巫覡)으로 본 견해는 나름대로 신선한 착상이었다. 공후인(箜篌引)설화가 애초에는 백수광부의 비극적 사건을 다룬 단순 설화에서 출발하여 진대(晉代)에 와서 '공후인'이라는 비가(悲歌)의 창출을 알리는 설명 설화로 변이되었다고 한다. 사건의 주인공인 백수광부는 고대사회에서의 미숙련된 무부(巫夫)였을 것이고, 따라서 본 설화는 무부의 주능(呪能) 실패로 인한 비극적인 파멸담인 것으로 보아 샤먼의 능력이 현저히 약화된 것으로 인식되던 시기의 사회적 배경을 깔고 있다는 것이 그 주장의 핵심이다.[31]

---

일보 출판국, 1994] 등 선학들의 연구결과는 일본 고대의 표기법이나 노래 등이 신라로부터 많은 영향을 받았음을 보여준다. 이 점에 대해서는 차후 상론하기로 한다.

29) 『삼국지』「위서」 부여전·고구려전·예전·한전 등의 기록 참조. 『국역 중국정사조선전』, 국사편찬위원회, 1986, 520-542쪽.

30) 이 노래가 실려 있는 『삼국유사』의 해당기록에는 '후한 광무제 18년[임인; 신라 유리왕 19년, 서기 42년]으로 되어 있다. 그러나 그 당시에 이 노래가 지어진 것은 아니다. 적어도 이 노래는 그보다 훨씬 전에 생겨난 것으로 보아야 한다. 주몽의 <백록가(白鹿歌)>와 연관시켜 보아도 그 점은 분명해지리라 본다.

필자 역시 그 견해에 흥미를 갖고 있으나, 설화 속에서 일어나고 있는 부부의 행위를 실제로 연행된 굿 절차 속의 연기(演技)라고 보는 점에서 생각이 다르다. 즉 오구굿이나 수망(水亡)굿에서 볼 수 있는 초망자굿의 한 절차로 파악하는 것이 타당하리라는 말이다. 무당 부부는 물에 빠져 죽은 백수광부와 그의 처로 분(扮)하여 지나간 상황을 재연하고 있는 것이다.

설화 속에서 백수광부의 가면을 쓴 박수가 술병을 끼고 있는 것은 음주·가무로 엑스터시 상황을 유발시키는 샤먼의 전통적 수법이다. 남편이 술에 취하여 물에 빠져 죽었고, 그의 죽음으로 인해 삶의 목표를 상실한 아내 역시 죽음을 선택하였으며 그녀는 죽기 직전 넋두리를 한 바탕 벌인 실제 상황이 있을 수 있다. 당연히 그 사실은 동네사람들을 감동시켰고, 그에 따라 그들은 합동으로 두 사람의 혼을 위로하고 천도하는 굿을 해주게 되었다는 추정이 가능하다. 이 굿을 청탁받은 무당 부부는 두 사람의 행위를 연기하면서 그들의 불행을 위로하고 혼을 건져주는 굿을 치룬 것이다. 지근(至近)의 거리에 있던 곽리자고가 단순히 방관자적인 구경꾼으로 일관한 것도 이 상황이 실제 아닌 연기였음을 입증한다.

지노귀굿 절차 가운데 망인의 영혼을 청해서 '뒷영실'이라 하며 망인의 영혼이 무(巫)에게 실려 푸념하는 '넋 청배(請拜)'가 있다.[32] 이 설화에 반영된 것은 바로 그 넋 청배의 한 장면일 수 있다.

곽리자고는 그 무당의 애절한 넋두리를 아내 여옥에게 전달하였으며, 여옥 또한 그것을 노래로 편곡하여 이웃 여인들에게 전하게 되었다. 물론 무대는 실제 상황이 발생한 바로 그곳이다. 따라서 이 스토리는 무당부부에 의해 모방된 원래의 부부가 모두 물에 빠져 죽음으로써 마무리된다. 곽리자고는 관객 중의 한 사람이자 그 넋두리의 전달자였고, 여옥은 개작 및 편곡자였다. 이와 같이 무당이 물에 빠지기 전 무대에서 재연한 것은 슬피 우는 장면이었다. 곡(哭)은 소리와 사설(辭說)이 합쳐진 표출형태다. 그 가운데 사설이 바로 넋두리다. <공무도하가>는 원초적 발화인 넋두리가 예술적으로 형상화된 형태다. 넋두리는 넋을 돌리는 발화 행위, 즉 환혼(還魂) 혹은 초혼(招魂)이다. 외국인이었던 최표(崔豹)에게는 자연발생적인 넋두리가 일종의 예술로 인식되었을 가능성이 있다. 여옥에 의해 만들어진 악곡 '공후인'은 중국 쪽에 전해져 금조(琴操)로 정착되었고 우리 쪽 문헌들에도 많이 인용된 바 있다.[33] 결국 <공무도하가>는 제의의 현장으로부터

31) 김학성, 『한국고전시가의 연구』, 원광대 출판국, 1980, 297쪽.

32) 고려대민족문화연구소, 『한국민속대관 3 : 민간신앙·종교』, 고려대민족문화연구소출판부, 1982, 259쪽.

33) 『고금주(古今注)』[최표], 『금조(琴操)』[채옹], 『금조(琴操)』[공연], 『악부시집(樂府詩集)』[곽무천] 등의 중국

나타난 자연발생적 가요였던 셈이다.

제의의 현장에서 쓰였거나 자연 발생적 성격을 지녔다는 점에서 <구지가>나 <황조가>도 마찬가지다. <구지가>는 「가락국기」의 문맥 속에 삽입되어 있다. 「가락국기」는 가야의 역사이면서 건국신화다. 수로는 가락 최초의 군장이 아니라 가락이 소위 6가야의 맹주국으로 두각을 나타내기 시작했을 때의 군장[中始祖]이며, 부족국가의 출발이 「가락국기」에는 후한 건무 18년이라고 되어 있으나 이것은 믿기 어려운 전설적 연대로서 수로와 6가야의 연맹 결성은 서기 200년대인 제3세기에 해당한다는 견해[34]와 수로는 세습권이 인정된 최초의 왕이었다는 견해[35] 등이 기존 사학계에서 제기된 바 있다. 그러나 「가락국기」 문맥의 이면을 살필 경우 가야 건국의 주체가 수로왕이고, 그가 유이민(流移民)의 신분으로 그곳에 들어왔다는 사실이 암시되어 있다.

천강(天降)한 알로부터 태어났다는 은유는 수로가 외래인이었다는 점을 분명히 보여준다. 그 점은 실지(實地) 답사로 「가락국기」의 사실성을 입증한 이종기(李種琦)에 의해서도 밝혀진 바 있다.[36] 두 마리의 신어상(神魚像)과 활을 중심으로 허왕후의 출자(出自)를 추적, 기록대로 갠지스강 유역의 아요디아왕국을 찾아낸 것이다.[37] 수로왕이 허황옥의 도착을 기다리고 있었다는 「가락국기」의 기록은 그들 모두가 외래인이었음을 시사한다. 수로가 김해지방의 철산을 지배하던 단야왕(鍛冶王)[38]이자 복화술(腹話術)로 무리들을 최면의 상태로 유인하던 무격적(巫覡的) 존재[39]였을 수도 있다는 점을 전제로 한다면 그러한 조건들은 모두 그가 그 지방의 지배자로 공인될 만한 최소한의 징표들이었음을 의미한다.

수로왕의 출신에 관하여 '소호금천씨(少昊金天氏)의 후예인데 동한(東漢) 광무제(光武帝) 건무(建武) 18년에 처음으로 나라를 세우고 호를 임금이라 하였다'는 허목[許穆, 1595-1682]의 설

---

문헌들과 『오산설림초고(五山說林草藁)』[차천로], 『이십일도회고시(二十一都懷古詩)』[유득공], 『지봉유설(芝峰類說)』[이수광], 『연암집(燕巖集)』[박지원] 등의 조선 문헌에 실려 있다.

34) 이병도, 『한국고대사연구』, 박영사, 1985, 309쪽.

35) 윤석효, 「가야의 문화 연구」, 『민족사상』 1, 한성대학 민족사상연구소, 1983), 170-172쪽 참조.

36) 『가락국탐사 一』, 일지사, 1977, 32-38쪽.

37) 최근 김병모도 같은 취지의 조사결과를 발표하였다. 그러나 김병모의 조사에 의하면 아요디아의 지배계급이 쿠샨세력에 밀려 운남지방 대리국(大理國)을 중심으로 한 중국의 서남 지방으로 옮겨 간 것으로 보았다. 즉 서기 32년에 태어난 허황옥의 6-7대 선조들이 서기전 165년쯤 아요디아를 떠나 그곳에 정착했다는 것이다. 그들은 쌍어신앙의 집단이었다고 한다.[『김수로왕비 허황옥』, 『쌍어의 비밀』, 조선일보사 편집국, 1994 참조.]

38) 윤석효, 앞의 논문, 170-172쪽.

39) 이종기, 앞의 책, 32-38쪽.

명,[40] '황제헌원씨(黃帝軒轅氏)→ 소호금천씨'를 수로의 선계로 잡고, 수로의 12대손인 서현(舒玄)과 만명(萬明)부인 사이에서 김유신(金庾信)이 나왔다는 주장[41] 등은 「가락국기」나 <구지가>의 본질을 해명해주는 의미심장한 측면을 지니고 있다.

문정창도 수로가 소호금천씨의 후예임을 문헌적·고고학적 탐색에 의해 밝힌 바 있다. 즉 수로를 포함하여 6가야의 건설자로 「가락국기」에 나타난 여섯 알은 전한(前漢)을 찬탈하여 17년 사직의 신제국(新帝國)을 건설했던 왕망[王莽, BC45-AD23]의 족당이었을 것이라 한다. 소호금천씨의 후예인 휴도왕의 아들 김일제[金日磾, BC134-BC86]의 증손자 왕망이 후한의 국조 유수[劉秀, BC57-6]에게 패한 것이 신라 유리왕 2년[서기 25년]이었는데 망의 족당 6인이 김해에 도착한 것은 그로부터 17년이 지난 유리왕 19년[서기 42년]이었다 한다.[42]

「가락국기」에 나타난 수로의 등장 부분은 등극제의에 관련된 극 행위[dromena]다. 기존 지배세력과 백성들 모두의 추대 형식을 빌려 즉위했다는 것은, 그것이 비록 후대에 이루어진 행사나 그에 관한 기록이라 할지라도, 왕권을 장악한 수로족의 현실인식을 극명히 드러낸다. <구지가>는 이 지방 민중들 사이에서 불리던 집단가요였으며 「가락국기」가 형성되기 이전부터 이 지방에서 행해지던 영신굿 무가 중의 하나다. 즉 천신(天神)인 수로가 지령(地靈)인 신구(神龜)를 기다려 강림하는 신화의 유형에 꼭 들어맞는다는 것이다.[43] 일정한 장소에서 백성들이 함께 어울려 신을 맞고 춤추며 놀았다는 것은 그곳이 그들의 욕구나 현실적 이해관계가 합일될 수 있는 공동의 장이었음을 의미한다. 그런 상황을 통찰할만한 현실인식이나 예지 및 경험을 지니고 있었던 수로족으로서는 자신들의 집권을 정당화시킬만한 합리적 근거를 모색하는 일이 시급한 과제였고 그 결과 이러한 전통적 집단행사와 자신들의 집권의지를 접맥시키는 방법을 택하게 되었던 것이다.

<구지가>는 수로가 왕으로 등극하기 위한 통과제의의 한 제차(祭次)로 불린 노래다. 그것은 오래전부터 행해지던 집단행사 중의 한 단계였으며 「가락국기」 초반에 삽입됨으로써 수로족의 등장 자체를 신성화·신비화시키는 데 결정적인 역할을 하였다. <구지가>는 오래전부터 불려오던 노래였지만, 그러한 구조의 노래들은 이미 그 이전에도 그 이후에도 있었다. <구지가>를 중심으로 할 경우 이전의 노래로서 <백록가>를, 이후의 노래로서 <해가(海歌)>와 <석척가(蜥蜴歌)> 등을

---

40) 「許氏先墓碑文石誌」, 『국역 미수기언Ⅱ』, 민족문화추진회, 1984, 112쪽.

41) 三品彰英, 「三國遺事 考證—駕洛國記(二)—」, 『朝鮮學報』 30, 天理大 朝鮮學科研究室, 1964, 117-118쪽 참조.

42) 문정창, 『가야사』, 백문당, 1978, 17-18쪽.

43) 소재영, 「가락국기 설화고」, 『어문논집』 10, 고려대 국어국문학연구회, 1967, 140쪽.

들 수 있다. 송양왕(松讓王)과의 투쟁 과정에서 주몽이 승리하는 계기로 나타나는 것이 바로 <백록가>[44]이며 <해가>[45] 및 <석척가>[46]도 주술제의에서 불린 의식의 노래들이다. 이 노래들의 주술대상은 하늘이며 주술매체는 각각 사슴, 거북, 도마뱀 등이다. 따라서 이들 노래에 등장하는 주술매체와 밀접한 관계를 맺는 경제 형태는 수렵 혹은 반농반어(半農半漁)라고 할 수 있다. 그렇기 때문에 이런 성격의 노래들은 <두솔가>를 필두로 사뇌가 장르가 자리 잡으면서 가요계의 주류로부터 밀려나 그 명맥만을 겨우 유지하게 되었던 것이다.

상고시대의 노래들은 민간에서 자연적으로 발생되었거나 굿을 비롯한 의식에서 제차의 하나로 쓰이던 것들이었다. 따라서 이들 노래로부터 표출되는 서정성은 주술적 시의식과 밀접한 상관성을 갖고 있었음을 알 수 있다. 이들 노래에서 사뇌가로 넘어간 것은 집단정서에서 개인정서로의 전환과 등가 관계를 나타낸다. 이와 같이 '부르고 듣는 문학'이 대체문자를 통하여 기록문학으로 합류된 시발점이자 개인적 정서 중심의 서정미학을 구현하는 단계로 진입하게 된 단서가 바로 <두솔가>이다. 첫 단계의 전환점을 이 노래로 보는 이유도 여기에 있다.

### 2) 제2전환점 : 향가 → 훈민정음 창제와 속악가사의 기록문학화

고전시가의 두 번째 큰 전환점을 훈민정음 창제와, 그것을 사용하여 고려속가들을 기록하게 된 시점으로 잡고자 한다. 다시 말하면 이것을 본격문자에 의한 전통노래의 기록문학화라고 볼 수 있다. 국어사의 측면에서는 훈민정음 창제가 처음으로 전면적이요 정확한 국어 표기를 가능케 해 주었다는 점에서 의의가 있을 뿐, 언어 자체의 변화를 가져온 것은 아니라고 하지만[47] 시가문학의 측면에서는 그것이 본격문자의 등장과 사용이라는 측면에서 대체문자 사용시기로서의 사뇌가 시대와 다른, 새로운 시대의 개막을 알리는 단서로 간주될 수 있다고 본다. 훈민정음 창제로 새롭게 등장한 장르는 고려속가들을 포함한 기존의 우리말 노래들이다. 고려속가들은 그 명칭에

---

44) 「東國李相國全集」 卷三 · 古律詩, 東明王篇 幷序, 『한국문집총간 1』, 민족문화추진회, 1990, 318쪽의 "天若不雨而漂沒沸流王都者/我固不汝放矣/欲免斯難/汝能訴天" 참조.

45) 「삼국유사」 권제2 · 기이제이, 수로부인, 『교감 삼국유사』, 120쪽의 "龜乎龜乎出水路 掠人婦女罪何極 汝若悖逆不出獻 入網捕掠燔之喫" 참조.

46) 이능화, 『조선무속고』, 영신아카데미 한국학연구소 영인, 1977, 21쪽의 "蜥蜴蜥蜴/興雲吐霧/俾雨滂沱/放汝歸去" 참조.

47) 이기문, 『국어사개설』, 탑출판사, 1983, 84쪽.

서 명시되는 바와 같이 이미 고려시대 혹은 그 이전부터 불렸거나 존재했던 노래들이다.48) 그리고 여러 가지 사례들로 미루어 볼 때 향찰이나 이두 혹은 구결 등으로 대표되는 대체문자에 의해 기록되었을 가능성은 농후하다. 다음의 기록들은 그 점에 대한 방증으로 들 수 있는 것들이다.

(a) 속악은 그 말이 대부분 비리해서, 그 중 심한 것은 노래의 이름과 지은 뜻만을 기록하기로 한다.[『고려사』 권 70, 1·악 1]

(b) 고려의 속악은 여러 악보를 참고해서 실었다. 그 중에서 〈동동〉 및 〈서경〉이하의 24편은 다 이어(俚語)를 쓰고 있다.[『고려사』 권 71, 30·속악]

(c) 〈동동〉이라는 놀이는 그 가사에 송축하는 말이 많이 들어 있는데, 대체로 선어를 본뜬 것이다. 그러나 가사가 이어라서 싣지 않는다.[『고려사』 권71, 32]

(d) 신라 백제 고구려의 음악도 고려에서 모두 사용하고 그것을 악보에 편입했다. 그래서 여기에 부쳐둔다. 가사는 다 이어다.[『고려사』 권 71, 43]

『고려사』는 고려시대의 원 사료들을 바탕으로 찬술된 만큼 고려시대사로서는 비교적 완벽한 모습을 갖추고 있다. 따라서 고려왕조에 대한 조선왕조의 상대적 우위를 강조하기 위한 내용을 제외한 『고려사』의 나머지 부분들은 비교적 정확한 사료에 입각하여 기술되었으리라 짐작된다. 필자의 논리를 뒷받침한다고 보는 「악지」의 경우에도 이 원칙이 반영되었을 것은 의문의 여지가 없다. '대부분 비리하다'고 본 그 말이 구비 상태의 그것을 지칭했다기보다 우리말을 기록한 문헌이었음은 이 책이 문헌사료를 바탕으로 했다는 점에서 분명해진다(a). 더구나 『고려사』의 편찬자들이 악공이 아닌 이상 구전되던 노래들을 기억하고 있었을 리 만무하기 때문이다. 따라서 당시 고려의 속악은 악보와 함께 가사까지 기록으로 남아 있었음은 이 기록으로도 뚜렷해진다.

또한 악보에 나온 <동동> 및 <서경> 이하 24편의 고려속악들은 모두 이어로 기록되어 있다고 하였다(b). 이 경우 이어는 어떻게 기록되어 있었을까. 만약 그것들이 한역되어 있는 경우였다면, 그것을 가리켜 이어를 사용했다고 말할 수는 없었을 것이다. 이 노래들을 악보에 기록한 것은 고려시대의 일이니 대체문자를 사용하여 기록하는 것 외에 다른 방법이 없었을 텐데, 그 대체문자

---

48) 박노준도 신라의 민요가 대체로 세 갈래의 양상[1. 향가에 흡수되었거나, 2. 궁중악으로 쓰이게 되었거나, 3. 민간사회에 그대로 남겨진 상태에서 유지되었다]을 보였고, 그중 상당수의 작품들이 신라 당시 이미 궁궐에 유입되어 왕실음악으로 사용되다가 고려의 궁중악으로 계승되었다고 하였다[『고려가요의 연구』, 새문사, 1990, 8-9쪽].

란 바로 향찰이었을 가능성이 높다.

<동동>의 가사에 많이 들어 있는 송축의 말은 대체로 선어를 본뜬 것으로 이어로 되어 있어 싣지 않는다고 하였다(c). '이어'란 우리의 구어를 말한다. 본격 문자가 등장하지 않았거나 아직 표기 방법이 체계화되지 않은 상태에서 대체문자를 사용하는 것은 불가피한 일이었음을 알 수 있다. 이런 점은 고려에서 신라·백제·고구려 등 삼국시대의 음악을 악보로 편입하여 사용했는데, 그 노랫말이 모두 이어였다는 사실에서도 입증된다(d).

이들의 설명을 통하여 우리는 훈민정음 창제 이후 국문표기로 등장한 고려속가들이 원래는 대체문자로 기록되어 있었다는 확신을 가질 수 있다. 물론 그 대체문자는 향찰이었을 것이다. 왜냐하면 고려에서 이미 삼국시대의 노래들을 수용했기 때문이다. 굳이 '삼국시대의 노래'라고 못 박아 놓은 것은 이미 삼국시대에 기록으로 정착된 점을 강조하기 위해서였다. 삼국시대에 우리말 노래들을 기록했다면 그 기록수단은 향찰이 거의 전부였다고 보아야 한다. 고려 조정에서는 향찰로 정착되어 있던 삼국시대의 노래들을 수용하여 자신들의 속악으로 사용하는 한 편, 그런 기록수단을 동원하여 자신들의 노래를 기록하기도 했다. 그러니 적어도 우리말 노래의 분야에서는 삼국시대에 이어 고려 일대를 대체문자 기록시기로 잡아야 할 것이다.

유일하게 작자가 뚜렷한 <정과정>의 경우, 치밀한 역사·실증적 고찰에 의해 의종 10년[1156] 4-8월 사이에 지어졌으리라고 추정한 주장이 있다.[49] 그러나 이 노래가 문헌에 나타나는 것은 이제현의 해시(解詩)[50]와 『대악후보(大樂後譜)』[51], 『악학궤범(樂學軌範)』 등이다. 『대악후보』는 세조조의 음악을 반영한 책[52]이고, 『악학궤범』은 성종 24년(1493) 성현(成俔) 등에 의해 편찬된 책이다. 이 노래는 고려조에서 일부분만 한역되어 기록으로 남겨졌으며, 조선조에 넘어와서는 훈민정음 창제 이후 비로소 본격문자인 국문으로 기록될 수 있었다. 따라서 의심의 여지없이 이 노래 또한 당대에는 대체문자로 표기되어 있었을 것이다. <정과정>의 창작 년도인 1156년으로부터 이제현의 생존기간까지는 130여년, 세조 재위기간[1455-1468]까지는 무려 300여년이나 떨어져 있다.

---

49) 정무룡, 『정과정 연구』, 신지서원, 1996, 231-240쪽.

50) 「益齋亂藁」 권4, 小樂府, 『韓國文集叢刊 2』, 민족문화추진회, 1990, 537쪽.

51) 『大樂後譜』 권5, 「時用鄕樂譜」, 國立國樂院傳統藝術振興會, 1989, 141-159쪽. 이 책에 이 노래의 악보와 가사가 <眞勺一>·<眞勺二>·<眞勺三>으로 실려 있다.

52) 장사훈, 「대악후보 해제」, 『대악후보』, 5쪽.

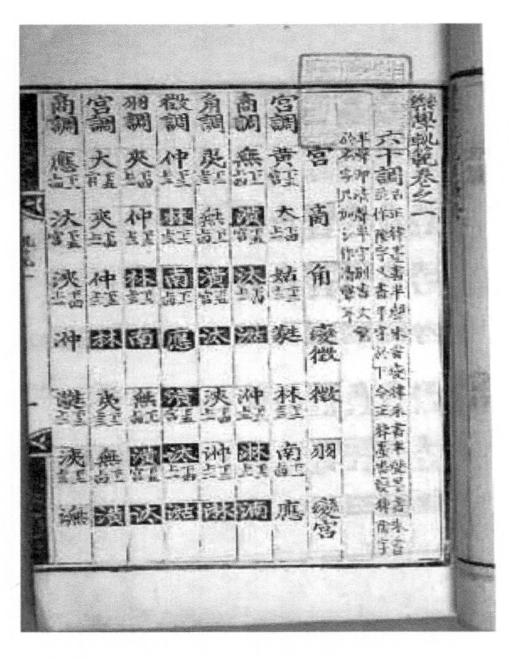

『악학궤범』 [국립중앙도서관 소장본]

그런데 이 노래 바로 전인 1120년[예종 15년]에는 사뇌가인 <도이장가>가, 이보다 약 1세기 전에는 현종 이하 12 신하의 <경찬시뇌가(慶讚詩腦歌)>가 각각 출현한 바 있다. 그리고 <경찬시뇌가>로부터 대략 1세기 전에 균여의 <보현시원가>가 창작되었다. 그런데 <경찬시뇌가>의 창작 경위를 설명하는 「비음기(碑陰記)」에 '방언으로 시를 짓는 풍속이 있었는데 비록 (한시와) 같지는 않지만 일을 찬양하고 뜻을 펴는 데는 이것(한시로 된)과 다름이 없다'(a)거나 "'차탄해도 족하지 않으면 노래로 읊고, 노래로 읊어도 족하지 않으면 춤을 춘다'는 요지의 「시경대서」"를 인용(b), 노래의 자연발생적 당위성을 강조한 부분이 나온다. 이런 논리적 전제를 바탕으로 "임금이 향풍체가(鄕風體歌)를 지었고, 신하들에게도 경찬시뇌가를 짓도록 했다"(c)는 것이다.

이런 사실들은 고려에 들어와 한시가 융성하긴 했으나 그와 함께 우리말 노래의 창작이나 가창 역시 병행되고 있었음을 암시한다. 말하자면 삼국시대 이래 지속되어 오던 대체문자 기록 관습이 이 시기까지 변함없이 이어지고 있었으며, 그런 경향은 창작시기가 비교적 뚜렷하게 추정되는 <정과정>에까지 이어지고 있었음을 드러낸다.

이제현이 <정과정>의 한 부분을 한역한 것은 지속되는 대체문자 기록의 관습을 인정하면서도 신장되던 한문학 세력의 현실을 인정하여 악부(樂府)라는 명분으로 반영한 결과인 듯하다. (a)는 한시에 대한 우리말 노래의 독자성이나 우리말 노래가 한시에 비하여 손색이 없다는 점을 강조한 내용이다. 이 내용은 이미 앞 시기의 최행귀(崔行歸)가 중국 글자로 된 시(詩)와 우리말로 된 가(歌)가 전혀 다른 것이지만, 문리(文理)에 있어서는 우열을 가릴 수 없을 만큼 서로 대등하며 양자가 함께 의해(義海)로 돌아가긴 마찬가지라는 점을 강조한 논조와 정확히 부합한다.[53] (b)는

53) 『균여전』 제 8 「역가현덕분자」, 최철·안대회, 『역주 균여전』, 59쪽의 "然而詩構唐辭 磨琢於五言七字 歌排鄕語 切磋於三句六名 論聲則隔若參星 東西易辨 據理則敵如矛楯 强弱難分 雖云對衒詞鋒 足認同歸義海 各得其所 于何不臧" 참조.

(a)의 논리를 보충하기 위해 「시경대서」를 인용한 부분이다. 이 글에서는 원래의 글 가운데 있던 "在心爲志 發言爲詩 情動於中而形於言 言之不足 故嗟歎之"를 생략하였다. 즉, 정이 마음속에서 움직이면 말에 나타나는데 그 마음속의 생각[志]을 말로 나타낸 결과가 시라는 것이다. 시로부터 두 단계 나아간 지점에 노래가 위치함을 드러낸 것이 「시경대서」의 본뜻이다.

물론 시와 노래 사이의 상대적 우열을 가리자는 것이 이 글의 뜻은 아니나 시와 노래의 근원을 따져 변별하고자 하는 의도만은 분명히 드러나 있다. 이런 논리적 바탕 위에서 (c)가 이루어진 것이다. 임금이 향풍체가에 의거하여 노래를 지었고, 신하들로 하여금 <경찬시뇌가>를 짓도록 했기 때문에 <경찬시뇌가> 역시 향풍체가의 구조와 체제를 갖추고 있었을 것은 물론이다. 향풍체가는 대체문자로 기록된 넓은 범위의 노래양식을 지칭하는 데 비해, <경찬시뇌가>는 그 범주 안의 특정한 형식을 말한다고 보아야 한다. 다시 말하면 사뇌가를 포함한 넓은 범주의 노래들을 포괄적으로 지칭한 것이 향풍체가라는 용어이며, 그 가운데 <경찬시뇌가>는 부처를 경찬하는 사뇌가로 범위를 좁힌 용어라 할 수 있다.[54]

그런데 향가집인 『삼대목』이 진성왕 2년[888년]에 편찬되었다. <보현시원가>는 『삼대목』의 편찬으로부터 대략 50여년, <경찬시뇌가>는 <보현시원가>로부터 대략 70여년, <도이장가>는 <경찬시뇌가>로부터 대략 90여년 뒤에 나온 작품이다. 그리고 <정과정>은 <도이장가>로부터 대략 30여년 후에 지어진 것이다. 따라서 『삼대목』의 편찬으로부터 <정과정> 창작까지는 260여년의 기간이 흐른 것으로 볼 수 있다.[55] 『삼대목』 편찬까지가 향가문학의 전성기이고, 그 이후를 쇠퇴기라 할지라도 연대 추정이 가능한 향가 작품들 사이의 시간적 간격이나 전체 향가 시대의 지속을 감안할 때 적어도 <정과정>을 비롯한 고려속가들의 1차적 텍스트가 이루어진 시기까지는 대체문자 기록시대로 보아야 할 것이다. 그러나 문제는 대체문자로 기록되었을 1차 텍스트들을 현재 우리의 눈으로 확인할 수 없다는 점에 있다.

기록되는 문자가 다를 경우 내용이나 형태상의 변개가 일어날 것은 당연하다. 대체문자로 된 텍스트를 본격문자로 바꿀 경우, 우리는 이 양자를 같은 텍스트로 볼 수 없다. 상당수의 연구자들은 대부분의 고려속가들이 민간가요들을 궁중악으로 수용하면서 이루어진 노래들로 보고 있다. 그렇다면 고려 당대에는 대체문자로 기록된 것이 텍스트이고, 그 소원으로서의 민간가요들은

---

54) 명칭으로 미루어 내용이나 형태상 <보현시원가>와 밀접한 관련을 맺는 노래라고 보나 여기서는 상론하지 않는다.
55) 필자의 견해와 같이 <도솔가>로부터 사뇌가 장르가 출발된다고 가정한다면, 『삼대목』 편찬까지는 860년의 간격이, <서동요>로부터 친다 해도 300여년의 간격이 각각 생기게 된다.

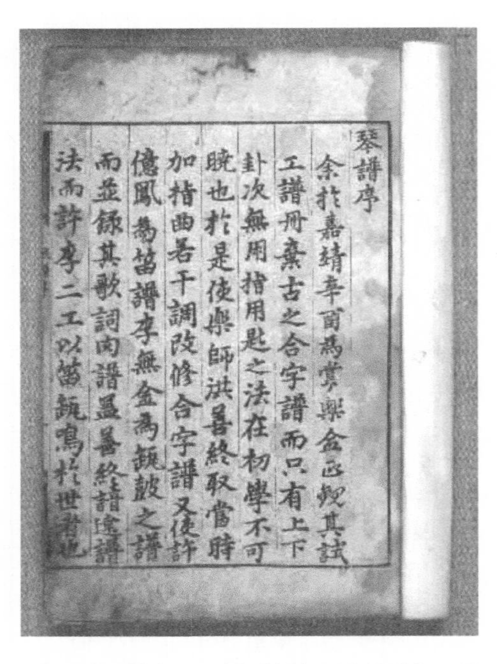

琴譜序
余於嘉靖辛丑爲掌樂僉正閱其試
工譜冊棄古之合字譜而只有上下
卦次無用指用匙之法在初學不可
曉也於是使樂師洪善終取當時
加指曲若干調改修合字譜又使許
億鳳爲笛譜李無金爲鞉鼓之譜
而並錄其歌詞內譜區善終諳達譜
法而許李二工以笛鞉鳴於世者也

『금보』 [『금합자보』, 간송미술관 소장 목판본, 보물 제 283호]

원 텍스트라고 할 수 있을 것이다.

조선시대로 들어오면 본격문자인 훈민정음으로 기록된 것이 텍스트이고, 대체문자로 기록된 것들은 원 텍스트의 범주에 속한다. 원 텍스트가 분명히 존재하긴 했을 것이나 그것의 실체를 알 수 없는 이상, 그것을 쉽사리 재구할 수 없다. 따라서 그것을 잠재적 텍스트로, 본격문자에 의하여 기록된 현존의 텍스트들을 현상적 텍스트로 각각 명명하여 구분하는 것이 타당하다.

그렇다면 본격문자 기록시대의 개막을 어디로 잡을 것이며, 그에 관하여 문학사적으로 어떤 의미를 두어야 할 것인가. 시가문학사상 국문으로 기록된 최초의 텍스트는 고려속가다. 대체문자로 이루어진 잠재적 텍스트의 존재를 인정한다 해도 본격문자인 국문의 고려속가들은 시가사상 처음 출현했다고 보아야 한다. 이 국문시가들의 출현을 계기로 새로운 장르들 또한 속속 등장하게 된 것이다. 그리고 고려속가들은 조선 초기 상당기간 조야(朝野)에서 가창되거나 연주되었다. 왕조의 교체가 곧바로 예술장르의 교체를 의미하지 않는다는 점을 감안한다면, 이런 현상은 지극히 자연스러운 모습이기도 하였다.

<진작>·<이상곡>·<만전춘>·<서경별곡>·<한림별곡>·<쌍화점>·<북전>·<동동> 등은 『대악후보』에 실린 향악곡들[56] 가운데 들어있는 고려 노래들이다. 특히 지금까지 경기체가라는 별개의 장르로 간주되어 오던 <한림별곡>이 적어도 음악상으로는 여타의 고려노래들과 함께 속악의 범주에서 함께 불려왔다는 점을 이 시기 문헌들을 통하여 확인할 수 있다.

이와 같이 훈민정음의 창제와 고려속가들의 기록을 시가사의 두 번째 전환점으로 보는 것이

---

56) 이외의 노래들로 <속악원구악(俗樂圜丘樂)>·<창수곡(創守曲)>·<시용 보태평(時用 保太平)>·<시용 정대업(時用 定大業)>·<유황곡(維皇曲)>·<정동방곡(靖東方曲)>·<시용향악 치화평(時用鄕樂 致和平)>·<취풍형(醉豊亨)>·<봉황음(鳳凰吟)>·<납씨가(納氏歌)>·<횡살문(橫殺門)>·<감군은(感君恩)>·<만대엽(慢大葉)>·<보허자(步虛子)>·<영산회상(靈山會相)>·<자하동(紫霞洞)> 등을 들 수 있다.

타당하다.

3) 제3전환: 고려속가 → 대엽(大葉)의 출현과 성행

고려속가들이 본격문자인 훈민정음으로 다시 기록되면서 우리의 시가는 새로운 전환기를 맞았다. 말과 글자가 실질적으로 부합되었다는 점, 그로 인하여 시가의 창작과 수용이 원활해졌으며 새로운 장르의 창출에도 크게 기여할 수 있었다는 점 등을 감안하면 기록수단의 변화야말로 시가사상 큰 전환점으로 간주되어야 할 것이다. 즉 말과 부합하는 문자에 의해 기록됨으로써 현존 시가형태에 대한 인식을 심화시켰음은 물론 내용이나 형태의 변이를 통하여 새로운 장르의 안출에도 큰 기여를 할 수 있었다는 것이다. 그 가운데 주목할 만한 변화는 <과정삼기곡(瓜亭三機曲)>, 즉 고려속가 <정과정>으로부터 대엽이 파생되었다는 점이다. 양덕수(梁德壽)는 당시 사용되고 있던 대엽의 만·중·삭이 모두 <과정삼기곡>으로부터 나왔다고 하였다.[57)]

그렇다면 <과정삼기곡> 즉 <삼진작>의 '진작'은 언제부터 존재하였을까. 고려 충혜왕이 음란한 소리를 좋아하여 대궐 후전(後殿)에서 신성음사(新聲淫詞)를 즐겼는데, 이것을 <후전진작(後殿眞勺)>이라 한다고 했다. 그리고 진작에는 '만·평·삭조(慢·平·數調)'가 있다고 했다.[58)] 그렇다면 진작은 이미 12세기 이전부터 사용되고 있었으며, 그 후 고려 일대는 물론 조선조에 들어와서도 여전히 성행되고 있었음을 알 수 있다. 충혜왕[재위 1330-1332, 1339-1344] 연간은 <정과정>으로부터 대략 180여년이 경과한 시기이며 충렬왕[재위 1274-1308] 때 김원상(金元祥) 등이 신조(新調)를 지어 바친 것은 <정과정>으로부터 대략 110여년이 지난 시점이다. 따라서 김원상의 신조는 진작으로부터 파생된 곡조였을 가능성이 크다. 말하자면 진작이 원래의 모습 그대로이거나 약간 변한 상태에서 충혜왕 대의 <후전진작>이 나오게 된 한 갈래와, 그것으로부터 파생된 또 하나의 갈래가 공존하면서 노래문화를 유지시켜 왔을지 모른다는 추정이 가능하게 된다. 이 경우 파생된 곡이 바로 <만대엽>이었을 공산이 크다.

『금합자보(琴合字譜)』[1572년(선조 5년) 안상 편찬]에는 <정석가>·<한림별곡>·<사모곡>·<감군은>·<여민락>·<보허자> 등과 함께 평조만대엽이 실려 있다. 흥미로운 것은 독립된 노래

---

57) 「양금신보(梁琴新譜)」, 현금향부(玄琴鄕部), 『한국음악학자료총서 14』, 국립국악원전통음악진흥회, 1989, 77쪽의 "時用大葉慢中數 皆出於瓜亭三機曲中" 참조.

58) 세종 3권 1년 1월 1일 [병오] 002.

곡목으로서의 <만대엽>이 고려속가들과 함께 실려 있다는 점이다. 이런 사실은 앞 시대의 어느 시점부터인가 기존의 노래들과, 새로이 파생된 <만대엽>이 공존해왔다는 점을 드러내는 것이나 아닐까. 그렇다면 김원상의 이른바 신조가 <만대엽>을 지칭할 가능성은 꽤 짙다고 보아야 할 것이다. 왜냐하면 진작에 익숙했던 충렬왕의 입장에서는 <만대엽>이 아주 새로운 노래로 생각되었을 것이기 때문이다. 그런데 광해군 12년[1620]의 『현금동문류기(玄琴東文類記)』에 <만대엽>이나 <북전>을 비롯한 당대 노래들의 성향을 엿볼 수 있게 하는 내용의 서찰이 한 건 실려 있다. 다음은 그 내용 중의 한 부분이다.

> 보내온 글에 이르기를, 선생이 만대엽을 현금으로 즐겨 뜯으시나 마침내 이 곡의 소리가 심이 만산하니 실로 정위의 난세지성이라고 하신 말씀을 신생이 얻어들었다 합니다. 아, 나는 음률을 알지 못하여 쉽게 말할 수 없으나 내 뜻에는 그렇지 않은가 합니다. 대저 금조에는 넷이 있는데 하나는 평조, 둘은 낙시, 셋은 계면, 넷은 우조로서 사계절이 만 가지 변화를 돕는 것을 참조한 것입니다. 그 평조만대엽은 모든 악곡의 조종으로서 한가하고 자연스러우며 평담한데 만약 삼매경에 든 사람으로 하여금 이것을 연주하게 하면 봄 구름이 유유히 허공에 떠가는 듯 하고 훈풍이 질펀하게 들판을 쓰는 듯 하며 천 살 먹은 검은 용이 뇌하에서 읊조리는 듯 하고 반공에 뜬 생학이 소나무 사이에서 우는 듯합니다. 그러므로 이른바 그 삿되고 더러운 마음을 씻어내고 그 찌꺼기를 밝게 녹여내니 황홀하게도 당우 삼대의 세상에 있는 듯합니다. 이것이 난세 망국의 소리와 아주 다르니 오히려 지금 이것을 비교하여 같은지 내가 감히 알 수 있는 바가 아닙니다. (…) 또 가로되 계미 이후 만조가 크게 유행하여 이에 세상이 어지러워졌다고 하나 또한 그렇지 않은 것 같습니다. 근년에 숭상하는 것은 만대엽이 아니라 다른 모양의 느린 곡조입니다. 느린 듯 하나 느리지 않고 느린 가운데 음탕함이 있으며 조화로운 듯 하나 조화롭지 못하고 조화 가운데 애상이 있습니다. 오르락 내리락 서로 빙빙 돌아 변풍의 태깔이 많으니 지금의 북전 사조가 이것입니다. 식자들은 옥수후정에 비하나, 알지 못하는 자들은 흔흔연히 즐겁게 말하기를, "지금의 음악이 옛날의 음악과 같지 아니한가?"라고 합니다. 이런 자가 비록 "정성의 어지러움을 싫어하고 정음을 좋아한다"고 말한들 이미 그러하니 문득 또한 (다른) 설명이 필요하겠습니까?[59)]

---

59) 答鄭評事書, 「玄琴東文類記 單」, 『한국음악학자료총서 15』, 89-90쪽의 "來書曰 仍申生得聞 先生愛彈玄琴慢大葉 而遂以爲此曲音甚慢散 實是鄭衛亂世之聲云云 噫 予不解音律 固難容易說破 然於吾意則恐不然也 夫琴調有四 一曰平調 二曰樂時 三曰界面 四曰羽調 而叅四時贊萬化者也 其平調慢大葉者 諸曲之祖 而從容閑遠自然平淡 故若使入三昧者彈之 則油油乎若春雲之浮空 浩浩乎若薰風之拂野 人如千歲驪龍 吟於瀨下半空笙鶴唳於松間 則所謂蕩滌其邪穢 昭融其查滓而怳在於唐虞三代之天矣 此與亂世亡國之音 絶不相似尙今乃比而同之非吾之所敢知也…(中略)…又曰 癸未以後 慢調大行 仍致世亂者 亦恐未然也 近年所尙非慢大葉乃是別樣調也 似慢而不慢 慢中有淫 似和而不和 和中有傷 低昂回互多有變風之態 今之北殿斜調是也識者以玉樹後庭爲比 而不知者欣欣然惟曰不足今之樂猶古之樂乎 若是者 雖曰惡鄭聲之亂 正音可也 夫旣

인용문에는 평조만대엽과 북전의 곡태 및 공시적 위상, 평조만대엽과 북전 간의 관계 등에 관하여 비교적 중요한 언급이 나와 있다. 우선 이 글의 필자는 평조만대엽을 정위(鄭衛)의 음성(淫聲)과 같은 난세지성으로 보는 잘못된 견해에 대하여 그것이 모든 악곡의 조종으로서 이상적 미학을 갖춘 소리임을 강조하고 있다. 그리고 계미 이후 크게 유행한 만조가 실은 만대엽이 아니고 북전 사조(斜調)라 하였다. 여기서 '사조'란 바르지 못한 노래를 말한다. 즉 당대에는 만대엽과 북전을 혼동하였다는 것인데, 그 이유는 북전이 완만하면서도 완만하지 않고 완만한 가운데 음탕함이 있으며 화기로운 듯 하면서도 화기롭지 않고 화기로운 가운데 애상(哀傷)이 있고, 저앙회호(低昻回互)하여 변풍의 태깔이 있다고 하였다.

여기서 만대엽은 '만 · 화(慢 · 和)'를, 북전은 '불만(不慢) · 만중유음(慢中有淫) · 화중유상(和中有傷) · 저앙회호(低昻回互)' 등을 각각 특징으로 한다고 본 듯하다. 말하자면 글쓴이의 입장에서는 만대엽을 이상적인 곡으로 보고 있으나, 북전은 만대엽 비슷하긴 하나 변풍으로 본 것이다. 예의가 폐지되고, 나라의 정치가 달라지며, 집집마다의 풍속이 달라짐에 따라 변풍과 변아가 출현하게 되었다고 한다.[60] 따라서 변풍은 당시에도 전래되어 만대엽과 혼동을 일으키던 북전을 지칭했으리라 추정된다. 그런데 『현금동문류기』[1620]보다 48년 전에 편찬된 『금합자보』에는 평 · 우조(平 · 羽調) 북전과 평조 만대엽의 노랫말이 실려 있다.

- 평조북전: ᄒᆞ리누거괴어시든어누거좃니져어전ᄎᆞ젼ᄎᆞ로벋니믜전ᄎᆞ로설면ᄌᆞᆺ가ᄉᆡ론ᄃᆞᆺ범그러셔노니져
- 우조북전: 空房을겻고릴동聖德을너표릴동乃終始終을모ᄅᆞᄋᆞᆸ건마ᄅᆞ나當시론괴실ᄉᆡ좃ᄌᆞᆸ노이다
- 평조만대엽: 오ᄂᆞ리오ᄂᆞ리나ᄆᆡ일에오ᄂᆞ리나졈므디도새디도오ᄂᆞ리새리나ᄆᆡ일당샹의오ᄂᆞ리오쇼셔

이 노래들의 공통점은 모두 남녀 간의 사랑과 향락을 내용으로 하고 있다는 것이다. 물론 우조북전에 '성덕(聖德)'이란 용어가 쓰임으로써 이것들이 임금에 대한 송축의 노래임을 암시하고 있긴 하지만, 어쨌든 기본적인 발상은 이성간의 사랑이다. 그러나 평조북전에서는 남녀 간의 성행위를 은유한 표현이라는 점에서, 우조북전에서는 '공방(空房)'을 모두(冒頭)에 드러냄으로써 성적

---

然矣 而抑又有說焉" 참조.

60) 「詩 大序」의 "至于王道衰 禮儀廢 政敎失 國異政 家殊俗 而變風變雅作矣"에 관한 疏 "變風變雅之作 皆王道始衰 政敎初失 尙可匡而革之 追而復之 故執彼舊章 繩此新失 覬望自悔其心 更遵正道所以變詩作也 以其變改正法 故謂之變焉" 참조.

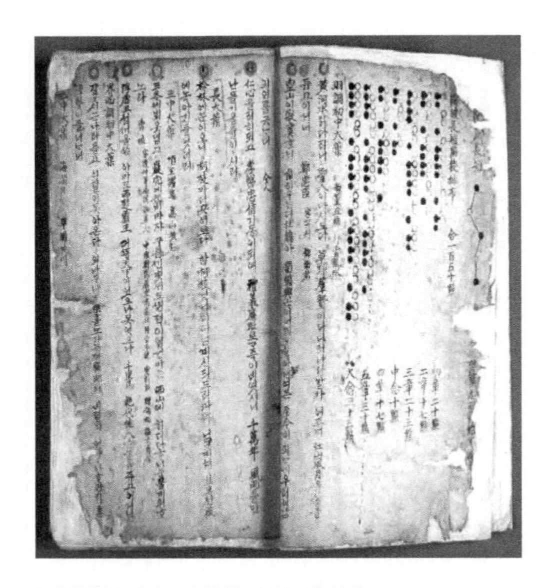

『가곡원류』[국립국악원 소장 필사본]

욕망의 모티프를 노골화시켰다는 점에서 평조만대엽과는 차원을 달리 한다. 말하자면 평조로 불렸든 우조로 불렸든 <북전>은 고려 이래의 <후전진작> 그 자체이거나 그와 유사한 향락 위주의 노래였음이 분명해진다. 더구나 진작으로부터 만대엽이 파생되었다면 음곡 상 양자는 얼마간 유사한 모습을 보여주었을 것이다. 따라서 향락적이고 음탕한 내용의 <북전>과, 비슷한 음곡의 <만대엽>이 유교적 경건주의를 표방하던 조선조 선비들에게 혼동을 일으켰고 그에 따라 <만대엽>은 <북전>과 함께 도매금으로 매도되었을 가능성이 농후했다고 보아야 한다.

『금합자보』[1572]에 만대엽과 북전의 악보가, 『양금신보』[1610]에 만대엽과 중대엽의 악보가, 『현금동문류기』[1620]에 만대엽·중대엽·삭대엽의 악보가 각각 실려 있다. 그 외에 『백운암금보(白雲庵琴譜)』[1610-1681 사이 추정][61])에는 중대엽이 1·2·3으로 확대되었고, 『신작금보(新作琴譜)』[영조 이전으로 추정][62])·『한금신보(韓琴新譜)』[경종 4년, 1724]·『신증금보(新證琴譜)』[영조 경으로 추정][63])에 이르면 삭대엽 역시 1·2·3으로 확대된 모습을 보여줌으로써 조선조 노래장르는 만대엽의 단계를 완전히 지나 중대엽과 삭대엽의 단계로 들어와 있음을 알 수 있게 한다.[64])

말하자면 초기에 만대엽이라는 독자적인 곡이 진작으로부터 파생된 후, 고려속가들과 공존하여 오다가 고려속가들이 세력을 잃는 과정에서 만대엽이 하나의 장르로 확대되었고, 그로부터 중대엽·삭대엽이 속속 파생되었음은 물론 삭대엽 또한 다양하게 확대됨으로써 조선조 노래 장르의 줄기인 가곡은 형성된 것이다. 따라서 <과정삼기곡>으로부터 <만대엽>이 파생된 시점을 시가사

61) 이혜구의 추정, 『한국음악학자료총서 16』, 25쪽.

62) 장사훈 추정. 『한국음악학자료총서 16』, 23쪽.

63) 이동복의 추정. 『한국음악학자료총서 18』, 11쪽.

64) 이들 악보보다 거의 한 세기 전인 1610년에 편찬된 『양금신보』에는 삭대엽이 춤에 사용되었다는 사실이 기록되어 있다. 『한국음악학자료총서 14』, 국립국악원 전통예술진흥회, 1989, 87쪽의 "數大葉與民樂步虛子靈山會相等曲 用於舞蹈之節 非學琴之先務 姑闕之" 참조.

적 전환점의 하나로 꼽을 수 있으리라 본다.

#### 4) 제4전환: 대엽의 성행 · 다양한 장르의 파생 → 가집의 편찬과 만횡청류(蔓横淸類)의 부상

영조[재위 1725-1775] 연간에 편찬된 것으로 추정되는 『신증금보』[65]를 통하여 1·2·3으로 확대된 삭대엽의 모습을 앞에서 살펴보았다. 이것은 적어도 영조 이전에 이 노래들이 등장하여 활발하게 가창되고 있었음을 말해주는 사실이기도 하다. 영조 이전 시기인 숙종[재위 1675-1720] 연간은 김동욱이 이미 추정한 바와 같이 병자호란 이후 일기 시작한 민족문학의 재인식이나 연문학(軟文學)의 발흥, 향락사상의 만연 등으로 평민 가객 그룹에서 새로운 풍의 노래가 다량 등장할 수 있는 기반이 이미 이루어졌다고 할 수 있다.[66] 삭대엽까지의 노랫말을 단형의 정격으로 본다면, 그 이후 파생되어 단형과 병행된 장르들의 노랫말은 비교적 파격적 요소를 많이 지녔다고 할 수 있는데, 이 점은 우리 시가사상 중요한 변화라고 할 수 있다.

이 시기에 일어난 시가장르의 변화는 주요 가집으로부터 추정할 수 있다. 규모로 보아 최대이며, 조선조 가곡의 집대성이라 할 수 있는 『가곡원류』가 고종 13년[1876년]에 편찬되었는데, 이 책에는 당시까지 출현한 모든 곡조들이 망라되어 있다. 그런데 아이러니하게도 이 책의 출현과 함께 전통 노래장르인 가곡은 쇠퇴하고, 같은 시기에 출현한 시조가 그 뒤를 잇는 한편 새로운 문학의 물결이 닥쳐 온 것이다. 특히 새롭게 출현한 시조 역시 『가곡원류』의 각 이본에 등장하는 가곡과 같이 장르적으로 확대되었으며 그 명칭 또한 이 책에 등장하는 가곡의 명칭들과 정확히 대응되는 양상을 보여주고 있다. 예컨대 평거(平擧)는 평시조, 중거(中擧)는 중허리시조, 두거(頭擧)는 지름시조, 엇락(旕樂)·엇롱(旕弄)은 사설지름시조, 엇편(旕編)은 수잡가(首雜歌), 편삭대엽(編數大葉)은 휘모리잡가 등으로 대응되는 모습을 확인할 수 있다는 것이다.

그렇다면 이 시기의 가집에 나타나는 변화를 구체적으로 살펴볼 필요가 있을 것이다.

우선 영조 4년[1728]에 편찬된 『청구영언』을 살펴보자. 학계에서 원본으로 추정하는 『진본청구영언』에는 만대엽이 사라지고, 중대엽[초·이·삼]과 이삭대엽·삼삭대엽, 만횡청류까지 나와 있다. 『청구영언』에 수록된 내용들은 편찬당시보다 훨씬 앞 시기부터 형성되어 내려오던 음악적 사실을 반영했다고 보아야 할 것이다. 따라서 대체로 이 책에 수록된 음악적 사실의 확정시기를

---

65) 이동복의 추정. 『한국음악학자료총서 18』, 11쪽.

66) 김동욱, 「사설시조 발생고」, 『국어국문학』 1, 국어국문학회, 1952, 9쪽.

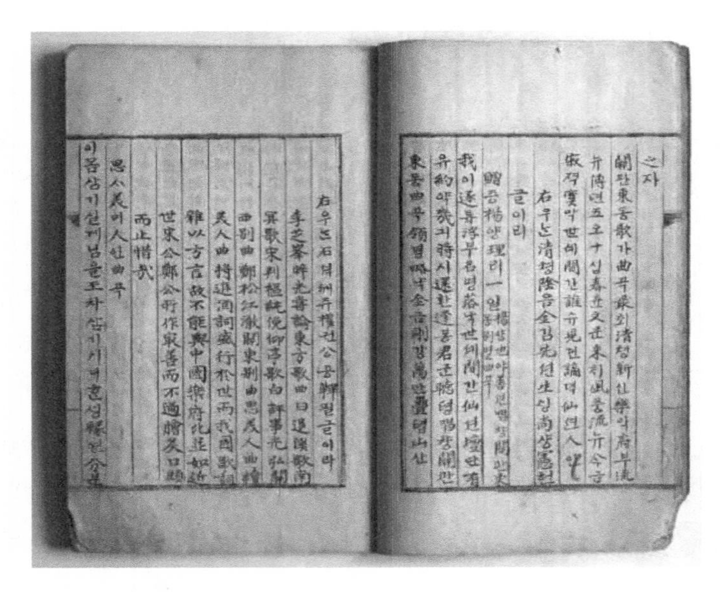

『청구영언』 [규장각 소장본]

숙종 조 혹은 그보다 훨씬 이전의 시기[67]로 잡을 수 있다. 특히 만횡청류의 '만횡'은 첫머리〔초장〕는 곧은 목을 쓰는 삼삭대엽으로 부르고 2장이하는 흥청거리는 농조로 부르는 창법이라 한다.[68] 이러한 만횡과 함께 '농·락·편'을 두루 포괄하는 노래의 부류라는 의미가 들어 있는 만횡청류는 '방탕한 성격의 가사를 치렁치렁 늘어지는 곡조로 부르는 노래의 류'로 정의할 수 있다.[69]

『진본청구영언』 안의 각종 곡조 가운데 만횡청류에 가장 많은 노랫말[116수]이 실려 있다. 말하자면 가집으로서의 『청구영언』이나 당대 유행가 가운데 만횡청류가 가장 첫머리를 차지하는 대표적인 곡조였음을 알 수 있다. 그리고 이전 시기까지 출현했던 삼삭대엽과 농조의 노래들을 합성한 노래들이 만횡청류이므로, 『청구영언』이 편찬될 당시에 만횡청류는 최신의 노래였던 것이다. 그럴 경우 만횡청류의 유래가 오래 되었다는 김천택의 설명과 배치된다는 반론이 제기될 수도 있겠으나, 사실상 김천택이 언급한 대상은 노랫말에 국한되는 것으로 보아야 한다. 왜냐하면 『진본청구영언』 소재 만횡청류에 실려 있는 노랫말들과 이본인 『육당본청구영언』을 비교한 결과

67) 김천택은 만횡청류의 유래가 아주 오래 되어서 한꺼번에 폐기할 수가 없다고 하였다. 「만횡청류 서」의 "蔓橫淸類 辭語淫哇 意旨寒陋 不足爲法 然其流來也已久 不可以一時廢棄 故特顧于下方" 참조.

68) 『한국음악학자료총서 5』, 90쪽의 "蔓橫 舌戰羣儒 變態風雲 俗稱旕弄者 與三數大葉同頭而爲弄也" 참조.

69) 조규익, 『우리의 옛 노래문학 만횡청류』, 박이정, 1996, 26-27쪽.

후자의 만횡은 10수 가운데 3수가, 언롱(言弄) 20수 가운데 10수가, 농(弄) 126수 가운데 37수가, 계면낙시조(界面樂時調) 36수 가운데 7수가, 우락시조(羽樂時調) 21수 가운데 6수가, 언락(言樂) 42수 가운데 19수가, 편락(編樂) 7수 가운데 4수가, 편삭대엽 37수 가운데 15수가 각각 전자와 일치되기 때문이다.[70]

이러한 통계는 만횡청류와 나머지 변격들 간의 일치도일 뿐만 아니라 변격 속의 각종 곡조들에 배당된 노랫말들 사이의 일치도이기도 하다. 이것은 적어도 노랫말에 관해서는 만횡청류가 만횡 혹은 언롱과 배타적인 관계를 맺고 있지는 않다는 것, '농·락·편' 등 변격의 곡조에 부대된 노랫말들과 비교적 고르게 일치되는 정도를 보이는 점으로 미루어 만횡청류는 이것들을 대체로 싸잡아 부르는 노래일 수 있다는 것, 그러다 보니 그것들은 대개 흥청거리는 분위기의 노래들로서 당대인들에게 가장 인기가 있던 레퍼토리이자 노랫말이었을 것이라는 점들을 추정할 수 있다고 본다.[71]

『청구영언』의 편찬은 이 시기의 노래들을 집성한 것이면서 가곡의 통시적 맥락에서는 중간 결산이 되기도 한다. 이 책의 편찬이 노래의 형태나 내용적 측면에서 더욱 중요하다고 생각되는 점은 만횡청류를 집대성해 놓았다는 사실이다. 따라서 사실상 만횡청류의 구체적인 기록화는 정격 일변도 혹은 변격 노래의 잠재적 상황이 정격·변격 병행이나 변격 노래의 표면화로 전환되는 계기를 마련하였다고 생각한다. 만횡청류의 집대성을 계기로 조선조 후대의 시가문학은 정격으로부터 급속하게 일탈하기 시작했다. 만횡청류와 같은 선례에 힘입어 그와 유사한 노래들이 창작되거나 수집되었으며, 잡가 등을 포함한 서민대중의 노래문학 또한 급속도로 증폭되었던 것이다.

그렇다면 만횡청류의 집대성이나 표면화를 통하여 국문노래에 구체화된 특질은 무엇인가. 그리고 이것이 과연 전환점으로서의 의미를 가질 수 있는가. 『진본청구영언』에 실려 있는 116수의 만횡청류와 마악노초(磨嶽老樵)의 발문 등이 이러한 전환적 의미를 구체적으로 드러낸다. 물론 이것들만을 그 시대가 지니는 전환적 의미의 물증으로 들기에는 모자란다는 반론이 제기될 수도 있다. 그러나 『청구영언』이 출현하기 직전에 이미 노론 벌열층(閥閱層)의 일원인 김만중[金萬重,

70) 조규익, 같은 책, 19쪽. 노랫말의 일치도를 백분율로 나타내면 만횡은 30%, 언롱은 50%, 농은 29.4%, 계면낙시조는 19.4%, 우락시조는 28.6%, 언락은 45.2%, 편락은 57%, 편삭대엽은 40.5% 등이고, 전체 평균 일치율은 37.5%에 달한다.

71) 조규익, 같은 책, 20쪽.

1637-1692]과 김창협[金昌協, 1651-1708] 등이 우리의 노래나 시문학에 대한 개혁적 견해들을 피력하였고, 김천택·마악노초와 함께 그 직후에 박지원[朴趾源, 1737-1805]·홍대용 등이 등장하여 새로운 견해들을 발표함으로써 문예 사조상의 변화를 구체적으로 드러냈던 것이다.

고전시가를 둘러싸고 이 시기에 등장한 전환적 관점의 핵심에 진(眞) 혹은 진기(眞機)가 놓인다. 「청구영언 후발」[72]에서 마악노초는 노래의 본원적 조건으로 성정(性情)을 들고 있는데, 이 점으로만 보면 기존의 주자주의자들과 별반 다를 것이 없다. 그런데 이것이 자연지진기(自然之眞機)와 결부되면서 주자주의자들의 생각과는 크게 어긋난다. 즉 기존의 주자주의자들이 성정지정(性情之正)을 강조한 반면, 마악노초는 결과적으로 성정지진(性情之眞)을 강조했기 때문이다. 그리고 그는 성정지진의 근원을 자연으로 보았다. 따라서 마악노초가 추구했던 문예의 궁극적 지향점은 '성정-진-자연'의 통합적 개념이었다. 인정에 곡진하고 사물의 이치에 널리 통하여 부드럽고 돈후하여 올바름으로 돌아가는 것이 시의 본원[73]이라는 생각은 성리학적 관점에서 당위라 할 수 있다. 이것은 사람에게 품부된 천명 곧 도심(道心)으로서의 성(性)인 인의예지(仁義禮智)와 부합되는 개념이기도 하다. 다시 말하여 올바름으로 돌아간다는 것은 성정지정을 확보한다는 뜻이고, 그것은 당위의 세계로 귀착한다는 것을 의미한다.

이에 비해 성정지진의 경우 단순히 성정지정의 대립 개념으로만 볼 수는 없다. 오히려 성정지정을 포함하면서도 그것을 뛰어넘는, 초월적 진실을 나타내는 개념이다. 이 시기에 진을 주장한 견해들에서는 대체로 자연과 존재에 대한 노장적(老莊的) 사유의 흔적을 찾을 수 있다. 장자는 「어부문답(漁父問答)」[74]을 통하여 인간이 추구하는 최상의 경지이면서 자연과 같은 차원의 개념으로 진을 들었다. 이 글에서 어부가 강조하고 있는 진이란 인위(人爲)나 당위(當爲) 아닌 자연과

---

72) 磨嶽老樵, 「青丘永言 後跋」의 "金天澤 一日 持青丘永言一編 以來視余 曰 是編也 固多國朝先輩名公鉅人之作 而以其廣收也 委巷市井 淫哇之談 俚褻之設詞 亦往往而在 歌固小藝也 而又以累之 君子覽之 得無病諸 夫子以爲奚如 余曰 無傷也 孔子刪詩 不遺鄭衛 所以備善惡而存勸戒也 詩何必周南關雎 歌何必虞廷賡載 惟不離乎性情 則幾矣 詩自風雅以降 日與古背馳 而漢魏以後 學詩者 徒馳騁事辭以爲博 藻糸貴景物以爲工 甚至於較聲病鍊字句之法出 而情性隱矣 下逮吾東 其弊滋甚 獨有歌謠一路 差近風人之遺旨 率情而發 緣以俚語 吟諷之間 油然感人 至於里巷謳歈之音 腔調雖不雅馴 凡其愉佚怨歎猖狂粗莽之情狀態色 各出於自然之眞機" 참조.

73) 「精言妙選序」, 『栗谷全書』 卷十三, 『한국문집총간 44』, 민족문화추진회, 1990, 271쪽의 "人聲之精者爲言 詩之於言又其精者也 非矯僞而成 聲音高下 出於自然 三百篇 曲盡人情 旁通物理 優柔忠厚 要歸於正 此詩之本源也" 참조.

74) 『文淵閣四庫全書電子版: 子部/道家類/莊子翼』 卷七, 漁父第 31, 「어부문답」.

존재 그 자체다. 예악·인륜 등의 범주 안에서 인간 본성의 올바름을 지향하는 유가의 주성적(主性的) 사고 대신 존재 자체의 자연성을 우선시하는 관점이 바로 그것이다. 따라서 진이 구현되면 모든 일은 '저절로' 이루어진다고 본 것이다.

노자 역시 도보다 상위에 놓이는 개념으로 자연을 들었으니,[75] 도가의 자연은 물질적 세계가 아닌 정신적 세계로서의 진인 셈이다. 김창협·김만중·홍대용·박지원 등도 '천기·자연·진' 등을 우리말 노래들이나 시문학이 지향하고 구현해야할 궁극의 목표로 보았다. 특히 "공교로움과 졸렬함을 따지지 않고 선악을 잊어버린 채 자연에 의지하고 천기에서 발한 것이 노래 중의 좋은 것"[76]이라는 홍대용의 생각은 『청구영언』에 반영되어 있는 변화의 논리를 극명하게 대변한다. 그리고 박지원의 경우 그가 말한 '진'이란 사물이 지니고 있는 진취(眞趣)를 발견하고, 자기 시대의 문제를 파악해야만 개성이 비로소 온전한 가치를 가질 수 있게 되는 그런 성격의 개념이라고 한다. 그런 점에서 집안사람이 예사로 하는 이야기, 아이들의 노래, 마을의 상말, 아주 사소한 말, 아무 가치 없어 보이는 말 등을 모두 그가 표현하고자 한 현실의 모습, 특히 시정인(市井人)의 생활 내용이나 그 고민을 전하기 위해 반드시 필요한 것으로 인식했다는 것이다.[77]

다시 마악노초의 견해로 돌아가 보자. 그가 말한 "率情而發 緣以俚語 吟諷之間 油然感人"에 진보적 문예관은 뚜렷이 나타나 있다. 내면 표출의 계기를 성(性)이 아닌 정(情)으로 보는 주정적(主情的) 관점, 민간인들의 일상어[俚語]라는 전달 도구, 노래[吟諷]라는 전달 방법, 사람들에게 쾌감을 준다는 결과로서의 미적 측면 등이 그 구체적 내용이다. 그리고 그가 말한 '이항구유지음(里巷謳歈之音)'이란 만횡청류를 지칭한다. 그런데 그가 세련되지 못했다고 본 노래 곡조와 함께 제시한 '정상(情狀)·태색(態色)'은 좀 더 구체적이다. 즉 '유일(愉佚)·원탄(怨歎)·창광(猖狂)·조망(粗莽)' 등이 그것들이다. 말하자면 이것들은 노랫말의 내용적 범주이며, 적어도 그 당시까지 중시되거나 드러내놓고 흔히 부르던 노래들과는 성격이 다른 것들임을 분명히 알 수 있다.

유일은 애정과 유락(遊樂)의 노래들을, 원탄은 이별과 원망·한탄의 노래들을, 창광은 골계의 노래들을, 조망은 거칠게 늘여나가는 산문적인 요설(饒舌)의 노래들을 각각 포괄한다. 상호간에 겹치는 부분도 있기 때문에 모든 작품들을 개별 범주들로 갈라 넣기가 쉽지는 않을 것이다. 대부

---

75) 『文淵閣四庫全書電子版: 子部/道家類/老子翼』 卷一의 "人法地 地法天 天法道 道法自然" 참조.

76) 홍대용, 『한국문집총간 248/湛軒集』 內集 卷三 「大東風謠序」의 "舍巧拙 忘善惡 依乎自然 發乎天機 歌之善也" 참조.

77) 조동일, 『한국문학사상사시론』, 지식산업사, 1979, 268쪽.

분의 작품들은 다양한 범주의 성격들을 복합적으로 내포한다고 보는 것이 타당하기 때문이다. 이와 같이 모든 작품들을 어느 하나의 범주에 소속시키기 곤란한 점은 만횡청류의 내용적 다양성을 입증하는 사실이기도 하다.[78] 바로 이 점에 시가사에서 두드러지는 만횡청류의 독자성이 있고, 그것을 포함하는 『청구영언』 혹은 당대 가집들의 특징이 있는 것이다. 이처럼 만횡청류가 등장함으로써 우리말 노래의 내용 및 표현의 폭이 확장되었고, 그에 따라 자연스럽게 평가의 기준까지도 다양해질 수 있었다.

시가에서의 진이란 표현 대상의 확대, 선택과 표현의 자유를 통하여 구축된, 새로운 시세계를 말한다. 이것은 이념으로부터의 탈피를 전제로 하며 궁극적으로 인간성의 해방과 자유의 신장을 달성하도록 하는 절대적 조건이기도 하다. 이러한 새로운 사조가 구체화 된 계기를, 만횡청류와 그것이 실려 있는 『청구영언』으로부터 확인할 수 있다. 우리 고전시가사상 네 번째의 전환점을 가집의 편찬과 그로 인한 만횡청류의 표면화에 둘 수 있다고 보는 이유도 바로 여기에 있다.

## 4. 전환점 설정의 의의

문학사 서술의 첫 단계는 시대구분이다. 문학사에서 구분되는 시대는 문학의 발전이나 전개 단위인 동시에 서술의 마디이기도 하다. 마디를 제대로 끊지 못할 경우, 그것들로 이루어지는 전체는 유기적 완결성을 갖출 수 없다. 작품들 간의 공시적·통시적 맥락을 생명체라는 관점으로 파악한다는 점에서 문학사 서술은 개별 작품의 확인이나 분석 작업을 넘어서는, 고도의 창조행위다. 이런 점은 우리의 고전시가사에도 그대로 적용된다. 그러나 새롭게 이루어지는 고전시가사는 기존의 문학사들이 안주해온 관습적 굴레에서 벗어나야 한다. 그러기 위해서는 작품들이 창작·향수되던 배경이나 상황을 면밀히 살펴야 하고, 가급적 선입견을 배제한 채 그것들에 내재해 있는 의미를 찾아내어야 한다.

문학사 서술의 첫 단계가 시대구분이라 하여, 대뜸 시대구분에 착수할 수 있는 것은 아니다. 시대구분을 위한 예비단계가 필요하며, 그 예비단계는 첫 단계에서 범할 수도 있는 시행착오를 상당부분 축소해 주리라 생각한다. 필자가 시대구분의 예비단계로 생각한 것이 바로 전환점의 모색이다. 어느 역사이든 전환적 계기가 될 만한 사건은 늘 있기 마련이다. 이러한 전환점들을

78) 조규익, 『우리의 옛 노래문학 만횡청류』, 116-117쪽.

잘만 찾아낸다면, 난제로 여겨지던 시대구분이 오히려 쉬워질 수 있다. 물론 중요도나 의미에 있어 독점적 지위를 주장할 수 없는 사건이나 계기들을 중요한 전환점으로 착각하는 경우도 없지는 않을 것이다. 그러나 본 단계에서의 실수를 줄여줄 수 있다는 점에서 예비단계에서의 그러한 시행착오가 전혀 무익하다고 할 수는 없다.

한국 고전시가사의 첫 전환점은 상고시가를 청산하고 향가시대를 열었다고 생각되는 <두솔가>의 출현이다. 두 번째 전환점은 향가 시대의 종언과 함께 등장한 훈민정음, 그리고 이에 힘입어 속가들을 국문으로 기록한 사건이다. 세 번째 전환점은 속가 시대의 종언과 겹쳐 등장한 대엽의 출현이다. 네 번째 전환점은 대엽의 성행과 다양한 장르의 분화·파생 시기를 거쳐, 그러한 것들을 집대성한 가집의 출현을 들 수 있다. 특히 삼대 가집 가운데 첫 결실인 『청구영언』의 편찬과 여기에 정리된 「만횡청류」, 그리고 이에 대한 편찬자나 당대 인사들의 관점 등은 당대에 구체화되고 있던 전환의 실질적 근거로 인정될만하다. 노래문학으로서의 고전시가를 연행(演行)하던 관습은 물론, 그를 둘러싼 당대 인사들의 변화된 인식이 구체적인 시대의 변화를 점치기에 충분했다고 보기 때문이다.

물론 이 글에서 제시된 전환점들 사이에는 보다 작은 규모의 전환점들이 산재해 있을 수 있다. 앞으로 그런 것들은 실제 시대구분의 단계에서 상세히 거론되거나 참작될 것이다.

# 2 고전시가와 소재·주제·이념의 구현양상

고전시가의 자연소재 활용양상

고전시가 콘텍스트로서의 제의 및 놀이문화

성리학적 주제의식을 바탕으로 한 고전시가

기독교를 바탕으로 한 고전시가

이방문화의 체험을 사실적으로 그려낸 사행가사

# 고전시가의 자연소재 활용양상

## 1. 자연과 문학, 인간의 삶

자연은 개개의 물체이자 그것들이 융합된 포괄적 실체이며 사물의 존재방식이기도 하다. 인간 역시 자연 속의 한 구성요소임은 말할 것도 없다. 그런 만큼 인간이 산출하는 모든 예술에는 자연이 그 기조를 이루고 있기 마련이다. 더구나 근대 이전의 예술에서 소재로서의 자연이 차지하는 위치가 절대적이었음은 현대 예술에서 소재로서의 현대 문명이 차지하는 위치가 절대적인 것과 마찬가지다. 고전시가의 소재들 가운데 자연만큼 다양하고 아름다운 경우는 드물다. 작자들은 자연 소재 속에서 인간 세계의 이미지를 발견하였으며, 그것을 통하여 자아와 세계의 진실을 표현하고자 하였다.

고전시가에 쓰인 자연 소재들은 시대정신이나 의식에 따라 그 양상과 의미를 달리 한다. 시대정신은 당대인들의 관점을 결정하기 때문에 자연 또한 그에 따라 다양한 의미로 포착될 것은 자명하다. 그 결과 그것들을 소재로 쓰는 문학도 약간씩 달라지게 되는 것이다.

우리의 고전시가에는 우리말로 지어 부른 노래들과 함께 한시 그 자체를 구사하거나 그것을 차용하여 만든 시가 등이 포함된다. 그러나 이러한 시가들을 단순히 비현실적인 담론으로 받아들일 수는 없다. 오히려 그것은 현실을 직접·간접으로 반영한 사회적 산물이자 미적 산물이기도 하다. 그 작품들에는 각 시대 민중들이 지니고 있던 생활 감정이 그대로 표출되어 있기 때문이다. 따라서 이것들에 반영되어 있는 소재들은 모두 그 나름의 의미와 가치를 지니고 있다. 쓸모없이 동원된 소재는 하나도 없으며, 자연도 그 가운데 중요한 하나다.

현대시의 주요 소재는 현대 문명이다. 마찬가지로 고전시가의 주요 소재는 고전 시대의 문명이나 의식이다. 고전 시대의 문명은 자연 그 자체에 가깝다. 고전시가에 자연이 주요 소재로 등장할 수밖에 없는 것도 이런 점에서 당연하다. 적어도 인간의 문명이 주요 소재로 등장하는 근·현대시 이전의 시에서는 자연이 대신하여 그 자리를 차지하고 있는 것이다. 그런 만큼 소재로 등장하는 자연물들의 의미는 범상치 않다. 그 자연물들을 개별적인 사항으로 받아들일 수도, 집단적 의미로 받아들일 수도 있다. 말하자면 이미 조윤제가 언급한 바 있는 '꽃 일반, 나무 일반' 등이 그것이다.[1)]

또 자연은 인간세계 그 자체로 인식될 수도, 인간세계를 속(俗)으로 하여, 그와 대차적 위치에 있는 성(聖)의 세계로 인식될 수도 있다. 나무를 매개로 하늘과 땅이 연결된 것으로 묘사되는 점은 단군신화에서 확인할 수 있다. 신선의 세계는 모두가 자연 속에 상정된다. 도원경 같은 이상향도 자연 속에 설정된다.

고대인들의 삶 자체도 자연 속에서 이루어지되 성과 속의 이중적 세계는 그 안에 설정된다. 그러므로 현대시와 마찬가지로 고전시가의 자연 역시 창작 주체의 인식에 달린 문제다. 물리적 자연이 아니라 정신적 자연으로 재해석될 수 있는 여지가 많기 때문이다. 단순히 한 그루의 나무나 한 송이의 꽃이 지닌 아름다움을 그려내고자 노래 속에 자연물을 소재로 끌어들인 경우는 많지 않다. 그 나무나 꽃이 환기시키는 이미지는 창작 주체가 보여주는 인식의 단서이며, 자연 속에 상정하고자 하는 그들만의 미적 이상이기도 하였다.

그렇게 본다면 옛 노래나 지금의 시들이 본질적인 차이를 보여주는 것은 아니다. 현대시의 주요 소재인 문명은 인간이 만든 것이다. 그렇기 때문에 그것은 인간의 능력이나, 인간 사회의 부조리를 드러내기 위해 사용된다. 그러나 고전 시대의 자연은 신이나 절대자가 '만들어 준' 것이다. 그러니 그러한 소재를 통하여 막연하나마 신을 포함한 모종의 섭리를 인식하게 되는 것이다. 옛 노래에서 느낄 수 있는 정령론적(精靈論的)·범신론적 우주관이나 자연관 역시 이런 점에서 그 타당한 근거를 갖는다. 따라서 그것들은 단순히 창작 주체의 심회를 효율적으로 그려내기 위한 소재로서의 의미보다는 일반적인 인식을 함축적으로 드러내는 데 있어 생산적 의미가 강조되는 사물들이다. 지상과 천상, 자연과 인간을 연결해주는 매개자의 의미는 자연물이 지닌 가장 중요한 역할이다.

고전 시대에 '노래'는 인간과 신의 대화 수단이었다. 제의의 현장에서 사제가 인간의 의사를 대변하여 신에게 기구하는 언술은 모두 노래라는 특수한 담론의 형태를 띠고 있었다. 그것들은 무가 등 제의의 노래들이었다. 이것들이 속화(俗化)되면서 하나의 예술형태인 노래로 확산, 정착

---

1) 조윤제, 『국문학개설』, 태학사, 1988, 400쪽.

되었다고 보아야 할 것이다. 노래의 근원적 의미가 '놀이'로부터 나왔다면, 이때의 놀이는 단순한 유희가 아니었다. 제의의 현장에 강림한 신을 즐겁게 해 줌으로써 풍요와 안녕을 보장받을 수 있다고 보았을 것이다. 신을 즐겁게 해 주는 의식, 즉 오신(娛神)의 절차가 노래와 춤이 유기적으로 결합된 '놀이'였음은 당연하다. 따라서 놀이란 단순히 인간들의 흥을 돋우기 위한 예술 형태가 아니었고, 신을 향한 인간의 간절한 마음을 드러낸 목적 지향적 소산이었던 것이다.

인간들은 자신들이 즐거우면 즐거울수록 대상인 신 역시 즐거우리란 믿음 아래 그러한 놀이를 펼쳤을 것이며, 그런 과정에서 노래와 춤은 분명한 모습으로 부각될 수 있었을 것이다. 그러한 노래에 등장하는 자연물들을 별 의미 없는 것들로 볼 수는 없다. 한 그루의 나무나 하나의 이파리, 풀포기 하나도 그 나름의 역할을 분명히 수행한다. 그리고 이런 것들은 오랜 기간 쌓임으로써 그 나름의 상징적 틀로 고정된다. 그러한 자연소재의 통시적 의미를 추적해 보고자 한다.

그동안 고전문학에 나타난 자연은 많이 연구되었다. 우선 조윤제[2]는 '당쟁 하의 명철보신(明哲保身)'과 '치사객(致仕客)의 한적(閑寂)'을 강호가도 형성의 요인으로 들었는데, 특히 최근까지 많이 거론되어 온 이 문제는 국문학과 자연의 상관성에 관한 현실적·미학적·철학적 차원의 접근이라고 할 수 있다.[3] 조윤제가 강호가도를 거론하면서부터 인간사와 직결된 자연의 모습은 국문학계의 주요 논점으로 부상된 셈이다. 그리고 그는 문학에 나타나는 자연미를 '조화·영원·절로절로' 등으로 집약함으로써 단순히 개개 사물로서의 자연을 거론하기보다는 그것들이 형성하는 포괄적인 의미를 찾으려고 하였다.

그리고 문학 작품에 나타난 자연 소재의 의미 분석을 중심으로 자연관을 치밀하게 분석한 연구들도 등장하였다. 정병욱은 소재론적 차원에서 작품에 나타난 소나무, 꽃 등을 분석하여 당대인들의 자연관을 고찰하였으며[4] 정재호는 문학 작품에 나타난 자연관과 함께 자연의 실용적 측면과 미적 측면 등을 분석하였다.[5]

---

2) 『조선시가사강』, 동광당서점, 1937; 『한국문학사, 동국문화사, 1963 등 참조.

3) 조윤제 이후의 대표적인 논의로 최진원의 『국문학과 자연』[성균관대 출판부, 1977]과 『한국고전시가의 형상성』[성균관대 출판부, 1988]; 김흥규, 「강호자연과 정치 현실」[이상신 편, 『문학과 역사』, 민음사, 1982]; 이민홍, 『사림파 문학의 연구』[형설출판사, 1985]; 김종렬, 「강호가도의 개념 정립과 영남강호가도 연구」[고려대 박사논문, 1989]; 신영명, 「16세기 강호시조의 연구」[고려대 박사논문, 1990] 등의 연구를 들 수 있다. 그리고 강호가도와 서양의 전원문학 이론을 비교한 김병국, 「한국 전원문학의 전통과 그 현대적 변이 양상」[『한국문화』 7, 서울대 한국문화연구소, 1986]도 이 방면에 관계되는 업적으로 중요한 의미를 지니고 있다.

4) 정병욱, 『증보판 한국고전시가론』, 신구문화사, 1985.

이 외에도 송강 정철[鄭澈, 1536-1594], 고산 윤선도[尹善道, 1587-1671] 등의 노래문학을 중심으로 작품에 나타난 자연과 함께 작자가 가지고 있었음직한 관점을 천착한 연구 업적들도 상당수 나왔다.[6]

또한 조선조 자연시가의 이념이나 상상 세계 등을 밀도 있게 분석한 논문들이 나오기도 하였다.[7] 이와 함께 산수문학(山水文學)에 나타나는 '경치·흥취·주제'를 종합적으로 고찰하여 문학에서의 자연론을 문학 원론적 차원으로 상승시키고자 하는 시도도 있었다.[8]

이상에서 살펴 본 바와 같이 지금까지 국문학 상 자연을 대상으로 한 연구는 다른 분야에 비해 양적으로 많다고 할 수는 없으나 비교적 온당한 방향으로 이루어져 왔다고 할 수 있다.

본서에서는 이러한 선행 연구 업적들을 두루 수용하면서, 문학 작품에 쓰인 자연 소재의 의미를 통시적으로 고찰하고자 한다. 개략적이나마 자연 소재의 의미를 시대별로 유형화 시킬 수 있다고 보기 때문이다. 그럴 경우에 나타나는 시대별 특징은 당대 사상이나 의식구조와 긴밀한 관련을 맺는다. 같은 대상이라 해도 사상이나 이념에 따라 보는 각도가 다를 것은 물론이다. 다시 말하면 시대정신이나 의식의 변천에 따라 문학 작품의 소재가 내포하는 의미 역시 변화될 것은 추측하기에 어렵지 않다고 본다. 이것이 필자의 기본적인 관점이다.

## 2. 의미화 된 자연의 모습들

### 1) 자연의 이미지

보기에 따라 우주 만물을 포용한다는 점에서 자연처럼 범위가 넓은 대상도 드물 것이다. 그러나

---

5) 『가사문학에 나타난 자연관 연구』[통문관, 1977] 및 『한국가사문학론』[집문당, 1990] 등 참조.

6) 박준규의 「송강의 자연관 연구」 (1) [『용봉논총』 9, 전남대, 1979]와 「송강의 자연관 연구」 (2) [『장암지헌영선생 고희기념논총』, 1980]; 윤경수의 「윤고산의 자연관」[『현대문학』 134, 1966]과 「윤고산론」[『현대문학』 142, 1966]; 윤성근의 「윤고산의 자연관」[『문화비평』 7·8, 아한학회, 1970] 등을 비롯한 많은 학자들이 이 분야의 업적들을 남기고 있다.

7) 서준섭의 논문들[「조선조 자연시가의 이념적 기반 - 15~17세기 사대부 문인의 국문시가를 중심으로」, 『논문집』 15, 강원대, 1981; 「조선조 자연시가의 상상세계」, 『비교문학』 6, 한국비교문학회, 1981; 「조선조 자연시가의 구조적 성격」, 『한국시가문학연구』, 신구문화사, 1983]을 들 수 있다.

8) 조동일, 「산수시의 경치, 흥취, 주제」, 『국어국문학』 98, 국어국문학회, 1987.

실제 문학 작품에 나타나는 것들은 몇 가지로 한정되기 마련이다. 작가들이 작품에 펼치는 세계의 범위란 자신들의 체험 영역을 거의 벗어날 수 없을 것이기 때문이다.

물론 신앙 차원의 우주론적 세계관은 초창기의 문학에 있어 중요한 배경 혹은 모티프로 작용한다. 그러나 후대로 내려오면서 개체의 경험에 대한 검증이나 객관적 실상을 중시하면서 우주론적 세계관은 실생활로부터 관념의 차원으로 이동하고 말았다. 다시 말하면 우주는 과학이나 물질적 이미지의 세계 안으로 축소되어 버린 것이다.

자연은 포괄적이면서도 단일한 대상이다. 자연을 구성하는 요소들은 무수하지만, 그것들 모두는 하나의 이미지로 수렴된다. 나무나 꽃, 새 등은 모두 자연물로서 자연에 속해 있으되 그것 하나하나가 모두 자연 그 자체의 의미내용을 충족시키지는 못한다. 이런 점에서 한 국가나 민족의 문학에 나타나는 자연의 의미에 대하여 쉽게 논단하기 어렵다. 자연은 넓고도 복잡하기 때문이다. 이런 점을 염두에 둘 때 조윤제의 다음과 같은 범주 설정은 국문학의 자연 배경을 거론하는 데 유용하다.

> 자연이 여하(如何)히 넓고, 또 그 가지가지의 자연이 다 제대로는 미를 가지고 있다 하더라도 우리가 그 미를 인식하고 또 그 미를 우리의 생활에 살릴 수 있어서만 비로소 국문학의 소재로서의 자연이 될 수 있는 것인데, 이러한 자연은 첫째 우리나라 기후와 지세(地勢)에 제한될 것이고, 또 둘째로는 우리의 생활양식에 제한받을 것이다.[9]

문학 창작 주체의 인식 범위 안에 자연이 자리 잡을 때 비로소 그것이 문학 배경으로서의 의미를 갖게 된다는 말이다. 그런 경우에 자연은 인식 주체의 미적 대상이 될 수 있다. 그런데 조윤제가 지적한 바와 같이 기후나 지세는 자연에 대한 인식의 범위를 제한하는 요소로서 매우 중요하다. 미학적인 측면은 말할 것도 없고 인간들의 삶 자체와 직결되는 현실적 측면의 요소들이기 때문이다.

자연이란 무엇인가. 나무, 돌, 물, 꽃 등 물질적 개체들을 의미할 수도 있고, 이것들이 모여 이룩하는 집단을 의미할 수도 있으며, 더 나아가 이것들이 자아내는 정신적 가치나 질서 의식을 지칭할 수도 있다. 말하자면 자연은 인간의 외면에 존재하는 객관적 실체로서의 측면과 인간의 내면에 자리 잡고 있는 이념적 실체로서의 측면을 모두 지니고 있다는 것이다. 하늘과 땅의 구도(構圖), 또한 그것들을 무대로 펼쳐져 있는 모든 물상들로부터 추출된 질서 의식이나 존재 방식

9) 조윤제, 『국문학개설』, 395-396쪽.

그 자체를 자연으로 본다면, 자연이야말로 최상의 이념이요 정신일 수밖에 없다. 따라서 인간이 만들어내는 모든 정신적 소산들, 이른바 예술이나 문명 일체는 한결같이 자연에서 그 소재를 취하여 만든 것들이거나 자연 정신을 연역(演繹)한 것들에 불과하다.

자연을 둘러싼 동양 정신의 최고 경지는 "人法地 地法天 天法道 道法自然"[10]에 나타나 있다. 천·지·인은 모두 도로부터 본을 받으며 도는 자연으로부터 본을 받는다는 말이다. 그러니 도보다도 상위의 개념이 바로 자연인 것이다. 이 때 자연으로부터 본받는 실체는 무엇일까. 바로 질서다. 다시 말하여 도는 자연의 질서를 본받는다는 것이다. 질서는 획일이 아닌 조화를 전제로 한다. 획일이 정체(停滯)와 무생명성(無生命性)을 기반으로 한다면, 조화는 역동(力動)과 생명성(生命性)을 기반으로 한다. 모든 창조는 조화에서 이루어진다.

유정기는 『도덕경』의 언급[11]으로부터 시간적 자연으로서의 도의 개념을 도출하였다. 즉 시간은 천지라는 공간적 세계보다 먼저 존재하는 것이며, 따라서 그것은 독립해서 변개됨이 없고 주행(周行)해서 위태함이 없는 대도(大道)로서 끊임없이 흘러가 영원히 무궁하다고 한다. 또한 그는 자연에 있는 하나의 개체만 보고서 그것을 진리라 고집한다면 그것은 환상이지만, 자연을 하나의 전체로 보는 데서 법칙과 진리가 설파(說破)될 수 있다고 한다.[12] 말하자면 구체적인 실물로서의 자연적 개체들을 통하여 영속되는 정신적 세계를 구축할 수 있다는 것이다. 자연을 물질적 세계가 아니라 정신적 세계로 보아 온 것이 도가(道家)만의 관점은 아니며 오랜 세월 육화(肉化)된 동양의 보편적인 관점인 것이다. 조화의 아름다움을 구현하고자 한 동양의 미의식을 감안한다면, 자연으로부터 예술미의 모델을 구하고 자연 소재들을 통하여 그러한 미의식을 구현하고자 한 것은 당연한 일이다.

인간이 작위(作爲)를 가하지 아니한 상태가 자연이며 그것이 바로 원초적 질서다. 인간이 궁극적인 규범으로 삼는 대상이 자연이라면, 그 속에 인간 자신의 모습 혹은 인간이 구사하는 의식세계의 심상이 내재되어 있는 것이다. 그런 까닭에 자연의 변형으로부터 인간 세계의 모든 문명은 시작되었으며, 자신들의 삶의 원형을 찾고자 하는 반작용이 바로 예술 작품으로 구현되는 것이다.

앞에서 말한 바와 같이 천·지·인 삼재(三才)를 통하여 도가 구체적으로 작용하는 성능이 바로 자연이다. 대상의 존재 양태를 가리키는 개념이 바로 자연이기 때문에, 인간 세계의 모든 부면으

---

10) 『文淵閣四庫全書: 子部/道家類/老子翼(明 焦竑 撰)』 卷一 「上篇」 참조.

11) 같은 곳의 "有物混成 先天地生 寂兮寥兮 獨立不改 周行而不殆 可以爲天下母." 참조

12) 유정기, 『동양사상사전』, 우문당출판사, 1965, 298쪽.

로부터 자연의 존재를 추출할 수 있다. 문학이나 미술의 소재로 자연이 원용되었다면, 그것은 자연이 간직하고 있는 인간 문명의 원초적 이미지를 추적하여 그 본질적인 측면을 차용하고자 하는 인간의 욕망이 작용한 결과로 보아야 할 것이다. 감정의 변화나 내면세계를 아름답게 드러내는 것은 문학과 예술의 본령이다. 이 경우 예술적 소재의 취택(取擇)은 필수 작업이다.

자연을 소재로 할 경우 그러한 아름다움이 다양하게 드러날 수 있다. 어느 경우나 문학작품들에 등장하는 소재들은 특정 이미지로 전환된 후 주제의 구현으로 연결된다. 이미지가 감각적 체험의 정신적 재현이라면 소재에 따라서는 다양한 이미지가 만들어질 수 있다. 단순히 효과적인 주제의 구현만을 위해 복무하는 소품들일 경우나 큰 비중을 지닌 핵심적 존재들일 경우를 막론하고, 사용된 소재들은 다양한 이미지의 공급원으로 작용하는 존재들이기 때문이다.

도는 자연[스스로 그냥 있는 것]을 가리키며, 그냥 있는 것 즉 모든 존재 일반을 가리키는 총칭 명사가 바로 도라는 개념이다.[13] 문학이나 미술 등 예술에서의 도는 최상의 아름다움이며, 그것이 바로 자연스러운 조화미다. 따라서 자연물들을 소재로 삼는 것이 자연스런 조화미를 구현하는 첩경이다. 자연물들로부터 영원의 이미지를 성공적으로 이끌어내는 일은 작가의 고유 임무에 속한다. 문학에서의 자연 소재가 지니는 형이상학적 의미는 바로 여기서 찾을 수 있다.

### 2) 풍토적 이미지

이 땅에 근대 문명이 도입되기 이전의 세계관은 자연 중심일 수밖에 없었다. 하늘과 땅은 인간의 삶을 총체적으로 지배하였다. 특히 천체와 기후의 변화는 하늘로부터 부여되는 것이므로 어쩔 수 없다 해도, 땅에는 인간을 행복하게도 불행하게도 만들 수 있는 요인이 원천적으로 잠재되어 있다고 보았다. 그래서 되도록 좋은 지리적 조건을 골라 살고자 한 것은 인간이 발휘할 수 있는 최선의 지혜였다. 이와 같이 오랜 기간 삶의 체험으로부터 귀납된 자연 선택의 조건은 풍수지리 사상에서 극명하게 나타난다. 풍수지리 사상은 좋은 자연에 살면서 자연과 일체가 되고자 한 인간들의 생각이 응집된 사고 체계다. 그렇다면 풍수지리의 정의를 어떻게 내릴 수 있는가. 무라야마 지준(村山智順)은 다음과 같이 설명한다.

---

13) 박이문, 『노장사상』, 문학과지성사, 1985, 35쪽.

명당도 [온양 민속박물관 소장]

풍수는 〈감여(堪輿)〉, 〈지리(地理)〉 혹은 〈지술(地術)〉이라고도 한다. (…)지리란 산수의 지세, 지형 및 그 동정(動靜)의 뜻이다. 현대의 지리학과는 달리 땅을 생적(生的), 동적(動的)으로 생각하고, 땅과 인간과의 관계를 직접적인 것으로서 관찰한다. (…)〈지리〉에서는 땅을 능동적인 것으로 보아 만물을 키워내는 생활력을 가지며 이 활력의 후박(厚薄) 정도에 따라 인간에게 길흉화복을 부여한다고 본다. 또한 땅에 존재하는 생기가 바로 인체에 지대한 영향을 미치는 것이라고 보는 것이다. 요컨대 지리학에서 말하는 땅은 물질적으로 인간의 이용후생에 도움이 되는 것이지만 〈지리〉에서의 땅은 활물적(活物的)이고, 이것이 바로 인간의 길흉화복을 좌우하는 능동자(能動者)이다.[14]

풍수론은 크게 보아 자연을 읽는 하나의 관점이다. 누구도 부정할 수 없는 좋은 자연 조건이라면 풍수론적으로 나쁠 수 없다. 예컨대 배산임수(背山臨水)나 산하금대(山河襟帶)는 예로부터 명당(明堂)자리로 일컬어지는데, 이러한 조건들로부터 자연의 아름다움이나 산수의 수려함은 얼마든지 유추될 수 있는 것이다.

고금을 통하여 풍수사상이 반영된 노래는 많다. 그리고 오늘날 특정 목적의식 하에 지어진 노래[예컨대 교가나 특정 지역의 노래 등]들에는 반드시 그곳의 풍수가 내용의 주요 부분으로 등장한다. 이것 역시 이런 풍수사상의 유풍으로 볼 수 있다.[15] 다음의 노래들을 살펴보자.

---

14) 村山智順, 최길성 옮김, 『조선의 풍수』, 민음사, 1990, 21-22쪽.

15) 조규익, 「선초 신도시가의 문학적 성격 - 작자계층의 목적의식과 풍수 지리적 관점의 형상화를 중심으로 -」, 『문학 작품에 나타난 서울의 형상』, 한샘출판사, 1994 참조.

　　　양쥬
〈1〉 녜ᄂᆞᆫ 楊州ㅣ ᄭᅩ올히여

　　　신도형승
디위예 新都形勝이샷다

ᄀᆡ국셩왕　셩ᄃᆡ
開國聖王이 聖代를 니르어샷다

　　　당금쪙
잣다온뎌 當今景 잣다온뎌

셩슈만년　만민　함락
聖壽萬年ᄒᆞ샤 萬民의 咸樂이샷다

아으 다롱다리

　　한강슈　　삼각산
알ᄑᆞᆫ 漢江水여 뒤ᄒᆞᆫ 三角山이여

덕듕　강산　만셰
德重ᄒᆞ신 江山즈으메 萬歲를 누리쇼셔

— 〈新都歌〉[16]

〈2〉 天文을 바라보고 地理를 들러보니
太白山이 玄武되고 荊山이 朱雀이라
天台山이 靑龍이오 金剛山이 白虎로다
(중 략)
崑崙山 一支脈에 朝鮮이 생겼으니
豆滿江이 靑龍이요 鴨綠江이 백호로다
地勢도 좋거니와 風景도 더욱 좋다
(중 략)
國號난 朝鮮이오 漢陽에 都邑이라
仁王山 主山이오 摩尼山 白虎로다[17]

〈3〉 无等山ᄒᆞᆫ활기뫼히 동다히로버더이셔
멀리ᄠᅦ쳐와 霽月峯이되여거ᄂᆞᆯ
無邊大野의 므ᄉᆞᆷ짐작ᄒᆞ노라
일곱구ᄇᆡᄒᆞᆫᄃᆡ움쳐 믄득믄득버러ᄂᆞᆫᄃᆞᆺ
가온대구ᄇᆡᄂᆞᆫ 굼긔든늘근뇽이

16) 『원본영인 한국고전총서 Ⅱ—악장가사』, 대제각, 1973, 50-51쪽.
17) 이상보, 『주해 가사문학전집』, 집문당, 1961, 556-558쪽.

선즘을ᄀᆞᆺᄭᅴ야 머리ᄅᆞᆯ안쳐시니
너ᄅᆞ바회우ᄒᆡ 松竹을헤혀고
亭子ᄅᆞᆯ안쳐시니 구름탄靑鶴이
千里를가리라 두나ᄅᆡ버렷ᄂᆞᆫᄃᆞᆺ

— 〈俛仰亭歌〉18)에서

〈4〉 鎭國名山萬丈峰이靑天削出金芙蓉이라巨壁은屹立ᄒᆞ여北祖三角이오奇岩은斗起ᄒᆞ여南案蠶豆ㅣ로다左龍은駱山右虎仁王瑞色은盤空ᄒᆞ여象闕에어리엿고淑氣ᄂᆞᆫ鍾英ᄒᆞ여人傑을비저내니美哉라我東山河之固여聖代衣冠太平文物이萬萬歲之金湯이로다年豊코國泰民安ᄒᆞ되九秋楓菊에麟遊를보려ᄒᆞ고面岳登臨ᄒᆞ여醉飽盤桓ᄒᆞ오며셔感激君恩ᄒᆞ여이다.

— [『珍本靑丘永言』· 578]

<1>은 “아으 다롱디리”를 중심으로 전대절과 후소절로 나뉜다. 전대절은 도선(道詵)의 밀기(密記)를 반영한 내용이다. 즉 고려 숙종 때의 김위제(金謂磾)가 ‘양주에 목멱양(木覓壤)이 있으니 도읍으로 정할만하다’는 도선의 밀기를 인용하여 숙종에게 남경 즉 한양으로 천도하기를 청하니 왕이 천도의 역사(役事)를 5년 만에 완성하였다고 한다. 노래 가운데 ‘녜’는 이미 천도의 논의와 역사가 있었던 숙종 대를 포함한 고려 일대를 지칭한다. 그 ‘녜’와 대조되는 것이 “당금경(當今景)”의 ‘당금(當今)’이다. 말하자면 그 때 이루지 못한 역사를 지금에서야 이룬다는 말이다. “신도형승(新都形勝)”은 신도를 둘러싸고 있는 풍수 지리적 요건으로서의 산(山)·수(水)·방위(方位)와 함께 이것들이 어울려 이루는 인문지리적 양상을 포괄적으로 드러낸 말이다.

후소절은 신도의 풍수적 입지 조건을 주지(主旨)로 한다. “알ᄑᆞᆫ 한강수(漢江水)여 뒤흔 삼각산(三角山)이여”는 신도가 지닌 가거지(可居地)로서의 ‘배산임수(背山臨水)’ 조건을 단적으로 나타낸 표현이다. 풍수지리의 이론이 체계화되기 이전에도 이러한 자연 조건이 인간의 기본적인 삶의 요소로 여겨져 온 것은 사실이다. 그러나 그것이 이론화 되면서 풍수지리 사상은 더욱 확고한 위상을 갖추게 되었다고 할 수 있다.19) 말하자면 <1>은 신도의 풍수를 형성하는 자연 조건에 대한 예찬이다. 아름다운 자연물들이 모여 구성하는 포괄적 개념으로서의 산수가 인간들로 하여금 자신들의 삶을 안전하게 유지할 수 있도록 한다면 그것은 최고의 풍수 지리적 조건으로 인정될

---

18) 전규태, 『가사문학논주』, 명문당, 1988, 32쪽.

19) 조규익, 「선초 신도시가의 문학적 성격」, 앞의 책, 40-41쪽.

수 있을 것이다. <1>에 반영되어 있는 것도 바로 이러한 생각이다.

<2>도 같은 성격의 노래다. 표면상으로는 조선과 한양이 터 잡고 있는 풍수적 조건 즉 풍경과 지세에 대한 설명이지만, 이면적으로는 자연 조건의 예찬인 셈이다. 이와 같이 풍수사상은 자연과 인간의 교감을 통하여 이루어진 생각의 체계다. 그 교감은 인간과 자연 사이에 상통하는 기(氣)에 의해 이루어진다. 기란 생명력이다. 인간과 자연이 동일한 맥락의 기를 공유한다는 사실은 생명을 공유한다는 말로도 설명될 수 있다. 말하자면 생명이 깃든 정신적 존재로서의 자연이 바로 풍수라고 할 수 있다.

<3>은 송순이 지은 <면앙정가>의 한 부분이다. 가사 작품 가운데 이처럼 풍수지리의 내용을 노골적으로 드러낸 경우는 드물다. 여기서 예찬되고 있는 대상은 면앙정을 둘러싸고 있는 풍수 및 자연조건으로서의 산수다. 특히 용[굼긔든늘근뇽]을 끌어와 산세의 특징을 설명하는 것은 풍수지리 이론의 핵심이기도 하다. 무등산으로부터 뻗어 나온 봉우리가 제월봉이 되었는데, 그 활력 넘치는 가운데 면앙정이 위치해 있다는 내용으로서 전형적인 풍수지리 노래라고 할 수 있다.

<4>는 서울의 풍수를 찬양한 노래다. 이미 <신도가>에서 서울 풍수의 뛰어남은 지적된 바 있지만, 이 노래에서는 <신도가>보다 더욱 세밀하면서도 실감나게 묘사되고 있다. <신도가>와 마찬가지로 이 노래도 임금에 대한 축수나 왕조 영속의 당위성에 대한 고취로 마무리되고 있다. 이 노래는 「만횡청류」에 속해 있는 노래다. 조선조 후기 가곡으로서, 농조(弄調)로 흥청거리며 부른 노래다. 태평성대를 구가하는 노래인 만큼 농조는 당연히 어울리는 가락이라고 할 수 있다.

단순한 풍수지리를 예찬한 노래로부터 좀 더 세련된 모습을 보이는 것이 산수문학이다. 즉 물리적 자연으로부터 특정한 삶의 조건을 이끌어 내는 과학적 이미지의 구현체가 풍수 지리적 노래라면 자연 조건과 인식 주체의 감정이 융합되어 미적 성향을 구현하는 문학이 바로 산수문학이다. 따라서 산수문학은 산수를 심성 수양의 자료로 삼거나 산수로부터 인간적 삶의 이미지를 읽어 낸 식자층의 문학이다. 따라서 식자층들이 기반으로 하고 있던 이념과 밀접한 관계를 맺고 있는 것이 바로 산수이며 그것을 배경이나 소재로 삼는 문학이 산수문학이다.

## 3. 통시적 양상

### 1) 순수 서정과 주술적 서정의 혼효

자연소재의 양상을 살필 수 있는 최고(最古)의 자료로 상고(上古)[20]시대의 <공무도하가>, <황조가>, <구지가> 등을 들 수 있다. <공무도하가>에서의 '물'은 삶과 죽음의 문제와 직결된다. 그러나 이 예는 일반적인 경우와 다르다. 기독교에서 '요단강을 건너간다'는 말은 천국 혹은 복지로의 건너감을 의미한다. 종말로서의 죽음이 아니라 '영원히 사는' 죽음을 말하는 내용이다. 죽음을 체험한 사람들은 대부분 '다리를 건넜다'고 말한다. 다리 건너에는 이승과 다른 세상이 기다리고 있는 것이다. 그 다리가 바로 물 위에 걸쳐 있음은 물론이다. 그런데 <공무도하가>에서는 물을 사이에 두고 '물 이쪽'의 세상과 '물 저쪽'의 세상이 따로 존재하는 것이 아니다. 바로 '물 이쪽'과 '물을 포함한 저쪽'으로 단순히 구분되고 있는 것이다. 이 경우 물 이 쪽은 이승을, 물을 포함한 저쪽은 영원의 시간과 공간으로서의 저승을 각각 표상하고 그것들은 삶과 죽음, 더 적극적으로는 '속(俗)과 성(聖)'이나 '순간과 영원'이라는 두 세계까지 표상한다고 볼 수 있다.

물은 재생의 원초적 이미지를 지니고 있다. 순간인 이승의 논리가 물에서 영원성을 획득한다면, 그것은 물을 포함하는 자연의 보편적 원리가 작용한 결과일 따름이다. 즉 인간도 자연의 일부로서 자연에서 태어나 자연으로 돌아간다는 엄연한 이법의 확인 이외에 아무것도 아니다. 다만 이 노래에 개재된 슬픔이나 비극미는 이별이라는 현실적 상황 때문에 야기된 것이다. 화자가 슬픔에 싸여 있다고 그가 이런 자연세계의 이법까지 부정할 수 있는 것은 아니다.

<황조가>의 자연은 꾀꼬리다. '한 쌍의 꾀꼬리'와 '유리왕 : 치희'는 노래의 구조 속에서 등치관계를 이루고 있다. 약간의 이론(異論)[21]은 있었으나, <황조가>는 전형적인 서정 노래로 거론되어 왔다. 사랑하는 임으로부터 따돌림 받은 화자가 부르는 노래에 정다운 한 쌍의 꾀꼬리를 등장시킨 것을 소재의 우연한 선택으로 볼 수는 없을 것이다. 그것은 꾀꼬리 한 쌍의 다정한 상태를 자신들의 관계에 이입(移入)시키고자 하는 화자의 소망적 사고로부터 나온 결과다. 이것은 분명 주술적

---

20) '상고(上古)'라는 시간 개념이 문학상의 시대 구분으로 타당한가에 대하여 이론이 있을 수 있다. 또한 이것을 문학의 발상이나 시원(始源)의 시점으로 볼 수는 더더욱 없다. 그러나 여기서는 그 용어의 타당성 여부에 대한 논의는 생략하고 학계의 관행을 따르기로 한다.

21) 이명선은 『조선문학사』[조선문학사, 1948]에서 이 노래를 서사시로 보았다.

세계관이 바탕에 깔린 서정이다. 프레이저가 말한 바 유사법칙(類似法則)에 의한 유사주술(類似呪術)이 그것이다.[22] 그러나 이 노래가 주술 그 자체로 그치지 않은 것은 말미 부분[誰其與歸]의 서정적 찬탄 때문이다. 확신에 찬 주술적 언술보다는 화자의 꾸밈없는 내면 표출이 이 노래의 서정성을 고양시켜 미적인 세련성을 갖추게 한 것이다.

그렇다면 왜 이러한 주술적 서정의 구현이 가능할까? 바로 자연이 인간의 본향(本鄕)이라는 생각과, 자연을 인간 세상의 모델로 보려는 당대인들의 관점이 극명하게 드러나고 있기 때문이다. 자연 이외에는 등장시킬 소재가 없으며, 그 결과 인간과 자연이라는 두개의 대비 항에 따라 노래 전체의 구조는 나뉘기도 하고 높은 차원의 융합을 이루기도 한다.

이런 생각이 <구지가>에서는 좀 더 직접적이고 노골적으로 나타난다. 이 노래가 속해 있는 문맥이 제의의 구술 상관물임을 이해한다면 이 노래의 성격 또한 명백해지리라 본다. 이 노래는 구지봉 정상에서 불렸다. 이 노래를 부른 그들은 구지봉을 그들 세계의 중심축인 우주 축이자 우주 산으로 생각하고, 그 성역에서 하늘과의 교류를 꾀한 결과 수로왕의 탄강도 가져오게 된 것이며, 또 그 성역에 오르는 것만으로도 역사 창조에 참여하고 '세계의 중심'에 여행하는 것으로 여기게 되었던 것이다.[23] 그러한 상황에서 부른 노래는 지상과 천상의 의사 전달 매체인 셈이었다. '거북이의 머리를 나타내라'는 명령은, 거룩한 지도자를 맞이하여 세속의 영역인 지상에 하늘의 신성한 질서를 재현하고 싶다는 민중의 강한 소망이었다. 거북이는 단순한 자연물이자 생명체이다. 이와 같은 거북이에게 크나큰 의미를 부여한 주체는 인간의 의식이다.

<황조가>에는 표현하고자 하는 원관념인 화자의 외로움과 보조관념인 꾀꼬리의 행복한 모습이 병치되고 있다. 그러나 <구지가>에서는 거북이의 변화만을 표면에 드러냈을 뿐 화자의 의도는 숨어 있다. 그러나 이면적으로는 거북이가 머리를 드러내는 내용과 지도자가 등장하는 내용을 병치했다고 보아야 할 것이다. 그만큼 <구지가>에서의 자아와 대상은 미분화 상태이며 <황조가>에서의 그것들은 뚜렷하게 구분되는 상태로 나타나고 있다. 자연의 대상화는 본격 서정문학의 단계이며 자아와 자연의 미분화 상태는 그 이전 단계의 특징이다. 이와 같이 상고시대의 시가에는 주로 자연 소재가 사용되었으되 신화적 상상력에 기반을 둔 순수 서정이나 주술적 서정이 주로 구현되고 있다. 이러한 자연에 대한 인식의 양상은 삼국시대에 들어 와서도 크게 변하지 않았다. 말하자면 인간의 전 존재 혹은 우주 및 자연의 연결은 소재로서의 자연이 갖는 의미나 비중이

---

22) 프레이저, 장병길 역, 『황금가지 Ⅰ』, 삼성출판사, 1982, 46-89쪽 참조.

23) 김승찬, 「구지가고」, 김학성 · 권두환 편, 『고전시가론』, 새문사, 1984, 121쪽.

변함없이 다른 시대의 그것에 비해 훨씬 중요하게 고려되었다는 점을 나타낸다.

현재 남아 있는 삼국시대의 노래들은 향가가 대부분이다. 향가 장르 내에서라도 불교를 비롯한 이념적 노래가 아닌 일반적인 노래들이 더 많이 남아 있었다면 우리는 이러한 성격의 자연소재들을 훨씬 많이 발견했을 것이다.

우선 꽃을 살펴보자. 소재로서의 꽃이 등장하는 노래는 <헌화가>와 <도솔가>다. 꽃의 당대적 의미는 무엇이며 양자 간의 공통성과 상이성은 무엇인가. 우선 두 노래의 가사를 들기로 한다.

〈5〉 紫布岩乎辺希執音乎手母牛放敎遣
吾肸不喩慚肸伊賜等
花肸折叱可獻乎理音如

[『삼국유사』 권제1 기이 제2 수로부인]

〈6〉 今日此矣散花唱良巴寶白乎隱花良汝隱
直等隱心音矣命叱使以惡只
彌勒座主陪立羅良

[『삼국유사』 권제5 감통 제7 월명사도솔가]

<5>는 <헌화가>다. 이 노래에서의 핵심은 "花肸折叱可獻乎理音如"이다. 이 말은 '꽃-꺾음-바침'의 세 가지 개념으로 이루어져 있다. '꽃을 바친다'고 해도 될 법한데 굳이 '꺾어' 바친다고 함으로써 '꺾는' 행위에 모종의 의미를 부여하려 한 듯하다. 하나의 꽃은 두 번 꺾일 수 없다. 일단 꺾이면, 그것은 어느 누구에겐가 한번만 건네질 수 있을 뿐이다. 즉 일회적(一回的) 의미가 강조되는 것이다. 누구에겐가 건네지고 나면 그것으로 그 꽃의 생명성은 끝나고 마는 것이다. 따라서 '꺾는다'는 것은 꽃[혹은 화자 자신]이라는 생명체에 대한 죽음의 부여이자, 그것이 건네지는 상대방에 대한 전존재(全存在)의 투사(投射)다. 그것은 또한 '일편단심'이란 말로 대치될 수도 있을 것이다. 더구나 이 꽃은 철쭉["上有躑躅花 盛開"]이었다. 철쭉과 '일편단심'은 붉은 색의 동일한 색채 이미지를 지니고 있다. 그러므로 여기서의 꽃은 사랑의 감정을 드러내기 위해 화자에 의해 도입된 객관적 상관물의 전형적인 실례다. 우리가 '꽃'을 말하자마자 사랑의 정서는 즉각적으로 환기된다. 그것은 꽃이라는 소재를 통한 개인감정의 예술적 객관화인 것이다. 수로부인을 무당으로 보고 <헌화가>를 꽃 거리에서 부른 굿 노래로 볼 수도 있겠지만,[24] 순수 서정시에서의

자연 소재로 보는 것이 더 온당하며, 이 점은 그 노래가 무가라고 하더라도 변함이 없을 것이다.

<6>은 <도솔가>다. 이 노래의 핵심은 외견상 마지막 행일 듯 하나 실질적으로는 "巴寶白乎隱花"에 있다. 더구나 『삼국유사』 편찬 시기에 이 노래가 <산화가(散花歌)>로 잘못 알려져 있었다[25]는 지적만 보아도 꽃이 중심 소재였음은 확실하다. 그렇다면 "巴寶白乎隱花"는 어떻게 해독해야 하며, 무슨 뜻일까. 지금까지 학계에서는 "베푸ᄉᆞᆲ온 곶"[소창진평], "ᄉᆡᆨᄉᆞᆯ본 곶"[양주동], "ᄉᆡᆨᄉᆞᆯ본 부리"[지헌영], "뽈살본 곶"[김선기], "ᄇᆞ보ᄉᆞᆯ본 곳"[서재극], "보보ᄉᆞᆲ온 곶"[김준영] 등으로 해독해 왔다. 그러나 이 가운데 어느 것을 채택하든 어색하기는 마찬가지다. 필자는 '巴'가 '보'음으로 읽힌다는 점을 인정하고[26] '寶'를 '보ᄇᆡ'로 읽어 '巴寶'를 '보ᄇᆡ'로 읽고자 한다. '白乎隱'을 '스런'[27]으로 읽는다면 결국 이 구절은 "보배스런 꽃"으로 해독된다고 본다. 이 노래는 '이일병현(二日並現)'의 변괴를 물리치고자 부른 주가(呪歌)의 일종이다. 그렇다면 이 꽃 역시 주술의 매개물일 것이다. 따라서 그 역할은 인간의 소망을 절대자인 미륵좌주(彌勒座主)에게 전달해 주는 일이다.

김열규는 이 노래 속의 꽃을 인간과 부처의 매개체, 지상적인 것을 천상적인 것에 건네주는 다리 몫을 하는 것으로 보았다.[28] 박노준은 이 노래의 꽃이 <구운몽>이나 <심청전>의 꽃, 소월(素月)이 노래한 꽃의 함의(含意)와 맥을 같이 한다고 보았다. 즉 원상회귀(原狀回歸)의 사절자(使節者)인 이들 꽃에는 똑같이 인간의지가 작용하고 있으며 <도솔가>의 그것은 신라인 전체가 기원하고 있던 의지의 집합이라고 하였다.[29]

'보배스런 꽃'은 꽃에 부여한 인격적 가치 개념이 구현된 모습이다. <구지가>가 자연물인 '귀(龜)'를 통하여 주술적 서정을 구현한 것과 마찬가지로 이 노래에는 자연물인 꽃을 통하여 주술적 서정이 구현되고 있음을 알 수 있다. <황조가>와 <구지가> 사이에 나타나는 서정성의 차이가 <헌화가>와 <도솔가> 사이에서도 같은 양상으로 반복됨을 확인할 수 있다.

그렇다면 같은 시기의 '나무'는 어떠했을까. 그 예를 <찬기파랑가>와 <원가>에 나타나는 잣나

---

24) 조동일, 『한국문학통사 1』, 135-36쪽.

25) 『삼국유사』 권 5, 감통 제 7 <월명사두솔가>의 "今俗謂此爲散花歌 誤矣 宜云兜率歌 別有散花歌 文多不載." 참조.

26) 김완진, 『향가해독법연구』, 서울대 출판부, 1981, 120쪽.

27) "ᄉᆞᆲ오은→ᄉᆞᆯ본→ᄉᆞᆯ온→ᄉᆞ론→스런"의 과정을 거쳤다고 본다.

28) 김열규, 「한국문학과 그 비극적인 것」, 『한국민속과 문학연구』, 일조각, 1971, 294-295쪽.

29) 박노준, 『신라가요의 연구』, 열화당, 1982, 177쪽.

무를 통해서 알아 볼 수 있다.

<찬기파랑가>에 등장하는 다양한 자연물 가운데 '백(栢)'["栢史叱枝"] 즉 잣나무는 단순한 식물이 아니다. 시들지 않은 잣나무는 기파랑의 고매한 인격에 대한 보조관념으로 단순화 될 수 있다. 그러나 이 노래를 좀 더 관찰한다면 그것 이상의 의미가 발견된다. 여기서의 잣나무는 '서리가 범할 수 없는' 존재로서, 고매한 정신적 기품을 지니고 있다. 여기서의 잣나무는 지상과 천상의 매개목(媒介木)으로서 우주론적 이미지를 지닌다. 따라서 그것은 기파랑을 지상의 세속적인 존재로부터 천상의 초월적인 존재로 변이시키는 역할을 한다. 마치 콰키우틀족이 신성시하던 우주의 기둥이나 샤를마뉴 대제가 파괴한 에레스부르크의 성목(聖木)과 같은 존재로 확대 인식될 가능성을 보여주는 그것이기도 하다. 콰키우틀 사람들이 우주의 기둥이 하늘로 뻗어가는 지점을 '상층의 세계에로 가는 문'으로 믿은 바와 같이 이 잣나무를 통하여 속인(俗人) 기파랑은 고매한 인격을 부여받게 되는 것이다.[30] 지상적 존재인 기파랑은 성화(聖化)된 존재로 그려지며 그 역할을 성목으로서의 잣나무가 수행하고 이슬, 눈 등이 보조 역할을 한다. 이렇게만 보아도 옛 노래에 쓰인 자연물들의 의미가 단순하지 않음을 알 수 있다. 잣나무라는 자연소재는 기파랑의 고매한 인격을 환기시키는 적극적인 역할을 한다. 만약 화자가 기파랑의 고매한 인격을 설명하기로 마음먹는다면 아주 많은 말이 필요했을 것이다. 그럴 경우 이 노래의 서정성이 치명적으로 손상될 것은 자명하다. 생략과 응축, 즉 압축을 통한 함축의 효과는 서정을 구현하기 위한 절대적 요건이기 때문이다.

이 노래는 순수 서정이다. 이 노래가 좋은 서정 노래가 될 수 있었던 것은 잣나무를 비롯한 자연 소재들이 시적 표현의 극대화에 적절히 기여한 데서 찾을 수 있다.

똑 같이 잣나무를 소재로 사용한 <원가>의 경우 서정인 점에서는 마찬가지이나 그 서정의 성격 면에서 약간 다르다. 배경산문과 노래에 잣나무가 함께 언급되고 있으니 같은 의미로 해석될 수 있을 것이다. 배경산문의 내용은 "①圍碁於宮庭栢樹下/②他日若忘卿 有如栢樹/③忠怨而作歌帖於栢樹 樹忽黃悴/④召之賜爵祿 栢樹乃蘇" 등으로 잣나무 아래에서 결연(結緣)한 일로부터 시작하여 시들었던 잣나무가 소생한 것으로 끝을 맺고 있다. 말하자면 잣나무는 약속의 증표였던 셈이다. '신충이 벼슬을 받지 못한 일'과 '잣나무가 시든 일'은 인과관계로 연결된다. 그런데 신충이 벼슬을 받지 못하자 시들었고, 벼슬을 받자 소생하였다면 신충과 잣나무는 일심이체(一心異體)

30) 이상의 설명은 엘리아데, 이동하 역, 『성과 속』, 학민사, 1983, 28-29쪽 참조.

의 두 존재인 셈이다. 말하자면 잣나무는 신충의 내면적 서정의 대리물로 볼 수도 있을 것이다. 그렇다고 이 노래의 주술적 성격을 부정하는 것은 아니다.[31)]

서정의 원리 중의 하나가 압축[혹은 생략과 응축]이라면, 그것은 시에서 함축의 효과를 극대화 시키는 방법이다. 이 노래에서는 잣나무라는 자연 소재의 변화를 통하여 상황의 변화를 가장 직설적으로 표현하고 있다. 그 결과 주술적 본질과 함께 서정성[32)]까지 확보할 수 있게 된 것이다. <찬기파랑가>에서 본 바와 같이 잣나무는 '불변의 신성성'을 그 본질로 한다. 이것은 잣나무에 대한 당대의 보편적 인식이었을 가능성도 있다.

순수 서정과 주술적 서정이 섞여 나타나는 현상은 당대의 보편적 세계관이나 작자들의 의식이 발전 단계상 과도기에 놓여 있었던 데서 설명될 수 있다. 집단적이고 제의적인 관점으로부터 개인적 관점으로 변화되는 과정에서 나타나는 현상이다. 상고시가보다는 삼국의 시가들에서 집단성이나 제의성이 많이 희석되어 있고 그 틈으로 좀 더 세련된 개인감정이 개입되어 있음을 확인하는 것도 이 때문이다.

상고에서 삼국에 이르기까지 우리 말 노래들은 순수한 서정성을 표방한 것들도 있고, 그렇지 못한 것들도 있다. 자연이나 자연물들을 아름다움 그 자체로 받아들이기 보다는 특정 목적의식이나 이념의 언어적 상관물로 사용한 경우가 대부분이다. 따라서 자연물의 우주적 · 종교적 의미가 미적 이미지보다 우선하는 경향을 보여 주었다. 이 시기에 산수문학(山水文學)을 발견할 수 없는 이유도 여기에 있다. 개인적인 서정이 발양되고 그것이 자연의 포괄적인 아름다움과 결부되어 이념과 차원 높게 결부될 때 이루어지는 것이 산수문학이다. 적어도 이 단계의 국문노래까지는 자연을 철학적으로 포괄하는 산수문학은 나타나지 않은 듯하다.

그러면 삼국 속악의 연장이긴 하나[33)] 나름대로 그 시대의 서정적 면모를 반영하고 있는 고려 속가들의 경우에는 어떤 특징을 찾을 수 있는가 살피기로 한다.

---

31) 김열규는 이 노래에서 목이(木異)가 인위적인 것이니 인간과 수목과의 융즉(融卽)을 통해서 수목의 지배, 나아가 자연 운행을 지배하는 magic을 행한 결과가 된다고 보았다. 즉 나무 그 자체가 인간과의 종교적 공동 영역에 있는 셈이라는 것이다. [「원가의 수목(백) 상징」, 『국어국문학』 18, 1957]

32) 이재선은 <원가>가 순수 서정시이며, 자연과 정신의 병렬적인 대비에 의한 구조로 이루어졌다고 보았다.[「신라 향가의 어법과 수사」, 『향가의 어문학적 연구』, 서강대 출판부, 1972, 149쪽]

33) 조규익, 『고려속악가사 · 경기체가 · 선초악장』, 한샘출판사, 1994, 16쪽.

2) 순수 서정의 미적 세련

이 시기의 노래들에도 산발적인 소재로서의 자연물들이 주종을 이룰 뿐 포괄적인 차원의 자연이나 산수는 등장되고 있지 않다. 그러나 소재들도 주술적 목적으로 사용된 것들은 거의 없고, 비유적 표현의 보조관념들이 대부분이다. 앞 시대의 노래들에 구현된 서정성이 주술적인 성향 때문에 비교적 잡다한 양상을 나타내는 반면, 이 시기 노래들의 그것은 순수하게 문학적이면서도 미학적이다. 몇 가지 예들을 살펴보기로 한다.

불화 속의 연꽃

〈7〉 三月나며開ᄒᆞᆫ아으滿春ᄃᆞᆯ욋고지여ᄂᆞᄆᆡ브롤즈슬디녀나샷다아으動動다리

— 『악학궤범』 권5

〈8〉 玉으로蓮ㅅ고즐사교이다玉으로蓮ㅅ고즐사교이다바회우희接柱ᄒᆞ요이다
그고지三同이퓌거시아그고지三同이퓌거시아有德ᄒᆞ신님여히ᄋᆞ와지이다

— 『악장가사』

〈9〉 耿耿孤枕上애어느ᄌᆞ미오리오西窓을여러ᄒᆞ니桃花ㅣ發ᄒᆞ두다桃花ᄂᆞᆫ시름
업서笑春風ᄒᆞᄂᆞ다笑春風ᄒᆞᄂᆞ다

— 『악장가사』

〈10〉 附葉風入盈庭ᄒᆞ샤우글어신귀예中葉紅桃花ᄀᆞ티븕거신모야해

— 『악학궤범』 권5

<7>에서는 미적 상징으로서의 꽃이 소재로 사용되었다. '만춘(滿春) 돌 욋곶'이 남이 부러워할 만큼 아름다운 모습을 지니고 있다는 내용이다. 여기서 남이 부러워할만한 아름다움을 지녔다는 것은 어디까지나 화자의 주관적인 생각이다. 즉 '브롤'은 화자의 추측일 뿐 반드시 부러워한다는 말은 아니다. 어쨌든 화자와 꽃은 합일의 상태를 이루고 있다. 주, 객체의 간격이 성립되지 않는다는 서정 문예의 일반적 성격이 여기서 드러난다.34)

<8>의 연꽃은 무엇인가. 불교적인 맥락에서라면 이 경우의 연꽃은 종교적 상징 그 자체이거나 적어도 그것의 속화(俗化) 현상쯤으로 받아들여질 수 있을 것이다. 그러나 <정석가> 작품 전체나 이 부분이 그런 맥락으로 파악되기는 어렵다. '옥으로 연꽃을 새기다→그 꽃을 바위에 접주하다→그 꽃이 삼동에 피다'라는 불가능한 상황 제시 부분에서 서정성의 극대화는 이루어지고, 연꽃은 그 핵심 역할을 수행한다. 옥과 연꽃은 아름다움이라는 공통분모를 가지고 있다. 그러나 꽃과 바위는 생명과 무생명이라는 첨예한 대응 관계를 이루고 있다. 무생명의 바위와 생명체인 꽃을 결합시킨 것은 화자와 임의 실존적 거리를 지양하여 영원한 만남을 가능케 하는 의미를 지니고 있다. 즉 바위가 지닌 광물적 이미지와 꽃이 지닌 식물적 이미지의 연합은 상호 모순적인 것으로 나타나고 있으나 결국은 '영원한 만남'으로 차원 높게 귀결된 셈이다. 이 노래에 드러난 화자의 소망은 '님과 헤어지지 않는 것'이다. 그러기 위하여 꽃은 피지 말아야 한다. 다시 말하여 시인은 개화(開花)가 이별로 직결되는 아이러니를 노래 속에 설정한 것이다.

꽃이 피는 것은 자연의 이법이다. 인간의 도리는 그러한 자연의 이법으로부터 나온다. 유덕하신 임과 헤어지지 않는 것은 인간의 소망이며 그것은 인간의 도리에 부합하는 일이기도 하다. 그러니 헤어지지 않기 위해서는 꽃이 피지 말아야 한다. 그러나 피지 않는 것을 꽃의 본질이라고 할 수는 없다. 이렇게 보면 이 노래에 구현된 것은 역설의 미학이다. 이 노래와 같이 역설의 미학을 통하여 서정성의 표출에 성공하는 것은 드문 경우다. 물론 이 속에 주술적 사고의 흔적이 남아 있음을 부정할 수는 없다. 구체적인 사물을 제시하고 화자의 소망사항을 결부시키는 것은 앞 시대로부터 면면히 이어져 내려오는 주술적 행위다. 그러나 그 표현이 복잡해졌음은 물론 주관적이면서도 극적인 요소가 가미된 점은 앞 시대에 비해 큰 진전으로 볼 수 있다.

<9>는 주체와 객체의 결합이라는 점에서 전형적인 서정으로 볼 수 있다. 주체의 상태에 대한 서술인 첫 행과 객체의 발견인 둘째 행을 거쳐 셋째 행에서 주객의 완벽한 결합은 이루어진다.

---

34) E. 슈타이거, 이유영·오현일 역, 『시학의 근본개념』, 삼중당, 1978, 82쪽.

이 노래의 핵심 소재인 도화는 전통적으로 여성을 상징한다. 그리고 이 노래의 어조 또한 여성의 그것이다. 따라서 서정적 자아인 주체와 도화인 객체가 결합하여 궁극적으로 하나가 됨은 물론이다. '도화(桃花)의 시름없음'은 주체로서의 시인이나 화자가 시름없는 것이다. 그러니 이 부분에서 도화가 시인인지 시인이 도화인지 구분할 수 없는 상태에 도달한 것이다. 여기에는 주술성을 비롯한 비미적(非美的)인 요소가 전혀 개입되지 않고 있다. 자연의 한 부분인 사물을 소재로 쓰고 있긴 하나 그것이 서정적 자아의 내면 표출에 직결됨으로써 앞 시대와는 다른 차원의 형상화를 이루고 있는 것이다.

<10>은 뛰어난 존재인 처용의 형상을 구체적으로 묘사한 내용이다. 처용의 '븕은 모양'을 감각적으로 드러내기 위해 홍도화(紅桃花)라는 자연 소재를 끌어오고 있다. 처용의 모습을 홍도화에 비겼다면 그것은 시인의 미의식이 작용한 결과다. 묘사 대상의 미화(美化) 역시 서정적 형상화의 중요한 행위라고 할 수 있다. 따라서 <처용가>의 이 부분도 자연 소재를 둘러싼 이 시기의 생각을 잘 보여주는 표현이다.

### 3) 이념적 세련성

가곡창사나 가사의 단계에 넘어 오면 자연 소재는 작품의 서정성 구현에 대하여 뚜렷한 기여를 하게 된다. 그리고 그러한 자연 소재들은 '산수'라는 하나의 개념으로 포괄되어 시대정신과 이념을 뒷받침한다. 다음의 예들을 살펴보자.

〈11〉 白雪이ᄌᆞᄌᆞ진골에구룸이머흐레라반가온梅花ᄂᆞᆫ어ᄂᆡ곳ᄋᆡ퓌엿ᄂᆞᆫ고 夕陽의호을노셔셔갈곳몰나ᄒᆞ노라

— 『樂學拾零』· 51

〈12〉 구버ᄂᆞᆫ千尋綠水도라보니萬疊靑山十丈紅塵이언매나ᄀᆞ렷ᄂᆞᆫ고 江湖애 月白ᄒᆞ거든더옥無心하얘라

— 『聾巖先生文集』

〈13〉 春風에花滿山ᄒᆞ고秋夜에月滿臺라四時佳興이사ᄅᆞᆷ과ᄒᆞᆫ가지라ᄒᆞ물며 魚躍鳶飛雲影天光이야어ᄂᆡ그지이슬고

— 『樂學拾零』· 82

〈14〉 엇그제겨을지나새봄이도라오니桃花杏花ᄂᆞᆫ夕陽裏예퓌여잇고綠楊芳草ᄂᆞᆫ細雨中에프르도다칼로ᄆᆞᆯ아낸가붓으로 그려낸가造化神功이物物마다헌ᄉᆞ롭다수풀에우ᄂᆞᆫ새ᄂᆞᆫ春氣ᄅᆞᆯᄆᆞᆺ내계워소ᄅᆡ마다 嬌態로다 物我一體어니興이 ᄋᆡ다ᄅᆞᆯ소냐

— 『不憂軒集』 卷二 · 歌曲

<11>은 여말선초의 혼란기에 이색이 지은 가곡이다. 필자는 고려시대에 각종 속악들과 함께 불리고 있던 <심방곡>, <북전> 등을 가곡의 출발기 작품들로 규정한 바 있다. <만대엽>이나 <북전>과 같은 구체적이고 개별적인 노래들이 대엽[가곡]이라는 하나의 장르로 정착·확대되었고, 여기에서 후대의 시조시가 파생되었다고 본 것이다.[35] 따라서 이색의 이 노래 역시 여말에 불리기 시작하여 뒤에 대엽으로 편입된 작품임에 틀림없는 듯하다.

이 노래의 외연은 서정적 자아와 함께 '백설·구름·매화' 등의 자연물들이 등장하여 만들어진 것으로, 회화적인 성향을 보여준다. 그러나 이 노래의 자연 소재들이 상호간에 모종의 대응 관계를 통하여 특정 이념이나 정신을 표상하고 있음은 쉽게 알아차릴 수 있다.

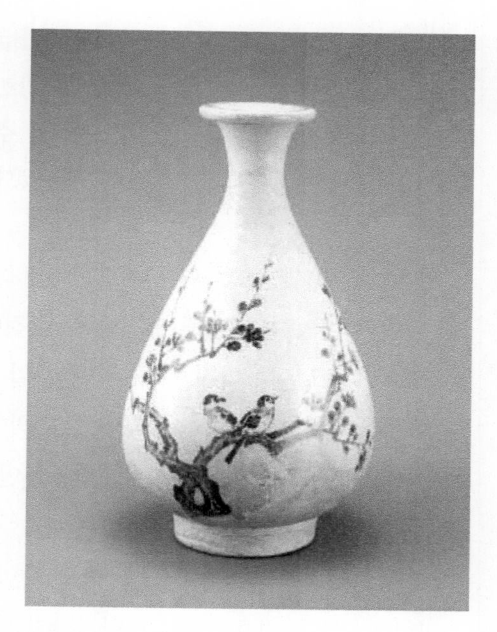

매화무늬 새겨진 청화백자

매화는 사군자의 선두로서 선비정신을 표상한다. 백설 역시 그 색채 이미지가 그러하듯 순백의 고결함을 드러낸다. 그러나 구름은 대립되는 위치에서 이들을 압도한다. 굳이 이색의 현실적 행보와 관련하여 해석한다면 혁명세력에 의한 고려 왕조의 멸망과 그로 인한 의리의 손상을 슬퍼한 내용일 것이다. 자연 소재들을 통하여 유교의 의리나 대의명분이 표상되기 시작한 셈인데, 이러한 경향은 조선조 문학사에서 뚜렷한 줄기를 형성한 채로 지속된다.

<12>는 농암 이현보[李賢輔, 1467-1555]의 <어부단가(漁父短歌)> 다섯 작품 가운데 두 번 째 노래다. 이 작품은 <9>와 함께 이른바 강호가도를 구현한 노래에 속한다. 조윤제는 문학에서의 강호가도를 다음과 같이 설명하였다.

> 강호의 자연은 치사한객(致仕閑客) 혹은 배소(配所)의 불우객(不遇客)으로 말미암아 우리의 문단에 일보일보 접근하여 왔었다. 그러나 정말 자연이 우리에게 충분히 이해되고 그 미가 남김없이 발견된 것은 농암과 면앙정에 이르러서부터인 듯하니, 양옹은 모다 치사객으로 노래(老來)에 복잡한 관계를 벗어나 지나간 풍파

35) 조규익, 「초창기 가곡창사의 장르적 위상에 대하여」, 『국어국문학』 112, 국어국문학회, 1994, 209쪽.

를 잊은 듯이 고요히 강호에 물러 앉아 화려한 자연을 즐기고 또 그 가운데 몰입하여 들어가 참다운 자연미의 가치를 발견하여 갔다. 종래에도 강호의 미를 영탄한 이는 있었다고 하지마는, 참다운 강호의 미를 구가(謳歌)하여 스스로의 한 가도(歌道)를 수립한 이는 아마도 없었을 것이다. 그러므로 양옹은 실로 근대문학에 있어서 새로운 한 국면을 타개하였다고도 할 수 있다.[36]

강호가도가 자연미의 단순한 예찬이나 그에 관한 규범만을 가리키는 개념은 아니다. 자연 속에서 불변의 이념적 요인을 발견하고, 그것이 가변적이며 불만스런 세상사의 현실과 대응된다는 인식을 전제로 이루어진 노래의 규범 일체를 지칭한다. 그렇기 때문에 일시적이든 영구적이든 현실로부터 퇴피(退避)하여 자연에 귀의한 인사들은 자신들의 노래에 강호가도를 구현하고자 하였다. 경우에 따라 강호가도가 당대 문인들이 보여 준 상투적 반응 양식의 표현으로 오해되기도 한 이유를 여기서 찾을 수 있다.

어쨌든 이러한 성향은 시가문학상 자연 소재의 통시적 변환에 있어 중요한 부분이기 때문에 간과할 수 없다. 강호가도의 문학사상적 범주를 '자연친화, 성리학적 도, 국문시가' 등으로 설정한 견해[37]는 이런 점에서 적절하다. 조윤제가 주장한 바와 같이 농암과 면앙정을 강호가도의 출발로 본다면 <12>는 자연 소재 시가의 새로운 패러다임으로 볼 수 있을 것이다. '천심녹수(千尋綠水)/만첩청산(萬疊靑山)'은 앞 시대의 노래들에 소재로 쓰인 낱낱의 자연물들과 차원을 달리하는 포괄성을 갖는다. 낱개로서의 꽃이나 나무, 시냇물이 아니라 그것들이 통합된 상태에서 조화를 이루는 포괄적인 아름다움 바로 그것이다. 여기서 비로소 산수문학의 구체적인 모습은 드러난다. 이와 같이 고전시가에서 산수문학의 형성은 강호가도의 구현과 직결된다. 특히 이 노래에서 산수와 대응되는 것은 '십장홍진(十丈紅塵)'이다. 대개의 강호문학은 의미상 대응구조로 이루어져 있는데, 작자의 생각이나 주제의식을 강조하는 데 효과적이기 때문이었을 것이다.

관계(官界)로 대표되는 현실 사회는 일신을 보전할 수 없을 만큼 혼란스럽고 위험한 곳이었다. 따라서 안심입명(安心立命)과 명철보신(明哲保身)을 위해서는 강호로 퇴피하는 것만이 최선의 방도였다. 안심입명은 생사의 도리를 깨달아 몸을 천명에 맡기는 것이고, 명철보신은 총명하고 사리에 밝아 자기 한 몸을 잘 보존하는 것을 말한다. 농암은 현실과 자연을 오락가락하던 조선조 문사들의 기회주의적 성향으로부터 얼마간 거리를 둘 수 있었다. 비교적 순탄한 환로(宦路)를

36) 조윤제, 『도남조윤제전집 2』 태학사, 1988, 135쪽.

37) 김종렬, 「강호가도의 개념정립과 영남강호가도 연구」, 고려대 박사논문, 1989, 28쪽.

걸었던 농암이었으므로 자연을 임시 도피처로 생각해야 할 이유가 없었을 것이다.[38] 이런 점에서 농암과 면앙정을 진정한 강호시가의 창도자로 본 조윤제의 생각은 타당하다.

<13>은 이황이 지은 「도산육곡지일」의 여섯 번째 노래다. '춘풍화만산(春風花滿山)/추야월만대(秋夜月滿臺)'라 함으로써 봄-가을에 걸쳐 나타나는 여러 계절의 아름다운 경치를 제유적(提喩的)으로 그려내고 있다. 그리고 그 계절들의 아름다운 흥이 사람의 그것과 마찬가지라고 하였다. 사실상 사계절의 흥은 사람의 흥일 뿐 계절이나 자연 자체의 그것은 아니다.

그러니 '사시가흥(四時佳興)'은 단순히 사계절의 흥취만을 강조하기 위한 표현은 아니다. 『주역』 건괘(乾卦)의 대인(大人)을 설명하는 글에 "대인이란 천지와 더불어 그 덕을 함께 하고 일월과 더불어 그 밝음을 함께 하고 사시와 더불어 그 차서를 함께 하며 귀신과 더불어 그 길흉을 함께 한다"고 하였다.[39] '사시가흥(四時佳興)이 사ᄅᆞᆷ과 ᄒᆞᆫ가지'라면 그는 결국 '여사시합기덕(與四時合其德)'하는 대인일 것이다. 이 표현을 통하여 적어도 퇴계는 강호에 물러나 있는 선비들을 대인의 범주에 넣고 있었음을 알 수 있다. 따라서 당시 강호문인들의 관점으로는 홍진에서 부귀를 탐하는 사람들이 소인배들일 수밖에 없었을 것이다. '춘풍화만산/추야월만대'는 자연의 정적인 모습이다. 이러한 자연이 자아내는 '가흥'은 덕을 지닌 대인만이 느낄 수 있는 즐거움이다. 그러나 '어약연비(魚躍鳶飛)/운영천광(雲影天光)'은 만물이 천성을 얻은, 오묘한 경지를 가리킨다. 그러니 자연이나 강호 현실을 관념으로 정형화한 경우라고 할 수밖에 없을 것이다.

<14>는 초창기 가사인 정극인의 <상춘곡>이다. 앞에서 언급한 바와 같이 조윤제는 정극인과 이현보가 강호가도를 대표하는 문인이라고 하였다. 특히 가사장르의 경우 자연을 다룬 것으로서 <상춘곡> 이전의 작품을 현재로는 찾을 수 없다. 따라서 적어도 <상춘곡>은 자연 소재에 대한 이 장르 초창기의 관점을 비교적 정확하게 드러내주는 작품으로 보아야 할 것이다.

<14>에 등장하는 자연물은 '도화행화(桃花杏花)·녹양방초(綠楊芳草)·수풀에 우는 새' 등이다. 이것들은 개별적인 사물들이면서 봄의 계절적 특성을 포괄적으로 드러내는 집단적인 것들이기도 하다.

이 노래 가운데 "칼로ᄆᆞᆯ아낸가~헌ᄉᆞᄅᆸ다"는 서정적 자아의 주관이 강하게 표출된 부분이다.

---

38) 조규익, 「농암 이현보의 가곡」, 『연민학지』 2, 연민학회, 1994, 106쪽.

39) 『文淵閣四庫全書: 經部/易類/周易傳義大全』 卷一 上經 乾卦 九四 本義의 "本義: 夫大人者 與天地合其德 與日月合其明 與四時合其序 與鬼神合其吉凶 先天而天弗違 後天而奉天時 天且弗違 而況於人乎 況於鬼神乎" 참조.

말하자면 이 노래가 단순히 봄의 경물들을 나열해 놓는 데 그치지 않고 그것들을 작자의 미적 직관을 통해 재해석하고 있다는 것이다. 그 점은 "물아일체(物我一體)어니훙(興)이ᄋᆡ다ᄅᆞᆯ소냐"에서 절정에 도달한다. 여기서 '물아일체'나 '흥'은 시가의 서정적 본질을 드러내는 개념들이다. 물아일체는 누차 언급한 바와 같이 서정적 자아와 대상이 합일된 상태를 말한다. 이런 점에서 흥 역시 물아일체와 인과관계로 연결되는 서정적 자아의 내면적인 움직임이다. 원래 흥은 '움직임·일으킴·표출' 등 인간 심리의 변화를 일컫기도 하고 '먼저 다른 물건을 언급하여 읊고자 하는 바의 말을 이끌어내는 것', '일을 물건에 가탁하는 것' 등의 표현적 수법을 일컫기도 한다.[40]

주자(朱子)는 인간이 생각을 말로 이루다 표현하지 못하여 자차영탄(咨嗟詠歎)을 하게 되는데, 그것이 자연의 음향과 절주에 맞아 그만 둘 수 없는 것을 작시(作詩)의 이유로 들었다. 그리고 사람의 마음이 사물에 감동되어 말에 나타난 나머지가 시라고 하였다.[41] 주자가 말한 것처럼 사람의 마음이 사물에 감동되어 말에 나타난 것이 시라면 자연의 음향과 절주에 들어맞는 자차영탄은 바로 흥 그 자체라고 할 수 있다. 다시 말하면 객관세계의 사물에 의해 촉발되는 감정의 변화가 흥이며 그것을 문자로 표현한 것이 시요, 말로 표현한 것이 노래다. 그러므로 시의 본령은 서정이며 그 서정을 촉발시키는 매개체가 자연물이다.

<14>에서는 개별적인 자연 소재들이 시인이나 화자의 마음에 일으키는 정서적 변화를 구체적이면서도 사실적으로 보여주고 있다. 그러면서도 가사나 가곡창사 등 향후 전개될 우리 말 노래 장르에 있어 자연 소재 수용의 패러다임이 앞 시대와 양상을 달리할 것임을 예고했다고 볼 수도 있다. 개별적이면서도 객관적인 물 자체의 자연소재로부터 포괄적이면서도 이념적인 자연소재의 단계로 자연스럽게 옮겨가게 된 것이다. 말하자면 이법 중심의 인식 태도가 문학 담당층의 주류를 이루게 됨으로써 자연문학 역시 이념의 틀 안에서 정당화 되고 재해석되기에 이른 것이다. 산수문학의 출현 및 정착도 이런 맥락에서 보는 것이 타당하다.

물론 산수문학이 강호문학과 일치되는 개념은 아니다. 산수문학은 현실적 소산으로서 이념적 성향이 강한 강호문학을 포함하는 개념이기 때문이다. 따라서 산수문학이란 자연을 소재로 삼아

---

40) 諸橋轍次, 『大漢和辭典』(대수관서점, 1968) 9, 445쪽.

41) 주자, 「시경집전서」, 소재영·조규익, 『한·중한문선』[태학사, 1994], 47쪽의 "或有問於予曰 詩何爲而作也 予應之曰 人生而靜 天之性也 感於物而動 性之欲也 夫旣有欲矣 則不能無思 旣有思矣 則不能無言 旣有言矣 則言之所不能盡 而發於咨嗟詠歎之餘者 必有自然之音響節族 而不能已焉 此詩之所以作也 曰 然則其所以敎者 何也 曰 詩者 人心之感物而形於言之餘也." 참조.

산수애호의 정신에 입각하여 산수미를 형상화한 시가와 문학작품을 의미하며 강호가도류와 함께 성리학적 이념을 자연미로 형상화한 작품까지도 여기에 포함시키려고 한 손오규의 견해[42]는 적절하다. 이렇게 본다면 실재하는 경물을 되도록 사실적으로 그리는 실경산수(實景山水)와 관념의 조사(照射)를 거쳐 재해석된 경물을 그리는 관념산수(觀念山水)의 두 부류가 있을 수 있다. 물론 양자가 복합적으로 나타나는 경우도 있을 수 있다. 이런 점에서 성리학 이념이 대상 인식의 방법으로 정착되었던 조선조 문학에 관념 산수가 주류를 이룬 것도 당연하다 할 것이다. 그 점은 퇴계의 다음과 같은 언명에서도 확인된다.

> 옛날에 공자는 태산에 올라 흘러가는 냇물을 탄식하였고, 주자는 남악에 올라 아홉 구비를 노래하였다. 산과 물은 성현의 낙을 깊이 발현하는 것이 이와 같음은 어째서인가. 내가 나면서부터 산수를 좋아하는 습성이 있어 일찍이 관동을 노닐고 싶어 하였다. (…) 홍인우와 그 두 아들이 뜻이 같고 도가 통하여 기이한 승경을 씩씩하게 여행하였다. (…) 그러니 산에 오르고 물을 내려다봄으로써 성현이 한 것을 밝히고 본받으려는 것을 이들이 이미 하였던 것이다.[43]

산수문학의 이념적 근거는 바로 여기에 있다. 퇴계가 말한 '성현의 낙'이란 인간 본성의 긍정적 측면을 자연에서 발견할 때 느끼는 감정이다.

장경세(張經世)는 퇴계의 <도산십이곡>이 의사(意思)가 진실하고 음조가 청절(淸絶)하여 사람이 선심을 흥기시킬 만하고 깨끗이 씻어 버릴 수 있으므로 이 작품에 『시경』의 유지(遺旨)인 온유돈후(溫柔敦厚)가 구현되었다고 보았다.[44] 말하자면 그는 강호문학의 대표작으로서 <도산십이곡>이 지닌 존심양성(存心養性)의 정신과 도덕적 당위에의 지향 등 도의문학적(道義文學的) 경향을 지적한 것이다. 이와 같이 국문 시가에 나타난 자연 소재의 통시적 흐름은 조선조 중·후기에 강호가도 혹은 산수문학으로 집대성되었다고 볼 수 있다. 이러한 경향은 작자가 뚜렷하거나 상층부 인사들의 작품 뿐 아니라 그렇지 못한 작품들에서도 얼마간 발견된다.

---

42) 손오규, 「퇴계의 산수문학 연구」, 성균관대 박사논문, 1991, 10쪽.

43) 이황, 「관동일록 발」, 「박은순의 금강산도 연구」, 홍익대 박사논문, 1994, 48쪽에서 재인용.

44) 장경세, 「效退溪先生陶山六曲 作江湖戀君歌 跋」, 『역대문집총서』 230, 경인문화사, 1988, 102쪽의 "余少時因友人李平叔 得涀退溪先生陶山六曲歌 意思眞實 音調淸絶 使人聽之 足以興起善端 蕩滌其邪穢 眞三百篇之遺旨也." 참조.

〈15〉 太平聖代田野逸民(再唱)耕雲麓釣烟江이이밧긔일이업다窮通이在天ᄒᆞ니貧賤을시름ᄒᆞ랴玉堂金馬ᄂᆞᆫ내의願이 아니로다泉石이壽域이오草屋이春臺라於斯臥於斯眠俯仰宇宙流觀品物ᄒᆞ야居居然浩浩然開襟獨酌岸幘長嘯景긔 엇다ᄒᆞ니잇고

— 〈獨樂八曲-1〉[45]

〈16〉 층암절벽상(層岩絶壁上)의 폭포수(瀑布水)는 콸콸 수정렴(水晶簾) 드리운 듯 이골 물이 수루루루룩 저 골 물이 쏼쏼 열의 열골 물이 한데 합수(合水)하여 천방(天方)져 지방(地方)져 소쿠라져 펑퍼져 넌출 지고 방울져 건너 병풍석(屛風石)으로 으르렁 콸콸 흐르는 물결이 은옥(銀玉)같이 흩어지니 소부(巢父) 허유(許由) 문답(問答)하던 기산영수(箕山穎水)가 예 아니냐(…)경개무궁(景槪無窮) 좋을씨고

— 〈遊山歌〉[46]

<15>는 송암 권호문[權好文, 1532-1587]의 <독락팔곡> 중 첫 번 째 노래다. 퇴계의 문하에서 공부한 송암은 퇴계의 영향을 많이 받았으며 일생 동안 출사하지 않았다. "전야일민"에서 '전야'는 조정과 대응되는 말이고, '일민'은 절행(節行)이 뛰어나면서도 벼슬에 오르지 않고 숨어 사는 사람으로 송암 자신을 가리키며 조신(朝臣)과 대응되는 말이다.

구름 낀 산록에서 밭이나 갈고 내 낀 강가에서 낚시나 하는 것이 자신의 일이라는 것이다. 더욱이 빈궁과 영달은 하늘에 달린 것으로서 자신이 걱정할 일이 아니라고 한다. '泉石이壽域이오 草屋이春臺라'는 구절은 이 노래의 핵심이다. 천석이란 산수를 말한다. 산수 즉 자연이 유토피아라는 것이다. 이 말 속에는 번다한 현실 세계를 조롱하는 의도가 짙게 들어 있다. 말하자면 독선기신(獨善其身)하는 강호 처사의 우월감이 배어나오는 내용이다. 그런 의미에서 송암은 자유인이었다. 물론 현실 맥락에서 완전히 떠난 방외인은 아니겠지만, 적어도 당대 지식인들 대부분이 매어 있던 현실 문제로부터 초연할 수 있었다는 점에서 그렇다는 말이다. 따라서 송암은 퇴계의 문인이었으면서도 강호를 노래하는 자세에서는 그와 확연히 구분된다. 즉 노래로 자신의 은구(隱求)를 강조하기 위하여 상대되는 세속적 범주의 일이나 인사들을 등장시켜 대응적 의미구조를 드러내고 있는 점에서 온유돈후의 시교(詩敎)를 실천해 보인 퇴계의 그것과 다르다고 할 수 있다.[47]

45) 『송암집』「속집」 卷 六, 『한국문집총간 41』, 289쪽
46) 이창배, 『한국가창대계』, 홍인문화사, 1976, 184쪽
47) 조규익, 『가곡창사의 국문학적 본질』, 집문당, 1994, 203쪽.

결국은 소재로서의 자연이나 강호를 대하는 삶의 자세에 따라 전혀 다른 의미나 분위기가 생성되는 것이다. 같은 관념적 산수라 해도 긍정적 이법이나 영원상을 읽어내는 퇴계류가 있는가 하면, 자신의 도덕적 우월을 강조하기 위한 대응구조의 소품(小品)으로 사용하는 부류도 있을 수 있는 것이다. 바로 이것이 산수문학 혹은 강호문학의 두드러진 한 갈래일 수 있다.

<16>은 12잡가 중에서 으뜸으로 일컬어져 오는 <유산가>의 한 부분이다. 이 사설에 구현된, 발산적이며 생명감 넘치는 동적인 서정의 요인은 이 노래를 올려 부르던 곡조와 함께 작자의 미의식에서 찾을 수 있을 것이다. 다시 말하면 유교적 경건주의의 문풍과는 거리가 먼 사실적 형상화가 이 노래에 구현되었음을 느낄 수 있다. 이 노래에서 산수 묘사, 더 나아가서는 대상에 대한 문학적 형상화의 새로운 패러다임을 발견하게 되는 것도 바로 이 점 때문이다.

## 4. 통시적 의미

작품에 소재로 등장하는 자연을 개별적인 사물로 받아들일 수도 있고, 집단적 개념을 지닌 포괄적 대상으로 받아들일 수도 있는 만큼 그것들이 표상하는 의미는 범상치 않다.

대개 자연을 중심으로 지상과 천상, 더 나아가서는 성과 속의 이원적 세계를 상정할 수 있다. 이것은 옛 사람들의 삶 자체가 자연 속에서 이루어졌으며 성과 속의 이중적 세계가 그 안에 설정되었다는 점으로도 설명된다. 따라서 현대시 못지않게 고전시가의 자연 역시 창작 주체의 인식에 달린 문제다. 다시 말하자면 단순한 물리적 자연이 아니라 정신적 자연으로 재해석될 여지가 많다는 것이다. 개개의 자연물이 환기시키는 이미지는 창작 주체가 갖고 있던 인식의 단서이며, 자연 속에 상정하고자 하는 그들만의 미적 이상이기도 하였다.

근대 문명 도입 이전의 세계관은 자연 중심이었다. 자연계의 두 영역인 하늘과 땅은 인간의 삶을 전면적으로 지배하였으며 천체와 기후의 변화는 하늘로부터 이루어지는 것이므로 어쩔 수 없다 해도, 땅에는 인간을 행복하게도 불행하게도 만들 수 있는 요인이 원천적으로 잠재되어 있다고 보았다. 그래서 되도록 좋은 지리적 조건을 골라 살고자 한 것은 인간이 발휘할 수 있는 최선의 지혜였다. 이런 맥락에서 살핀다면 자연 중시의 관념이 인간 생활에 반영되어 이루어진 풍수론은 자연을 읽는 최선의 관점일 수 있다. 고전 시가의 소재 가운데 자연이 주류를 이룬 사실은 이와 같이 풍수론과 같은 자연 중시의 사상 체계로도 확인된다. 이와 같은 자연관을 전제로 각 시대마다 특징적인 자연 소재의 의미를 추정해낼 수 있었다. 순수 서정과 주술적 서정이 혼효되어 있는 점은 상고시대 노래나 삼국시대 노래들이 마찬가지 양상을 보여 주고 있다. 그러나 그 성격이나 양자 간의 비중에서 얼마간의 차이를 보여주는 것은 물론이다. 고려 노래의 단계로 내려오면 주술적 서정은 거의 자취를 감추고 미적으로 세련된 순수 서정이 주류를 이루고 있었다. 그리고 여말선초 이후의 단계로 내려오면 당시의 정치사상이나 이념이 철학적으로 체계화되기 시작했던 만큼 자연을 바라보는 그들의 관점 역시 이념적으로 세련된 모습을 보여주었다. 특히 성리학의 정착에 따라 인간의 이미지를 반영하고 있는 자연은 논리적·철학적으로 설명되기 시작하였다. 그리고 이러한 경향은 문학 속의 자연 소재에도 그대로 나타났음을 알 수 있다.

이상과 같은 현상은 자연관 변천의 통시적 흐름이며, 이것은 국문시가에 쓰인 자연 소재의 통시적 의미이기도 하다.

# 고전시가 콘텍스트로서의 제의 및 놀이문화

## 1. 고전시가와 놀이의 미학적 연계

정확한 실체를 알 수는 없지만, 첫 단계의 우리 문학은 제의와 놀이가 미분화된 상태의 원시종합예술체 속에 들어 있었으리라 추정된다. 제의와 놀이가 합쳐진 성격의 행사라는 점에서 부족국가 시대의 각종 제천의례는 말 그대로 축제였다. 놀이의 본질을 '자유로운 활동/분리된 활동/확정되어 있지 않은 행동/비생산적인 활동/규칙이 있는 활동/허구적인 활동'으로 정의한 카이와의 견해[1]를 받아들인다면, 생활에 밀접한 현실성을 기반으로 하는 제의는 놀이와 얼마간 떨어진 부분일 수 있다. 그러나 적어도 축제의 문맥에서만큼은 이 둘이 하나로 통합된다. 왜냐하면 제의와 놀이가 분화되지 않아야 축제로서의 본질이 제대로 구현되기 때문이다.

숭배의 대상인 신을 즐겁게 해줌으로써 '노는 주체들'의 즐거움까지 도모하고자 하는 방법이 축제다. 인간이 갖고 있는 본원적 생명력을 억압하는 과정이 문명의 발전이나 문화의 전개 과정이라면 축제는 그 억압된 생명력을 주기적으로 풀어주는 제도적 장치[2]라고 할 수 있다. 따라서 축제 속에는 음악·춤·노래·시 등 구체적인 놀이 항목으로서의 각종 예술들이 망라되어 있다. 이러한 축제가 고대국가의 단계에 내려와서는 국가적 차원의 제의와 부락 단위의 동제로 분화·전승되기 시작했다. 예컨대, 고려는 고구려의 동맹과 신라의 팔관회를 통합한 새로운 팔관회에서 가무백희(歌舞百戲)를 봉정하여 국가의 복을 빌었는데, 의례의 형식상 그것은 무당의 굿과 동일하다고 보는 견해가 일반적이다. 상상력을 통하여 우주 및 세계의 질서를 구체화시키는 것이

---

1) 로제 카이와, 이상률 역, 『놀이와 인간』, 문예출판사, 1994, 34쪽.

2) 한양명, 축제와 놀이, 김선풍 외 지음 『한국축제의 이론과 현장』, 월인, 2000, 107쪽.

굿이라 할 수 있는데, 그 구체화의 방법인 '보여주기/말하기/노래하기' 등이 바로 제의와 놀이의 공통요소들이며, 연극이나 문학을 포함하는 예술의 장르적 바탕이기도 하다.[3]

그런데 미분화 상태의 제의와 놀이가 분화되면서 전자는 신앙적 성실성이나 종교적 신성성을 전담하는 부분으로, 후자는 미적 감흥이나 오락성을 전담하는 부분으로 각각 독립하게 되었다. 그렇다고는 해도 놀이의 본질인 미적 감흥이나 오락 속에 드러나는 제의의 흔적을 무시할 수는 없다.[4] 특히 놀이의 문맥을 완전히 청산하게 되는 후대의 노래들이 등장하기까지 놀이와 함께 공존하던 노래들은 제의적 성격을 바탕으로 하는 것이 자연스러웠다.

본서에서는 제의와 밀접한 관계를 가졌거나 그 변이형으로 생각되는 고려조 정재와 그 악장으로 쓰인 고려노래들 간의 예술적 상관성을 찾아봄으로써 고전시가 일반과 놀이의 미학적 상관성 혹은 그 가능성을 확인하고자 한다.[5] 고려조에 성행했던 팔관회의 절차 속에서 공연된 몇몇 정재들은 그 시대 축제의 대표적인 양식이었다. 그리고 그 정재들 속에는 오늘날 우리가 당대 서정노래들의 진수라 일컫는 <정읍>·<동동> 등이 포함되어 일정한 역할을 수행하고 있다.

사실 팔관회로부터 고려노래들에 이르기까지의 개념 범주는 '축제>놀이>노래'의 단계로 좁혀진다. 제의와 놀이가 합쳐진 축제에서 제의적 본질이 소거(消去)되면 예술적 부면으로서의 놀이가 성립되고, 노래만의 독립적인 단계에 이르면 거의 완벽하게 제의적 성격은 탈색된다. 정재나 그 한 부분인 고전시가[혹은 악장]가 그 나름대로 놀이적 본질과 그 효과로서의 흥을 구현할 수 있었다는 점, 제의적 연원과 그 헌신의 덕목인 충(忠)을 정서적으로 구현했으며 결과적으로 그러한 덕목들이 집약되어 이루어지는 집단이념을 드러낼 수 있었다는 점, 전·후자를 하나로 통합하

---

3) 러보크(Percy Lubbock)는 그의 *The Craft of Fiction*에서 작가가 등장인물의 대화·행동을 통하여 스토리를 객관적으로 제시하는 것을 '장면(극적)' 제시라 하고, 작가가 스토리를 요약하고 작중인물의 감정과 사고를 분석하며 작가 자신의 의견을 개입시키는 것을 '회화적' 제시라 했다. 부쓰(Booth)의 용어로 전자는 '보이기(showing)' 양식이고, 후자는 '말하기(telling)' 양식이다.[폴 헤르나디, 김준오 옮김, 『장르론』, 문장, 1985, 42-43쪽, 84쪽 등 참조.]

4) 이와 관련하여, 종교적 제의의 의식에서 그 참가자나 공동체가 신적인 것과의 직접적 접촉을 가능케 하기 위하여 항상 예술[무용·노래·연극]을 이용했으며, 그럼에도 불구하고 제의는 '신적인 것과 교류'하는 유일한 형식이라고 크레니는 말했다. 그러나, 예술적 능력이 제의적 태도의 본질적인 기능인지 아니면 단지 부차적인 기능에 불과한지 하는 문제는 더 논의할 여지가 있을 것이다.[헹크만·로터 엮음/김진수 옮김, 『미학사전』, 도서출판 예경, 1999, 313쪽 참조.]

5) 물론 본래의 축제는 구성원들 간의 통합을 지향하던 민중적 행사였다는 점에서 궁중의 제한된 공간을 배경으로 하던 정재와는 거리가 있었다고 할 수 있을지 모른다. 그렇다 하더라도 궁중이라는 제한된 공간에서 펼쳐지던 정재를 축제의 변이형으로 볼 수는 있을 것이다.

는 미학이 시기별로 편차를 보이며 전개되었다는 점 등은 명백한 사실이다.[6)]

우리나라나 중국을 막론하고 고대의 제의에 춤을 사용한 것은 공통되는 점이다. 예컨대 성덕(盛德)을 찬미하는 형용으로 신명에게 고하는, 송[7)]과 같은 음악이 춤을 수반했을 가능성은 크다. 또한 노송(魯頌) <유필(有駜)>의 첫 장 가운데 뒷 부분[振振鷺/鷺于下/鼓咽咽/醉言舞/于胥樂兮][8)]은 노래와 춤이 동시에 이루어졌음을 보여준다. 백로가 떼 지어 나는 모양, 북소리에 취하여 서로 춤을 추는 모양 등이 노래와 춤으로 제의가 행해지고 있었음을 분명히 드러내기 때문이다. 운문(雲門)·함지(咸池)·대장(大章)·대소(大韶) 등 중국 고대의 악무 또한 모두 제의의 춤이었다.[9)] 무사(舞師)가 병무(兵舞)·불무(帗舞)·우무(羽舞)·황무(皇舞) 등을 가르쳐 지휘했고,[10)] 악무로써 국자(國子)들을 가르쳤는데, 운문·대권·대함·대소·대하·대호·대무 등을 추었다는 기록[11)]을 보면 고대의 악무가 어느 시기까지는 중국에 전해 내려오고 있었음을 알 수 있다.

한편 한국 제의의 원형은 반고(班固)의 기록에서 엿볼 수 있다. 반고는 그의 백호통(白虎通)에서 '악원어(樂元語)'를 인용하여 동이지악(東夷之樂)은 세모창을 들고 춤춘다고 하였다.[12)] 이렇듯 고대의 궁중에서 쓰이던 무악이 제의의 일환이었다면, 그것이 전승된 후대의 궁중 무악 역시 그 기원을 제의에 둘 수 있다고 본다. 앞서 언급했듯이 원시 제의의 내용이나 절차는 원시종합예술을 핵으로 하여 이루어진다. 후대의 독립된 예술장르들은 여기서 분화되었다고 보는 것이 일반적인데, 이런 예술형태는 우리나라 부족국가 시대의 집단가무나 고대 희랍의 디오니소스 축제, 고대 바빌로니아의 농신제 등에서 찾아 볼 수 있다. 농신제나 오르기orgy, 카니발carnival 등이 벌어지는 동안은 축제의 대상이나 참가자 모두 신격 혹은 개인의 자아동일성을 상실하고 신적·우주적 총체성과 합일하려는 혼돈의 상태가 지속된다. 그러한 카오스의 상태가 지속되다가 결국 코스모스로 이행한다. 그 과정은 시간적인 정지를 의미한다. 그 정지된 시간을 형상하는 요소는

---

6) 조규익, 「조선조 악장과 정재의 문예미적 상관성 연구」, 『한국시가연구』 10, 한국시가학회, 2001, 115쪽.

7) 『文淵閣四庫全書: 經部/詩類/詩傳大全』 「詩序」의 "頌者 美盛德之形容 以其成功告於神明者也" 참조.

8) 2장과 3장도 마찬가지다.

9) 김말애, 『한·중·일 궁중무용의 변천사』, 경희대 출판국, 1996, 110-111쪽.

10) 『文淵閣四庫全書: 經部/禮類/周禮之屬/周禮注疏』 卷十二의 "舞師掌教兵舞 帥而舞山川之祭祀 教帗舞 帥而舞社稷之祭祀 教羽舞 帥而舞四方之祭祀 教皇舞 帥而舞旱暵之事" 참조.

11) 『文淵閣四庫全書: 經部/禮類/周禮之屬/周禮注疏』 卷二十二의 "以樂舞教國子 舞雲門大卷大咸大韶大夏大濩大武" 참조.

12) 김학주, 『한·중 두 나라의 가무와 잡희』, 서울대 출판부, 1994, 348쪽.

춤과 노래, 혹은 천지와 우주의 혼돈을 상징하는 연극적 행위뿐이다. 우리나라의 동제에서 참배자들이 신악(神樂)에 따라 춤을 추는 집단 행위는 원시 집단가무의 남은 흔적이라고 해야 할 것이다. 그 집단적 오르기의 상태는 모셔온 신에 대한 집단적 헌신으로 나타난다. 주지하다시피 예로부터 제의는 그 참가자나 공동체가 신 혹은 신적인 것과의 직접적인 접촉을 가능케 하기 위해 항상 예술[무용·연극·노래 등]을 이용했다. 부락신을 제례하는 당신굿의 경우 이 점을 잘 보여준다.[13]

고대 축제의 창조적 변형이라 할 수 있는 정재 역시 사계(四季)의 원활한 질서나 우순풍조(雨順風調)에 바탕을 둔 풍요의 기원 등 제의에 근원을 두고 있다. 그러므로 그것은 국태민안이나 태평성대의 실현을 추구하는 상생의 이미지를 기반으로 한다. 정재의 근원이 제의였다는 것은 이 점으로도 분명해진다. 어느 시점부터 정재는 공연예술로 바뀌었지만, 원시시대나 오늘날의 통속적인 공연예술과 달리 일반 대중을 상대로 한 것이 아니라 항상 임금 혹은 그 주변을 대상으로 행해지던 기예였다. 따라서 정재의 경우 또한 제의들처럼 세속을 탈피하여 정지된 시간만이 의미를 갖는 공간이었다. 그런 까닭에 조선조에 들어와 유교적 경건주의를 강조하던 일부 인사들에 의해 그 향락성과 무규범성이 비판되기는 했으나 궁중예술의 중심으로 왕조말기까지 흔들림 없이 지속될 수 있었다. 주로 국가의 경사스러운 날이나 행사에 정재가 공연되었고, 외면적으로 표방되지는 않았지만 임금과 왕실의 안녕이나 그로부터 담보될 수 있다고 믿은 국태민안 또한 이면적으로는 정재의 공연 동기에 내재되어 있다고 보았기 때문이다.

춤과 노래, 주악을 통하여 임금에게 보여주는 기예의 한 마당은 고대의 원시예술에서 행해지던 제의와 집단적 오르기의 변형이다. 이러한 원시종합예술은 정서적·극적인 양상을 띠며, 그런 예술의 흔적을 지닌 정재 또한 제의적 성향을 다분히 보여준다고 할 수 있다.[14]

지금까지 전해지는 상대시가들은 계절제의의 전통 하에 불리던 서정가요[15]인 동시에 개별 제

---

13) 정병호, 「한국민속무용의 유형」, 『한국민속학』 8, 한국민속학회, 1975, 21-22쪽의 "이 굿은 먼저 부락민이 줄다리기를 한 다음 그 줄을 가지고 나선윤무(螺線輪舞)를 하면서 신목(神木)에 가져 가 감고 금줄을 치며 제단을 만들고 고사를 지낸다. 무당들은 주술적인 춤을 추며 주민들도 신목을 향해 절을 하고 농악을 치며 신목 주변을 돌거나 전진 후퇴하면서 성적인 노래와 동작으로 함께 춤춘다. 그러나 이러한 농경의식 무용과 부락제의 무용은 오늘날 농악형식으로 남아 있으나 옛 조형(祖型)은 결코 아니다. 그러므로 원형을 파악하기 어렵지만, 『삼국지』 동이전에 기록된 부족들의 제천의식을 고찰함으로써 유형을 찾아낼 수 있다고 본다." 참조.

14) 토이는 제의의 양상을 "정서적·극적[종교적인 춤과 연극들, 행진들, 순행들]/정신적·치유적/경제적[수렵과 농경제의들, 음식물의 규율들, 인공강우]·축귀(逐鬼)[사령(邪靈)의 퇴치 혹은 감응력]/사춘기와 입사/탄생·매장·정화와 성화(聖化)/주기적·계절적" 등으로 구분한다. [Crawford Howell Toy. 1913. *Introduction to the History of Religion*, p.273]

의의 가무오신(歌舞娛神) 과정에서 춤과 함께 불리던 노래들이었다. 고대국가의 단계에 진입하면서 샤먼과 군왕의 역할은 분리되었고, 샤먼의 몰락과 함께 군왕은 절대 권력을 독점하게 되었다. 그런 과정에서 통치그룹 안으로 도입된 제의의 경우 그들 이데올로기의 양식적 규범에 따라 정비되어감과 동시에 과거로부터 섞여 내려오던 제의와 예술은 분리·독립하게 되었다.[16] 옛날에 행해지던 제의나 집단예술에서 신격이 탈색되거나 사라지면서 그 자리를 임금이 차지하게 되었고, 무질서와 혼돈으로 인식되어 왔던 집단가무는 전문 예술가 집단의 정제된 공연예술로 바뀌게 된 것이다.[17]

『고려사악지』의 기록으로부터 조선조 말기까지 전개된 정재나 그 악장의 흐름은 고려의 그것들을 바탕으로 '수용-변이-창작'의 과정을 거듭하면서 양적으로 확장되어가는 양상을 보여주었다.[18] 정재라는 말 자체는 우리나라에서 만들어진 것이라 해도 정재에 사용된 당악은 우리 고유의 음악인 속악과 달리 중국으로부터 온 그것이며,[19] 정재의 원래 형태 또한 중국으로부터 유래되었음이 분명하다.[20] 우리나라의 문헌에서 처음으로 나타나는 당악정재 기록은 포구락(抛毬樂)과

---

15) 허남춘, 『고전시가와 가악의 전통』, 월인, 1999, 189쪽.

16) 물론 민중 제의의 경우 과거의 것이 그대로 남아 있는 상태에서 변화의 길을 걷게 되었다. 궁중의 제의나 예술에서보다 오히려 민중의 그것에서 원시적 제의의 흔적을 분명하게 발견할 수 있는 것은 통치그룹내의 제의가 민중들의 그것에 비해 자신들의 이데올로기에 의해 빠른 시간 안에 급격히 변화되었기 때문이다.

17) 조선 초기 정재 무동의 정수는 50-60인에 달했고,[세종실록 권 54, 13년 12월 25일], 정재인들의 신원을 기록한 정재인안(呈才人案)이 의금부에 보관되어 있었다.[단종실록 권 7, 단종 1년 7월 22일] 또한, 창기(倡妓)·기녀(妓女) 등 어전(御前) 정재를 담당하던 그룹이 존재하고 있었다거나, 정재인들을 빠짐없이 불러들이라는 왕명[연산군일기 권 60, 11년 11일 9일]이 있었던 점 등으로 미루어 정재인들이 평소에는 민간에 퍼져 살고 있었던 듯 하다. 그렇기 때문에 "근래 흉년이 들었으므로 나례 때에 정재하는 사람을 경중(京中)에 사는 자만으로 하였으나 올해에는 곡식이 조금 잘 되었으니, 조종조(祖宗朝)의 전례에 따라 경기의 각 고을과 경중의 정재하는 사람을 아울러서 하되 실농(失農)한 고을이 있거든 그곳에 사는 재인은 올라오지 말게 하라"[중종실록 권 64, 23년 10월 15일]는 왕명도 나올 수 있었던 것이다. 또한 "정재인이나 백정 등은 본디 떳떳한 생업이 없는 사람으로서 우희(優戲)를 전업(專業)하여 여염을 횡행하며 양식을 구걸한다"[중종실록 권 95, 36년 5월 14일]는 기록도 남아 있다. 이상의 기록들을 감안할 때 사회·경제적 지위가 불안하긴 했으나 조선조에 정재를 담당하던 계층이 존재했고, 국가에서는 이들을 비교적 체계적으로 관리하고 있었음을 알 수 있다.

18) 조규익, 앞 주 6)의 논문, 115쪽.

19) 『增補文獻備考 中』[동국문화사 영인, 1957] 권 106·樂考 十七·俗部樂·高麗樂의 "高麗樂 聲甚下 無金石之音 旣賜樂乃分爲左右二部 左曰唐樂 中國之音也"[282쪽] 및 『선화봉사고려도경』 권 40·樂律조의 "今其樂有兩部 左曰唐樂 中國之音" 등 참조.

20) 이익은 그의 『성호사설』에서 이 사실을 자세히 설명한 바 있다. 「몽계필담(夢溪筆談)」[송나라 심존중(沈存中)의 글]의 기록에서 그 유래를 추정한 포구락, 척발위(拓跋魏)에서 나온 것으로 추정한 연화대, 양무제의 채련곡

구장기별기(九張機別伎)의 공연에 관한 『고려사』의 기사다. 고려 11대 문종 27년[1073년] 2월 교방의 여제자 진경(眞卿) 등 13명이 답사행가무(踏沙行歌舞)를 연등회에 썼고, 같은 해 11월 교방의 여제자 초영(楚英)이 새로 전해온 포구락과 구장기별기를 팔관회에서 공연했다고 한다.[21] 이러한 당악정재와 함께 시행된 것이 무고(舞鼓)·동동(動動)·무애(無㝵)와 같은 속악정재들이었다. 그러나 원래 민간의 노래들을 궁중으로 들여와 속악으로 개작하고 정재의 형태로 편성하는 과정에서 표본역할을 한 것은 중국으로부터 도입된 당악정재들이었으리라 본다. 이와 같이 인접 예술장르들을 복합적으로 체계화시키려는 움직임이 구체화된 첫 사례가 바로 당악 및 속악정재들이다. 그로부터 다른 전통 민간의 노래도 정재의 체제에 맞게 개편·개작되었으리라 본다. 오늘날 문헌에서 확인할 수 있는 이른바 속악가사들은 그것들의 원 형태로부터 상당부분 변개되어 체계적이면서도 세련된 모습을 띠게 된 것들임은 그런 점에서 분명해진다.

이와 같이 당대의 치자그룹은 남의 것과 우리의 것을 교묘하게 복합시켜 상당기간 지속 가능한 예술형태를 이룩할 수 있었다. 아울러 그러한 예술형태가 지속되는 동안 시대마다 그 나름의 미학적 요구를 반영하게 된 것이다. 『고려사악지』나 『악학궤범』, 『정재무도홀기』 등에 기록된 정재들의 절차가 본래 중국의 원형들과 부합하는지 현재로서는 확인할 수 없다. 다만 이들 정재와 상통하는 구조를 지닌 예술이나 제의가 우리 자체 내에 이미 오래전부터 마련되어 있었던 점은 분명하다. 제의가 단순한 놀이로, 제의의 대상이 신에서 인간인 왕으로, 제의의 실연자(實演者)가 군중에서 소수의 연기자로 바뀐 점만은 예술 형태의 조직화라는 측면에서 중국의 당악이나 당악정재로부터 받은 영향일 것이라고 생각된다.

상고→삼국→통일신라→고려로 내려오면서 이런 제의는 점차 의례화 되었다고 보는 것이 필자의 견해다. 그 가장 뚜렷한 예로 팔관회를 들 수 있다. 고려시대의 팔관회는 규모나 역사, 의미의 측면에서 왕조시대를 대표하던 제의였다. 고려시대의 팔관회는 매년 10월 15일과 11월 15일에 서경과 개경에서 거국적으로 치러졌는데, 그 경비를 조달하고 지출을 관장하기 위해 개경과 서경에 각각 팔관보(八關寶)라는 관청까지 두었을 만큼 성대한 행사였다.

그러나 원래의 팔관회는 신라시대부터 시작된 국가의 공식 행사였다. 551년[진흥왕 12]·572년

---

(採蓮曲)을 따라 만든 것으로 추정한 수연장, 창포간시(菖蒲澗詩)의 내용에 근거를 두어 남월(南越)의 희안현으로 근원을 추정한 오양선, 서왕모의 고사에서 나온 것으로 추정한 헌선도 등 고려조에서 행해지던 당악정재들의 연원을 중국으로 보았다.[『성호전서 5 : 사설』, 여강출판사, 1984, 권15 인사문, 525-527쪽.]

21) 『고려사악지』 「속악을 사용하는 절차」.

[진흥왕 33]·899년[효공왕 3] 등에 팔관회가 있었다는 기록이 나타나고, 자장율사(慈藏律師) 관련의 기록에 팔관회 시행을 암시하는 내용 또한 나타난다. 동맹(東盟)·무천(舞天) 등 고대 부족국가에서 행해지던 제천행사를 '새븕[天]·한븕[天]'이라 했는데, 신라에서 팔관회를 10월과 11월에 개최한 것은 이런 고유의 농공감사제인 10월 제천을 원류로 옛날부터 전승된 'ᄀᆞᆷ'신앙, '혁'신앙, 원시전사가무단(原始戰士歌舞團)을 불교와 합류하기 위하여 10월을 택해서 제천(祭天)·위령(慰靈)의 불교식 제사와 대회를 베푼 것으로 본다. 이것을 신라인들은 '블ᄀᆞᆷ혁'라 했고, 새로 전래된 불교의 영향으로 '블ᄀᆞᆷ혁'는 '발간회'→'팔관회'로 한명화(漢名化)되었다는 것이다.[22]

신라와 고려를 통하여 팔관회가 하늘과 부처에게 기도하던 국가 최고의 의식이긴 했으나, 행사의 중심은 이 기간 동안 공연된 가무백희였다. 특히 신라에서 행해진 팔관회는 불교의 팔관재계에 토속적인 산천신제나 제천의식 등을 결합한 형태의 제의행사였다. 고려에 이르면 여기에 지리도참사상이 첨가되어 토속적이고 정치적인 색채가 좀 더 짙어진다. 기존의 팔관재계는 금욕을 통한 근신이 주가 되며, 산천신제나 제천의식은 풍요제의 그 자체로 볼 수 있다. 결국 팔관회는 부처를 공양하고 토속신들을 즐겁게 하는 큰 규모의 제의로 확대되었다.

팔관회가 지닌 정치적 색채는 천하태평이나 군신화합 등의 목적의식에서 찾을 수 있다. 그러나 어떤 측면에서 보든 '즐거움의 추구'는 팔관회의 바탕을 형성한다. 여기서 강조될 수밖에 없는 것이 팔관회의 '놀이'적 성격이다. 신성(神性)과 유오(遊娛)의 두 측면을 갖는 놀이는 예술과 합쳐져 하나의 종합체를 이룬다.[23] 그렇게 종합체를 이룬 이상 어느 부분이 제의이고 어느 부분이 예술이며 놀이인지 구분하는 것은 어려울 뿐 아니라 사실상 무의미하다. 신에 대한 헌신의 의미는 이미 놀이나 예술 속에 모두 내재되어 있기 때문이다. 이러한 놀이가 고대의 제천행사에서 공연된 바 있으며, 다시 팔관회 등 토속화된 후대 제의들에서도 재현되었다.

호이징가의 말과 같이 놀이와 의식의 본질적이며 기원적인 동일성을 받아들이게 되면 축제가 벌어지는, 성화된 장소는 하나의 놀이터임을 인식하게 된다고 한다.[24] 그 놀이의 한 축을 정재가 담당했다는 사실은 고려시대의 팔관회에서 확인할 수 있다. 그렇다면 그 제의의 대상은 누구일까? 제의 전체의 이념화된 대상은 신격이다. 그러나 종합예술체로서의 놀이에 상정되는 헌신 대상은 현실적으로 임금이다. 대부분의 궁중공연들이 임금에게 바치는 것으로 짜여진 점은 대부분의

22) 안계현, 『한국불교사상사연구』, 동국대 출판부, 1983, 199-206쪽.

23) 김열규, 『한국민속과 문학연구』, 135쪽.

24) 요한 호이징가, 권영빈 역, 『호모 루덴스』, 중앙일보사, 1974, 61쪽.

제의가 신격을 대상으로 하는 헌신인 것과 같은 구조다. 원시 제천행사에서 공연된 놀이들이 민중의 무제한적 참여에 의한 카오스 상태를 바탕으로 하여 자연 발생된 예술이라면, 후대의 정재들은 그것들을 의례화·질서화시킴으로써 고도로 인공화된 예술이다.

전자가 신에 대한 인간의 간절한 기원의 마음을 상징했다면, 후자는 임금에 대한 신민의 기원을 형상화했다. 그러니 그 구조는 동일하다고 보는 것이 타당하다. 춤사위 뿐 아니라 거기서 불려지는 노래의 내용 또한 그러한 것이다. 이 점은 팔관회나 연등회에서 공연되었다는 몇몇 정재들에만 국한되는 성향이 아니라, 정재에 보편화 되어있던 정신적 기조 그 자체가 그러했다. 팔관회 기간 동안 공연되었다고 알려진 포구락의 절차를 살펴보면 이 점은 더욱 분명해진다.

이 정재는 『고려사악지』, 『악학궤범』, 『정재무도홀기』 등에 모두 실려 있다. 각각의 문헌에 기록된 절차에 약간씩의 차이가 있지만, 그 가운데 『악학궤범』에 설명된 절차를 살펴보면 다음과 같다.

· 악사가 포구락 구문(毬門)을 받들어 드는 악공 두 사람을 이끌고 동쪽 처마로 들어가 전내(殿內)의 작은 반(盤)을 남쪽에 놓고 나오면 음악은 절화삼대(折花三臺)를 연주한다.
· 박을 치면[1박] 죽간자 2인이 족도하며 앞으로 나아가 구문 앞 기둥 좌우에 갈라섰다가 음악이 그치면 구호한다.
· 박을 치면[2박] 앞의 음악을 연주하고, 죽간자 2인이 족도한다.

당악정재 포구락의 공연 모습

· 박을 치면[3박] 물러나 좌우로 갈라선다.
· 박을 치면[4박] 전대(全隊)의 기(妓) 16인이 손을 여미고 좌우로 갈라 춤추며 나가[折花舞], 구문과 나란히

서서 춤추고, 끝나고 음악이 그치면, 좌우 대열이 각각 모두 외수(外袖)를 들어 절화삼대사(折花三臺詞)를 부른다.

· 박을 치면[5박] 전대가 손을 여미며 물러나 다시 제 자리에 가면 음악이 소포구락령(小抛毬樂令)을 연주하고, 전대가 다시 앞으로 나아가 구문 앞 좌우에 마주 선다.

· 박을 치면[6박] 마주 보고 춤을 추고[四手舞], 다시 북쪽을 향하여 춤춘다. 끝나면 음악이 그치고 좌우 대열이 각각 모두 외수를 들고 소포구락령의 사를 부른다.

· 박을 치면[7박] 손을 여미며 물러나 제자리에 돌아가면 악사는 구문 왼쪽으로 나가 앞 기둥의 채구(彩毬)를 풀고 꿇어앉아 앞 기둥 왼쪽에 놓는다. 다음은 앞으로 나가 오른쪽에서 또 이와 같이 하고 물러나 제 자리에 돌아간다. 앞의 음악을 연주한다.

· 박을 치면[8박] 왼쪽 대의 첫째 사람이 족도하며 구문 앞 기둥의 왼쪽으로 나가 꿇어앉아 두 손으로 채구를 잡으려 한다.

· 박을 치면[9박] 공을 받들고서 일어나 족도하면서 서고 음악이 그치면 사를 부른다.

· 박을 치면[10박] 앞의 음악을 연주하고 족도하며 구문을 향한다.

· 박을 치면[11박] 오른손으로 채구를 잡아 소매에 감추고서 춤추며 물러났다 앞으로 나아갔다 다시 물러났다 앞으로 나아가 선 다음, 오른손은 채구를 잡고 왼손으로 머리에 높이 들어 쳐다보며 풍류안(風流眼)에 던지고 넣으면 음악이 그치고 북쪽을 향하여 손을 여미면서 엎드리는데, 그 대는 동시에 함께 엎드린다. 앞의 음악을 연주하면 그 대는 모두 일어서고 첫째 사람이 물러나 제 자리에 돌아가면 서방색(書房色)이 상포(賞布)를 받들어 구문의 왼쪽에 놓고 나간다. 악사가 나아가 채구를 집어다가 다시 앞의 자리에 놓고서 물러나 제 자리에 돌아간다. 넣지 못하여 채구가 땅에 떨어지면 곧 손을 여미며 북쪽을 향하여 서면 악사가 붓을 들고 나아가 오른쪽 볼에 먹을 찍고 물러난다. 만약 공이 미치지 못하여 땅에 떨어져 다시 잡을 때는 춤추며 물러났다 앞으로 나아갔다 하기를 앞서와 같이 하며 쳐다보며 던진다. 또 넣지 못하고 다시 공을 잡을 때는 춤을 추지 않고 쳐다보며 공을 던진다. 넣으면 위의 의례와 같이 하고, 또 넣지 못하면 다시 공을 잡지 않고 서서 또 위의 의례와 같이 한다. 만약 채구가 풍류안에 걸리면 상도 없고 벌도 없이 족도하며 물러나 제 자리에 돌아간다. 악사가 물건을 내리면 앞의 자리에 놓고 물러난다.

· 박을 치면[12박] 오른쪽 대 첫째 사람이 위의 의례와 같이 하고 음악이 그치면 사를 부른다. 끝나면 위의 의례와 같이 하고 물러나 제 자리에 돌아가면 악사가 다시 채구 놓기를 위의 의례와 같이 하고 물러나 제 자리로 돌아간다. 왼쪽 대 둘째 사람이 위의 의례와 같이 하고 사를 부른다. 끝나면 위의 의례와 같이 하고 오른쪽 대 둘째 사람이 위의 의례와 같이 사를 부른다. 끝나면 위의 의례와 같이 하고, 왼쪽 대의 셋째 사람이 위의 의례와 같이 하고 사를 부른다. 끝나면 위의 의례와 같이 하고, 오른쪽 셋째 사람이 위의 의례와 같이 하고 사를 부른다. 끝나면 위의 의례와 같이 왼쪽 대 넷째 사람이 위의 의례와 같이 하고 사를 부른다. 끝나면 위의 의례와 같이 하고, 오른쪽 대의 넷째 사람이 위의 의례와 같이 하고 사를 부른다. 끝나면 위의 의례와 같이 하고, 왼쪽 다섯째 사람이 위의 의례와 같이 하고, 사를 부른다.

끝나면 위의 의례와 같이 하고, 오른쪽 다섯째 사람이 위의 의례와 같이 하고, 사를 부른다. 끝나면 위의 의례와 같이 하고, 왼쪽 대의 여섯째 사람이 위의 의례와 같이 하고 사를 부른다. 끝나면 위의 의례와 같이 하고, 오른쪽 대 여섯째 사람이 위의 의례와 같이 하고 사를 부른다. 끝나면 위의 의례와 같이 하고 왼쪽 대 일곱째 사람이 위의 의례와 같이 하고, 사를 부른다. 끝나면 위의 의례와 같이 하고, 오른쪽 일곱째 사람이 위의 의례와 같이 하고, 사를 부른다. 끝나면 위의 의례와 같이 하고, 왼쪽 여덟째 사람이 위의 의례와 같이 하고 사를 부른다.

포구락은 팔관회의 공연예술 가운데 핵심이었다. 모든 정재와 마찬가지로 포구락의 초점 역시 '놀이'에 있다. 그런데 그 놀이는 외형적으로는 경쟁을 통한 승패, 그리고 그에 따르는 상벌의 형식을 취하지만 내면적으로는 모두 함께 즐기는 화합과 대동의 원리를 기반으로 한다. 말하자면 포구락을 비롯한 정재 일반은 다수의 공연자가 참여하여 즐기거나 즐거움을 제공하기 위한 공동놀이인 셈인데, 그 경우의 공동놀이는 대부분 두 편이 경쟁을 통하여 승부를 가리거나 대립하는 속성을 지닌다. 물론 그 경우의 경쟁이나 승부는 호이징가의 지적대로 한 코러스 조의 반이 교대로 노래를 부르거나 집단 연주에서의 부분 담당, 민속놀이에서 구경꾼이 참여하는 놀이 등에서와 같이 약간씩 변이된 모습을 보이는 경우도 많다. 경쟁의 요소가 개재하더라도 반드시 무조건의 승부를 가려야만 하는 것은 아니라는 말이다. 그러한 놀이가 아름다운 것으로 받아들여질 수 있다면 그것은 문화적 가치를 갖는 것으로 생각될 수 있고, 개인이나 집단생활을 고양시킬 수 있다면 그 놀이는 문화에로 승화될 수 있기 때문이다.[25]

제의적 바탕을 가지고 있는 정재들은 놀이의 단계를 거쳐 한 시대의 문화를 관통하는 예술로 정착되었다. 고대의 제의나 놀이와 관련하여 살펴보려는 포구락은 이런 점을 잘 보여준다. 고려조에서 조선조 말까지 왕성하게 공연된 포구락은 중국 당송 가무희 속의 포구락을 계승한 것이다.[26] 뿐만 아니라 우리 고유의 정신이나 제의적 원리와도 밀접한 관련을 맺는다. 당시 중국 포구락의 범주 안에서 성행된 것으로 보이는 타구(打毬)·농구자(弄毬子)·농화구아(弄花毬兒)·찰축구(拶築毬)·구장척룡(毬杖踢弄)·축국(蹴鞠) 등의 기예들[27]은 음악을 동반한 춤으로 상징화된 『고려사』 소재의 당악정재나 조선조 당악정재 안에서의 포구락과 외견상 분명히 차이는 있으나 그 근본

25) 요한 호이징가, 앞의 책, 120-121쪽.

26) 김학주, 앞의 책, 249쪽.

27) 자세한 문헌적 근거나 설명은 김학주의 책, 같은 곳 참조.

바탕만은 동일하다. 즉 당악정재의 포구락에서 춤동작이나 음악, 노래 등을 통하여 암시 혹은 상징된 원 텍스트는 노새나 말을 타고 공을 치는 경기인 포구희 등에서 찾아볼 수 있고, 이런 놀이들은 원시 부족들 간에 벌어지던 실전(實戰)을 원 텍스트로 삼았을 가능성이 크다. 포구락을 중심 놀이행사로 하여 치러지던 고려조의 팔관회가 팔계(八戒)를 닦기 위한 순수 불교적인 것이 아니고 우리 고유의 속신앙(俗信仰)과 불교의 습합이었으며,[28] 『삼국사기』의 기록[29]을 감안할 때 군사적 의의가 농후한 위령제였다[30]는 점 또한 이 사실을 뒷받침한다.

이 사실은 고려조의 팔관회에 와서도 같은 모습으로 나타난다. 즉 고려 태조가 팔관회를 열고 김락(金樂)과 신숭겸(申崇謙) 등 자신을 위해 전사한 공신들의 가상(假像)을 만들어 술과 음식으로 위로했는데, 이 가상들이 춤을 추고 술도 없어지므로 이로부터 악정(樂庭)에 배치하여 상례로 삼았고, 뒷날 태조의 사당에 배향하게 되었으며 이 후 똑 같이 행사해오던 중 1120년의 팔관회에서 예종은 두 장수의 후손을 물어 친히 시를 지어 내리고 노래[도이장가]를 지었다는 기록이 『대동운부군옥(大東韻府群玉)』에 나와 있다. 김동욱은 이 기록에 나타난 행사를 신라통일 전기에 전몰장병을 추모·추천(追薦)하기 위한 제전으로서 팔관회의 전통을 이은 것으로 보았으며, 예종대 서경의 팔관회에서 두 장수의 초상이 춤추면서 뜰을 돌았는데, 그 가상들이 대잠(戴簪)·자복(紫服)·집홀(執笏)·금기(錦騎) 등의 화려한 무복(舞服)을 착용한 것은 일종의 배희(俳戲)였음을 말해주는 내용이라 했다.[31] 임금과 군신(群臣)들이 참여한 자리에서 백희가무가 공연되었는데, 그 가운데 포구락 정재는 핵심적인 가무희였다. 그럴 경우 포구락 정재의 기본정신은 바로 국가간 혹은 개인간의 쟁투에 바탕을 둔 경쟁제의였을 것이고, 그런 점은 정재의 구조에서 분명해진다. 위에 제시한 포구락의 절차를 중심으로 이 점을 살펴보기로 한다.

1박-3박까지 포구락 구문을 설치하고 나면 죽간자 두 사람이 구문 앞 기둥의 좌우에 갈라서고, 4박에서 전체 무기(舞妓) 16인이 절화무를 추며 나아가 구문과 나란히 서서 춤을 춘다. 춤과 음악이 그치면 좌우대열 모두 <절화삼대사>를 부른다. 5박에 이르면 전대가 물러났다가 원래 위치로 돌아가면 소포구락령을 연주하며, 좌우 양 대는 다시 앞으로 나아가 구문 앞에 마주 섬으로써 대결의 자세를 취하게 되는 것이다. 따라서 1박-5박은 준비과정의 첫 단계인 셈이다.

---

28) 안계현, 앞의 책, 200쪽.

29) 「신라본기 제4 진흥왕 삼십삼년조의 "冬十月二十日 爲戰死士卒 設八關筵會於外寺 七日罷" 참조.

30) 안계현, 앞의 책, 201쪽.

31) 김동욱, 『한국가요의 연구·속』, 이우출판사, 1978, 111-112쪽.

당악 정재 포구락 [이 그림은 『원행을묘정리의궤』에 실려 있음]

6박에 이르러 양 대는 마주 본 상태에서 사수무를 춘 다음 북쪽을 향하여 춤을 추는데, 그 춤은 이 가무희의 좌상인 임금에 대한 헌신의 의미를 표시한다. 7박에서 악사는 채구를 풀어 앞 기둥 왼쪽에 놓으며 8박에서 왼쪽 대의 첫 사람이 채구를 잡으려는 동작을 취하고, 9박에서 공을 받들고 일어나며, 10박에서 족도하며 구문으로 향한다. 따라서 7박-10박은 구문에 공을 던져 넣기 위한 직접적 준비단계인 셈이다.

11박에 이르러 채구를 풍류안에 집어넣기 위한 동작을 하되, 성공하면 그 기가 속해 있는 무대는 북쪽을 향해 엎드리고 성공하지 못하면 손을 여민 채 북쪽을 향해 서며 악사는 붓으로 오른쪽 볼에 먹을 찍는 벌을 가한다. 12박에 이르러 좌우대의 순번대로 이 동작을 번갈아 함으로써 포구락의 전 과정을 마치게 된다. 노래 역시 그런 경쟁의 정신을 내용으로 한다. 12박의 첫 노래인 <양행화규사(兩行花竅詞)>[32]를 예로 들어보아도 포구락에 상정된 경쟁의 정신을 알 수 있게 된다. 즉 '옥같이 부드러운 손이 붉은 명주실 그물 높이 가리키는데, 모두들 첫 알 이기려고 마음먹는다'는 요지의 노래 내용에는 이 놀이가 드러내고 있는 경쟁 제의적 흔적이 뚜렷이 나타나 있다.

죽간자 2인이 좌우로 갈라서는 동작과 단계를 그려낸 것이 1박-3박이고, '두 대로 갈라서고/마주 서며/춤추는' 무기 16인의 동작을 그려낸 것이 4박-6박이다. 그리고 갈라서서 마주 보며 경쟁을 벌이는 부분이 그 나머지다. 그런데 무대 혹은 무기들이 좌우로 갈라선 다음 북쪽을 향하여 손을 여미어 족도하고 절을 함으로써 춤을 전개하는 예를 '동동'[33]과 '무고', '무애' 등 동 시대의 속악

---

32) 원문[兩行花竅占風流/縷金羅帶繫抛毬/玉纖高指紅絲網/大家着意勝頭籌] 참조.

33) 본서에서 가·무·악 융합의 무대예술인 정재를 지칭할 때는 '동동'으로 표기하고, 노랫말만을 지칭할 때는 <동동>으로 표기하여 양자를 구분하고자 한다. 경우에 따라 정재와 노래를 강하게 변별할 필요가 있는 경우 "속악정재 '동동'·동동정재 /노랫말 텍스트 <동동>·고려속가 <동동>·악장 <동동>" 등의 용어도 함께 사용할

들에서도 찾아볼 수 있다. 물론 이들에서는 포구락에서와 같이 구체적으로 경쟁을 벌이는 어떤 기예를 발견할 수는 없다. 그러나 무대 혹은 무기를 둘로 나누어 춤을 공연케 했다는 점은 이 당시 정재들에서 공통되는 구조 원리라고 할 수 있다.[34]

그런데 이 당시 정재들에서 발견할 수 있는 경쟁제의의 원리는 이미 오래 전부터 이 땅에 내려오고 있었다. 그 대표적인 예를 한가위가 유래된 가배(嘉俳)에서 찾을 수 있다. 신라 3대 유리왕 9년 왕이 6부를 정하고 왕녀 두 사람으로 하여금 부내의 여자들을 거느리고 두 패로 나누어 편을 짜서 7월 16일부터 날마다 6부의 뜰에 모여 길쌈을 하게 했다. 8월 15일에 이르러 진편은 술과 밥을 장만하여 이긴 편에게 사례하고 이어 온갖 유희를 즐겼는데, 이를 가배라 했다. 또 이 때에 진편의 한 여자가 일어나 춤을 추면서 탄식하기를 '아소아소(會蘇會蘇)'라하여 그 음조가 슬프고 아름다웠으므로 뒷날 그 소리로 인하여 노래를 지어 이름을 <아소곡>이라 했다 한다. 부족국가에서 고대국가로 넘어가는 단계에서 풍요를 기원하는 경쟁제의의 정신을 바탕으로 이루어진 이 가무희는 그대로 정재와 같은 예술형태에 이어졌으리라 본다.

지금 이 가무희의 절차나 내용을 상세히 알 수 있는 기록은 없으나 『고려사악지』의 속악정재인 무고·동동·무애와 비슷한 형태로 짜여져 있었을 가능성이 크다. 물론 가배 가무희가 경쟁제의를 기본정신으로 한다면 이것들은 약간 다른 정신적 기반을 갖고 있었던 것이 사실이다.[35] 그 예를 '동동'으로부터 찾아보기로 한다. 『고려사악지』에 실려 전하는 정재들 가운데 '동동'은 제의적 본질을 가장 짙게 드러내고 있다. 무대나 악관, 의관 및 행차 등은 '무고'와 같으나, 여러 명의 기생들이 <정읍사>를 부르는 '무고'와 달리 두 명의 기가 아박을 받들어 들고 <동동사>의 첫 구를 창하는 것이 우선 다르다. 『고려사악지』에는 '동동'의 노랫말에 '송도지사(頌禱之詞)'가 많고, 대개 '선어(仙語)'를 본떴으며, '사리(詞俚)'하여 신지 않는다고 하였다.[36] 이 노랫말을 신지

---

것이다. 아울러 작은 따옴표(' ')는 '동동'에만 사용하고, 헌선도·오양선 등 다른 정재의 이름들에는 사용하지 않는다. 동동은 가무악이 합쳐진 정재를 의미하기도 하고, 음악을 의미하기도 하며, 노랫말을 의미하기도 한다.

34) 조선조 말의 보상무(寶相舞)는 향악정재들 가운데 하나인데, 향당교주로 진행된다. 이 정재는 패를 갈라 채구(彩毬) 넣기 시합을 하되 제대로 넣으면 꽃을 주고, 못 넣으면 먹칠을 했다는 점에서 포구락을 모방했다고 할 수 있다.

35) 경쟁을 포함하여 어떤 제의이든 그 출발은 축사(逐邪)와 풍요에 대한 기원이다. 그것들이 표면적으로 신에 대한 헌신이나 찬양을 드러낸다 해도 궁극적인 주제의식은 인간의 현실적 욕구로부터 구체화된 것임은 물론이다. 제의가 해체되고 정재로 이행되는 과정에서 나타난, 임금에 대한 송도나 송축 또한 제의 단계에서 구체화되었던 신에 대한 헌신의 새로운 모습이다.

36) 『고려사악지』 「속악」 '동동'의 "動動之戲 其歌詞多有頌禱之詞 盖效仙語而爲之 然詞俚不載" 참조.

아니한 직접적 이유인 '사리'를 '상스럽다'는 의미로 해석한 대부분의 선학들과 달리 필자는 '한자 아닌 우리의 일상어로 되어 있다'는 뜻으로 해석한 바 있다.[37] 그것들을 정작 조선조의 정식 관찬 문헌에는 실어놓았으면서도 자신들의 책임소재와는 멀리 떨어져 있는 『고려사악지』에 실어 놓지 못할 이유가 없었을 것이기 때문이다.

<동동>에 대해서는 수많은 선학들의 탁견들이 이미 나와 있다. 그러나 이곳에서 주로 문제가 되는 것은 가무희와 그 노랫말이 '선어'를 본받았다는 점 등과 관련한 견해들이다. 임기중은 이 노래에 대하여 종래의 월령체가라는 견해를 부정하고 '달거리'라는 새로운 개념을 적용했으며, 선어 또한 '경거망동의 말'로 해석했다.[38] 최진원은 동동의 기귀(起句)가 팔관회의 백희가무 상연시 구호로 불렸고, 팔관회에서 백희가무를 상연하는 자를 '선(仙)'[39]이라 불렀으니 '선어'는 선의 노래를 가리키며, 고려의 선은 신라 국선화랑의 후계자로서 무격(巫覡)과 우인(優人)의 직능을 겸했으므로 동동 기귀의 송도는 주술적이기도 했다는 요지의 견해를 밝혔다.[40] 이와 달리 김열규는 동동을 월운제의(月運祭儀)의 구술상관물로 보았다.[41]

『고려사악지』에 '동동지희(動動之戲)'가 언급되어 있고, 구체적인 가무절차가 소개되어 있는 점으로 미루어 이것이 속악정재의 하나로 상연되고 있었음은 분명하다. 또한 아박을 들고 <동동사>의 기귀를 창했다는 사실, 『악학궤범』 소재 「시용향악정재」에 '아박'이 들어 있다는 점과 함께 그 '아박'의 절차 가운데 여러 기들이 부르던 <동동사>를 기록해놓고 있다는 점 등을 감안한다면 현재 학계에 알려진 <동동>이 바로 동동정재의 가사임을 알 수 있다.

흥미로운 점은 『고려사악지』의 동동정재와 『악학궤범』의 아박정재에서 기귀를 창했다는 사실이다. 같은 시기의 당악정재들에서는 한시 형태를 구호한 데 비해 동동정재에서는 기귀를 '창(唱)'했다는 점이 미심쩍기는 하나 절차상으로 보면 분명 여타 당악정재들의 구호와 같은 역할을 하고 있다. 팔관회 백희가무 상연시의 구호가 국어로 된 가요였을 수도 있다는 최진원의 추정이 가능하다고 보는 것도 그 때문이다.[42]

어쨌든 동동정재는 고래로부터 내려오던 제의가 해체되면서 그 제의들에서 불리던 노래들이

37) 『선초악장문학연구』, 숭실대 출판부, 1990, 323쪽.

38) 『고전시가의 실증적 연구』, 동국대학교 출판부, 1992, 259-334쪽 참조.

39) 국선(國仙)·선가(仙家)·선랑(仙郎) 등.

40) 앞의 책, 148-150쪽.

41) 앞의 책, 301쪽.

42) 앞의 책, 147쪽.

정재의 체제에 맞게 재편성된 것으로 보인다. 먼저 도입된 당악을 기준으로 속악을 재편성했는지, 아니면 그 역인지 현재로서는 정확히 알 수 없다. 다만 당악은 당악대로 속악은 속악대로 제의적 흔적이나 그 변이형태로서의 놀이의 요소가 강조된 공연물로 정착되었음은 분명하다. 즉 고대로부터 이 땅에서 공연되고 있던 가무희들의 바탕에 경쟁제의만 잠재되어 있는 것은 아니며, 보다 근원적으로는 풍요제의나 헌신의 주지(主旨) 또한 발견할 수 있다는 것이다.

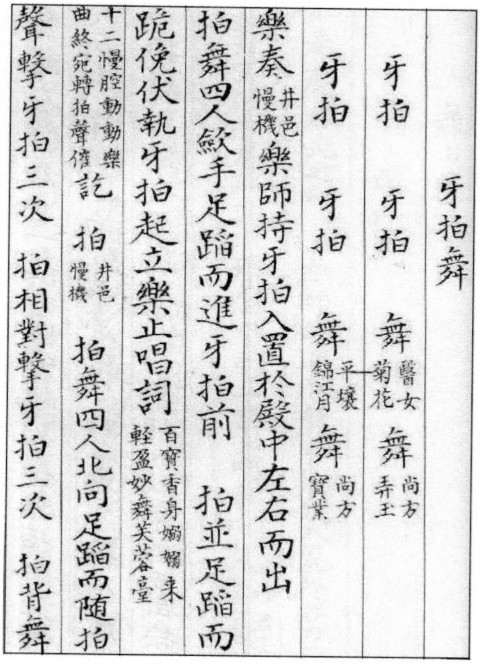
牙拍舞
牙拍 牙拍 舞 醫女 菊花 舞 尚方 弄玉
牙拍 牙拍 舞 平壤 錦江月 舞 尚方 寶業
樂奏 井邑 慢機 樂師持牙拍入置於殿中左右而出
拍舞四人斂手足蹈而進牙拍前 拍並足蹈而
跪俛伏執牙拍起立樂止唱詞 百寶香身嫋嫋來 輕盈妙舞芙蓉臺
十二慢腔動動樂 曲終宛轉拍聲俳訖 拍 井邑 慢機 拍舞四人北向足蹈而隨拍
聲擊牙拍三次 拍相對擊牙拍三次 拍背舞

아박 [『정재무도홀기』]

<동동>은 계절축제의 원형을 지닌 노래다.[43] 풍요축제인 영등굿과 유관한 2월 보름의 연등, 5월 수릿날의 세시풍속, 6월 유두에 행하던 정화(淨化) 축제, 7월 백중의 위령제, 섣달그믐의 나례(儺禮) 등[44] 각종 계절제의가 바탕을 이룬 노래로서, 서사(序詞)[起句]만 제외한다면 전체가 계절축제의 내용으로 일관되고 있다.[45] 말하자면 개별적으로나 일부의 행사들만이 부분적으로 결합된 채 치러지던 앞 시대의 제의적인 노래들이 <동동>이라는 노래로 통합, 정재에서 가창·공연됨으로써 놀이의 성격이 더 강화되었으며, 축제의 단계를 거쳐 제사의 비중이 엷어지면서 궁극적으로는 '놀이'의 기능만 강조되게 된 것이다.

'동동놀이[動動之戲]'라 지칭한 『고려사악지』 속악조의 설명으로 동동정재의 놀이적 성격은 더욱 분명해졌으며, 노래 자체에 송도(頌禱)의 말이 많다거나 선어를 본떴다는 등의 지적으로 그에 잔존하는 제의적 성격 또한 분명히 암시되고 있다. 정재를 놀이의 관점으로 파악한 사례는 무애놀이[無㝵之戲][46]에서도 확인할 수 있는데, 놀이로서의 무애정재는 이전부터 내려오던 불교제의로

43) 윤광봉, 「한국 축제의 역사」, 김선풍 외 지음 『한국축제의 이론과 현장』, 도서출판 월인, 2000, 7-8쪽.

44) 윤광봉, 같은 책, 같은 곳.

45) 그러나 2월[연등], 5월[단오], 6월[유두], 7월[백중], 8월[추석], 9월[중양] 등을 제외한 나머지 달들의 제의나 놀이는 확실치 않다. 최진원은 1월이 답교, 3월이 산화, 12월은 나례와 각각 관련이 있다고 한 바 있다.

46) 『고려사악지』 「속악」 '무애'의 "無㝵之戲 出自西域 其歌詞多有佛家語 且雜以方言 難於編錄 姑存節奏以備當時所用之樂" 참조.

부터 변모된 것임이 분명하다. 또한 <정읍>을 한 부분으로 하는 무고정재의 경우는 '굉장(宏壯)하다'고 묘사된 소리나 '펄럭펄럭 변화무쌍한 춤동작[回舞-旋舞-以袖高低-相對而舞]' 등으로 미루어 완벽하게 '놀이'로 전환된 모습을 보여주며, '악부 중 가장 기묘하다'는 지적으로 미루어 보아도 그런 점은 확인된다.

그러나 정재라는 놀이판의 중요한 부분으로 노래가 춤과 함께 공연되었다면, 아무리 종교적 제의성이 엷어졌다 해도 '굿 놀이판'으로서의 원초적 본질을 완전히 청산했다고 볼 수는 없다. 아박정재는 그 분명한 사례라고 할 수 있다. 앞에서 언급한 바와 같이 『고려사악지』의 편찬자는 <동동>의 가사에 '송도지사'가 많다 했고, 선어를 본떴다고 했다. 말하자면 노래가 지닌 짙은 제의적 성격을 지적한 셈인데, 이 노래가 무기들에 의해 춤 동작과 함께 가창되었다는 것은 아박을 비롯한 이 시대 정재들의 구조가 굿 놀이판의 흔적을 보여주고 있음을 암시한다. <동동사>가 의미전달의 핵심으로 되어있는 아박정재는 다음과 같이 진행된다.

1. 악사는 동영(東楹)을 거쳐 들어와 전중의 좌우에 아박을 놓는다.
2. 무기 두 사람이 좌우로 나뉘어 나아가 꿇어앉아서 아박을 집었다가 도로 놓고 일어서서 염수족도하고 꿇어 엎드리면 악대는 동동의 만기를 연주하고 두 여기는 머리를 약간 든 채 기귀를 부른다.
3. 끝나면 꿇어앉아 아박을 집어 허리띠 사이에 꽂고 염수하고 일어서서 족도하면 제기(諸妓)는 가사를 노래한다.(정월조)
4. 두 여기는 춤[속칭 舞踏]을 춘다. 악사가 동동의 중기를 연주하면 제기는 이어서 가사를 노래한다.[2월조-12월조]
5. 박을 치면 두 여기는 꿇어 앉아 아박을 손에 잡고 염수하며 일어선다. 박을 치는 소리에 따라 북쪽을 향하여 춤을 추고 대무(對舞)한다. 또 북쪽을 향하여 춤추고 배무(背舞)한다. 다시 북쪽을 향하여 춤춘다.
6. 악사가 절차의 느리고 빠름에 따라 1강을 걸러 박을 치면, 두 여기가 염수하고 꿇어 앉아 본디 있던 자리에 아박을 놓고, 염수하고 일어서서 족도하고 꿇어 앉아 부복하고, 일어나서 족도하다가 물러가면 음악이 그친다. 악사는 동영을 거쳐 들어와 아박을 가지고 나간다.

이 절차에서 <동동사>와 직접 관련되는 부분은 2, 3, 4 등이다. 2에서 기귀는 정재들의 진구호(進口號)나 입대치어(入隊致語)와 같은 역할을 한다. 그것은 또한 『시용향악보』 소재(所載) <대국(大國) 2>[47]와 같이 초복(招福)을 하고 있다는 점에서 무가적 성격을 나타내기도 한다.[48] 굿은

---

47) 원문[오부샹셔 비샹셔 슈여天子/天子大王 景像여 보허릭허/天子大王 오시논나래/ᄉᆞ랑大王인돌 아니오시려/

‘청신(請神) - 오신(娛神)[대접]·축원(祝願)[기원] - 송신(送神)’의 세 단계로 구성된다. 진구호나 입대치어에 해당되는 2는 청신의 단계에, 3·4·5는 오신과 축원에, 6은 송신에 각각 해당되는 부분이다. 물론 아박정재가 원래의 무속제의 그 자체라고 할 수는 없고, 월령체 무가[예컨대 영일 지역 무가]의 존재나 동해안 오구굿에서 가창되던 「신 중타령」 등의 존재, 혹은 ‘선어운운’의 지적 등을 들어 <동동>은 무속적 원천을 지닌 노래[49] 라는 견해를 완전히 인정하기 어려운 것도 사실이다. 그러나 적어도 이 노래나 이 노래를 핵으로 하는 아박정재의 저변에 무속제의의 흔적이 잠재되어 있다는 사실만은 인정될 수 있으리라 본다.

전쟁에서의 승리를 기원한 데서 연유되었건, 풍요를 기원하던 행사에서 연유되었건, 그러한 제의의 정신과 이념이 후대에 정재와 같은 공연예술로 승화될 수 있었다고 본다. 중국으로부터 받아들인 당악정재들 역시 우리의 고유한 정신이나 이념에 접목되면서 궁극적으로 이 땅의 특성에 맞도록 변이되었다고 보아야 할 것이다. 이 점이 놀이형태로서의 정재가 지닌 제의적 성격이다.

## 2. 고전시가와 놀이의 미학적 상관성

조선조의 노래문학이 본격적으로 등장하기 이전에 일정한 직능을 띠고 있었거나, 그것을 수행해온 것으로 추정되는 민요 이외의 기록으로 남아 전하는 옛 노래들 상당수는 서사문맥이나 제의·축제의 문맥 속에 한 부분으로 삽입·전승되었다. 음악·춤·노래·시 등 구체적인 놀이 항목으로서의 각종 예술들이 이런 축제들 속에는 포함되어 있다. 원시시대의 축제는 후대에 국가적 차원의 제의와 부락 단위의 동제로 분화·전승되었다. 고려 시대에 가무백희를 봉정하여 국가의 복을 빈 팔관회 같은 것은 의례의 형식상 무당의 굿과 동일한 것이었다. 상상력을 통하여 우주 및 세계의 질서를 구체화시키는 것이 굿인데, 그 구체화의 방법인 ‘보여주기/말하기/노래하기’ 등이 바로 제의와 놀이의 공통요소들이며, 연극이나 문학을 포함하는 예술의 장르적 바탕이기도 했다.

예컨대, 고려시대의 대표적인 제의 노래인 <동동>은 계절축제의 원형을 지니고 있다. 이 노래는 서사만 제외한다면 전체가 계절축제의 내용으로 일관되고 있다. 말하자면 개별적으로나 일부

---

兩分이 오시논 나래/命엣 福을 져미쇼셔/얄리얄리얄라/얄라셩얄라] 참조.

48) 박혜숙, 「동동의 <님>에 대한 일고찰」, 『국문학연구』 10, 효성여자대학교 국어국문학과, 1987, 89쪽.

49) 최미정, 「죽은 님을 위한 노래-동동」, 국어국문학회 편 『고려가요·악장연구』, 태학사, 1977, 286-293쪽 참조.

의 행사들만이 부분적으로 결합된 채 치러지던 앞 시대의 제의적인 노래들이 <동동>이라는 노래로 통합된 후 정재에서 가창·공연됨으로써 놀이의 성격이 더 강화되었다고 볼 수 있다. 후대에 제사의 비중이 엷어지면서 궁극적으로는 '놀이'의 기능만 강조된 것으로 생각된다. 이 노래와 함께, <정읍>·<처용>이나 노랫말을 알 수 없는 <무애> 등은 구체적으로 정재 속에서 가창되었고, 나머지 노래들 역시 그런 정재의 절차나 형식이 준용(準用)된 상태에서 가창되었음에 틀림없을 것으로 보인다. 이와 같이 정재라는 놀이판의 중요한 부분으로 노래가 춤과 함께 공연되었다면, 아무리 종교적 제의성이 엷어졌다 해도 '굿 놀이판'으로서의 원초적 본질을 완전히 청산했다고 할 수는 없을 것이다. 아박정재는 그 분명한 사례다. <동동>의 가사에 '송도지사'가 많다거나 선어를 본떴다고 하는 등 『고려사악지』 편찬자의 말은 이 노래가 지닌 제의적 성격을 지적한 셈인데, 이 노래가 무기들에 의해 가창되었다는 것은 아박을 비롯한 이 시대 정재들의 구조가 굿 놀이판의 흔적을 보여주고 있었음을 암시한다. 따라서 고려·조선조 일대에 궁중의 종합무대예술로 지속된 정재는 원시시대 제의나 축제의 잔영을 지닌 것들이다. 그 가운데 메시지 전달의 한 축으로 노래가 삽입되어 있다는 것은 우리 노래의 존재 양상이나 그 인접 예술장르와의 상관관계 등 예술사적 측면에서 중요한 점을 시사한다.

현대시의 장르적 근원으로 볼 수 있는 옛 노래들은 신과 인간, 하늘과 인간의 대화현장인 제의에서 발생되었고, 그 제의는 놀이라는 예술적 부분의 확대와 함께 축제로 변이되어 후대까지 지속되었다. 축제 가운데 종교나 신앙의 부분이 퇴색하면서 놀이는 예술로 독립을 하게 되었고, 그에 따라 어느 시기 이후의 옛 노래들은 전적으로 개인적인 서정의 표출을 담당하는 역할만을 수행하게 되었다. 그 실례를 정재에서 확인할 수 있으며, 정재 자체도 시대의 변화에 따라 예술 일변도의 존재의의만을 보여 주게 된 것으로 생각된다.

# 성리학적 주제의식을 바탕으로 한 고전시가

## 1. 성리학적 문인들의 계보와 성격

여기서 언급되는 도의가(道義歌)는 도학의 정신이나 이치가 문학적으로 형상화된 노래 일체를 말하고, 도학[性理學]은 송대의 정자(程子)·주자(朱子) 등이 창도한 심성(心性)·이기(理氣)의 학으로서 조선조에 수용되어 정착된 그것을 일컫는다. 조선조의 성리학은 퇴계 이황의 단계에 이르러 확립되었다고 보는 견해가 일반적이다. 흥미로운 것은 퇴계를 중심으로 선·후 관계를 맺는 주세붕[周世鵬, 1495-1554]과 권호문[權好文, 1532-1587년], 고응척[高應陟, 1531-1605] 등은 도학에 조예를 보이면서도 수양과 교화의 수단으로 노래를 사용했다는 점이다. 그것은 그들이 우리말 노래가 지닌 교화의 효용성을 인정했기 때문일 것이다.

그러나 도학자들이 한시를 통하여 자득한 이치나 학문적 신념을 표명하는 것은 흔한 일이었지만, 그런 일에 우리말 노래를 사용한 경우는 매우 드물었다. 그럼에도 불구하고 비슷한 지역에서 상당한 기간을 이어 살다간 같은 성향의 인사들이 유사한 행태를 보이고 있는데, 이 점에 대해서는 면밀한 검토가 필요하다. 여기서는 그 인사들의 작품과  성향을 개략적으로 살펴 그 공통점을 찾아내고자 한다. 그런 작업은 도학과 우리말 노래가 갖는 상호보완적 관계나 본질적 성격을 분석하여 우리말 노래의 이념적 특성이나 효용가치를 밝히기 위한 발판 역할을 할 것이다.

## 2. 신재(愼齋) 주세붕(周世鵬)과 풍교적 관점

신재 주세붕은 조선조 성리학이 정착된 16세기 전반기의 대표적 사상가들 가운데 한 사람이다. 그는 적지 않은 저술들과 함께 국문노래들을 남겼다. 경기체가로 일컬어지는 <태평곡(太平

주세붕의 영정 [경북 영주시 순흥면 내죽리 소수서원 소장, 보물 제717호]

曲)>·<도동곡(道東曲)>·<엄연곡(儼然曲)>·<육현가(六賢歌)> 등과, <군자가(君子歌)>[1]·<학이가(學而歌)>[1]·<문진가(問津歌)>[1]·<욕기가(浴沂歌)>[1]·<춘풍가(春風歌)>[1]·<지선가(至善歌)>[1]·<효제가(孝悌歌)>[1]·<정양음(靜養吟)>[1]·<동찰음(動察音)>[1]·<오륜가(五倫歌)>[6] 등 15수의 가곡이 그것들이다.

그런데 이 노래들은 형태와 내용, 쓰임새 등의 면에서 특이한 모습을 보여준다. 그가 활동한 16세기 전반은 국문노래 장르의 전환기라고 할 수 있다. 그 때까지 관인층에서 많이 불리고 있던 경기체가는 퇴계 이황을 비롯한 성리학자들로부터 신랄한 비판을 받아 현실적으로 더 이상 존립할 수 없어 결국에는 소멸의 국면에 접어든 시기로 볼 수 있기 때문이다. 미미하나마 그 전부터 경기체가와 함께 병행되어오던 가곡이 경기체가의 소멸과 함께 표면으로 부상하여 노래장르의 주도적인 위치를 차지하게 되었고, 내용적 측면에서 이념의 순정성 문제가 주요 관심사로 대두되어 있었다.

말하자면 가곡창사는 성리학 이념에 입각하여 인간의 조화로운 내면을 표출해야 한다는 퇴계류의 생각이 정착을 보게 되었던 것이다. 퇴계는 <도산십이곡>을 통하여 자신이 직접 노래의 내용이나 이념을 드러내는 모범을 보이고자 하였다. 그것은 사실상 성공하여 그 후 오랫동안 가곡의 관습으로 정착되어 내려왔음을 인정하지 않을 수 없다. 그러나 이러한 관습은 퇴계에서 비롯된 것은 아니다. 오히려 퇴계의 선배격인 신재나, 농암(聾巖) 이현보(李賢輔) 등에서 이미 확립되고 있었던 것이다. 퇴계는 이러한 조류를 마무리하여 정착시키는 역할을 했다고 보는 것이 타당하다. 이런 관점에서 볼 때 신재의 단계에서는 장르적으로 이념적으로 아직 덜 다듬어진 모습이 노정되고 있는데, 이런 점이 장르사적 측면의 논의를 가능하게 한다고 볼 수도 있다.

신재는 중종 39년[1544년]에 『죽계지(竹溪誌)』를 편찬했는데, 근재(謹齋) 안축[安軸, 1287-1348]이 지은 노래들의 조사(措辭)방법을 원용한 자신의 노래들을 이 책에 싣고 나서 덧붙인 발문[1)]을 보면, 노래나 풍류에 관한 그의 관점을 알 수 있다. 그는 안축의 <죽계곡>이 마음속의 더러움과 삿된 찌꺼기를 없애줄 수 있다고 했다. 그러나 <죽계지>를 읽고 황준량(黃俊良)은 신재에게 비판적인 글[2]을 보냈다.

황준량은 <죽계별곡>을 선학(善謔)에서 나온 것이어서 후세에 욀만한 가치가 없는 것으로 단정했다. 선학이란 교묘한 말장난을 의미한다. <죽계별곡>을 교묘한 말장난이라 단정한 황준량의 언급은 <죽계별곡>을 긍정적으로 평하고 이것을 사실상 의방하여 자신의 노래를 지은 신재에 대한 일종의 경고요, 항의였던 셈이다.

황준량이 신재의 조예가 깊다고 칭찬한 것은 신재의 행위에 대한 비평의 예봉을 누그러뜨리고자 한 의례적인 말일 뿐 그의 진심이었다고 볼 수는 없다. 오히려 <죽계별곡>과 함께 신재가 지은 노래들을 『죽계지』로부터 빼 버리라는 것이 요점이다. 말하자면 아무리 성현의 격언을 내용으로 다루었다 하여도 경기체가와 같은 노래는 인정할 수 없다는, 당대 사림의 일반적 인식을 노출시키고 있는 것이다. 황준량이 이현보의 손주 사위이자 퇴계의 문인이었음을 감안한다면 이런 점은 더욱 분명해진다. 그러나 이에 대하여 신재는 분명한 자기의 입장을 밝혔다.[3]

이 글에서 신재는 공자가 '술이부작(述而不作)'을 강조했다하나 신재 자신은 공자가 '술(述)'과 '작(作)'을 겸한 인물이었다고 보았다. 그러기 때문에 공자는 위대한 성인이라는 것이다. 여기서 말하는 '자위(自爲)'는 '작(作)'을 뜻한다. 그러나 신재 자신은 '술'에 그쳤을 따름이라고 했다.

---

1) 『신재전서』, 신재주선생유적선양회, 1979, 344쪽의 "謹按 文貞公有竹溪曲九章 浴溪詠歸之餘 足以想像其風流雅量蕩滌消融庶乎無邪滓矣 於是 幷載行錄獨以大子之說未免有疵 而酒徒珠履等語多雜於豪俠跌宕之辭不得粹然 一出於正 恐其流於蔑也 遂歌道東曲九章 歷陳斯文之有自來 用之祀享 又飜出聖賢格言爲短長歌附于其後 以爲書院諸彦風詠之助冀復歸之於正也" 참조.

2) 附黃學正俊良書, 「竹溪誌行錄後」, 『신재전서』, 345쪽의 "又置田爲養賢之資 臧書爲立敎之基 旣安晦軒像配以文貞文敬 籩豆以享之春秋歌曲以侑之 送迎制已極備 無以加之(…)且文貞珠履高陽之曲 必出於一時善謔之餘 而非可誦於後世者也 先生旣爲之評又飜出聖賢格言作爲咏歌 欲歸于正 悠然有浴沂詠歸之志 而浩然有天理流行之妙 亦可謂所造之深矣 第恐語雖翻古而如未免涉於自爲 則亦不須並入於此志 妄意 刪去竹溪之曲 而並與別錄及儼然等歌 姑舍之以竢人之見取爾 夫自我而無些兒之差 則一時疵口終必定於後世 如有一毫之未盡 則適足以來吹毛之口 故慮之不深 則傳之不遠 傳之不遠 則道無以明 君子之立敎垂訓 可不謹哉" 참조.

3) 「答黃學正仲擧」, 『武陵雜稿』 原集 권 5, 『한국문집총간 27』, 13쪽의 "且僕之諸歌 非僕所自作 皆翻得古聖賢格言 所以檃括文貞之所謂竹溪別曲者 而遺之院中諸彦 爲萬一風詠之助也 苟有一言以私意牽合 則雖被疵論 可也 如其翻聖賢格言 復有何等疵耶 果有疵之者 乃所以疵聖賢 固無與於我也 今之爲歌者 多出於桑濮如雙花店淸歌之屬 皆誘人爲惡 此何等語也 使風俗靡靡 日就於下 其淫褻敗理 至有不忍聞者(…)此固晦翁之所極言竭論 而僕之悶悶遑遑 欲矯邪而歸正也 夫子 大聖也 故春秋兼述作 如僕之歌 皆述而不作 雖若涉於自爲 而實出乎聖賢至善至約之要旨 則其於修己化俗之方 未爲無補 有何所嫌而遽爲之刪去哉" 참조.

그러니 자신의 노래를 '전술(傳述)' 아닌 창작으로 보아 비난하는 것은 잘못된 말이라는 지적이다. 만약 자신의 노래를 비난한다면 그것은 결국 성현을 비난하는 것이지 신재 자신과는 전혀 무관한 일이라고 역설하고 있다.

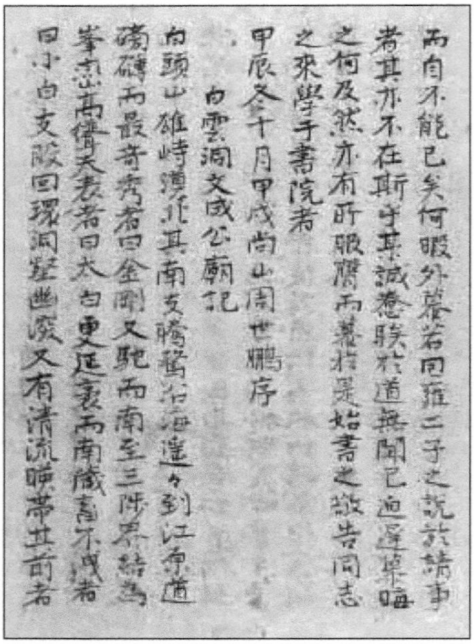

『죽계지』[규장각 소장 필사본, 백운동서원에 관한 기록들을 엮었음]

그렇다면 신재는 당대 노래를 어떻게 보고 있는가. 여기서 극명하게 밝혀지는 두 가지 사실이 있다. 하나는 신재가 <죽계별곡>을 '바로잡았다[은괄(檃括)]'는 사실이고, 둘째는 당대의 노래들이 대개 <쌍화점>·<청가>와 같은 것들로서 음탕하고 외설스러워 사람들을 악하게 만든다고 본 점 등이다. 신재 당대까지 <한림별곡> 등 경기체가나 속가 류가 대중가요의 주류를 점하고 있었음은 주지의 사실이다.

신재가 경기체가의 형식을 차용한 것을 보면, 그는 당대 노래의 내용을 중시하였을 뿐 장르에는 크게 신경 쓰지 않았음을 짐작할 수 있다. 그의 변이형 경기체가들 가운데 <도동곡>은 제사의 한 절차로서 서원(書院) 안의 학생들에게 불리기 위해 지은 의식가이고 마찬가지로 변이형 경기체가인 <엄연곡>·<육현가>와 함께 <군자가>·<학이가>·<문진가>·<욕기가>·<춘풍가>·<지선가>·<효제가>·<정양음>·<동찰음> 및 <오륜가>[4] 등 가곡은 주로 교육적 방편으로 부르기 위해 지은 것들이다.

그렇다면 신재는 왜 성현들의 격언을 번출(飜出)하고 경기체가를 수용하여 노래를 만들었을까. 서원에서 공부하는 선비들로 하여금 풍영하게 하여 그들로 하여금 올바름으로 돌아갈 수 있도록 하기 위해서였다고 그는 말한다. 청가(淸歌) 즉 경기체가는 당시에 많이 불리던 노래, 일종의 대중가요였다. 그러니 그 노래에 좋은 내용만 싣는다면 교육적인 목적 달성에 도움이 될 수 있다고 생각했을 법하다. 신재의 의도는 학생들로 하여금 성현들의 가르침을 체득하도록 도와주는 데 있었다. 그런 이유로 쉽게 부를 수 있는 청가의 곡조에 성현들의 격언을 번출한 노랫말을 실었던 것이다.

---

4) 五倫歌幷序, 「武陵續集」 권 1, 『신재전서』, 264쪽의 "按海西時 見民俗之貿貿 乃作此歌 布施一路以明人之大倫者也" 참조.

물론 가곡 역시 교훈적 내용을 담아 부르던 대중적 노래장르였다. 그러나 경기체가와 가곡은 그 분위기의 면에서 판이했다. 전자는 떠들썩한 집단 창으로 불렸고, 후자는 유장(悠長)하고 전아(典雅)한 창법으로 불렸다. 그러나 '부르는 문학'인 노래는 그것대로 '보는 문학'인 시는 그것대로 교훈적 효용가치를 발휘할 수 있다고 보았다. 그가 평소에 주장하던 시소기관(詩小技觀)[5] 역시 이런 맥락에서 설명될 수 있다.

신재가 이미 밝힌 바와 같이 그의 노래들이 담고 있는 내용은 대부분 성현들의 격언을 번출한 것들이다. 다음과 같이 간략하게 들기로 한다.

■ 〈도동곡〉

1장[복희·신농·황제·요·순이 하늘의 뜻을 이어 대중지정(大中至正)의 도를 세운 일]

2장['진실로 그 중도를 잡으라'는 것은 요임금이 순임금에게 한 말이고, '인심은 위태롭고 도심은 은미하니 정밀하게 하고 한결같이 해야 진실로 그 중을 잡을 수 있다'는 말은 순임금이 우(禹)임금에게 준 말. 성인들 사이에 심법(心法)을 주고받은 사실]

3장[우임금·탕임금·문왕·무왕의 도통(道統) 및 고요(皐陶)[순임금의 신하]·이윤(伊尹)[은나라의 명상]·주공단(周公旦)[주나라 성왕 때의 명신]·소공석(召公奭)[주 나라 성왕 때의 명신] 등의 보필]/4장[공자의 탄생]/5장[안회(顔回)의 사물잠(四勿箴)과 증삼(曾參)의 일일삼성오신(一日三省吾身)]/6장[자사(子思)와 맹자의 가르침]/7장[주렴계(周濂溪)의 가르침]/8장[주자(朱子)의 탄생]/9장[안회헌(安晦軒)의 탄생 및 공적]

■ 〈육현가〉

1장[정이천(程伊川)의 공적]

2장[장횡거(張橫渠)의 공적]

3장[소요부(邵堯夫)의 공적]

4장[사마공(司馬公)의 공적]

5장[한위공(韓魏公)의 공적]

6장[범문정(范文正)의 공적]

■ 〈엄연곡〉: 군자의 엄연한 위의

■ 〈태평곡〉: 경전에서 뽑은 좌우명들

5) 行狀, 「武陵雜稿附錄」, 『신재전서』, 256쪽의 "晩節摘先賢警語作訓戒歌詞 使小婢曉夕諷誦 其用力至老愈辣 其發於文章者 自然閎肆 不以雕琢爲工而雅健奇古 關鍵壯嚴波濤浩漫 然不爲之善 常稱文章小技 詩人多輕薄 何足於德行之本哉 其敎人必先行而後文 以孝悌忠信爲主" 참조.

이상에서 본 바와 같이 이 노래들은 모두 유교의 연원을 밝힌다거나 유현(儒賢)들을 예찬한 내용으로 되어 있다. 이 점으로 미루어 내용 면에서도 기존의 경기체가를 완벽하게 청산했음을 알 수 있다. 자신들의 이념을 강하게 표출한 것이 조선조 사대부 노래문학의 일반적 경향이라면, 그것들이 기존의 장르를 변이시킨 데 불과하다 해도 내용 면에서는 그런 경향을 띨 수밖에 없다는 점을 그의 노래문학에서 확인할 수 있다.

그의 가곡들 역시 큰 차이가 없다. 가곡의 내용을 들어보면 "군자의 도리[<군자가>]/배우고 익히며 벗과 사귀고 안빈낙도하는 생활[<학이가>]/학문을 시작하는 자세[<문진가>]/안빈낙도·풍류·반성하는 생활[<춘풍가>]/인간 본연의 착한 마음을 지녀야 함[<지선가>]/지덕요도(至德要道)는 효제(孝悌) 뿐임[<효제가>]/조용한 가운데 마음을 수양해야 함[<정양음>]/경거망동하지 말고 세심하게 살펴야 함[<동찰음>]" 등이다. 이것들 역시 앞의 것들과 마찬가지로 성현의 격언을 번출한 것들임은 물론이다. 다음의 작품을 살펴보기로 한다.

〈1〉 ᄇᆡ호고닛디마애먼ᄃᆡᆺ번즐거오니내게옷이시면ᄂᆞ미아아나마나富貴ᄅᆞᆯ浮雲ᄀᆞ티보고曲肱而枕ᄒᆞ오[〈학이가〉]

〈2〉 양ᄒᆞ고양ᄒᆞ쇼셔정시예양ᄒᆞ쇼셔졔사ᄂᆡ탁타홈과알묘도우ᄋᆞ오니된ᄂᆞᆫ것안보ᄒᆞ샤여ᄒᆡ디ᄅᆞᆯ마ᄅᆞ쇼셔[〈정양음〉]

〈3〉 아바님랄나ᄒᆞ시고어마님랄기ᄅᆞ시니父母옷아니시면내몸이업실랏다이덕을갑ᄑᆞ려ᄒᆞ니하ᄂᆞᆯᄀᆞ이업스샷다[〈오륜가-2〉]

〈4〉 지아비받갈라간ᄃᆡ밥고리이고가반상을들오ᄃᆡ눈섭의마초이다진실로고마오시니손이시나다ᄅᆞ실가[〈오륜가-5〉]

<1>은 『논어』 「학이(學而」 편과 「술이(述而)」 편에서 번출한 내용이다. "ᄇᆡ호고닛디마애"는 "學而時習之 不亦說乎<학이>"에서, "먼ᄃᆡᆺ번즐거오니"는 "有朋自遠方來 不亦樂乎<학이>"에서, "내게옷이시면ᄂᆞ미아나마나"는 "人不知而不慍 不亦君子乎<학이>"에서, "富貴ᄅᆞᆯ浮雲ᄀᆞ티보고曲肱而枕ᄒᆞ오"는 "飯疏食飮水 曲肱而枕之 樂亦在其中矣 不義而富且貴 於我如浮雲<술이>"에서 각각 따온 것들이다. 기존의 경서에서 따온 내용들을 모자이크 식으로 짜 놓았기 때문에 물 흐르듯 하는 내용의 자연스러움을 찾아보기 어렵다.

<2>도 마찬가지다. <2>는 『맹자』 「고자 상(告子上)」 편과 「공손추 상(公孫丑上)」 편에서 번출한 내용이다. "양ᄒᆞ고양ᄒᆞ쇼셔정시예양ᄒᆞ쇼셔"는 "我善養吾浩然之氣"에서, "졔사ᄂᆡ탁타홈"은 "孟子曰牛山之木 嘗美矣 以其郊於大國也 斧斤伐之 可以爲美乎 是其日夜之所息 雨露之所潤 非無萌蘗之生焉 牛羊又從而牧之 是以 若彼濯濯也 人見其濯濯也 以爲未嘗有材焉 此豈山之性也哉<고자장구 상>"에서, "알묘도우ᄋᆞ오니된ᄂᆞᆫ것안보ᄒᆞ샤여ᄒᆡ디ᄅᆞᆯ마ᄅᆞ쇼셔"는 "必有事焉而勿正 心勿忘

勿助長也 無若宋人然 宋人 有閔其苗之不長而揠之者 芒芒然歸 謂其人曰 今日 病矣 予助苗長矣 其子趨而往視之 苗則槁矣 天下之不助苗長者寡矣 以爲無益而舍之者 不耘苗者也 助之長者 揠苗者也 非徒無益 而又害之<공손추장구 상>"에서 각각 나온 것들이다.

<3>은『시경』「소아(小雅)」육아(蓼莪)[…父兮生我 母兮鞠我 拊我畜我 長我育我 顧我腹我 出入腹我 欲報之德 昊天罔極…]에서 따온 내용이고 <4>는『후한서』「일민(逸民)」양홍전(梁鴻傳)의 맹광거안(孟光擧案)[6]에서 따온 내용이다. <오륜가>는 선초악장을 필두로 하여 신재, 박인로[朴仁老, 1561-1642], 김상용[金尙容, 1561-1637] 등도 지은 바 있다.

특히 정철의 <훈민가> 중에는 <3>과 똑 같은 노래[7]가 들어 있는데, 정철이 진고령(陳古靈)의 유문(諭文)을 바탕으로 지었다고 한다. 그렇다고는 해도 신재가 황해도 목민관으로 있던 시절[55세, 1549년]에 지은 <오륜가>로부터 모종의 영향을 받았을 가능성이 있다. 그만큼 당대의 가곡은 부형의 입장에서는 자제를, 목민관의 입장에서는 백성을 훈계하기에 효과적인 노래 장르였다.

바로 앞 시기의 이현보가 가곡에 풍류적 측면의 효용성을 상정하였다면 신재는 교육적 측면의 효용성을 염두에 두었다고 할 수 있다. 그의 노래들이 가지고 있던 교육적 성격은 내용의 연원을 성현의 격언에 두고 있었다는 점으로도 분명해진다.

## 3. 퇴계 이황과 온유돈후의 미학

그가 남긴「도산십이곡 발」과「서어부가후(書漁父歌後)」의 일부 내용[8]을 보면 일반인들의

---

6) 諸橋轍次,『大漢和辭典』[東京: 大修館書店, 1984] 권 3, 3109쪽의 "遂至吳 依大家皐伯通 居廡下 爲人賃舂 每歸 妻爲具食 不敢於鴻前仰見 擧案齊眉 伯通察而異之曰 彼傭能使其妻敬之如此 非凡人也 乃方舍之於家" 참조.

7) 訓民歌,『松江別集追錄』권 2,『松江全集』, 성균관대 대동문화연구원, 1964, 429쪽의 "아바님날나ᄒᆞ시고어마님날기라시니두분곳아니시면이몸이사라실가하ᄂᆞᆯ ᄀᆞᄐᆞᆫ ᄀᆞ업ᄉᆞᆫ恩은德덕을어ᄃᆡ다혀갑ᄉᆞ오리" 참조.

8) (1)「도산십이곡발」,『퇴계선생전서(속내집)』권 60, 발,『陶山全書 3』, 한국정신문화연구원, 1980, 294쪽의 "吾東方歌曲 大抵多淫哇不足言 如翰林別曲之類 出於文人之口 而矜豪放蕩 兼以褻慢戱狎 尤非君子所宜尙 惟近世有李鼈六歌者 世所盛傳 猶爲彼善於此 亦惜乎其有玩世不恭之意 而少溫柔敦厚之實也"참조.
(2)「서어부가후」,『퇴계선생전서(속내집)』권 60, 발,『도산전서 3』, 284쪽의 "然人之聽之於彼則手舞足蹈 於此則倦而思睡者 何哉 非其人 固不知其音 又焉知其樂乎(…)先生得以玩之 喜愜其素尙 而猶病其未免於冗長也 於是 删改補撰 約十二爲九 約十爲五 而付之侍兒 習而歌之(…)噫 先生之於此 旣得其眞樂 宜好其眞聲 豈若世俗之人 悅鄭衛而增淫 聞玉樹而蕩志者比耶" 참조.

이황 초상 [표준영정/이유태 작]

시가관과 퇴계의 그것 사이에는 상당한 격차가 있었다는 점을 알 수 있다. 인용문 중 (1)에서 '긍호방탕(矜豪放蕩)'과 '설만희압(褻慢戱狎)'은 <한림별곡> 한 노래만이 아니라 한림별곡류(翰林別曲類)를 두루 지칭한 평어들이다. 이 노래와 같이 윤창(輪唱) 혹은 선후창(先後唱)으로 즐기면서 이법(理法)의 발현(發現)보다는 감정의 발산을 우선시하던 모든 속악에 대하여 내린 비판적 평어라고 볼 수 있다. 다시 말하면 이것들은 퇴계 자신이 시의 이상적 경지로 제시한 온유돈후의 시교(詩敎)[9]와 상반되는 시가의 특질이다.

여기에 덧붙여 퇴계는 대조적인 양자의 중간에 속하는 작품으로 이별(李鼈)의 <육가(六歌)>를 들었고, 그 작품의 특징을 '완세불공지의(玩世不恭之義)'로 요약 제시하였다. 도학의 중흥을 위해 이단을 비판하는 등[10] 이론과 실천 양면으로 노력한 퇴계 자신의 신조가 문학에 반영되어 이와 같은 이법 중시의 도의(道義) 시론으로 나타났던 것이다. 퇴계의 입장에서 <한림별곡>류는 구제불능의 부정적인 것임에 반해, 이별의 <육가>류는 흠이 있긴 하나 이법의 이상적 기준에 맞추어 개작한다면 흠을 제거할 수 있다고 보았다. 이러한 논거에서 이별의 <육가>로부터 퇴계 자신의 <도산십이곡>이 나올 수 있었던 것이다.

퇴계는 <상화점> 제곡을 정·위의 노래와 같은 세속의 음성(淫聲)으로 보았다. 그런데 이것보다는 전해오는 <어부가>가 훨씬 나았으나 그 또한 용장(冗長)함이 흠이라고 했다. 이에 그것을 '산개보찬(刪改補撰)'함으로써 결국 진성(眞聲)의 경지에 이를 수 있었다는 것이다. 퇴계의 진성은 그가 「도산십이곡발」에서 언급한 온유돈후가 포함되는 개념이다.

이별 <육가>의 대응구조에 대한 비판을 출발점으로 삼아, 전아(典雅)한 평면적 구조의 표본으

---

9) cf. 李植, 「學詩準的」, 『澤堂別集』 권 14, 『택당집』(조용승 영인, 1977), 580쪽의 "書曰詩言志歌永言 記曰溫柔敦厚詩之敎也 此周詩三百篇宗旨也 韓子曰詩正而葩 朱子取之 此詩之體格也 反是而志尙僻流蕩 詞意粗濁險怪 皆詩之外道也 今當以三百爲縱走 熟讀而諷詠之 此詩學之本也" 참조.

10) 「傳習錄論辨」, 『퇴계선생전서(속내집)』 권 58, 잡저, 『도산전서 3』, 243-245쪽 참조. 퇴계는 이 글에서 양명학의 모순과 단점을 조목조목 비판하고 있다.

로 <도산십이곡>을 창작하여 제시한 퇴계의 문학관은 존심양성을 정점으로 하는 전인적 심성 수양의 맥락에서 벗어나지 않는 것이었다. 그러면 그의 실제 작품에 나타나는 의미구조는 어떤지 살펴보기로 한다.

① 이런ᄃᆞᆯ엇다ᄒᆞ며뎌런ᄃᆞᆯ엇다ᄒᆞ료 草野愚生이이러타엇다ᄒᆞ료ᄒᆞᄆᆞᆯ며 泉石膏肓을고텨므슴ᄒᆞ료
② 烟霞로지블삼고風月로버들사마太平盛代예病으로늘거가니이듕에ᄇᆞ라ᄂᆞᆫ이른허므리나업고쟈
③ 淳風이죽다ᄒᆞ니眞實로거즌마리人性이어디다ᄒᆞ니진실로올ᄒᆞᆫ마리天下애 許多英才를소겨말솜ᄒᆞᆯ가
④ 幽蘭이在谷ᄒᆞ니自然이듣디됴해白雲이在山ᄒᆞ니自然이보디됴해이듕에彼美一人를더옥잇디몯ᄒᆞ애
⑤ 山前에有臺ᄒᆞ고臺下애有水ㅣ로다떼만ᄒᆞᆫᄀᆞᆯ며기ᄂᆞᆫ오명가명ᄒᆞ거든엇다다 皎皎白駒ᄂᆞᆫ머리ᄆᆞᄋᆞᆷᄒᆞᄂᆞᆫ고
⑥ 春風에花滿山ᄒᆞ고秋夜애月滿臺라四時佳興ㅣ사ᄅᆞᆷ과ᄒᆞ가지라ᄒᆞᄆᆞᆯ며魚躍鳶飛雲影天光이아어늬그지이슬고[11]

작품 내의 현실이 살아있는 것이라기보다 외부로부터 주어진 타(他)의 선험(先驗)[예컨대 유교적 이념 등]으로 이루어진 유학자의 노래 등을 타설적(他說的) 작품이라 한다면,[12] 퇴계의 이 노래들 역시 그 범주를 벗어나지 못한다. <도산육곡>은 의사가 진실하고 음조가 청절(淸絶)하여 사람이 선심(善心)을 흥기시킬만하고 깨끗이 씻어버릴 수 있으므로 이 작품에 『시경』의 유지(遺旨)인 온유돈후가 구현되었다고 본 장경세(張經世)의 견해[13]를 미루어 보아도, 이 노래의 저변을 이루고 있는 '존심양성'의 정신과 그로 인한 도덕적 당위에의 지향 등 도의문학적(道義文學的) 경향을 짐작할만하다.

그렇다면 이 작품들이 이별의 <육가>와 비교하여 다른 점은 무엇이고, 어떤 구성의 방법을 통하여 온유돈후가 구현되었다고 할 수 있는가.

첫째, 소재들에 대한 시인 자신의 감정이입이 이루어지지 않고 있다. 다시 말하면, 시 구성에 있어 핵심적이든 주변적이든 시인이 자아와 소재들 간의 유사성에 기반을 둔 은유나 직유가 사용되지 않았다는 것이다. 물론 ②의 "烟霞로지블삼고風月로버들사마"와 같은 표현이 있긴 하지만 그것들이 이미 오랜 기간 상투화된 사은유(死隱喩)라는 점에서 특별한 의미를 부여할 수는 없다고 본다.

---

11) 陶山六曲之一, 『퇴계선생전서(유집)』 권 1, 내편, 가사, 『도산전서 4』, 24쪽.
12) 박철희, 『한국시사연구』, 일조각, 1980, 10-16쪽 참조.
13) 장경세, 「江湖戀君歌 跋」, 정병욱, 『시조문학사전』, 신구문화사, 1966, 563쪽의 "余少時 因友人李平叔 得滉退溪先生陶山六曲歌 意思眞實 音調淸絶 使人聽之 足以興起善端 蕩滌其邪穢 眞三百篇之遺旨也" 참조.

둘째, 서정성의 핵심인 대응구조가 결여되어 있다는 점이다. 이것 역시 첫 번째 요인과 직결되는 점이기도 한데, 유교적 이(理)나 도덕적 당위성이 작품 구성의 전제로 제시되었다는 점이 그 가장 큰 이유일 것이다. 선험적 가치개념이 확고하게 서 있고, 그것을 선양하려는 은연중의 목적의식이 창작행위의 저변에 깔려있는 한, 주객 대응구조의 설정 자체가 그러한 목적 달성에 저해가 될 수도 있다는 위험부담을 인식했을 법하다.

이상과 같은 요인들이 작품에 반영되어 두 가지 주목할 만한 결과를 빚어냈다고 본다. 인식주체 혹은 서정적 자아로서의 '나'가 작품에 거의 등장하지 않고 있다는 점과 의미전개가 일직선적이자 평면적이며 예측 가능하다는 점 등을 들 수 있다. 겨우 ①에서 '나'와 동일시할만한 존재로 '초야우생(草野愚生)'이 등장할 뿐, 나머지 전편에 걸쳐 '나'는 철저히 숨어 있음을 보게 된다. 이것은 이별 <육가>와 아주 대조적인 현상이다. 이별의 <육가>에서는 '나[我/吾]'를 명시적으로 등장시킨 횟수만도 다섯 차례나 된다. '나'를 설정하면 '나'와 대조적인 속성의 상대인 '너'가 등장될 것은 자명한 일이고 그에 따라 주객대응의 구조는 필연적으로 이루어진다. 주객대응의 과정 중 소재의 관여 여하에 따라서는 전혀 예기치 못한 시상이나 시의가 야기될 수도 있다. 여기서 도출되는 의외성이나 기발함 등은 보편적 상식을 초월하는 참신함과 직결된다.

'나'를 숨김으로써 표현상 겸허(謙虛)·염퇴(斂退)·온후(溫厚)·근출언(謹出言)·수방심(收放心)의 시도(詩道)를 구현할 수 있다고 본 것은 정확하고도 치밀한 통찰이었다. 작품에서 서정성을 드러내는 일이 자아의 자기현시(顯示) 내지 자기표현 방법이라고 볼 때 사실상 퇴계의 노래들을 서정시로서 성공한 경우라고 할 수는 없을 것이다. 대부분의 작품들에서 '나'를 명시적으로 드러내지는 않았지만, 소재의 나열을 통하여 자신의 존재를 암시함으로써 시인의 지향점과 시인을 대변하는 화자가 '나'에 해당하는 존재임은 분명해진다.

<육가>와 <도산육곡> 간의 차이점은 전자가 주객대응의 구조로부터 나온 긴장된 서정성을 주조로 하는 반면, 후자는 '주'만 제시하고 '객'은 설정하지 않음으로써 서정적 긴장이나 참신한 시상의 도출에는 실패한 채 담담한 자기 고백의 효과만을 거두었다는 데 있다. 주객대응에서 '주'는 시인 자신이라기보다 작품내적인 자아를 의미한다. 이 작품내적 자아는 일정한 표출의 계기를 만나 굴절된 채 나타난 시인 자신임은 물론이다. 그러나 엄밀한 의미에서 작품내적 자아와 시인은 일치하지 않는다. 시인이 자신의 대리자로 작품의 전경(前景)에 내세우는 화자가 자신과 부합하는 존재일 수도 있지만 대개는 상황에 따라 변하는 가면[mask, persona]적 존재일 경우가

많다. 객은 주와 대립적인 작품내적 세계이다. 작품내적 세계는 자아에 의해 작품 안으로 끌려 들어온 작품외적 세계의 변모된 존재다. 작품내적 자아와 세계는 애당초 대응의 입장에 서나 양자는 긴장을 거쳐 궁극적인 융합을 이룬다. 이러한 작품내적 세계의 자아화는 서정성의 법칙이다.

<도산십이곡>에서는 대응관계의 양자를 상정하지 않고 있다. 상식선에서 대립의 요건을 갖춘 작품외적 세계도 작품내적 세계로 전환하면서 원래의 대립적 의미를 상실한다. ①에서 ‘이런들’, ‘뎌런들’은 분명 작품 밖에서는 대립적 개념이다. 그러나 작품 내부로 편입되면서 ‘엇더ᄒᆞ료’라는 화합의 장치에 의해 대립은 해소되고, 더 나아가 현실세계와 다른 노선인 자신의 신조[泉石膏肓]를 설득하는 데 성공한다. ②는 현상의 담담한 제시를 기반으로 자신의 겸허함을 설득적으로 제시했다는 점에서, ③은 성인 말씀의 진실성에 대한 믿음을 설득하고 있다는 점에서 각각 ①과 마찬가지다. ④는 자연에 대한 친화감을 기반으로 연군의 감정을 노래했고, ⑤와 ⑥은 외적 요소를 배제한 채 자연으로부터의 흥취를 평면적으로 노래한 작품들이다.

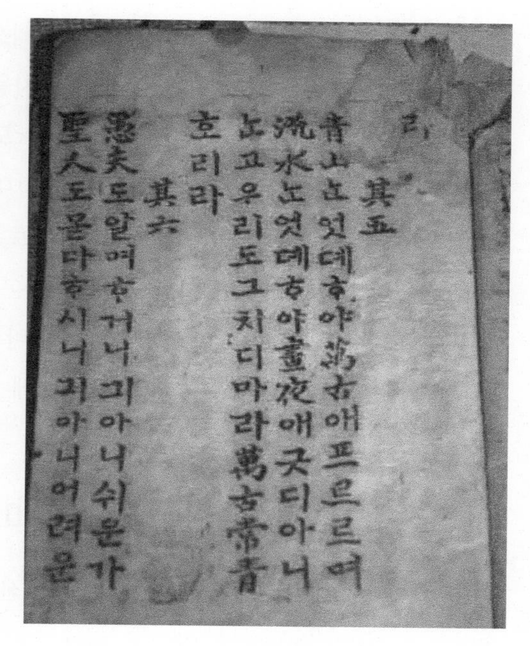
리
其五
青山ᄂᆞᆫ 엇데ᄒᆞ야 萬古애 프르르며
流水ᄂᆞᆫ 엇데ᄒᆞ야 晝夜애 긋디아니
ᄒᆞᄂᆞ고 우리도 그치디 마라 萬古常青
ᄒᆞ리라
其六
愚夫도 알며 ᄒᆞ거니 긔 아니 쉬운가
聖人도 몯다 ᄒᆞ시니 긔 아니 어려운

〈도산십이곡〉 [안동 도산서원 소장]

자연 속에서 존심양성의 수양을 꾀한다거나 성인 말씀의 초시간적 가치를 노래함으로써 감정적 향방의 자유로움보다는 이법의 불변성을 표현하고 있으며 임금에 대한 충성을 자연에 편승시킴으로써 중세적 질서 확립의 의지를 시적으로 형상화하기도 했다. 이렇게 이념이나 가치기준을 전제로 한 이상 서정적 긴장이나 표현상의 방탕(放蕩)·방잡(尨雜)함은 드러날 여지가 없었다. 순탄하고 명료하며 예측 가능한 시적 전개의 양상으로부터 온유돈후의 시교가 구현된다고 보았던 것이다. 어떤 논자의 지적과 같이, 도의의 근본을 구현하는 문학은 물아(物我)의 간격과 내외(內外)·정조(精粗)의 구분이 없어지는 상태를 향해 마음이 움직이게 하므로 형기(形氣)로써 살아가고자 하는 사람들은 바라기 어렵고 감동을 느끼기 어려운 것이고, 기의 대립적 운동으로 전개되는 현실의 문제는 도외시했다고 볼 수 있다.[14]

기를 겸하여 칠정(七情)이 발하며[15], 그 7정을 인심으로 본[16] 퇴계의 입장에서는, 선악을 아울러 갖추고 있어 중절(中節)을 상실할 경우 악으로 기울 수 있는 기(氣)[혹은 정]의 속성을 감안하여 처음부터 잡박(雜駁)한 형기적(形氣的) 차원의 대립적 요소를 문학의 구성에서 배제할 수밖에 없었을 것이다. 이러한 관점에서 이루어진 <도산십이곡>과 대조적인 이별의 <육가>에는 대응구조에 의한 정서적 긴장이 드러나 있으며 그 대응구조의 핵은 서정적 자아로서의 '나'와 대립적인 세상 사람들 사이에서 이루어지는 갈등으로부터 형성된다. 퇴계가 이별의 <육가>에서 발견한 '완세불공지의'는 작품 전편에서 세상과 다른 '나'를 지나치게 부각시킴으로써 초래된 것이었다. 이와 대조적으로 작품 속에서 '나'를 낮추거나 숨김으로써 도학자적 삶에서 강조되던 겸허·염퇴의 미덕을 구현할 수 있다고 보았는데, 여기에 바로 퇴계 노래와 관점의 핵심이 있는 것이다.

## 4. 송암 권호문과 은구(隱求)의 생활미학

송암 권호문은 이황을 중심으로 이루어진 영남 가맥의 한 부분을 차지한다. 퇴계의 조카가 송암의 모친이었다는 사실 뿐 아니라 학문과 문학을 통하여 두 사람은 사제관계로도 이어진다. 현실 정치보다는 존심양성의 수양을 중시했던 퇴계와 마찬가지로 송암을 포함한 일단의 사림들은 과거를 통하여 현실 정치에 참여하기보다는 향리에 은둔해 있으면서 학문을 닦고 그것을 실천하려는 의지를 보여주었다. 송암은 강호가도로 표현되는 처사문학(處士文學)의 진수를 실천적으로 영위한 대표적 인물이었다. 상당수의 인사들이 강호와 현실세계를 오가며 자신의 야심을 실현시키려고 노력한 데 반하여 그는 시종일관 강호에 묻혀 지냈다. 그 가운데서 노래를 통하여 자신의 신념을 다져 나갔던 것이다. 이념 우선의 삶을 살아야 했던 조선조 사림들은 늘 이상과 현실의 괴리를 체험했을 것이고, 그로부터 야기되는 심리적 갈등이 어떤 식으로든 해결되어야 했을 것이다. 노래에 나타나는 주제의식은 이들이 지향하던 이상이었고, 그것은 대부분 그들이 쉽게 실천하지 못하던 덕목이기도 했다. 귀전원(歸田園)이나 한거(閑居)의 즐거움을 반복적으로 언급한 심리적 기제의 이면에는 이런 사정이 개재되어 있었다고 보아야 할 것이다.

그가 어려서부터 명민한 기질이 있었음은 그의 문집 도처에서 산견된다. 그러한 기질을 현실적 국면에서 적극적으로 발휘하지 못하고 은거(隱居)의 뜻을 굳히게 된 것은 모친의 권유로 과거에

---

14) 조동일, 『한국문학사상사시론』, 지식산업사, 1979, 152쪽.
15) 「與奇明彦」, 『퇴계선생전서(속내집)』 권 51, 서, 『도산전서 2』, 17쪽.
16) 「答李宏仲問目」, 『퇴계선생전서(속내집)』 권 51, 서, 『도산전서 3』, 89쪽.

응시했다가 두 번 씩이나 실패한 다음부터였다. 따라서 그의 은거가 현실에 대한 환멸이나 좌절의 결과일 수도 있고, 자연 속에 묻혀 수신(修身)·강학(講學)·구도(求道)하겠다는 강한 의지의 표현일 수도 있다. 전자의 자연은 현실에서의 패배를 보상받고자 하던, 대안으로서의 도피처였으며 후자에서의 자연은 적극적인 구도의 현장이었다.

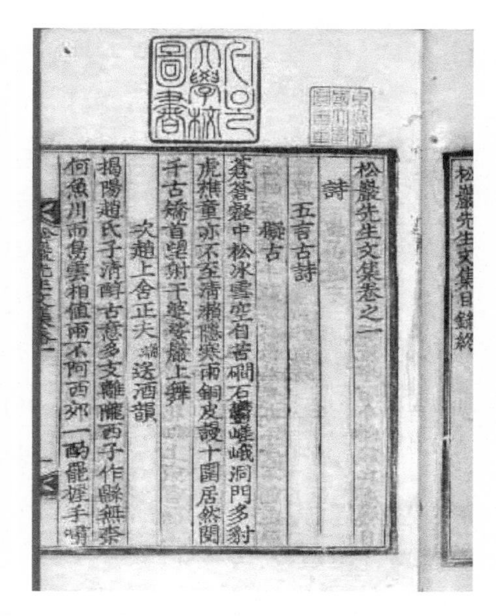
松巖先生文集卷之一
詩
五言古詩
擬古
蒼蒼壑中松冰雪空自苦磵石鬱嵯峨洞門多豺
虎穉童亦不至清瀨隱寒雨銅皮護十圍居然閱
千古矯首睨射干筆發巖上舞
次趙上舍正夫 送酒韻
揭陽趙氏子清醇古意多文離隴西子作縣無奈
何魚川而鳥雲相値兩不阿西郊一酌罷握手晴

『송암문집』[규장각 소장 목활자본]

그는 「독락팔곡 병서」를 통하여 노래를 존심양성의 도구로 생각하던 그의 관점을 확실히 드러냈다.[17] 이 서문에서 '고반지가(考槃之歌)'는 현자가 산수에 은거하며 부르는 노래이고, '부신지요(負薪之謠)'는 산 속에서 땔나무를 하는 자의 노래다. 모두 현실의 영리와는 거리를 두고 살던 사람들의 노래다. 원사는 춘추시대 송나라의 원헌(原憲)으로서 공자의 제자다. 적빈하였으나 굳은 의지로 이를 극복하고 도를 닦은 사람이다. 춘추시대 진나라 사람이던 자장 역시 공자의 제자였으나 원헌과는 대조적인 인물이었다. 송암은 이 글 속에서 자신을 원사에 비의함으로써 자신이 지어 부르던 노래를 고반이나 부신의 노래로 인식하였다. 세상의 득실을 잊어버리고 안빈낙도하면 희로애락이나 우감비환 등 인간사의 애환에 걸림이 없게 된다는 생각이었다. 마음속의 찌꺼기나 더러움은 이런 생각으로 말미암아 해소된다고 보았다.

그런데 옛사람이 일컬은 '우사(憂思)'나 '불평(不平)'은 무엇인가. 현실이 자신의 이상에 들어맞지 않는 경우에 생기는 마음의 변화라고 할 수 있다. 이 경우에 나오는 노래는 현실과 이상간의 괴리에서 생기는 불만을 관념상으로나마 해소하는 역할을 수행한다. 송암 역시 주문공의 견해를 빌어, 노래는 마음의 불평에서 나오고, 그 노래를 통하여 뜻을 통달케 하며 궁극적으로는 본성을

17) 「獨樂八曲 幷序」, 『송암집(속집)』 권 6, 『한국문집총간 41』, 289쪽의 "考槃之歌 負薪之謠 不知孰優孰劣也 忘懷得失 以樂其志 甘原思之貧 而唾子張之祿 臥羲皇之北窓 酣華胥之高枕 富貴何能淫 威武不能奪 凡日用喜怒哀樂之發 憂懣悲歡之事 一於此寬焉 査滓之滌 邪穢之蕩 不期而然 古人云 歌多出於憂思 此亦發於余心之不平 而朱文公曰 詠歌其所志 以養性情 至哉斯言 心之不平而有是歌 歌之暢志而養其性 噫 松窓數般之曲 豈無少補於風朝月夕之動蕩精神乎" 참조.

기른다고 하였다. 말하자면 송암은 노래를 존심양성의 도구로 보았으며, 그 역시 앞 시기의 퇴계를 비롯한 사림들의 성리학적 문학관을 답습하였음을 분명히 드러낸다.

물론 그들과 약간 다른 점을 보여 준 적도 있었고, 퇴계 또한 이 점을 얼마간 인정했음을 알 수 있다.[18] 인용한 퇴계 글의 문면으로 보아 송암은 퇴계에게 자신의 글과 시를 보낸 듯하다. 퇴계는 이 글에서 '나아졌다'고 했다. 그 전의 글보다 존심양성의 경지에 좀 더 가까워졌다는 말일 것이다. 퇴계는 송암이 문사를 숭상하는 것을 좋아하지 않았다. 과거를 보기 위해서 어쩔 수 없다는 점을 인정하긴 하였지만, 그것이 도를 구하는 방도는 아니라고 보았기 때문이다. 더구나 이백 등을 표준으로 삼아 장구풍월이나 공부하는 일은 유자로서 할 일이 아니었던 것이다. 이 글을 뒤집어 보면 어느 시기까지 송암은 '장구 짓는 일'을 숭상하던 문사였음이 드러난다. 물론 이것은 한시에 국한되는 언급일 것이다. 실제 그의 작품들을 통하여 그가 지니고 있던 지향점을 살펴보기로 한다.

〈1〉 太平聖代田野逸民(再唱)耕雲麓釣烟江이이밧긔일이업다窮通이在天ᄒᆞ니貧賤을시름ᄒᆞ랴玉堂金馬ᄂᆞᆫ내의願이아니로다泉石이壽域이오草屋이春臺라於斯臥於斯眠俯仰宇宙流觀品物ᄒᆞ야居居然浩浩然開襟獨酌岸幘長嘯景긔엇다ᄒᆞ니잇고[〈獨樂八曲-1〉]

〈2〉 날이져물거ᄂᆞᆯ ᄂᆞ외야ᄒᆞᆯ닐업서松關을닫고月下애누어시니世上애뜻글ᄆᆞᄋᆞᆷ이一毫末도업다[〈閒居十八曲-13〉]

<1>은 <독락팔곡>의 첫 번째 노래다. '태평성대의 전야일민'은 송암 자신을 가리킨 말이다. 전야는 조정과 대응을 이루는 말이고 일민은 절행(節行)이 뛰어나면서도 벼슬자리에 오르지 않고 숨어사는 사람으로 『논어』에서는 백이(伯夷)·숙제(叔齊)·우중(虞仲)·이일(夷逸)·주장(朱張)·유하혜(柳下惠)·소련(少連) 같은 사람들을 일민 가운데 현자로 꼽았다.[19] 이 노래에서는 덕이 있으면서도 출사하지 않는 선비를 의미하여 조신(朝臣)과 대응을 이루는 말이다.

구름 낀 산록의 밭이나 갈고 내 낀 강가에서 낚시나 하는 것이 자신의 일이라고 했다. 더욱이

---

18) 이황, 「答權章仲好文」, 『퇴계집』 권 37, 『한국문집총간 30』, 335쪽의 "孤山僧來 得書及詩 知山中讀書翫景之樂 慰此病寂 以爲忻行 來詩 往往雖有疎處 比舊則殊進 自此加工鍛鍊 庶得古人之蹊徑矣 又因書中自述語 得見志趣之不凡 前此雖知章仲嗜談書尙文辭 以謂是不過學子之勤業者耳 文人之務博者耳 今乃知志學之功 求道之誠 如是其至也 三復來書 嘉歎不已 而又不能無怪者 知路而不由 志勤而事左也 何者 李白 元結 固非儒者之標準 章句風月 亦非爲學之急務 此誠誤矣" 참조.

19) 『文淵閣四庫全書: 經部/四書類/論語集說』 卷九, 微子 第十八[逸民伯夷叔齊虞仲夷逸朱張柳下惠少煉]의 集解[何晏曰 逸民者節行超逸也 包咸曰 此七人皆逸民之賢者] 참조.

빈궁과 영달은 하늘에 달린 것으로 자신이 걱정할 일이 아니라고도 했다. 옥당금마는 한나라 미앙궁(未央宮) 가운데 있던 금마문과 옥당전을 함께 일컫는 말로 문사들의 출사처(出仕處)이며 한림원(翰林院)의 이칭이다. 그러니 문사로서는 최고의 영달인 셈이다. 그런데 송암은 그것을 원치 않는다고 했다. 천석 즉 자연에 묻혀 사는 것이 수역 즉 융성한 시대에 사는 것과 같고, 초가집에 사는 것이 전망 좋은 누각에 사는 것과 같다고 했다.

이 노래의 의미적 대응구조는 결국 '일민 : 조신', '천석초옥 : 옥당금마'로 드러난다. 전자들은 송암이 지향하는 바이며 후자는 그가 원하는 것들이 아니다. 감탄독립어인 '어사와(於斯臥)'를 경계로 분리된 후소절의 내용은 자신의 생활에 대한 자긍심을 부연한 부분이다. 후소절의 마무리이자 노래 전체 내용의 마무리가 바로 "居居然浩浩然開襟獨酌岸幘長嘯景긔엇다ᄒᆞ니잇고"다.

'거거연(居居然)'은 안정(安靜)된 모습을, '호호연(浩浩然)'은 호탕하고 걸림없는 모습을, '개금독작(開襟獨酌)'은 가슴을 풀어헤치고 혼자 술을 마시는 모습을, '안책장소(岸幘長嘯)'는 두건을 벗고 이마를 내 놓는 것처럼 예모를 갖추지 아니한 채 길게 휘파람 부는 모습을 각각 나타내는 표현이다. 말하자면 이러한 모습이 '어떠하냐?'는 것이다. 이것은 상대방에 대한 자신의 우월감을 드러낸 표현이다. 송암 자신의 관점이나 생활과 함께 다른 성격의 것들을 대응적으로 제시한 다음 결론적으로 자신의 것이 우월함을 강조하고 있다.

이런 점은 <독락팔곡> 내의 다른 노래들에서도 마찬가지로 나타난다. "一竿竹빗기안고忘機伴鷗景긔엇다ᄒᆞ니잇고(2)" / "嘐嘐然尙友千古景긔엇다ᄒᆞ니잇고(3)" / "悠然胸次ㅣ與天地萬物上下同流景긔엇다ᄒᆞ니잇고(4)" / "世間萬事都付天命景긔엇다ᄒᆞ니잇고(5)" / "綠籤山窓의共把遺經究終始景긔엇다ᄒᆞ니잇고(6)" / "山之南水之北애斂藏蹤跡ᄒᆞ야百年閒老景긔엇다ᄒᆞ니잇고 (7)" 등이 <독락팔곡>에 속한 각 노래들의 마무리 부분이다.

2에서 '일간죽(一竿竹)'과 '반구(伴鷗)'는 처사임을 나타내는 대표적인 표지다. '망기(忘機)'에서의 기심(機心)은 현실적 이해관계에 민감한 마음이다. 3의 '상우천고(尙友千古)', 즉 벗으로 삼아야 할 옛사람은 책 속에서 만나는 성현들이다. 4의 '悠然胸次ㅣ與天地萬物上下同流'는 천지자연과 동화되어 자연스러워진 마음을 말한다. 5의 '世間萬事都付天命'은 세상의 모든 일이 인간의 작위만으로 되는 것이 아니고 천명에 따라 저절로 이루어진다는 뜻이다. 6의 '綠籤山窓의共把遺經究終始'는 산가(山家)의 창가에서 성현이 남긴 경서를 잡고 시초부터 종말까지 궁구하는 경지를 말한다. 이 모든 것들은 은일처사 송암 자신이 영위하는 삶의 모습인 동시에 현실사회에서 명리를 추구하는 일반인들과 구분되는 삶의 지향점을 표현한 말이기도 하다. 다시 말하면 세인들에 대한 송암 자신의 자긍심을 의미적 대응을 통해 보여 준 내용들이다.

<2>도 대응을 통하여 자신의 차별성 혹은 우월성을 부각시킨 내용이라는 점에서 이것들과 마찬가지다. '송관(松關)을 닫고 월하(月下)애 누은' 송암은 '쓷글ᄆᆞᄋᆞᆷ'으로 가득 찬 세인들과는 다른 존재들이다.

즉 "[소나무 가지로 결은 문을 굳게 닫고 달 아래 누워있는]송암 : [티끌마음에 가득 찬]세인들"은 이 노래의 의미적 대응구조다. 세상 사람들에 대한 우월감은 결국 퇴계가 이별의 <육가>에 대하여 비판하여 마지않은 '완세불공지의'와 상통하는 내용이다.

그의 노래들은 대개 주객 대응의 의미구조로 이루어져 있음을 밝혔다. 주체에 대한 객체는 대부분 현실세계 혹은 그곳에 속한 모든 것들이다. 송암 자신이나 그의 생각은 객체에 비하여 우월한 것으로 생각하고 있었다.

그렇다면 '은구(隱求)'란 무엇인가. 공자는 숨어 살면서 뜻을 구하고 의를 행하여 그 도를 이룬다는 말만 들었을 뿐 그러한 사람을 보지 못하였다고 하였다.[20] 이에 대하여 주자는, 뜻을 구한다는 것은 이룰 바의 도를 지키는 것이요, 그 도를 이룬다는 것은 그 구하던 바의 뜻을 행하는 것인데 오직 이윤(伊尹)이나 태공(太公)의 무리가 이에 해당할 수 있다고 하였다. 또, 그런 사람을 보지 못하였다는 공자의 언급은 당시 안자(顔子)같은 사람이 거의 이 경지에 가까웠으나 숨어서 나타나지 않았고 또 불행히 일찍 죽은 데서 나온 말이라 한다.[21] 그렇다면 송암이 추구한 뜻은 무엇이었는가. 다음의 구절을 살펴보기로 한다.

〈3〉 집은范萊蕪의蓬蒿ㅣ오길은蔣元卿의花竹이로다百年浮生이러타엇다ᄒᆞ리진실로隱居求志ᄒᆞ고長往不返ᄒᆞ면軒冕이泥塗ㅣ오鼎鍾이塵土ㅣ라千磨霜刃인ᄃᆞᆯ이ᄠᅳ들긋ᄎᆞ리랴 韓昌黎三上書ᄂᆞᆫ내의ᄠᅳ데 區區ᄒᆞ고 杜子美三大賦ㅣ내ᄯᅩᆼ내行道ᄒᆞ랴두어라彼以爵我以義不願人之文繡ᄒᆞ야世間萬事都付天命景긔엇다ᄒᆞ니잇고[〈독락팔곡〉-5]

〈4〉 窮達浮雲ᄀᆞᆺ치보야世事이저두고好山佳水의노ᄂᆞᆫᄠᅳᆮ을猿鶴이내벋아니어든어ᄂᆡ분이아ᄅᆞ실고[〈한거십팔곡〉-10]

20) 『文淵閣四庫全書: 經部/四書類/論語集說』 卷五, 季氏 第十六의 "隱居以求志 行義以達其道 吾聞其語矣 未見其人也" 참조.

21) 같은 곳의 "求其志 守其所達之道也 達其道 行其所求之志也 蓋惟伊尹太公之流 可以當之 當時若顔子亦庶乎此 然隱而未見 又不幸而蚤死 故夫子云然" 참조.

초야에 가난하게 묻혀 살던 범래무와 벼슬을 버리고 향리에 은둔한 장우를 초반에 언급함으로써 그들에게 자신을 비의코자 하는 송암의 의도가 강하게 드러난다. 그들처럼 '은거구지(隱居求志)'하고 현실세계로 돌아오지 않는다면 높은 벼슬이나 많은 녹봉이 한갓 진흙이나 티끌에 불과하다는 것이다. 그리고 그러한 뜻은 어떤 힘으로도 굴복시킬 수 없다고 한다. 한창려는 세 번 상소를 올려 그 때마다 귀양살이를 하였고, 두자미는 삼대부를 올려 벼슬길이 트인 사람이었다. 그러나 두 사람 모두 송암 자신의 입장에서는 자질구레해 보인다는 말이다. 그래서 그들을 포함한 세상 사람들은 벼슬을, 송암 자신은 의리를 각각 추구함으로써 남의 '수 놓은 옷'을 원치 않고 다만 세상만사를 천명에 맡기겠다는 신념을 토로한다.

'범래무·장원경' : '한창려·두자미'는 송암 자신이 선택한 대립적인 인간형의 적절한 모델이다. 전자는 자신과 동류요, 후자는 자신과 대립적인 세인들이다. <4>에서 "世事이저두고好山佳水의노ᄂᆞᆫ쁟"은 <3>에서 노래한 바 은거구지의 정확한 뜻이다. <4>에서의 부운(浮雲)같은 궁달(窮達)은 <3>에서의 '이도(泥塗)같은 헌면(軒冕)'이나 '진토(塵土)같은 정종(鼎鍾)'과 부합하는 표현이다.

송암은 어릴 적부터 입신양명을 추구하는 다른 사람들과 달리 세상에 나가는 것을 꺼렸다고 한다.[22] 약관부터 퇴계의 문하에서 공부하였으며 퇴계 또한 송암의 사람됨을 좋아하여 시로써 권면하였다. 모친의 원에 의해 과거에 응시하였으나 두 번이나 낙방하였다. 33세에 모친상을 마치고는 과거를 아예 포기하였으며 이에 대하여 퇴계는 칭찬하여 마지않았다. 그로부터 청성산 밑 낙강 가에서 종로(終老)할 뜻을 갖게 되었다고 한다. 백담(栢潭) 구봉령(具鳳齡)이 송암을 6품관에 천거하려 하였으나 송암은 그가 지은 「한거록」을 보여주면서 거절하였다. 이에 백담은 그의 뜻이 굳음을 알았으며 유성룡(柳成龍)도 그의 뜻을 이해하고 강호고사(江湖高士)로 칭찬하였다 한다.

늘 자손들에게 훈계하기를, 무릇 일을 논의하고 처리하는 데 절대로 남을 이기려는 마음을 갖지 말 것이며 먼저 굽히고 나중에 펴는 것이 이치의 떳떳함이라 역설하였다. 하물며 자기가 지닌 생각이 반드시 옳은 것은 아닌데도 남의 위에 서려는 마음만을 갖는다면 망녕된 사람일 뿐이라는 것이다.[23]

---

22) 「행장」, 「松巖先生文集附錄」, 『한국문집총간 41』, 190쪽의 "自幼高邁有奇氣 七八歲時 善屬對 有窓明知日上山白見雲生之句 嘗與同學儕輩 各言其志尙 皆以早拾靑紫爲期 而公獨曰吾之志 則異於諸君 着新錦衣 登百尺樓 洞開八窓 凭几而臥 不使一點塵埃惹得者 乃吾之志也 聞者益奇焉" 참조.

그러나 그는 노랫말 속에서나 글 속에서 자신의 생각이나 생활이 남들보다 낫다는 점을 자주 드러내고 있다. "자신의 생각이 반드시 옳은 것이 아닌데도 남의 위에 서려는 마음만을 갖는다면 망녕된 사람"이라는 그의 가르침을 뒤집어 본다면 자신의 생각이 옳다는 신념을 갖는다면 남보다 낫다고 생각해도 크게 망녕된 일은 아니라는 말 역시 성립된다고 볼 수 있다.

그가 실천한 은구는 송암 자신의 신념에서 우러난 뜻이었고, 그에게는 이것 외에 다른 선택의 여지가 없었을 만큼 유일한 진리 추구의 길이기도 하였다. 그러기 때문에 자손들에게 남을 이기려는 마음을 갖지 말라고 역설하였으면서도 자신은 노랫말 속에서 의미적 대응구조를 통하여 상대에 대한 자신의 우월감을 음으로 양으로 표출하였던 것이다.

그러나 은구에 대한 그의 신념도 사실은 처음부터 굳어져 있었던 것은 아니었으리라 본다. 조선조 문사들의 보편적 지향점이 입신양명에 있었으며 충군우국(忠君憂國)을 표방한 출사가 현실세계 진출의 유일한 통로이었음을 감안할 때, 그 역시 그러한 범주에서 많이 벗어나 있지는 않았을 것이다. 비록 모친의 강권에 의해서였다고는 하지만 두 번씩이나 과거에 응시한 일도 따지고 보면 당대 문사들의 일반적인 관행으로 볼 때에는 아주 당연한 일이었다. 그러나 과거에 의한 현실에의 진출이 쉽지 않았던 당시에 생활이 어렵지 않을 정도의 전장(田庄)이 마련된 경우 출사의 필요성은 크게 문제되지 않았을 것이다. 더구나 입신양명이라는 현실적 욕구나 필요성 역시 은구와 같은 전통적 대의명분으로 얼마든지 희석시킬 수 있었다. 이런 점에 조선조 강호문사들의 한계성이 있는 것이다. 다음의 노래들을 살펴보기로 한다.

〈5〉 生平애願ᄒᆞᄂᆞ니다ᄆᆞᆫ忠孝ᄲᅮᆫ이로다이두일말면禽獸ㅣ 나다라리야ᄆᆞᄋᆞᆷ애ᄒᆞ고져ᄒᆞ야十載遑遑ᄒᆞ노라[〈한거십팔곡-1〉]

〈6〉 江湖애노쟈ᄒᆞ니聖主를ᄇᆞ리례고聖主를셤기쟈ᄒᆞ니所樂애어긔예라호온자岐路애셔셔갈ᄃᆡ몰라ᄒᆞ노라[〈한거십팔곡-4〉]

〈7〉 어지게이러그러이몸이엇디ᄒᆞᆯ고行道도어렵고隱處도定티아냣다언제야이ᄠᅳᆮ決斷ᄒᆞ야從我所樂ᄒᆞ려뇨[〈한거십팔곡-5〉]

이 노래들은 '출(出)/처(處)'를 둘러싼 그의 갈등을 잘 드러내 준다. <5>에서 효는 그렇다 치고 충은 현실 정치권에 나아가야 비로소 가능한 일이었다. 물론 산간에 은둔해 있으면서 얼마든지

---

23) 「행장」 참조.

충을 실행할 수는 있을 것이다. 그러나 이 문맥에서 볼 때 단순히 그것만은 아니다. <5>는 그가 모친의 권유로 과거에 응시하던 시절의 작품이 아닌가 한다. 모친의 권유를 받아들이는 것을 효로 본다면, 그 권유를 받아들여 출사하는 것을 충의 단초로 보았기 때문이다. 벼슬살이가 자신의 마음에 차지 않는다고 하여도 이왕 과거를 보는 이상 합격하여 현실 정치에 참여하고픈 마음은 송암이라고 다를 리 없었을 것이다.

그러기 때문에 그는 과거시험으로 10년간을 바쁘게 보낸 것이다. 그가 결국 은구의 삶을 택하긴 했지만, 원래부터 출사에 대한 생각을 갖지 않았었다고 볼 수는 없다. <6>에서는 이런 갈등이 좀 더 구체적으로 드러난다. 즉 '강호에 노는 일 : 성주(聖主)를 섬기는 일'이 서로 상반되는 일로 대조를 이루고 있으며 송암 자신은 두 길의 중간[기로(岐路)]에 서서 어느 것을 선택해야 할지 모르는 상태에 있다. 아직 은구의 결심이 굳어지지 않은 단계임을 알 수 있다.

출처를 둘러싼 갈등이 좀 더 심화된 상태로 노출된 것이 바로 <7>이다. '이 몸이 어찌 할꼬'라는 탄식으로 시작하여 행도(行道)도 어렵고 은처(隱處)도 정해지지 않았다는 설명을 거쳐 언제나 자신이 좋아하는 방향으로 결단을 내릴지 모르겠다는 안타까움으로 끝내고 있다. 이러한 방황과 갈등을 나타내주는 내용의 노래가 <독락팔곡>에도 들어 있다. 다음의 작품이 그것이다.

〈8〉 君門深九重ᄒᆞ고草澤隔萬里ᄒᆞ니十載心事를어이ᄒᆞ야上達ᄒᆞ료數封奇策이草ᄒᆞ얀디오래거다致君澤民은내의才分아니런가窮經學道를뜯두고이리ᄒᆞ라출하리藏修丘壑遯世無悶ᄒᆞ야날ᄌᆞᄎᆞᆫ번님네뫼옵고綠籬山窓의共把遺經究終始景긔엇다ᄒᆞ니잇고[〈독락팔곡-6〉]

임금이 계신 구중궁궐은 초야의 백성들과 만 리나 떨어져 있으니 자신이 십년동안 마음에 생각한 일을 위로 통달할 수가 없다고 한다. 초(草)해 둔지 오랜 '수봉기책'은 송암이 지니고 있던 출사에의 강한 의지를 간접적으로 드러낸다. 특히 '치군택민'을 자신의 천부적 재능이라고 단언하는 부분에 이르러 이런 생각이 직접적으로 표출되었다고 보아야 한다. 그러나 그러한 것은 '경서를 궁구하고 도를 배우는[窮經學道]' 자신으로서는 할 수 없는 생각이고 차라리 세상을 피하여 은둔하면서 성현의 경서나 연구하겠다는 내용으로 마무리했다.

비록 은구의 의지를 강조하는 것으로 끝을 맺긴 했지만, 노래 전체에서 출처를 중심으로 표명되고 있는 자신의 갈등을 숨길 수는 없다. 자신을 6품관에 천거하고자 한 구봉령에게 지어 보인 <한거록(閑居錄)>에도 세상에서 자신을 써 주지 않는다는 점, 임금을 도와 좋은 정치를 하고

싶지만 감히 바랄 수 없다는 점 등을 중심으로 이러한 내용들이 부분적으로 나타나 있다.[24]

이상에서 살펴본 바와 같이 송암의 은구는 출사에 대한 그 나름의 모색과 시도 및 방황·좌절의 과정을 거쳐 확립된 삶의 노선으로 보는 것이 타당하다. 글을 읽고 과거를 통하여 정계에 참여하는 것이 떳떳하면서도 유일한 길이었던 당대이었음을 감안할 때, 처음부터 은구를 작정했다고 단언할 수는 없다. 그러한 모색과 방황의 심사가 그의 노래들 곳곳에 나타나 있음을 볼 때 더욱 그러하다.

## 5. 두곡(杜谷) 고응척(高應陟)과 은일의 미학

두곡 고응척은 성리학이 정착을 본 16세기 중·후반을 살다 간 조선조의 전형적인 지식인이었다. 그가 과거를 통하여 환로에 나오긴 했으나 벼슬살이로 일관하지 않고 환향하여 학문을 닦은 점, 이념에 투철했다는 점, 학행일치(學行一致)를 지향했다는 점, 우리말 노래를 표현의 한 수단으로 활용했다는 점 등은 주세붕과 이황을 비롯한 도학 중심의 여타 동시대 식자들과 공유하던 특질이기도 하다. 그 가운데서도 권호문, 여헌(旅軒) 장현광[張顯光, 1554-1637] 등은 그의 동년배나 후배로서 산림학사(山林學士)의 면모까지 공유하고 있었다. 특히 성리학의 이념을 충실히 구현하고 있는 그의 노래문학은 주세붕의 도학적 시가들을 발전적으로 계승한 것이며, 퇴계 및 송암의 그것과 함께 이 시기를 대표한다. 또한 그의 노래문학은 여헌과 노계 박인로에게 이어져 새로운 국면으로 전개되는 등 뚜렷한 통시적 위상을 획득한다.

그는 여섯 권에 달하는 자신의 문집[『두곡집(杜谷集)』]에 25편의 가곡을 남기고 있다. 분량으로 보아 동시대인들 가운데 으뜸이며, 내용적 측면 또한 유학의 이치를 노래하되 그것을 문예미의 범주 안으로 끌어 들이려는 노력을 보였다는 점에서 개성적이라고 할 수 있다. 생활 속에서 실천하는 특정 이념이나 사상을 노래나 문학으로 형상화할 때, 그것은 대체로 문예미에 대하여 부정적 성향인 '생경함'으로 작용되는 경우가 많다. 사상이나 이념의 경직성이 문예미의 신축성과 창조성, 포괄성 등과 충돌하기 때문이다. 대체로 조선조 교조적 성리학자들의 작품들에 이런 성향이 두드러지는 것도 이런 점에서 그 이유를 찾을 수 있다. 두곡의 경우 이러한 일반적 성향에 갇혀 있는

---

24) 「閑居錄」, 『송암집』 권 5, 『한국문집총간 41』, 168쪽의 "噫 愚生素志 不徒在於此 而命與時違 人不吾謀 驥已老而伏櫪 鰲不靈而戴石 對人而言 則無嵬目洞耳之論 憂時而詠 則混街談巷謠之俚 其敢望登周衛 翊聖明而君吾堯舜 世吾商周乎 况高車駟馬之憂 何如貧賤之肆志 殘杯冷炙之辱 何如釣採之美鮮也"참조.

것으로 보아야 할지, 만약 벗어나 있다면 그 요인을 어떻게 파악해야 하는지가 그의 노래들이 지니고 있는 문학적 의미와 함께 여기서 고찰해야 할 주된 내용이다.

그는 도학의 천착을 통하여 터득한 진리를 남들에게 전수하고자 하였고, 그 수단으로 이용한 것이 바로 노래였다. 그는 25편의 노래를 지었고, 상당수의 노래들에 발문을 남겨두었다. 또한 그는 노래들 모두에 제목을 달았는데 총편 격으로 <대학곡(大學曲)>과 <입덕문곡(入德門曲)> 및 <천지일가곡(天地一家曲)>이 있고, 그 다음 <군자곡(君子曲)>·<소인곡(小人曲)> 아래로 삼강령(三綱領)[<명명덕곡(明明德曲)>·<신민곡(新民曲)>·<지선곡(至善曲)>], 팔조목(八條目)[<격치곡(格致曲)>·<성의곡(誠意曲)>·<정심곡(正心曲)>·<수신곡(修身曲)>·<제가곡(齊家曲)>·<치국곡(治國曲)>·<평천하곡(平天下曲)>]의 노래들과 함께 <인지곡(仁智曲)>·<당우곡(唐虞曲)>·<연어곡(鳶魚曲)>·<연연곡(然然曲)>·<주야곡(晝夜曲)>·<마석곡(磨石曲)>·<유무곡(有無曲)> 등이 있으며, 마지막 부분에 <호호가(浩浩歌)> 세 작품이 실려 있다. 특별한 배열의 원칙이 있었던 것은 아닌 듯하나, 내용의 출처나 작자의 의도에 따라 전체는 세 부류 정도로 나눌 수 있을 것 같다. 즉, 대학의 이치에 관한 것들, 경전 외의 깨달음에 관한 것들, 자신의 은일(隱逸)이나 강호생활에 관한 것들 등이 그 부류들이다. 그리고 형식이나 규모의 측면에서는 짧은 노래와 긴 노래의 두 가지로 나눌 수 있다.

대학의 이치에 관한 것들은 대학의 골자들을 비교적 직설에 가까운 어조로 노래한 작품들이다. 경전 외의 깨달음에 관한 것들은 문학적 수사를 첫 부류보다 약간 많이 사용함으로써 좀 더 본질적 문학의 영역에 근접하게 된 둘째 부류이며 자신의 은일이나 강호생활을 노래한 것들은 비교적 예술성을 두드러지게 드러낸 부류이다.

첫 부류의 경우 그가 어떻게 대학의 이치를 자신의 의도대로 작품화시켰는지에 대하여 <격치곡>을 예로 들어 살펴보자.

> 두귀ᄅᆞᆯ넙게ᄒᆞ니閑中에 今古ㅣ로다두눈을ᄇᆞᆯ게ᄒᆞ니靜裡에乾坤이로다ᄒᆞ말며豁然處예오ᄅᆞ면日月인ᄃᆞᆯ멀리잇갓

격물(格物)의 방법과 치지(致知)의 결과를 구체적으로 보여주는 데에 이 노래의 주지(主旨)가 있다. 격물이란 사물의 이치를 탐구하여 그 궁극적인 경지에까지 이르는 것을 말하고, 치지란 자신의 앎을 지극히 하여 다함이 없도록 하는 것을 이른다.[25] 고금의 진리와 천지의 이치란 공부

하는 자가 도달하고자 하는 목표다.

"豁然處예오ᄅᆞ면日月인ᄃᆞᆯ멀리잇갓"은 이 노래 전체의 결론이자 앞에서 언급한 과정들의 총결이기도 하다. '활연처'란 현실적으로 존재하는 물리적 장소이면서 수양을 통하여 얻은 '깨달음'의 경지이기도 하다. 물리적으로 활짝 트인 장소에서 일월을 목격하기란 수월하다. 마찬가지로 깨달음의 경지에 이르면 일월과 같이 빛나는 진리를 반드시 만나게 된다는 이치를 이 노래는 설파하고 있는 것이다. 따라서 이 노래는 여러 겹의 중의법을 사용하여 격치의 긴요함을 설명하고 있는 셈이다.

그는 이 노래의 발문[26]을 통하여 사물의 본질과 근원을 추구하는 자의 마음이 일월과 밝음을 함께 한다는 것은 궁극의 진리나 도를 깨달았다는 뜻임을 분명히 하였다. 노래에 함축적으로 제시된 본의를 구체적으로 설명하기 위하여 두곡은 발문을 세밀하게 쓴 것이다. 노래와 발문의 이러한 관계는 <성의곡>에서 좀 더 확실해진다.

> ᄇᆡ골하ᄉᆞᆲᄃᆞᄒᆞ야畵餠이긔됴ᄒᆞ라終日談河인ᄃᆞᆯ 止渴을엇디ᄒᆞ료진실로富潤屋ᄒᆞ면窮타ᄒᆞᆫ달엇더ᄒᆞ료

이 노래는 마음가짐과 현실의 절실한 관계를 내용으로 하고 있다. 배고플 경우 그림 속의 떡은 아무 소용없으며, 하루 종일 강을 이야기 한다 해도 갈증을 멈추게 할 수는 없다는 말이다. 이와 같이 분명하게 전개된 의미가 마지막 부분에서는 애매한 양상으로 귀결되고 있다. 즉 부가 집을 윤택하게 하면 궁하다 한들 무슨 대수냐는 것이다. 그러나 '부윤옥'한 상황에서 궁하다는 것이 무슨 말인지 상식적인 독자나 청자의 입장에서 쉽게 이해되지 않는다.

이 노래는 대학의 팔조목 가운데 하나인 '성의(誠意)'를 골자로 하고 있다. 성(誠)은 실(實)이요, 의(意)란 마음의 발한 바이니 반드시 스스로 만족하고 스스로 속임이 없고자 하는 것이라 하였다.[27] 설명 속의 '실'은 성실과 실천을 동시에 의미한다. '의'란 마음이 구체적으로 표출된 것이니 성의는 마음먹은 바를 실천에 옮겨 스스로에게 진실되고 거짓 없음을 일컫는다. 두곡은 이 노래의

---

25) 『文淵閣四庫全書: 經部/四書類/四書通_大學通/大學通』 朱子章句의 "致推極也 知猶識也 推極吾之知識 欲其所知無不盡也 格至也 物猶事也 窮至事物之理 欲其極處無不到也" 참조.

26) 『杜谷集』 卷四 歌曲 <格致曲> 跋의 "格盡天下之事物 則其目無所不見 其耳無所不聞 能致吾心之所知 則不徒見之以目而見之以心 不徒聞之耳而聞之以心 智者妙衆理宰萬物收來 方寸日月合明" 참조.

27) 『文淵閣四庫全書: 經部/四書類/四書大全通_大學通/大學章句大全/大學章句大全』의 "誠實也 意者心之所發也 實其心之所發 欲其必自慊而無自欺也" 참조.

발문에서 "그림 속의 떡은 눈으로 볼 수 있으되 먹을 수는 없고, 강을 말함에 입으로 말할 수는 있으나 능히 마실 수는 없다. 재산이 집을 윤택하게 하면 능히 맛있는 떡을 먹을 수 있으되 한갓 그림 속의 떡이나 만들지는 않는다. 능히 맛있는 술을 마시되 한갓 강을 말하지는 않는다."[28]고 하였다.

이와 같이 발문의 첫 부분에서 두곡은 노래의 내용을 그대로 옮겨 설명하고 있다. 그러나 현실적으로 두곡이 부를 지향했던 것은 아니고, 다만 말이나 관념보다 실천이 중요하다는 신념을 표현하기 위한 보조관념으로 그것을 끌어다 썼을 따름이다. 그리고 같은 발문에서 그는 <격치곡>이나 <치국곡>, <평천하곡>에서 노래한 내용을 연결 지어 설명한 점을 발견할 수 있다.[29]

유학의 이치에 대한 천착을 극명하게 보여주는 또 하나의 예로 '인지(仁智)'에 대한 집착과 탐구를 들 수 있다. 『두곡집』 권 4에는 가곡 <인지곡(仁智曲)>이 실려 있고, 또한 권 5의 「별록(別錄)」에는 '인지편(仁智篇)'과 '인지곡(仁智曲)'이 나란히 실려 있다.[30] '인지편'에서 그는 지와 인이 천지의 도임을 강조하였다. 만물에 두루 미치는 것이 지이며, 도로써 천하를 구제하는 것이 인이라는 것이다. 또한 그는 "배워서 모으고 물어서 분별하며 너그러움으로써 거하고 어짊으로써 행한다"는 『주역』의 문언(文言)[31]을 인용한 다음 학취문변(學聚問辨)을 '지'라 하고, 관거인행(寬居仁行)을 '인'이라 했다.[32]

아울러 그는 인과 지에 관한 경전 속의 설명들을 이 글의 뒤쪽에 실어 놓고 있다. 번지와 공자의 문답을 통하여 지와 인의 의미를 설명하고 있는 『논어』의 내용을 인용한 것이다. 그는 주로 인에 관한 번지와 공자, 번지와 자하의 문답을 자료로 들어 자신의 생각을 드러내고 있다.

---

28) 『두곡집』 4, 「誠意曲 跋」의 "畵餠目能見而不能食 談河口能言而不能飮 富潤屋能食美餠而不徒爲畵餠 能飮美酒而不徒爲談河" 참조.

29) 『두곡집』 4, 「격치곡 발」의 "盖既格天下之物則靜裡而能見矣 必能言天下之理而閑中今古矣 然能見而不能用之於朝夕酬酌之際 則與能見畵餠而不能食者 何以異哉 能言而不能踐履於動靜之間 則與談河而不能飮者亦何異哉 故能見又能用 能言又能踐 則是富翁之能辨酒食 既醉既飽者也 意既誠心既正身既修 是亦既醉既飽者也 如此而人或不知不得効治平於一時 則是亦何異於誚醉飽爲飢困哉 誠正修一身之醉飽也 齊治平一家一國醉飽也" 참조.

30) '인지곡'은 가곡 <인지곡>의 발문으로 보아야 할 듯하다. 따라서 이 글이 제대로 편록(編錄)되었다면 가곡 <인지곡> 다음에 들어갔어야 할 내용이나, 인지(仁智)에 대한 같은 성격의 글들을 함께 모아놓음으로써 자신의 논리를 강하게 드러내려 한 그의 의도에 따라 이렇게 된 듯하다.

31) 『文淵閣四庫全書: 經部/易類/周易傳義大全』 卷一의 "君子 學以聚之 問以辨之 寬以居之 仁以行之 易曰見龍在田利見大人 君德也" 참조.

32) 『두곡집』 5, <인지곡>의 "學聚問辨者智也 寬居仁行者仁也" 참조.

번지가 세 번에 걸쳐 공자에게 인을 물었으나 그 때마다 공자는 대답을 달리 하였다. 즉 "居處恭 執事敬 與人忠"[33]/"先難而後獲"[34]/"愛人"[35] 등이 그것들이다. 거처할 때 공손히 하고 일을 집행할 때 공경스럽게 하며 사람을 대할 때 성실하게 해야 한다는 것이 처음의 대답이고, 어려운 일을 먼저 하고 얻는 것을 뒤에 하라는 것이 두 번째 대답이며, 사람을 사랑하라는 것이 세 번째 대답이다.

지에 대한 물음에 대하여도 "務民之義 敬鬼神而遠之"[36]/"知人"[37] 등으로 답하였다. 즉 사람으로서 지켜야 할 의리를 힘쓰고 귀신을 공경하되 멀리하는 것이 지라는 것이다. 이런 문답들을 인용한 다음 두곡은 자신의 주를 통하여 공자의 문하생들이 이론만을 아는 데 그치지 않고 스승이나 벗에게 물어 그 이론을 이해, 실천하고자 한 점에 주목하였다. 즉 그는 인과 지를 단순히 관념적인 사항으로만 인식하지 않았고, 반드시 실천으로 옮길 때만이 그 의미가 있는 것으로 보았다. 말하자면 그가 강조하고자 한 생각의 중점은 바로 무실(務實)에 있었던 것이다.[38]

그러나 이러한 선인들의 설명만으로는 부족하여 실생활에서 실천하고자 노래로 만들어 불렀으며 그림으로 그려 설명해보이기까지 한 것이다. 그가 '취포'를 유의(喩義)로 끌어와 관념과 실행의 차이를 설명하려 한 것도 사실은 그가 실행과 실천이 무엇보다 중요하다고 생각했기 때문이다. 이 점을 압축적으로 드러낸 것이 그의 <인지곡>이다.

格致로시작ᄒᆞ이成物ᄒᆞᆯ智아니냐齊治로ᄆᆞᄎᆞ니 成己ᄒᆞᆫ仁이로다 仁智로 終始ᄒᆞᆫ주ᄅᆞᆯ아니ᄎᆞᆺ고엇디ᄒᆞ리.

두곡은 격물치지를 통하여 사물의 본질을 깨닫는 것 즉 성물(成物)하는 것을 지로, 그로부터 제가(齊家)·치국(治國)함으로써 이루는 인격의 완성을 인으로 보았다. 다시 말하여 지는 시작이요, 인은 종말이라는 것이다. 그는 대학의 순서에 준하여 수양의 단계를 설정하고 있었음을 알

33) 『文淵閣四庫全書/經部/四書類/論語集說/』 卷七의 "樊遲問仁 子曰 居處恭 執事敬 與人忠 雖之夷狄 不可棄也" 참조.

34) 『文淵閣四庫全書/經部/四書類/論語集說/』 卷三의 "樊遲問知 子曰 務民之義 敬鬼神而遠之 可謂知矣 問仁曰 仁者先難而後獲 可謂仁矣" 참조.

35) 『文淵閣四庫全書: 經部/四書類/論語集說/』 卷六의 "樊遲問仁 子曰 愛人 問知 子曰 知人" 참조.

36) 주 34)와 같은 글 참조.

37) 주 35)와 같은 글 참조.

38) 『두곡집』 5, <인지곡>의 주[註曰 孔門之學 直躬到底 不徒知其說 必欲行其說 旣問於師 又辨於友 當時學者務實也如是] 참조.

수 있다. 따라서 그는 자신이 잠심하던 대학의 진리를 <인지곡>에 압축하여 드러내고자 한 것으로 보인다.

이 점은 이 노래에 대한 발문에서도 분명해진다.[39] 즉 그가 자득한 대학의 요체가 바로 이 노래의 골자라는 것이다. 그는 인간의 완성이 격치(格致)로부터 시작하여 제치(齊治)로 끝난다고 했는데, 그것은 평범하게 관찰하여 사물의 본질을 읽어내기보다는 사물에 절실한 실질적 의미를 찾아내는 것이 중요하다고 보았기 때문이다. 특히 그가 강조하고 있는 것은 인과 지가 체와 용의 관계로 연결되어야 한다는 점이다. 그럴 경우 대학의 삼강령과 팔조목은 지와 인 두 글자일 따름이라는 것이 그의 주장이다. 즉 최종 단계로서의 제치가 입신양명과 같이 한 인간의 자리적(自利的) 목표가 될 수는 없고, 경세제민이라는 치국의 대도로서 성정(誠正)을 본체로 삼는 덕목이 되어야 한다고 본 것이다. <인지곡>은 두곡이 대학을 읽고 스스로 얻은 이치를 설파한 노래라고 하였다. 따라서 이 노래는 사실상 대학의 요체를 노래한 작품들의 결론이라고 할 수 있다.[40]

두곡은 자신이 깨달은 도학의 진리를 '도(圖)·설(說)·시(詩)·부(賦)·가곡(歌曲)'으로 설명하거나 형상화시켰다. 그는 소학, 대학, 중용, 논어, 맹자 등의 골자를 스스로 실천하는 한편 사람들에게 가르쳐 깨닫게 하려는 욕망 또한 갖고 있었다. 그는 대략 10편의 도, 4편의 설, 59편의 부, 160편의 시, 25편의 가곡들을 남겼다. 그는 자신의 노래들 상당수에 발문을 썼으며 노래들 모두에 제목을 달기도 했다. 이 노래들을 내용의 출처나 작자의 의도에 따라 대학의 이치에 관한 것들, 경전 외의 깨달음에 관한 것들, 자신의 은일이나 강호생활에 관한 것들 등 세 부류로 나눌 수 있다.

대학의 이치에 관한 것들은 대학의 골자들을 비교적 직설에 가까운 어조로 노래한 것들이다. 경전 외의 깨달음에 관한 것들은 문학적 수사를 첫 부류의 작품들보다 약간 많이 사용함으로써 좀 더 본질적 문학의 영역에 근접한 둘째 부류에 보이는데, 자신의 은일이나 강호생활을 노래한

---

39) 『두곡집』 5, <인지곡>의 "右一曲 應陟讀大學而自得之述也 盖大學一書 始之以格致者 非謂泛然觀萬物之謂也 必窮切實事物 欲其終爲國家之用也 終之以齊治者 非舍其本 徇人干祿之謂也 必推其成己之仁 以爲經濟以達誠正之體也 然則仁智互爲體用 三綱八目約而言之 亦智仁二字而已 故歷選二字之淵源 發派而著之於後" 참조.

40) 그런데 첫 부류의 결론 격인 <인지곡>이 두 번째 부류의 서장 격인 <천지일가곡>의 다음에 놓여 있다. 이 점 때문에 노래들의 내용을 분류하는 데 약간의 혼선이 생길 수도 있다. 그러나 <인지곡>의 발문이 노래와는 전혀 동떨어진 부분에 끼어들어가 있는 점으로 미루어 볼 때 필사 시에 이러한 혼선이 생겨난 것일 뿐 분류 자체를 불가능하게 하는 요인은 아니라고 생각한다.

것들은 비교적 예술성을 두드러지게 드러낸 부류다. 그의 노래들이 교술적 의도를 전면에 내세우긴 했으나, 교술의 내용을 날 것 그대로 노출시키려 하지 않은 점에 두곡 노래의 장점이 있다. 그가 노래에 사용한 비유가 누구에게나 쉽게 이해될 수 있는 보편성을 지니고 있는가에 대하여는 단언할 수 없지만, 교술적 목적의식을 지니고 있으면서도 예술의 본질이나 범주를 손상시키지 않으려는 노력을 했다는 점만큼은 인정할 수 있으리라 본다.

그는 도학에 심취해 있었고, 그 가운데서도 대학을 중시했다. 그것은 그가 그의 사상 가운데 중요한 부분을 대학으로부터 자득했음을 의미한다. 자신이 터득한 이치를 남들에게 알려주고 싶은 욕망과 함께 남들에게 손쉽게 알려줄 수 있는 방법으로 택한 것이 바로 노래였다는 점도 간과할 수 없다. 노래로 요약하여 부르게 할 경우 쉽게 이해될 뿐 아니라 퍼뜨리기에도 용이하다는 점을 그는 미리 간파했던 것이다. 그 점은 당시 그런 류의 노래들이 보편화 되어 있었다는 점을 암시한다.

## 6. 도학과 문학의 조화

이상에서 도학과 우리말 노래를 불가분리의 관계로 인식하고 영위한 조선조의 두드러지는 몇몇 인사들을 살펴보았다. '주세붕 - 이황 - 권호문 - 고응척'은 학문적 성향이나 관점, 실제 관계 등에서 밀접하게 연결되는 사람들이다.

주세붕은 4편의 경기체가와 15편의 가곡을 도학의 이치에 관한 교육의 수단으로 삼고자 하였다. 그는 성현들의 격언이나 유교의 연원, 유현(儒賢)에 대한 예찬 등을 노래 내용의 줄기로 삼았다. 이에 비하여 이황의 노래나 관점은 존심양성을 정점으로 하는 전인적 심성수양의 맥락을 벗어나지 않았다는 점에서 좀 더 세련된 모습을 보여주었다. 그는 온유돈후의 시교(詩敎)를 통하여 도학자적 삶에서 강조되던 겸허·염퇴의 미덕을 구현할 수 있다고 보았던 것이다.

퇴계를 답습했으면서도 그 만의 개성을 보여준 것이 권호문이다. 그도 현실정치보다는 존심양성의 수양을 중시했다는 점에서 당대 사림의 주된 경향을 대표한다. 즉 강호가도로 표현되는 처사문학의 진수를 구현한 대표적 인사였던 것이다. 물론 그도 한 때는 출사를 통한 현실참여를 시도하기도 했다. 그러나 그러한 과정에서 겪게 된 방황과 좌절은 그로 하여금 은구를 통한 심성수양의 한 길로 매진하도록 하였다.

이와 달리 고응척은 도학의 이치를 좀 더 직접적으로 작품에 노출시키고자 하였다. 그런 점에서 그의 노래문학은 주세붕의 도학적 시가들을 발전적으로 계승한 것이며, 이황 및 권호문의 그것과 동질적 질서를 형성한다. 그는 도학에 심취했고, 특히 스스로 터득한 대학의 이치를 중시하여 그것을 가곡의 주제의식으로 잡기도 했다. 자신이 터득한 이치를 손쉽게 전파시킬 수 있는 수단으로 택한 것이 노래이며, 그런 점에서 그의 노래들은 본질적인 의미에서 도의가(道義歌)의 전형으로 이해될 수 있으리라 본다.

이와 같이 도의가는 우리 문학사상 엄연히 존재하는 하나의 갈래다. 작자와 작품들을 더 발굴하고, 심도 있는 분석을 통하여 도의가의 위상을 확립하는 것이 앞으로의 과제다.

# 기독교를 바탕으로 한 고전시가

## 1. 종교가요의 사적 전개

19세기 후반 조선왕조를 강타했던 서구 사조의 충격, 그 가운데 기독교의 현실적·이념적 파장이 당대 전통시가 장르를 어떻게 변모시켰으며 그 변화의 양상은 문화사의 흐름 위에서 어떠한 의미를 갖는가에 대하여 살펴보기로 한다.

그동안 이 시대가 갖는 역사적·정치적 의미에 대해서는 무수한 연구 업적들이 이루어져왔고, 문학의 변모에 대해서도 상당량의 연구 결과들이 축척되어 왔다. 한 가지 분명한 사실은, 이 시대 변혁의 주된 요인이 재래적인 것이었든 외래적인 것이었든 이 시기가 한국 역사상 드물게 보는 격동기였으며 그러한 격동의 상당 부분은 기독교라는 외래 종교 사상으로부터 초래되었다는 점이다.

조선왕조는 성리학을 기반으로 건국된 후 주리론적(主理論的) 사고가 성리학계의 주류를 형성함으로써 기성질서를 맹신·맹종한다거나 인습에 젖는 정체적 사고방식에 흘러 사회 전반의 보수적 색채가 극도로 강화된 시대적 특징을 지니고 있다.[1] 이러한 보수적 이념 체계에 이질적이고 생소한 기독교 사상이 밀려들어와 사회 전반의 긴장과 갈등을 야기했고, 그러한 갈등은 척사(斥邪)라는 국권수호 운동으로 구체화되기도 했다.

물론 서학(西學)·서교(西敎)로 지목된 기독교를 직·간접적으로 접하기 시작한 것은 허균[許筠, 1589-1618]을 위시하여 북경 사행(使行) 등을 중심으로 한 병자호란 이전부터의 일이나,[2] 여러 차례의 박해사건을 겪고 나서야 비로소 구체적으로 이념적 갈등을 빚을 만큼 세력화하기 시작했

1) 윤사순, 『한국의 성리학과 실학』, 열음사, 1987, 28쪽.

2) 김양선, 『한국기독교사연구』, 기독교문사, 1971, 29-33쪽 참조

『천주실의』[마테오 리치가 저술한 2권의 한역(漢譯) 교리서]의 한글 번역본. 절두산 순교자박물관 소장.

다. 그러나 무엇보다 중요한 사실은 이 땅에 기독교 사상을 도입한 주역들이 모두 유학적 교양을 갖춘 당대의 지식층이었다는 점이다. 이 점은 마테오 리치[Matteo Ricci, 1552-1610]가 중국에 천주교를 전파하기 위해 천주교의 교리와 유학의 교리를 접맥시켜 설명한 사실과 무관하지 않다.

다시 말하면 사고의 유일한 척도로 군림해 오던 유학의 현실적 위상을 무시할 수 없었기 때문에 천주교로서도 선교에 즈음하여 유학과의 이론적 합치점을 모색해야 했던 것이다. 선교 초기 이 땅의 진보적 유학자 그룹에 천주교가 무리 없이 수용될 수 있었던 것도 마테오 리치를 포함한 선교사들의 성공적인 활동에 기인한다. 마테오 리치의 『천주실의(天主實義)』가 이미 도입되어 천주 교리의 계몽에 상당한 역할을 하고 있었다. 그리고 이익[李瀷, 1681-1763]이 쓴 「천주실의발(天主實義跋)」로 미루어 보건대, 마테오 리치의 설명 방법대로 천주교를 이론적 측면에서도 비교적 정확히 수용하고 있었던 듯하다.[3)]

귀쯔라프 목사·토마스 목사 등의 선교로 시작된 이 땅의 개신교 수용[4)]은 또 다른 차원에서 우리나라가 서구문물과 접하는 계기가 되었다. 즉 기존 이념과의 갈등이나 마찰을 크게 겪어가며

3) 「천주실의발(天主實義跋)」, 『만천집(蔓天集)』[숭실대학교 부설 한국기독교박물관 소장본]의 "天主者卽儒家之上帝 而其敬事畏信 則佛氏之釋迦也 以天堂地獄爲勸懲 以周流導化爲耶蘇 耶蘇者西國救世之稱也" 참조.

4) 김양선, 앞의 책, 제2장 참조.

발을 붙이기에 급급했던 천주교에 비해 개신교는 비교적 여유 있게 의료 및 교육사업 등 선교에 필요한 사전 정지작업을 착실히 다져 이 땅의 의식구조를 크게 혁신시킨 것이다. 즉 천주교가 전통 문화와의 접맥에 유의하면서 조심스레 기존 이념의 변모에 착수했다면 개신교는 전반적인 분야에서 서구문물의 폭넓은 도입에 결정적 역할을 했다고 볼 수 있다. 여기서 논하고자 하는 고전시가와의 관련 양상도 천주교와 개신교의 경우가 약간 다른 양상을 보여준다. 다시 말하면 시가 장르의 통시적 전개과정에서 전자와 후자가 시대적 선·후의 관계에 있었던 만큼 변이양상도 그에 상응하는 차이점을 찾아볼 수 있다는 것이다.

천주교나 개신교의 도입 과정·상황·교리 등을 논하려는 것이 이 부분 논의의 목적은 아니고 전·후자가 들어오면서 빚었던 전통시가에 대한 충격과 그로 인한 변이의 파장 등을 문학적 측면에서 살펴보려는 것이 주된 의도이다. 종교가요의 개념과 그 통시적 전개양상을 추적함으로써 천주가사[5] 이전의 종교가요가 어떤 모습으로 전개되었으며 어떻게 천주가사로 연결되었는가 하는 점을 첫 부분에서 밝히게 될 것이다.

그러한 사실을 전제로 하고 천주가사의 초기작품들을 중심으로 그것의 형성에 관련된 구체적 전거(典據)들을 제시한 다음, 그 구조를 분석하여 기존 전통시가와의 같고 다른 점들을 찾아볼 수 있을 것이다. 그런 다음에야 비로소 문학사 전개 과정에서 천주교에 의한 장르적 변이의 양상이 구체화될 수 있다.

다음으로 개신교의 전래가 고전시가에 부여한 변이의 실체를 추적하여 그 변이의 요인이 무엇인가를 밝히고자 한다. 특히 개신교 전래 초기에 활발히 번역되었던 찬송가는 고전시가를 어떤 양상으로 수용하여 구조적인 재창조를 이룩하였는가에 논의의 초점을 맞출 것이다. 현재 학계 일각에서 외국 특히 일본적 율조의 도입으로 보고 있는 창가가 과연 고전시가와 무관하게 이루어질 수 있었던가에 대한 반성적 재검토도 필요할 것이다.

김동욱은 유교의 기축·제사·제향·악장·만가 등, 불교의 게찬·범은·가영·향찬[향가]·염불가사 등, 무속의 여러 무가, 민속의 향두가 등, 천도교의 용담유사를 중심한 노래들, 기타 유사종교의 포교가사 등이 모두 생과 사에 얽힌 찬가 즉 종교가요의 범주에 들 수 있다고 했다.[6] 그리고

5) 논자에 따라 이 분야의 작품들을 천주찬가(天主讚歌)·천주가사(天主歌辭)·천주교성가(天主教聖歌) 등으로 부르고 있으나, 찬가와 성가는 전례(典禮)에 사용하는 의식가의 성격이 강한 명칭인 반면 천주가사는 전통문학 장르에 천주교의 교리가 수용되었음을 암시하는 명칭이므로 훨씬 합리적일 뿐 아니라 그러한 점은 실제 작품으로부터 입증되기도 한다.

종교가요 즉 성가(聖歌)가 기도를 감미롭게 하거나 일치를 초래하여 전례행위를 더욱 성대하게 하는 것[7]이라고 볼 때 한국 천주교회 창설 이전의 천주가사를 엄격하게 성가라고 할 수 없다는 견해가 있다.[8] 그러나 차인현이 보완 설명한 바와 같이[9] 기도를 감미롭게 표현한다거나 일치를 초래한다는 점에서 천주가사가 성가의 범주를 크게 벗어나지 않으며 또한 박해 당시의 신앙 보존이나 성가집의 발간에 큰 영향을 끼쳤다는 점도 인정될 필요가 있을 것이다.

한국 문학사상 최초의 종교가요로 무가를 들 수 있을 것이다. 그러나 그것도 노래 자체에 주술성이 있다는 점, 노래에 상정하는 청자가 인간이 아니고 신이므로 다른 노래들과 달리 신성성을 존립기반으로 하고 있다는 점, 일반 대중이 전승에 참여하지 못하고 '무'라는 특정 부류에 의해서만 전승된다는 점들 때문에[10] 여기서 논하려는 종교가요의 일반적 범주로부터 벗어난다고 본다.

천주가사를 성가로 보는 동시에 우리 전통가사의 통시적 맥락에서 벗어나지 않는 문학사적 의의를 자체 내에 지닌다고 보는 것은 다음과 같은 음악적 측면의 연구업적에서도 살펴볼 수 있다. 즉,

① 천주가사는 우리 선조들의 신앙고백이요, 참회와 선교의 노래이다.

② 민요의 영향을 많이 받았다.

③ 멜로디와 내용이 잘 어울리는 성악곡으로 무반주이며 낭송조의 신앙음악이다.

④ 음악적으로 볼 때 민요와 염불 낭송조의 영향을 부분적으로 받았다.[11]

이러한 연구결과는 가사 내용에 대해서도 시사하는 바가 크다. 민요·염불·낭송조 등은 장르 전개 및 향수(享受) 형태의 전통성을 드러내는 구체적 사항들이며, 따라서 천주가사가 형성되기까지 이 땅에서 창작·지속·변이되었던 전 단계의 가사장르를 일별해야 될 필요성을 제기한다.

작자의 진위 문제 등으로 학계에서 이론이 분분하긴 하지만 나옹화상(懶翁和尙)의 『서왕가(西

---

6) 「西敎傳來 후의 천주찬가 - '思鄕歌' 기타에 대하여 -」, 『한국가요의 연구·속』, 이우출판사, 1978, 357쪽.

7) 성 베네딕토수도원 역, 「거룩한 전례에 관한 헌장」, 『제2차 바티칸 공의회 문헌』 제6장·성음악, 한국천주교중앙협의회, 1969, 36쪽.

8) 차인현, 「한국천주교회의 성가와 성가집」, 『한국교회사논문집 Ⅰ』, 한국교회사연구소, 1984, 478-479쪽 참조.

9) 같은 논문, 같은 곳.

10) 서울대 동아문화연구소, 『국어국문학사전』, 신구문화사, 1981, 222-223쪽 참조.

11) 홍민자, 「천주가사의 교회 음악적 의의」, 『최석우 신부 화갑기념 한국교회사논총』, 한국교회사연구소, 1982, 322쪽.

往歌)』를 가사 장르의 효시작품으로 보는 점에 대해서는 대략 의견이 일치되어 있다. 최강현에 의하면, 이 작품이 최초로 문자화된 것은 숙종 30년[1704]이나 현전하는 최고본(最古本)은 영조 17년 [1741]의 수도사 판본이라 한다.12)

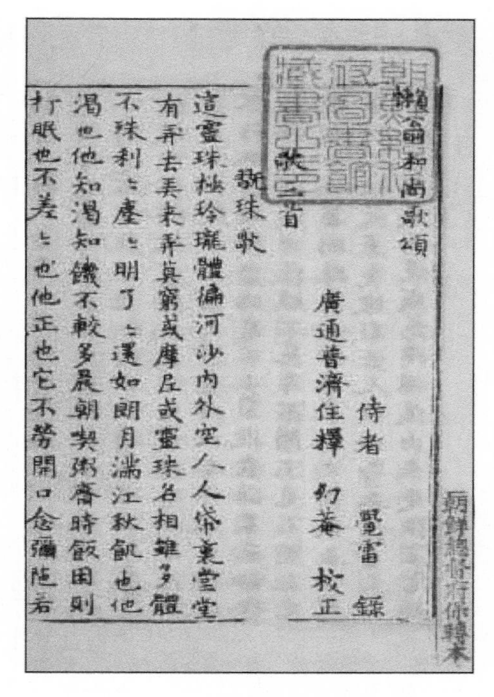

懶翁和尙歌頌

侍者 覺雷 錄

廣通普濟住釋 幻菴 校正

翫珠歌

這靈珠極玲瓏體徧河沙內外空人人帒裏堂堂
有弄去弄來弄莫窮或摩尼或靈珠名相雖多體
不殊利々塵々明了々還如朗月滿江秋飢也他
渴也他知渴知饑不較多晨朝喫粥齋時飯困則
打眠也不差々也他正也它不帶開口念彌陀若

『나옹화상 가송』[나옹화상 혜근이 지은 가송집, 국립중앙도서관 소장]

그러나 나옹 이전에도 가사장르가 있어 구전되다가 나옹에게 수용된 후 그의 작품들로 재생산되었을 가능성도 충분히 있다. 따라서 현재 나옹의 작품들이 가사 장르의 효시작품이라는 견해에 대하여 반박할 문헌적 증거가 없다 해도 그 견해는 더 논의되어야 할 여지를 갖고 있다. 시조이든 가사이든 장르적으로 발생하여 구조 자체를 가시적으로 드러내기까지는 세 단계를 거치게 된다고 본다. 즉, 창작 시점·구비[부동(浮動)]단계·기록시점 등이 그것들이다. 이중에서 구비 단계는 장르들 간에 활발한 교섭을 갖는 가창의 과정이었을 것이다.13) 그러나 창작 시점에 상정된 특정한 목적의식이 구비기간 내내 살아 있을 경우에만 그 원형은 유지되고 기록시점에 이르러 가시화되는 것이다. 따라서 장르 구조는 기록의 단계에 이르러서야 비로소 확고부동하게 결정된다고 보는 것이 타당하다. 즉 기록의 경우는 단일성 혹은 일관성이라는 장르구조의 명료화를 본질적 성격으로 하기 때문에 장르 표지 이외의 요소들은 배제하는 경향이 있으며, 불가피하게 타 장르의 요소들을 자체 내에 흡수해야 하는 경우에도 그것들을 자신의 성향으로 변환시킨 다음에 받아들이는 것이 일반적이다.14)

그렇다면 가사 장르의 효시작품들을 나옹이 창작했다손 치더라도 현재와 같은 가시적 장르구조를 지니게 된 시점은 기록으로 창작된 숙종-영조 조 무렵이 될 것이다. 그런데 『서왕가』의

12) 최강현, 『가사문학론』, 새문사, 1986, 154쪽.
13) 조규익, 「단시조·장시조·가사의 일원적 질서 모색(1)—화자·청자의 존재양상 및 그 역할을 중심으로—」, 『가라문화』 3집, 경남대 가라문화연구소, 1985, 107쪽.
14) 조규익, 「<독락팔곡>의 문학사적 의미」, 『논문집』 12, 경남대, 1985, 141쪽.

수도사 판본이 영조 17년[1741]이라면, 기해년(己亥年)[정조 3, 1779] 주어사(走魚寺) 강론(講論) 후에 지은 현전 최초의 천주가사 <십계명가(十誡命歌)>[15] 사이에는 불과 40년 미만의 시차가 있을 따름이다.

다시 말하면 가사 장르 발생 후 비가시적 상태로 지나온 기간은 고려 말부터 조선조 후기까지 아주 길었으나 실제 장르 표지를 가시적으로 드러낸 기간은 40년 미만[1741-1779]에 불과하다는 것이다. 이 정도의 시차라면 불교계가 인식하고 있던 가사 장르의 실용성을 다음 단계의 천주교나, 천주교의 전래와 같은 시기에 세력을 확장하던 동학의 입장에서도 간과할 수 없었다고 보아야 한다. 불교가사의 장르적 완성과 천주가사·동학가사 등은 시기적으로 일치한다. 더구나 이 세 가지의 형태나 구성의 방법 등에서도 차이점을 발견할 수 없다. 이런 점에서 세 종류의 작품들을 중심으로 몇 가지 기준을 설정한 후 비교하여 같고 다른 점들을 추출하는 것이 필요하다고 본다.

하나의 시 구조를 계기적(繼起的) 혹은 병렬적 생성원리들의 지속이나 집합이라 한다면,[16] 시 구조를 지속시키는 요인을 찾아내는 일이 시 구조 기술(記述)의 관건이다. 특히 지속되는 하나의 구조가 어떤 적절한 지점에서 지속을 중단할 것인가, 그 중단을 예감하거나 예고 받을 만한 장치는 작품 내에 준비되어 있는가라는 물음들이 이 경우에 제기된다. 지속의 중단이나 중단에 대한 예고는 특이한 율격적 장치로 나타나며 이것이 시 작품에서 확인할 수 있는 긴장과 즐거움의 원천이기도 하다.

가사는 부연(敷衍) 위주의 요설(饒舌)로 의미가 전개되므로 구조 자체가 개방되어 있으며 그 개방적 성격으로 인하여 장르적 복합성은 심화된다.[17] 따라서 가사 장르를 구성하고 있는 각 부분들의 연계는 단순히 연속[succession]이라는 문학외적 원칙에 의해 이루어진다. 이러한 연속은 설명을 위한 의미적 연결이나 나열에 관여하는 기초적 방법이다. 가사 작품의 각 의미단위들은 비록 종지어법(終止語法)으로 끝맺음을 했다 하여도 반드시 종결된 것은 아닐 수 있으며 연결어미가 부대되었다 해도 다음 부분과는 상관없는, 실질적 종결일 수가 있다.

문형(文型)이 성립되는 기본단위는 '주어+술어'의 단계다. 한국어에서는 언어 주체인 주어와, 그 행위나 상태인 술어로만 이루어지는 문(文)이 여러 문형 중 가장 기본적인 것이다. 창자(唱者)

15) 『만천집』, <십계명가>의 주 "己亥臘月 於走魚寺講論後 丁巽菴 權公相學李公寵億 作歌寄之" 참조.

16) B. H. Smith, *Poetic Closure*, Chicago: Univ. of Chicago Press, 1968, p.4.

17) 조규익, 주13)의 논문, 109쪽 참조.

혹은 청자(聽者)가 기억부담을 줄이려면 기억해야 할 부분을 최소단위들로 쪼개는 수밖에 없다. '주어+술어'의 문형뿐 아니라 여기에 객어(客語)나 보어(補語), 수식어가 첨가될 경우의 문형도 두 개 부분을 한 단위로 하여 기억하는 일이 자연스럽다고 생각한다.[18] 이러한 점을 염두에 둘 경우 각 단위마다 뒷부분의 어사들이 유형화될 가능성은 비교적 많다.

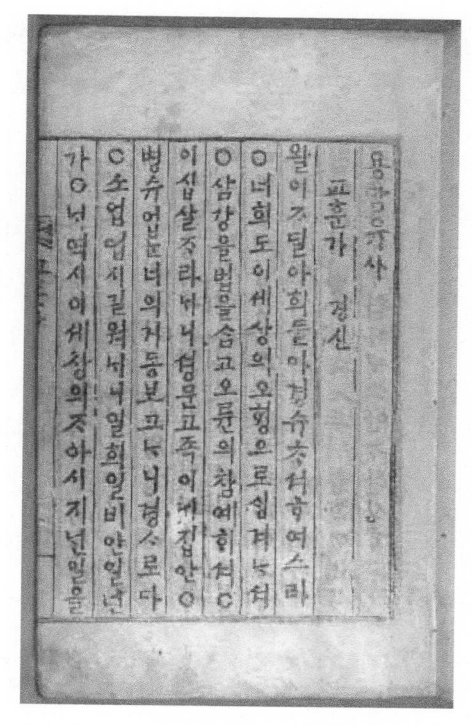
교훈가 경신

〈용담유사〉[동학교주 최제우가 1860년-1863년에 지은 교훈가]

불교가사·동학가사·천주가사 상호간 혹은 종교가사의 통시적 흐름을 밝히기 위한 비교의 준거로 삼기 위해 종지나 연결을 포괄하여 몇 개의 유형으로 나누어 보았다. 가사가 본질적으로 가지고 있는 서술적이고 나열적인 성격 때문에 각 단위마다 연결 혹은 나열형 어미들이 다른 요소들보다 두드러진다. 따라서 의미를 연결해주는 그러한 요소들은 단순한 문법적 의미가 강할 뿐 작자나 화자의 감정이나 작품의 장르적 표지를 암시하는 단서는 되지 못한다. 이 글의 대상작품들로부터 의미를 갖는 요소들을 추출해본 결과 명령(청유)·설의(의문)·단정·원망(願望)·감탄 등으로 집약되었다. 나옹[懶翁, 1320-1376] 화상의 <서왕가(西往歌)(Ⅱ)>[19]는 단정과 설의가 전체의 47%를, 계승기의 작품인 휴정[休靜, 1520-1604]의 <별회심곡(別回心曲)>[20]은 단정·설의·청유(명령)가 52%를, 개화기의 작품인 학명선사(鶴鳴禪師)의 <원적가(圓寂歌)>[21]는 명령(청유)·단정·설의가 93%를 각각 점유함으로써 불교가사의 각 단위별 종지의 의미적 유형은 단정·설의·청유 등이 압도적 우위를 차지하여 통사적 측면에서도 교술 장르적 성격이 두드러진다.

『용담유사』에 실린 동학가사 <권학가>[22]는 설의·청유·단정이 41%를 차지하여 여타 요소들보

---

18) 조규익, 「'베틀노래'연구—사설의 문학적 성격을 중심으로—」, 『어문연구』 45호, 一潮閣, 1985, 75쪽.

19) 이하 불교가사 자료는 이상보, 『한국불교가사전집』[집문당, 1980]의 자료 편에 의거함.

20) 이상보, 같은 책, 25쪽.

21) 같은 책, 37쪽.

다 우위를 점하고 있다. 현전 최초의 천주가사[23]이자 삶의 체험과 신앙으로부터 얻어진[24] <십계명가>의 경우 단정·설의·명령이 68%를 점함으로써 불교가사나 동학가사와 같은 경향을 보여주고 있다.

이것들과 대조적인 성격의 가사인 정철의 <사미인곡>은 설의·원망·단정·감탄이 56%로서, 설의와 단정이 종교가사이든 비종교가사이든 대부분의 가사에 공통적 기반으로 되어 있음을 알 수 있다. 그러면서 전자에 없는 감탄이 두드러짐으로써 교술적 성격이 가사문학의 주된 장르적 표지임에도 불구하고 작품에 따라 개인적 서정의 요소 또한 무시할 수 없음이 드러난다.

또 다른 측면에서, 형식 개념이 완성되어가는 과정을 중심으로 가사문학의 장르적 정제의 양상과 함께 그와 관련된 천주가사의 형성을 설명할 수 있을 것이다. 예컨대, 경기체가의 경우 그 형태적 표준을 문헌상 최초의 작품인 고려 고종 대 <한림별곡>에 두면서도 사실상 <한림별곡>이 아직 미숙하여 형성과정에 놓여 있는 작품이므로 조선초기의 <연형제곡>을 가장 정돈되고 완벽한 작품이라고 하는데[25] 이러한 점은 어느 장르나 마찬가지이다.

'석자 혹은 넉자로 된 하나의 어절이 한 음보를 이루고, 두 개의 음보가 하나의 반구(半句)를 이루며 두 개의 구가 모여 하나의 시행을 이룬다'는 구조 원칙은 가사장르의 형태에 대한 추상적이자 귀납적인 패러다임이다. 이러한 틀에 맞는 가사작품은 개화기 직전의 동학가사나 천주가사, 혹은 개화기 불교가사에서 비로소 발견된다. 정형으로부터의 이탈율[26]을 보면 <서왕가(Ⅰ)>의 경우는 15.9%, <서왕가(Ⅱ)>는 28.6%인 데 비해 계승기의 작품인 휴정의 <별회심곡>에 이르면 152개의 행 가운데 2%가 채 안 되는 이탈율을 보이고 있다. 이러한 경향이 개화기 불교 가사나 『용담유사』 소재 동학가사 및 천주가사에 이르면 거의 완벽한 정형으로 드러난다.

물론 한정된 몇몇 작품들만을 대상으로 한 이상의 분석 결과를 가사 전반의 성격으로 일반화시키는 점에 논리상 무리가 있는 것은 사실이다. 그러나 대체적인 윤곽은 여기서 별로 벗어나지

---

22) 임기중 편, 『역대가사문학전집』1, 동서문화원, 1987, 525-531쪽.

23) 하성래, 『천주가사연구』, 성 황석두 루가서원, 1985, 120쪽.

24) 소재영, 「한국문학사상과 기독교」, 『기독교와 문화』, 숭실대학교 한국기독교문화연구소, 1987, 96쪽.

25) 이명구, 『고려가요의 연구』, 신아사, 1974, 67 및 79쪽.

26) 정형으로부터의 이탈율을 거론할 경우 음절·어절·음보·반구·행 등 모든 층위를 대상으로 해야 하나, 여기서는 종교가사의 특성상 가창이나 암송의 현장에서 중요시하였을, '두 개의 반구가 모여 한 개의 행을 형성한다'는 조건에 한정한다. 따라서 작품 속에서 하나의 반구로 독립할 수밖에 없는 경우나 두 개 이상[주로 세 개]의 반구들이 모여 하나의 행을 이루는 경우는 정형으로부터 이탈된 것으로 간주한다.

않으리라 본다. 각 단위별 종결 양상을 살펴 본 전자에서 드러나는 성향은 이런 부류의 가사 대부분이 교술적 결구를 공유하고 있다는 점이다. 설의·단정·청유[명령] 등은 대표적인 교술의 표현 방식이다. 설의는 특정 이념이나 진실을 전제로 한 우회적 깨우침이다. 단정은 특정이념이나 진실의 직설적 제시다. 청유와 명령은 특정 이념이나 진실의 강요 내지는 권유다. 이러한 성향의 작품들 모두 화자와 청자의 위치가 현격하게 다르다.

<서왕가>[초로 갓튼 人生들, 답답한 창생들], <별회심곡>[施主님네, 우리 형제], <원적가(圓寂歌)>[草路人生, 탐욕심이 많은 사람], <권학가>[세상사람들], <십계명가>[세상사람 선비님, 죄짓고 우는 자, 가난하여 굶주린 자, 음양태극 선비님, 세상사람 벗님/하날 우에 계신 천주] 등에서 보듯이 특별한 경우를 제외하고는 화자보다 아래에 있거나 화자를 포함하여 부정적 성격의 인간 전체를 청자로 상정하고 있다. 이에 비하여 화자는 그 존재가 실제 시인이든 함축적 시인이든[27] 대부분 청자를 내려다보며 진리를 설파하는 입장이다. 달리 표현하면 신과 인간의 중개자로서 특정 이념이나 신의 은혜로움을 나열하여 청자들을 설득시키고자 한다는 것이다.

조동일이 장르 류로서의 가사가 지니는 전반적 특징으로 '있었던 일을, 확장적 문체로·일회적으로·평면적으로 서술해, 알려주어서 주장한다'는 등 세 가지 요건을 제시했는데,[28] 상당한 반론들이 제기되긴 했으나 적어도 종교가사에만은 그 이론의 타당성이 인정된다고 본다. 물론 여기서 '있었던 일'이 '신앙대상의 존재에 대한 확신'으로 바뀔 필요는 있을 것이다. 가사의 교술 장르설이 타당하게 뒷받침되고, 종교가사의 전반적 특질이 현저하게 교술적 성향 일색이라면, 한국 가사문학의 통시적 흐름은 종교가사가 그 골간으로 작용한다고 보아야 할 것이다.

다시 말하면 가사는 포교 상의 실용성 때문에 처음으로 지어졌고 장르적 변이가 이루어지기 직전, 즉 전통 가사문학사의 말기에도 종교가사가 계속 창작되어 형태적 완성의 정도를 구체적으로 보여주었다는 것이다. 그렇다면 종교가사와 궤를 달리하는 서정 및 서사가사들은 이러한 본류(本流)로부터 파생된 것들로서 장르적 확대의 예로 들 수 있다고 본다. 한국 종교가사의 시초는 불교가사이며 불교가사의 통시적 전개 과정 말미에 그것을 수용한 천주가사와 동학가사가 등장하여 종교가사의 맥을 이음과 동시에 가사문학의 장르적 성격을 완성했다고 말할 수 있다.

---

27) 함축적 시인·실제 시인 등의 용어에 대해서는, Seymour Chatman, *Story and Discourse*, Cornell Univ. Press, 1978, p.150.

28) 조동일, 「가사의 장르규정」, 『어문학』21, 한국어문학회, 1969, 72쪽.

## 2. 천주가사의 형성과 구조

앞부분에서 천주가사가 나타나기까지의 과정을 개략적이나마 밝혔다. 이 부분에서는 장르적 수용보다는 구체적인 작품의 소원 문제를 중심으로 천주가사의 형성을 살피고자 한다. 현재까지 문헌으로 전해지는 천주가사의 작품 수는 104편에 달한다.[29]

장르 형성의 초창기 상황과, 그 상황의 변동 양상을 살피기 위한 전제로서 천주가사의 시기는 대략 셋으로 구분된다. 홍민자는 '제1기: 1850-1860[최양업 신부의 편지 및 창작 총 27편] / 제2기: 1880-1910[박해가 끝나고 신문화운동이 시작된 시기, 주로 경향잡지(京鄕雜誌)에 수록된 50편정도] / 제3기: 1910-1930[주로 경향잡지에 발표된 가사 총 133편] 등'으로 제시하여 천주가사의 하한선을 1930년으로 잡고 있다.[30] 그러나 하성래는 '제1기[발생기]: 교회 창건기의 작품들[2편] / 제2기[발전·성숙기]: 박해 및 전교 시대의 작품들[28편] / 제3기[쇠퇴 / 변형기]: 신교(信敎)자유 시대의 작품[74편] 등'으로 구분하고 있다.

세 시기로 구분하고 있다거나 구분된 각 시기적 특질의 중점을 천주교의 확대 양상에 두고 있는 점은 두 견해가 일치하고 있다. 그러나 작품의 숫자에 있어서는 약간의 차이가 있는데, 홍민자의 경우는 천주가사 사이에 끼어 있는 비천주가사적 성격의 작품들도 천주가사로 산입했기 때문에 그런 결과가 나온 듯하다. 따라서 작품 수에 대해서는 하성래의 견해가 정확한 것이 아닌가 생각된다. 특히 최양업 신부의 작품 이전에 정약전[丁若銓, 1758-1816] 등의 <십계명가>와 이벽[李蘗, 1754-1785]의 <천주공경가(天主恭敬歌)>를 제1기의 작품으로 제시한 것은 타당하다고 본다. 여기서의 논의는 이 문제로부터 시작된다.

천주가사의 형성에 관여한 두 가지 결정적인 요인들은 내용으로서의 천주교 교리 및 신앙생활, 형식으로서의 전통가사 등 두 가지다. 이런 이유로 <십계명가>나 <천주공경가> 등을 분석한 후에야 천주교 전성기의 가사들을 논할 수 있고, 더 나아가 전통 가사문학과 천주가사의 관련 양상도 거론할 수 있을 것이다. 후대 작자들이 장르를 선택할 경우, 효시작품이 갖는 영향력은 절대적인 것이기 때문이다.

<십계명가>는 기해년[정조 3년, 1779] 주어사 강론이 끝난 뒤 정약전·권상학[權相學, 1761-?]·이총억[李寵億, 1764-1822] 등이 함께 지은[31] '276음보·138반구·69행·10절'의 가사작품이고

---

29) 하성래가 『천주가사 연구』에서 제시한 자료에 바탕을 둔 숫자이다.

30) 홍민자, 앞의 논문, 315쪽.

<천주공경가>는 같은 해 12월 주어사에서 이벽이 지은[32] '66음보 · 34반구 · 17행'의 작품이다.

그런데 흥미로운 사실은 <천주공경가>를 지은 바 있는 이벽의 <성교요지(聖敎要旨)>가 한문 4언의 장시체로 앞의 가사작품들과 함께 『만천집』에 실려 있다는 점이다. 이 작품은 그가 『천학초함(天學初函)』이라는 책을 읽은 후 지어 주기(註記)한[33] 서사적 장시다. 그렇다면 『천학초함』이란 무슨 책인가.

마테오 리치가 서학을 중국에 전한 이래로 많은 사람들에 의해 교리서들이 번역 내지 저술되었으나 그것들이 사방으로 흩어져 있어 배우고자 하는 자가 있어도 다 볼 수 없기 때문에 불가(佛家)의 대장경처럼 한 군데로 모아 놓으려는 편자 이지조[李之藻, 1571-1630]의 뜻으로 천주교의 교리와 서구 과학의 저술들을 묶어놓은 책이다.[34] 이 책의 내용 중 주목할 만한 것은 부록으로 들어있는 <서금곡의 8장(西琴曲意八章)>이다. 명나라 신종 28년 마테오 리치가 중국에 들어와 바친 선물 가운데 들어 있던 악기에 대하여 황제가 관심을 갖고 그와 관련된 음악을 묻자 천주교의 노래를 한문자로 번역하여 올린 노래들이다.[35]

서문에 언급된 '습도어(習道語)'가 '천주교의 교리를 익히기 위한 노래'라면, 이 노래들은 성격상 단순한 찬송가 이상의 의미를 지닌다. 찬송가의 서정적 면모보다 오히려 교리의 전파라는 목적성을 전제로 한 듯한, 설명적이고 나열적인 표현양상을 드러내고 있기 때문이다. 이벽이 『천학초함』을 읽고 나서야 비로소 천주교 교리나 서구 과학사상 등에 몰입했음은 물론 천주에 대한 확신도 갖게 되었으리라 본다. 그런 까닭에 그 책을 읽은 후 천주의 일대기를 <성교요지>라는 장편 서사시로 읊어낼 수 있었던 것이다.

그렇다면 그가 <성교요지>를 지은 시기는 대략 언제쯤일까. 이 사실은 그가 『천학초함』을 읽은 시기와 표리를 이루는 문제이기도 하다. 하성래는, 이벽이 1786년에 사망하였기 때문에 <성교요

---

31) 주 15) 참조.

32) 『만천집』, <천주공경가>의 설명 "己亥年 臘月 於走魚寺 李曠菴蘗 作歌" 참조.

33) 『만천집』, 「성교요지」의 설명 "讀天學初函 李曠菴作註記之" 참조.

34) 「涼菴逸民」, 『刻天學初函題辭』, 『천학초함』, 아세아문화사 영인, 1976, 1쪽의 "多賢似續飜譯 漸廣顯自法象名理 微及性命 根宗義暢旨玄得 未曾有 顧其書 散在四方 願學者 每以不能盡覩爲憾 玆爲業諸舊 刻矑作理器二編 編各十種 以公同志略見九鼎一臠 其曰初函 蓋尙有唐譯 多部散在 釋氏藏中者 未及撿入 又近歲西來七千卷 方在候旨" 참조.

35) 附西琴曲意 八章, 『천학초함』, 85쪽의 "萬曆二十八年 歲次庚子 竇具贄物 赴京師獻上 間有西洋樂器雅琴一具 視中州異形 撫之有異音皇上奇之 因樂師問曰 其奏必有本國之曲 願聞之 竇對曰 夫他曲旅人罔知 惟習道語數曲 今譯其大意以聖朝文字 敬陳于左 第譯其意而不能隨其本韻者 方音異也" 참조.

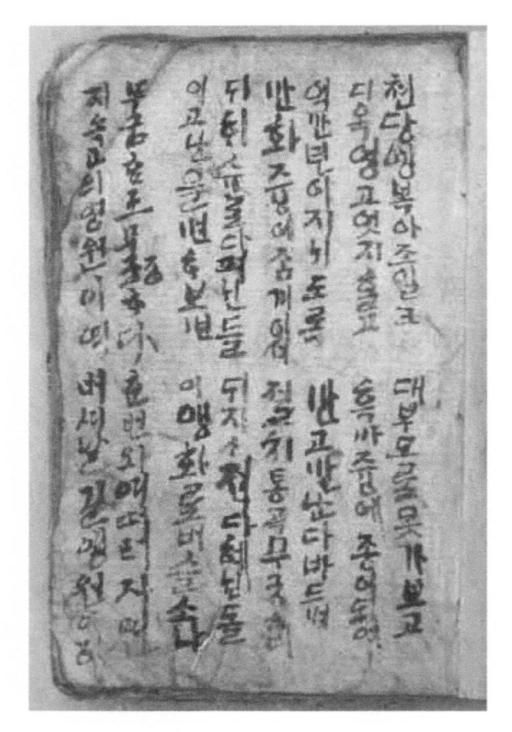

〈지옥가〉[최양업 신부가 지은 천주가사, 한국교회사 연구소 소장]

지>를 적어도 그 이전의 작으로 보아야 하므로 한국 성교회가 성립된 1785년 무렵의 작으로 단정하고 있다.36) 그러나 김양선은 이벽이 주어사 강론 당시[1779]에 이 글을 발표했다고 한다. 다시 말하면 그가 천주교에 대한 신앙고백서인 <성교요지>를 발표한 뒤에 천주교 서적의 부족과 교회의 미 설립을 개탄하며 5, 6년을 지내다가 정조 7년[1783] 이승훈[李承薰, 1756-1801]을 시켜 북경 천주당에 가서 선교사 그라몽에게 세례를 받게 하였고, 이승훈이 가져온 천주교 교리서들을 가지고 산중으로 들어가 깊은 연구를 한 뒤에 교회를 창설하는 등 본격적인 포교 사업을 했다는 것이다.37)

정확한 연대가 밝혀져 있지 않기 때문에 대부분의 견해들이 추정의 범주를 벗어나기 어렵지만, 이벽의 <성교요지> 창작은 주어사 강론 이전에 이루어졌을 것으로 본다. <성교요지>가 『천학초함』을 읽은 후에 이루어진 글이기 때문에, 창작 시기의 추정은 『천학초함』의 독서 시기와 표리의 관계를 갖는다. 『천학초함』은 1628년에 간행되었고, 한국과 일본 등 중국문화권 내의 천주교 전교에 결정적으로 기여하였다.38)

1601년 마테오 리치가 중국에 들어와 전교를 시작한 이후 조선의 사신들은 사행 길에 자연스럽게 천주교를 접할 수 있었으며 상당량의 천주교 교리 및 서구문물 관련 책자들을 반입하게 되었던 것이다. 명 청 연간(明淸年間) 한역(漢譯)된 문화서적은 모두 358종 이상이었으며, 이 가운데 신유박해(辛酉迫害)[순조 원년, 1801] 당시까지 도입된 천주교 서적은 모두 120여종이었다고 한다.39)

『만천집』에 실린 이승훈의 「천주실의발(天主實義跋)」로 알 수 있는 바와 같이 당대 천주교

36) 하성래 역, 『성교요지』[한국천주교회 고전총서②], 성·황석두루가서원, 1986, 15쪽.

37) 김양선, 앞의 책, 32쪽.

38) 금장태, 「천학초함[이편]해제」, 주 34)의 책 참조.

39) 배현숙, 「17, 18세기에 전래된 천주교 서적」, 『교회사연구』 3집, 한국교회사연구소, 1981, 41쪽 참조.

도입의 주도 세력들은 『천주실의』의 내용을 정확히 파악하고 있었는데, 이 사실은 그 책이 중국에서 발간된 후 오래지 않아 조선에 도입되었음을 입증한다. 그런데 이미 17세기 전반에 발간된 『천학초함』에서는 천주교 교리를 중심으로 한 인문분야를 이편(理編)으로, 자연과학의 내용을 기편(器編)으로 각각 나누고 있는데, 전자에 실려 있는 「천학실의(天學實義)」는 『천주실의』로서 조선에는 독립된 서적 아닌 『천학초함』에 포함된 형태로 전래되었을 가능성이 크다고 본다.

이벽은 이 책을 통하여 천주교에 심취했던 것 같고, 그 시기도 그가 25세 무렵의 주어사 강론보다 훨씬 이전이었으리라 추정된다. 이벽의 25세 무렵은 『천학초함』 발간 후 150여년이나 지난 시점이기 때문에, 이미 그 책이 조선에 도입되어 읽히고 있었을 것은 거의 확실하다. 달레[Dallet, 1829-1878]의 다음과 같은 기록을 참고할 필요가 있을 것이다.

> 유명한 학자 권철신은 정약전과 학식을 원하는 그 밖의 학자들과 함께, 방해를 받지 않고 깊은 학문을 연구하기 위하여 외딴 절로 갔다. 이 소식을 들은 이(벽)는 크게 기뻐하며 자기도 그들 있는 곳으로 가기로 결심하였다.(…)연구회는 10여일 걸렸다. 그동안 하늘, 세상, 인생 등 가장 중요한 문제의 해결을 탐구하였다. 예전 학자들의 모든 의견을 끌어내어 한 점 한 점 토의하였다. 그 다음에는 성현들의 윤리서들을 연구하였다. 끝으로 서양 선교사들이 한문으로 지은 철학, 수학, 종교에 관한 책들을 검토하고, 그 깊은 뜻을 해득하기 위하여 가능한 한 온 주의를 집중시켰다. 이 책들은 조선 사절들이 여러 차례에 걸쳐 북경에서 가져 온 것들이었다. 실은 당시 조선의 많은 학자들이 그러한 책들에 대해서 알고 있었으니 그 까닭은 연례적인 사신 행차 때에 조선 선비들이 따라가서 서양의 과학과 종교에 대해 중국인과 대화를 나누었기 때문이다. 그런데 그 과학 서적 중에는 종교의 초보적 개론도 몇 가지 들어 있었다. 그것은 하느님의 존재와 섭리, 영혼의 신령성과 불멸성 및 칠죄종(七罪宗)을 그와 반대되는 덕행으로 극복함으로써 행실을 닦는 방법 따위를 다룬 책들이었다.(…)완전한 지식을 얻기에는 설명이 부족하였으나, 그들이 읽은 것만으로 그들의 마음이 움직이고 그들의 정신을 비추기에 넉넉하였다. 즉시로 그들은 기도를 드렸다.[40]

이런 저간의 사정을 전제로 할 경우 이벽이 『천학초함』을 접한 것은 주어사 강론보다 훨씬 전의 일로 생각되며 이와 함께 <성교요지> 역시 주어사 강론 이전에 지었으리라 짐작된다. 이런 단계를 거쳐 주어사 강론 당시에 <천주공경가>를 지어 신앙의 확고함을 다짐함과 동시에 포교를 위한 교술적 목적성 또한 암암리에 드러내었던 것이다.

『천학초함』의 이편에 실린 글들이 대부분 교리를 직접 설명하는 글들로서 이벽을 포함한 조선

---

40) 달레, 안응열·최석우 역주, 『한국천주교회사』, 한국교회사연구소, 1980, 302-303쪽.

조 진보적 지식인들에게 상당한 영향을 준 것이 사실이지만, 그 중에서도 <성교요지>나 <천주공경가>와 밀접하게 관련을 맺고 있다고 생각되는 글은 이미 언급한 <서금곡의 8장>이다. <서금곡의 8장>이 수록된 『천학초함』을 읽고 장편 서사시 <성교요지>를 지었으며 그 뒤에 <천주공경가>를 지었다면 이 사실과 천주교 입문으로부터 신앙의 심화 단계가 서로 밀접하게 표리관계를 형성한다는 점을 인정할 수 있을 것이다.

조광의 연구에 의하면 『천주실의』 외에도 『진도자증(眞道自證)』, 『교요서론(教要序論)』, 『칠극(七克)』[이 중 『천주실의』와 『칠극』은 『천학초함』에 수록되어 있음] 등 여러 한역 서학서들이 양반 지식층 신도들에게 읽히고 있었다. 그들에게는 한문서적의 이해가 결코 불편한 일이 아니었으나 교육의 기회를 충분히 가지지 못했던 일반 민인들은 한역 교리서를 이해할 수 없었다. 따라서 교회 창설 초기에 있어서 지식층 신도들은 한역 교리서를 가지고 천주교 신앙의 전파에 나섰으나, 일반 민인들에게 천주교 교리서는 거의 한어와 같아 분명히 알아들을 수 없었기 때문에 교리서의 한글 번역 작업이 착수되지 않을 수 없었다고 한다.[41]

'『천학초함』 → <성교요지> → <천주공경가>'의 연결도 교리의 수용과 전파라는 맥락에서 파악할 수 있는 경우다. 유교경전에 대한 재해석, 주자학에 대한 회의와 비판, 서양문화에 대한 급진적 수용 등 진보적 입장의 성호좌파(星湖左派)[42]에 속해 있던 이벽으로서 천주교를 적극 수용하는 일은 지극히 당연했다고 생각된다. 『천학초함』을 중심으로 한 교리서의 독서를 통하여 천주교를 수용했고, 거기서 얻어진 지식과 천주의 존재에 대한 확신을 기초로 한문 서사시 <성교요지>를 지었으며, 일반 민인들에 대한 포교를 염두에 두고 <천주공경가>를 지었던 것이다. 이와 같이 <성교요지>는 애당초 『천학초함』을 읽은 후에 지은 개인 차원의 작품이었으나 그의 사후 한글로 번역됨으로써 좀 더 널리 유포되는 계기를 맞이하였다.

어쨌든 <성교요지>는 한문 4언의 시경체로 이루어졌고, <천주공경가>는 당시에 유행되던 가사체를 차용했다는 점에서 교술적 창작의도를 분명히 인식할 수 있다. 특히 전자는 이벽 자신이 번역시를 남기지 않았다는 점에서 자기만의 신앙고백이거나 당대 유학자 그룹을 대상으로 삼는 포교적 작품이었을 것이며, 후자는 한문에 대한 조예가 깊지 않은 서민들을 대상으로 한 작품이었을 것이다. 여하튼 <성교요지>는 49절 504구의 장편 서사시로서 모두 4언의 짝수 구[8구가 가장 많고 4·10·12·14·16·24구 등도 각각 상당수 있다]로 이루어져 있는 바, 전체 125장 중 86.4%인

41) 조 광, 『조선후기 천주교사 연구』, 고려대 민족문화연구소 출판부, 1988, 86-87쪽 참조.

42) 이우성, 『한국의 역사상』, 창작과 비평사, 1982, 104-105쪽 참조.

108장이 4언 8구로 되어 있는 <용비어천가>이후 거의 유일한 장편 서사시가 아닌가 한다. 장편 서사시들이 짝수구로 이루어진 까닭을 우선 대우(對偶)를 기본으로 하던 한시의 성격에서 찾을 수 있겠으나, 가사와의 장르적 연관성도 간과할 수 없으리라 본다. <용비어천가>의 국문 부분이 원시인지 한시의 번역인지에 관해 이론의 여지가 있긴 하지만 국문시와 한시가 동일 내용임은 확실하므로, <용비어천가> 논의의 결과에 따라 <성교요지>에 대한 유추 해석도 가능하리라 본다. 예컨대,

> 周國。/ 大王이◦ ‖ 豳谷에 / 사ᄅᆞ샤。 ‖ 帝業을◦/ 여르시니 ‖
> 우리/ 始祖 ㅣ◦ ‖ 慶興에 / 사ᄅᆞ샤。 ‖ 王業을◦/ 여르시니 ‖ 〈3장〉
>
> ※ / : 음보의 경계
> ‖ : 半句의 경계

대개 <용비어천가> 각 장의 한 행은 여섯 개의 음보[세 개의 반구]가 연첩되어 이루어진다. 국문 시 가운데의 권점(圈點) 사이를 하나의 작은 의미 단락으로 볼 때 그 의미 단락이 대개는 두 음보다. 그러나 권점 사이를 한역시와 대응시키기 위한 구분이라고 볼 때, 국문시의 율격 구분과 반드시 일치하는 것은 아니다. 세종실록의 악보 중 치화평보(致和平譜)를 조사해 보니, 위 인용문 각 행의 네 부분에 해당하는 정간 수는 각각 '32|29|16|19' 등이었다. 물론 여타 장들이 모두 이와 부합하는 것은 아니었지만 대개 이 범위에서 크게 벗어나는 것들은 드물었다.

작품 전체가 이와 같이 일정한 길이로 나뉜다면, 이것은 애당초 창작 당시에 일정한 어절 단위의 분단 개념이 작용한 결과로 볼 수 있을 것이다. 2음보 쌍의 연첩에 의해 진행되는 이러한 작품들에서 장별 구분을 없애고 전체를 연결시키면 가사의 구조와 부합된다는 것이다.[43]

<성교요지>는 애당초 한시라는 단일형태로 창작되었다. 적어도 국문으로 짓고 한시로 번역했거나 한시로 지은 다음 국문으로 번역했을 가능성은 없다는 것이다. 따라서 이벽 사후인 1812년쯤 번역되었을 것이라는 추정[44]도 타당하리라 본다. 이런 점을 감안할 때 현재 남아 전하는 한글본 <성교요지>의 구조가 가사의 그것과 다르다는 점 때문에, 창작 시점에 상정되었을지도 모르는 <성교요지>와 가사의 내적 연관성을 부정할 수는 없을 것이다. 다시 말하면, 희미하나마 <천주공

---

43) 조규익, 『조선초기아송문학연구』, 259쪽 참조.

44) 하성래 역, 『성교요지』, 15쪽.

경가>라는 가사 작품의 장르적 단서는 이미 <성교요지>에서 보였다는 것이다.

앞에서 언급한 바와 같이 이벽은 『천학초함』을 읽었고, 그 책의 독서 결과 지어진 것이 <성교요지>다. <성교요지>에 나타난 예수의 일대기나 성서적 지식 등은 물론 『천학초함』의 전체적 내용으로부터 얻어진 것이겠지만, 그것을 시가로 재구성하여 선교에 사용하려는 발상은 『천학초함』 중의 <서금곡의 8장>에서 비롯했을 가능성이 컸다고 본다.

誰識人類之情耶 누가 사람의 본질을 아는가
人也者乃反樹耳 사람이란 나무와 반대로다
樹之根本在地 나무의 근본은 땅에 있으면서
而從土受養 땅으로부터 양육되고
其幹之向天而竦 그 줄기는 하늘을 향하여 우뚝 섰도다
人之根本向乎天 사람의 근본은 하늘을 향하여
而自天承育 하늘로부터 양육되고
其幹枝垂下 그 줄기는 아래로 늘어졌도다
君子之知知上帝者 군자의 앎으로 하느님을 아는 자
君子之學學上帝者 군자의 배움으로 하느님을 배우는 자
因以擇誨下衆也 이로써 백성들을 가려 가르치도다
上帝之心 하느님의 마음은
惟多憐恤蒼生 오직 창생들을 가련하고 불쌍히 여기시어
少許霹靂傷人 벽력으로 사람 상함을 허락지 않으시도다
常使日月照 해·달로 하여금 비추도록 하시되
而照無私 그 비침에 사사로움이 없으시며
方今常使雨雪降 바야흐로 지금 비·눈을 내려주시되
而降無私田兮 내려주심에 사사로운 밭이 없으셨도다.[45]

〈필자 대의〉

이 노래는 제1장인 '오원재상(吾願在上)'이다. 신종의 요구에 의해 마테오 리치가 찬송가의 대의를 한문가사로 번역하여 제시한 것이다. 그의 『천주실의』자체가 중국의 전래적 사고방식을 차용하여 천주교의 교리를 설명했듯이, 이 노래도 전체적으로 그러한 방법의 테두리를 벗어나지

45) 『천학초함』, 85쪽.

않고 있다. 즉 요란하면서도 직설적인 방법으로 천주를 내세워 믿을 것을 강요하지 아니하고, 쉬운 비유를 통하여 천주의 전능과 인간에 대한 사랑을 표현하고 있다.

다시 말하면 전통적인 중국의 이념체계와 충돌하지 않고 천주교를 전파하겠다는 번역자의 배려가 눈에 뜨이는 바, 가사 중의 '상제(上帝)·군자(君子)' 등 동양인에게 낯익은 용어나 나무와 인간의 은유적 대비를 통한 설득의 표현방식에서 확인할 수 있다. 또 하나 간과할 수 없는 것은 시가의 형식으로 중국의 전통적인 노래시인 사(詞)를 선택하였다는 점이다. 실제로 있는 노래를 표명하기 위하여 일정하지 않은 시행들로 만든 시[46]가 사라는 점에서, <서금곡의 8장>을 번역해낸 마테오 리치의 선교적 의도를 짐작할 수 있다.

낯선 교리를 당대인들에게 저항감 없이 교술하기 위해서는 그들에게 가장 낯익은 수단을 이용하는 것이 불가피했을 것이다. 이것은 이벽이 <성교요지>를 지어 지식인에 대한 선교의 의지를 드러내는 한편, 그 자체 내에서 본격적인 천주가사의 장르적 가능성을 예비한 일과 유사한 차원의 현상이다. 이벽 자신 어쩔 수 없이 한문으로 <성교요지>를 짓긴 했으나, 내용을 이어나가는 호흡과 의장(意匠)이 가사의 그것일 수밖에 없었음은 당대에 유행하던 교술 가요의 부류 중 대표적인 것이 가사였으며, <성교요지> 창작 직후에 <천주공경가>를 지은 점 등으로 입증된다.

| | |
|---|---|
| ① 策絜臣僚 | 신하들을 책혈하여 |
| 禹湯堯舜 | 우탕요순 되셨도다 |
| 箴規紳儒 | 경계하신 높은선비 |
| 仲閔孔孟 | 중민공맹 이시로다 |
| 斟酌奢淳 | 사치순박 헤아리어 |
| 雙甄標準 | 두표준을 나눴도다 |
| 炎火怖燒 | 뜨건불에 태워질라 |
| 撫膺敏懇 | 정성껏 간구하라. [성교요지 49절, 필자대의] |

② 어와세상 벗님ᄂᆡ야 이네말숨 드러보쇼
지븐에ᄂᆞᆫ 어른있고 ᄂᆞ라에ᄂᆞᆫ 임군있네
네몸에ᄂᆞᆫ 령혼있고 ᄒᆞᄂᆞᆯ에난 텬쥬있네
부모의게 효도하고 임군에난 충성ᄒᆞ네

46) 유약우, 이장우 역, 『중국시학』, 동화출판공사, 1984, 47쪽.

ᄉᆞᆷ강오륜 지켜가ᄌᆞ 텬쥬공경 웃뜸일셰
이ᄂᆡ몸은 죽어저도 령혼ᄂᆞᆷ어 무궁ᄒᆞ리
인륜도덕 텬쥬공경 령혼불멸 모르며는
사ᄅᆞ셔ᄂᆞᆫ 목석이요 주거서난 듸옥이ᄅᆞ
텬쥬잇다 알고서도 불ᄉᆞ공경 ᄒᆞ지마쇼
알고서도 아니ᄒᆞ면 죄만졈졈 싸인다ᄂᆡ
죄짓고서 두러운ᄌᆞ 텬쥬업다 시비마쇼
아비업ᄂᆞᆫ ᄌᆞ식밧ᄂᆞ 양듸업ᄂᆞᆫ 음듸잇ᄂᆞ
임군용안 못ᄇᆡ앗다 ᄂᆞᄅᆞᄇᆡᆨ성 아니련가
텬당지옥 가보왓나 셰ᄉᆞᆼᄉᆞᄅᆞᆷ 시비마쇼
잇ᄂᆞᆫ텬당 모른션비 텬당업다 어이아노
시비마쇼 텬쥬공경 미더보고 ᄭᆡ다르면
영원무궁 영광일셰 [『만천집』소재, 천주공경가 전문]

③ 셰ᄉᆞᆼᄉᆞᄅᆞᆷ 션비님네 이아니 우수운가
ᄉᆞᄅᆞᆷᄂᆞᄌᆞ ᄒᆞᆫ평ᄉᆡᆼ의 무슨귀신 그리ᄆᆞᆫ노
아침져녁 귀ᄒᆞᆫ재물 던저주고 바텨주고
ᄌᆞ고ᄭᆡ쟈 힝신언동 각긔귀신 모셔봐도
허망ᄒᆞ다 마귀미신 우ᄆᆡᄒᆞᆫ고 ᄉᆞᄅᆞᆷ드라
허위허례 마귀미신 밋지말고 텬쥬밋세

ᄒᆞᄂᆞᆯ우에 계신텬쥬 버레갓탄 우리보쇼
광ᄃᆡ무ᄒᆞᆫ 이우쥬에 인간목숨 ᄂᆡ여쥬셔
ᄃᆡ혜디각 ᄭᆡᄃᆞ르며 우쥬섭리 알고ᄂᆞ면
텬쥬은회 발ᄀᆞᆫ빗츨 무궁토록 바드련가
ᄉᆞᄅᆞᆷ지혜 우둔ᄒᆞ여 ᄭᅩᆨᄯᅩ각시 ᄂᆞ무신막
외고우러 복바드냐 절ᄒᆞᆫ다고 효ᄌᆞ되냐
즐듸여서 ᄌᆡ복이라 못듸며ᄂᆞᆫ ᄂᆞᆷ타시네
(중 략)
셰ᄉᆞᆼᄉᆞᄅᆞᆷ 벗님ᄋᆡ야 이ᄂᆡᄆᆞᆯᄉᆞᆷ 드러보쇼
인ᄀᆞᆫ셰ᄉᆞ 희로ᄋᆡ락 뉘ᄅᆞ셔 면ᄒᆞᆯ숀가

인ᄉᆡᆼ칠십 고ᄅᆡ희ᄅᆞ 옛말부터 닐커로고
ᄂᆞᆷ녀칠세 부동석도 닐곱부터 셩ᄌᆞᆼ일세
닐곱ᄂᆞᆯ중 엿ᄉᆡᄀᆞᆫ은 근면노력 ᄃᆞᄒᆞ고셔
닐곱ᄶᅵᄂᆞᆯ 고요히 텬쥬공경 ᄒᆞ여보세
ᄀᆞᆸ논을박 쉬지안코 론쟁구궐 무용일세
(후 략) [『만천집』소재, 십계명가]

④ 어화세상 ᄉᆞᄅᆞᆷ드라 저ᄉᆞᄅᆞᆷ들 거동보쇼
우쥬ᄆᆞᆫ물 세상텬지 ᄆᆞᆫ드신ᄌᆞ 텬쥬ᄅᆞᄂᆡ
음양ᄐᆡ극 죠물쥬를 텬쥬라고 니름짓ᄂᆡ
텬쥬를 ᄆᆞᆫ든것슨 뉘라머라 이르ᄂᆞ뇨
텬쥬공경 아니ᄒᆞ면 죄도ᄆᆞᆫ코 디옥간다
텬ᄆᆞᆫ년 동방ᄶᅡ에 주근ᄉᆞᄅᆞᆷ 억됴충ᄉᆡᆼ
모드다 디옥간ᄂᆞ 텬쥬ᄂᆞᆫ 웨몰ᄅᆞᆫᄂᆞ
텬쥬잇다 누가밧ᄂᆞ 옛적에ᄂᆞᆫ 웨못밧ᄂᆞ
공경ᄒᆞ면 텬당가고 불공경은 디옥이ᄅᆞ
텬쥬ᄂᆞᆫ ᄉᆞᄅᆞᆷ마다 공경바더 무엇ᄒᆞ뇨
불시석가 가르침을 ᄃᆡᄌᆞᄃᆡ비 ᄒᆞ렷거늘
텬쥬심ᄉᆞ 얄궂도다 디옥은 무슴일고
(후 략) [『만천집』소재, 警世歌]

⑤ 어화 벗님네야 우리본향 ᄎᆞᄌᆞ가세
동서남북 ᄉᆞᄒᆡ팔방 어나곳지 본향인고
복지로 가ᄌᆞᄒᆞ니 무수셩인 못드럿고
디당으로 가ᄌᆞ하니 아담원조 ᄂᆡ쳐나고
부귀영화 어더신들 몃ᄒᆡᄭᆞ지 즐거오며
빌궁ᄌᆡ화 어더신들 몃ᄒᆡᄭᆞ지 근심ᄒᆞᆯ고
이러ᄒᆞᆫ 궁진세계 반거ᄒᆞᆯ일 안이로다
인간영복 다어더도 죽어지면 헛거시오
세상고난 다밧어도 죽어지면 업ᄉᆞ리라
우주간에 비계서셔 죠화물리 ᄉᆞᆯ펴보니
태읍지고 그안인가 찬류지고 그안인가

아마도 우리락도 천당가긔 다시업ᄂᆡ
복낙이 슌전ᄒᆞ고 질검이 츙만ᄒᆞ니
무궁셰에 지나도록 영원상ᄉᆡᆼ 무죵이라
(후 략)[47]

⑥ 가련ᄒᆞ다 셰상사ᄅᆞᆷ 난사ᄅᆞᆷ은 다죽ᄂᆞᆫ다
보텬하에 만흔사ᄅᆞᆷ ᄇᆡᆨ년전에 모다죽네
이럿ᄐᆞ시 헛된세상 경영ᄒᆞᆯ것 무어신고
죽을곳에 가ᄂᆞᆫ쟈가 희락영복 탐ᄒᆞᆯ소냐
살고죽기 상합ᄒᆞ야 서로업지 못ᄒᆞ니라
예로부터 지금ᄭᆞ지 죽잔ᄂᆞᆫ쟈 ᄒᆞ나업네
예수셩모 죽으섯네 우리엇지 면ᄒᆞᆯ소냐
귀텬선악 무론ᄒᆞ고 죽잔ᄂᆞᆫ쟈 그뉘런고
(후 략)[48]

①은 <성교요지>의 마지막 절이다. 작품 중 천주에 관한 직접적 언급은 없으나, 비교대상으로서의 우·탕·요·순을 제시하였고, 선·악의 표준에 따른 최후의 심판을 의미하는 내용[염화포소(炎火怖燒)]과 함께 정성스런 간구의 대상이 천주임을 암시하고 있다.

전체는 네 부분으로 나뉘는데, 첫째 부분에서는 우·탕·요·순이라는 동양적 성인의 모범을 제시하여 천주의 존재를 가시화하였고, 둘째 부분에서는 증·민·공·맹을 제시하여 예수의 제자들을 드러냈으며, 셋째 부분에서 선·악의 분별을 제시하였고 마지막 부분에서는 최후의 심판을 경고하는 동시에 천주께 귀의할 것을 강조하고 있다.

이와 함께 자신의 설명[49]에서 제시하고 있는 '치군택민(致君澤民)·정심성의(正心誠意)·당연지칙(當然之則)' 등은 노래에서 제시된 사항들과 함께 유가적 사고의 중심 내용이기도 하다.

<천주공경가>도 이런 점에서 마찬가지다. 집안에 어른 있고 나라에 임금 있으니 효도와 충성을 다해야 하며, 삼강오륜의 준수가 천주공경의 으뜸이라고 보는 내용 등이 그것이다. 다시 말하면

47) <사향가>, 김동욱, 앞의 책, 361쪽.

48) <선죵가>, 김옥희 편, 『최양업 신부의 천주가사(Ⅱ)』, 계성출판사, 1986, 16쪽.,

49) 「성교요지」 제49절의 주[右節 言耶蘇之道 其敎人 致君澤民 正心誠意 人當斟酌於眞僞之途 甄別其信徒之準以循當然之則 而豈怖永火之無救 始盡心以昭事上帝哉] 참조.

천주에 대한 공경은 기존의 유교적 전통과 크게 다를 바 없으니 천주교에 대한 시비는 불필요하다는 것이다. 이것은 천주교 수용 당시의 이념적 갈등 양상을 드러내는 구체적 증거인 동시에 그 표현수단으로 가사라는 전통 장르를 선택하지 않을 수 없었던 직접적 원인이기도 하다.

김대건 신부 초상

이벽이 ①을 창작하면서 한시작품의 수용이 불가피했겠으나, 내용의 진행이나 구성은 그가 알고 있던 전통 가사의 기반 위에서 이루어졌음은 거의 같은 시기에 지어졌으리라고 생각되는 ②의 존재로 미루어 짐작할 수 있다. 이벽이 기존의 전통 가사장르를 수용했든 그렇지 않았든 <천주공경가>에 구현된 바와 같은 가사장르의 내용적·형태적 단초가 이미 <성교요지>의 단계에서 나타났다고 보는 것도 그 때문이다.

같은 시기에 정약전·권상학·이총억 등이 ①·②와 똑같은 형태의 ③을 창작함으로써 천주가사는 장르적 확립을 위한 개인 차원의 실험 단계를 넘어서 광범한 유포의 계기를 맞았다고 할 수 있다. 벽위가사(闢衛歌辭)로 알려진[50] ④조차 이념적으로 대척적인 여타 작품들과 정확히 부합하는 형태로 되어 있다는 사실을 생각하면, 이 당시 이념 전파에 있어 가사 이상으로 효율적인 장르가 없었음이 분명하다.

현세에서 천주를 신봉하여 본향인 천당으로 가자는 내용[51]의 ⑤나 김대건에 이어 두 번째로 신부가 된 최양업[1821-1861]의 ⑥에 이르러 천주가사는 가사장르의 완성기적 양상을 보여 주는 한편 가사가 지니는 교술 장르적 특성을 확연히 보여주게 되는 것이다. 그리하여 궁극적으로 다음 단계 장르인 창가를 출현시켰고, 개신교의 전래가 창가의 출현에 결정적 계기가 됨으로써 가사라는 전통장르의 변이 및 지속은 개신교의 전래를 중심으로 하는 문화적 충격에 의해 이루어졌다고 할 수 있다.

50) 소재영, 앞의 글, 102쪽.

51) 김동욱, 앞의 책, 360쪽.

## 3. 찬송가와 전통가요 변이의 상관성

천주가사가 전통가사의 형태를 완성하는 종결 점의 위치에 놓인다면 그러한 전통가요의 전통성을 탈각시켜 근대적 양식으로 이행하도록 한 결정적 역할은 개신교의 찬송가가 담당하였다. 구교나 개신교가 모두 외래적인 것인데 어찌하여 전자는 전통의 지속과 완성에 기여하였고, 후자는 전통의 변이에 기여하였는가 하는 점은 문학만을 떼어서 간단히 생각할 수 없는 문제다. 즉 정치, 사회 등 문학 외의 배경적 역학관계가 강한 영향력을 행사한 결과적 현상인 것이다. 어쨌든 이 부분에서는 주로 장르의 변이라는 구체적 사실에 초점을 맞춰 그것이 개신교 찬송가의 수용과 어떤 상관성을 갖는가에 대해서만 알아보고자 한다.

최초의 찬송가집은 George Herber Jones와 Louis C. Rothweiler의 『찬미가』[1892 : 초판·30곡, 1895 : 3판·81곡, 1897 : 4판·90곡, 1990 : 5판·176곡]이고, 그 다음 Underwood의 『찬양가』[1894 : 초판·117곡, 1895 : 재판·154곡, 1900 : 3판·182곡]이며, 그 다음이 G. Lee와 M. H. Gifford의 『찬셩시』[1895 : 초판·54곡, 1898 : 재판·83곡, 1900 : 3판·87곡, 1905 : 곡보 부 초판·137곡][52] 등으로 장로교·감리교의 합동찬송가가 나오기까지 초창기 선교에 크게 기여하였으며 아울러 이 땅의 전통 음악과 시가에 큰 충격을 주어 변화의 계기를 마련하기도 했다.

물론 이 노래들은 거의 대부분 번역 찬송가들이다.[53] 번역하는 당사자들로서는 되도록 한국인들에게 익숙한 형태가 되도록 노력했겠으나, 우선적으로 악곡을 도외시할 수 없었을 것이고 그 악곡이 서양 것이었음을 전제할 때 번역시가 전통시가와 달라지는 것은 자연스러운 일이었다. 말하자면 전통적 시가의 틀에 큰 손상을 입히지 않아야 한다는 요구와 찬송가 본연의 형태에 충실해야 한다는 상반된 요구 사이에서 번역가사는 이루어졌다고 생각되는데, 찬송가의 절대적 영향을 받아 이루어진 창가에서 한국 시가장르의 변이와 지속이라는 대조적 특질을 읽어낼 수 있는 이유도 여기서 발견하게 되는 것이다.

그렇다면 창가가 표면화된 단계를 어떻게 보아야 할까. 이 문제에 대한 기존의 견해들은 대략 세 갈래로 구분된다. 즉 '창가—신체시[임화(林和)·백철(白鐵)·조연현(趙演鉉) 등] / 개화가사—창가—신체시[조지훈(趙之薰) 등] / 개화시—개화가사—창가—신시"[54] 등이 그것들인데 이들 사

52) 이유선, 『기독교음악사』, 기독교문사, 1989, 175-177쪽 및 김병철, 『한국근대번역문학사연구』, 을유문화사, 1975, 제1장 제3절 등 참조.

53) 김병철은 이들 중 한국인의 창작가로 9편을 제시하고 있다. 앞의 책, 84쪽 참조.

54) 기존 견해들의 갈래 구분과 그 비판에 대해서는 김학동, 『한국개화기시가연구』, 시문학사, 1981, 35-40쪽 참조.

이의 차이는 전통시가와 새로이 등장한 창가 사이에 과도적인 양식의 존재를 인정했는가의 여부에서 생겨난 것이다. 다시 말하면 창가의 범주 설정에 따라 개화시 및 개화가사가 독립될 수도 있고 함께 포괄될 수도 있었던 것이다.

「독립신문」 간행 이후 「소년(少年)」 간행 이전까지 각종 지(紙)·지(誌)에 왕성하게 발표된 창가가 「소년」 이후 신체시로 전환되었다[55]는 조연현의 견해나 갑오경장 이후 정확하게 말하자면 1896년부터 신체시가 발생한 1908년 전후까지의 개화가사를 모두 창가라고 부른[56] 문덕수의 견해 등은 창가를 포괄적으로 파악한 경우이다. 이와 달리 조지훈은, 가사의 형식을 취했기 때문에 개화가사가 신체시가 못되고 개화가사로 불리어지듯이 개화사상을 담았기 때문에 그 가사는 진짜 가사가 되지 않고 새로운 가요인 창가에로 변성되었다고 한다.[57]

송민호는 개화가사를 양분하여 '개화가사―개화시'라는 유형을 설정했는데, 형식의 측면은 이조시대의 가사를 그대로 습용하고 내용은 근대적 자각에 입각한 새로운 것으로 전자를 설명했으며, 주로 「독립신문」의 애국가로서 내용은 전자와 같이 개화사상을 주제로 했고 형식이 근대시에 가까운 것으로 후자를 설명하고 있다.[58] 그러나 「독립신문」 소재의 노래들을 가사와 절연히 구분시킬 수 있느냐에 대해서는 논란이 있을 수 있다. 오히려 개화시가를 상위개념으로 하고 개화가사·창가·신체시 등을 그 하위개념으로 한다면, 네 가지 개념들이 무리 없이 포괄되어 개화기 문학을 합리적으로 설명할 수 있게 될 것이다. 그러나 작품 발표 시기만으로는 개화가사와 창가의 시간적 선·후 관계를 분명히 가릴 수 없다.

김용직도 이 문제를 거론하면서 대부분의 개화가사는 그 조사(措辭)가 거칠고 형태 역시 낡은 단면을 보인다는 점, 이에 비해 창가는 적지 않게 신선한 표현으로 이루어져 있음은 물론 형태 역시 개화가사에서 한 발 앞선 단면이 드러난다는 점 등을 들고 있다.[59] 창가가 시가문학사상 상당히 새로운 면모를 지니고 나타난 장르임에는 틀림없는데, 그렇다면 개화가사는 다소간의 내용적 참신성에도 불구하고 천주가사·동학가사 등 종교가사의 단계에서 완성을 본 전통가사를 모태로 시대상황에 격발되어 잠정적으로 나타난 과도기적 양식이라 할 수 있을 것이다.

55) 조연현, 『한국현대시문학사』, 인간사, 1961, 48쪽.
56) 문덕수, 「한국현대시연구」, 『학술원논문집』 인문사회과학편, 7집, 1968, 275-276쪽.
57) 조지훈, 『한국현대시문학사』, 『조지훈전집』 v.7, 일지사, 1973, 243쪽.
58) 송민호, 「개화기 시가사상의 창가」, 『아세아연구』 IX, No.4, 1996, 46쪽.
59) 김용직, 『한국근대시사』제1부, 새문사, 1983, 58쪽.

기독교의 전래와 함께 불린 찬미가의 자극으로 생겨난 것이 창가[60]라면 창가의 장르적 성립과 전개에 찬송가가 수행한 역할을 밝히는 일은 선결되어야 할 과제다. 특히 이 문제는 창가가 단순히 번역찬송가나 일본 창가의 일방적 영향아래 생겨난 외래적 장르인가 아니면 전통가사 장르와 계기적 관계를 맺는 고유한 장르인가의 여부에 대하여 결정적 단서를 내포하고 있는 사항이기도 하다.

앞에서 밝힌 바와 같이 번역찬송가가 이 땅에 출현한 것을 1890년대 초반부터라고 본다면 대략 창가의 기점도 이 시기로 잡을 수 있다. 물론 당시 새로 생긴 근대식 학교에서 창가를 음악의 한 분야로 교육시킨 것은 그보다 몇 년 앞선다. 즉, 배재학당에서는 이미 1886년에 창가를 가르쳤다는 기록이 있고[61] 창가 그 자체는 아니지만 같은 해 설립된 이화학당에서도 주기도문이나 '예수 사랑하심'의 찬송가를 영어로 가르치며 예배를 보는 것이 초창기 학습내용의 전부였다고 한다.[62] 그럼에도 불구하고 창가의 기원을 대략 1890년대로 잡는 것은 그것이 찬송가나 학교 교육의 한계를 벗어나 창가라는 이름으로 일간신문 등에 발표된 것이 1896년 이후의 사실[1896년 5월분 「독립신문」에 창가가 처음으로 발표되었음]이기 때문이다.[63]

창가나 그 후 신문학의 장르적 근원에는 이와 같이 번역 찬송가의 직·간접적인 영향이 존재한다.

> 한국에 있어서 개신교의 찬송가는 한국의 서양음악을 가능케 했을 뿐 아니라 '애국가운동'과 '창가운동'의 전개로 이 나라 내셔널리즘의 기치가 되었고 신문학 운동, 나아가서 예술가곡과 대중음악[유행가]에 이르기까지 실로 한국 근대문화의 모체가 되었던 것을 부정할 수 없다.[64]

이유선은 찬송가의 영향이 창가의 출현에만 국한되는 것이 아니고 음악을 포함하여 광범위한 근대문화의 촉진제 역할을 한 것으로 설명하고 있다. 여기서 한 가지 분명히 해야 할 것은 노래의 경우 곡조는 거의 서양 것 그대로 수용했다고 할 수 있지만, 가사의 경우는 그것이 번역된 작품인 이상 전통적 토착장르를 근간으로 할 수밖에 없었다는 점이다. 그러면서도 곡조에 맞추어야 한다는 요구에 따라 가사의 형태적 지표로 이용되던 토착장르는 자연스럽게 변모의 과정을 겪었던

---

60) 김동욱, 『국문학사』, 일신사, 1976, 226쪽.

61) 김세한, 『배재 팔십년사』, 배재중·고등학교. 1965, 186-187쪽.

62) 정충량, 『이화팔십년사』, 이화여대, 1971, 17쪽.

63) 이병기·백철, 『국문학전사』, 신구문화사, 1957, 233쪽.

64) 이유선, 『한국양악80년사』, 중앙대학교출판국, 1968, 96쪽.

것이다. 김병철의 다음과 같은 설명은 이 점을 잘 보여 준다.

> 영어찬송가를 우리말로 옮기는 데에는 당시 선교사들로서는 초인간적 곤란이 수반되었으니, 첫째 우리말의 구사가 미숙하다는 점도 있었겠지만 무엇보다도 영어찬송가란 것은 가사뿐 아니라 반드시 음곡이 딸려 있어 우리말 가사의 자수를 반드시 음부(音符)에 맞춰야만 했던 관계상 그 번역의 고통은 보통이 아니었다. 그래서 찬송가 번역은 초인간적인 난사 중의 난사였을 것이다. 어맥(語脈) 및 그 밖의 것이 현저하게 다른 영미시를 축어역(逐語譯)으로 하자면 아주 긴 것이 되고 또 음부에 맞추기는 거의 불가능한 일이다. 어쨌든 우리말 가사의 자수를 음부에 맞춰야 하는 관계상 우리말 찬송가의 태반은 원문의 대의를 따라 우리말로 옮길 수밖에 없었는데, 국어의 성질상 원문은 정밀한 표현을 그대로 같은 음곡에 맞춰서 노래 부를 수 있도록 옮길 수는 도저히 불가능한 일이어서, 용만하게 원의를 전달하는 데 그칠 수밖에 없었던 것이다.[65]

이때 번역자들이 역가(譯歌)의 형태를 결정할 때 참고로 했음직한 것은 천주가사·동학가사 등 완성 단계의 가사장르와 당시에 많이 창작·유포되던 개화가사였을 것이다. 그럼에도 불구하고 음부에 맞추어야만 했던 사정상 번역가사는 그들이 근거로 삼았던 가사장르와는 여러 면에서 변이될 수밖에 없었으리라 본다. 이 글에서 사용할 번역 찬송가는 숭실대학교 기독교 박물관 소장의 『찬양가』[예수셩교회당, 1894년]·『찬미가』[The Korea Mission of The Methodist Episcopal Church, 1897]·『찬셩시』[Committee of the Presbyterian Mission, North, 1898] 등이다.

영미 찬송가를 우리말로 번역하는데 어려움을 겪었으리라는 것은 앞에서도 언급한 바 있지만, 그러한 사실은 이들 책의 서문에 분명히 드러난다.

> ① 우리들이예수를밋으면춤신여호와를쥬로만알거시아니라우리가ᄉ랑ᄒ온아바지로알거시니이싱각을ᄒ면례빅ᄒ러올때에찬미홀수밧긔업고또이도는죠션에온지가오라지아니ᄒ니외국노래를가지고죠션말노번역ᄒ고곡됴를맛게ᄒ야칙흔권을문ᄃ럿시니이칙에잇는찬미가다흔사름의번역흔거시아니라여러사름이번역ᄒ야모화둔거시오또이즁에뎨ᄉ뎨이십구뎨삼십팔뎨륙십일뎨구십삼뎨일빅십삼뎨일빅십오는다죠션사름이지은거시니그러나곡됴를맛게ᄒ랴흔즉글ᄌ가명흔수가잇고ᄌ음도고하청탁이잇서셔언문ᄌ고뎌가법대로틀닌거시잇ᄉ니아모라도잘못된거시잇거든말숨ᄒ야곳치기를ᄇ라오며칙은잘못엇실지라도례빅홀때에이칙을가지고찬양ᄒ야모든교형들의흥긔ᄒ는ᄆ옴이더감동ᄒ기를ᄇ라노라.[66]

---

65) 김병철, 앞의 책, 120-121쪽.

66) 원두우, 「찬양가셔문」, 『찬양가』, 2쪽.

② 이 노래들 모두는 똑같이 명료함·리듬·경어 등 세 가지 테스트를 받았다. 초판 가운데서 일반적인 한국의 율격, 즉 일정한 강약[혹은 장단] 8음절 행으로 적힌 2, 3, 4, 16, 53번 등은 Chants라는 제목 하에 포함되어 있다. 이 율격이 한국인들에게 아주 잘 받아들여지긴 하지만, 선교위원회가 알고 있는 한 미국이나 영국의 찬송가 작자들은 이 율격만을 사용하지 않는다. 결과적으로 약강격 [또는 단장격] 8음절 행에 알맞은 곡은 무수하지만 강약격[또는 장단격] 8음절 행에 맞는 곡은 하나도 없다.[67]

③ 그런고로 알아듯기에 쉬움을 위ᄒᆞ야 이 ᄎᆡᆨ을 지으되 ᄯᅳᆺ시 엿고 말이 어렵지 아니ᄒᆞᆫ 거스로 찬숑시를 ᄆᆞᆫᄃᆞ라 유식지 못ᄒᆞᆫ 사ᄅᆞᆷ이라도 그 ᄯᅳᆺ슬 알기 쉽게 ᄒᆞ며 아모 노래던지 곡됴의 고하청탁이 잇ᄂᆞᆫ지라 하ᄂᆞ님ᄭᅴ 노래로 찬숑ᄒᆞᄂᆞᆫ 시를 드리우려 ᄒᆞ면 엇지 곡됴의 고하청탁이 업스리오 이ᄎᆡᆨ을 지음에 고하청탁에 대강 맛게 새로 번역ᄒᆞᆫ 시를 뽑아 지으ᄃᆡ 이왕 잇던 찬미 몃장을 합부ᄒᆞ야 지엇고 ᄯᅩᄒᆞᆫ 구약 시편에서 번역ᄒᆞᆫ 몃편을 합ᄒᆞ야 올녓스니 이 말ᄉᆞᆷ은 녯적 다빗왕과 여러 셩인의 말ᄉᆞᆷ이라 (…)이 찬숑시를 쉬운말과 엿흔 ᄯᅳᆺ스로 지엇으나 혹 알기 어려올 ᄯᅳᆺ시 잇슬ᄃᆞᆺᄒᆞ며 더옥 시편의 말ᄉᆞᆷ으로ᄂᆞᆫ 찬숑ᄒᆞᆷ이 처음인고로 알기 어려올ᄃᆞᆺᄒᆞ니 아지 못ᄒᆞᄂᆞᆫ 귀절이 잇거든 교ᄉᆞ의게 무러보고 찬숑ᄒᆞᄂᆞᆫ 소래도 곡됴가 각각 다르ᄃᆡ ᄒᆞᆫ곡됴의 법으로 혹 다른 쟝을 찬숑ᄒᆞᆯ 수 잇스니 교인들이 아ᄂᆞᆫ 곡됴를 가지고 교ᄉᆞ의게 무러 엇던 쟝에 맛ᄂᆞᆫ 거슬 ᄇᆡ호면 혹 ᄒᆞᆫ 쟝 곡됴 법으로 다른 쟝을 찬숑ᄒᆞ리로다.[68]

인용한 서문들에서 공통적으로 드러나는 사실은 악곡에 맞추어야 하는 번역상의 어려움에도 불구하고 되도록 한국인에게 익숙한 율격으로 번역하려고 했다는 사실이다. 언더우드의 말 가운데 '정해진 글자 수', '자음의 고하청탁' 등에서 전자는 당시까지 왕성하게 지어지던 전통가사의 자수율을 지칭하겠으나 후자는 우리 시의 특성을 영시나 한시의 특성과 혼동하여 파악한 경우라고 볼 수 있다.

이 점은 ②에서도 드러나는데, 우리 시 율격의 기본모형으로 제시한 '강약[혹은 장단] 8음절 행'은 전자 언더우드의 생각과 동일하다. 물론 율격을 언어학적으로 고구하기 위해서는 언어적 요소[율격의 음운론적 구성요소, 율격의 통사론적 구성요소 등]와 율격의 상부구조[metric

---

67) Committee of the Presbyterian, Preface of Psalms and Hymns, 『찬셩시』의 "All have been subjected alike to the three tests of clearness, rhythm, and honorific language. Nos. 2,3,4,16, and 53 of the first edition being written in the common Korean metre, that is, an unvarying, trochaic eight syllable line, have been inclded under the head of chants. This metre, while entirely acceptanle to Koreans, is not, so far as the knowledge of the committe extends, employed in a single instance by American or English hymn writers. As a consequenc e, While we have numberless tunes suitable for the iambic eight syllable line, our common metre, we have none written for the trochaic eight syllable line."참조.

68) 「찬숑시 서문」, 『찬셩시』.

superstructure; 일정한 운율적 규칙]를 모두 살펴야 할 것이다.[69]

음운론적 변별요소로서의 자질을 갖추고 있어야 율격단위로 독립할 수 있다고 볼 때 서양인들에 의해 파악된 음성적(音性的) 특질이 우리말의 율격적 성격을 구명하는 데 얼마나 타당할지는 미지수다. 한국시가의 율격을 강약율[70]·고저율[71]등에서 찾아보려는 시도들이 없지 않았으나 그러한 요소들 모두 언어적으로 변별적 가치를 갖지 못한다고 한다.[72] 선교사들 나름대로 자국시에 대한 선입관이 있었을 것이기 때문에 그로 인하여 우리 시의 파악에 약간의 오류는 범할 수 있었다고 본다. 그럼에도 그들이 '정해진 자수', '8음절 행' 등을 언급한 것은 외면으로나마 비교적 정확하게 당시의 가사를 파악하고 있었음을 입증한다. 이와 같이 정확히 파악하고 있었음에도 불구하고 번역찬송가의 형태가 전통가사와 달라진 것은 곡조 때문이었다.

①의 "곡됴ᄅᆞᆯ맛게ᄒᆞ랴ᄒᆞᆫ즉글ᄌᆞ가뎡ᄒᆞᆫ수가잇고"나 ②의 "약강격 8음절행에 맞는 곡은 무수하지만 강약격 8음절행에 맞는 곡은 하나도 없다"는 등의 지적은 번역찬송가의 시적 형태가 전통시가로부터 벗어날 수밖에 없었던 이유를 직설적으로 드러낸다. '곡됴의 고하 쳥탁'을 언급하고 있다는 점에서 ③도 앞의 것들과 큰 차이 없는 내용이나, 같은 곡을 가지고 다른 가사에도 적용할 수 있음을 밝히고 있는 점은 우리의 가사에 서양의 민요곡들을 차용하여 불렀던 당대의 관습을 암시하는 구체적 실례로 볼 수 있다.

다시 말하면 기존 전통시가의 율조로부터 변형되었으면서도 곡조의 수적 제한으로 말미암아 가사의 짜임이나 율조가 서서히 상투화되는 발판을 마련했다는 점이다. 앞에서 말한 바와 같이 당시 기독교계 학교들에서는 이미 음악교육을 시행하고 있었고, 찬송가를 창가라는 명칭으로 부르기도 했다는 점을 생각하면,[73] 초창기 창가의 모태가 찬송가였음은 분명하다.

찬송가에서 시작된 한국의 창가가 일본의 창가와 근본적으로 같을 수 없다고 본 이유선은 창가의 변천을 네 단계로 나눈다. 즉, 찬송가의 한계에서 벗어나지 못한 초기단계를 제1단계, 거기에 기반을 두고 연대적으로 일어난 애국가운동을 제2단계, 세속적인 개화의 풍조를 노래한

---

69) John Lotz, Metric Typology, *Style in Language*, edited by Thomas A. Sebeok, M. I. T. Press, 1960, pp.138-139.

70) 정병욱, 『한국고전시가론』, 신구문화사, 1981, 38쪽.

71) ① 김석연, 「시조율성의 과학적 연구」, 『아세아연구』32, 고려대아세아문제연구소, 1986.
② 황희영, 『운율연구』, 동서문화비교연구소, 1969.

72) 김대행, 『한국시가구조연구』, 삼영사, 1976, 64쪽.

73) 『영화 70년사』[영화여중, 1963] 57쪽의 "음악을 그때는 창가라고 하였는데 주로 찬미가를 번역하여 가르치고 있었다. 그때 송수산나, 한데이세 교사들이 풍금을 치면서 가르쳤다." 참조.

것을 제3단계, 예술가곡의 발아와 제2의 애국가운동을 제4단계로 각각 구분하고 있다.[74] 자수의 측면에서 4·4조 중심이던 초기 창가로부터 최남선의 7·5조 창가가 나타나면서 사실상 장르적 변이가 심화되었다고 볼 수 있는데,[75] 송민호는 이 사실과 관련, 창가의 성격을 다음과 같이 규정하고 있다.

> 육당도 4·4조의 애국가류를 창가라고 말한 듯하나 그가 실제로 창작한 노래는 7·5조였다. 육당의 구술은 막연히 부르는 노래라는 뜻이요 한 시가유형으로서 창가라는 말을 사용한 것 같지는 않다. 그가 영향 받은 일본의 기차개통의 노래는 7·5조였고 이것을 창가의 율조로서 받아들였던 것이다. 4·4조는 이조시가의 전통적 율조로 갑오 이후 서구적 영향을 받지 않은 것이요 『독립신문』의 애국가류는 구 율조를 바탕으로 가창할 수 있는 형태로 짧게 꾸민 것에 불과하다. 주제에 근대적 각성이 반영되었으나 율조에 있어 구투(舊套)를 벗어나지 못했으므로 이것을 7·5조의 새로운 노래와 같은 유형에서 다룰 수는 없기 때문에 창가는 4·4조 율조에서 벗어난 새로운 율조의 노래를 지칭한다.
>
> 『독립신문』의 개화시나 7·5로 비롯한 창가나 다 같이 가창을 전제로 했을 것이나 전자는 가창한 흔적이 희박하여 음곡을 알 수 없고 다만 찬송가조로 불리워졌으리라 추측할 뿐이다. 그러나 창가는 사보다 창을 위주로 하여 악보와 더불어 발표된 것이 많고 학교 음악시간에 불리워진 것도 있어 서양악곡에 붙여 가창된 본격적인 근대의 노래였다. 고려가요나 이조시가의 일부분이 악곡을 붙여 아악속악으로 불리워졌고 시조만 해도 독특한 가락으로 가창되기는 했으나 이들은 구악(舊樂)에 속했지 창가처럼 양악에서 온 것이 아니었다.[76]

이와 같이 송민호는 '부르는 노래'라는 의미를 가진 보통 명사로서의 창가와 시가장르 명칭으로서의 창가를 구분하여 보고 있다. 그러나 창가라는 장르 명칭 자체가 서양악곡에 붙여 부르는 노래에서 기원했다는 점을 감안한다면 송민호가 제기한 것처럼 양자의 경계가 분명히 구분된다고 볼 수는 없다.

---

74) 이유선, 주 52)의 책, 179-184쪽.

75) 조연현, 『한국현대문학사』, 인간사, 1961, 57-58쪽의 "광무 8년[1904년]에 경부선 철도가 개통되었는데 이것을 보고 경부선 철도가를 짓고 싶었다. 그것은 내가 일본 유학 시 일본서 기차 개통에 대한 창가가 많이 유행되고 있음을 보았기 때문이었다. 그래서 그 첫 구절이 "우렁차게 토하는 기적소리에"라고 되어 있는 약 30절에 달하는 경부선 철도가를 지어 이것을 출판하여 전국에 펼쳤다. 이 창가는 7·5조로 된 최초의 창가인데 이후로부터 4·4조의 창가는 점점 그 자체(姿體)를 감추고 7·5조, 6·5조 내지 8·5조의 창가가 그것을 대신하게 되었다." 참조.

76) 송민호, 앞의 논문, 47쪽.

초창기에는 특정한 장르의식 없이 찬송가 등과 혼합하여 서양악곡에 전사(塡詞)하여 부르다가 가사 자체가 관심의 대상이 되는 시점에 이르러 구체적인 시가장르 명으로 인식되었다고 보는 것이 타당할 것이다. 따라서 처음부터 창가라는 명칭을 단순히 부르는 노래라는 잠정적 용어로 보았건 시가장르 명으로 보았건 그것이 창가 이해를 위한 본질적인 문제는 아니다.

작품들의 내용적·형태적 변화만 적절히 설명된다면, 창가라는 명칭은 시종일관 타당성을 지니는 것이다. 특히 그가 기존의 4·4조 율조에서 벗어난 새로운 장르[즉 창가]로 보고 있는 7·5조 형태가 일본 창가를 그 소원으로 한다고 보았는데, 일본에서도 '의미를 중시하는 독송(讀誦)'에 대하여 '음을 주로 하는 창가'로 규정하고 있음을 감안하면,[77] 창가가 '노래 부른다' 혹은 '부르는 노래'라는 일반적 의미의 용어이었을 뿐, 처음부터 시가장르의 명칭은 아니었다고 할 수 있다.

김병선은 창가의 일반적 성격으로 '교육기관에서 가르친 점·교육적 효용가치를 가진 점·강의실 및 가정 공공 집회의 행사시에 불린 점' 등을 들고, '학교에서 가르치는 서양식 노래' 혹은 이와 성격이 비슷한 '교육적 효용가치가 큰 서양식 노래' 등으로 정의하고 있다.[78] 선학들의 이러한 견해들이 타당하긴 하나, 앞에서 언급했듯이 당대의 여러 문헌들과 정황들을 참고하건대 찬송가가 왕성하게 번역·가창되던 당시에 이미 시가장르로서의 창가는 출발되었다고 보아야 한다. 그리고 그 단서를 찬송가 자체는 물론 같은 시대 「독립신문」 등에 실리던 가사 작품들에서 찾을 수 있다.

독닙신문

독립신문 [1896년 창간된 민영 일간지. 국문판과 영문판으로 간행되었음]

대부분의 논자들은 「독립신문」 등에 실린 노래들이 곡을 알 수 없고, 내용만 근대화되었을 뿐 전통가사를 답습한 것들에 불과하다고 본다. 그러나 곡이 나와 있지 않고 이른바 4·4조가 반복되고 있다 하여 창가의 범주에서

---

77) 土居光知, 『文學序說』, 東京:岩波書店, 1941, 245쪽의 "唱歌は音を主にするが, 讀誦は意味を重んじなければならぬ故に三音よりなる單語の第一音を獨立せしめ長引かすことを讀誦には不調和として感ずのてわらう" 참조.

78) 김병선, 『개화기 시가연구』, 계명문화사, 1987, 84-85쪽.

무조건 제외시킬 수는 없다. 우선 분량이 대폭 줄었고 내용의 흐름으로 살펴볼 때 분절의식이 감지되며 부분적으로는 후렴에 속할 만한 합가가 부대되어 있는 점, 그리고 무엇보다도 내용적인 면에서 전통가사와는 분명히 구별되는 근대적 성격을 골간으로 하고 있다는 점 등을 감안할 때 창가의 소원으로 보는 찬송가로부터 적절한 단서만 찾는다면, 찬송가와 같은 시대에 창작되고 불리던 가사들이 전통가사에 기반을 두고 변이된 창가장르라는 점은 쉽게 밝혀질 것이다.

학계에서 창가가 일본 신체시의 수평이동에 의해 나타난 현상은 아니라는 견해[79]가 설득력을 얻고 있는 근저에는 창가가 단순히 최남선의 <경부텰도노래곡됴>를 기점으로 할 수 없고 오히려 찬송가 등의 서양곡조에 의한 전통가사의 변이시점까지 그 상한선을 올려 잡아야 한다는 묵시적 공감이 존재하고 있다고 본다. 장르적 변이의 과정으로 미루어 볼 때 선행 장르의 모사(模寫)에 의한 단순 재생산이라는 하나의 경향과 상황이나 미의식에 따라 적절히 장르적 변환을 모색하는 또 하나의 경향이 일정 기간 병행해 온 것으로 생각된다. 그러나 작품의 양식이 일정치 않다 하여 초기 창가들을 창가의 범주에 넣기를 꺼리고 전통장르의 연속 혹은 과도기의 양식으로 간주하는 입장이 우세했던 것도 이와 같은 장르적 변이의 특성을 간과한 소치라고 할 수 있을 것이다.

이미 언급한 바와 같이 초기에 찬송가를 번역한 선교사들도 [물론 당시 한국인들의 조언에 의해서였겠지만]전통시가에 대한 인식만큼은 어느 정도 당대 한국인들과 공유하고 있었다. 율격 단위를 대략 4·4조로 파악하고, 번역시는 가급적 이에 맞추려고 한 데서도 이런 점은 짐작된다. 그러나 그런 형태를 유지하는 데 있어 결정적인 장애는 악곡이었다. 즉 번역시의 형태는 악곡에 의해 지배되지 않을 수 없었던 것이다. 전통시가의 율조가 변이되기 시작한 것도 바로 이 문제 때문이었다. 악곡이 함께 제시된 예수 셩교회당 간행의 『찬양가』를 통해 보면 번역찬송가에 상정했던 몇 가지 원칙이 있었음을 알 수 있다.

「찬숑시 서문」에서 밝힌 대로 번역 찬송가는 유식하지 못한 사람들도 쉽게 알 수 있도록 만들어졌다. 이 점은 가사에 있어서는 평이한 일상어를 주로 하여 기존의 일반적인 율격에 맞추어 번역했음을 의미하고, 악곡에 있어서는 제창(齊唱)과 기억에 수월한 행진곡풍의 곡조를 선택했음을 의미한다. 그리고 대부분이 원곡의 음부(音符)와 번역 가사를 1대 1로 대응시키는 데 주안을 두고 있다. 원곡의 변개가 수월한 일이 아닐 뿐더러 찬송가는 성서와 같은 차원의 것으로 공인 받은

79) 김용직, 앞의 책, 90쪽.

것이기 때문에, 불변의 원곡에 번역 가사를 변개시켜 대응해야 하는 것은 일종의 불문율이었다.

그런데 그들이 인식하고 있던 중심 율격인 4·4조에 큰 무리 없이 들어맞는 박자는 4분의 4박자를 중심으로 하는 짝수 박자들['4분의 2', '2분의 2', '4분의 6' 등]이었다. ①은 ♩♩이 반복되는 단순한 리듬이다. 이 곡의 리듬을 각각 마디에 맞추어 자수로 나타내면 '4/2/4/2'이고 악곡의 동기에 맞추어 자수로 나타내면 '6/6'이다. 이것이 4분의 4박자이긴 하지만 악곡의 음부와 번역가사가 썩 잘 맞는 경우는 아니다. 다만 이 악보에서 알 수 있는 사실은 번역가사 한 행을 두 도막의 형식 속에 배정했다는 점, 각 마디는 4박자로 하여 하나의 동기에 해당하는 반행의 뒷부분이 네 음절이 채 안될 경우 마디 전체가 4박이 되도록 장음을 배치하고 있다는 점 등이다.

각 마디가 4박으로 이루어졌다는 사실이 중요한 것이지, 그 원칙 안에서 번역가사가 우리말의 어순에 맞는 상태로 각각의 음부와 맺어졌는가의 여부는 크게 중시하지 않은 듯하다. 즉 1음부에 1음절이 대응하는 것을 원칙으로 하면서도, 1음절에 두 박자까지는 허용이 되고 있음을 알 수 있다. 짝수 박자의 경우는 말의 이어짐이 어색하든 그렇지 않든 전통가사의 율격체계를 일부나마 드러낼 수 있으나, 홀수 박자의 경우는 도막들 간의 불균형을 피할 수 없다. 주로 이런 경우에 전통 율조의 변이는 일어나는 것이다.

②역시 두 도막 형식에 배정되어 있으며, ♩♩이 반복되는 단순한 리듬이다. 각 마디별 글자 수를 보면 '3/2/1/3/2/1'이고, 동기별 글자 수는 '6/6'이다. 악곡의 마디별로 가사의 의미가 완결되는 것이 아니고 가사의 일부가 다음 마디로 넘어가는 경우는 서양 음악에 우리말 가사를 맞추었을

때 흔히 보이는 현상이다. ②에서 '신'은 두 박자의 길이이고, '금'은 세 박자의 길이다. 즉 이들 글자 다음에 한 박자 혹은 두 박자의 휴지(休止)가 놓이는 셈이다. 세 박자의 휴지는 가사 세 음절의 길이에 해당한다. 이 때 번역 여하에 따라서는 이들 휴지부에 가사를 채울 수도 있었으나 그러기 위해서는 가사의 각 소절을 통일시켜야 하는 어려움이 있었을 것이다. ③ 역시 두 도막 형식에 배정되어 있으며, ♩♩이 반복되는 단순한 리듬이다. 각 마디별 글자 수는 '3/2/2/2/2/2/2/1' 이고 동기별 글자 수는 '8/8'이다.

이상의 자료들을 살펴볼 때 가사의 각 행을 두 도막에 배치하고 있으며 각 도막 역시 대부분 두 개의 마디로 이루어지고 있다. 다시 말하면 각 음부에 가사의 음절들을 대응시키고자 할 경우 마디나 도막 혹은 동기별로 의미가 완결되는 경우도 있으나 상당수는 그렇지 못하고 바로 앞에 말한 대 원칙만을 지키고 있음을 알 수 있다. 그러다 보니 전통가사에 비하여 글자 수 변이의 폭이 늘어날 수밖에 없었다. 그러나 한 행이 두 개의 반행으로 이루어지며 하나의 반행이 두 개의 음보로 이루어지는 점은 별로 변한 게 없다고 보아야 한다.

앞에 제시한 찬송가의 가사를 각각 1절씩만 들어보면 다음과 같다.

① 거륵거륵ᄒᆞ다
젼능ᄒᆞ신샹쥬
일흔아ᄎᆞᆷ에노래
놉혀들보셰
거륵거륵ᄒᆞ다
어질고능ᄒᆞ신
삼위일톄
유복삼일일셰[80]

② 젼능ᄒᆞ신님금
엇지찬양ᄒᆞᆯ고
도으쇼셔
셩명놉흐시다
놉흐신님금
업ᄃᆡ여절ᄒᆞ셰
만고님금[81]

③ 이셰샹을내신이ᄂᆞᆫ
여호와ᄒᆞ나ᄲᅮᆫ일셰
텬디만물내신후에
일남일녀시조냇네[82]

4·4조를 의식한 듯한 ③을 제외하면, 음절수 구성에 있어 전통가사와 큰 차이를 보여준다. 그러면서도 각 반행들이 두 개의 음보로 이루어져 있는 점은 전통가사의 관습을 답습했다는 증거다. ①의 '삼위일톄', ②의 '도으쇼셔/만고님금' 등은 두 개의 음보로 구분하기 어려우나 가사 자체

---

80) <제1 찬송 3·1>의 1절, 『찬양가』, 1쪽.
81) <제2 칭양부자성령>의 1절, 같은 책, 2쪽.
82) <제3 감심송사>의 1절, 같은 책, 3쪽.

만의 율독인 경우는 각각의 뒤에 그것들과 같은 길이의 휴지가 놓이는 것으로 상정할 수 있을 것이다. 1음보만으로 반행을 이루고 있는 후자는 네 개의 절이 모두 같은 양상을 보이고 있는데, 이것은 원곡의 구조상 어쩔 수 없는 일인 듯하다.

'거륵거륵ᄒᆞ다'를 '거륵거륵/ᄒᆞ다'로 구분하는 것이 문법적으로 볼 때에는 타당치 못할 것이다. 그러나 악곡에서는 이것이 두 마디로 나누어져 있으며, 이와 유사한 것 혹은 이보다 더 불합리한 듯이 보이는 부분들이 더러 눈에 뜨인다는 점에서 악곡이 가사의 형태를 지배한다는 사실을 확인할 수 있다. 여하튼 하나의 반행이 두 도막으로 나뉘어 가사 자체만으로는 두 음보를 형성하고, 악곡 상에서는 두 마디를 형성한다는 점은 분명하다. 따라서 ①·②와 같은 경우는 기존 전통가사로부터의 변이형으로 볼 수 있고, ③은 전통가사의 율격적 기반을 상당부분 유지하는 경우로 볼 수 있을 것이다. 그러나 그것도 전체 구조면에서 다섯으로 분절되어 있다거나 한 절이 4개의 반행 즉 2개의 행으로 이루어지고 있다는 것은 전통가사로부터의 큰 변화라 할 수 있다.

이러한 찬송가에 뒤이어 등장, 「독립신문」[83] 잡보 란에 실렸던 창가 작품들 가운데 두 편만 들어보기로 한다.

① 학부 쥬ᄉᆞ 니필균씨가 대죠션 ᄌᆞ쥬 독립 ᄋᆡ국ᄒᆞᄂᆞᆫ 노ᄅᆡ를 지엿ᄂᆞᆫᄃᆡ

| | | |
|---|---|---|
| 아세아에 대죠션이 | 합가 | ᄋᆡ야에야ᄋᆡ국하셰 |
| ᄌᆞ쥬독립분명ᄒᆞ다. | | 나라위ᄒᆡ죽어보세 |
| 분골ᄒᆞ고쇄신토록 | 합가 | 우리졍부놉혀주고 |
| 츙군ᄒᆞ고ᄋᆡ국ᄒᆞ세 | | 우리군면도와주세 |
| 깁흔잠을어셔ᄭᆡ여 | 합가 | ᄂᆞᆷ의쳔ᄃᆡ밧게되니 |
| 부국강변진보ᄒᆞ세 | | 후회막급업시ᄒᆞ세 |
| 합심ᄒᆞ고일심되야 | 합가 | ᄉᆞ롱공샹진력ᄒᆞ야 |
| 서세동졈막아보세 | | 사ᄅᆞᆷ마다ᄌᆞ유ᄒᆞ세 |
| 남녀업시입학ᄒᆞ야 | 합가 | 교휵ᄒᆡ야ᄀᆡ화되고 |
| 세계학식ᄇᆡ화보자 | | ᄀᆡ화ᄒᆡ야사ᄅᆞᆷ되네 |
| 팔괘국긔놉히달아 | 합가 | 산이놉고물이깁게 |
| 륙ᄃᆡ쥬에횡ᄒᆡᆼᄒᆞ세 | | 우리ᄆᆞ음ᄆᆡᆼ셰ᄒᆞ세 [84] |

83) 「독립신문」의 발행시기는 1896. 6. 5-1897. 1. 20이므로 여타의 매체에 비해 가장 먼저이며, 독립정신과 새로운 시대정신의 고양에 그 발간 취지가 있었으므로 창가의 장르적 정신과 맥이 통한다고 생각한다. 따라서 여기에 실렸던 작품들이 초창기 창가의 전형이라 보아 인용하기로 한다.

84) 김근수 편, 『한국개화기시가집』, 태학사, 1985, 1쪽.

② 농샹 공부 쥬ᄉᆞ 최병헌 독립가

| 뎨일 | 후렴 |
| --- | --- |
| 텬디만물챵죠후에 | 독립긔쵸쟝구슐은 |
| 오쥬구역텬딩이라 | 군민샹ᄋᆡ데일이라 |
| 아시아쥬동양즁에 | 깃분날깃분날 |
| 대죠션분명ᄒᆞ다 | 대죠션독립ᄒᆞᆫ날 |
| | 깃분날깃분날 |
| | 대죠션독립ᄒᆞᆫ날[85] |
| | 一八九六. 十. 三. 第九十號. |

①이 창가라는 기록은 없으며 그렇다고 가사작품이라는 기록이 있는 것도 아니다. 그런 이유로 논자에 따라서 ①을 위시한 「독립신문」 소재 시가작품들을 전통가사 혹은 과도기적 개화가사의 범주에 넣기도 하고, 창가의 범주에 넣기도 한다. 비록 양적으로 절제되고 있긴 하지만 이 작품이 4·4의 자수율을 의식적으로 구현하고 있는 점에서 완성기 가사의 면모가 보이지 않는 것은 아니다. 아울러 ①의 경우 '본가(本歌)+합가(合歌)'의 형태로 되어 있어 전통시가나 민요에서 성행하던 선후창 혹은 교환창의 가창방식을 채용했을 가능성도 배제할 수는 없다.

그런 가능성에도 불구하고 필자가 이 작품들을 초기 창가의 범주에 넣고자 하는 것은, 첫째 형태적인 면에서의 진보성 때문이다. 두 작품 모두 한 행 혹은 두 행이 하나의 절을 형성하고 있다. 그리고 후렴이 뚜렷하게 나타난 ②는 말할 것도 없고, ①의 합가 역시 후렴과 같은 기능을 하고 있는 부분으로 보인다. 물론 후렴은 모두 절이 똑같은 내용과 곡으로 되어 있을 것을 필수로 하지만 이 경우는 동곡이사(同曲異詞)이며, 이때의 '이사(異詞)'는 내용적 측면에 한정될 뿐 형태는 완벽하게 하나의 틀로 이루어져 있기 때문에 가창 시에는 그 이질성이 크게 부각되지 않았으리라 본다.

②의 후렴은 당대에 왕성하게 가창되던 찬송가의 후렴과 부합한다. 특히 '깃분날깃분날'에서 '날'은 두 박자 길이의 음부에 의해 가창되는 부분으로 찬송가 분위기가 두드러진다. 예컨대, "이우물에ᄀᆞᆺ치갑세/죄씻셔혼구히/ᄯᅩ겸손ᄒᆞ게쥬공뢰/명심불망ᄒᆞ게"[86]에서 보듯이 4·4조의 시행과 3·3조의 시행이 번갈아 등장하는데, ②의 후렴과 같은 구조이며 곡조 역시 양자가 비슷하지 않았을까 짐작된다. 비록 4·4조라는 전통 자수율이 기반이 되고 있다 할지라도 이와 같은 형태를

85) 같은 책, 7쪽. 전체 5절 가운데 제1절.

86) 1897년판 『찬미가』 제18장 후렴.

전통시가의 단순한 연장으로 볼 수는 없다.

3·3조 6음절의 반행은 의도적 변형이었다기보다 곡조에 의한 구속의 결과임에 틀림없다. 전통가사의 제한 없는 개방적 성격이 창가의 단계에 이르러 분절됨과 동시에 여기에 상응하는 의미적 수렴의 성향이 뚜렷해졌다. 이것은 악곡의 동기나 악구 및 악절 등과 가사의 각 단위[음보·반행·행·절 등]가 상호 부합해야 한다는 형태적 요청 때문에 생겨난 현상인 것이다. 또한 대부분의 반행 내지 행 단위의 종지어들이 청유형이나 감탄형 등으로 일률적인 양상을 보여주고 있는데, 이것 역시 전통가사의 자연율과 악곡의 구속 등에 의한 의도적 결과라고 할 수 있다. 이와 같이 창가는 전통가사로부터의 형태적 지속과 변이에 의해 이루어진 장르인데, 변이의 직접적 원인은 그 가사를 올려 부르던 악곡에 있으며 그것은 찬송가의 형태로 수용된 서양악곡이었던 것이다.

둘째는 내용 면에서의 진보성이다. 대부분의 전통가사가 개인적 정서를 술회하거나 경물을 그려내는 등 자아 중심적이고 정태적인 데 반해 창가에서는 자아를 확대시킴과 동시에 세계를 동태적으로 파악하는 등 역동적인 특성을 보여주고 있다. 즉 가사 1음절에 대략 1박자의 길이를 대응시킨 행진곡풍의 곡이었으므로, 새 시대의 새로운 분위기 고양(高揚)이라는 내용적 역동성은 불가피했던 것이다. '아세아·대조선·자주독립·부국강병·육대주·교육·사해일가·천지만물 창조' 등은 자아에 국칩해 있던 전통적 사고방식이 타파되었음을 입증하는 시어들이다. 물론 '대군쥬폐하만만셰'와 같은 전통 시대의 봉건적 사고가 노래의 도처에 등장하긴 하지만 형태적 측면에서 이미 말한 바와 같이 이것 역시 전통적으로 지속되어오는 하나의 부분적 요소로 보면 될 것이다.

이상과 같이 형태적·내용적 측면에서 창가는 전통가사로부터 변이된 새로운 장르이며 찬송가는 그 변이의 직접적 요인이었다. 찬송가의 형태로 수용된 서양악곡에 대하여 당대인들은 경이로운 느낌을 갖고 있었으며,[87] 그러한 일반의 인식은 한국의 전통가사나 음악에 대한 변이의 촉진제 역할을 했다고 본다. 물론 전통적 찬송가 도입의 주체는 미국에서 온 백인 선교사들이었고, 그들은 기독교 복음과 함께 자신들의 예배의식과 찬송을 우리에게 전해주었다. 당연히 이 땅에서는 그것들을 배웠고, 신학자들이나 음악가들이 외국에 가서 배워 온 것들도 대부분 백인들의 그것이었다.[88]찬송가와 달리 이 땅에서 만들어진 복음성가를 중시해야 한다는 견해들이 대두되었고, 그 시초가 유재헌 목사에 의해 구체화 된 것도 사실이다.[89] 예컨대 No.38 <애국의 노래>[火壇

87) 1899. 5. 18. 자 「뎨국신문」 논설 참조.

88) 황성희, 『복음성가의 역사』, 크레도, 2006, 9쪽 참조.

89) 유재헌, 『복음성가』[제6판], 대한수도원, 1956, 참조.

作]를 보면, 총 5절 중 4절까지는 우리나라의 국토, 역사, 국민들의 자랑스러운 점들을 소재로 민족적 자긍심을 주로 노래했고, 마지막 부분인 5절 3-4행[하나님의 축복풍성히 임하니/우리 대한 나라 만세 만만세]에서 '하나님의 축복'을 언급하고 있다.[90] 이런 복음성가의 출발을 어디서 잡아야 하느냐에 따라 전통 시가장르와의 연관성을 새롭게 논할 수 있다고 보지만, 아직 초기 복음성가들의 구체적인 작품들을 확인할 수 없기 때문에 이에 대한 상론은 다른 기회로 미룰 수밖에 없다.

## 4. 기독교의 수용, 고전시가의 변이

이상과 같이 필자는 이 땅의 기독교 수용을 천주교와 개신교 등 두 부분으로 나누어 한국 전통시가에 대한 그것들의 영향을 살폈다. 특히 필자는 기독교가 도입된 이후 전통시가에 나타난 장르적 변이와 지속의 양상을 종교적 관점보다는 문학적 관점을 중심으로 분석해 보았다. 다시 말하면 천주교나 개신교의 도입 과정이나 그 상황 및 교리 등을 논의하고자 한 것이 이 글의 주목적은 아니었으며, 그것들이 들어오면서 빚어졌던 전통시가에 대한 충격과 그로 인한 변이의 파장 등을 문학적 측면에서 설명하려는 것이 그 주된 의도였다.

천주가사와, 창가장르 출현의 계기가 되었던 번역찬송가 등 양자를 지금껏 학계에서는 별개의 사실이나 현상으로 여겨왔던 것이 사실이다. 그러나 여기서의 논의 결과, 양자가 한국시가의 통시적 흐름 위에서 불가분의 연계성을 지닌다는 점이 어느 정도 밝혀졌다고 본다. 그렇다면 이질성보다는 동질성을 더 많이 공유한 양자가 각 시기별로 큰 차이 없던 조선사회에 앞뒤로 수용되었으면서도 결과 면에서 상이한 것[91]은 무슨 까닭이며, 양자 사이에 서로 다른 점은 구체적으로 무엇인가.

우선 천주가사는 기존 전통가사의 변용이나 장르적 재창조물일 수 없으며, 다만 기존 장르 습용의 결과적 소산에 불과했던 것이다. 이와 같이 천주가사가 기존 장르의 정형으로 회귀하여 형태적인 면에서 전통가사 장르를 완성시켰고 내용적인 면에서도, 교리에 대한 특정 분야만을 제외한다면, 전통 사고방식으로부터 전혀 진보적인 양상을 보여주지 못한 것은 도입 당시의 정치·사회적 배경에서 그 이유를 찾아야 할 것이다. 마테오 리치가 중국에 천주교를 전파하면서 천주교와 유학의 교리를 성공적으로 접맥시켰던 데 반하여, 조선의 천주교 수용 계층이었던 진보적

90) 같은 책, 37쪽.

91) 전통시가 부문에 국한시킬 경우 그렇다는 말이다.

유학자들은 그런 점에 착안할 여유를 갖지 못했다. 경직된 성리학의 이념적 독재에 이질적인 천주교가 용인될 수 없었는데, 그것은 상당 부분 당시 집권세력의 정치적 이해와 상관관계를 맺는 일이기도 했다. 민중들에게 친숙한 시가장르를 택하여 그 장르의 구조적 원칙에 충실하면서 자신들의 종교적 신조나 이념을 표현할 수밖에 없었던 것은 이런 억압적 상황이 빚어낸 불가피한 결과였다.

말하자면 종교가사의 초기 작품인 나옹화상의 불교가사로부터 크게 변이된 모습을 보여주지 못한 천주가사를 통해 '가사 장르 자체의 완성'이나 '전통으로의 보수적 회귀'라는 모순적인 두 가지 현상을 발견할 수 있다는 것이다. 예컨대 초창기 작품인 이벽의 <천주공경가>는 『천학초함』을 읽고 나서 지은 서사시 <성교요지>와 『천학초함』 중의 <서금곡의 8장>에서 그 모티브를 얻고 있으나 전통가사의 장르적 관습을 철저히 준수하고 있다.

최양업 신부의 천주가사를 비롯한 다음 단계의 작품들도 초창기의 작품이 보여주는 형태적·내용적 틀을 벗어나지 않고 있다. 천주가사는 동시대의 불교 가사나 최제우의 동학가사와 마찬가지로 가사장르의 전형적 완벽성을 보여줌으로써 가사장르 변이의 단서를 이미 자체 내에 갖춘 셈이 되었다. 가사장르 발생기의 작품이 불교가사였고 완성기의 작품도 천주가사나 동학가사라면 가사장르의 통시적 전개의 주된 줄기는 종교가사라 할 수 있고, 그에 따라 그동안 애매하던 가사의 교술 장르적 성격이 분명해지는 것이다. 이것을 달리 표현하면, 가사가 표현 특질 상 자체 내에 지니고 있던 '교술문학성'과 종교교리의 하향식 전달양상이 합치되어 교술적 성격은 더욱 뚜렷해질 수 있었던 것이다. 이와 같이 천주가사가 등장함으로써 장르적 중간지대로 남아 있던 가사의 교술성은 그 원론적 측면을 완성하게 되었고, 이것은 바로 철저한 전통으로의 회귀를 의미하는데, 이 단계를 벗어나야 비로소 본격적인 변이의 시기로 들어서게 되는 것이다.

천주교와 달리 비교적 수월하게 전래되었던 개신교는 전통시가에 미친 영향 자체도 적극적인 양상을 보여주었다. 우선 시대 사회적 배경이 천주교 전래 당시보다 비교할 수 없을 만큼 순화되어 있었으며, 의료나 교육을 앞세웠기 때문에 발생 가능한 이념적 갈등을 최소화시킬 수 있었다. 특히 중국을 통해 한자로 전래되어 이념적 갈등 이외의 문화적 충격은 그렇게 크지 않았던 천주교에 비해 직접 서양인 선교사들에 의해 전래된 개신교의 경우는 서구의 문화가 완충장치 없이 전달되었던 만큼, 문화 그 중에서도 이 글의 대상인 전통시가 형태에 끼친 변모의 파장은 아주 컸다.

그 가운데 번역찬송가는 한국의 전통가사와 찬송가 원곡 등 양자에 모두 부합해야 한다는 어려움을 안고 있으면서도, 악곡을 우선할 수밖에 없었던 사정 때문에 가사형태의 변개는 필연적이었다. 물론 변이 부분 외에 전통장르로부터 지속된 부분이 서로 엇갈려 새로운 장르를 형성했으므로 새로운 장르, 즉 창가가 외국 것의 일방적 수용은 아니었던 것이다. 이러한 가사의 변이는 찬송가의 범주를 벗어난 이후 일반 문학 장르로 전이되었으며, 창가의 장르적 범주 내에서도 다양한 하위범주를 생성하면서 결과적으로 창가는 근대문학으로 나아가는 발판 역할을 하게 되었던 것이다. 따라서 전통가사 장르로부터 근대시 장르로의 매개역할은 창가가 수행하였고, 그 창가는 찬송가로부터 나온 것이었다.

이와 같이 천주교와 개신교로 시차를 두고 이 땅에 도입된 기독교는 한국의 전통시가 장르에 충격을 주어 장르적 완성을 이루기도 했고 장르적 변이를 일으켜 타 장르로 이행하도록 디딤돌 역할을 수행하기도 했던 것이다.

# 이방문화의 체험을 사실적으로 그려낸 사행가사

## 1. 사행가사의 존재론적 근거

<일동장유가>와 <병인연행가>[1]는 국가의 명으로 해외에 다녀온 사절들의 가사 작품들로서 넓게 보아 기행가사에 속한다. 뿐만 아니라 '지식인에 의한 해외체험의 기록'이라는 점은 두 작품의 가장 두드러진 공통요소다. 비록 서술의 주체는 공적인 임무를 띤 사절이지만, 기록 자체는 개인적인 보고의 성격이 강하다는 점에서 두 작품은 공적·사적 성격을 공유한다. 기행가사를 절충적 입장에서 '관유가사·사행가사·유배가사' 등으로 분류할 경우[2] <일동장유가>와 <병인연행가>는 사행가사에 속한다. 그리고 이것들은 해외 기행가사의 범주에도 속한다. 조선조 후기로 접어들면서 기행 부류의 가사가 장편 화하고 서사적 성격이 농후해진 것은 가사의 복합 장르적 요소들 가운데 서사성의 극대화[3]나 묘사와 전달의 효율성이라는 현실적 필요성 때문이었다. 가사는 시에 비해 설명적이며 산문에 비해 함축적인 장르다. 부연을 본질로 하는 산문이라 해도 여행길에서 얻는 견문들을 모두 보여주기는 어려웠다. 또한 축약과 서정적 초점화를 주로 하는 시 양식을 통해 그 견문들을 보여주기는 더더욱 어려웠다. 이런 상황에서 가장 효율적인 장르는 양자의 장점을 겸할 수 있는 가사였다.

가사는 함축적인 표현이 가능하면서도 시보다 훨씬 서술적이다. 따라서 묘사와 전달에 있어서 산문이나 시에 비해 월등한 효과를 발휘할 수 있었다. 여기서 기행가사 등장의 필연성을 확인할

---

1) 학계에는 '연행가'로 알려져 있으나, '연행가'라는 명칭의 가사가 여럿 있기 때문에 혼란을 피하기 위해 '병인연행가'로 부르고자 한다는 임기중의 견해[『연행가사연구』, 아세아문화사, 2001, 25쪽]를 따른다.

2) 최강현, 『한국 기행가사 연구』, 신성출판사, 2000, 63-64쪽.

3) 전일환, 『조선가사문학론』, 계명문화사, 1990, 163쪽.

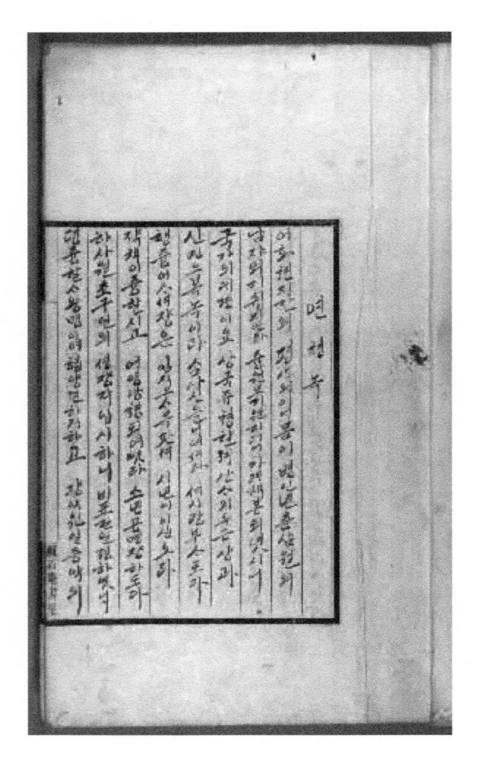

〈병인연행가〉 [장서각 소장]

수 있다. 기행가사의 기능으로 제시된 교본성(敎本性)·탄원성(歎願性)·진정성(陳情性) 등[4]에서도 기행문학으로서의 가사가 지닌 효용가치는 분명해진다. 이런 성격들을 포함하는 가사의 문체적 효율성이야말로 여행자들이 해외여행의 체험을 기록하기 위해 가사를 원용한 이유였을 것이다. 그들은 가사의 장르적 본질과 여행자들의 세계관이 조화를 이룰 수 있다고 보았다. 행동규범이나 자연·사회·인간에 대한 하나의 체계를 이루는 총괄적 견해가 세계관이므로, 그 속에는 철학적·정치적·윤리적·미적·자연과학적 견해가 일정한 방식으로 용해되어 있다.[5] 사실 연행사나 통신사들이 인식의 대상으로 삼고 있던 외부세계는 기껏 중국이나 일본에 불과했고, 그들의 의식 또한 중화주의나 한문학적 우월주의[6]가 고작이었다. 일부 연행사들이 자각을 통해 세계관 확대의 가능성을 보여주었고, 그것이 실학의 발흥 등 시대적 변화에 기여한 일면도 있었지만, 대부분은 뛰어난 개인적 자질에서 기인한 것이었다.

홍순학[洪淳學, 1842년-1892]이나 김인겸[金仁謙, 1707-1772]이 제대로 된 세계관을 갖추지 못했다면, 그것 역시 시대적 한계 때문이었다. 그러나 그들이 대상 세계를 제대로 보고자 한 '개인적 의욕'만큼은 누구보다 치열했다. 그들이 결국 대상 세계에 대하여 눈을 뜨게 되고 세계관의 확대를 이룰 수 있었던 것도 그런 개인적인 의욕과 출중한 자질 덕분이었다. 그리고 그와 같은 세계관의 확대를 가능케 한 요인이 바로 '현지에서의 체험'이었다. 따라서 해외체험과 세계관의 확대는 불가분의 관계로 연결된다.

기록자들은 이 가사들을 통해 어떤 시선으로 해외의 산천이나 문물들을 바라보았는지, 작품에 표출된 두 작가의 해외체험이나 세계관은 어떤 측면에서 같고 다른지 살펴보는 것은 해외체험과

4) 최강현, 앞의 책, 271-342쪽.

5) 『브리태니커 세계대백과사전』 12, 한국브리태니커회사, 1996, 175쪽.

6) 김태준, 「18세기 한일문화 교류의 양상」, 『논문집』 18[인문과학편], 숭실대학교, 1988, 25쪽.

세계관 확대의 상관성을 밝히는 데 긴요하다고 보며, 그것이 바로 이 글의 핵심이다.

중국과 일본을 다녀온 조선조의 사행자들은 방대한 기록을 남겼고, 현재 그것들은 국문학의 현실적인 한 부분으로 인정받고 있다. 그것들은 조천록·연행록 등 수백편의 산문기록들,[7] 수편의 가사들,[8] 내용상 직·간접으로 관련되는 수백편의 한시들로 분류된다. 사행은 정·부사와 서장관 및 다수의 수행원들로 구성된다. 따라서 이들 중 누구라도 사행 중의 일들을 기록할 수 있었다. 대개 정부에 대한 공식적인 보고 목적의 기록과 사적인 기록으로 나뉘는데, 내용이나 표현에 제한을 받을 수밖에 없는 전자와 달리 문학적 의미를 부여할 수 있는 것은 후자에 국한된다. 후자의 경우도 사행에 참가하지 못한 기록자의 주변 인물들에게 읽힐 목적으로 기록했다고 보아야 하기 때문에 '보고'의 성격을 갖는 것은 전자와 마찬가지다.[9]

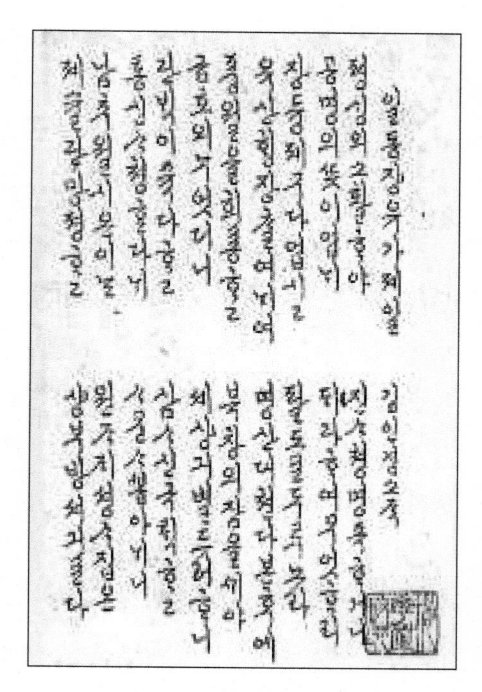

〈일동장유가〉 [규장각 소장]

사행록은 한문과 국문 등 두 가지의 표기체계로 이루어져 있다. 국가에 대한 공식적 보고문은 당연히 한문으로 기록되었으며, 기록자가 국문에 익숙지 않은 경우에도 한문표기를 벗어날 수 없었을 것이다. 가사를 포함하여 상당수의 중요한 사행록들[10]은 국문으로 기록되어 있다. 사실

7) 임기중[앞의 책, 21쪽]은 연행록이 400여종에 이른다고 했으나, 지금도 계속 발굴되고 있으므로 실제로는 그보다 훨씬 많을 것이다. 일본 통신사의 기록들은 전해지는 22편 중 정몽주의 시를 포함한 20편의 기록들이 『해행총재』[1989]라는 이름으로 묶였다.

8) 임기중[앞의 책, 22쪽]과 최강현[앞의 책, 170쪽]은 <연행별곡(燕行別曲)>[작자 미상]·<서정별곡(西征別曲)>[박권]·<서행록(西行錄) 혹은 무자서행록(戊子西行錄)>[김지수]·<병인연행가(丙寅燕行歌)>[홍순학]·<북행가(北行歌)>유인목 등 5작품을 연경 사행자들의 가사로 들었고, 최강현[앞의 책, 213-224쪽]은 일본 통신사행을 기록한 가사로 <일동장유가>[김인겸]와 <유일록(遊日錄)>[이태직] 등 2편을 들었다.

9) 정영문[「홍순학의 <연행가> 연구」, 『숭실어문』 18, 숭실어문학회, 2002, 257쪽]은 '작가는 대상에 관하여 독백과 보고의 방법으로 서술하게 되는데, 독백이 우세할 경우 자신의 내면적 표출이 많아지고, 보고가 우세할 경우 객관적 표현이 확대된다'고 했다.

10) 예컨대, 『죽천행록』[미상]·『연힝일긔』[김창업]·『을병연행록』[홍대용]·『무오연행록』[서유문] 등을 들 수 있다.

국문 사행록은 한문 사행록들과 병행되어왔으며, 시간적 선후에 따라 서로 영향을 주고받으며 새로운 문체적 관습을 형성해 나왔다. 예컨대 홍대용은 국문본 『을병연행록』을 먼저 쓴 다음 한문본 『담헌연기』를 발표한 것으로 추정되는데, 이 점은 한문의 순정성(醇正性)을 유지하려는 당대 지배계층의 노력이었던 동시에 국문 표기의 현실적 필요성을 감안한 선택이기도 했다.[11)]

그러나 사행가사는 표기체계상 국문이라는 점에서 한문 사행록과 다르고 문체상 운문이라는 점에서 국문 사행록과도 다르다. 국문으로 기록한 것은 우선 수용계층으로서 부녀자를 염두에 두고 있었다는 점과 한문으로는 표현할 수 없는 섬세한 상황들을 모두 담아내고자 한 기록자로서의 욕망 때문이었을 것이다. 같은 국문표기일지라도 사행가사가 산문의 사행록과 다른 점은 실현화의 양상에 있었다. 즉 단순한 상황의 묘사에 그치는 것이 아니라 서사·교술 등 주제의 극대화를 통하여 기록자의 의도를 전달하는 데 가사 장르 선택의 의도가 있었던 것이다. 또한 산문기록보다는 덜 설명적이고 덜 구체적이지만, 산문기록에서는 얻기 힘든 정서적 고양을 이룰 수 있다는 점에서도 그들은 가사장르를 선택했으리라 본다.[12)] 이처럼 표현과 전달의 효율성을 바탕으로 한 장르 선택의 타당한 이유는 사행가사에 노출된 관찰자의 시선이나 세계관과 함수관계에 놓이는 내용이기도 하다.

조선조 후기의 주된 외교 대상은 청나라와 일본이었다. 청나라는 명나라에 이어 사대의 대상이었고, 일본은 교린의 대상이었다. 대상에 따라 사행의 형태나 목적 역시 달랐다. 청나라에 대해서는 매년 네 차례의 정기적인 사행[정조사(正朝使)·성절사(聖節使)·천추사(千秋使)·동지사(冬至使)]과 다양한 부정기적 사행을 파견했고, 일본에 대해서는 경차관(敬差官)·회례사(回禮使)·쇄환사(刷還使) 등 다양한 명칭과 목적의 통신사를 파견했다. 사대와 교린이라는 두 관계는 상호 위상의 차이 때문에 규모나 인적 구성이 다르긴 하나 방법이나 위계 등 사행 구성의 본질적 측면에서의 차이는 없었다. 뿐만 아니라, 명·청 교체 이후 크게 변한 동북아시아의 국제질서를 감안하면 내면적으로는 양국에 대한 조선의 자세에도 차이가 있을 수 없었다.

오랑캐 청나라가 중화의 명나라를 무너뜨리고 중원의 지배자로 등장하면서 존속되어오던 화이 구분의 세계관은 혼란을 겪을 수밖에 없었으며, 임진왜란을 겪으면서 일본에 의해 '소중화적 자존의식'을 손상 받은 조선으로서도 마찬가지로 세계관의 혼란을 겪을 수밖에 없었다. 사행가사에 등장하는 견문의 내용은 다를 수 있어도, 중국과 일본에 대한 지식인들의 관점만큼은 일치했으리

---

11) 조규익, 「조선조 국문 사행록의 통시적 연구」, 『어문연구』 31권 1호, 한국어문교육연구회, 2003, 84쪽.

12) 조규익, 「금강산 기행가사의 존재양상과 의미」, 『한국시가연구』 12, 한국시가학회, 2002, 17-18쪽.

라 보는 것도 그 때문이다. 작품에 드러난 기록자의 시선과 세계관은 두 나라를 밟으면서 얻게 된 견문을 통해, 그리고 그런 견문들에 대한 그들 나름의 해석을 통해 소상히 드러날 것이다.

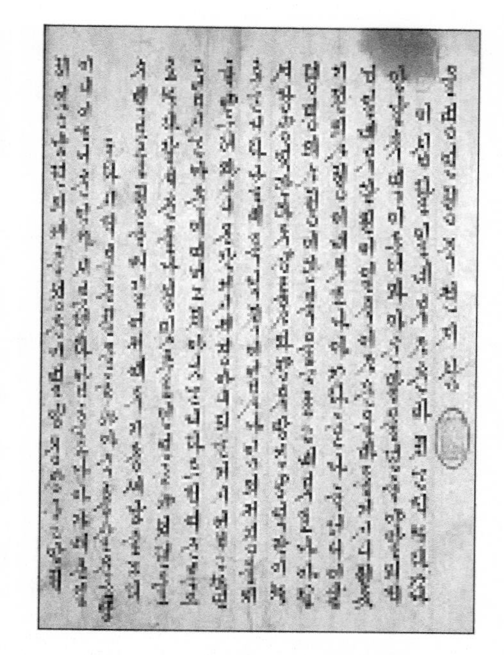
『을병연행록』 [숭실대학교 기독교 박물관 소장]

관유가사의 경우도 마찬가지다. 외교적 사명만 벗어난다면, 사행자들 역시 관유자였다. 사실 연행록을 남긴 지식인들은 중국을 비롯한 해외체험을 갈망했으며,[13] 그것은 자신의 관념적인 지식의 사실성 여부를 확인하고 싶은 지적 욕망이기도 했다. 모든 사행자들이나 관유자들의 경우를 조사해보지는 않았으나 그들이 확인하고 싶었던 것은 '중화와 오랑캐'의 존재 여부나 그 구분의 근거였다. 특히 임진왜란과 병자호란 이전에는 우주에 편재한다고 생각되는 천리나 도리상 오랑캐가 중화를 패퇴시킨다거나 왜구가 소중화인 조선을 능욕한다는 것은 상상도 할 수 없는 일이었다. 그러나 오랑캐가 중원의 지배자로 등장했고, 임진왜란을 통해 소중화인 조선이 치욕을 당한 것은 부정할 수 없는 현실이었다. 오랑캐인 청나라나 일본의 존재를 백안시하려는 인사들도 있었겠으나, 지각 있는 대부분의 지식인들은 그들의 존재를 확인하고 싶어 했다. 그래서 청나라 등장 이후의 사행록이나 사행가사에서 발견할 수 있는 관심의 초점은 청나라 속에서 오랑캐인 점과 오랑캐 아닌 점을 찾아내는 일이었다. 그 점은 일본 통신사의

13) "문물이 비록 변하나 인물은 고금이 없으니 어찌 한 번 몸을 일으켜 천하의 큼을 보고 천하 선비를 만나 천하일을 의논할 뜻이 없으며, 또 제 비록 더러운 오랑캐나 중국을 웅거하여 백여 년 태평을 누리니 그 규모와 기상이 어찌 한 번 보암직하지 아니리오. 만일 이적의 땅은 군자가 밟을 바 아니요, 호복한 인물은 족히 더불어 말을 못하리라 하면, 이는 고체한 소견이요, 인자의 마음이 아니라, 이러므로 내 평생에 한 번 보기를 원하여 매양 근력과 정도를 계량하고 역관을 만나면 한음과 한어를 배워 기회를 만나 한 번 쓰기를 생각"[소재영·조규익·장경남·최인황, 『주해 을병연행록』, 태학사, 1997, 19쪽]했다는 담헌 홍대용의 말이나 "우리의 형제들은 모두 중국을 한 번 보고 싶어 하던 때였다. 숙씨가 가려고 하다가 그만 두고, 내가 대신 타각의 명목으로 계하되니, 조롱과 비난이 일시에 일어났고 친구들은 흔히 만류하였다. 나는 농으로 답하기를, '공자께서 미복으로 송을 지나신 것은 오늘에도 통행되는 일인데, 어찌 유독 나에게만 불가한가?' 하여 듣는 이가 모두들 웃었다"[『국역 연행록선집 Ⅳ』, 민족문화추진회, 1976, 42쪽]는 노가재 김창업의 말은 당시 상당수의 지식인들이 해외 체험에 대한 갈망이 상당했었음을 알 수 있게 한다.

기록에서도 마찬가지였다. 조선의 입장에서는 청이나 일본 모두 오랑캐의 범주에 속하는 대상들이기 때문이었다. 사행록에서 기록자의 시선과 세계관이 중요한 이유도 바로 그 점에 있다.

## 2. 두 작품의 관계

이 글의 언급 대상은 <일동장유가>와 <병인연행가>다. <일동장유가>는 이른 시기의 사행가사이면서 질·양의 면에서 두드러진다. 특히 작자 김인겸은 비록 권력의 핵심부에 속해있는 인물은 아니었으나 스스로 밝힌 바와 같이 청음 김상헌[金尙憲, 1570-1652]의 현손이며 몽와(夢窩) 김창집[金昌集, 1648-1722]의 5촌 조카였다.[14] 김상헌의 아들인 광찬(光燦)에게는 수증(壽增)·수흥(壽興)·수항(壽恒) 등의 적자(嫡子)들과 네 명의 서자들이 있었고, 서자들 가운데 수능(壽能)의 아들 창복(昌復)으로부터 인겸(仁謙)과 네 딸이 나왔다. 따라서 그는 비록 서출이었으나 숙항(叔行)으로서 당대에 문명을 떨치던 육창(六昌)[창협(昌協)·창흡(昌翕)·창업(昌業)·창집(昌集)·창즙(昌緝)·창립(昌立)]으로부터 상당한 영향을 받았으리라 본다.

병자호란 당시의 대표적 주전론자 김상헌은 청나라의 강요에 따른 출병에 반대상소를 올렸다가 청나라에 압송되어 6년 동안 억류의 고통을 겪었고, 그 후 효종 때 북벌의 정신적 지주로 추앙을 받았다. 따라서 그 역시 문벌에 대한 자부심으로 충일해 있었을 것이고, 가문에 이어지던 화이 분별의 세계관 또한 견지하고 있었을 것이다. 더욱이 그의 증조인 김수항을 포함하여 숙항인 창집·창업 등은 연행사로 청나라를 다녀왔으며, 특히 창업은 대청 적개심과 화이관을 문명론적 차원으로 승화시킨 『노가재연행일기』를 짓기도 했다.[15]

『노가재연행일기』와 <일동장유가>의 연관성을 확언할 수는 없으나 음으로 양으로 영향을 주고받지 않을 수 없었으리라 본다. 노가재의 청나라에 대한 감정이나 김인겸의 일본에 대한 감정은 그런 배경을 바탕으로 이루어졌으므로 일정 부분 동질적인 면을 보여주리라 생각한다. 이 글에서는 <일동장유가>에 나타난 시선이나 세계관이 과연 일본의 정체에 대한 서술자의 인식에 의해 결정되는가, 일본에 체류하는 동안 그런 세계관이 변해 가는가의 여부 등을 중점적으로 살피게

---

14) 김인겸, 이민수 교주, 『일동장유가』, 탐구당, 1976, 18-19쪽의 "진사 신 김인겸은/문정공 현손으로/쉰 일곱 먹었삽고/공주서 사나이다/어저 네 그러하면/장동대신 몇 촌인다/고 상신 충헌공의/오촌질이 되나이다" 참조. *이하 <일동장유가>의 텍스트는 이민수 교주본을 사용하고, 각주에는 작품 이름과 쪽수만 밝힌다.

15) 조규익, 「조선조 국문 사행록의 통시적 연구」, 101쪽.

될 것이다.

<병인연행가>는 <일동장유가>로부터 얼마간 영향을 받았을 것으로 추정된다.[16] 사행가사가 거의 없는 상황에서 100년 전의 <일동장유가>는 질·양의 면에서 참고 될 만한 모범적 선례였다. 3,782구인 <병인연행가>는 8,243구인 <일동장유가>에 비해 양적으로 반에도 미치지 못하지만, 서술자의 예리한 관점만큼은 그에 못지않았다. <병인연행가>는 연행가사로서 학계에 처음으로 소개되어 이 유형의 가사를 대표하는 작품으로 인식되었지만, 사실은 연행가사로서의 대표는 <무자서행록>이라는 주장이 제기된 바 있다.[17] 그러나 이 문제에 관한 학계의 합의가 아직 이루어지지 않은 상태이므로 여기서는 <병인연행가>를 대상으로 삼는다.

25세의 혈기와 자부심으로[18] 연행에 나선 홍순학이었음을 감안하면 기존의 사행들처럼 중국에서 얻게 되는 견문에 대하여 크게 보수적인 반응을 보이지 않았을 가능성이 크다. 앞 단계의 사행들이 생경하면서도 습관적으로 노출시키던 화이 구분의 세계관이 <병인연행가>에 이르러 얼마간 내면화될 수 있었다면, 그것은 홍순학의 개인적 자질과 시대적 추세가 적절히 작용한 결과로 보아야 할 것이다. 이런 점은 내용을 통해서 검증되어야 할 사항이다.

<일동장유가>는 일본 쪽 사행가사이고, <병인연행가>는 청나라 쪽 사행가사다. <일동장유가>는 1763년[영조 39년] 계미통신사의 삼방 서기로 따라갔던 김인겸의 작품이고 <병인연행가>는 1866년[고종 3년] 왕비책봉 주청사행의 서장관으로 따라갔던 홍순학의 작품인 만큼 둘 사이에는 100년의 시차가 있을 뿐 아니라 지역도 현격하게 다르다. 그럼에도 불구하고 이들을 동시에 논의의 대상으로 선정하여 같은 잣대로 분석해보려는 데는 그 나름의 이유가 있다.

우선 기록자들이 기존의 연행록과 같은 장르적 관습을 거부하고 국문의 가사를 선택한 점을 꼽을 수 있다. 장르의 선택은 그들이 얻은 견문을 글의 내용으로 가공하는 데 중요한 변수로 작용한다. 우선 한문으로 하느냐 국문으로 하느냐는 1차적 선택의 문제였을 것이고, 국문 가운데 산문으로 하느냐 가사로 하느냐는 2차적 문제였을 것이다. 대개의 경우 '국문-산문'을 선택했고, 다수의 사행록들은 그 범주에 속한다. 그들과 달리 가사를 선택한 소수의 기록자들은 사행기록의

---

16) 가사라는 장르를 선택한 데서 나타나는 공통성이기도 하겠으나, 서술자의 어조나 시선, 표현방법 등에서 유사한 분위기를 찾아볼 수 있다.

17) 임기중, 앞의 책, 25-26쪽.

18) 홍순학, 이석래 교주, 『기행가사집-연행가-』, 신구문화사, 1976, 10-11쪽의 "행중어사 서장관은/직책이 중할시고/겸직은 사복판사/어영낭청 띄웠으니/시년이 이십오라/소년공명 장하도다" 참조. *이하 <병인연행가>의 텍스트는 이석래 교주본을 사용하고, 각주에는 작품 이름과 쪽수만 밝힌다.

관습성을 탈피한 바탕 위에 특별한 의미를 드러내고자 한 것으로 보인다. 가사장르는 호흡이 짧으면서 박진감 넘치는 문체를 바탕으로 한다. 구체적인 묘사에 한계를 보이긴 하나 짧은 언술에 많은 것을 함축하여 읽는 자의 상상을 촉발시킬 수 있는 것은 가사의 장점이다. 그것은 자기의 주장을 구체적으로 드러내지 않으면서도 읽는 자로 하여금 본의를 짐작할 수 있도록 한다. 이런 방법을 쓰면 미묘한 사안의 경우 있을 수 있는 외부로부터의 제재 가능성을 피하는 것도 가능하다.

무엇보다 가사가 유리한 것은 쉽게 읽히기 때문에 보다 많은 독자를 확보할 수 있다는 점이다. 분명 당시의 연행록이 시장성을 노린 문필행위는 아니었겠지만, 당시에도 보다 많은 독자를 겨냥하는 것은 글 쓰는 이의 당연한 노림수였을 것이다. 기록자 자신의 가족을 포함하여 주변에 포진한 인물들을 1차적 독자로 상정할 때 국문, 그것도 가사라는 평이하면서도 내용의 초점화가 가능한 장르를 선택하는 것은 자연스럽다. 대부분의 가사들과 마찬가지로, 그들 역시 신기한 체험을 가족들 앞에서 말하는 것처럼 써나갔을 것이다. <일동장유가> 말미의 다음과 같은 내용은 그 점을 분명히 보여준다.

> 천신만고하고/십생구사하여/장하고 이상하고/무섭고 놀라우며/부끄럽고 통분하며/우습고 다행하며/미오며 애처롭고/간사하고 사오납고/참혹하고 불쌍하며/고이코 공교하며/궤하고 기특하며/위태하고 노호오며/쾌하고 기쁜 일과/지리하고 난감한 일/갖가지로 갖초 겪어/주년 만에 돌아온 일/자손을 뵈자하고/가사를 지어내니/만에 하나 기록하되/지리하고 황잡하니/보시는 이 웃지 말고/파적이나 하오소서[19]

작자가 일본 여행 동안의 온갖 견문들을 기록한 것은 '자손에게 보이기 위해서'라고 했다. 또한 자신의 작품을 '지리하고 황잡하다'고 자폄하면서도 '비웃지 말고 심심파적 삼아 보아 달라'고도 했다. 이 말 속에는 자손이나 주변인들에게 자신이 얻은 견문을 사실적으로 전하고자 한 목적성과 함께 가사장르의 효용성에 대한 신뢰가 내포되어 있다. 가독성(可讀性)의 측면에서 사행가사가 국문 사행록들에 비해 앞선다고 보는 것도 그 때문이다. 사행록보다 주관이 많이 반영되어 있긴 하나 사행가사에는 기록자의 생각이나 그것을 단서로 추정할 수 있는 보편적 시대정신을 가감 없이 알아챌 수 있는 장점도 있다. <일동장유가>와 <병인연행가>에는 신기한 해외체험과 함께 화이 구분의 세계관이나 그로부터 형성된 시선이 전체의 서술을 이끌어 나가는 추동력으로 작용

19) <일동장유가>, 298쪽.

한다. <일동장유가>와 <병인연행가>의 내용을 결정한 요인은 작자 자신의 주관이나 시대 이념이었다. 시대적 분위기나 이념에 상당한 정도 구속을 받으면서도 자신들의 주관을 밀고나가, 결국 작품으로 결구시켰다. 그런 이유로 그 속에 한 시대의 이념적 테두리 안에 서 있던 기록자들 개인의 체험과 세계관을 무리 없이 함축시킬 수 있었다.

## 3. <일동장유가>와 화이관 변질의 가능성

<일동장유가>의 내용은 '서사(序辭)-등정(登程)-목적지(目的地)-회정(回程)-결사(結辭)' 등 다섯 부분으로 이루어졌다.[20] 이 가운데 이 글의 주 대상은 일본 안의 노정[21]을 지나면서 견문한 내용들이다. 철저한 조선중화주의의 관점으로 대상인 일본의 구석구석을 살핀 내용이 <일동장유가>의 주된 뼈대를 형성하고 있음은 노론적 기풍의 가계를 이어받은 김인겸의 세계관을 감안할 때 자연스러운 현상이다. 특별한 경우를 제외하고는 시종일관 '왜·왜놈·예' 등으로 일본이나 일본인들을 낮추어 부르는 점은 연행록들에서 기록자들이 청국인들을 오랑캐로 호칭하는 것이나 마찬가지다. 사행자들은 청나라나 일본에서 만나는 그곳 사람들의 모습을 통해 자신들과 다른 생소함을 느끼게 된다.

1) 굿 보는 왜인들이/뫼에 앉아 구경한다/그 중에 사나이는/머리를 깎았으되/꼭뒤만 조금 남겨/고추상투 하였으며/발 벗고 바지 벗고/칼 하나씩 차 있으며/왜녀의 치장들은/머리를 아니 깎고/밀기름 듬뿍 발라/뒤흐로 잡아매어/ 족두리 모양처럼/둥글게 꾸며 있고/그 끝은 둘로 틀어/비녀를 질렀으며/무론노소귀천하고/어레빗을 꽂았구나/의복을 보아하니/무 없은 두루마기/한 동

하이서울 축제 [조선 통신사의 행렬을 재현한 모습]

---

20) 이성후, 『일동장유가 연구』, 형설출판사, 2000, 67-72쪽.

21) 같은 책, 65-66쪽 참조. 佐須浦[10/7]-大浦[10/11]-西泊浦[10/19]-金浦[10/26]-對馬島府中[10/27]-壹岐島[11/13]-風本浦[11/20]-藍浦[12/3]-大島[12/26]-赤間關[12/27]-上關[영조 40년 1/3]-津和[1/5]-加老島[1/6]-浦刈[1/9]-韜浦[1/11]-牛窓[1/13]-室津[1/14]-兵庫[1/19]-大阪城[1/20]-西京[1/28]-森山[1/29]-彦根[1/30]-大垣[2/1]-名古屋[2/3]-剛岐[2/4]-吉田[2/5]-濱松[2/6]-大川[2/7]-藤枝[2/9]-江尻[2/10]-吉原[2/11]-三島[2/12]-小田原[2/13]-藤澤[2/14]-品川[2/15]-江戶 도착[2/16]-江戶 체류[2/16~3/10]-江戶 출발[3/11]-부산 도착[6/23].

단 막은 소매/남녀 없이 한 가지요/넓고 큰 접은 띠를/느즉이 둘러 띠고/일용범백 온갖 것은/가슴 속에 다 품었다.[22)]

2) 문에 들어올 때에 남녀가 길가에 모이어 보니, 남자는 머리에 쓴 것이 군뢰의 용 자 벙거지 같이 만들었으되, 위가 둥글어 머리 골 같이 하였고, 그 위에 붉은 실로 상모같이 덮었으니, 이 이른바 마래기요, 옷은 검은 두루마기를 입었으되 소매는 좁게 하고, 그 위에 등거리 같은 것을 또 입었으며, 옷이 다 고름이 없어 단추로 차차 끼웠으며, 등거리 같은 옷도 옆으로 단추를 끼웠고, 바지는 당바지로 대통이 좁아 굴신이 어려울 듯하고(…)옷이 좌임이 아니라 오른 편으로 여미었으며 마래기는 여러 가지 털로 하여 썼으되 돈피를 제일 호사롭게 이르니, 검은 비단으로 한 것이 곱고 단정하여 뵈며, 머리털은 꼭뒤 외에는 다 깎았으며, 남은 털을 땋아 뒤로 드리웠으며, 뒤로 보면 우리나라 늙은 아이중놈 같더라.[23)]

3) "이 마을에도 달자가 있느냐?" "없습니다." "너희들은 달자와 친교를 맺느냐?" "이적의 사람이 어찌 우리들 중국과 어울려 친교를 맺겠습니까?" "우리 고려 역시 동이인데, 네가 우리들을 볼 때 역시 달자와 한 가지로 보느냐?" "귀국은 상등인이요, 달자는 하류인인데 어찌해서 한 가지이겠습니까?" "너는, 중국과 이적이 다르다는 것을 누구의 말을 들어서 알았느냐?" "공자의 말씀에, '우리는 오랑캐의 풍속이 될 뻔하였다.'[오기피발좌임(吾其被髮左衽)]고 쓰여 있습니다." "달자들도 머리를 깎으며 너희들도 머리를 깎는데, 무엇으로써 중국과 이적을 가리느냐?" "우리들은 머리를 깎지만 예가 있고, 달자는 머리도 깎고 예도 없습니다."고 하였다. 나는 "말이 이치에 맞는다. 네 나이 아직 어린데도 능히 이적과 중국의 구분을 아니, 귀하기도 하고 슬프기도 하구나! 고려는 비록 동이라고 불리고 있지만 의관 문물이 모두 중국을 모방하기 때문에 '소중화'라는 칭호가 있다. 지금의 이 문답이 누설되면 좋지 않으니 비밀로 해야 된다"고 하였다.[24)]

1)은 좌수포에서 만난 왜인들의 외모를 묘사한 글이다. 외지에 나가는 경우 가장 먼저 만나는 것이 기후나 자연·풍토이며 다음으로 주민들의 의관과 문물·제도라는 점에서, 왜인들의 차림이나 외모에 대한 묘사는 김인겸의 일본 체험 내용 가운데 가장 직접적이고 분명한 관점이 반영된 부분이다. 왜인들의 외모에 대한 김인겸의 묘사를 단순히 '처음 보는 것/신기함'의 차원에서 이루어진 것으로만 볼 수는 없다. 이 표현의 밑바닥에는 왜인들에 대한 멸시가 깔려 있기 때문이다. 그것은 왜인들이 자신들과 다른 데서 오는 생소함만은 아니다. 자신들의 의관이나 문물이야말로

22) <일동장유가>, 102쪽.

23) 서유문, 조규익·장경남·최인황·정영문 등 주해, 『한글로 쓴 중국여행기 무오연행록』, 박이정, 2002, 37쪽.

24) 김창업, 「연행일기」 제2권, 『국역 연행록선집Ⅳ』, 민족문화추진회, 1976, 112쪽.

'표준'이라는 일종의 자기중심적 오만함을 전제로 할 때 생겨나는 멸시이며 생소함이다. 이 점은 청나라에 간 사행원들이 청인들을 보고 기록한 사행록들에도 공통적으로 등장한다.

2)는 책문에 들어선 서유문이 그곳 남녀들의 모습을 보고 기록한 내용이다. 2) 역시 1)과 마찬가지로 밑바닥에 깔린 생각은 '오랑캐의 저열함에 대한 멸시'다. 다만 옷 여민 방식은 '좌임(左衽)'아닌 '우임(右衽)'이라 했다. 좌임은 역대에 오랑캐의 상징으로 정착한 방식이고,[25] 우임은 옷섶을 오른 쪽으로 여미던 중하(中夏)의 예복으로서 중국을 따라 변화되는 것을 의미한다.[26] 이 경우 책문에 모여 살던 오랑캐들이 '우임'을 하고 있는 사실을 강조한 서유문의 의도는 그들이 이미 오랑캐로부터 벗어났음을 말하려는 데 있지 않았다. 오랑캐가 오랑캐에 걸맞지 않게 '우임'을 한 그 사실 자체를 '혼돈'이나 생소함으로 인식했던 것이다. 1)과 2)는 의관이나 겉모습을 '화/이'의 문화적 변별요인으로 삼고자 한 내용이다.

3)의 경우는 같은 의관이나 겉모습으로부터 이야기를 시작했으되 좀 더 객관적이면서도 균형 잡힌 시각을 바탕으로 보편적 인식을 이끌어낸 점에서 앞의 것들과 다르다. 십삼산의 찰원에서 만난 소년과 나눈 대화가 3)인데, 김창업은 달자들을 오랑캐로 천시하는 그 중국 소년을 통해 자신의 정체를 확인하고자 한 듯하다. 달자도 머리를 깎고 중국인도 머리를 깎는데 양자를 차별하는 근거가 무어냐는 김창업의 물음에 그 소년은 예를 언급했다. 김창업은 중화와 오랑캐를 구분하는 것이 바로 예임을 강조하려 했고,[27] 조선은 비록 동이이나 예를 갖추고 있기 때문에 오랑캐가 아니라는 점을 확인하고자 한 것이다. 그리고 덧붙여 조선은 '의관문물이 중국과 같기' 때문에 소중화의 칭호가 있다는 점을 말했다. 여기서 이 시기 조선의 지식인들이 공유하던 화이관이나

---

25) 『文淵閣四庫全書: 經部/四書類/四書章句集注_論語集注大全』 卷十四의 "子曰 管仲相桓公霸諸侯 一匡天下 民到于今 受其賜 微管仲 吾其被髮左衽矣"에 대한 주자 주에 '피발좌임(被髮左衽)' 즉 머리를 풀고 옷깃을 왼쪽으로 하는 것은 오랑캐의 풍속이라 했다.

26) 『文淵閣四庫全書: 史部/正史類/前漢書』 卷六十四下 "票騎抗旌 昆邪右衽"의顔師古 注 "右衽從中國化也" 참조.

27) 김창업과 같은 시대 춘추대의를 바탕으로 예학에 정통하던 황경원(黃景源)(1658-1721)은 자신의 글에서 예의가 밝으냐 밝지 않으냐가 중국과 오랑캐를 분별하는 기준임을 강조했다. 예의의 존재 여부를 중심으로 중화와 이적을 구분하는 견해는 숭명배청의 시대 분위기 속에서 자라난 지식인들이 청나라에 사행하면서 자신들의 행동이나 의식의 변화가 불가피할 경우 원용했던 논리적 근거였을 것이다. 말하자면 청나라의 존재를 인정할 수밖에 없는 엄연한 현실을 설명하기 위한 틀이었다. 「與金元博茂澤書」, 『한국문집총간 224』, 113쪽의 "夫所謂中國者 何也 禮義而已矣 禮義明則戎狄可以爲中國 禮義不明則中國可以爲夷狄 一人之身 有時乎中國 有時乎戎狄 固在於禮義之明與不明也" 참조.

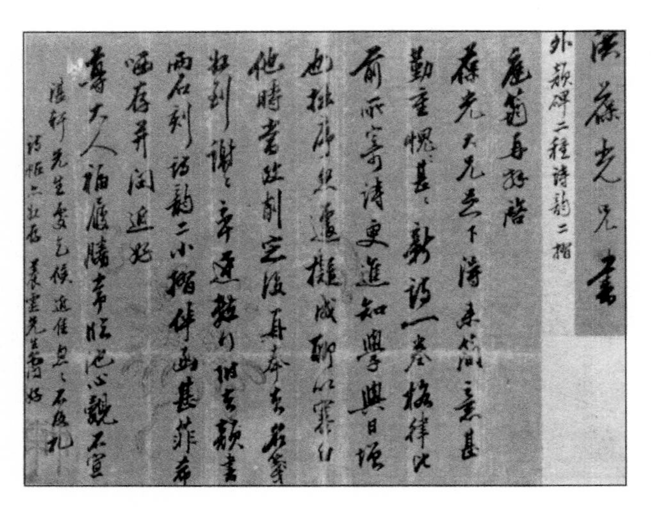

홍대용이 간정동에서 친교를 맺은 세 벗 가운데 반정균으로부터 받은 편지(숭실대 기독교 박물관 소장)

소중화의식이란 유교의 문화적 동질성을 기준으로 대상을 차별하던 세계관이었음이 드러난다. 드러내놓고 화이관이나 소중화 의식을 언급하지는 않았으나 1)과 2)의 밑바탕에는 그런 구분이나 차별의식이 깔려 있었던 것이다. 청나라 중심의 새로운 중화 질서를 거부한 점에서 조선의 지식인들은 탈(脫)중화의 길을 걸었고, 그런 행보는 결국 조선중화주의로 구체화되었다고 할 수 있다.[28] 앞의 세 인용문들 가운데 3)은 숙종 38년[1712] 11월 3일-숙종 39년 3월 30일까지의 동지사겸사은사행을 기록한 글이고, 2)는 정조 22년[1798] 10월 19일-정조 23년 4월 2일까지의 삼절연공겸사은사행을 기록한 글이다. 따라서 1764년에 쓰인 1)과의 시차는 그리 큰 편이 아니다. 말하자면 대체로 이 시기에는 사행록을 비롯한 각종 기행문 집필의 관습이 형성되어 있었으며, 특히 날짜별 혹은 사건별 기술방법, 정치적 금기사항을 중심으로 하는 내용 선별 방법 등 모종의 집필 관습 또한 정착되어 있었으리라 본다.

1)과 2)는 표면상 단순한 의관문물이나 외모만을 단순하게 묘사한 듯하나, 3)에서 보는 바와 같은 세계관적 단서가 저변에 잠재되어 있음을 인정하지 않을 수 없다. 그 단서가 바로 화이관이나 소중화의식이다. 당시 조선조 지식인들이 외부 세계와 접하던 유일한 통로는 사행이었고, 그들이 접하던 외부세계의 사물은 화이관이나 소중화 의식을 단서로 평가되기 마련이었다. 그러한 의식은 외부 세계의 사물을 보는 틀이나 선입관으로 작용했고, 그로부터 특정한 시선은 형성되었다. 그러나 18세기 후반에 들어서면서 기존의 대명의리론이나 소중화 의식은 큰 변화를 겪었다. 문물제도의 면에서 청나라나 일본의 융성·발전은 더 이상 관념적인 화이관의 잣대로 그들을 배척할 수 없다는 현실론을 불러일으킨 바탕이 되었다. 연행사들의 왕래나 대청무역, 일본 통신사의 교환 등도 그 배경적 요인들 가운데 중요한 자리를 차지한다.

---

28) 손승철, 『근세조선의 한일관계 연구』, 국학자료원, 1999, 144쪽.

노론계의 홍대용을 예로 들어보자. 그는 연행 길에 육비·엄성·반정균 등 청나라 문사들과 교유했으며, 그 흔적이 「항전척독」·「간정동필담」 등으로 남아 있다. 그런 만남과 교유가 그의 의식을 바꾸는 계기로 작용했고, 그것을 논리화 시킨 것이 「의산문답(醫山問答)」이다. 공자가 중국 밖에서 살았다면 역외춘추가 있었을 것이라는 전제 아래 화이의 구분이 무의미하다는 요지의 결론을 내린 것은 그의 세계관이 철저한 상대주의로 바뀌었음을 나타낸다.[29]

그는 지계(地界)를 기준으로 우리가 분명히 이(夷)임을 확인한 바탕에서 '화이일야(華夷一也)'라 하여 화와 이 각각의 대등한 주체를 인정하는 획기적 주장을 한 것이다.[30] 홍대용이 사행을 따라간 것은 1766년이고, 『을병연행록』이나 『담헌연기』 등을 완성한 것은 한 두 해쯤 뒤로 추정된다. <일동장유가>를 기록한 해가 1764년이니 홍대용이나 김인겸의 해외 체험은 거의 같은 시기의 일이다. 둘 다 노론계에 속하면서도 제도권 밖의 학자나 문사들이었다. 그 시대에 이미 화이관적 세계관이나 소중화적 자아인식은 크게 느슨해진 상태였던 것이다. 김인겸의 자세가 '인물성이론(人物性異論)'과 맥을 같이 하며, 일본을 야만시한 선입관적 판단이 문물제도 등에서 근대화로 나아가는 일본의 역사·사회적 측면에서 어떤 의미를 지니는지 별반 관심을 기울이지 않고 다만 주관적·정서적 측면에 호소하는 피상적 구경꾼으로 남아있게 한다[31]는 평가도 있으나, 김인겸이 일본에 대하여 그런 인물성이론의 세계관이나 화이 구분의 세계관을 시종 견지했다고 볼 수는 없다.

물론 표면적으로 김인겸은 시종일관 일본을 낮추어 보는 시각을 견지했다.[32] 일본사람들을 '왜(예)·왜인·왜놈'으로, 일본의 문사들을 '왜유'로, 일본의 여인들을 '왜녀들'로, 일본의 통사를 '왜통사'로 일본의 배를 '만국주(蠻國舟)'로 각각 표기하는 등 말 그대로 같은 급의 인종으로 대우하지 않은 것은 사실이다. 그러나 뒤로 갈수록 그들 도회의 규모나 융성한 문물, 뛰어난 자연 등에 압도되어 일본에 대한 비하의 필치는 약간 무디어진다.[33]

---

29) 조규익, 「연행록에 반영된 천산·의무려산·수양산의 내재적 의미」, 『어문연구』 121호, 한국어문교육연구회, 2004, 169쪽.

30) 유봉학, 「18·19세기 대명의리론과 대청의식의 추이」, 『한신논문집』 5, 한신대, 1988, 257쪽.

31) 이동찬, 「계미통신사행 기록의 장르 선택-<해사일기>와 <일동장유가>를 중심으로-」, 『한국문학논총』, 한국문학회, 1996, 56쪽.

32) 사실 17세기 후반부터는 조선이나 일본 모두 자국 중심적 화이관이 강화되던 시기였다고 한다. 김성진, 「조선후기 통신사의 기행시문에 나타난 일본관연구」, 『도남학보』 15, 도남학회, 1999, 161쪽 참조.

33) 17세기 중반 『해사록(海槎錄)』의 기록자 김세렴(金世濂)의 경우도 사행을 통해 일본에 대한 관점을 바꾼 사례로

4) 이튿날 소세하고/사방에 들어가니/삼 사신 한데 모다/삼현을 장히 치고/소동으로 대무하며/재인으로 덕담하고/줄 걸리고 재주시켜/종일토록 단란하니/왜놈들 구경하며/기특고 장히 여겨/서로 보고 지저귀며/입 벌리고 책책(嘖嘖)한다[34]

5) 날마다 언덕에서/왜녀들 모다 와서/젖 내어 가리키며/고개 조아 오라하며/볼기 내어 두드리며/손 저어 청도 하고/옷 들고 아래 뵈며/부르기도 하는고나/염치가 바히 없고/풍속도 음란하다.[35]

6) 저 나라 귀가 부녀/곁집의 다닐 적에/바지 아니 입었기에/서서 오줌 누게 되면/제 수종 그 뒤에서/명주 수건 가졌다가/달라 하면 내어주니/들으매 해연하다/제 형이 죽은 후에/형수를 계집 삼아/데리고 살게 되면/착다 하고 기리지만/제 아운 길렀다고/제수는 못한다네/예법이 바히 없어/금수와 일반일다.[36]

7) 수석도 기절하고/죽수도 유취있네/왜황의 사는 데라/사치가 측량없다/산형이 웅장하고/수세도 환포하여/옥야천리 생겼으니/아깝고 애달픈손/이리 좋은 천부 금탕/왜놈의 기물 되어/칭제 칭황하고/전자 전손하니/개돗같은 비린 유를/다 몰속 소탕하고/사천리 육십 주를/조선 땅 만들어서/왕화에 목욕 감겨/예의 국민 만들고자/(…)/태수의 사는 데가/호수를 압림하여/분첩이 조묘하고/누각이 장려하여/경개가 절승하여/왜놈 주기 아깝도다.[37]

8) 집정이 인도하여/매지간에 들어가서/앉았다가 도로 나와/국서를 뫼시고서/들어가 사배하고/사례단 드리고서/또 배례하온 후에/관백연에 또 절하고/하직할 제 또 절하니/전후에 네 사벨세/당당한 천승국이/예관 예복 갖추고서/머리 깎은 추류에게/사배가 어떠할꼬/퇴석의 아니 온 일/붉기가 측량 없네.[38]

9) 염팔일 도주 와서/순하게 전명한 일/치하하고 또 이르되/관백이 다 하오되/조선국 사신들이/예모가 한숙하니/기특다 한다 하니/가소로와 들리는고.[39]

'왜인들은 오랑캐이자 금수'라는 것이 4)-9)의 요지다. 일본인들을 금수로 보는 것은 조선이 예의와 문화를 갖춘 중화세계임을 전제로 하는 관점이다. 4)는 대마도 부중에 들었을 때 통신사를 위해 베푼 잔치의 광경을 묘사한 내용이다. 가무로 흥을 돋우는 현장에 구경 나온 일본인들이 '서로 보고 지저귀며/입 벌리고 책책한다'고 했다. 「일동장유가」의 교주자는 '책책(嘖嘖)'을 '못

---

설명된다. 일본의 경제적 번영에 대한 놀라움 때문이라는 것이다. [이혜순, 『조선 통신사의 문학』, 이화여대 출판부, 1996, 69-70쪽].

34) <일동장유가>, 121쪽.

35) <일동장유가>, 148쪽.

36) <일동장유가>, 189-190쪽.

37) <일동장유가>, 195-198쪽.

38) <일동장유가>, 228-229쪽.

39) <일동장유가>, 232쪽.

조선통신사들이 타고 간 배의 모형 [거제어촌민속전시관]

알아들을 소리로 시끄럽게 떠드는 것'이라고 설명했으나,40) 사실은 '짹짹거린다'고 풀었어야 옳다. 즉 '서로 돌아보며 입을 벌리고 참새마냥 짹짹거린다는 것'이 김인겸의 표현 의도였다. 말하자면 인간이 아니라 왜인들을 '참새들'로 표현하고 있는 것이다. 이처럼 김인겸은 시종 왜인들을 인간 아닌 금수로 내려다보는 시선을 견지했다.

5)에서는 통신사 일행을 유혹하는 왜녀들의 음란한 행동을 그렸고, 6)에서는 귀가 부녀가 소변 처리하는 방법과 형이 죽은 다음 시동생이 형수를 아내로 취하는 풍속을 통해 금수와 같은 왜인들의 면모를 지적했다. 그러다가 7)에 이르면 조선중화주의에 투철한 김인겸의 면모가 비로소 분명해진다. 김인겸은 왜인들의 의관문물이나 풍속의 조악함을 멸시하면서도 일본의 산천경개에 대해서는 찬탄을 아끼지 않았다. 왜인들을 '개돗 같은 비린 유'로 보면서도 그 땅을 '왜인들에게 주기 아까운 천부금탕'이라 한 것이 바로 그 내용이다. 그래서 그는 그 땅을 '조선 땅'으로 만들고, '왕화'에 목욕 감겨 예의를 아는 국민으로 만들었으면 좋겠다고 했다. '개돗'이란 당시 유자들의 입에서 나오기 어려운 최악의 욕이다.41)

예의를 모르는 왜인들을 금수 가운데 최하급인 '개돗'으로 지칭한 것이다. 이 부분에서 발견할

---

40) <일동장유가>, 121쪽.

41) 이런 발언은 임진왜란의 역사적 체험에 대한 반응으로 볼 수도 있을 것이다. "섭진주 대판성은/평수길의 도읍이라/사더대 복견성이/동편에 머지 아니코나/옛일을 생각하니/성낸 털이 일어선다"[<일동장유가>, 185쪽]

수 있는 것은 '문화 자존의식으로서의 조선중화의식'[42]이다. 왜를 상대로 한 조선중화주의가 단순히 역사적 체험을 바탕으로 하는 적개심의 단계에서 나아가 '예의'의 유무를 기준으로 하는 문화적 보편주의의 구현을 표방하는 단계까지 나아갔음을 김인겸의 사례에서 발견할 수 있다. 8)과 9)는 7)의 연장선에서 이해될 수 있는 내용들이다. '예관·예복 갖춘 천승국 통신사가 머리 깎은 추류(醜類) 오랑캐에게 사배할 수 없다'는 자존의식의 대전제가 바로 예의다. 9)에서 '조선 통신사들의 예의가 아름답고 익숙하다'고 칭찬한 관백의 말을 가소롭게 여긴 것도 그 때문이다.

임진왜란의 역사적 체험에 바탕을 두었든 예의나 의관문물 등 문화적 보편주의에 바탕을 두었든, 김인겸은 우월한 입장에서 왜인들을 멸시했다. 그러나 대부분의 연행사들이 그러했듯 김인겸의 생각도 일본을 답사하는 동안 얼마간 바뀐 것은 사실이다. 그가 원래부터 지니고 있던 화이구분이나 소중화 의식이야말로 전적으로 관념에 바탕을 두고 있던 것이었기 때문이다. 관념 속에 각인된 공간이 현실의 공간으로 치환되면서 처음의 관념은 상당 부분 재조정될 수밖에 없었다. 시간의 흐름에 따라 일본을 공존의 대상으로 받아들여야 한다는 현실인식을 갖게 된 것[43]도 그 때문이었다. 상당수의 조선조 지식인들이 오랑캐 땅이나마 중국이나 일본을 가보고 싶어 한 것도 그런 가능성 때문이었다.

10) 비록 못쓸 왜놈이나/들으매 기이하고/아비 유언 지키는 양/인심이 있다 할다[44]

11) 칠십리 우창 가서/관소로 내려가니/선창도 천작이요/여염도 거룩하다/(…)/정잠의 늙은 아비/도희라 하는 선비/성장이와 수창하던/시 한 권 보내었네/부자가 문임으로/전후에 다 왔으니/어렵다 할 것이오/위인이 기특하여/필담이 도도하고/시율이 편편하니/밝도록 창화하여/백운 배율 하나이요/칠십이운 하나이며/오칠률 고시 절구/합하여 헤게 되면/사십 수나 남직하다[45]

12) 삼사상을 뫼시고서/본원사로 들어갈새/길을 낀 여염들이/접옥 연장하고/번화 부려하여/아국 종로에서/만 배나 더하도다/발도 걷고 문도 열고/난간도 의지하며/(…)/그리 많은 사람들이/한 소리를 아니하고/어린아이 혹 울면/손으로 입을 막아/못 울게 하는 거동/법령도 엄하도다/(…)/관소로 들어가니/그 집이 웅걸하여/우리나라 대궐에서/크고 높고 사려하다.[46]

---

42) 유봉학, 「18·19세기 대명의리론과 대청의식의 추이」, 255쪽.

43) 소재영, 「18세기의 일본체험-일동장유가를 중심으로-」, 『논문집』 18[인문과학편], 숭실대, 1988, 33쪽.

44) <일동장유가>, 146쪽.

45) <일동장유가>, 174쪽.

46) <일동장유가>, 184-185쪽.

13) 우리나라 도성 안은/동에서 서에 오기/십리라 하지마는/채 십리는 못 하고서는/부귀한 재상들도/백간 집이 금법이오/다 몰속 흙기와를/이었어도 장타는데/장할손 왜놈들은/천 간이나 지었으며/그 중에 호부한 놈/구리 기와 이어 놓고/황금으로 집을 꾸며/사치키 이상하고/남에서 북에 오기/백 리나 거의 하되/여염이 빈틈 없어/담뿍이 들었으며/한 가운데 낭화강이/남북으로 흘러가니/천하에 이러한 경/또 어디 있단 말고.[47]

14) 육십리 명호옥을/초경말에 들어오니/번화하고 장려하기/대판성과 일반일다/밤 빛이 어두워서/비록 자세 못 보아도/생치가 번성하여/전답이 고유하고/가사의 사치하기/일로에 제일일다/중원에도 흔치 않으리/우리나라 삼경을/예 비하여 보게 되면/매몰하기 가이없네.[48]

15) 십이일 회정할새/비를 맞고 길을 떠나/품천을 들어와서/동해사에 하처하고/석식을 먹은 후에/막 자려 하올 적에/섭운각 정근산과/태실 문연 기북 송창/보국 조 변덕과/묵전 한 대영과/임번평인 황익명이/비를 맞고 따라오되/나무 신에 우산 받고/삼십리를 걸어 와서/십전 구패하여/밤들께야 와서 보니/정성이 거룩하고/의기도 있다 할세/각각 신행 많이 하니/지성으로 주는지라/아니 받기 불쌍하여/조금씩 더러 받고/글을 다 차운하여/필묵을 답례하다/그 중에 묵정한이/눈물짓고 슬퍼하니/비록 이국 사람이나/인정이 무궁하다/십이일 등지 오니/한 대영과 평영이가/백삼십리 따라와서/차마 못 이별하여/우리 옷 붙들고서/읍체여우 하다가서/밤든 후 돌아가서/오히려 아니 가고/길가에 서 있다가/우리 가마 곁에 와서/손으로 눈물 씻고/목메어 우는 거동/참혹하고 기특하니/마음이 좋지 아니해/뉘라서 왜놈들이/간사하고 퍅하다던고/이 거동 보아하니/마음이 연하도다[49]

이상의 인용문들에는 일본을 답사하는 동안 바뀌었을지도 모르는 의식의 단서들이 내포되어 있다. 김인겸을 포함한 통신사나 연행사들은 먼저 산천이나 자연·풍토를 접하고, 다음으로 가옥이나 의관문물·제도 등을 접하며, 그 다음 인간들의 내면을 접한다. 이와 같이 다양한 접촉을 통하여 이념이나 관념적 지식의 허실을 판단하게 되는 것이다. 선입견의 수정이 세계관적 차원으로 확대되면, 한 시대를 지배하는 사상적 흐름까지도 바꿀 수 있다. 대명의리에 바탕을 둔 화이관의 변화 역시 오랑캐 청나라의 융성함을 인정하지 않을 수 없는 현실적인 이유 때문이었다. 명나라를 회복할 수도 없으려니와, 회복한다 해도 그것을 바라는 자신들에게 무슨 의미가 있는지를 깨닫기 시작한 것이다. 북학파를 중심으로 한 국제관계의 새로운 인식은 이 점에 무게중심이 있었다. 마찬가지로 일본이 오랑캐라는 것은 역사적으로 증명된 사실이며 고착된 이미지였다.

47) <일동장유가>, 188-189쪽.

48) <일동장유가>, 206쪽.

49) <일동장유가>, 239쪽.

그러나 현실은 반드시 그렇지 않음을 바로 그 땅에서 확인하게 된 것이다.

비주 태수가 통신사 일행에게 보내준 화복(花鰒)의 일부를 왜의 봉행(奉行)에게 주었으나 그가 사양하므로 그 이유를 물으니, 배에 구멍이 뚫려 위태로워졌을 때 생복이 막아서 자기 아비가 목숨을 구한 까닭에 아비의 유언으로 생복을 먹지 않는다고 했다. 이 사실을 두고 김인겸은 왜인들도 '인심'을 갖춘 존재들임을 비로소 깨닫는다. 왜인에 대한 보기 드문 긍정적 시선이다. 11)도 사람이나 삶의 모습을 통해 일본에 대한 선입견을 수정하게 되었음을 밝힌 내용이다. 이 글 속에는 '여염도 거룩하다/위인이 기특하다'는 두 내용이 들어 있다. 여염은 일반 백성들이 사는 마을이다. 왜인들을 '금수 같은' 오랑캐들로만 생각했다면, 그들이 모여 사는 마을 또한 금수의 집합 그 자체에 불과했을 것이다. 그러나 김인겸이 지나면서 보니 백성들이 살고 있는 마을의 제도나 형편이 썩 훌륭해 보였던 것이다. 말하자면 왜인들에 대한 생각이 바뀔 만한 단서가 마련된 것이다.

그는 여러 종류의 왜인들을 만나 그들을 경멸의 시선으로 관찰했으나, 문사들에 대해서만은 약간 달랐다. 물론 일본인들의 시를 대부분 '왜시'라 하여 폄하하긴 했으나, 몇 군데에서는 무시할 수 없는 심정을 드러내기도 했다. 12)·13)·14) 등은 10)·11)의 연장으로 볼 수 있는데, 놀라운 것은 그들의 현실이 우리보다 훨씬 낫다는 점을 인정한 사실이다. 그가 지니고 있던 화이 구분의 세계관이나 조선중화주의를 감안할 때, 우리의 현실이 저들보다 '아주 못함'을 인정한다는 것은 생각을 바꾸지 않고는 불가능한 일이다. 12)에서는 길 가 여염들의 번화하고 부려함이 '우리나라 종로보다 만 배나 더 낫다'고 했다. 더구나 그 비교의 내용은 물질적 측면만이 아니었다. 그토록 많은 사람들이 모였음에도 전혀 시끄럽지 않았다고 했다. 그는 어린 아이가 울면 손으로 막아 못 울게 하는 등 '예의'의 범주에 속하는 것을 그들 속에서 발견했으며, '근대적인 것'으로 해석할 수도 있는 '법령의 엄함' 또한 느낀 것이다.

더구나 관소의 규모가 웅걸하여 '우리나라 대궐보다 크고 높고 사려하다'고 했다. 일본의 수도 아닌 대판성의 관소가 우리나라의 대궐보다 크고 높고 사려하다는 것을 인정한 것은 김인겸으로서는 놀랄만한 개안이자 변화라고 할 수 있다. 그런 점에서 조엄[趙曮, 1719-1777]을 비롯한 계미통신사들은 닫힌 사회 지식인으로서의 규범적인 사고만을 고집하려 하지 않고 있는 그대로의 현실을 직시했다고 할만하다.[50] 그런 내용은 13)에 가면 더 구체화된다. 그는 우리나라의 도성이나 주택 규모의 초라함과 대비시켜 일본 대판성의 도시 규모와 여염의 크고 화려한 모습을 경탄의 시선으로 바라보았다.

50) 이동찬, 「18세기 대일 사행체험의 문화적 충격 양상」, 『한국문학논총』 15, 한국문학회, 1994, 13쪽.

일본의 화려하고 부요한 모습과 대비되는 우리나라의 초라함은 14)에서 극에 달한다. 나고야의 번화하고 장려함은 '중원에도 흔치 않고', 우리나라의 삼경은 이에 비하면 '매몰하기 그지없다'고 자탄했다.

계미통신사의 정사로 일본을 다녀온 조엄

'매몰'이란 '쓸쓸하고 보잘 것 없다'는 뜻이다. 소중화의 자존의식에 충일해 있던 김인겸으로서는 쉽게 할 수 없는 말이었음에도 기휘(忌諱)함 없이 오랑캐 일본을 추키고 조선을 한 없이 낮추었다. 화이 구분의 대일 의식이 관념에 불과하고, 현실적으로는 그들을 멸시해야 할 근거가 없음을 비로소 깨달았음을 알 수 있다. 일본인들의 문물제도를 바라보는 시각에서 종래의 고루한 화이론이나 명분론에만 사로잡히지 않고 있는 그대로의 현실을 직시하고 인정하는 경험론자로서의 면모를 보여준 사례라고 할 수 있다.[51]

그렇다면 문제의 본질인 인심은 어떠했는가. 그 단서가 15)에 나타나 있다. 통신사의 임무를 마치고 돌아오는 길에 일본 사람들이 이별을 슬퍼하며 정성을 보여준 사실을 노래했다. 그들이 보여준 정성과 의리는 보통 사람들로서 생각할 수 없을 만큼 지극했다. 그 점이 김인겸의 마음을 움직인 것이다. 그래서 그는 '비록 이국 사람이나/인정이 무궁하다'고 감탄했다. 만약 왜인들에 대한 멸시의 마음이 남아 있었다면, '비록 금수 같은 왜놈이나/인정 제법 간곡하다'고 읊었을 것이다. 그러나 김인겸은 '왜놈' 대신 '이국사람'으로 바꾸었다. 그 뿐 아니라, 마지막엔 '누가 왜놈들을 간사하고 괴팍하다 했는가'라고 반문했다. 말하자면 경험해보니 왜놈들이 반드시 간사하고 괴팍하지는 않더라는 깨달음을 토로한 것이다. 그것은 홍대용이 연행을 통해 깨달은 '화이일야'[52]의 결론과 일치된다.[53]

---

51) 박희병, 「조선 후기 가사의 일본체험」, 『한국고전시가작품론』, 집문당, 1992, 711쪽.

52) 「의산문답」, 『담헌서 2』, 신조선사, 1939, 37쪽의 "是以各親其人 各尊其君 各守其國 各安其俗 華夷一也" 참조.

53) 이 점은 함께 사행에 나섰던 조엄의 『해사일기』의 다음과 같은 기록으로도 얼마간 뒷받침된다.
"저들의 지껄이는 언어는 그 한 가지 것도 알아들을 수가 없고, 어린 아이의 우는 소리와 남자나 여자가 급하게 웃는 소리에 있어서는 우리나라 사람과 다름이 없으니, 그 다같이 타고난 천성에서 나오는 것으로서, 어음이 다른 방언에는 상관이 없는 것이기 때문에 그런 것일까? 이로 미루어 보면, 윤상을 지키는 천성이야 물론 질서정연한 도회와 번화한 문물, 수차(水車) 및 방아의 편리한 제도, 뛰어난 자연경관 등 외적인 요소들도 그러한 깨달음을 초래한 요인들로 얼마간 작용했을 것이다. 그러나 무엇보다도 자연이나 의관문물이 다름에도 불구하고 인간의 본질이나 내면은 마찬가지임을 깨달은 것이야말로 화이 구분의 세계관이나 조선중화주의에 투철했던 김인겸의 의식을 일부나마 열어준 주된 요인이었다고 할 수 있다.

## 4. <병인연행가>와 화이관의 관습성

<일동장유가>는 사행가사의 정형을 정립한 작품이고, 장편화 등 후대 사행가사의 구성방법에 큰 영향을 미쳤다.[54] 중국 쪽 사행가사 중 <무자서행록>이 <병인연행록>보다 더 완벽한 작품이라고는 하지만, 아직 학계의 합의가 이루어진 것은 아니다. 그런 이유로 일본 쪽 사행가사의 대표인 <일동장유가>를 통하여 사행가사의 시선이나 세계관의 패러다임을 살펴보았고, 이제 중국 쪽 사행가사의 대표로 <병인연행가>를 통하여 그 시선이나 세계관의 패러다임이 지속되는지 여부를 살피기로 한다.

<병인연행가> 역시 노정 상 국내 부분과 국외 부분으로 나뉜다. 홍순학의 세계관이 분명히 드러나는 부분은 해외에서의 견문일 것이나, 국내의 노정에서 보여주는 역사의식 또한 간접적으로나마 관련을 맺는다고 할 수 있다. 당시 25세였던 홍순학은 신진기예로서의 자부심이 컸으므로, 연로한 나이로 통신사의 행렬에 참여한 김인겸과는 달랐을 것이다. 더구나 홍순학이 연행을 떠났던 고종 3년[1866]은 국내외적으로 다사다난했던 시기였다. 젊은 홍순학이 가졌을 시국에 대한 불안감이나 울분은 청나라의 발전된 문물을 통해 더욱 증폭되었을 수도 있다. 그럼에도 불구하고 첨예한 배청의식이나 화이 구분의 세계관이 노출되었다고 볼 수는 없다. 그런 생각들은 상당

---

어찌 다름이 있겠는가? 다만 교양이 타당함을 잃어 화이의 구별이 있게 된 것이니, 만일 능히 윤리와 강상으로써 가르치고, 예와 의로써 인도한다면, 또한 풍기를 변동시키고 세속을 바꾸며 이를 변화하고 화로 선도하여 그 천성의 타고난 것을 회복시킬 수 있는 것이, 그 울음소리와 웃는 소리가 한 하늘 아래 태어나 동일한 것과 무엇이 다르랴?" [『국역 해행총재 Ⅶ』, 1989, 57쪽].

'의관문물의 법도나 예의의 있고 없음' 같은 교양의 문제에 바탕을 두고 화이가 구분된다고 볼 뿐 인간의 본질인 천성이야 크게 다를 수 없다고 본 것은 당시 지식인들이 갖고 있던 시대인식의 줄기였다. 인식변화의 과정에서 김인겸이 도달한 것도 결국 인간 본질의 대동소이함이었을 것이고, 그것은 궁극적으로 '화이일야(華夷一也)'의 깨달음이었던 것이다.

54) 이성후, 『일동장유가연구』, 형설출판사, 2000, 67쪽.

부분 내면화되고 순화된 모습을 보이는데, 홍순학의 개인적 성격 뿐 아니라 서사적이면서도 서정적인 가사의 장르적 성격도 그 큰 요인으로 작용했으리라 짐작된다.

1) 집집의 호인들은/길에 나와 구경하니/의복이 괴려하여/처음 보기 놀랍더라/머리를 앞을 깎아/뒤만 땋아 늘이웠고/당사실로 댕기하여/마래기를 눌러 쓰고/일년 삼백 육십일에/양치 한 번 아니하여/이빨은 황금이요/손톱은 다섯 치라/(…)/계집년들 볼 만하다/그 모양은 어떠한고/머리는 치거슬러/가림자도 아니하고/뒤통수에 몰아다가/맵시 있게 수식하고/오색으로 만든 꽃은/사면으로 꽂았으며/도화분 단장하여/반취한 모양같이/불그레 고운 태도/아미를 다스리고/살쩍을 고이 지어/붓으로 그렸으며/입술에 연지빛은/단순이 분명하고/귀방울에 뚫은 구멍/귀엣고리 달렸으며/의복을 볼작시면/사나이 제도로다/(…)/발맵시를 볼작시면/수당혜를 신었으되/청녀는 발이 커서/남자의 발 같으나/당녀는 발이 작아/두 치쯤 되는 것을/비단으로 꼭 동이고/신 뒤축에 굽을 달아/뒤뚝뒤뚝 가는 모양/넘어질까 위태하다/그렇다고 웃들마라/명나라 끼친 제도/저 계집의 발 하나니/지금까지 볼 것 있다[55]
2) 회령령 넘었으니/청석령이 어디메오/길바닥에 깔린 돌은/톱니같이 일어서고/좌우에 달린 석벽/창검같이 둘렸는데/이렇듯 험한 곳에/접족하기 어려워라/병자년 호란 적에/효종대왕 입심하샤/이 고개 넘으실 제/끼치신 곡조 유전하니/호풍은 참도 차다/궂은비는 무삼 일고/옛 일이 새로우니/창감키도 그지없다[56]
3) 슬프다 이 땅이/삼학사 추도처라/만리 밖에 외롭다가/우리 보고 반기는 듯/들으니 남문 안에/조선관이 있다 하니/효종대왕 들어오사/몇 해 수욕하셨느냐/병자년이 원수로다/어느 때나 갚아보리/후세 인신 예 지날 제/분한 마음 뉘 없으랴[57]
4) 들으니 대명 때에/영원백 조대수가/형제 서로 지신으로/변방에 공 세우매/나라에서 정문하사/패루 둘을 세우시고/충렬을 표하시니/첨피국은 하였으되/무도한 조가 형제/그 후에 배반하여/청나라에 투항하니/부끄럽다 저 패루여/기괴한 저 패루는/의연히 남아 있다[58]
5) 만고 역신 오삼계가/성 한 편을 열어 놓고/한이를 불러들여/대명 운수 진했으니/무너진 성 철망 쳐서/저렇듯 오활하다[59]
6) 한림편수 장병염은/기걸하온 자품이요/시어사의 왕조계는/아름다운 성품이요/공부벼슬 완현은/단정하온 태도로다/모두 다 대명 적에/명문거족 후예로서/마지못해 삭발하고/호인에게 벼슬하나/의관의 수통함은/분한 마음 맺혔구나/옛 의관 조선사람/형제같이 반기인다[60]

---

55) <병인연행가>, 41-45쪽.
56) <병인연행가>, 51-52쪽.
57) <병인연행가>, 58-59쪽.
58) <병인연행가>, 67쪽.
59) <병인연행가>, 71쪽.

영원백 조대수의 패루

7) 큰 길에 양귀자들/무상히 왕래하네/눈깔은 움쑥하고/콧마루는 우뚝하며/머리털은 빨간 것이/곱슬곱슬 양모같고/키꼴은 팔척장신/의복도 괴이하다/쓴 것은 무엇인지/우뚝한 전립같고/입은 것은 어찌하여/두 다리가 팽팽하냐/계집년들 볼짝시면/더구나 흉괴하다/퉁퉁하고 커다란 년/살빛은 푸르스름/머리처네 같은 것을/뒤로 길게 늘여 쓰고/소매 좁은 저고리에/주름 없는 긴 치마를/엉버티어 휘두르고/네다섯 년 떼를 지어/희적희적 가는구나/새끼놈들 볼 만하다/사오륙세 먹은 것이/다팔다팔 빨간 머리/샛노란 둥근 눈깔/원숭이 새끼들과/천연히도 흡사하다/정녕히 짐승이지/사람 종자 아니로다/저렇듯 사람 요물/침노 아국 되단 말가/책비준청 마침 되어/칙사까지 파견되니/신민경축 하온 연유/겸하여 양인소멸/장계로 상달코자[61]

1)-6)은 <병인연행가> 전체에서 반청의 의사를 얼마간 드러낸 부분들이다. 그러나 그 반감이나 비판의 강도는 앞 시기의 연행록들에 비해 무디어져 있으며, 무엇보다 <일동장유가>에서 일본에 대한 김인겸의 반감에는 비할 수 없을 정도로 약해져 있다. 우선 이 시기의 청나라가 더 이상 국가적 안위를 위협하는 상대는 아니었으며, 정치·무역·외교 등 청나라와의 현실적 관계가 무시

60) <병인연행가>, 163-164쪽.

61) <병인연행가>, 174-176쪽.

할 수 없는 단계까지 발전한 점을 감안해야 할 것이다. 오히려 제국주의의 기치를 들고 새롭게 등장한 서양이나 일본의 존재가 기존의 '오랑캐 청나라'를 대신한 세력으로 조선을 위협한다고 생각하게 된 것이다.

1)은 사람들의 의관문물이나 모습에 대한 묘사로서 대부분의 연행록들에 공통적으로 나타난다. 비록 '처음 보기 놀랍더라'고는 했으나, 홍순학이 실제로 놀랐다고 볼 수는 없다. 그는 그런 모습으로부터 생소하고 불쾌한 이질감을 갖기보다는 하나의 '볼거리'로서 흥미를 느꼈음에 틀림없다. 조선조 후기의 판소리 사설이나 고소설에 흔히 등장하는 '(…)볼짝시면'이란 투어가 반복되고 있고, 도처에 사실적이면서도 해학적인 표현으로 대상을 희화화시키고 있는 점으로도 알 수 있다. 이것은 대상에 대한 반항심이나 적개심과는 다른, 일종의 흥미나 친밀감을 표출한 예로 볼 수 있다. 따라서 그것은 앞 시기에 보인 적대적 화이 구분의 세계관과는 다른 양상의 내용이다. 그것은 대상을 한 없이 가볍게 취급함으로써 읽거나 듣는 사람들을 즐겁게 만드는 방법이다. 더구나 마지막 부분에 '명나라 끼친 제도/저 계집의 발 하나니/지금까지 볼 것 있다'는 표현이야말로 그의 세계관을 결정적으로 드러낸다.

앞 시기 화이론자들에게는 '중화=명'이었으며, 명의 문화는 그대로 세계 질서의 표준이었다. 그 문화를 이어받은 조선이기에 명나라가 멸망한 지금 천하에는 조선만이 중화를 유지한다고 믿었다. 말하자면 '중화=명=조선'의 등식은 이들이 견지하던 불변의 자존의식이었다. 그러나 이제 홍순학은 전족한 여인의 발에서나 겨우 명나라의 남은 유산을 발견할 수 있다고 자조(自嘲)하고 있는 것이다. 그것은 자기모멸을 통한 통렬한 반성일 수도 있다. 이 말에는 그가 이미 자존적 중화주의의 허황함을 깨달은 사실이 암시된다. 청나라 사람들의 모습이나 의관문물에 대한 희화화는 표면상으로는 그들에 대한 멸시일 수 있다. 그러나 여인들의 아름다움을 드러내고자 했다거나 현상을 즐겁게 나타내려는 표현의 이면에는 얼마간 그들에 대한 친근함이 내포되어 있다. 그것은 기존의 반청적 화이관이 상당히 누그러진 모습이기도 하다. 반대로 여자들의 전족에 대한 희화화는 명나라의 문화를 맹목적으로 추수하는 데 대한 명시적 비아냥이다.[62] 말하자면 도에 넘친 숭명의식을 합리적인 선에서 조정한 결과인 것이다. 이처럼 숭명과 배청이 적절한 지점에서 균형을 잡게 된 것은 <병인연행가>에서 발견되는 중요한 변화다.

그 변화는 2)에서도 감지된다. 그는 청석령을 넘으면서 볼모로 잡혀가던 봉림대군을 회상한다.

---

62) 정영문[앞의 논문, 251쪽]은 이 부분에서 '청나라에서 이미 멸망하고 없는 명나라의 문물과 제도를 애써 찾으려는 작가의 태도'를 읽어냈다. 그러나 그것은 홍순학의 본뜻을 읽지 못한, 피상적 독법일 수 있다.

그런 다음 대군이 불렀다던 가곡을 생각해내곤, '옛 일이 새로우니/창감키도 그지없다'고 결말을 지었다. 그에게 봉림대군이 끌려간 일은 이미 '옛 일'이었다. 사실 앞 시기까지의 연행사들에게 청나라와의 사이에 일어났던 불쾌한 일들은 '지난 일'이 아니라, 그 때까지 '현재진행'의 사건들이었으며, 그에 바탕을 둔 적개심으로 반청의 기개를 드높여온 것이 상례였다. 그런 현실적인 반청의식을 이념적으로 뒷받침하기 위해 갈고닦은 것이 화이 구분의 세계관이었다. 비록 홍순학이 슬픈 마음을 드러내긴 했으나, 그에게 그 일은 '역사상의 한 사건'일 뿐이었다. '창감키도 그지없다'는 것은 진짜로 슬픈 상황으로부터 얼마간 거리를 둔 객관적 시각일 뿐 인식주체 자신의 일로 받아들인 표현으로 볼 수는 없다. 그것은 절규 혹은 반항으로 표현되는 '당하는 자'의 적개심이 아니라, 오히려 담담한 '슬픔'으로 읽히기 때문이다. 그러한 객관화는 3)에서도 마찬가지다. 3)은 삼학사 추도처와 효종이 갇혀 살던 조선관을 지나면서 젖게 된 감회다.

병자년의 치욕을 '어느 때나 갚아보리'는 사실 북벌의 기치를 내세운 효종 이래 사대부들이 달고 다니던 관용적 표현이었으며, 홍순학의 시대는 그 말의 진정성 또한 퇴색될 대로 퇴색된 시점이기도 했다. 특히 '후세 인신 예 지날 제/분한 마음 뉘 없으랴'는 표현 또한 그 병자호란을 자신들의 일로 생각하지 않고 있음을 드러낸다. 홍순학 자신도 포함되는 '후세 인신'들은 그 사건으로부터 일정한 거리를 두고 있는 존재들이다. 따라서 그가 분한 마음을 가졌다 한들 '인지상정'의 소치일 뿐 사건 해결의 사명감으로부터 나온 그것은 아니었다.

4)와 5)에서는 조대수(祖大壽)·조대락(祖大樂) 형제, 오삼계 등의 행적을 통해 자신의 관점을 드러냈다. 홍순학은 '대명'으로부터 국은을 입은 조대수 형제가 청나라에 투항한 사실을 '부끄럽다'고 했다. 의리상 없어졌어야 할 패루가 의연히 남아있는 모순을 지적하며 비판해 마지않았다. 대부분의 조선조 지식인들은 청에 항복하여 영화를 누린 조대수 형제를 비판하는 입장이었다. 그러나 김창업만은 그들을 긍정적으로 평가했다. 군사를 버린 책임은 마땅히 져야하지만, 조만간 함락될 위기에 있는 조대수 형제를 구원하지 않은 조정에도 책임이 있다는 것이다. 그래서 김창업은 여문환(呂文煥)의 사건을 들어 조대수 형제를 비판한 김석주[金錫胄, 1634-1684]의 견해를 반박했다.

여문환은 몽고의 향도가 되어 끝내 송조를 뒤엎었지만, 조대수가 오랑캐에게 붙었다는 말은 듣지 못했다는 것이다.[63] 조대수 형제에 대한 홍순학의 비판은 역사적 상황논리를 도외시한 '대명

63) 김창업, 『연행일기』, 469쪽.

의리관'의 관습적 반응이었다. 오삼계에 대한 반응 역시 마찬가지다. '대명의 운수'를 끝나게 한 오삼계를 '만고 역신'이라 비판한 것이다. 김창업은 오삼계가 이자성을 패퇴시킨 석하에 이르러 오삼계를 위해 변론했다. 곡응태(谷應泰)의 『명사(明史)』에 실린 오삼계의 사적을 장황하게 인용한 노가재는 오삼계가 '임시변통의 의[창졸지의(倉卒之義)]'는 지켰으나 '완전한 의[일체지의(一切之義)]'는 지키지 못한 점 때문에 뒷사람들에게 만족감을 줄 수 없었다고 했다. 그래서 오삼계의 처사가 비록 만족스럽지는 못했으나, 세상에 보기 드문 웅걸이라고 했다.[64] 신중하면서도 구체적인 노가재의 논리에 비하여 홍순학의 그것은 상식과 관습에 바탕을 둔 것이었다. 4)와 5)는 자신이 개입되지 않은 상황에서 '명 : 청'의 의리론적 우열을 논하는 자리였던 만큼, 부담 없이 명의 편을 들을 수 있었던 것이지 그런 논리 자체가 홍순학 개인의 신념이나 천착에 의해 이루어진 것은 아니었다.

그런 점에서 4)나 5)의 교조적 의리론과 어긋나는 6)은 오히려 홍순학의 시선이나 세계관을 타당하게 드러낸다고 본다. 그는 '대명 적 명문거족의 후예'로서 삭발하고 호인에게 벼슬하는 '강개지사 인걸' 7명[정공수·황운곡·동문환·방정예·장병염·왕조계·왕현]을 꼽았다. 홍순학은 '의관의 수통함은/분한 마음 맺혔구나'라고 탄식했다. 그러나 이 탄식은 그리 절실하지도 않고, 그것이 그들 7명의 생각은 더더욱 아니다. 홍순학을 구속하고 있던 관습적 시각의 발로이면서 현실에 적응하며 잘 살아가는 그들의 내면을 동정한 것 이상도 이하도 아니다. 홍순학은 또한 그들이 자신을 '옛 의관 조선사람/형제같이 반기인다'고 했다. 말하자면 명나라 때 의관문물을 지탱하고 있는 자신을 반긴 데서 홍순학은 감격했던 듯하다. 그러나 그 자체가 홍순학의 화이관적 세계관이나 배청적 시선을 입증하는 것은 아니다. 그들의 행위가 단순히 과거에 대한 향수로부터 나온 반응일 수 있기 때문이다. '대명 적 명문거족의 후예가 삭발하고 오랑캐에게 벼슬하는 일'은 그들의 현실 타협을 의미한다. 홍순학 역시 그 점에 대하여 비판적이지 않았다는 점은 그가 지니고 있던 화이 구분의 세계관이나 배청적 시각 자체가 크게 변화되었음을 말해준다.

그렇다면 명·청 교체 이래 지속되던 배청적 화이관이 이 단계에서 사라진 것일까. 화이를 구분하지 말고 청나라의 중국에서라도 배울 것은 배워야 한다는 주장은 북학파들에 의해 제기되었고, 그것은 뚜렷한 시대적 추세로 정착한 것이 사실이다. 청조 치하의 중국을 직접 여행한 북학파 학인들은 중국인들의 의관이 모두 오랑캐로 변한 것을 제외하고는 용거(用車)·용전(用甎)·목축

64) 조규익, 「조선조 국문 사행록의 통시적 연구」, 98쪽.

·인민생활·학술·사회구조 등 모든 사물에서 조선에 비해 수준 높은 문화와 문명이 여전히 건재하고 있음을 목도하고 이를 배우자고 주장했다.[65] 이러한 전통적 화이관의 극복은 중국을 통해 유입된 새로운 세계관과 우주관에 의해서도 자극되었다.[66] 이처럼 전통적 화이관은 대폭 변질되거나 사라졌다 해도 본질적으로 피아(彼我)를 구분하는 세계관이 사라진 것은 아니었다.

그 점을 설명해주는 것이 7)이다. 7)은 서양 사람들을 묘사한 내용이다. 교조적 화이관이 시대정신으로 정착해 있던 시기의 사행록들에서 오랑캐의 의관문물이나 모습을 묘사하던 내용과 방법이 그대로 이 부분에서 재현되고 있음을 확인할 수 있다. 즉 과거의 오랑캐 청인들을 향하던 비판과 멸시의 시선이 이제는 서양인들을 향하게 된 것이다. 청나라 오랑캐가 서양 오랑캐로 자리바꿈을 했을 뿐 화이 구분의 세계관이 본질적으로 사라진 것은 아니란 점이 분명해진다. 물론 청인들이나 청나라 문화가 멸시의 대상으로 고정되어 있던 화이 구분의 세계관은 거의 사라졌거나 변질되었다. 그러나 서양인들의 출현은 기존 질서에 대하여 새로운 위협 요인으로 대두되었고, 그에 따라 빠져나간 오랑캐 청인들 대신 오랑캐 서양인들이 그 자리를 메우게 된 것이다.

7)에서 홍순학은 서양인들에 대하여 비칭으로 일관하며 '정녕히 짐승이지/사람 종자 아니로다'는 극언까지 퍼붓는다. 오랑캐를 사람 아닌 금수로 보는 것은 춘추대의를 바탕으로 하는 화이 구분의 인간관이다.[67] 대부분의 사행록들에서 그랬고, 김인겸의 사행가사인 <일동장유가>에서도 일본인들을 그렇게 보았다. 그런데 서양인들에 관해서 이렇게 극단적인 혐오감을 갖게 된 것은 서양인들의 침범에 따른 피해의식 때문이었다. 청나라 병부낭중 황운곡은 홍순학에게 '양귀자(洋鬼子)'가 조선을 침노한 사실을 귀띔한다.[68] 오랑캐로 불리던 청나라의 관리가 서양인들을 '양귀자'로 호칭하며 '물리쳐야 할 세력'으로 조선의 관리에게 귀띔했고, 조선의 관리인 홍순학은 그에 대해 감사하며 '양귀자'에 대한 멸시와 적개심을 표했으니, 기존의 화이관적 세계관은 크게 변질

---

65) 김한규, 『한중관계사 Ⅱ』, 아르게, 2002, 790-791쪽.

66) 같은 책, 790쪽.

67) 『송자대전』 부록 권 19·기술잡록, 『한국문집총간 115』, 550쪽의 "鳳九曰 聞淸愼春諸先生 皆以大明復讐爲大義 而尤翁則又加一節 以爲春秋大義 夷狄而不得入於中國 禽獸而不得倫於人類 爲第一義 爲明復讐 爲第二義" 참조.

68) <병인연행가>, 173-174쪽의 "황낭중의 필담으로/비밀히 이른 말이/작일에 양귀자 놈이/귀국을 침노 운운/예부상서 자문으로/먼저 급보하였으니/존형은 아무쪼록/빨리 돌아갈지어다/이 말이 어인 말가/대경실색 놀라운 중/무수히 사례하고/인하여 작별하니/차생에 활별이라/(…)/돌아오며 생각하니/양귀자 일 통분하다/황성 안을 헤아려도/서양관이 여럿이요/처처에 천주당과/서학편만 하였다며/큰 길에 양귀자들/무상히 왕래하네" 참조.

되었음이 분명하다.

이처럼 화이 구분의 세계관이나 청나라에 대한 시선이 달라진 것은 청나라 등장이후 지속된 조공무역으로 양국의 경제적 이해관계가 긴밀해졌고, 그에 따라 이념의 문제는 상대적으로 소홀해진 데서 그 이유를 찾을 수도 있으리라 본다. 조선의 대청 무역은 사행무역과 변경 지역 삼시(三市)[중강 · 회령 · 경원]로 구분된다.[69] 이 가운데 조공인 사행무역은 나라와 나라 사이의 공적인 무역인데, 사행의 규모나 체류 기간 등을 감안할 때 이곳에서 갖다 바친 물건보다 저쪽에서 받은 물건이 많고 사행을 빙자하여 사적인 거래 또한 이루어졌으므로 우리로서는 손해 보는 거래가 아니었다.[70]

대청 무역은 조선 정부의 재정구조를 확대시켰다거나, 국내 상업계를 성장시키는 등 발전적인 영향을 미치기도 했다.[71] 결과적으로 사행은 경제의 발전이나 사회의 활성화에 기여하게 되었고, 그에 따라 명분 위주의 대청 시각 또한 현실에 맞게 재조정될 수 있었다. 그런 국제관계의 합리화를 도와준 것이 실학이나 북학파를 비롯한 조선조 후기 지식인들의 변화된 의식이었다. 청나라로부터 선진문물을 도입하거나 배워야 한다는 자각은 사행에 합류하여 현지를 답사한 지식인들이 절실하게 깨달은 점이기도 했다. 그들이 청나라에서 발견한 문물은 청의 문물이 아니라 중화의 문물이었으므로 적극 수용하자는 데 논리적 모순을 느끼지 않았던 것이다.[72]

"자문을 받들어서/상서에게 봉전하고/삼사신 꿇어앉아/아홉 번 고두하여/예필 후 돌아오니/사신 할 일 다 하였네"[73] 라는 언급은 <병인연행가> 전반부의 마무리 부분이다. <병인연행가>의 전반부는 공적인 임무를 수행하는 과정에서 얻게 된 견문들을 기록한 부분으로 전체의 반이 채 안 된다.

"무엇으로 소견하랴/구경이나 가자세라"[74]는 뒷부분의 시작이면서 앞으로 전개될 내용을 암시하는 말이기도 하다. 이 말은 이제 이념 우위의 단계는 지났음을 보여준다. 이념보다 실질이 중요하다는 것이다. 많지는 않으나 청을 비하하는 내용들은 대부분 전반부에 몰려있고, 후반부에는 청나라의 선진문물이 부러움과 찬탄의 어조로 소개된다. 그는 다양한 건물과 성채, 문루, 온갖

---

69) 이철성, 『조선후기 대청무역사 연구』, 국학자료원, 2000, 20쪽.

70) 김성칠, 「연행소고」, 『역사학보』 12, 역사학회, 1960, 31-34쪽.

71) 이철성, 앞의 책, 263쪽.

72) 김문식, 「18세기 후반 서울 학인의 청학인식과 청 문물 도입론」, 『규장각』 17, 서울대 규장각, 1994, 34쪽.

73) <병인연행가>, 88쪽.

74) <병인연행가>, 89쪽.

기구의 화려하고 장대한 모습들을 장황하게 들었다. 각종 누정, 사우, 교육기관, 저잣거리, 물화, 서책, 의류, 약재, 그릇, 음식물, 술 등을 비롯하여 온갖 기이한 것들을 빠짐없이 기술했다. 뿐만 아니라 백성들의 살아가는 모습이나 '법령의 엄절함' 등도 놀라운 견문으로 제시되어 있다. 황낭중과 동학사 등 중국의 문사들과 교유하는 모습은 담헌 홍대용이 육비·엄성·반정균 등 그곳의 선비들과 교유하며 세계관을 넓혀가던 모습을 상상하게 한다.

중국의 융성한 문물을 부연적인 사설로 늘어놓으면서 요소요소마다 그것들에 대한 작자의 느낌이나 찬사를 배치했다. 특히 유리창에 넘치는 물화들을 '(…)풀이 볼짝시면'[75]으로 제시·나열했다. 그리고 그 사이사이에 '황기와 청기와로/굉장히 지었으되'[89쪽], '물색의 번화함이/천하의 대도회라'[90쪽], '다섯 홍예 두렷하고/이층 문루 굉장하다'[91쪽], '옥난간 두른 것이/볼수록 장할씨고'[92쪽], '높기도 끔찍하며/웅위도 하온지고'[93쪽], '겉으로 얼핏 보아/저렇듯 휘황할 제/안에 들어 자세 보면/오죽이 장할소냐'[95쪽], '굉장도 하거니와/집상각과 홍경각은/여기 저기 조요하니/바라보매 성경이라'[96쪽], '세 층을 도합하면/근 이십장 되오리니/높기도 외외하다'[99쪽], '황기와로 덮었으니/높기도 장하도다'[103쪽], '봉봉이 앉은 부처/기교도 하온지고'[107쪽], '유리창이 여기러냐/천하 보배 들어 쌓다'[115쪽], '제목 써서 높이 쌓아/못 보던 책 태반이요'[120쪽], '온갖 비단 다 있으니/이루 기록 다 못할레'[121쪽], '모양도 기려하고/크기도 굉장하다'[134쪽], '우리나라 종로 쇠북/세 갑절은 되겠구나'[144쪽], '안계가 황홀하고/경계가 절승하다'[148쪽], '처처에 오밀조밀/눈부시어 못 보겠다'[149쪽], '둥그러한 홍예문이/높기도 굉장하다'[151쪽], '아무리 명화라도/그리진 못하겠고/아무리 구변 있어도/말로 형언 다 못할레'[152쪽], '이런 재주 저런 요술/이루 기록 다 못할레'[156쪽], '동가를 하오실 제/요란하고 분주함이/오죽들 하라마는/(…)/이로써 헤아리면/기율이 끔찍하다'[162쪽], '그 집에 찾아가서/왔노라 통기하니/주인 나와 영접하여/서로 인사 읍을 하고/외당으로 인도할새/선후를 사양하여/주객지례 분명하다'[164쪽], '이런 음식 칠팔기를/연이어 갈아들여/종일토록 먹고 나니/이루 기록 다 못할레'[165쪽], '갑주 투구 병장기는/수레에다 많이 싣고/휘몰아서 지나가니/천하강병 저러하다'[180쪽], '대국법은 그러하여/도적놈을 증험한다/(…)/이런 일로 볼지라도/법령이 엄절코나'[182쪽] 등의 찬사를 삽입하여 중국의 문물에 대한 작자의 호감을 드러냈다.

---

75) '잡화풀이 볼짝시면/붓풀이 볼짝시면/책풀이를 볼짝시면/비단풀이 볼짝시면/부채풀이 볼짝시면/약풀이를 볼짝시면/차풀이를 볼짝시면/채풍풀이 볼짝시면/염색풀이 볼짝시면/곡식풀이 볼짝시면/고기풀이 볼짝시면/생선풀이 볼짝시면/술풀이를 볼짝시면/떡풀이를 볼짝시면/철물풀이 볼짝시면' 등.

<병인연행가>는 전통적 화이관이 거의 청산되어갈 무렵에 나온 사행가사다. 따라서 외견상 화이 구분의 세계관이 부분적으로 노출된다 해도 그것은 관습적 표현일 뿐 작자의 체험적인 그것은 아니다. 그것도 앞부분에만 주로 나타나고 뒷부분의 주된 내용은 중국의 물질문명에 대한 찬탄이다. 이 당시에 기록자의 시각이나 세계관이 화이관의 범주를 멀리 벗어났음을 보여주는 사례라고 할 수 있다. 달리 보면 당시의 국내외 정세를 감안할 때 오랑캐의 존재는 이미 청나라에서 서양으로 바뀌었음을 보여주기도 한다. 오랑캐의 존재가 청나라였든 서양이었든 100년전의 사행가사 <일동장유가>가 완전치는 못하나마 조금이라도 화이관의 질곡에서 벗어날 가능성을 보여주었다면, <병인연행가>는 화이관을 이미 극복한 상태에서 부분적으로 그에 대한 관습적 집착을 보여주는 정도였다고 할 수 있다.

## 5. 사행가사의 역사적 · 문학적 의의

<일동장유가>[1764/김인겸]와 <병인연행가>[1866/홍순학]는 1세기의 시차를 두고 지어진 사행가사들이다. 전자는 일본 쪽 사행가사로서 1763년[영조 39년] 계미통신사의 삼방 서기로 따라갔던 김인겸의 작품이고, 후자는 청나라 쪽 사행가사로서 1866년[고종 3년] 왕비책봉 주청사행의 서장관으로 따라갔던 홍순학의 작품이다.

두 작품은 사행가사라는 장르적 공통점과, 멸시의 대상이던 청국과 일본에서의 체험을 기록했다는 내용적 공통점을 지니고 있다. 전자는 장르 선택의 측면에서 산문으로 기록된 사행록과 변별된다. 한문 사행록은 조정에 대한 공식 보고용으로, 국문 사행록은 기록자의 주변인들을 위한 사적 보고용으로 쓰인 경우가 대부분이다. 사행가사와 국문 사행록은 '국문'이라는 표기체계를 공유한다.

가사를 장르로 선택한 것은 가독성의 측면에서 국문 사용계층을 배려한 결과다. 물론 산문에 비해 구체적인 묘사나 서술을 할 수 없다는 것은 가사의 단점이다. 그러나 산문에 비해 상대적으로 함축적인 가사장르의 표현과 빠른 템포는 국문 읽기가 가능한 사람들에게는 적절한 초점화를 통해 읽는 즐거움을 줄 수 있었던 요인들이다. 이 작품들이 질적인 면에서 두드러진 요인은 두 사람의 국문 구사 능력이 뛰어난 점에 있다. 박진감 넘치는 현장성과 살아있는 구어체 등은 산문으로 기록된 사행록들과 구분되는 장점이다. 그런 점에서 <병인연행가>는 <일동장유가>로 대표되는 앞 시기 사행가사[혹은 기행가사]의 전통을 충실히 이어받아 그 나름대로 발전적인 모습을 보여준 사례라고 할 수 있다.

두 번째 공통점은 내면적으로 멸시의 대상이던 청나라와 일본에서의 체험을 기록한 사실이다. 이 점은 기록자의 세계관으로 직결된다. 중원의 지배자가 명나라에서 청나라로 바뀌면서 외교적으로 가장 곤혹스러웠던 나라는 조선이다. 명나라는 정통성을 지닌 중화세계였고, 명나라에 대하여 사대의 외교노선을 표방한 조선은 중화를 본떠 자기 정체성의 근본으로 삼고 있었기 때문이다. 오랑캐 청나라가 명나라를 정복하고 지배자로 들어선 이후 조선의 지식인들은 이상과 현실의 괴리를 바로잡거나 합리화하기 위해 부심했다. 그런 점은 일본과의 관계에서도 마찬가지였다. 교린의 대등한 관계를 맺고 있던 일본에는 통신사란 이름의 사행을 파견했다. 그러나 일본 역시 오랑캐였다. 그러니 망해버린 명나라의 중화문화를 유일하게 계승한 것은 조선일 수밖에 없었다. 조선중화주의는 이런 국제관계의 변화 속에 확립되었고, 외교관계의 이면을 지배하던 원칙이었다.

<일동장유가>는 질적·양적인 면에서 두드러지며, 가장 이른 시기의 사행가사다. 기록자인 김인겸은 비록 서출이긴 하나 '김상헌-김수항-6창'으로 연결되는 노론계통의 지식인이었고, 그 가운데 김수항·창업·창집은 사행으로 청나라에 다녀오기도 했다. 병자호란의 주전론자인 김상헌의 후예답게 이들은 철저한 화이 구분의 세계관을 지닌 대표적 문벌이기도 했다. 당연히 <일동장유가>에는 열등한 대상을 내려다보는, 우월한 관찰자의 시선이 압도적이다. 시종일관 '왜·왜놈'의 호칭을 사용한다거나, '예의 없음'의 현상을 금수의 표지로 받아들임으로써 화이 구분의 세계관을 명백하게 보여준다.

사실 조선중화주의의 핵심은 '유교적 문명의식 혹은 예의'에 있었다. 시종일관 일본인들의 저열성과 일탈을 지적하며 멸시하는 기록자의 시선은 조선중화주의로부터 나온 것이다. 그러나 뒷부분으로 가면서 인정의 기미를 발견하고, 도회의 모습이나 풍요를 통해 현실로 존재하는 문명을 확인하게 되면서 견고하던 화이 구분의 세계관에 흔들림이 생겨나게 된다. 금수로만 보아온 왜인들로부터 예의나 인간적인 면모를 발견하고 소중화인 조선보다 우월한 제도나 물질문명을 목격하면서 '일본=오랑캐'라는 등식에 회의를 갖게 된 것이다. 전체적으로 보면 <일동장유가>는 공고한 화이 구분의 세계관을 바탕으로 이루어진 작품이지만, 부분적으로는 그런 세계관이 느슨해질 가능성을 동시에 지닌 작품이기도 하다. 그리고 그러한 세계관은 당대 조선의 보편적인 의식에 기록자 자신의 개인적 신념이 보태진 바탕 위에 이루어졌다고 할 수 있다.

<일동장유가>보다 1세기 뒤에 나온 <병인연행가> 역시 시대의 변화를 잘 반영한 작품이다. 그 시기에는 '명=중화'/ '청=오랑캐'라는 도식을 바탕으로 명에 대한 맹목적인 숭배와 청에 대한

무조건적 배척을 지양함으로써 중국과의 관계는 얼마간 합리적이고 객관 타당한 보편성을 띨 수 있게 되었다. 물론 이 작품에도 부분적으로 반청의 내용이 보이지 않는 것은 아니다. 그러나 병자호란 같은 청나라와의 관계에서 빚어진 역사적 질곡을 이미 지난 시기의 것으로 객관화시키는 기록자의 태도를 확인하게 된다. 따라서 혹 나타날지도 모르는 화이 구분의 세계관은 당시 지식인들에게는 개인의 의사와 상관없이 관습화된 상투적 언술에 섞여 나타나는 것일 뿐이었다.

대부분 중국의 발전된 문화를 제시하고 그에 대한 찬탄을 섞었는데, 이런 점만 본다면 청은 더 이상 오랑캐 나라가 아니었다. 멸시가 나와야 할 자리에 찬탄이 나왔다면, 이미 전통적인 화이관은 극복된 것으로 보아야 한다. 오히려 당시 체제를 위협한다고 생각되던 서양세계가 청을 대신하여 새로운 오랑캐로 등장했다고 할 수 있다. 청이 명을 이어 중화의 문화적 전통을 계승했다는 것이 사행을 다녀온 지식인들이나 북학파를 중심으로 하던 당대 지식인들의 믿음이자 논리였다. <병인연행가>는 그와 같은 '시각의 보편화'를 달성한 작품이다. 조선중화주의로부터 이행된 자기반성의 근대주의는 <병인연행가>를 산출시킨 토양이다. 명이든 청이든 발전된 문물만큼은 배워 오겠다는 시대정신이 <병인연행가>의 주제의식으로 작용하고 있음을 간과해서는 안 될 것이다.

이처럼 <일동장유가>와 <병인연행가>는 1세기의 시차를 두고 같은 상황과 구도 속에 지어졌으면서도 기록자인 당대 지식인 사회의 해외 체험과 세계관의 변화양상을 비교적 정확히 반영했다고 할 수 있다.

# 3 고전시가의 존재양태

고려속악가사의 존재와 확장

경기체가의 장르적 본질과 통시적 흐름

조선조 악장의 장르적 양상과 성격

가곡창사[시조]의 출현과 전개

장가[혹은 가사]의 형성과 전개 바탕으로서의 가맥(歌脈)

# 고려속악가사의 존재와 확장

## 1. 명칭·상호 관계·자료의 범위

용어의 의미나 범주가 애매모호하여 타당한 용어가 고안될 때까지 잠정적으로만 사용한다는 단서를 붙이면서도 고려가요·고려가사·고려시가·장가·별곡 등으로 다양하게 불려오는 일군의 노래들이 있다. 속요[혹은 고려속요]·경기체가[혹은 경기하여체가] 등 그 하위 유형들의 명칭 역시 잠정적이긴 전자와 마찬가지다. 우선 고려라는 시대적 한계가 문제다. 향가도, 그 진위 여부에 대하여 논란이 많기는 하지만 가곡창사[혹은 시조]나 가사 등도 고려 시대에 창작되던 우리말 노래의 부류들이었다. 따라서 유독 앞에 말한 노래들에만 '고려'라는 왕조 이름을 관치(冠置)시켜야 할 당위성은 없다.

『익재난고(益齋亂藁)』·『급암집(及庵集)』을 제외한 『고려사악지』·『악학궤범』·『악장가사』·『시용향악보』·『대악후보』·『악학편고』 등은 경우에 따라 그 내용이 고려 노래에 관한 것이라 할지라도 모두 조선조에 들어와 기록된 음악 관련 문헌들이다. 더구나 『고려사악지』에는 노래의 이름이나 내력 혹은 몇몇 한역시들만 간략하게 적혀 있고, 그 가사의 대부분은 주로 악서들에 기록되어 있다. 물론 이들 노래 가운데 상당수는 고려조에서도 악장 혹은 속악가사로 사용되던 것들일 가능성이 크다. 그러나 당대 기록자들이 이용했음직한 문헌적 자료들은 지금 남아 있지 않고, 노래들이 구전되거나 전사(轉寫)되어온 과정 등도 확실치 않다.

이럴 경우 기록된 것들이 액면 그대로의 고려노래들일 것이며 설사 전해지는 그대로 기록하였다 해도 그것이 과연 고려 때 지어진 것이라는 근거는 어디에 있는지 모호할 따름이다. 그리고 가요(歌謠)·가사(歌詞)·시가(詩歌)·장가(長歌)·별곡(別曲) 등의 용어들도 문제가 되는 것은 마찬가지다. 우선 가요는 가창 쪽에 비중이 놓이는 반면, 가사나 시가는 노래가 전제되거나 관련되

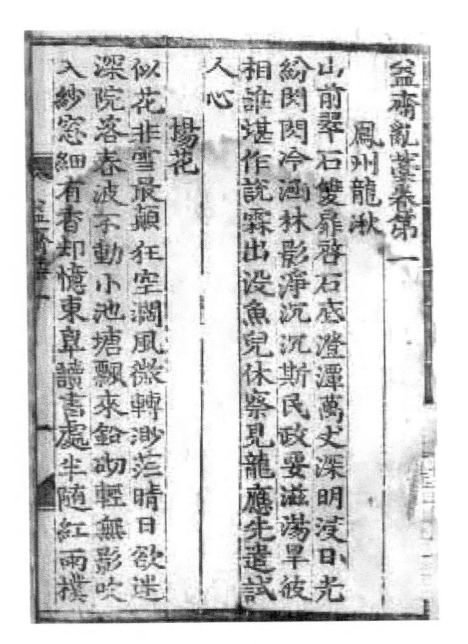

益齋亂藁卷第一
鳳州龍湫
山前翠石雙扉啓石底澄潭萬丈深明滅日光
紛閃閃冷涵林影淨沉沉斯民政要滋湯旱彼
相誰堪作說霖出沒魚兒休察見龍應先遣試
人心
楊花
似花非雪最顚狂空濶風微轉渺茫晴日欲迷
深院落春波不動小池塘飄來鉛砌輕無影吹
入紗窓細有香却憶東皐讀書處半隨紅雨撲

『익재난고』 [이제현의 문집, 1363년 간행, 10권 4책. 연세대학교 중앙도서관 소장]

긴 해도 노랫말 쪽에 비중이 놓인다. 장가는 곡조와 가사 어느 쪽에도 다 관련되지만 노래의 규모나 가창의 시간적 지속 정도를 양적으로 나타냄은 물론 단가와 대비되는 용어로서 조선 시대의 노래에도 많이 쓰였다.

별곡은 곡조의 입장에서 원곡(原曲)에 대한 별도의 곡조라는 뜻으로 쓰인 것인지 일부 논자들의 가정처럼 가사 내용의 입장에서 이별의 노래라는 의미로 쓰인 것인지 단정할 수 없으나 고려 노래는 물론 조선조에 들어와서도 제목의 한 부분으로 쓰인 것이 상당수의 작품들에서 발견되기도 한다. 그리고 논자에 따라서는 <청산별곡>류와 <한림별곡>류를 합하여 별곡이란 용어를 쓰기도 하나 앞에서 설명한 이유 때문에 그것이 장르 명칭으로 그다지 만족스러운 것은 아니다.

하위 구분 명칭으로서의 속요와 경기체가 역시 마찬가지다. 전자는 원래 『고려사악지』의 '속악(俗樂)'에서 유추된 명칭이나, 가사의 내용과 함께 창작 및 수용계층을 염두에 둔 연구자들의 선입견에 따라 '민중[농민·천민 계층]의 진솔한 생활 체험을 표출한 노래'라는 적극적인 의미로 확장·고정된 명칭이기도 하다. 이 정의 속에는 노래들의 담당 계층과 주제의식 및 세계관에 대한 연구자들의 단정적인 견해가 이미 확고하게 반영되어 있는 셈이다. 그러나 분명한 것은 속악 조에 들어 있는 노래들이 거의 모두 궁중악으로 사용되었다는 사실이다. '속(俗)'자가 들어 있다고 하여 무조건 민간 혹은 민중의 노래[유행가: 謠]만은 아니며 그것은 단지 중국으로부터 도입한 아악이나 당악에 대하여 우리의 노래를 변별하기 위한 명칭일 뿐이었다.

속악이 민중의 기층문화를 반영하고 있긴 하지만 궁중악에 수용되어 정재 등의 방식으로 재편된 이상 다층적 복합성을 본질로 지니게 된 것은 당연하다. 그 결과 '일대(一代)의 제도(制度)에 따른 일대의 음악'이라는 의미에서 당대에 표준으로 삼던 중국의 음악과 구별되는 우리 고유의 음악을 지칭하는 용어로 고정된 것이다. 따라서 그 노래들의 소원이 민요이든 창작이든, 그러한 사실들이 이 노래들을 궁중악과 다른 차원으로 보아야 하는 이유는 되지 못한다.

이상의 이유로, '속요'라는 명칭 대신 '고려속악가사(高麗俗樂歌詞)'로 부르는 것이 현재로서는 적절한 대안이다.[1] 이 경우 속악 조에 여타 속가들과 함께 속해 있던 <한림별곡>이 문제다. 그러나 이 작품은 형태상으로 속가들과 뚜렷이 구별되고, 이 작품으로부터 시작되는 별도의 갈래[경기체가]가 존재하는 이상 속가의 부류로부터 독립시키는 것이 좋다. <한림별곡>은 경기체가 장르의 첫 작품인데, '경기체가'도 문제가 적지 않은 장르 명칭이다. 국문학의 어떤 분야이든 작품 중의 한 구절을 따서 장르 명으로 삼은 예를 찾을 수 없고 타당하지도 않다. 형태나 내용, 또는 이것들을 포괄하는 구조적 측면에서 그 명칭을 잡지 않고 작품 중의 한 부분을 장르 명으로 삼아야 한다면 국문학의 범주 안에는 무수한 장르들이 생겨날 가능성이 있다. 논자에 따라서는 이것을 전자[속가]와 합쳐 별곡 혹은 별곡체라는 이름의 단일 장르로 파악하기도 하였지만 적절한 논증은 더 필요하다. 이런 이유로 타당한 용어가 고안될 때까지 당분간은 기존 학계의 관례를 존중하여 경기체가라는 명칭을 사용할 수밖에 없다.

경기체가는 고려시대에 처음 나왔지만 오히려 조선조에 들어와 많은 작품들이 창작되었고, 더 큰 효용가치를 발휘하였다. 그렇다면 표기상의 이유를 차치하고라도 이 노래들은 왜 조선조에 들어와 모습을 드러냈고 각광을 받았을까. 또 그렇게 된 계기는 무엇인가. 여기서 자연히 제기되는 것이 선초의 악장과 이 두 장르들 간의 관계이다.

아속제연(雅俗祭宴)에 등가헌가악(登歌軒架樂)을 배설하고 사용한 악사(樂詞)는 악장으로, 각종 연회에 사용한 당향(唐鄕)의 속악으로 불린 각종 형식의 노래는 가사로 보아 그 의미 범주를 좁히는 견해[2]가 있다. 그러나 악관이 익히는 악장을 악부라 했고[3], 한나라 무제 때 악부의 관제를 개혁하고 사방의 풍요를 채집하거나 새로이 시부(詩賦)를 지어 악부로 불렀다면 악장에 포함될 수 있는 노래의 범위는 매우 넓어진다.

조선왕조실록에도 <수보록(受寶籙)>·<근천정(覲天庭)>·<하황은(荷皇恩)>·<성택(聖澤)>·<포구락(拋毬樂)>·<아박(牙拍)>·<무고(舞鼓)>·<몽금척(夢金尺)>·<수명명(受明命)> 등을 '악장'과 '악부'로 병칭하고 있다.[4] 또 실제 『악장가사』에서도 '대보단악장(大報壇樂章)'에만 악장의 명칭을 썼을 뿐 '종묘영녕전[宗廟永寧殿; 迎神/奠幣/進饌]을 비롯한 각종 제차의 노래에 모두

---

1) 그러나 이 명칭이 번거롭기 때문에 본서에서는 그 용어의 줄임말인 '고려속가'를, 같은 시대 다른 장르의 노래들과 함께 범칭할 필요가 있을 경우에는 '고려노래'라는 명칭을 각각 사용한다.

2) 최정여, 「악장·가사고」, 『한국시가연구』, 형설출판사, 1984, 258쪽.

3) 徐師曾, 『詩體明辨』, 오성사 영인, 1985, 71쪽의 "按樂府者樂官肄習之樂章也" 참조.

4) 세종 55권 14년 3월 16일 (을해) 002.

종묘제례악 [등가 악대의 연주광경]

가사(歌詞) 혹은 가(歌)라는 명칭을 사용하고 있다. 따라서 조선조 당대에는 '악장(樂章)·악부(樂府)·가사(歌詞)'등이 엄격하게 구분되어 쓰이지 않았음을 알 수 있다. 따라서 아·속악의 제(祭)·연향(宴享)에 쓰인 노래 가사들을 악장으로 통칭하는 데 큰 문제는 없다. 이와 같이 고려 노래들을 실어 놓은 문적들은 모두 궁중의 음악 절차나 가사를 적어 놓은 의궤(儀軌) 혹은 '악장가사집' 들이었다.

『고려사악지』의 내용 역시 대부분 고려 궁중의 음악에 관한 것들이며 그 노래들의 대부분은 조선조에 들어와 궁중 음악으로 채택되었다는 점에서 전자들과 마찬가지다. 즉 이 노래들은 조선조에서 신찬 악장들과 함께 공식 음악의 가사로 사용되던 것들이다. 이런 점은 이 시기에 이미 조묘아송(朝廟雅頌)의 음악이 갖추어졌으며, 아울러 관습도감(慣習都監)에 백제·신라 등 삼국과 고려의 민간 노래로 이루어진 관습향악 50여성이 있었다는 사실[5]을 통해서도 입증된다. 관습도감은 고려말엽부터 조선 초기까지 당악과 향악을 가르치던 기관이었다. 현재 '고려가요'로 지칭되는 다수의 노래들은 대부분이 관습향악에 속해 있었을 것이다. 따라서 기존의 민요가 궁중악으로 바뀌어 속악정재의 방식으로 공연된 점은 당악정재 등 외래악의 편제로부터 영향을 받은 결과일 수 있으며, 이런 사실로부터 고려의 민요들이 고려속악으로 편입되는 과정에서 당대에 도입된 송악의 편제가 표본이 되었을 것이다. 정치의 득실이나 오륜의 올바름에 관한 내용으로서 권면할

5) 세종실록 권 61, 15년 9월 12일.

만한 노래들 뿐 아니라 변풍을 면치 못한 노래들까지 모두 수집하여 정치의 자료로 삼을 것을 요청한 계문(啓文)의 내용[각주 5) 참조]은 현재 우리가 고려속가들에서 볼 수 있는 자유분방한 내용과 표현들이 유교적 경건주의 아래에서 살아남을 수 있었던 현실적 근거를 보여준다.

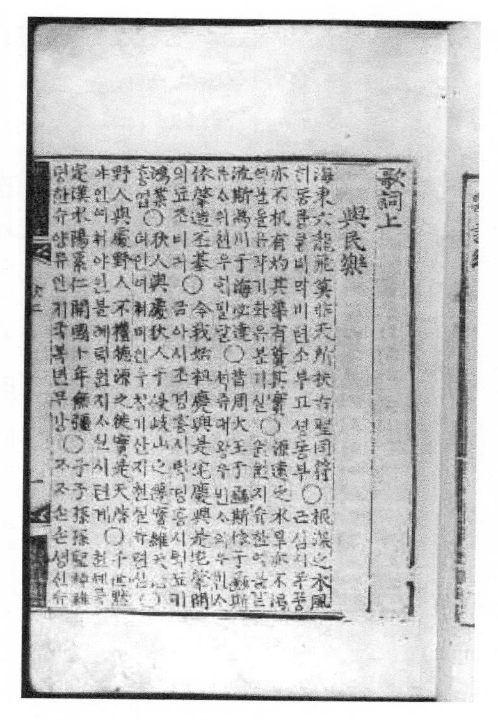
歌詞上
與民樂

『악장가사』 [장서각 소장본]

고려의 속악들은 선초 악장의 단계에 이르러서야 비로소 기록으로 나타난다. 앞에 인용한 계문내용[각주 5) 참조]의 취지에 따라 편찬된 것으로 추정되는 『악장가사』의 가사 조에는 <정석가(鄭石歌)>·<청산별곡(靑山別曲)>·<서경별곡(西京別曲)>·<사모곡(思母曲)>·<이상곡(履霜曲)>·<가시리>·<한림별곡(翰林別曲)>·<만전춘별사(滿殿春別詞)> 등이 실려 있다. 특히 고려 시대에 창작되었으면서도 오히려 조선조에 들어와 관인계층을 중심으로 오랜 기간 불려진 <한림별곡>은 다수의 변이형 경기체가류를 파생시켰으며 그것들은 악장의 주요 부분을 이루게 되었다. 초창기 창작 악장으로 알려져 있는 <납씨가(納氏歌)>·<정동방곡(靖東方曲)>은 각각 <청산별곡>·<서경별곡>과 동곡이사(同曲異詞)인데 전자들을 후자들에 얹어 부르기 위해 현토로 부족 자수를 메운[6] 점 또한 고려속가와 선초악장 사이의 뗄 수 없는 관계를 보여준다.

또한 <유림가(儒林歌)> 등에서 볼 수 있는 '—샷다' 류의 감탄 종지어미는 원래 <동동>·<처용가> 등 고려속가에 쓰인 것인데, <정동방곡>·<납씨가>·<문덕곡(文德曲)>·<신도가(新都歌)>·<봉황음(鳳凰吟)>·<관음찬(觀音讚)>·<능엄찬(楞嚴讚)> 등 선초악장에도 쓰였다. 그리고 <상대별곡>·<화산별곡>·<성덕가>·<연형제곡>·<오륜가>·<불우헌곡> 등 선초악장들은 경기체가의 전형(典型)에 충실한 작품들이며, <정동방곡>·<천권동수지곡(天眷東陲之曲)>·<복록가(福祿歌)>·<축성수(祝聖壽)>·<온문의경왕추존악장종헌가(溫文懿敬王追尊樂章終獻歌)> 등은 경기

---

6) 장사훈, 『국악논고』,서울대출판부, 1966, 49-65쪽 참조.

체가의 장르적 흔적만을 지닌 작품들이다. 이른 바 속가 및 경기체가를 포괄하는 고려노래와 선초악장을 함께 다루어야 한다고 보는 이유도 바로 여기에 있다.

이와 같이 선초악장과 고려노래들이 상당 부분에서 겹친다면 그것들의 범주 구분을 어떻게 할 것이며 장르적 속성을 어떻게 처리할 것인가. 악장을 살펴보면 창작 계층의 목적을 수행하기 위해 새롭게 만든 작품들이 있는가 하면 기존의 고려노래들로부터 차용한 작품들도 있다. 따라서 후자에 속한 것들은 원래의 장르로 되돌려 원래의 의미를 파악하고, 특정 목적의식에 의해 변이된 부분들로부터는 그와 관련된 현실적 의미를 읽어내는 작업이 필요하다.

원래 고려노래들이 구체적인 모습을 드러낸 것은 악장 혹은 조선 초기 음악에 와서였다. 그것들이 실린 문헌들 역시 포괄적으로 악장이나 조선조의 음악이라는 테두리를 벗어날 수 없음은 물론이다. 그런 문헌적 현실을 의식은 하되 원 장르의 본질적 문제를 살필 경우는 일단 그 현실로부터 독립하여 시대적 귀속 문제를 분명히 가려주는 것이 논리 전개의 객관성과 타당성을 확보하는 방법이다. 악장의 경우도 고려노래 등 타 장르로부터 차용된 것들을 제외하고 신제(新製) 작품들로 그 범위를 좁혀야 한다. 물론 범주를 달리하는 장르들 간의 상호 관계에 관한 탐색을 통하여 동질성을 밝히는 일은 개별 장르들의 독자성을 천명하는 일 못지않게 중요하다. 고려노래와 선초악장 사이의 같고 다름을 찾아보려는 본서의 지향점도 바로 여기에 있다.

『고려사악지』, 『악학궤범』, 『악장가사』, 『시용향악보』, 조선왕조실록 등은 고려속가, 경기체가, 악장이 공존하는 문헌들이다. 이들 가운데 『고려사악지』에는 고려의 속악과 그것들에 대한 설명이, 3대 악서에는 고려노래와 신제악장들이 실려 있다. 조선왕조실록의 경우는 세종실록에 개작 <만전춘>이 하나 들어 있을 뿐 완벽하게 신제 악장 일변도이다. 다만 그 신제 악장의 경우 전형·변이형을 포함한 경기체가들이 하나의 줄기를 형성하고 있는 점이 눈에 뜨일 뿐이다. 『악장가사』나 『시용향악보』의 편찬 연대를 확실히 알 수는 없으나 『악학궤범』이 성종 대[24년, 1493]에 이루어졌음을 감안한다면 그것들에 반영된 것은 대략 건국 후 1세기 내외의 음악적 현실이다.

이것들이 당대의 음악적 현실에 대한 결정적 자료들이라면 당대 음악이나 속악악장의 경우는 1세기 내내 고려시대의 그것들로부터 적지 않은 영향을 받았음이 분명하다. 그러한 영향은 시간이 흐를수록 엷어지긴 했으나, 경기체가 장르의 지속적인 창작을 통하여 꾸준히 유지될 수 있었다.

문종 1년[1451] 완성된 『고려사악지』에 상당수의 고려노래들이 '사리부재'로 표시되었거나 그 유래만 기록되어 있다. 그러나 그 책에 등장하는 상당수 노래들의 가사는 3대 악서를 통해 추후로 밝혀졌다. 이로 미루어 볼 때 고려 때부터 향찰이나 구비로 전해지던 것들이 훈민정음의 실용화와

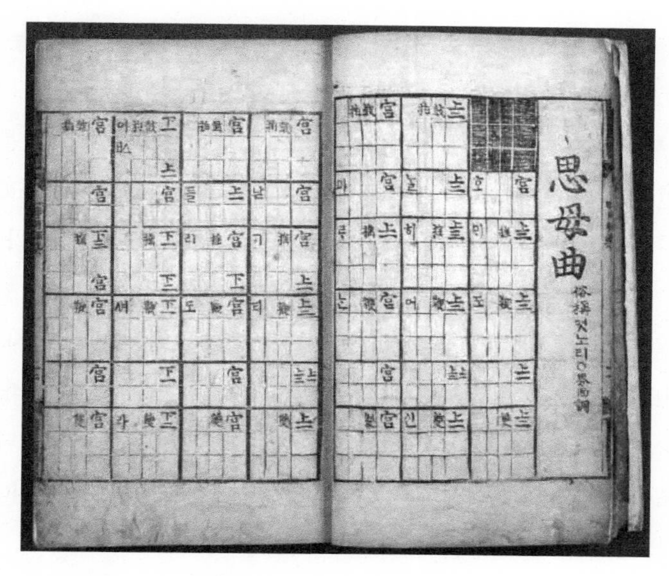


『시용향악보』[보물 제551호]

더불어 기록에 올려졌을 것이다. 따라서 이러한 문헌들을 통하여 그 형태나 내용의 대강을 파악할 수는 있지만 이것들이 당대의 모습을 그대로 전한다고 볼 수는 없다. 이황의 다음과 같은 언급은 이 경우에 참고가 될 것이다.

> 근래 밀양 박준이란 자가 소리를 많이 안다고 이름이 나 있는데, 아악과 속악을 가리지 않고 우리나라의 음악을 두루 수집, 한 부의 책을 만들어 세상에 펴냈다. 그런데 이 가사[〈어부가〉: 인용자 주]와 상화점 등 여러 곡이 그 가운데 섞여 있다.[7)]

박준이 퇴계와 같은 시대에 살았다면 중종-명종 연간에 활동했던 사람일 것이며 『악장가사』나 『시용향악보』 소재 노래들 중 창작 연대가 비교적 분명한 것들로서 명종 이후의 작품이 없는 사실 등으로 보아 박준의 이 노래집이 『악장가사』·『시용향악보』 등의 대본이 되었거나 최소한 그것들과 병존하고 있었을 것이다. 더구나 『시용향악보』의 경우 궁중 연향악과 무계(巫系) 가요를

7) 「書漁父歌後」, 『退溪集』 卷四十三 , 『韓國文集叢刊』 30, 458쪽의 "頃歲 有密陽朴浚者 名知衆音 凡係東方之樂 或雅或俗 靡不裒集 爲一部書 刊行于世 而此詞與霜花店諸曲 混載其中" 참조.

함께 싣고 있는 점, 철자 표기법 등으로 미루어 연산군 때 이루어졌을 것이라는 추정[8]이 가능하다면, 이런 악서들이 적어도 선조 조 이전에는 완성되었으리라 본다.

인용문 가운데 '부집(裒集)'이란 말이 구비 상태의 것을 모았다는 말인지 문헌으로 되어 있는 것을 모았다는 것인지 확실치는 않지만 정황으로 미루어 전자였을 가능성이 크고 그에 따라 적어도 이 당시까지는 구비 상태로나마 고려노래들이 당시의 노래들과 함께 불리고 있었음을 알 수 있다.

왕조의 교체가 음악이나 노래까지 본질적으로 변화시키지는 못하였다는 사실은 이 단계 고려노래들의 존재에서도 확인된다. 고려시대 노래들에 대한 비판[9]과 성리학에 바탕을 둔 감정 절제가 조선조 문화예술의 기조로 새롭게 정착되기까지 이런 현상은 지속되었다. 다시 말하여, 고려와 조선이 별개의 왕조이긴 하였으나 문학이나 음악적 측면에서 고려의 노래들이나 선초의 노래들을 특별히 구분하여 논해야 할 당위성은 없다는 것이다.

왕조의 교체와 노래들의 변화가 정확하게 대응되지 않는 점에 대해서는 긴 설명이 필요 없다. 따라서 고려노래와 선초악장은 통시적 변이의 과정에서 계기적(繼起的)인 관계로 설명될 수 있는 양자가 아니다. 고려노래의 다음 단계로 직접 시조나 가사를 꼽아 온 학계의 관행도 여기서 설명될 수 있다. 악장으로 전용되었든 그렇지 않았든 이 시기의 노래는 본래의 고려노래들과 신제 악장들의 두 갈래로 크게 나눌 수 있고, 그 중 양자에 공통적으로 관계되는 경기체가의 경우 출현의 시점을 중시할 경우는 전자의 범주에 넣을 수도 있을 것이다. 그러나 실제로 경기체가의 대부분은 악장의 범주 안에서 지어졌거나, 악장이 많이 창작되던 조선조에 들어와서 지어진 것들이라는 사실을 감안할 경우는 그 시대적 귀속 문제가 간단치 않게 된다. 그러니 고려속가나 악장으로부터 분리하는 것만이 타당한 대책이다.

악장은 표기에 따라 한문악장, 현토체(懸吐體)악장, 국문악장 등으로 나뉜다. 진정한 국문 악장의 출발은 <용비어천가>와 <월인천강지곡>으로부터 잡을 수 있다. 따라서 <용비어천가>와 <월인천강지곡> 이전 단계의 악장으로서 국문학적 의미를 지니는 것들은 경기체가의 장르적 표지를 지닌 악장들과 현토체 악장들뿐이다. 그렇다고 한문악장들을 도외시할 수 있는 것은 아니다. 원래 정통 악장의 출발은 한문 표기의 그것들이며, 한문 표기의 악장들이 직접·간접으로 국문 악장 혹은 현토체 악장의 출현에 기여했다고 보기 때문이다. 따라서 굳이 악장의 체내에서 한문 악장을

8) 김동욱, 『한국가요의 연구』, 을유문화사, 1961, 176쪽.

9) 성종실록 권 215, 19년 4월 4일.

제외할 필요는 없으리라 본다.

고려노래들 가운데 상당수가 조선조 악서들에 다시 출현한다는 사실은 이것들이 조선조의 공식 음악으로 채택되었다는 증거다. 이런 점을 통하여 그런 노래들의 내용적 성향이나 지향점은 비교적 자연스럽게 드러난다. 앞서 제시한 문헌들의 노래를 대충 추리면 다음과 같다.

- 고려속가[〈동동〉·〈처용가〉·〈삼진작〉·〈한림별곡〉·〈정석가〉·〈청산별곡〉·〈서경별곡〉·〈사모곡〉·〈쌍화점〉·〈이상곡〉·〈만전춘별사〉·〈풍입송〉·〈야심사〉·〈유구곡〉·〈가시리〉·〈상저가〉·〈정읍사〉[10]]
- 신제악장[〈납씨가〉·〈정동방곡〉·〈문덕곡〉·〈금척사〉·〈수보록〉·〈근천정〉·〈수명명〉·〈하황은〉·〈하성명〉·〈성덕가〉·〈성택〉·〈봉황음〉·〈북전〉·〈용비어천가〉·〈보허자〉·〈감군은〉·〈신도가〉·〈화산별곡〉·〈오륜가〉·〈연형제곡〉·〈상대별곡〉·〈유림가〉·〈횡살문〉·〈생가요량〉·〈궁수분곡〉·〈초연헌수지가〉·〈천권동수지곡〉·〈헌수지사〉·〈경계지사〉·〈군신지의〉·〈복록가〉·〈가성덕〉·〈축성수〉·〈평삭방송〉·〈창수지곡〉·〈경근지곡〉·〈친사문묘송〉·〈온문의경왕추존악장〉·〈관음찬〉·〈능엄찬〉·〈영산회상〉][11]

고려속가의 경우 국문 표기의 노래만이 국문학적 의미를 지닌다고 보기 때문에 한시인 <풍입송>·<야심사>, 경기체가의 범주에서 별도로 논의할 <한림별곡> 등을 제외하면 가사가 전해지고 있는 12작품과 가사 부전의 22작품 등으로 한정된다. 그리고 악장의 범주에는 경기체가에서 논할 전형(典型)과 변이형의 10작품들[12]을 제외한 다수와 <월인천강지곡>이 포함될 것이다.

악장의 범주에 한문 표기 혹은 한시의 형태를 띤 노래들까지 상당수 포함시킨 것은 그 노래들이 실제 가창 시 현토되어 쓰임으로써 국문시가의 형태적 변이에 시사하는 바가 많고 의미전개에 있어서도 악장의 유형적 특질을 보여주는 등 그 효용가치가 인정되기 때문이다. 따라서 <한림별곡>·<관동별곡>·<죽계별곡>·<상대별곡>·<구월산별곡>·<화산별곡>·<천권동수지곡>·<복록가>·<가성덕>[13]·<축성수>·<연형제곡>·<오륜가>·<서방가>·<미타찬>·<안양찬>·<미타

---

10) 이 작품은 삼국속악 가운데 백제의 노래[『고려사』 권 71 지 권 제 25 악 2 속악의 "井邑 全州屬縣 縣人爲行商久不至 其妻登山石以望之 恐其夫夜行犯害 托泥水之汚以歌之 世傳有登岾望夫石云" 참조.]로 전해져 온다. 그러나 고려조에서 삼국속악을 자신들의 음악과 함께 써 왔다는 점[같은 책, 같은 글의 "新羅百濟高句麗之樂高麗竝用之" 참조.]과 이 노래의 경우 드물게 현재까지 가사가 완전하게 전해지고 있다는 점 등을 감안하여 고려 속악의 범주에 넣어 논하여도 무방하리라 본다.

11) 이외에 각종 한문 표기의 아악가사 및 당악 대곡의 산사들이 들어 있으나 국문학적으로는 별 의미가 없다.

12) 전형에는 <상대별곡>·<화산별곡>·<성덕가>·<연형제곡>·<오륜가> 등이 속하고, 변이형에는 <정동방곡>·<천권동수지곡>·<복록가>·<축성수>·<온문의경왕추존악장종헌가> 등이 속한다.

경찬>·<기우목동가>·<온문의경왕추존악장종헌가>·<불우헌곡>·<금성별곡>·<배천곡>·<화전별곡>·<도동곡>·<육현가>·<엄연곡>·<태평곡>·<독락팔곡>·<충효가> 등 28작품이 경기체가의 범주에 속한다.

## 2. 장르 형성 과정과 문학적 특질

『고려사악지』에 전하는 노래들은 대부분 가사 부전(不傳)의 노래들이다. 그러나 이런 노래들이 가사가 전해지는 속가들에 못지않게 중요하다고 보는 것은 같은 문헌에 실려 있는 삼국의 속악들과 그 유래의 상당 부분에 있어 공통되는 성향을 보이기 때문이다. 말하자면 고려속가의 대부분이 조선조 악서에 정착되었듯이 고려 속악 조에 설명되어 있는 속악들로부터 삼국속악들과 유사한 모습을 추정해 낼 수 있다는 사실은 한국 고대시가의 통시적 존재양상을 알려주는 중요한 단서가 될 수 있기 때문이다. 고려속악이라 할지라도 전대부터 각 지방에 불리고 있던 노래들이 채택된 것들이 대부분이며 근원적 측면에서 고려속악과 삼국속악 사이의 변별적 요인이 확연하지 않은 것 또한 사실이다. 이 점에서 왕조의 교체와 시가 장르의 교체가 서로 대응 관계로 맺어질 수 없다는 사실을 확인할 수 있다. 고려노래의 본질을 파악하기 위해서는 그것들의 통시적 흐름을 중시해야 하고, 그러한 흐름을 살피기 위해서는 가사가 전해지지 않는 노래들을 먼저 다루어야 한다고 보는 견해의 타당성은 대개 여기서 입증된다.

가사가 알려져 있지 않은 노래들은, 작자가 명시된 경우와 작자가 알려져 있지 않거나 불특정 다수로 제시된 경우 등으로 각각 나뉜다. 다시 말하여 개인 창작과 민요적인 노래로 크게 나눌 수 있으며, 내용의 측면에서는 애정, 송덕과 송축[혹은 송도] 및 충신연주(忠臣戀主)·풍자·향락[혹은 풍류] 등으로 구분된다. 현재 송덕·송축[송도] 등은 특별히 그 의미 범주를 확정하지 아니한 채 섞여 사용되고 있는 용어들이다. 그러나 미세한 차이일망정 이 말들이 지시하는 의미 영역을 명확히 구분하는 것이 작품의 내용을 정확히 분류하는 첩경이다.

『시경』「상송」의 <나(那)>, 「주송」의 <청묘(淸廟)> 등 신명에게 고하는 것은 송의 정체(正體), 「노송」의 <경(駉)>, <비궁(閟宮)> 등은 변체로서 이것들은 희공(僖公)을 찬양하기 위해 송을 사용하여 지은 노래들[14]이라 한다. 따라서 후대에 송은 '신명(神明)·인군(人君) 등의 성덕(盛德)과

---

13) 이 노래는 조선왕조실록에 <盛德歌>로도 표기되어 있다. 세종 32권 8년 5월 6일[기해] 003 참조.

성공(成功)을 찬양하는 노래'라는 뜻의 용어로 정착되었다. 또한 "시축재계(尸祝齋戒)"[회남자(淮南子) 설산훈(說山訓)]의 주(注)에서 축(祝)을 '복과 상서를 기원하는 말[祈福祥之辭]'로, 도(禱)는 '신명에게 일을 고하여 복을 구한다'는 뜻으로 각각 풀이하기도 하였다.[15] 이렇게 볼 때 송덕가는 임금의 덕을 찬양하는 노래로, 송축가[혹은 송도가]는 임금의 덕을 찬양함은 물론 복이나 상서(祥瑞)까지 기구(祈求)하는 노래로 각각 정의해야 할 것이다.

우선 애정요로 볼 수 있는 <양주(楊州)>와 <제위보(濟危寶)>. 전자는 양주 지방을 중심으로 남녀들 사이에 불리던 구애의 노래이고, 후자는 제위보에서 도역살이 하던 어떤 부인이 자신의 특수한 애정사를 노래한 것이다. 후자의 경우, 노래의 유래에 대한 설명과 이제현의 역시(譯詩)가 풍기는 뉘앙스 사이에 약간의 차이가 보이긴 하지만 두 노래 모두에 애정의 표현이 섬세하게 나타난 점은 인정할 수 있다. 그러나 문면만으로는 부인의 죄가 무엇인지 밝혀져 있지 않다. 비약하여 추정해 본다면 남편 있는 여인이 외간 남자와 교섭을 가진 행위[강상을 해친 행위] 때문에 제위보에서 도역살이를 한 것으로 보이는데, 그 원인 제공자가 바로 백마랑일 수도 있을 것이다. 여하튼 두 노래 모두 일반적인 애정요의 범주에 들어간다.

<원흥(元興)>·<거사련(居士戀)>·<예성강(禮成江)> 등은 모두 부부간의 애정을 내용으로 하는 노래들이다. 특히 <거사련>은 백제의 속악 중 <선운산(禪雲山)>, <예성강>은 <지리산(智異山)>과 각각 같은 모티브의 노래이며 내적으로는 이들 노래에 <정읍사>의 모티브가 공통으로 관여하고 있음을 감지할 수 있다.

<서경(西京)>·<대동강(大同江)>·<장단(長湍)>·<송산(松山)>·<동백목(冬栢木)>·<정과정(鄭瓜亭)>·<풍입송(風入松)>·<야심사(夜深詞)>·<오관산(五冠山)> 등은 고려속가나 선초악장 등에 등장하는 송덕이나 송축, 충신연주의 주제의식을 발원시켰음직한 노래들이다. <서경>·<금강성> 등은 송덕의 노래들이고, <대동강>·<장단>·<정산>·<송산>·<풍입송>·<오관산> 등은 송도의 노래들이며, 현재 가사가 전해지고 있는 <정과정>과 <동백목>은 충신연주의 노래들이다. 이 외에 <야심사>는 군신상락(君臣相樂)의 노래이나 그 속에 송덕과 송축의 의미가 주제의식으로 들어 있음은 물론이다. 특히 <풍입송>·<야심사>는 본래 중국의 악조에 전사(塡詞)한 노래임이 분명한 듯하나 그것들이 어느 시대 악조인지 알 수는 없다.

<월정화(月精花)>·<사리화(沙里花)>·<장암(長巖)>·<안동자청(安東紫靑)>·<사룡(蛇龍)>

---

14) 서사증, 「문체명변」 권 48, 송, 『文體明辯 三』, 오성사 영인, 1984, 334쪽.

15) 諸橋轍次, 『大漢和辭典』 8, 439쪽 및 511쪽.

등은 모두 잘못된 현상을 풍자하거나 경계한 노래들이다. <월정화>와 <장암>은 특정한 개인의 잘못을 대상으로 풍자의 수법을 동원하여 부른 노래들이고, <안동자청>은 절개를 중심으로 하는 부인의 도리를 강조한 교훈적 노래이며, <사리화>는 부역과 세금으로 백성들을 착취하는 권력자들에 대한 저항적인 풍자의 노래다. <사룡>은 후대의 가곡창사[16]에 그 흔적이 남아 있는 노래로서 말 많은 세태에 대한 풍자의 노래다. <월정화>·<사리화>·<장암>·<사룡> 등은 동원된 소재로 보아 풍자의 전형으로 볼 수 있고, <안동자청>은 교훈가의 전형으로 볼 수 있다.

이외에 <총석정(叢石亭)>[17]·<한림별곡>[18]·<삼장>[19]·<자하동>[20] 등은 개인 혹은 집단의 향락을 표현한 노래들이며, <장생포(長生浦)>[21]·<처용>[22] 등은 위인 혹은 이인(異人)을 찬양한 노래들이다. 또한 <벌곡조(伐谷鳥)>[23]는 임금의 입장에서 백성들을 가르친 훈민의 노래다. 이 가운데 <오관산>[문충]·<벌곡조>[예종]·<총석정>[기철]·<동백목>[채홍철]·<자하동>[채홍철]·<정과정>[정서] 등만 작자가 밝혀져 있고 나머지는 특정인 혹은 불특정 다수에 의해 불린 노래들로서 대부분 민요로 볼 수 있는 것들이다. 특히 지명을 제목으로 한 노래들과, 무대가 구체적으

16) 『시조자료총서 4 : 가곡원류』[한국시조학회, 1987]의 「증보 가곡원류」 가번 1305[大川바다한가운듸中針細針풍덩싸져여라문沙工놈이길넘은槎栰ㅅ때로 귀쎄여내단말이잇셔이다님아아아열놈이百말을헐ㅅ지라斟酌하여드르시쇼] 참조.

17) 『고려사』 권 71, 지 제25, 악 2, 속악, 叢石亭의 "奇轍所作也 轍以元順帝中宮之弟 仕爲平章 奉使東還 至江陵登此亭 覽四仙之迹 臨望大海 作是歌也" 참조.

18) 『고려사』 권 71, 지 제25, 악 2, 속악, 翰林別曲의 "[歌詞 省略] 此曲高宗時 翰林諸儒所作" 참조.

19) 『고려사』 권 71, 지 제25, 악 2, 속악, 三藏의 "三藏寺裏點燈去 有社主兮執吾手 倘此言兮出寺外 謂上座兮是汝語" 참조. 급암 민사평의 소악부에 이 노래의 한역시[三藏精廬去點燈/執吾纖手作頭僧/此言若出三門外/上座閑談是心應]가 전해진다.

20) 『고려사』 권 71, 지 제25, 악 2, 속악, 紫霞洞의 "[歌詞 省略] 侍中蔡洪哲所作也 洪哲居紫霞洞 扁其堂曰中和日邀耆老 極 乃罷 作此歌 令歌婢歌之 詞皆仙語 盖托紫霞之仙 聞耆老會中和堂 來歌此詞也" 참조. 이 설명으로 미루어 보건대 채홍철은 육기(陸機)의 악부시인 <전완성가(前緩聲歌)>와 「녹이기(錄異記)」의 고사로부터 이 노래의 모티브를 얻은 듯하다. 그러나 그 악조는 전래되던 것인지 스스로의 창작인지 분명히 알 수는 없으나 대개 전자로서 중국 악곡일 가능성이 있다.

21) 『고려사』 권 71, 지 제25, 악 2, 속악, 長生浦의 "侍中柳濯 出鎭全羅 有威惠 軍士愛畏之 及倭寇順天府長生浦濯赴援 賊望見而懼 卽引去 軍士大悅 作是歌" 참조.

22) 『고려사』 권 71, 지 제25, 악 2, 속악, 處容의 "新羅憲康王 遊鶴城 還至開雲浦 忽有一人 奇形詭服 詣王前歌舞讚德 從王入京 自號處容 每月夜 歌舞於市 竟不知其所在 時以爲神人 後人異之 作是歌 李齊賢 作詩解之曰 新羅昔日處容翁 見說來從碧海中 見齒赬脣歌夜月 鳶肩紫袖舞春風" 참조.

23) 『고려사』 권 71, 지 제25, 악 2, 속악, 벌곡조의 "伐谷 鳥之善鳴者也 睿宗欲聞己過 及時政得失 廣開言路猶恐群下不言 作此歌 以諷諭之也" 참조.

로 제시된 노래들의 경우 대부분 지방 민요일 가능성이 많다. 경기[<양주>·<장단>·<송산>·<예성강>·<오관산>·<금강성>] / 영남[<안동자청>·<월정화>] / 호남[<장생포>] / 충남[<정산>] / 평안도[<원흥>·<서경>·<대동강>] 등이 그것들이다.

<정과정>은 향가의 잔영을 지닌 작품으로 보는 것이 학계의 공통된 견해다. 특히 내용면에서 채홍철[蔡洪哲, 1262-1340]의 <동백목>은 이것과 일치한다. <동백목>에 대한 설명[或曰 古有此歌 洪哲就加正焉 以寓己意]을 근거로 할 경우 그것이 오랜 역사를 지닌 노래 형식이라는 점을 알 수 있는데, 이로 미루어 볼 때 당시까지도 일부 계층에서는 향가 계통의 노래가 창작되고 있었음을 짐작할 수 있다. 또 한 가지 특기할만한 것은 임금에 대한 송축이나 아내의 남편에 대한 애정, 풍자 등이 노래 내용의 대부분을 차지한다는 점이다. 그러나 이것들이 고려노래의 전형이라거나 양적인 측면에서 대부분이라고 할 수도 없다. 고려 당대에 속악으로 편입되는 과정에서 개작되었을 가능성도 있고, 이것이 비록 『고려사악지』의 기록이긴 하지만 기록 주체가 조선 초기 이념의 핵심 세력이었다는 점에서 교육적 효용을 의식한 사료(史料) 취택(取擇)의 결과로 볼 수도 있을 것이다. 남녀 간의 애정을 노래한 민요들이라 할지라도 그것들이 충신연주지사나 송도지사로 전용될만한 가능성과 효용성은 지니고 있었던 것이다. 이런 점은 다른 악서들에도 나타나는 현상인데, 음악을 졸지에 신제(新製)하기가 불가능한 상황에서 사용할 수밖에 없었던 고육책이었으리라 짐작된다.[24] 조선 초기에 새로이 지어지기 시작하는 악장들의 천편일률적인 주제가 송덕·송축(송도)이었음을 감안한다면 이런 점은 쉽게 이해된다.

이러한 가사 부전의 노래들은 가사가 전해지는 본격 고려속가들과 같은 범주의 것들이면서 전대[삼국시대]의 노래들과 이것들을 효과적으로 연계시켜주는 역할을 수행했다. 예컨대, 삼국속악 중 <동경>·<장한성>·<무등산>·<내원성> 등은 공동작으로서의 민요적 성격을 띠고 있다는 점에서 <서경>·<대동강>·<정산>·<원흥>·<금강성>·<사리화> 등과 같은 범주에 속하며, <목주>·<여나산>·<이견대>·<선운산>·<방등산>·<정읍>·<지리산>·<연양>·<명주> 등은 <장단>·<거사련>·<장암>·<제위보>·<예성강>·<한송정>·<풍입송>·<야심사> 등과 함께 어떤 개인에 의해 지어진 노래일 가능성이 있다. 가사 부전의 일부 노래들이 가사가 전하는 속가들의 형성에 모종의 역할을 한 사실 등으로 미루어 볼 때 고려 이전의 노래들과 고려속가들의 연계성 역시 분명히 밝혀진다.

---

24) 성종실록 권 215, 19년 4월 4일.

이상과 같은 사실을 전제로, 경기체가나 악장과 함께 '가사가 전해지는' 고려속가들의 장르 성립 과정을 살피기로 한다. 본서에서 거론할 속가들의 문헌별 존재 양상을 표로 나타내면 다음과 같다.

| 문헌 / 작품 | 익재 소악부 | 고려사 악지 | 악학 궤범 | 악장 가사 | 시용 향악보 | 악학 편고 | 대악 후보 |
|---|---|---|---|---|---|---|---|
| 정석가 | 6연한역 | | | 전문 | 1연 | 전문 | |
| 청산별곡 | | | | 전문 | 1연 | 전문 | |
| 서경별곡 | 2연한역 | | | 전문 | 1연 | 전문 | 1연 |
| 사모곡 | | | | 전문 | 전문 | 전문 | |
| 쌍화점 | | 2연대의 한 역 | | 전문 | 개작 가사 | 전문 | 1-3연 |
| 이상곡 | | | | 전문 | | 전문 | 전문 |
| 가시리 | | | | 전문 | 1연 | 전문 | |
| 처용가 | 대 의 한 역 | 유래 및 한 역 | 전 문 | 전문 | | 전문 | |
| 만전춘 | | | | 전문 | | 전문 | 악보 |
| 동 동 | | 정 재 | 유래 및 | | | | 악보 |
| 정읍사 | | 유 래 | 전문 | | | | 악보 |
| 정과정 | 한 역 | 유래 및 한 역 | 전문 | | | | 전문 |

속가의 소원들 중 주된 것은 민간의 노래다. 현존 속가 중에는 창작된 노래도 있지만 대부분은 원래 민중의 노래였던 것이 궁중악으로 편입되면서 내용적·형태적 측면에서 그에 맞도록 개작되었거나 재편된 것들이다. 따라서 민요로부터 궁중의 속가로 이루어지기까지의 과정은 국문학상 구비문학으로부터 기록문학으로 이행하는 과정과 동질적인 관계에 놓인다. 그러나 민요와 함께 여타의 장르들이 다양하게 혼재되어 있었기 때문에 속가의 형성 과정에서 이들 간의 상호 교섭이 활발하게 이루어졌을 가능성은 농후하다.

그 뿐 아니라 12세기 초 송으로부터 도입한 대성악[25]이나 그 이전부터 쓰이고 있던 당악[26]

25) 송나라로부터 음악과 악기 등을 수입한 사실은 다음의 기록을 참조.

① 『文淵閣四庫全書: 史部/地理類/外紀之屬/宣和奉使高麗圖經』, 卷四十 樂律의 "請賜大晟雅樂 及請賜燕樂 詔皆從之 故樂舞益盛 可以觀聽 今其樂有兩部 左曰唐樂 中國之音 右曰鄕樂 盖夷音也" 참조.

② 『고려사』 권 70, 지 제24, 악 1의 "睿宗九年六月甲辰朔 安稷崇還自宋…夫今之樂 猶古之樂 朕所不廢 以雅正之聲 播之今樂 肇布天下 以和民志 卿保有外服 慕義來同 有使至止 願聞新聲 嘉乃誠心 是用有錫

등 외래 음악은 고유 음악의 발전에 상당한 영향을 주었고 그에 따라 새로운 가사의 수요도 증대되었을 것이다. 특히 아악인 대성악보다도 중국 속악으로서 당악 대곡(大曲)의 산사(散詞)인 송사(宋詞)들이 당대 속악에 미친 영향은 컸다. 가사 규모의 확대는 물론 악기의 구음으로 추정되는 여음들의 도입이나 각종 정재 절차에의 편입 등은 기존의 노래 장르들이 궁중악으로 개편되는 과정에서 상당한 규모의 형태적 변이 요인으로 작용하였다. 이럴 경우 외래의 악조에 노랫말을 맞추는 경우가 대부분이었다. 그 노랫말은 기존의 민간에서 채집된 것이거나 새로 지은 것들이었으며, 노랫말과 악조를 맞추는 데는 대개 전사(塡詞)가 쉽게 쓰이는 방법이었다.

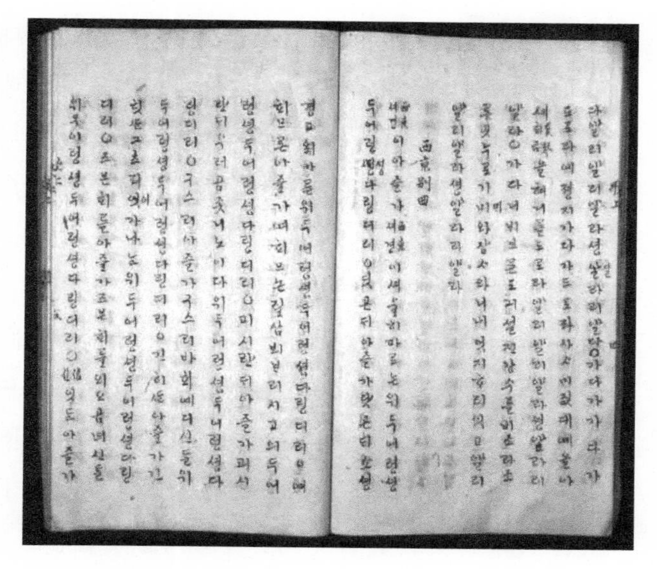

〈서경별곡〉[『악장가사』에 실린 부분]

전사란 악부의 곡보(曲譜)에 맞추어 자구를 전입(塡入)시키는 방법이다. 송나라 말에는 시여(詩餘)라 하였고 명나라 오눌(吳訥)과 서사증(徐師曾)에 이르러 전사라고 부르게 되었다. 전사할 경우 가락에는 정격(定格)이, 글자에는 정수(定數)가, 운(韻)에는 정성(定聲)이 각각 있으므로 이것들을 잘 맞추어야 한다. 그러나 노랫말이 외래의 악조에 제대로 맞지 않을 경우에는 노랫말을 고칠 필요가 있었다. 민요들 간의 부분적 합성이나 여음의 첨가·반복구·병행 구조 등은 이러한 이유 때문에 이루어진 결과다.

예컨대 <서경별곡>의 1·3연은 각각 『고려사악지』 소재의 <서경> 및 <대동강>의 내용에 해당될 듯 하고, 같은 <서경별곡>의 2연은 <정석가>의 6연과 일치하며 <만전춘별사>의 3연에는 <정과정>의 한 부분이 삽입되어 있다.[27] 즉 <서경별곡>은 본래 자신의 것으로 주장할 만한 부분이 없는

---

今因信使安稷崇回 俯賜卿新樂(…)是年 十月丁卯 親祫于太廟 兼用宋新樂" 참조.

26) 당악의 의미에 대해서는, 세종 47권 12년 2월 19일 (경인) 007 참조.

27) 이 밖에 마지막 행의 '아소 님하~'는 <이상곡>·<정과정>·<사모곡> 등의 마지막 행에도 동일하게 등장하는 문형이고 '~녀닛景 너기다니'는 경기체가의 '~景 긔 엇더ᄒᆞ니잇고'와 모종의 관련을 맺을 가능성이 있다.

노래다. 1, 3연은 언젠가부터 불려오던 작은 규모의 노래들이고 2연마저 <정석가>의 한 부분과 동일하기 때문이다. 여기서 2연은 이성 간의 믿음을 노래한 내용의 민요였을 가능성도 있고, '신(信)'을 노래하고 있는 점으로 보아 임금과 신하간의 믿음과 같은 특정 목적의식을 전제로 하여 새로 창작된 가사일 가능성도 있다. 여하튼 그러한 성향의 내용은 궁중악에 두루 쓰였을 것이다. 따라서 <서경별곡>은 기존의 민요 두 편과 새로이 창작된 부분을 합성하여 만들어진 노래로 볼 수 있다.

이 노래가 그렇게 형성된 이유는 음악에 있었다. 이 음악이 새로 지어진 것인지 외래 악조인지 확인할 수는 없으나 내용상의 부자연스러움을 무릅쓰면서도 별개의 노래들을 연결시켰다거나 선초악장 가운데 <정동방곡>을 이 곡에 올려 부르기 위해 현토까지 하고 있는 점 등으로 미루어 보아 이 곡은 쉽사리 변곡시킬 수 없을 만큼 완성도가 높은 작품이었던 듯하다. 이런 부류는 선행된 곡조에 맞추기 위해 기존의 노래들이 합성된 경우다.

<만전춘별사>도 이와 비슷한 예다. 제 3연의 "넉시라도 님을 ᄒᆞᆫ듸 녀닛景 너기다니/넉시라도 님을 ᄒᆞᆫ듸 녀닛景 너기다니/벼기더시니 뉘러시니잇가 뉘러시니잇가"는 <정과정>의 "넉시라도 님은 ᄒᆞᆫ듸 녀져라 아으/벼기더시니 뉘러시니잇가"로부터 차용한 부분이다. 고려시대 이제현이 같은 시대의 <정과정>을 수용한 관점[28], <정과정>을 '사극처완(詞極悽婉)'하다고 본 『고려사악지』 편자들의 관점과 노랫말 등을 감안할 때 이 노래는 창작 시점의 상태로부터 비교적 가감 없이 정착되었음을 알 수 있다. <정과정>을 '충신연주지사'로, <만전춘>을 '비리지사'로 각각 수용한 선초 유학자 계층의 관점[29]을 바탕으로 이 노래들에 대하여 극단적으로 대조되는 두 관점을 확인할 수 있다. 이념적으로 경직되어가던 조선조에 <만전춘>같은 비리지사가 살아남기 위해서는 적절한 형태적 변이가 필수적이었다. 결과야 어떻든 충신연주지사의 한 부분을 따 옮김으로써 비리지사라는 부정적 평가를 감쇄시킬 수 있다는 계산이 작용했을 것이다. 원래의 <만전춘>에 <정과정>의 한 부분을 거의 큰 손질 없이 삽입시켜 <만전춘별사>로 만든 의도를 여기서 추정해 볼 수 있다. 현재 전해지고 있는 <만전춘별사>의 원형인 <만전춘>이 존재했을 개연성은 얼마든지 있다는 것이다. <만전춘>에서 <만전춘별사>로 변이된 요인은 악곡 및 가사의 측면 모두에 관련된다. 원래의 노래를 새로운 악곡에 맞출 필요가 있을 때 가사까지 변이되어야 하는 것은 당연하다.

---

28) 이제현의 한역시를 보면 『악학궤범』 소재의 노래와 거의 일치한다. 따라서 이 노래가 조선조에 들어 와서도 원사로부터 크게 변개되었다고 볼 수는 없다.

29) 앞 주 9)의 인용문 참조.

따라서 <만전춘별사>는 <만전춘>으로부터 변이되어 새로워진 악곡·가사 모두를 지칭했을 것이다. <정과정> 가사의 한 부분을 첨가했다는 이유만으로 '별사'라는 부가적 명칭이 붙게 되었다고는 단정하여 말할 수 없다. 이 부분 말고 다른 부분도 새롭게 첨가된 것일 수 있으나 그것이 어떤 부분이며 출처가 어디인지, 악곡은 원래 어떤 것이었는지 등의 문제도 앞으로 밝혀내야 한다.

상당수의 속가들에 공통적인 현상은 송축[혹은 송도]·송덕·충신연주 등의 내용이나 표현이 주요 부분으로 되어 있다는 점이다. 그것은 현존 속가들의 상당수가 고려 민간의 노래 그 자체라기보다는 고려조나 조선조 수용자들의 목적에 따라 재편성된 궁중악이었음을 보여주는 물증이다. 뿐만 아니라 하나의 노래 안에도 이질적인 부분들이 상당수 눈에 뜨이는데 그런 것들은 기존의 노래들에 송축[혹은 송도]·송덕·충신연주 등의 내용을 무리하게 삽입하거나 합가하여 이루어진 결과다.

앞에서 『고려사악지』 소재 가사 부전의 노래들 가운데 <서경>·<대동강>·<장단>·<정산>·<금강성>·<송산>·<동백목>·<정과정>·<풍입송>·<야심사>·<오관산> 등이 송축, 송덕 혹은 충신연주의 범주에서 파악될 수 있는 노래들이라는 점을 언급한 바 있다. 고려왕조도 그 시대 나름으로 이러한 부류의 노래가 필요했을 것이며, 당악의 산사들 말고는 이러한 속악들이 요긴하게 그러한 수요를 충족시켜 주었을 것이다. 조선에 들어 와서는 그러한 수요가 더 늘어났고 그 수요에 대한 대처 방법이 좀 더 적극적으로 바뀌었다. 고려조에서와 마찬가지로 속가들에 상당 부분 손을 댄 흔적이 엿보이는 점에서도 그러한 점을 짐작할 수 있다. <동동>·<정석가>·<가시리>·<정과정>·<만전춘별사>·<이상곡>·<서경별곡> 등을 이 범주에서 거론할 수 있다.

구성 및 내용에서 월령체 상사곡(月令體 相思曲)[30]으로 알려져 있는 <동동>은 서사(序詞)를 포함하여 13연으로 되어 있다. 『고려사악지』에는 "동동의 가사에 송도의 말이 많이 있다[其歌詞多有頌禱之詞]"고 설명되어 있다. 그러나 서사를 제외한 나머지 12연 가운데 설명 속의 송도에 해당하는 부분은 발견되지 않는다. 모두 남녀 간의 사랑을 노래한 내용 일색이다. 따라서 이 설명은 서사의 내용을 지적한 말일 것이다. 처음부터 노래에 이 서사가 붙어 있었을 가능성도 없지는

30) <동동>과 <돈황곡(敦煌曲) 십이월 상사(十二月 相思)>의 관련 가능성은 이혜구[「고려의 동동과 돈황곡 십이월 상사」, 『한국음악서설』, 서울대 출판부, 1975]에 의해 제기되었고, 임기중[「고려가요 동동고」, 『무애 양주동박사 고희기념논문집』, 1963/「속 고려가요 동동고」, 동국대 『한국문학연구』 1집, 1976/고려가요와 구전민요, 『고려시대의 가요문학』, 새문사, 1982]에 의해 양자의 관련 양상이 비교문학적 관점에서 본격적으로 분석되었다.

않겠으나, 지금의 서사는 원래의 노래에 새로이 첨가된 부분으로 보는 것이 타당하다.

당악정재에는 개장(開場)과 수장(收場)을 알리는 구호와 치어가 있다. 예컨대 선초의 신제 악장들로서 성종 조에 정재무(呈才舞)로 편성된 작품들[<금척>·<수보록>·<근천정>·<수명명>·<하황은>·<하성명>·<성택> 등] 가운데 <근천정>의 구호(口號)[利覲天庭/承帝眷之優渥/端膺寶曆/啓王業之延長/擧有歡欣/恭陳頌禱]를 살펴보자. 구호는 본사를 압축하여 드러내는 동시에 송도를 드리는 내용과 표현으로 마무리되어 있다. 이로 미루어 볼 때 <동동>의 서사 역시 비록 구체적으로 표시되어 있지는 않지만 구호 혹은 치어로 덧붙은 부분일 수 있다. 물론 본사의 주지(主旨)인 상사(相思)와 첨가된 서사의 주지인 송도가 반드시 들어맞는 내용은 아니다. 그러나 예나 지금이나 '임에 대한 사모'와 '임금에 대한 송도'는 서로 치환 가능한 개념일 수 있고, 이 점은 다른 여러 노래들도 마찬가지다. 좀 더 적극적인 측면에서, 임금이 향락의 현장에서 어렵지 않게 어울려 놀던 당대의 상황을 감안한다면 이러한 내용이나 주제의 애매성은 비교적 쉽게 해명될 수도 있을 것이다.

<정석가>는 송덕의 노래다. 서련(序聯)과 결련(結聯)의 구성이 중간 부분들의 그것과 다른 점으로 미루어 서·결련은 원래의 노래에 덧붙은 부분들일 가능성이 크다. 밤·연꽃·소 등 농경 생활을 반영하는 것으로 추정되는 이미지들이 쓰인 4개의 중간 연들은 불가능한 조건적 상황과, 그것들이 가능해지면 유덕한 임과 헤어지겠다["有德ᄒᆞ신님 여ᄒᆡᄋᆞ와지이다"]는 내용의 후렴구로 이루어져 있다. 특히 이 노래의 마지막 연은 기존의 민요를 송덕가로 창작, 재편하는 과정에서 서련의 내용을 받아 마무리하기 위해 끼어든 내용으로 보이는데 <서경별곡>의 제 2연과 동일하다. 따라서 이 부분["구스리 바회예 디신ᄃᆞᆯ-信잇ᄃᆞᆫ 그츠리잇가"]이 내용상 '신(信)'을 강조하는 등 작위적이긴 하지만 당대에 유행하던 민요로부터 그 모티프가 수용되었을 가능성 또한 없지 않다.

당악정재 '하황은'의 공연 모습

<가시리>도 송덕의 노래다. 이별을 내용으로 하는 민요 혹은 민요적 모티프를 차용하여 만들어진 노래

가 궁중악으로 편입되면서 특정 후렴["위 증즐가 大平盛代"]이 다시 첨가된 것으로 보인다. 가사 중에 등장하는 '임[셜온 님]'도 원래는 애정의 대상이었지만 이 노래에서는 임금으로 전이된 존재임이 후렴구의 내용에 암시되고 있다. 연정에서 송덕으로의 치환 가능성을 보여주는 결정적 단서가 바로 후렴구에서 발견되는 것이다.

<정과정>은 조선조에 충신연주지사로 수용된 노래다. 이 작품 중의 한 부분["넉시라도 님은 흔딕 녀져라 아으/벼기더시니 뉘러시니잇가"]은 <만전춘별사>에서도 발견된다. 또한 창작 동기의 측면에서 이 노래와 흡사한 것은 <동백목>이다. 의종[1146-1170] 때의 <정과정>은 충숙왕[1313-1339]때의 <동백목>보다 1세기 이상이나 먼저 등장한 노래다. 따라서 설명["或曰 古有此歌"] 가운데 '이 노래[此歌]'는 <정과정>을 지칭했을 가능성이 크다. 그럴 경우 <정과정>과 <만전춘별사>의 공통부분이 <동백목>에도 그대로 나타났다고 가정한다면 후대 수용의 원천을 창작가요로서의 <정과정>으로 보아야 할 듯하다.

물론 창작가요로서의 <정과정>이 대중화되는 과정에서 거의 민요 차원으로 정착되었을 가능성은 있다. 그러나 실제 인물의 사적과 기록 내용이 밝혀져 있는 이상 몇 작품들에서 같은 부분이 발견된다 하여 그것을 무조건 민요로 볼 수는 없다. 그리고 <정과정>의 마지막 부분인 '아소 님하~' 역시 다른 노래들[31]에서 발견된다는 사실 역시 같은 차원에서 설명될 수 있고, 그것은 <정과정>과 낙구(落句)를 지닌 10구체 향가와의 관련성을 암시한다고 볼 수 있다. 특히 이 노래가 진작으로 불렸으며 진작이 후대 가곡(歌曲)의 모태였음을 감안한다면[32] 시가사의 한 줄기가 이 노래에 집약되어 있다고 할 수 있다. 이 노래가 고려 당대에도 널리 불렸고 조선조에 들어와서까지 충신연주지사로 추장됨으로써 통시적·공시적 측면에서 여타 노래들에 미친 영향 또한 컸으리라 짐작된다.

<만전춘별사>는 합가(合歌) 혹은 편가(編歌)적 성향이 여타의 노래들에 비해 상대적으로 강하다. 반복을 중심으로 하는 일반적 속가 형 부분, 시조 형 부분, <정과정> 가사의 일부[경기체가 성향의 구절 포함], <이상곡>과 <정과정> 등에 공통적으로 들어 있는 '아소 님하~' 부분 등이 복잡하게 결합된 노래가 <만전춘별사>다. 이 노래는 학자에 따라 여느 속가들과는 다른 형식으로 보거나 극가(劇歌)로 보기도 할 만큼 독특한 모습을 보이고 있다.

---

31) <이상곡>["아소님하 흔딕 녀젓 期約이이다"]·<만전춘별사>["아소님하 遠代平生애 여힐술 모릭옵새"] 등.

32) 「양금신보」, 현금향부, 『한국음악학자료총서』 14, 은하출판사영인, 1989, 77쪽의 "時用大葉慢中數 皆出於瓜亭三機曲中" 참조.

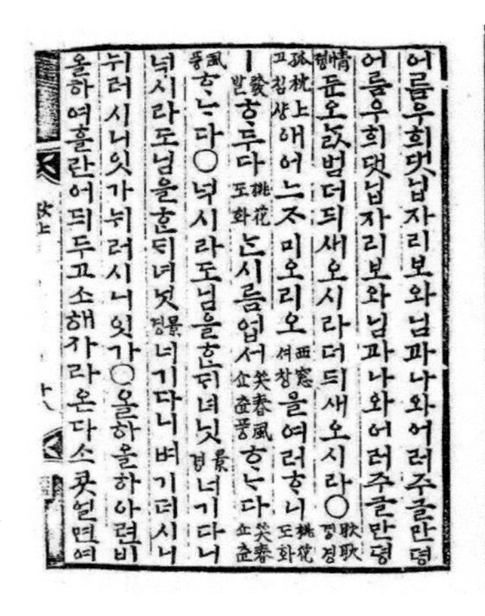

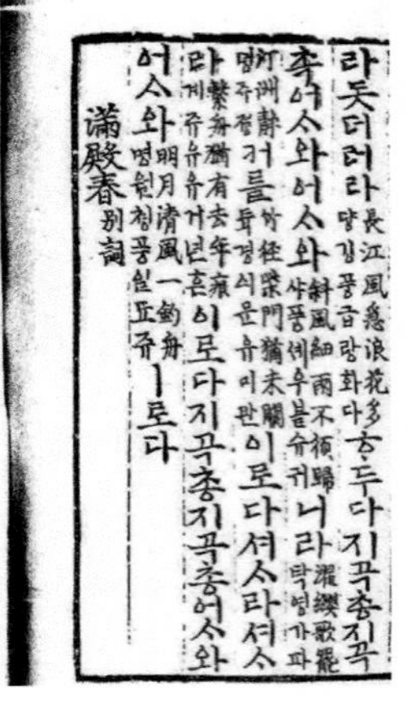

〈만전춘〉 [『악장가사』 소재]

세종실록 「악보」의 <만전춘> 악보에 윤회[尹淮, 1380-1436]가 지은 <봉황음>의 가사가 실려 있다. <봉황음>은 조선의 문물제도를 찬미하고 왕가의 태평을 기원한 전형적 신형 악장이다. 그럼에도 불구하고 성종 대에 이르러 <만전춘>을 비리지사로 배척하는 논의가 일었음을 감안한다면, 당대에는 조선 초의 개작 가사와 원사가 동시에 사용되고 있었음이 분명한 듯하다. 그러나 이 경우 『악장가사』나 『대악후보』에 실린 것을 완벽한 원사라고 할 수도 없다. 왜냐 하면 앞에서 언급한 대로 충신연주지사인 <정과정>의 해당 부분을 고려 말 혹은 조선 초기에 이르러 삽입한 것이 바로 『악장가사』 소재의 이 노래일 가능성이 크기 때문이다. 어쨌든 부분적으로 합성은 되었을망정 이것이 나름대로 고려노래의 특성을 보여주는 동시에 궁중악으로 편입되는 과정에서 겪었을 가사의 부분적 변개 또한 잘 드러나 있다고 보아야 할 것이다.

<이상곡>은 세종 29년 6월 속가들 중 <동동>·<정읍>·<진작>·<만전춘> 등과 함께 속악으로 지정을 받았으며,[33] 성종 21년 5월에는 음탕하고 외설스런 가사를 산개하라는 판정을 받은 바 있다.[34] 이 사실로 미루어 볼 때 이 노래가 건국 이후 성종 때 까지는 궁중의 공식 음악으로 사용되었음이 분명하다. 또한 <정과정>·<만전춘별사>와 함께 '아소님하~'의 공통부분을 지니고 있는 점으로 미루어 보아도, 이 부분의 '님'이 임금을 지시하였고 그것이 궁중악으로 쓰일만한 최소의 요건이었을 가능성은 충분하다.

<서경별곡>이 기존의 <서경>과 <대동강>의 합가일 가능성은 앞에서 언급했다. 즉 <서경별곡>의 1·3연은 각각 『고려사악지』 소재의 <서경> 및 <대동강>의 내용에 해당될 듯 하고 2연은 <정석가>의 6연과 일치한다고 볼 수 있다. 여기서 2연은 이성 간의 믿음을 노래한 민요였을 것이고, '신(信)'을 노래하고 있는 점으로 보아 임금과 신하 사이의 믿음이라는 목적의식을 전제로

---

33) 세종실록 권 116, 29년 6월 4일.

34) 성종실록 권 240, 21년 5월 21일.

새롭게 창작된 부분일 가능성도 있다. 그러나 이 노래가 성종 조에 들어가서는 남녀상열지사로 규정되어 배척을 받았으며 그 이유 때문인지 이 노래의 악곡에 <정동방곡>과 세종 대의 창작인 정대업 중 <영관(永觀)> 등을 올려 쓰게 되었다. 따라서 <만전춘> 등과 함께 <서경별곡>은 세종 시대의 신제 악장에 맞추어서 가창되어 온 반면, 원가는 원형 그대로 곡연(曲宴)·관사(觀射)·행행(行幸) 및 정전(正殿)에까지 연주되고 있었으므로 종묘악 중 <혁정(赫整)>이나 <영관> 등의 곡조가 '근세의 속창(俗唱)'으로 들렸을 가능성은 컸으리라 본다. 이와 같이 이 노래가 조선 초에 궁중악으로 사용된 것만은 부정할 수 없는 사실이다.

이상에서 주로 속가들의 형성과정에서 송축·송덕·충신연주의 성향을 지니게 된 배경을 살펴보았다. 대부분의 속가들은 궁중악으로 상승된 민간의 노래들이다. 그것들이 조선으로 넘겨지면서 약간의 변개는 있었겠지만 그 기조까지 변화되었다고 볼 수는 없다. 이념적 통제로부터 비교적 자유로웠으나 내우외환의 혼란을 겪어 왔던 고려시대에 송도나 연군의 외피(外皮)를 쓴 향락의 노래들이 궁중의 노래로 편입되어 각종 제향과 연향 등 공식 행사의 음악으로 사용된 것은 자연스런 현상이었다고 본다. 더구나 중국으로부터 수입된 대성악이나 송사 등은 이러한 속가들에 큰 영향을 주어 그것들을 세련시키는 역할까지 겸하였을 것이다.

조선이 건국되고 나서도 음악을 정비할 여유를 갖지 못한 채 거의 고려 음악을 답습하는 수준에 머물 수밖에 없었다. 심하다고 판단되는 일부 노래들의 가사만 개작하여 기존의 곡에 전사하는 것만이 그들의 유일한 대안이었다. 앞에서 언급한바 신작 악장들을 기존의 곡에 올려 부른 방법이 바로 그것이었다. 예컨대 『시용향악보』 소재 개작 <쌍화곡>[寶殿之傍/雙花薦芳/來瑞我王/馥馥其香/燁燁其光/允矣其祥/於穆我王/俾熾而昌/繼序不忘/率有舊章/無怠無荒/綱紀四方/君明臣良/魚水一堂/儆戒靡遑/庶事斯康/和氣滂洋/嘉瑞以彰(反復)/福履穰穰/地久天長/聖壽無疆]을 보면 상서(祥瑞)와 치공(治功)을 찬양하고 임금의 수복(壽福)을 송도하는 등 전형적인 악장의 내용을 담은 4언 고시 형태로 바뀌어 있다. 고려속가들이 비교적 큰 손상을 입지 않은 채 조선조까지 지속된 배경도 여기서 찾을 수 있다.

#### 1) 형태적 특질과 장르적 소원

다음으로는 속가들의 형태적 특질을 살펴보기로 한다. 시가 형태를 고찰하는 데는 율격의 분석이 최우선적인 작업이다. 이 작업은 시의 구조적 특질을 파악하기 위한 선결 조건일 뿐더러 그 작품이 속하는 장르적 범주를 확정하기 위한 필수 조건이기도 하다. 지금까지 율격론자들은 음수율과 음보율을 혼용하여 속가들의 형태적 틀을 모색하여 왔다. 그러나 어느 것을 사용하더라도 속가들로부터 만족할만한 틀이 도출되지 않는다는 사실만을 확인하였을 뿐이다. 앞에서 누누이 언급한 바와 같이 속가로 편입되기 이전의 원 장르들과 속가의 형성 과정이 복잡하고 다양하기 때문이다. 말하자면 이 노래들의 다양한 장르적 소원이 밝혀져야 비로소 형태적 특질이 밝혀질 수 있으리라는 것이다.

지금까지 음수율론자들의 견해를 종합한다면 속가들은 2-5음까지로 마디 당 음절수의 폭이 넓으며 비교적 정형율에 가까운 것들이라 해도 233, 332, 333, 334, 444 등으로 다양한 모습을 보이고 있으므로 음수율의 틀을 기준으로 속가를 유형화시킬 수는 없다. 따라서 속가의 형태적 특질을 논하면서 <동동>·<처용가>·<쌍화점>·<서경별곡>·<청산별곡>·<정석가>·<가시리> 등을 일반형[①음수율은 주로 2, 3, 4음절로 되어 있으나 특히 3음절이 압도적으로 우세하다/②음보율은 일률적으로 3음보로 되어 있으나 가끔 4음보도 있다/③구수율은 별반 통일이 없다./④대체로 후렴구를 가졌다/⑤일률적으로 수련(數聯)이 중첩되어 일가요(一歌謠)를 이루고 있다]으로, <이상곡>·<만전춘> 등을 변격형[①음수율은 주로 2, 3음절이 많으나 4음절이 우세한 경향을 보이고 있다/②음보율은 3음보와 4음보가 교용(交用)되어 있으나 4음보가 우세한 경향을 보이고 있다/③구수율은 별반 통일이 없다/④후렴구가 차츰 소멸하여가는 경향을 보이고 있다/⑤수련(數聯)이 중첩되어 일가요(一歌謠)를 형성하고 있다]으로 각각 나누어 제시한 논의[35]도 실은 속가들이 정형시가 아니라는 점만을 반증하였을 뿐이다.

음수율의 범위가 너무 넓다거나, 구수율에 통일이 없다는 사실은 노래들에 일정한 형태가 없다는 말로서 결국 속가들이 정형시가 아니라는 말과 통한다. 따라서 속가들로부터 어떤 형태상의 틀을 도출하려는 시도는 무리를 범할 수밖에 없다는 점이 그 간의 연구로 밝혀진 셈이다. 그러므로 우선 각 작품별 개성이나 독자성을 인정하는 바탕 위에서 이 노래들의 장르적 소원을 밝힐 필요가 있을 것이다. 어차피 이것들이 기존의 민간 노래들을 차용하여 개작한 것들이라 해도 개작자들이 모범으로 삼았을 법한 표준적 장르는 있었을 것이기 때문이다.

향가형·고유 민요형 등을 그 갈래로 들 수 있을 것이다. 그 갈래를 나누기 전에 속가들은 어떻게 구성되었는지를 먼저 살펴볼 필요가 있다. 율격 단위로서 큰 의미가 없다고 밝혀진 음수나

35) 정병욱, 「별곡의 역사적 형태고」, 『국문학산고』, 신구문화사, 1960, 154쪽.

음보보다 큰 층위인 행과 연이 있다. 이 가운데 행은 모든 노래들이 공유하고 있는 형태적 요소이다. 행들이 모여 이루는 것이 연인데, 연을 중심으로 할 때 두 가지 경우로 나뉜다. 즉 연 하나로 한 작품이 되는 경우와 여러 개가 모여 한 작품이 되는 경우가 그것들이다. 『악학편고』와 『악장가사』 및 『악학궤범』을 통하여 행과 연의 구성 양상을 살펴보기로 한다.

앞의 도표에서 보듯이 『악장가사』와 『악학편고』에는 똑같이 속가 9편의 전문이 나와 있다. 다만 <사모곡>의 위치만 서로 다를 뿐 나머지 노래들의 순서 역시 두 책이 똑같다. 병와(瓶窩) 이형상(李衡祥)[1653-1733]의 생존 년대를 감안할 때 『악장가사』가 선행하였으며 따라서 『악학편고』는 『악장가사』를 대본으로 하여 편찬되었을 가능성이 크다. 『악장가사』에서는 ○로 음악 분장의 표시를 하였고, 『악학편고』에서는 ○과 행 바꿈을 통하여 단락 구분을 하고 있다. 이 책들에 제시된 작품들의 단락수를 비교하면 <정석가>[『악장가사』 : 11 / 『악학편고』 : 6] · <청산별곡>[8/8] · <서경별곡>[14/14] · <사모곡>[1/1] · <쌍화점>(4/4) · <이상곡>[1/1] · <가시리>[4/4] · <처용가>(1/1) · <만전춘>[6/5] 등이다. 특히 『악학편고』에서는 행 바꿈 뿐 아니라 제목 아래 부분에 ○표시나 장(章) 혹은 곡(曲)의 숫자를 제시함으로써 그 나름의 분단 기준을 적용했다고 본다. 음악적인 분장과 문학적 단락 구분이 반드시 일치하는 것은 아님을 감안한다면 병와가 『악학편고』에서 여러 방법들을 병용한 이유가 비교적 명료하게 드러난다. 즉 이형상의 관점에서 『악장가사』 소재 노래들의 분장 표시가 문학적으로도 정확하다고 파악한 것은 『악학편고』에 그대로 실었으며 그렇지 않다고 파악한 것은 다른 방법으로 분단을 한 듯하다.

『악학궤범』에서는 강(腔)을 중심으로 하는 악곡의 표시로 가사를 분단하였다. 따라서 이 책은 『시용향악보』나 『대악후보』 등과 함께 문학상의 분단 의식을 보여주지는 못한 셈이다. 이상의 문헌들을 살펴 볼 경우 연 구분에 있어서 견해가 다를 수 있는 노래들은 <정석가> · <서경별곡> · <가시리> · <정읍사> · <만전춘별사> · <처용가> 등 6곡이다.

<정석가>는 『악학편고』의 견해대로 6연으로 보는 것이 타당하다. 11연으로 보기도 하나 그럴 경우 같은 소재의 내용들이 각각 양분되는 결과가 되기 때문에 불합리하다. <서경별곡>은 이미 거론한 바와 같이 의미적으로 3분된다. 즉 <서경>과 <대동강>의 합가에 중간 부분이 삽입된 것으로 볼 수 있다는 점은 이미 말한 바 있다. 『악장가사』나 『악학편고』에서 그것을 14연으로 나눈 것은 음악상의 분단임에 틀림없다. <가시리>의 경우 상기 두 문헌에는 4분되어 있으나, 의미상으로는 2분단된다. 즉 음악 분단의 1 · 2장을 문학 분단의 1연으로, 3 · 4장을 2연으로 보는 것이 타당하다. <정읍사>는 『악학궤범』에 6 부분[前腔/小葉/後腔/過篇/金善調/小葉]으로 분단되

어 실려 있다. 과편은 <보허자(步虛子)> 미후사(尾後詞)의 제 1구와 같은 환두(換頭)이며 '전강(前腔)+소엽(小葉)'과 '과편(過篇)+금선조(金善調)+소엽(小葉)'이 같은 시형의 사(詞)로 되어 있다. 따라서 이 두 부분과 중간 부분을 합하면 이 노래는 3연으로 이루어졌다고 할 수 있는데, 이 점은 의미적 측면에서도 타당하다.

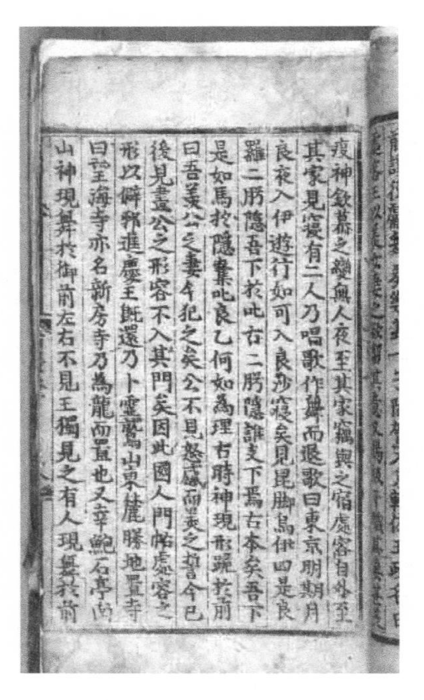
疫神欽慕之變無人夜至其家竊與之宿處容自外至
其家見寢有二人乃唱歌作舞而退歌曰東京明期月
良夜入伊遊行如可入良沙寢矣見昆脚烏伊四是良
羅二肹隱吾下於叱古二肹隱誰支下焉古本矣吾下
是如馬於隱奪叱良乙何如爲理古時神現形跪於前
曰吾羨公之妻今犯之矣公不見怒感而美之誓今已
後見畫公之形容不入其門矣因此國人門帖處容之
形以僻邪進慶王旣還乃卜靈鷲山東麓勝地置寺
曰望海寺亦名新房寺乃爲龍而置也又幸鮑石亭南
山神現舞於御前左右不見王獨見之有人現舞於前

〈처용가〉[『삼국유사』 처용랑 망해사조]

<만전춘별사>는 『악장가사』에서 ○표시로 6분단되었고, 『악학편고』에서는 행 바꿈을 통하여 5단으로 나눔과 동시에 제목 아래에 5장임을 명시하고 있다. 그러나 마지막 시행["아소님하 遠代平生에 여힐슬 모ᄅᆞ옵새"]의 독립성 여부는 신중히 고려되어야 한다. 이 행의 시작 부분인 '아소님하'를 사뇌가의 낙구(落句)와 같은 구조로 보아야 할 것이다. 특히 이 부분이 내용상 앞부분을 마무리 짓는 역할을 하는 점은 여타 시가들에서의 그것과 상통하는 사항이다. 『악학편고』 소재 <만전춘>의 경우 행 바꿈을 통하여 분단하고 있으면서도 마지막 행 앞에만 ○표시를 붙인 것으로 보아 병와 자신도 이 행의 독립성을 의식하고 있었음에 틀림없다. 따라서 <만전춘별사>는 6연의 노래로 보는 것이 타당하다.

<처용가>의 경우 『악장가사』나 『악학편고』에 여타의 작품들에서 보는 바와 같은 분단의 표시가 전혀 되어 있지 않다. 다만 『악학궤범』 소재의 이 노래에 강(腔)·엽(葉)의 표시가 되어 있어 이것을 분석하면 모종의 규칙성을 발견할 수 있긴 하다. 즉 소엽에 해당하는 행은 예외 없이 '아으'로 시작되면서 전후 분단의 역할을 하고 있다는 것이다. <처용가> 전체의 강과 엽을 추출하여 연결하면 다음과 같은 두 개의 구조로 나타난다.

┌ ①ⓐ前腔+附葉+中葉+附葉+小葉+ⓑ後腔+附葉+中葉+附葉+小葉+ⓒ大葉+附葉+中葉+附葉+小葉
└ ②ⓐ前腔+附葉+中葉+附葉+小葉+ⓑ後腔+附葉+中葉+附葉+小葉+ⓒ大葉+附葉+中葉+附葉+小葉

이 노래는 똑같은 구조 두개의 반복으로 이루어진다. 이 경우 흥미로운 것은 각 부분의 소엽이다. 각 소엽들의 가사를 들어보면 "①ⓐ : 아으 壽命長願ᄒᆞ샤 넙거신니마해/①ⓑ : 아으 千金머그샤 어위어신이베/①ⓒ : 아으 界面도ᄅᆞ샤 넙거신바래/②ⓐ : 아으 處容아비ᄅᆞᆯ 마아만ᄒᆞ니여 /②ⓑ : 아으 둘흔내해어니와 둘흔뉘해어니오/②ⓒ : 아으 熱病大神의 發願이샷다” 등이다. 의미적으로 이 부분들에서 완벽하게 분단되는 것은 아니지만 비 연시로서의 <처용가>를 구성해 나간 모종의 원칙을 추정할 수는 있다고 본다. 이 가운데 ①ⓐ를 들어보기로 한다.

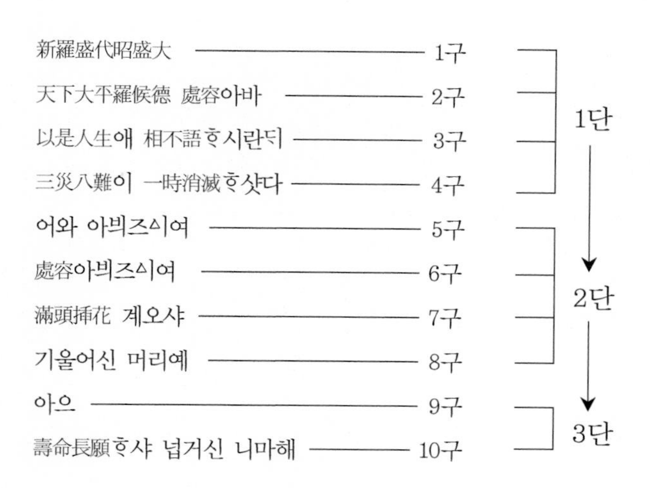


소엽으로 구분되는 각 부분들은 공통적으로 이와 같이 나뉘는데, 이것이 10구체의 사뇌가 형을 모태로 하고 있음을 추정할 수 있다. 8구체인 신라 <처용가>를 삽입, 그것을 중심으로 앞뒤에 긴 사설을 붙여나간 이 노래는 궁중악으로 편입되는 과정에서 연희 과정에 맞도록 편성되었다고 보는 것이다. 따라서 이 노래는 10구체 사뇌가 형이 여섯 번 반복됨으로써 전체가 마무리되는 노래다. 이 점은 앞에 제시한 강엽(腔葉)의 결합 구조가 여섯 개라는 점과 일치되는 사실로서 음악 역시 10구체 사뇌가 한 작품을 단위로 마무리되었을 가능성이 있다. 다시 말하여 10구체 사뇌가를 기준으로 음악적 분단과 문학적 분단이 일치되는 경우로 꼽을 수 있다고 본다.

이와 같이 <처용가>의 장르적 소원은 향가라고 할 수 있는데, 다른 노래들의 경우는 어떤지 살펴보기로 한다. 이미 앞에서 <정과정>과 <동백목>·<만전춘별사>와의 관계, 또한 그것을 올려 부르던 악조인 진작과 후대 가곡과의 관계, 향가와의 관계 등을 언급하였다. 이미 이 노래를 ‘내님믈 그리ᅀᆞ와 우니다니 아으 넉시라도 님은 ᄒᆞᆫᄃᆡ 녀져라/벼기더시니 뉘러시니잇가 아소님하 도람 드르샤 괴오쇼셔’ 와 같이 정제된 2구의 사뇌가로 파악한 선학[36]도 있지만, 이 경우 이 노래의

36) 김동욱, 『한국가요의 연구』, 168쪽.

각 단과 같은 형태를 보여주고 있는 <사모곡>[37] · <이상곡> · <정읍사> 또한 사뇌가[혹은 변형된 사뇌가]의 범주에 넣을 수 있을 것이다.

| 가사 | 구 | 단 | |
|---|---|---|---|
| 내님믈 그리ᅀᆞ와 우니다니 | 1구 | 1단 | Ⅰ |
| 山졉동새 난 이슷ᄒᆞ요이다 | 2구 | | |
| 아니시며 거츠르신ᄃᆞᆯ 아으 | 3구 | 2단 | |
| 殘月曉星이 아ᄅᆞ시리이다 | 4구 | | |
| 넉시라도 님은 ᄒᆞᆫᄃᆡ 녀져라 아으 | 5구 | 3단 | Ⅱ |
| 벼기더시니 뉘러시니잇가 | 6구 | 1단 | |
| 過도 허믈도 千萬업소이다 | 7구 | | |
| ᄆᆞᆯ힛마리신뎌 ᄉᆞᆯ읏븐뎌 아으 | | | |
| 니미 나ᄅᆞᆯ ᄒᆞ마 니ᄌᆞ시니잇가 | 8구 | 2단 | |
| 아소님하 | 9구 | 3단 | Ⅲ |
| 도람드르샤 괴오쇼셔 | 10구 | | |

〈정과정〉

| 가사 | |
|---|---|
| 호ᄆᆡ도 ᄂᆞᆯ히언마ᄅᆞᄂᆞᆫ | Ⅰ |
| 낟ᄀᆞ티 들리도 업스니이다 | |
| 아바님도 어이어신마ᄅᆞᄂᆞᆫ | Ⅱ |
| 어마님ᄀᆞ티 괴시리 업세라 | |
| 아소님하 | Ⅲ |
| 어마님ᄀᆞ티 괴시리 업세라 | |

〈사모곡〉

| 가사 | 구 | |
|---|---|---|
| 비오다가 개야 아 눈하 디신 나래 | 1구 | Ⅰ |
| 서린 석석사리 조ᄇᆞᆫ 곱도신 길헤 | 2구 | |
| 잠ᄯᅡ간 내니믈 너겨 | 3구 | |
| 깃ᄃᆞᆫ 열명길헤 자라오리잇가 | 4구 | |
| 죵죵 霹靂 生陷墮無間 | 5구 | Ⅱ |
| 고대셔 싀여딜 내모미 | 6구 | |
| 내님 두ᄉᆞᆸ고 년뫼ᄅᆞᆯ 거로리 | 7구 | |
| 이러쳐 뎌러쳐 期約이잇가 | 8구 | |
| 아소님하 | 9구 | Ⅲ |
| ᄒᆞᆫᄃᆡ 녀졋 期約이이다 | 10구 | |

〈이상곡〉

37) 이병기는 이 노래를 신라 속악인 <목주(木州)>로 보았다[백철 공저, 『국문학전사』, 신구문화사, 1959, 71쪽]. 신라 속악이 향가일 가능성이 많다면 이 노래와 <정과정>의 장르적 동질성을 인정할 수 있을 것이다.

ᄃᆞᆯ하 노피곰 도ᄃᆞ샤 ──── 1구 ┐ Ⅰ
머리곰 비취오시라 ──── 2구 ┘
全져재 녀러신고요 ──── 3구 ┐ Ⅱ
즌ᄃᆡᄅᆞᆯ 드ᄃᆡ욜셰라 ──── 4구 ┘
어느이다 노코시라 ──── 5구 ┐ Ⅲ
내가논ᄃᆡ 졈그ᄅᆞᆯ셰라 ──── 6구 ┘

〈정읍사〉

<정읍사>·<정과정>·<사모곡> 등 세 편의 속가들을 '전별곡적 형태(前別曲的 形態)'라 명명하고 사뇌가와 밀접한 맥락을 지니고 있음을 지적한 선학[38]도 있다. 그러나 이들 뿐 아니라 상당수의 속가들에 나타난 장르적 소원은 사뇌가일 가능성이 농후하다.

<정과정>의 경우 제 7구에 약간의 문제는 있으나 대체로 낙구[아소님하]를 포함하여 10구로 나눌 수 있다고 본다. <정과정> 각 단의 의미는 3단으로 전개되며, 전·후단을 하나로 통합했을 때에도 이 점은 마찬가지다. 이러한 <정과정>의 각 단과 <사모곡>은 형태적으로 거의 일치될 뿐 아니라 의미 전개의 양상에 있어서도 양자는 부합한다. 다만, 전자의 'Ⅰ→Ⅱ→Ⅲ'은 시상이 고조되다가 애원으로 마무리되는 반면, 후자의 'Ⅰ→Ⅱ→Ⅲ'은 비유에 의한 시상의 반복과 종합으로 결말을 맺고 있는 점이 다를 뿐이다.

<이상곡>도 전자들과 꼭 들어맞는 형태를 보여준다. 만약 이 노래가 채홍철의 창작이라면,[39] 그가 옛 노래의 가사를 고쳐 자기의 뜻을 부쳐 지었다고 하는 <동백목>의 창작 동기가 <정과정>과 부합한다는 사실과 함께, 그가 노래를 제작할 때 사뇌가를 형태적 표준으로 삼았다는 유력한 증거가 될 수 있다고 본다.

<정읍사>의 경우 6구로 축소되었고 낙구가 생략되었거나 유의어(有意語)로 바뀌는 등 앞의 것들과는 많이 달라졌지만, 사뇌가적 소원을 부정할 정도는 아니다. 오히려 희미한 향가의 장르적 흔적 위에 조선조 노래의 형태가 이 노래에 잠재되어 있음을 추측할 수 있는데, 삼국시대부터 조선조까지 오랫동안 불려오는 과정에서 있었음직한 개작의 결과가 아닌가 생각된다.

---

38) 정병욱, 『국문학산고』, 156쪽. 그는 이 부분에서 음수율[주로 2, 3음절로 되어 있으나 3음절이 우세하다], 음보율[3음보가 압도적으로 우세하고 간혹 2음보가 보인다], 구수율[별반 통일이 없다], 연[일률적으로 단련으로 되어 있다] 등으로 구분하여 이 노래들의 형태적 특수성을 논하였다.

39) 李衡祥, 「瓶窩集」 권 8, 書, 我東亦有雅樂歟, 『瓶窩全書 1』, 한국정신문화연구원, 1980, 150쪽의 "高麗侍中蔡洪哲作清平樂金殿樂履霜曲五冠山紫霞洞" 참조.

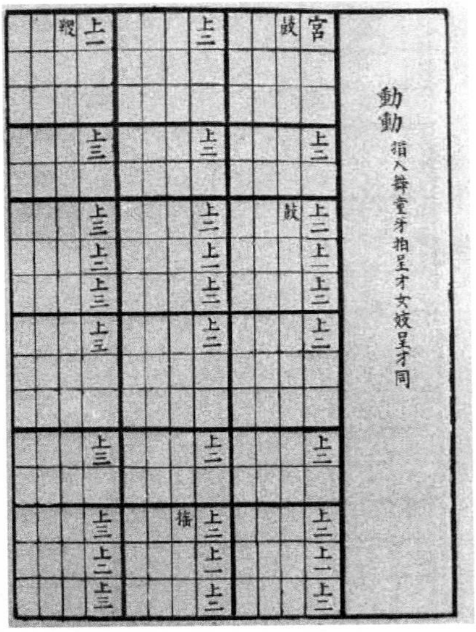

이외에 <유구곡>과 <가시리>도 향가로부터 나온 노래들일 수 있다. 전자를 예종이 지은 <벌곡조>로 보는 견해[40]도 있데, 오늘날 일반적으로 향가의 범주에서 바라보는 <도이장가>를 예종이 지었다면 <유구곡> 역시 향가를 그 장르적 소원으로 한다고 볼 수 있을 것이다. 그리고 후자 역시 앞에서 살펴 본 노래들처럼 8구로 나뉘고 의미적으로는 3분단되는 노래다. 기존의 민요를 궁중악으로 수용한 것이든 새로 지은 것이든 이상과 같은 부류의 노래들은 그 당시까지 일부 귀족층을 중심으로 향유되었으리라 추정되는 10구체 사뇌가로부터 그 틀을 원용하여 왔을 것이다. 그리고 이것들은 대개 외형상 사뇌가와 같이 비련(非聯)[혹은 단련]으로 되어 있는 노래들이다.

〈동동〉의 악보 [『대악후보』 소재]

앞에서 말한 바와 같이 <동동>은 서사 및 결사와 중간에 민요[월령체가]로부터 연원되었다고 보이는 창작 부분이 결합되어 이루어진 송도가이고, <정석가>는 서련(序聯)과 결련(結聯) 및 덧붙여진 중간 부분들로 이루어진 송덕가이다. <쌍화점>은 각 연별로 무대와 등장인물들이 바뀌며 현상적 화자와 청자의 대화로 이루어진 노래다. 이런 점을 감안하여 이 노래를 극가(劇歌)로 보는 견해도 있다. 그리고 이 노래의 제 2연에 해당하는 노래가 『고려사악지』에 한역되어 전해진다. 그곳에 부대된 설명[41]을 감안한다면, 이 노래는 왕의 행신들이 지은 것으로 보인다. 그러나 그들이 이것을 완전히 창작했다기보다는 민요로부터 상당 부분을 차용해 왔을 것이다. 더구나 <동동> 및 <정석가>와 함께 이 노래는 3음보가 우세한 바, 이 형태적 성향은 무악곡(舞樂曲)의 필요성과도 무관치 않을 것이다. 특히 이 노래와 관련하여 '사람들이 <상화점(霜花店)> 제곡(諸曲)을 들으면 수무족도(手舞足蹈)한다' [42]는 퇴계 이황의 말은 3음보 노랫말의 미학적 특성을 뒷받침한다.

---

40) 권영철, 「유구곡고」, 『어문학』 3, 1958, 63-70쪽.

41) 「고려사」 권 71, 지 제25, 악 2, 속악, 삼장의 "(…)右二歌 忠烈王朝所作 王狎群小 好宴樂 倖臣吳潛 金元祥 內僚石天補 天卿等 務以聲色容悅 以管絃房太樂才人 爲不足 遣倖臣諸道 選官妓有姿色技藝者 又選城中官婢及女巫 籍置宮中 衣羅綺 戴馬鬃笠 別作一隊 稱爲男粧 敎閱此歌 與群小 日夜歌舞褻慢 無復君臣之禮 供億賜與之費 不可勝記" 참조.

42) 『퇴계집』 卷四十三·跋, 「書漁父歌後」, 『한국문집총간 30』, 458쪽의 "於彼則手舞足蹈 於此則倦而思睡者 何

민간 노래의 특질을 지니고 있으면서도 표현이나 구성이 치밀하게 이루어진 <청산별곡>은 5·6연의 위치가 바뀌어 전해지고 있는 것[말하자면 전사 과정의 실수]으로 논의되어 왔었다. 그러한 견해는 시 작품의 보편적 구조는 전·후단의 정확한 대우(對偶)여야 한다는 선입견에 의해 야기된 착오이기도 하였다. 그러나 <청산별곡>은 이것이 '1연과 6연까지의 전부(前部)/7연과 8연의 후부(後部)'와 같이 의미구조상 양분되는 노래라는 점, 1연과 6연 사이에 끼어 있는 부분이 기승전결의 구조를 지니고 있다는 점 등을 설득력 있게 해명한 선학도 있다.[43] 그럼에도 불구하고 상당한 편차를 보이는 견해들이 공존하는 현실은 이 노래의 형태나 의미구조, 주제 및 작자문제에 대하여 신중하게 재검토해야 할 필요성을 입증하는 사항이기도 하다.

<만전춘별사>의 경우 6연으로 된 합성가라는 점을 앞에서 밝힌 바 있다. 즉 마지막 부분은 행 하나로 마무리의 역할을 하고 있는데, 이 부분과 첫 부분과의 사이에 들어 있는 4개의 연들을 포함하여 전체 연들은 외견상 별개의 내용들로 이루어진 것으로 보인다. 첫 연과 마지막 연을 여타 상당수의 노래들에서 확인한 바와 같이 서사와 결사로 본다면, 그것은 나름대로 어떤 원칙 위에서 짜여진 듯하다. 즉 서사와 결사에서는 임과 이별하지 않겠다는 강렬한 의지를 표명하고 있고, 본사에 해당하는 중간 부분들에서는 임과의 사랑에 관한 현실과 이상을 노래하고 있다. 즉 2연[도화와 대조적인 자신의 처지]·3연[임과 떨어진 부정적 현실에 대한 원망]·4연[떠나간 임에 대한 재결합의 원망]·5연[임과 결합한 이상적 상태] 등의 내용이 그것들이다.

이상과 같이 첩련형(疊聯型)의 속가들은 대개 민간의 노래들에서 그 소원을 찾을 수 있을 듯하다. 월령체가적 노래, 가극적(歌劇的) 노래, 송축적 노래, 연가 등 민간의 노래들에서 찾을 수 있는 다양한 내용을 이 부류의 속가들은 보여준다. 이러한 노래들이 궁중에 들어올 경우 상당 부분 다듬어지고 개작되는 것은 불가피했으리라 생각한다.

### 2) 표현적 특질

다음으로는 속가들에 사용된 특수 어휘로서의 여음과 특이한 문체 등 표현적 특질을 살피기로 한다. 속가들에는 대부분 악기의 구음으로 추정되는 여음들과 민요에서 보편적으로 나타나는 상투어구(常套語句)들이 특이하게 많이 쓰였다. 그것들을 제시하면 다음과 같다.

---

哉 非其人固不知其音 又焉知其樂乎" 참조.

43) 윤강원, 『청산별곡 연구-그 올바른 이해와 완전한 향수를 위하여』, 대유공전 출판부, 1981, 참조.

(1) 여음

〈동동〉 : 아으 다롱디리

〈서경별곡〉 : 아즐가/위 두어렁셩 두어렁셩 다링디리

〈청산별곡〉 : 얄리얄리얄라(랑)셩얄라리얄라

〈가시리〉 : 위 증즐가 大平盛代

〈이상곡〉 : 다롱디우셔마득사리마득너즈세너우지

〈정읍사〉 : 어긔야 어강됴리/아으 다롱디리

〈사모곡〉 : 위 덩더둥셩

〈쌍화점〉 : 더러둥셩 다리러디러다리러디러다로러거디러다로러

(2) 상투어구

① 나ᄂᆞᆫ

〈가시리〉 : 가시리 가시리잇고 나ᄂᆞᆫ/ᄇᆞ리고 가시리잇고 나ᄂᆞᆫ/셜온님 보내ᄋᆞᆸ노니 나ᄂᆞᆫ/가시ᄂᆞᆫ ᄃᆞᆺ 도셔오쇼셔 나ᄂᆞᆫ

〈정석가〉 : 삭삭기 셰몰애 별헤 나ᄂᆞᆫ/므쇠로 텰릭을 ᄆᆞᆯ아 나ᄂᆞᆫ

〈서경별곡〉 : 긴힛ᄯᆞᆫ 그츠리잇가 나ᄂᆞᆫ/信잇ᄃᆞᆫ 그츠리잇가 나ᄂᆞᆫ/빅타들면 것고리이다 나ᄂᆞᆫ

② 아으

〈동동〉 : 아으 動動다리/아으 어져녹져 ᄒᆞ논ᄃᆡ/아으 노피 현 燈ㅅ블 다호라/아으 滿春ᄃᆞᆯ 욋고지여/아으 오실셔 곳고리새여/아으 수릿날 아ᄎᆞᆷ 藥은/아으 별해 ᄇᆞ룐빗 다호라

〈처용가〉 : 아으 아븨 즈ᅀᅵ여 處容아븨 즈ᅀᅵ여 /아으 壽命長願ᄒᆞ샤 넙거신 니마해/아으 千金 머그샤 어위어신 이베/아으 界面 도ᄅᆞ샤 넙거신 바래

〈정과정〉 : 아니시며 거츠르신ᄃᆞᆯ 아으/넉시라도 님은 ᄒᆞᆫᄃᆡ 녀져라 아으/슬읏브뎌 아으

〈정읍사〉 : 아으 다롱디리

③ 아소님하

〈정과정〉 : 아소님하 도람드르샤 괴오쇼셔

〈이상곡〉 : 아소님하 ᄒᆞᆫᄃᆡ 녀졋 期約이이다

〈만전춘별사〉 : 아소님하 遠代平生애 여힐슬 모ᄅᆞᄋᆞᆸ새

〈사모곡〉 : 아소님하 어마님ᄀᆞ티 괴시리 업세라

이상에서 보는 바와 같은 여음이나 상투어구들의 경우 그 의미와 출처를 알 수 없는 것들이 많기는 하다. 그러나 속가들의 장르적 소원이 대부분 향가와 민요라는 점, 가창 시에 악기의 반주가 곁들여졌다는 사실 등을 입증하는 사항들인 것만은 분명하다. 특히 <한림별곡>을 비롯한 경기체가들에 주로 쓰인 '위'[<가시리>에도 쓰였음]와 함께 '아소님하·아으'는 사뇌가의 차사(嗟辭)와 근사한 모습을 보여주고 있다. 즉 <보현시원가>를 보면 '격구(隔句)·낙구(落句)·후구(後句)' 등 독립어 형태로 된 투어(套語)의 위치나 앞·뒤 절 사이에서 그 어절들의 역할에 중점을 둔 어사들과 '성상인(城上人)·타심(打心)·병음(病吟)·아야(阿耶)·탄왈(歎曰)' 등 실제 의성적 어사들이 함께 나온다. 전자이든 후자이든 감탄어 형태의 투어들임은 물론이다. 이런 유의 어사들은 속가들에 나오는 '아소님하·아으' 등과 유사한 의미와 분위기를 지니고 있음이 분명하다. '아소님하'는 '아소[금지사(禁止辭)]+님하[대상에 대한 존경의 돈호]' 로서 원래 유의어들의 결합이었을 것이나, 다양한 노래들에 상투적으로 쓰이면서 구체적인 의미는 상실된 것으로 보인다. 말하자면 시조나 가사에서 발견할 수 있는 종장 투어 '아희야[아희+야]' 와 같은 말이 구체적인 대상을 지칭하지 않는 것과 같은 이치라고 할 수 있다.

이미 신라 향가에도 '후구(後句)[<안민가> 및 <혜성가>]·아야(阿耶)[<찬기파랑가> 및 <우적가>]·아사야(阿邪也)[<도천수관음가>])·아사(阿邪)[<원왕생가>]·아으(阿也)[<제망매가>]' 등 고려속가들과 똑같은 격구(隔句)[혹은 낙구]들이 등장함으로써 속가와 향가가 형태적으로 동질성을 지닌다는 사실이 여기서도 입증된다.

악기의 구음인 경우 가창자들이 가창 시에 이것들을 표기된 대로 입으로 부르지는 않았을 것이고 그 부분은 악기에 의해 연주되었을 것이다. 이와 달리, 예컨대 <가시리>의 "위 증즐가 태평성대(大平盛代)"에서 '위' 와 '태평성대(大平盛代)'는 가창자들의 가창 부분이었고, '증즐가'는 악기 소리로서 양자가 혼합적으로 연주되었을 가능성 또한 크다. 『시용향악보』 소재 무가들의 여음들[44]도 속가의 여음들과 비슷하거나 거의 같은데, 당시 악기의 연주를 수반하는 궁중악들에

---

44) 차례로 들어보면 <성황반>[다리러다로리로마하 디렁디리대리러로마하 도람다리러 다로링디러 다리렁디러리], <내당>[다로럼다리러], <대왕반>[디러렁다리다리러디러리], <잡처용>[아으/다롱다로리 대렁디러리 디렁디러리 다로리], <삼성대왕>[다롱다리], <군마대왕>[리러루러리러루런러리루러루러리러루리러루리로로리로라리러리러리러루런러리루러루러리러루리러루리러리로], <대국 1 2 3>[얄리얄리얄라 얄라셩얄라], <구천(九天)>[리로리런나로리라리로런나로라리리리로리런나오리런나리런나로런나로라리로리런나], <별대왕>[노런나오리나리라리로런나리리런나나리나리런나로로런나리런나로로런나리런나] 등이다. 이 가운데 <구천>, <군마대왕>, <별대왕> 등의 것들은 주문(呪文)으로 볼 수 있으나, 나머지는 악기의 구음일 가능성이 크다.

는 이러한 여음들이 보편적으로 사용되었던 듯하다. 그러나 어느 악기의 사성(寫聲)인지 전혀 알 수 없는 구음들도 상당수에 달하기 때문에 앞으로의 연구 과제로 남겨야 할 듯하다.

다만 이 속가에 쓰인 여음구들이 바로 기존의 향가와 차이를 보이는 사항인데, 이 점이 바로 대부분의 속가가 궁중의 무악(舞樂)으로 사용되었다는 결정적 증거인 셈이다. 특히 앞에서 인용한 각종 무가들의 여음이 부분적으로 속가들과 일치하거나 그 분위기가 유사하다는 점도 이러한 사실의 증거로는 충분하다고 본다. 이러한 여음들은 거의 모두 청각적 효과를 노린 것들이다. 그 가운데는 유음(流音), 비음(鼻音)과 양성모음 등을 사용하여 경쾌하면서도 율동적인 분위기를 돋우는 노래들도, 'ㄱ·ㄷ' 음과 음성모음을 사용하여 독특한 분위기를 고조시키는 노래들도 들어 있다. 어느 경우이든 여음은 내용을 보조하는 역할을 한다고 볼 수 있다. 여음에서 풍겨나는 분위기가 궁중 연회의 분위기를 조성하는 결정적 요인으로 작용되었다고 보기 때문이다. 따라서 이러한 여음과 후렴구가 고려속가들의 리듬을 지배하며 심지어 의미에까지 관여한다고 보아야 할 것 같다.

속가들에 등장하는 어휘나 표현은 주로 남녀 간의 사랑에 관한 것들, 혹은 그 범주를 벗어난다 해도 진솔한 감정의 노출로 이루어진 것들이 대부분이다. 물론 그것들 가운데는 연군의 이면적 의미로 이해될 수 있는 것들도 더러 있다. 그렇다고는 해도 전자[남녀 간의 사랑]가 후자[연군]보다 우세한 것은 물론이다. 고려 후기 궁중의 향락적 분위기와 그것을 조장하는 데 주된 역할을 했던 교방(敎坊)의 활성화, 그에 따라 창작 및 가창[혹은 연행(演行)]의 주체로 부상한 행신(倖臣)·기녀(妓女)·무동(舞童)·악공(樂工)·무당·관비(官婢) 그룹들이 이런 성향을 주도했던 것이다. 행신들과 기녀들이 향락을 추구하는 왕의 비위를 맞추기 위해 많은 노력을 기울였다는 사실이 사서(史書)에도 등장하는 점으로 미루어 보아 고려속가들의 내용적 지향점은 뻔한 것이었고, 그것은 주제의 단순성을 설명하는 결정적 단서로 이해할 수 있다. 남녀 간의 육정이나 사랑을 주제로 하는 민간의 노래들 혹은 창작 노래들이 임금을 비롯한 지배계층의 향락 추구와 결합하여 형성된 것이 이런 속가들이다. 간혹 서사와 결사에 보이는 송도·송축의 요소들은 말하자면 민간의 노래들을 궁중의 노래들로 전이시키는 과정에서 노골적인 내용들을 감추기 위한 고심의 결과 고안해 낸 최소한의 장치에 불과한 것들이었다. 송도나 송축의 외피를 덮어씌운 남녀 간의 사랑이 속가들에 보이는 이중적 표현의 실체였고, 이에 따라 속가들의 주제가 이중적인 것으로 이해되기도 했던 것이다.

고려속가들에는 화자가 비교적 뚜렷하고 그에 따라 청자 또한 분명히 드러난다. 이런 현상은 그대로 각 행이나 노래 전체의 종결 부분에 나타난다. 이 노래들이 대개 궁중에서 임금을 대상으로 연행되던 노래들이었다는 특수성 때문이기도 하겠으나, 어쨌든 존칭적 표현[45]이 주를 이룬다는 점은 선초악장을 제외한 어느 시대 노래 장르와도 구별되는 표현적 특질의 하나로 꼽을 수 있다.

<동동>[받ᄌᆞᆸ고/오소이다/비취실 즈이샷다/디녀나샷다/오실셔 곳고리새여/닛고신뎌/받ᄌᆞᆸ노이다/도라보실/좃니노이다/비ᄋᆞᆸ노이다/嘉俳샷다/디니실/므ᄅᆞ ᄋᆞᆸ노이다], <처용가>[ᄒᆞ시란ᄃᆡ/ᄒᆞ샷다/ᄒᆞ샤/기울어신/넙거신/깅어신/계우샤/숙거신/ᄆᆡ시면], <정과정>[그리ᄉᆞ와 /이슷ᄒᆞ요이다 /뉘러시니잇가 /괴오쇼셔 ], <서경별곡>[ᄇᆞ리시고/괴시란ᄃᆡ/좃니노이다/디신ᄃᆞᆯ/그츠리잇가/녀신ᄃᆞᆯ], <정석가>[계샹이다/노니ᄋᆞ와지이다/심고이다/삭나거시아/여히ᄋᆞ와지이다/사교이다/接柱ᄒᆞ요이다/그츠리잇가], <쌍화점>[주여이다], <이상곡>[오리잇가/期約이잇가/期約이이다], <가시리>[가시리잇고/도셔오쇼셔], <사모곡>[업스니이다/괴시리], <만전춘>[새오시라/뉘러시니잇가/맛초ᄋᆞᆸ사이다], <상저가>[받ᄌᆞᆸ고/남거시든], <정읍사>[ᄃᆞᆯ하/도ᄃᆞ샤/비취오시라/녀러신고요/노코시라] 등 거의 전편에 걸쳐 주된 존칭의 표현들이 나타난다. 이와 같이 존칭의 표현이 큰 부분을 차지한다는 것은 설정된 화자의 대부분이 여성이라는 점을 암시하고, 마찬가지로 대부분의 노래들에 여성 화자가 등장한다는 점은 연행자(演行者)들이 주로 여기(女妓)나 가비(家婢)[46]였다는 사실로 강하게 뒷받침된다.

물론 <정과정>의 경우 작자가 남성으로 밝혀져 있지만 임금을 사모의 대상으로 삼기 위해 작중 화자를 여자로 설정할 수밖에 없었을 것이며, 이러한 전통은 조선조 정철의 <사미인곡>과 <속미인곡>에서도 확인된다. 연정의 내용적 범주에서 벗어나는 <처용가>, <사모곡>, <상저가> 등도 서정적 자아에 비해 높은 위치에 있는 대상을 그리고 있다는 점에서 존칭의 표현이 근간을 이루는 것은 당연하다. 이와 같이 고려속가들과 신격을 대상으로 하는 동 시대의 무가들에 나타나는 존칭은 다른 시대의 노래들과 구별되는 표현적 특징이기도 하다.

고려속가들에 나타나는 또 다른 문체적 특징으로 반복과 병렬체를 들 수 있다. 반복은 운율 등 시의 형태적 요소와 밀접한 관계를 맺는다. 일정한 언어 단위들의 반복에 의한 평형과 대조, 또 그것들의 질서 있는 변화에서 감지할 수 있는 자질이 운율이다. 반복은 언어의 기본적 요소인 단음(單音)·음절·단어·어절·행·연 등 모든 차원에서 발생할 수 있는데, 노래나 시 작품에서

---

45) 이 경우는 존칭 종결사, 존칭보조어간, 겸양보조어간 등이 개입되어 결과적으로 객체에 대한 존칭의 의미나 분위기를 구현한다.

46) 채홍철이 가비(家婢)로 하여금 노래 부르게 했다는 기록이 있다.[『고려사악지』 「속악」 자하동 참조].

흥미의 중점이 되며 시의 분위기를 수립하는 역할을 한다. 병렬도 반복의 한 형태이다. 그러나 논자에 따라 병렬[혹은 병행]과 반복의 관계를 다르게 파악하기도 한다. 반복을 병렬의 하위 개념으로 파악하기도 하고[47] 오히려 그 반대로 보기도 한다.[48] 즉, 병행은 반드시 행을 기본 단위로 하는데 쌍으로 구성되며 대응을 요구한다는 것이다. 어쨌든 수사적 측면에서 반복법[혹은 대구법], 문체적 측면에서 병렬체를 주된 표현 기법으로 하여 이루어진 장르가 고려속가이다. 따라서 반복이나 병렬은 고려속가의 형태구조 뿐 아니라 의미구조에 있어서도 핵심적인 요소가 된다. 이처럼 속가들의 대부분은 다양한 반복으로 이루어져 있다.

以是人生애 相(常)不語ᄒᆞ시란ᄃᆡ
以是人生애 相(常)不語ᄒᆞ시란ᄃᆡ [〈처용가〉]

딩아돌하當今에계샹이다
딩아돌하當今에계샹이다 [〈정석가〉]

넉시라도 님을ᄒᆞᆫᄃᆡ녀닛景너기다니
넉시라도님을ᄒᆞᆫᄃᆡ녀닛景너기다니 [〈만전춘별사〉]

등은 동어반복의 대표적인 경우들이다.

德으란 곰ᄇᆡ예 받ᄌᆞᆸ고
福으란 림ᄇᆡ예 받ᄌᆞᆸ고 [〈동동〉]

愛人相見ᄒᆞ샤 오ᄋᆞᆯ어신 누네
風入盈庭ᄒᆞ샤 우글어신 귀예 [〈처용가〉]

구스리 바회예 디신ᄃᆞᆯ 긴힛ᄯᆞᆫ 그츠리잇가
ᄌᆞ믄ᄒᆡ를 외오곰 녀신ᄃᆞᆯ 信잇ᄃᆞᆫ 그츠리잇가 [〈서경별곡〉]

등은 많이 나타나는 유어(類語)반복의 대표적인 경우들이다.

---

47) 김대행, 『한국시의 전통연구』, 개문사, 1980, 41쪽.
48) 최미정, 「별곡에 나타난 병행체에 대하여」, 『백영 정병욱선생 환갑기념논총』, 신구문화사, 1982, 참조.

살어리 살어리랏다/靑山애 살어리랏다
멀위랑 ᄃᆞ래랑 먹고/靑山애 살어리랏다

가던새 가던새 본다/믈아래 가던새 본다
잉무든 장글란 가지고/믈아래 가던새 본다[이상 〈청산별곡〉]

두 경우 모두 제 1·2구는 유어반복으로 되어 있으며, 2구와 4구는 교차반복으로 되어 있다. 특히 각각의 제 2구 첫 어절인 '청산(靑山)애', '믈아래' 는 모두 1구에서 반복되는 상황을 좀 더 구체적으로 보여주는 역할을 한다.

이와 같이 반복되는 부분들은 대개 의미의 '대립·종합·강화·구체화'를 통하여 궁극적으로 주제의 효과적인 구현에 기여한다. 단순한 나열에 불과한 경기체가나 반복구가 별로 드러나지 않는 악장과 달리 속가들의 반복구는 구비를 기반으로 하는 민요의 표현적 특질을 보여주는 증거로 볼 수도 있다.

### 3) 주제의식과 서정적 특질

속가들의 주제는 관점에 따라 약간씩 달리 파악된다. 즉 존재로서의 노래 자체를 지금의 관점에서 바라보고 분석하는 경우와 이 노래들이 문헌에 올려지고 연행되던 당대적 관점에서 파악하는 경우가 있을 수 있다. 두 입장 모두 수용적 측면에서 주제를 파악한다는 점에서는 마찬가지일 것이다. 그러나 당대 수용자들이 유교 이념을 사고 체계의 큰 틀로 지니고 있었다는 점이 우선적으로 고려되어야 한다. 당대인들은 고려속가들을 세 가지 관점에서 바라보았다. '①남녀상열지사/②충신연주지사/③송도(송축)지사' 등이 그것들이다. ③은 앞에서 언급한 바 있으므로 ①과 ②를 중심으로 살피고자 한다.

②는 조선조 내내 추장해야 할 것으로 강조된 반면, ①은 배척해야 할 것 중의 하나로 거론된 사항이었다. 유교 이념, 그 중에서도 조선조를 지탱해 준 주자학적 사고 체계의 기본적 시각은 모든 사회적 인간적 관계에서 상하의 분(分) 즉 인륜의 명백한 구별을 선(善)의 단초로 보는 것이었다. 군신·부자·형제·부부·붕우 간에 마땅히 지켜야 할 본분이 있듯이, 남녀 간에도 엄격한 구분이 있다고 생각하였다. 따라서 상열(相悅)은 음란과 같은 개념이었고, 이것은 남녀의 분을 확실히 세우지 못한 데서 초래되는 잘못으로 인식했다. 이런 기준을 가지고 쉽게 비판의 대상으로

삼을 수 있었던 것이 시·가·악이었다. 고려속가들이 이러한 비판의 대상으로 부상된 것은 당연한 일이었다.

태종대에 이미 삼국과 송조(宋朝)의 음탕한 소리를 이어 받은 고려의 음악을 인습할 수 없다는 비판[49]이 일었고, 성종 대에 들어서자 <서경별곡>을 중심으로 이 문제가 다시 거론되었다. 즉 <서경별곡> 같은 것은 남녀상열지사라서 심히 불가하며 또한 <만전춘>과 <서경별곡>의 곡조를 습용한 <혁정조사>와 <영관조사>의 경우 가사는 비록 그렇지 않으나 곡을 들어보면 속창에 가깝다는 지적이었다.[50]

비슷한 시기에 이세좌[李世佐, 1445-1504]는 당시의 음악이 대개 남녀상열의 가사를 쓰고 있다는 점을 비판하고 '㉠ <진작>은 비록 이어(俚語)이나 충신연주지사라 써도 무방하지만 비리지사가 섞인 <후정화>·<만전춘>과 같은 류는 사용할 수 없다는 점 / ㉡ <치화평>·<보태평>·<정대업> 등은 조종(祖宗)의 공덕을 칭송하는 노래이므로 진실로 마땅히 노래하여 성덕과 신공을 드날려야 한다는 점 / ㉢ 당시의 기생들이 오래 된 습관에만 길들여져 정악(正樂)을 버리고 음악(淫樂)을 좋아하니 모든 이어를 익히지 못하게 해야 한다는 점' 등을 주장하였다.[51]

또한 중종 조에 들어오면 여악에 모두 남녀상열지사를 쓰는데 그것은 심히 설만(褻慢)하다고 하였으며,[52] 남녀상열지사가 '남열여여혹남지사[男悅女女惑男之詞/남자가 여자를 기쁘게 하고 여자가 남자를 유혹하는 말]'[53]를 뜻한다는 점이 구체적으로 설명되기도 하였다. 앞에서 인용한 이세좌의 언급 중 ㉠과 ㉡은 남녀상열 시비의 근저를 형성하는 핵심 요인이다. 조종의 공덕을 칭송하는 일이나 신하가 임금에 대한 충성을 노래하는 일 모두 강력한 왕권 중심의 통치 질서 확립에 필수적인 행위들이었다. 양자 모두 집단적 지배 이념의 선양에 결정적인 역할을 한다는 사실을 생각하면, 개인적 감정을 절실하게 읊은 노래들이 대부분 논척되던 당대의 상황을 이해할 수 있을 것이다. 이 언급에서는 '비리지사·이어·남녀상열지사'가 같은 개념으로 사용되고 있다. '비리지사·이어'에 대하여 가장 확실하면서도 역사적으로 중요한 의미를 부여한 문헌은 『고려사

---

49) 태종 3권 2년 6월 5일 [정사] 001 참조.

50) 성종 215권 19년 4월 4일 [정유] 002.

51) 성종 219권 19년 8월 13일 [갑진] 002.

52) 중종 9권 4년 9월 29일 [무오] 001 참조.

53) '중종 29권 12년 8월 29일 [임신] 003' 및 『文淵閣四庫全書: 經部/詩類/詩傳大全/』, 卷四의 "鄭衛之樂 皆爲淫聲 然以詩考之 衛詩三十有九 而淫奔之詩 才四之一 鄭詩二十有一 而淫奔之詩已 不翅七之五 衛猶爲男悅女之詞 而鄭皆爲女惑男之語" 참조.

악지』다.

"속악은 그 말이 대부분 비리해서, 그 중 심한 것은 그 노래의 이름과 지은 뜻만을 기록하기로 한다.". "고려의 속악은 여러 악보를 참고해서 실었다. 그 중에서 <동동> 및 <서경> 이하의 24편은 다 이어를 쓰고 있다.". "<동동>이라는 놀이는 그 가사에 송축하는 말이 많이 들어 있는데, 대체로 선어를 본뜬 것이다. 그러나 가사가 이속하여 싣지 않는다.". "신라 백제 고구려의 음악도 고려에서 모두 사용하고 그것을 악보에 편입했다. 가사는 모두 이어다." 등의 설명들에 등장하는 '이어'나 '비리'가 반드시 음란한 말 혹은 음란성을 곧바로 지적하는 것은 아니다. 이 말들의 근저에는 당대의 구어를 표기하는 데 있어서의 어려움, 구어노래들이 지닌 음란함의 개연성이나 자유 분방성 등에 대한 우려가 함께 자리 잡고 있다. 가사 전문을 실어 놓은 당악대곡의 산사들 중에는 속악보다 훨씬 더 음란한 내용의 노래들이 많다는 점, 구전되던 원사는 이어라 하여 싣지 않은 반면 한문으로 된 이제현의 악부 작품들은 첨부해 놓고 있는 점 등은 전자의 이유[구어 표기의 어려움]를 뒷받침한다. 이와 달리 다듬어지지 아니한 채 민간에 구전되던 노래들이 음란하고 비리할 가능성이 많다는 점은 후자[구어 노래들의 자유분방함]의 가능성을 뒷받침한다.

이것들과 함께 여악의 문제가 제기되기도 하였다. 남녀상열지사 등 음악(淫樂)을 전승하는 주체와 객체가 모두 기생 즉 여악에 있었으므로 이들의 존립 여부와 풍교(風敎) 문제는 하나의 연결선상에서 이해되었던 것이다. 속악의 음왜성(淫哇性)이 유지된 기반도 전승의 주체인 여악의 음왜성이었던 만큼 음악(淫樂)이나 음악의 가사에 포함된 음란성 역시 사회 풍교의 차원에서 지탄받던 대상이었다. 고려 연향악의 음란성이 송나라 교방악의 음란성으로부터 많이 영향 받았음을 감안한다면 신왕조의 기강 확립을 위해 여악의 존폐 여부에 대한 논란은 응당 있을 법한 일이었다.

조선조에 들어와 남녀상열지사라는 이유 때문에 명시적으로 배척받은 고려속악은 <후정화>·<만전춘>·<서경별곡> 등이다. 남녀상열지사를 비리지사라고 배척하면서도 속악인 <보태평>·<정대업> 등은 조종의 공덕을 칭송한 것이라 하여 높이 평가하고 있는 사실은 간과할 수 없는 점이다. 악보는 갑자기 개정할 수 없으니 곡조에 의거하여 가사를 따로 만들라는 성종의 전교와, <만전춘>의 가사 대신 <봉황음>을 사용했고 <서경별곡>의 곡을 <정동방곡>에 습용한 사실만 미루어 보아도 남녀상열의 비리지사와 그렇지 아니한 가사 사이의 차이점은 분명해진다. <만전춘>이나 <서경별곡>에 표상된 내용은 집단 이념에 배치될 뿐더러 확고하게 자리 잡았다고 믿어지던 상하의 분(分)과 그로 인한 질서 관념을 와해시킬 수도 있는, 지극히 퇴폐적인 것이었다.

더구나 같은 '님'을 대상으로 노래했고 부분적으로 유사한 어구들[54]을 공유하고 있는 <정과정>이 충신연주지사로 호평 받고 있는 점을 감안할 때 음왜의 판단이 단순히 남녀 관계에 수반되는 내용의 존재 유무만으로 내려진 것은 아니라고 본다.

<만전춘>이나 <서경별곡>의 임은 남녀 간 연정의 대상 이외에 임금으로 치환될 가능성을 전혀 보여주지 않고 있다. 그러나 정철의 가사 작품들에 나타나는 임이 다양한 해석의 여지가 없이 임금을 지칭하듯, <정과정>의 임도 임금으로 치환되는 것이 보다 자연스럽다는 사실을 당대인들은 깨닫고 있었다. <만전춘>이나 <서경별곡>의 임은 읽는 사람 누구든지 자기화(自己化)할 수 있는 서정적 대상이다. 서정적 대상이란 인식 주체의 개별적 상황에 의해 설정되는, 철저히 개인적인 존재다. 따라서 집단 이념이 강조되는 상황에서 이러한 개인적 정서의 발양을 추구하는 작품들이 배척될 것은 당연하고, 그럴 경우 배척의 빌미는 남녀 간에 자연스럽게 일어날 수 있는 음란성이었다. 비록 남녀상열지사라도 종묘·조회·연향악의 경우를 제외하면 그다지 큰 제한을 받지는 않았던 것으로 보인다.[55]

<서경별곡>을 습용했던 <정동방곡>의 가사, <청산별곡>의 곡을 습용했던 <납씨가>·<경근곡> 등의 가사도 같은 차원에서 설명될 수 있는 경우들이다. <정동방곡>은 태조의 위화도 회군을 찬양한 송덕가이고, <납씨가>는 원나라 나하추(納哈出) 격퇴의 무공을 찬양한 송덕가로, 두 노래 모두 한시 현토의 악장들이다. <경근곡> 또한 조선 왕조 성업의 무궁함을 찬양한 송축가다. <서경별곡>이나 <청산별곡> 등이 개인의 정서를 바탕으로 전개한 서정적 작품인 반면, 이들에 대치되는 조선조의 노래들은 왕조 전체와 관련하여 집단 이념의 선양에 중점이 두어진 작품들이다.

이러한 견해는 수용적 관점에서 파악한 주제의식이다. 남녀상열지사와 의미적으로 비슷하면서도 약간은 폭이 좁은 개념이 음사(淫詞)다. <북전>은 물론 <이상곡>, <쌍화곡>도 음사의 범주에 포함되어 있었다. 중종대에 <아박정재동동사>, <무고정재정읍사> 등까지 남녀 간의 음사로 지목되었다는 사실[56]도 작품의 수용 양상은 시대적 관점의 차이에 따라 달라질 수 있다는 점을 드러내는 사실이다.

54) ■ <만전춘>[넉시라도 님을 혼디 녀닛景 너기다니/넉시라도 님을 혼디 녀닛 景 너기다니/벼기더시니 뉘러시니잇가 뉘러시니잇가]
■ <정과정>[넉시라도 님은 혼디 녀져라 아으/벼기더시니 뉘러시니잇가]

55) 성종 219권 19년 8월 13일 [갑진] 002의 "方今率用男女相悅之詞 如曲宴觀射行幸 則用之不妨" 참조.

56) 중종실록 권 32, 13년 4월 1일.

이상의 관점들 외에 자아와 대상의 관계 속에서 이루어지는 서정성을 전제로 속가들의 주제를 파악하는 것이 현재의 시점에서 타당한 방법으로 인식되어 있다. 아울러 상당수의 속가들은 궁중악으로 편입되는 과정에서 추가된 것으로 생각되는 부분의 가사들 때문에 경우에 따라서는 '표면/이면'의 이중적 주제 양상을 드러내기도 한다.

우선 <동동>을 보면 시종일관 서정적 자아와 대상간의 의식(儀式)과 교감을 중심으로 전개되고 있다. 자아[여성 화자로 생각됨]는 대상을 지향하고 있으나 결국은 합일의 경지에 이르지 못함으로써 좌절과 비애만이 표출될 따름이다. 이 노래를 송도지사로 파악하도록 한 서련은 궁중악으로서 연행(演行)의 필요에 의해 첨가된 부분이고, 이 경우의 주제인 '임금에 대한 송도'는 표면적인 것일 뿐이고 이 작품의 진정한 주제는 '이성의 님에 대한 연모'다.

<정석가>도 이중 구조로 되어 있는 노래로서 중간에 들어 있는 4연이 원사이고 첫 연과 마지막 연은 새로이 첨가된 부분일 가능성이 크다. 말하자면 임금에 대한 송덕은 표방된 주제일 따름이고, 원사 부분에 표상된 것이 진정한 주제라는 점이다. 원사의 각 부분들에서 서정적 자아는 대상[有德ᄒᆞ신님]에 대한 연모의 의지를 강하게 드러내고 있다. 그리고 그 양자 간의 매개물들은 각각 '구은밤·玉으로 만든 蓮ㅅ곶·므쇠로 만든 한쇼' 등으로 제시되어 있는데, 생명을 상실한 이것들이 임과의 영원한 사랑을 보증하는 담보물로 이용되는 역설적 서정이 구현된다. 따라서 이 노래의 표방된 주제는 '임금에 대한 송덕'으로, 원사에 표상된 주제는 '임에 대한 영원한 사랑의 갈구'로 각각 보는 것이 타당하다.

<이상곡>도 자아가 대상에 대하여 변함없는 사랑을 추구하나 결국 소망에 그칠 수밖에 없다는 좌절의 서정을 구현하고 있다는 점에서 앞의 것들과 동궤의 노래다. 앞 부분에서 살펴 본 바와 같이 이 노래를 10구로 파악한다면 '가신 님과 맺은 사랑의 추억에 대한 회상[1-4]/님에 대한 신의를 지키고자 하는 의지[5-8]/님과 함께 하고픈 소망[9-10]'과 같은 점층적 고조에 의해 '임에 대한 변함없는 사랑' 이라는 주제를 구현한다.

<서경별곡>은 기존 <서경>과 <대동강>의 합가에 <정석가>에도 삽입되어 있는 민요의 한 부분을 끼워 넣어 만든 노래일 가능성이 높다는 점을 앞에서 말한 바 있다. 대상에 대한 자아의 일방적 연모나 추종이 내용의 핵심을 이루고 있는 것이 바로 이 노래다. 보기에 따라서 '신(信)'이 핵심어로 등장한 2연은 이 노래가 궁중악으로 편입될 때 삽입된 것일 수 있고, 그에 따라 표방된 주제를 '임금에 대한 신의'로 해석할 수 있을 것이나, '임과의 별리(別離)'라는 이면적 주제가 더 강하게 부각되고 있는 점을 부인할 수 없다.

<정과정>은 특정 부분이 첨가되어 이중적 주제를 구현하는 여타의 노래들과 달리 가사 자체와 창작의 배경을 이중적 주제 구현의 요인들로 볼 수 있는 노래다. 작자나 창작의 배경을 전제하지 않고 가사만 본다면 여타의 노래들처럼 '임에 대한 영원한 사랑'이 그 주제다. 그러나 배경을 전제한다면 '임금에 대한 그리움'을 주제로 보는 것이 옳다. 이런 이유로 남녀 관계에 대하여 그토록 엄격했던 조선조 수용자들에 의해서까지 시종일관 충신연주지사라는 긍정적 평가를 받을 수 있었던 것이다.

<만전춘별사>도 자아와 대상 간의 이루어지지 못한 사랑을 그린 노래다. 자아와 대상을 매개하는 이상적 상황은 '님을 ᄒᆞᆫᄃᆡ 녀닛景/遠代平生' 등이다. 그러나 그런 경지는 소망일 뿐 현실은 '시름업는' 상황이다. 이 노래는 6연으로 이루어져 있는데, 마지막 연에서 '영원한 사랑에의 동경'이라는 주제를 도출할 수 있다.

다른 노래들에 비해 <정읍사>는 비교적 수월하게 주제가 파악되는 노래로 인식되어 왔다. 달을 매개로 자아와 대상이 서정적 교감을 이루는 이 노래에서 창작 배경에 명시된 '남편에 대한 애정' 이상의 주제적 복합성은 없는 것으로 보였기 때문이다. 그러나 이 노래가 중종 대에 음사(淫詞)로 지목되었다는 사실은 이면적 주제의 존재 가능성을 암시한다. 특히 노래말 중 '즌ᄃᆡ'의 상징성에 착안한 최근의 논자들은 이 노래의 이면적 주제를 '여인의 성적 질투'나 '성적 욕구'로 파악하려는 추세를 보여주고 있다.

이외에 <청산별곡>[이상향의 추구와 현실 안주의 본능적 체념], <쌍화점>[육체적인 사랑의 즐거움], <가시리>[별리의 안타까움], <사모곡>[어머니의 영원한 사랑], <처용가>[처용의 위용] 등은 주제가 비교적 수월하게 파악되는 노래들이다.

물론 이상의 주제들이 절대적인 것은 아니다. 관점에 따라 주제는 물론 서정의 대상 역시 얼마든지 달리 파악될 수 있다. 고려속가들은 작자가 밝혀져 있든 그렇지 않든 대부분 민요적 성향을 띤 것들이다. 따라서 사랑이나 별리를 노래한 것들은 모두 남녀 간의 원초적 감정들을 주된 내용으로 하고 있다. 이처럼 상당수의 노래들에 드러난 '임금에 대한 사랑'은 대개 작위적이고 표방된 주제일 뿐이다. 궁중악으로 도입되면서 노래 속의 임[이성]이 임금으로 바뀌어 이해될 수 있다고 본 것은 당대 수용자들의 일반적인 기대지평이었다. 그것이 어렵다고 생각되는 경우 필요한 장치를 첨가하는 것이 불가피하였다. 즉 서사나 결사, 삽입구 등을 통하여 연주(戀主)의 내용을 드러내기도 했던 것이다. 아악가사들과 구별되는 속가들의 특질은 바로 이와 같이 진솔한 감정의 노출에서 찾아 볼 수 있는 것이다.

# 경기체가의 장르적 본질과 통시적 흐름

## 1. 장르 성립 과정

경기체가의 장르적 본질에 대하여 아직 합의를 보지 못하고 있는 것과 마찬가지로 장르 명칭으로서의 '경기체가'가 타당한지의 여부에 대해서도 많은 논의가 있어 왔지만, 아직 그 결론은 내려지지 않은 상태다. 국문학이 연구되기 시작한 이후 '경기체(景幾體)·경기체가·경기하여가(景幾何如歌)·경기하여체가(景幾何如體歌)·별곡·별곡체·별곡체가·한림별곡체·경기별곡체' 등 다양한 명칭들이 혼용되어 왔고, 최근에는 이들 명칭의 오류에 대한 비판이 제기되기도 하였으나 아직 적절한 대안은 없는 형편이다.

기존 장르 명칭의 근거는 마지막 행의 '景긔엇더ᄒᆞ니잇고'에 있으며, 이 어구 외에 '경하여(景何如)·경기하여(景幾何如)·경하질다(景何叱多)·경기하여(景其何如)·경기엇더하닛고[景幾何如爲尼是叱古]·경기엇더하니이고[景幾何多爲尼伊古]·景긔엇다ᄒᆞ니잇고' 등 다양한 표기들도 있다. 따라서 앞에 밝힌 바와 같이 이 장르 명을 사용하면서도 당분간은 잠정적이라는 단서를 달 수밖에 없다.

더구나 이 장르의 첫 작품이며 장르적 표준으로 간주되고 있는 <한림별곡>이 여타 속가들과 함께 각종 악서들에 함께 실려 있고, 양자[<한림별곡>과 여타 속가들]가 하나의 형태적 틀에 속해 있다는 점 등을 인정한다면 그것들을 별개의 장르로 파악해야 하는지조차 불분명하다. 그러나 현실적으로 속가 류에 속해 있는 작품들 사이에 존재하는 정도 이상의 차이점들을 속가 류와 경기체가 류 사이에서 읽어 낼 수 있고, 속가에 대한 그와 같은 차별적 요인들을 이른 바 경기체가 장르에 속한 작품들 모두 동질성으로 공유하고 있는 것이 사실이기 때문에 속가에 대한 경기체가 장르의 독립성을 인정하는 것이 타당하리라 본다.

이 장르는 고려 시대에 그 출발을 보았으나 그 시기의 작품은 <한림별곡>·<관동별곡>·<죽계별곡> 등에 불과하고 나머지는 모두 조선조에 들어와 창작되었다. 따라서 이 장르의 시대적 귀속 역시 간단한 문제는 아니다. 그러나 고려노래가 구체적으로 모습을 드러낸 계기는 선초의 음악 문화적 맥락이었으며, 그런 견지에서 고려노래가 선초악장과 범주를 함께 한다는 사실은 본서의 대전제이기도 하다. 즉 고려노래의 대부분이 그 장르적 소원은 여하 간에 조선조 이후에도 궁중악으로 쓰이던 노래들이었으며, 더구나 경기체가는 신제 악장들과 함께 악장의 범주 안에서 더욱 왕성하게 창작·향수되고 있었기 때문에 그것들은 엄밀히 따지자면 최소한 조선적인 분위기로 전이(轉移)된 노래들로 볼 수밖에 없는 것이다. 그렇다고는 해도 출발기인 고려시대에 이미 이 노래들의 장르적 틀과 표지(標識)가 마련되었다는 점을 고려하여 이것들을 고려노래의 한 부류로 간주해 온 학계의 관행을 인정하고자 한다.

우선 이 장르의 범주에서 논할만한 작품들의 제목·작자·창작시기·규모 등을 도표로 제시하면 다음과 같다.

| 번호 | 작 품 명 | 작 자 명 | 창작연대 | 출 전 | 규 모 |
|---|---|---|---|---|---|
| 1 | 翰林別曲 | 翰林諸儒 | 1216[高宗3년][1] | 樂章歌詞 | 8장 |
| 2 | 關東別曲 | 安 軸 | 1330[충숙왕 17] | 謹齋集 二 | 9장 |
| 3 | 竹溪別曲 | 安 軸 | 未 詳 | 謹齋集 二 | 5장 |
| 4 | 霜臺別曲 | 權 近 | 未 詳 | 樂章歌詞 | 5장 |
| 5 | 九月山別曲 | 柳 潁 | 1423[世宗 5] | 文化柳氏左 相公派譜 | 4장 |
| 6 | 華山別曲 | 卞 季 良 | 1425[世宗 7] | 世宗實錄 권 28 | 8장 |
| 7 | 歌 聖 德 | 未 詳 | 1429[世宗 11] | 世宗實錄 권 44 | 6장 |
| 8 | 宴兄弟曲 | 未 詳 | 1432[世宗 14] | 樂章歌詞 | 5장 |
| 9 | 五 倫 歌 | 未 詳 | 上 同 | 上 同 | 6장 |
| 10 | 西 方 歌 | 義相和尙(?) | 世 宗 代 | 念佛作法 [2] | 10장 |
| 11 | 彌 陀 讚 | 釋 己和 | 1376-1433 | 涵虛堂語錄 | 10장 |
| 12 | 安 養 讚 | 上 同 | 上 同 | 上 同 | 10장 |
| 13 | 彌陀經讚 | 上 同 | 上 同 | 上 同 | 10장 |
| 14 | 騎牛牧童歌 | 末繼智산 | 世宗 世祖代 | 寂滅示衆論 | 12장 |
| 15 | 不憂軒曲 | 丁 克 仁 | 1472[成宗 3] | 不憂軒集 | 6장 |
| 16 | 錦城別曲 | 朴 成 乾 | 1480[成宗 11] | 五恨公遺稿 | 6장 |
| 17 | 配 天 曲 | 未 詳 | 1492[成宗 23] | 成宗實錄 권 268 | 3장 |
| 18 | 花田別曲 | 金 綵 | 中 宗 代 | 自庵集 | 6장 |
| 19 | 道 東 曲 | 周 世 鵬 | 1541[中宗 36] | 武陵雜稿 別集 권 8 | 9장 |
| 20 | 六 賢 歌 | 上 同 | 上 同 | 上 同 | 6장 |
| 21 | 儼 然 曲 | 上 同 | 上 同 | 上 同 | 7장 |
| 22 | 太 平 曲 | 上 同 | 上 同 | 上 同 | 5장 |
| 23 | 獨樂八曲 | 權 好 文 | 宣 祖 代 | 松巖別集 | 7장 |
| 24 | 忠孝歌[3] | 閔 圭 | 1860[철종 11] | 高興柳氏 世譜 | 6장 |

이상의 작품들 가운데 정격형과 변격형이 섞여 있긴 하나 모두 경기체가의 장르적 표지만은 분명히 지닌 것들이다. 그러나 이 장르가 변이되는 과정에서 여러 변종들이 파생되었는데, 다음의 몇 작품들은 그 소원을 경기체가에서 잡을 수 있는 것들로서 이것들을 파생형으로 다루고자 한다.

| 번호 | 작품명 | 작자명 | 창작연대 | 출전 | 규모 |
|---|---|---|---|---|---|
| 1 | 정동방곡 | 정도전 | 1393[태조 2] | 태조실록[4] 권 4 | 5장 |
| 2 | 천권동수지곡 | 변계량 | 1418[세종 즉위] | 세종실록 권 2 | 5장 |
| 3 | 복록가 | 변계량 | 1424[세종 6] | 세종실록 권 26 | 10장 |
| 4 | 축성수 | 미상 | 1429[세종 11] | 세종실록 권 44 | 10장 |
| 5 | 온문의경왕 추존악장종헌가 | 미상 | 1471[성종 2] | 성종실록 권 9 | 5장 |

여러 문헌들의 기록으로 미루어 <한림별곡>이 고려시대의 노래이었음은 부정할 수 없다. 그러나 실제로는 조선조에 들어 와서 더 오랜 기간 왕성하게 불렸다.[5] 따라서 이 노래의 가사 형태나 악조가 고려대에는 물론 조선조에 들어와서도 여타 경기체가 작품들의 표본으로 인식되었다.

1) 김동욱, 『한국가요의 연구(속)』, 121-134쪽 참조.

2) 김문기, 「의상화상의 西方歌 연구」, 『동양문화연구』 5, 경북대 동양문화연구소, 1978, 참조.

3) 이 작품은 경기체가가 왕성하게 창작되던 시기[13-16세기]와 너무 떨어져 있는 까닭에 장르적 이행의 측면에서 큰 의미는 없다.

4) 태조실록에 실린 것은 후렴이 없는 6언 10구 형태의 한시다. 그러나 『악장가사』에 실린 것은 각 장의 말미에 '위동왕덕성(偉東王德盛)' 이란 후렴이 붙어 있다. 따라서 후렴을 기준으로 해도, 내용적 분단을 기준으로 해도 5장으로 나뉘는 것은 마찬가지다.

5) 태종실록 권 26, 13년 7월 18일의 "上賜酒肉 仍命曰 汝等唱翰林別曲以歡" 참조./ 세종실록 권 27, 7년 3월 3일의 "尹鳳求翰林別曲 命承文院書寫以與之" 참조/ 세조실록 권 46, 14년 4월 1일의 "金輔曰 吾在本國時長於妓玉生香家 習翰林別曲及登南山曲 嘗於景泰皇帝前唱之 卽招妓三四人唱之 曰 此曲與吾前所聞異矣" 참조/ 성종 58권 6년 8월 4일 (경진) 003의 "藝文館奉敎安晉生等啓曰 儒生初登科第 分屬四館 有許參免新之禮 翰林別曲 歌於本館之會 古風也" 참조/ 성종 111권 10년 11월 14일 [을미] 003의 "賜酒及鸚鵡盞于承政院弘文館 仍傳曰 翰林別曲 有鸚鵡盞琥珀杯等語 令翰林行酒痛飮而罷" 참조/성현, 『용재총화』 권 4의 "藝文館尤甚 新來初拜職設宴 至曉 上官長乃起於酒 衆人皆拍手搖舞 唱翰林別曲 乃於淸歌蟬咽之間 雜以蛙沸之聲天明乃散" 참조.

예컨대 정극인은 <한림별곡>의 음절에 의지하여 <불우헌곡>을 지었으며,[6] 『대악후보』의 악보를 기준으로 할 때 <화산별곡>은 <한림별곡>의 악조로 가창된 노래에 불과하고, <가성덕> 역시 이 노래에 맞추어 불렸다고 한다.[7]

앞에서 인용한 기록들을 보아도 <한림별곡>이 집단적 가창에 유용한 곡이었음은 분명하다. 따라서 선초 신제 악장의 단계에서 이 곡조에 송축이나 송도의 가사를 얹어 불렀을 것은 미루어 짐작할 수 있다. 또한 <화산별곡>·<가성덕> 외에 가사에 있어 약간의 변개는 보이지만, <축성수>·<배천곡> 등도 <한림별곡>의 악조에 올려 불렸을 것이다. <상대별곡>·<연형제곡>·<오륜가> 등도 <한림별곡>의 악조에 올려 불렸을 것임은 물론이다. 말하자면 <한림별곡>은 악조나 가사에서 여말선초를 풍미한 대표적 노래였던 셈이다. 그러나 음수를 기준으로 해도 음보를 기준으로 해도 이 노래는 이 장르 전체의 기준형으로부터 약간 벗어나 있으며, 이런 이유로 같은 시대의 <관동별곡>이나 <죽계별곡>과 함께 형성 단계의 작품으로 간주되기도 한다. 말하자면 이 노래가 경기체가의 장르적 단서를 마련하긴 했으나 장르의 형태적 규범은 조선조 악장의 단계에 들어 와서야 완성되었다는 것이다.

마지막 행의 '위[爲 혹은 偉]'나 '경(景)'의 처리 등으로 이견이 있는 것은 사실이지만, 이 장르에서 4음과 3음이 주된 음절수라는 점, 3음보 행들 사이에 4음보 행이 한 번씩 끼어 있다는 점, 모두 6구체라는 점, 노래 전체는 전대절과 후소절로 양분된다는 점, 5-9개의 장이 모여 하나의 노래를 이룬다는 점 등에 있어서는 대략 의견의 일치를 보인다. 전대절과 후소절의 결합형이 경기체가만의 특질은 아니며 한국 고대시가의 보편적 형태라 하더라도, 경기체가 장르의 경우 <한림별곡>으로부터 출발되었음은 부정할 수 없다. 주세붕 이후의 작품들을 제외한 거의 모든 작품들이 전대절-후소절의 결합형들이라는 사실을 감안하면 이 점은 더욱 분명해진다.

## 2. 형태적 특질 및 장르적 소원

형태적 특질을 살피기 위한 단서로서, 경기체가의 한 장을 구성하는 각 부분들을 통계적으로 처리하여 결합한 구조를 다음과 같이 제시하고자 한다.

---

6) 『不憂軒集』 卷首, 行狀, 『韓國文集叢刊 9』, 11쪽의 "每念天恩罔極 倚高麗翰林別曲音節 作不憂軒曲 先以短歌 以時歌詠其榮 申祝上壽" 참조.

7) 장사훈, 『세종조 음악 연구』, 서울대 출판부, 1982, 24-45쪽.

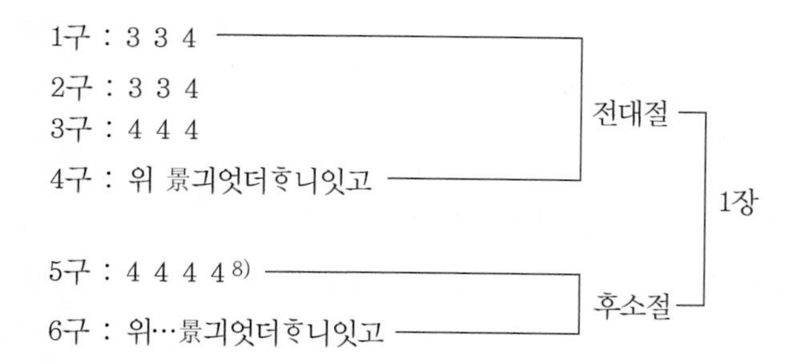


약간씩의 차이는 있겠으나, 기준형에 대한 기존의 견해들은 대략 이와 같이 요약될 수 있다. 물론 이것이 현존 경기체가 전체의 장들을 분리하여 통계를 낸 다음 종합한 도식이므로 검증할 경우 실제 작품과 부합될 확률이 그다지 높지 않다는 문제점도 있다. 다시 말하면 대부분 각 마디별 글자 수의 넘나듦이 다양하기 때문에 장르를 나타내는 기준형으로서의 의미가 별로 없다는 점이 많이 지적되기도 한 것이다. 이런 문제를 해결하는 방편으로서 각 구를 형성하는 기본 단위를 음절수 대신 마디[혹은 음보]수로 잡는 방법이 제시되기도 하였다. 이런 경우는 1-3구까지는 각 구 3음보, 4-6구는 각 구 4음보[9]로 된다고 보는 것이 일반적이다. 그러나 누구의 어떤 기준형이든 주로 정격[혹은 변격이라 하더라도 정격에 가깝다고 보는 것들]만을 통계적으로 처리한 것이기 때문에 변이형까지를 포괄적으로 설명하기는 어려운 것이 사실이다. 여기서 향가·고려속가·조선조 시가 등을 포괄하는 형태적 공통점으로서 '전대절-후소절'의 양분적 개념과 경기체가 전·후소절 마지막 구의 독립적 투어(套語) 등을 염두에 둔다면, 경기체가의 정격형과 변이형을 효과적으로 연계시키는 통시적 흐름을 읽어 낼 수는 있을 것이다.

약간의 문제점은 없지 않겠으나 형태면에서 비교적 정제된 것들을 정격 형으로 명명한다면 그 나머지 것들은 일단 변이형과 파생형으로 포괄될 수 있을 것이다. 지금까지의 견해들을 종합한다면 정격형의 범주에 속하는 것으로는<한림별곡>·<오륜가>·<연형제곡>·<구월산별곡>·<화산별곡>·<가성덕> 등을, 변이형의 범주에 속하는 것으로는 <관동별곡>·<죽계별곡>·<상대별곡>·<미타찬>·<안양찬>·<미타경찬>·

---

8) 이 부분을 4 4/4 4와 같이 2구로 양분하기도 하고, 뒤의 두 음보는 단순 반복 부분이라 하여 제외시키기도 한다. 이와 함께 <한림별곡>의 경우는 이 부분 모두(冒頭)에 '엽(葉)'이라는 말을 붙이고 있는데 이 노래가 공사 연향에서 집단 창으로 불린 증거라고 본다. 변이형 경기체가의 작품들 가운데는 엽을 포함한 후소절이 송두리째 탈락한 경우도, 감탄사 '위'가 탈락한 경우도, 반복구가 사라진 경우도 있다.

9) 이 경우 "위 …景긔엇더ᄒᆞ니잇고"는 "위/…景/긔엇더/ᄒᆞ니잇고"나 "위/…景/긔/엇더ᄒᆞ니잇고" 등의 양자 모두 가능한 방법으로 인식되어 있다.

<기우목동가> · <불우헌곡> · <금성별곡> · <배천곡> · <화전별곡> · <도동곡> · <엄연곡> · <육현가> · <독락팔곡> 등을, 파생형의 범주에 속하는 것으로는 <정동방곡> · <천권동수지곡> · <복록가> · <축성수> · <온문의경왕추존악장종헌가> 등을 각각 들 수 있다.

정격형과 변이형의 작품 한 둘 가운데 한 부분씩과 모든 파생형 작품들의 한 부분을 들고 그 형태를 비교하기로 한다.[단, 원본에 국문과 한문 두 가지로 표기된 것은 편의상 한문 부분만 옮겨 놓았음]

① 元淳文 仁老詩 公老四六
李正言 陳翰林 雙韻走筆
沖基對策 光鈞經義 良鏡詩賦
위 詩場ㅅ景 긔 엇더ᄒᆞ니잇고
[葉]琴學士의 玉笋門生 琴學士의 玉笋門生
위 날조차 몃부니잇고
[〈한림별곡〉 1장]

② 父生我 母育我 同氣連枝
免襁褓 着斑爛 竹馬嬉戱
食必同案 遊必共方 無日不偕
위 相愛ㅅ景 긔 엇더ᄒᆞ니잇고
[葉]良智良能 天賦使然 良智良能 天賦使然
위 率性ㅅ景 긔 엇더ᄒᆞ니잇고
[〈연형제곡〉 1장]

③ 華山南 漢水北 千年勝地
廣通橋 雲鍾街 건나드러
落落長松 亭亭古栢 秋霜烏府
위 萬古淸風ㅅ 景 긔엇더ᄒᆞ니잇고
[葉] 英雄豪傑一時人才英雄豪傑一時人才
위 날조차몃분니잇고
[〈상대별곡〉 1장]

④ 普明空 眞淨界 本無身上
爲衆生 興悲願 方有隱現
我等衆生 長在迷途 無所依歸

嚴土現形 最希有

是則名爲 幻住莊嚴[再唱]

方便接引

[〈미타찬〉 第一 從眞起化]

⑤ 人欲이 橫流ᄒᆞ야 浩浩滔天일ᄉᆡ

一千五百年에 晦翁이 나샷다

敬으로 本을 셰여 大防을 ᄆᆡᆼᄀᆞᄅᆞ시니

偉 繼往開來아 仲尼아 다ᄅᆞ시리잇거

三韓千萬古애 眞儒ᄅᆞᆯ ᄂᆞ리오시니

小白이 廬山이오 竹溪이 濂水로다

興學衛道ᄂᆞᆫ 小分네 이리어니와

尊禮晦菴이 그功이 크샷다

偉 吾道東來 景幾何如

[〈도동곡〉 8, 9장]

⑥ 太平聖代田野逸民(再唱)

耕雲麓釣烟江이이밧긔일이업다

窮通이在天ᄒᆞ니貧賤을시름ᄒᆞ랴

玉堂金馬ᄂᆞᆫ내의願이아니로다

泉石이壽域이오草屋이春臺라

於斯臥於斯眠俯仰宇宙流觀品物ᄒᆞ야

居居然浩浩然開襟獨酌岸幘長嘯景 긔 엇다ᄒᆞ니잇고

[〈독락팔곡〉 1장]

⑦ 繄東方 阻海陲
㉠ ㉡

彼狡童 竊天機
㉢ ㉣

偉 東王德盛[多里利]
㉤ ㉥

[〈정동방곡〉 1장] *밑줄 및 기호:필자

⑧ 於皇天 眷東陲

生上聖 濟時危

偉 萬壽無疆

[〈천권동수지곡〉 1장]

⑨ 我應天 國于東

聖繼神 治益隆

荷天福祿

[〈복록가〉 1장]

⑩ 我朝鮮 在海東

殷父師 受周封

偉 永荷皇恩景何如

[〈축성수〉 1장]

⑪ 維皇天 祐東方

㉠ ㉡

眷聖祖 索震祥

㉢ ㉣

偉 吾王德盛

㉤ ㉥

[〈온문의경왕추존악장종헌가〉 1장] *밑줄 및 기호: 필자

①의 후소절 마지막 구는 같은 노래 8장의 한 부분[10]과 함께 '景 긔엇더ᄒᆞ니잇고'의 도식에서 벗어나 있다. 이런 점에서 ①은 아직 형성기에 있는 작품이며, 오히려 ②를 완성형으로 보아야 한다는 일부 선학들의 견해가 타당할 것이다. 그런데 ③의 경우도 ①의 마지막 구와 부합한다. 물론 ②와 ③ 간의 시기적 선·후 관계가 불분명하기는 하지만, 어쨌든 ③이 ①을 모델로 삼았다는 사실은 이 점으로도 짐작할 수 있다. 그러나 전체적으로 글자 수의 규칙성이나 일정한 글자들이 모여 이루는 마디들의 배열에 있어 ①-③은 거의 일치한다. 따라서 이런 부류의 작품들을 경기체가 장르의 정격 형으로 간주하는 것은 자연스럽다고 본다.

④에 이르면 전대절 부분의 제 4구, 후소절 부분의 마지막 구는 크게 변이되어 있다. 우선 감탄사와 '景', '何如' 등이 생략되어 있는 점을 발견하게 된다. 떠들썩하게 부를 수 없는 불교 노래로서의 특수성을 감안하더라도 이것은 앞의 작품들에 비해 큰 변화이며 '景'이나 '何如'가 결핍된 변이형이나 파생형들도 경기체가의 장르적 범주 안에서 취급될 수 있는 단서는 보여 주었다고 본다. ⑤는 정격형 경기체가로부터 후소절만 남아 확대된 형태다. 특히 이 작품의 2·4·6·7·8장은 마지막 구에서 '景'이 나타나지 않으며 각 구 음보의 숫자나 배열 방법조차 일정하지 않은 모습을 보여줌으로써 경기체가의 형태적 틀이 철저히 변모되었음을 드러낸다.

10) 8장 해당 부분은 "위 내가논ᄃᆡ ᄂᆞᆷ갈셰라"임.

다시 말하여 ⑥의 출현을 준비한 형태적 단서가 이미 ⑤에서 나타난 것이다. 즉 ⑤의 각 구는 일률적인 4음보 율독이 가능한 구성으로 이루어져 있으며 의미 전개 역시 3분단[8장 : 1 · 2구/3구/4구 ‖ 9장 : 1 · 2구/3 · 4구/5구]되고 있다. 특히 8장의 제 4구는 "偉/繼往開來아/仲尼아/다ᄅᆞ시리잇거"로 음보 구분이 가능한 점을 고려할 때 가곡창사 제 4 · 5장, 시조창사 제 3장의 구조와 부합함을 알 수 있다. 따라서 9장의 마지막구[偉-景幾何如]에서나 경기체가로서의 장르적 흔적을 찾을 수 있을 뿐 이미 이 단계에서 조선 시가 장르의 범주로 전이되고 있었음을 보여준다. 이와 함께 이 점은 다음에 거론할 파생형의 작품들과 조선 시가장르 사이의 구조적 동일성을 뒷받침하는 의미도 가지고 있다. 마찬가지로 ⑥의 경우도 '景 긔 엇다ᄒᆞ니잇고'만 경기체가의 장르적 표지일 뿐 나머지는 오히려 가곡창사[11] 혹은 가사형태로 변이된 모습을 보여준다. 행을 구성하는 마디들의 배열이나, 각 장 마지막 구의 첫 음보인 감탄형 독립어구들은 가곡창사나 시조창사의 그것들과 부합한다. 즉 '1장 : 於斯臥, 2장 : 時時예, 3장 : 壁立萬仞, 4장 : 悠然, 5장 : 두어라, 6장 : 출하리, 7장 : 우읍다' 등이 그것들이다. 물론 3장과 4장의 그것들이 형태적인 면에서 다른 것들과 약간의 차이를 보여주긴 하나 기능의 측면에서는 동일하다고 본다. 이 작품을 경기체가 장르의 마지막 작품으로 보는 견해가 일반적인데, 그보다 적극적인 차원에서 후속 장르로의 이행이 여기서 본격적으로 이루어지고 있음을 추정할 수 있으리라 본다.

13세기에 ①이 출현한 이후 16세기에 ⑥이 출현함으로써 경기체가는 4세기 가까운 기간 창작되고 노래로 불린 실용적 장르였다. ①-⑥은 한 장르의 일대기를 보여주는 변이의 과정이었다. 그러나 약간 다른 차원에서 ⑦-⑪은 원 장르의 틀을 염두에 두긴 하였으되, 현실적인 목적에 따라 원 장르로부터 파생시킨 작품들이다. 이 작품들은 정격형 혹은 정격형에 가까운 변이형으로서 사헌부 소미연(燒尾宴)에서 가창된 <상대별곡>[12], <화산별곡>, <가성덕>, <연형제곡>, <오륜가> 등과 함께 공사 연향을 통하여 가창되던 노래의 가사들이었다. 경기체가가 악장의 범주로 도입된 것은 그것이 지닌 음악적 효용성 때문이었다. 경기체가가 가창되기에 좋았던 조건은 첫째 연장체(聯章體)였다는 점, 둘째 전대절과 후소절의 구분이 뚜렷하였다는 점, 셋째 율격이 3음보 혹은 4음보격으로 이루어졌다는 점 등이다. 첫째 조건은 상당수의 속가들도 마찬가지인데, 같은 곡으로 다양한 내용의 가사를 연달아 부를 수 있다는 잇점이 있다. 둘째는 선후창(先後唱)으로 부르기에

11) 5장창의 형식인 가곡창의 확대형으로 편성하고 잉여의 사설을 각(刻)으로 처리할 경우 <독락팔곡>의 각 장은 가곡창으로 불렸을 가능성도 있다.

12) 『증보문헌비고』 권 107, 「악고」 18, 속악부 2, 상대별곡 주[憲府燒尾宴 令工人唱之 權近撰] 참조.

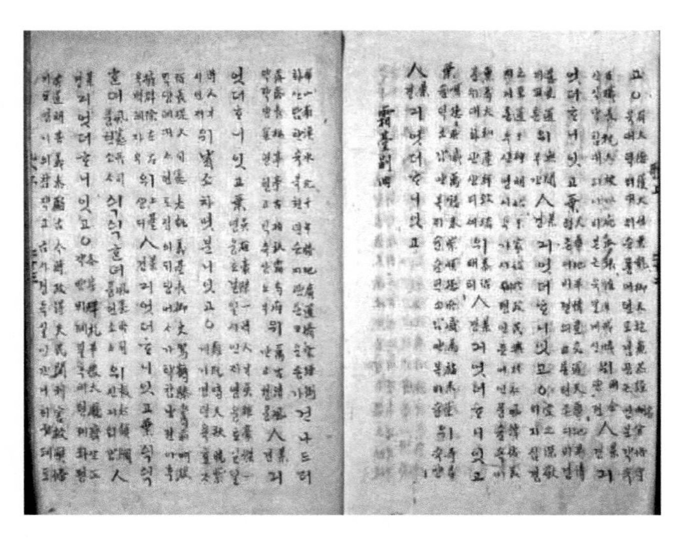

〈상대별곡〉[『악장가사』 소재]

좋은 조건이다. 전대절 부분은 선창자가 후소절 부분은 다수의 후창자들이 함께 불렀을 가능성이 있다. 셋째 조건은 경기체가가 가사나 악가(樂歌)만의 평면적 차원에 머물지 않고 '시 - 가악 - 무도'의 입체적 의미를 지닐 수 있다는 점을 암시한다. <한림별곡>이 가창되던 상황을 적나라하게 그려낸 『용재총화』의 기록[上官長乃起於酒 衆人皆拍手搖舞 唱翰林別曲 乃於清歌蟬咽之間 雜以蛙沸之聲]을 살펴보면 이런 세 가지 성격은 확연히 드러난다. '박수요무(拍手搖舞)'는 참석자 모두가 노래하며 벌이던 춤판, '청가선열(淸歌蟬咽)'은 선창자의 소리, '와비지성(蛙沸之聲)'은 다수의 후창자들이 내는 소리다.

파생형의 작품들[⑦-⑪]은 변이형에 비해 더욱 단순화된 모습을 보여 준다. 이들에게서 발견할 수 있는 현상은 1음보가 3자로 고정되었으며 후소절이 한 구절로 압축되었다는 점이다. 그리고 전대절은 2음보 행 두 개가 겹쳐 이루어진다. 물론 전대절을 4음보 1행으로 간주할 수도 있으나 의미의 분단을 고려할 경우 2음보 1행으로 보는 것이 적합하다. 이것은 파격을 지향하다가 오히려 새로운 틀에 갇혀 버린 역설적 현상이라고 할 수도 있다. 따라서 경기체가의 전개는 정격형에서 변이형으로 나아가는 하나의 통시적 흐름과 어느 시기부터 이것에서 파생된 또 하나의 흐름이 병행되어 이루어졌다고 보는 것이 타당하다.

상기 작품 ⑦은 정도전[鄭道傳, 1342-1398]이 태조 2년[1393년]에 지어 올렸고, ⑪은 성종 2년[1471]의 작품이니 양자는 근 백년 가까운 시차를 지니고 있다. 그러면서도 글자 수와 형태가 부합한다는 점에서 후자는 전자의 모작임이 분명하다. 그리고 같은 구조로 되어 있는 ⑩의 후소절에 '~경하여(景何如)'가 나옴으로써 이 노래들의 형태적 소원이 경기체가임은 분명해졌고, 그로 인하여 <서경별곡>의 악곡에 전사했다는 사실 때문에 애매하던 ①의 장르적 소원 문제가 확실해진 셈이다. 다시 말하면 정도전은 자신이 익숙하게 알고 있던 고려속가 중 <서경별곡>의 악곡을 염두에 두고, 거기에 채워 넣을 악장의 형태로는 당시에도 궁중을 중심으로 많이 불리고 있던 <한림별곡>류 즉 경기체가 형을 차용했던 것이다. 물론 거기에 담을 내용만은 기존의 유락적 성향 대신 새 시대의 새로운 이념에 맞춘 것들이었다. <한림별곡> 형식 중 엽의 부분을 삭제해도 '전대절-후소절'의 2원 구조는 성립된다. 그러나 그것을 <서경별곡>의 가락과 맞추기에는 여전히 장황한 군더더기가 많다. 따라서 전대절 가운데 네 글자로 된 마디들을 과감히 생략한 것이다.

또한 악장이 개인적 서정의 토로가 아닌 만큼 후소절의 '(…)경하여'는 눈에 거슬리는 부분이었을 것이다. 더구나 이 구절은 장마다 붙어 있어 노래가 끝날 때마다 몇 번이고 반복되는 부분이다. 반복이 시 작품에서 흥미의 중점이 되며 시적 분위기의 수립에 큰 역할을 한다고 볼 때, 개국의 필연성과 왕조 영속의 당위성 선양이라는 당면한 목적의식을 지니고 있던 정도전으로서 그 구절의 효용가치를 간과할 수 없었으리라 본다. 따라서 노래 전체의 주제이자 선초 악장에 구현된 주제의식의 대전제였던 '동왕덕성(東王德盛)'을 기존 경기체가의 후렴구 대신으로 이 부분에 배치한 것이다. 결과적으로 세 글자로 이루어진 네 개의 마디와 독립어구 '위(偉)' 및 전 대절 네 마디로부터 도출된 주제어 등이 이 노래의 각 장을 구성하게 되었는데, 그렇게 이루어진 것이 정격형 경기체가로부터 상당히 멀어진 파생형임에 틀림없다.

⑦과 ⑪에 각각 표시해 놓은 마디들 ㉠·㉡·㉢·㉣은 각각 의미적 독립성을 견지하면서도 놓이는 자리에 따라 마디들 상호간에 상대적으로 다른 친소(親疎)의 관계를 보여준다. ㉠·㉡의 친밀도와 ㉢·㉣의 친밀도는 ㉡·㉢의 친밀도보다 훨씬 크다. 따라서 ㉡과 ㉢ 사이에 일정한 길이의 휴지(休止)가 놓이게 되고 그것은 ㉣ 다음에도 마찬가지다. 다시 말하면 ㉠+㉡이나 ㉢+㉣이 각각 한 개의 시행으로 성립된다는 것이다. 이러한 ㉠+㉡, ㉢+㉣이 의미를 전개하는데 있어 각각에 상응하는 역할을 수행함은 물론이다. 즉 ㉠+㉡에서 시상이 제기되고 ㉢+㉣에서 그 시상이 전개·고조되며 감탄어구인 ㉤에서의 전환을 거쳐 ㉥으로 마무리된다는 것이다. 이러한 구조는 조선의 시가 장르인 가곡창사나 시조창사의 그것과 동일하다. 그렇기는 해도 ㉤과 ㉥이 아직 조선 시가장르의 구조를 보여줄 정도는 아니라고 할 수도 있다. 그러나 ⑤의 8장과 9장을 참조한다면 그러한 의구는 어느 정도 해소되리라 본다.

"偉 繼往開來아 仲尼아 다ᄅᆞ시리잇거"와 "偉 吾道東來 景幾何如"가 한 작품 내에서 공존한다는 것은 가창의 측면에서이건 율독의 측면에서이건 양자의 구조가 부합함을 드러내기 때문이다. 전자는 앞에서 가곡창사나 시조창사의 마지막 장과 구조적으로 동일하다는 점을 밝힌 바 있다. 의미적으로 3분된다거나 낙구[혹은 감탄의 투어]를 거쳐 마무리되는 한국고전시가 일반의 구조적 특성은 이미 10구체 향가에서 나타난 바 있다. 아직 10구체 향가와 정격형 경기체가와의 관계가 구체적으로 논증된 바는 없지만, 경기체가가 속가와 함께 한국고전시가의 통시적 맥락에서 한 부분을 담당했었으리라는 추정은 이상의 사실로도 얼마든지 가능한 것이다. 이와 같은 현존 경기체가의 파생형이 정도전의 작품으로부터 시작되고 있지만 우발적인 것은 아니었고, 후속 작품들이 끊이지 않고 창작됨으로써 장르 변이의 구체적 사례로 정착되었다고 본다. 한자(漢字) 세 개가 모여 한 마디를 이루고 그러한 마디 둘이 모여 한 행을 이루며, 행 두 개와 후렴이 합쳐져 하나의 연을 이루는 형태 구조는 조선조에 들어와 발견되는 현상으로서 현재로는 정도전을 그 출발점으로 삼을 수밖에 없다. 정도전에서 시작된 이 변이형이 변계량[卞季良, 1369-1430]에 의해 정착됨으로써 이 형태는 새로운 장르 출현까지의 과도기적 의미를 갖는다고 생각한다. 변계량의 ⑧·⑨, 예조의 ⑩, 작자 미상의 ⑪과, ⑧의 곡조에 전사한 것으로 밝히고 있는 성종조 신찬등가악장(新撰登歌樂章)의 제9작(爵) <명후곡(明后曲)>[13] 등은 형태에 있어 ⑦과 완전히 부합한다. 그리고 ⑧과 ⑨만 겹칠 뿐 작자 역시 별개의 인물들인데도 이상과 같이 구조적으로 동일하며 장수에 있어서도 5장 [⑦·⑧·⑪]·10장 [⑨·⑩]으로 비교적 일정하다. 이 작품들에 공통적으로 나타나는, 의미 전개의 3단 구조와 음보의 짝수 전개는 두드러진 현상이다. 초창기 정격형의 작품들에서는 음보의 짝수 전개만으로 이루어진 작품들이 거의 보이지 않고, 의미의 3단 전개도 찾아보기 어렵다. 경기체가가 악장의 범주에 도입되어 원래의 구조적 원칙을 고수하려는 경향과 그것을 조선적 취향으로 간소화하고 변형을 추구하는 경향이 병행되었다고 본다. 후소절이 간략해졌다는 점에서 파생형의 작품들이 정격형의 작품들보다 가창이라는 실제적 국면에서 훨씬 큰 효용성을 발휘할 수 있게 되었다. 휘늘어지는 기분의 정격형 경기체가에서 담백한 구조의 파생형으로 이행된 것은

13) 성종실록 권 268, 23년 8월 21일. 1, 2장을 예로 들면 다음과 같다.

| [1장] | [2장] |
| --- | --- |
| 亹明后撫大東 | 戾泮水享素王 |
| 敷文教聖化隆 | 皇多士肅蹌蹌 |
| 于胥樂兮 | 于胥樂兮 |
| 大平治化軼虞唐 | 大平治化軼虞唐 |

성리학에 기반을 둔 선초 사대부의 미의식이 작용한 결과라고 볼 수도 있을 것이다. 이것들 외에 권근[權近, 1352-1409]이 지은 <상대별곡>을 살펴 볼 필요가 있다. 이 작품에서 특이한 점은 정통 <한림별곡>체를 본받고 있으면서도 마지막 부분에 다른 성격의 가사를 첨부함으로써 장르적 변이의 단서를 보여주고 있다는 점이다. 그 부분은 다음과 같다.

楚澤醒吟이아 녀는 됴ᄒᆞ녀
쵸ᄐᆡᆨ셩음

鹿門長往이아 녀는 됴ᄒᆞ녀
록문댱왕

明良相遇河淸盛代예
명량샹우하청셩ᄃᆡ

驄馬會集이아 난 됴하이다
총마회집

문제는 이 부분이 기존 장르의 수용이냐, 아니면 권근 자신의 창의적 설정이냐에 있다. 이 노래는 <한림별곡>, <연형제곡>, <화산별곡>, <오륜가> 등과 함께 『악장가사』에 실려 있다. 이것들은 공사 연향의 악장으로 쓰였음이 분명하다. 따라서 이들 작품에서 변이 부분들을 찾을 수 있다면, 그 부분들이야말로 악장으로서의 효용성을 입증한다. 이들 작품에서 기존 경기체가의 정격 부분은 <한림별곡>의 영향을 받은 것이며 변이 부분 역시 기존 장르의 첨입(添入) 아니면 작자의 창안으로 볼 수 있을 것이다. 경기체가를 중국의 산곡(散曲)과 대비적으로 보는 관점에서는 경기체가의 연장체(連章體)를 산곡의 중두(重頭)와 대비적인 것으로, <상대별곡>에 첨가된 변이형의 가사를 산곡의 '중두가미성지투(重頭加尾聲之套)'에 대비적인 것으로 보는데[14] 아직 경기체가의 생성과 관련된 영향의 수수관계에 대해서 의견의 일치를 보지 못하고 있는 현 시점에서 그 양자는 단순한 대비의 수준으로 만족할 수밖에 없을 듯하다. 경기체가는 장르 생성 당시부터 당대 독서 계층인 상류층 문인들의 현실적 불우나 시대적 고뇌를 관념적으로나마 상쇄하고자 했던 보상심리가 저변에 깔려 있는 장르다. 그러나 조선조로 넘어와 수용 계층의 입장이 권력의 핵심으로 바뀌면서부터 이 장르는 그들의 자긍심을 표출하기 위한 효과적인 수단으로 인식되었다. 말하자면 동일한 장르가 시대에 따라 대조적인 수용 양상을 보여주게 된 것이다.

---

14) 성호주, 『경기체가의 형성 연구』, 제일문화사, 1988, 86쪽.

그러나 경기체가는 똑 같은 구조와 규모로 된 다수의 장들이 병렬적으로 짜임으로써 작자가 의도한 주제가 뚜렷이 부각되지 못하는 흠을 지니고 있다. 따라서 병렬적으로 반복되는 장들을 마무리지을만한 부분이 필요했다. 이런 목적으로 부대된 것이 바로 인용 부분이다. 이 부분에서 '초택성음'은 굴원(屈原)이 권력의 핵심부로부터 밀려나 상강(湘江)에서 <어부사(漁父辭)>를 읊조리던 상황을 나타낸 표현이고, '록문장왕'은 현실에서 도피하여 산 속에 은거하다가 이름 없이 죽어가는 비참한 상황을 나타낸 표현이다. 이에 비해 '명량상우·하청성대·총마회집'은 훌륭한 신하들이 재능을 발휘하여 정치에 참여함으로써 태평성대를 이룩하는 장관(壯觀)을 나타낸 표현이다. 이와 같이 서로 대립적인 표현을 사용하여 권근 자신이 속한 부류의 자긍심을 드러냄으로써 자신의 정치적 노선 전환[신왕조에의 가담]을 성공적으로 합리화한 셈이다. 4언의 한문 시구들을 풀어 배열하고 국문을 덧붙여 패로디parody에 성공함으로써 주제 구현의 효과를 거두었다고 할 수 있다.

우선 이 부분에는 화자인 '나'와 함께 자신과 입장이 다른 대상으로서의 '너'가 등장한다. 예정된 주제와 반대의 내용을 '너'와 결부시켜 거론한 뒤, 그와 대조적인 의미의 예정된 주제를 '나'와 결부시켜 마무리 지음으로써 주제를 뚜렷이 부각시켰다. 그런데 앞에서 살펴 본 속가 중 아래와 같은 <만전춘별사>의 한 부분은 어느 정도 <상대별곡>의 이 부분과 구조적으로 상통한다. 즉,

> 올하올하 아련 비올하
> 여흘란 어듸두고 소해 자라온다
> 소콧 얼면
> 여흘도 됴ᄒᆞ니 여흘도 됴ᄒᆞ니

첫 행에 등장하는 돈호의 대상 '비오리'는 작품 내적 화자의 상대역이다. 따라서 이것은 <상대별곡> 마지막 연의 '너'와 같다. 그리고 둘째 행에서의 '소'는 '여흘'과 대조되는 사항이다. 따라서 이것은 <상대별곡>에서 제시된 '초택성음'이나 '록문장왕'과 같은 기능을 한다. 마지막 행에서 '여흘이 좋다'는 것은 화자의 본의이자 이 부분의 주제다. 그러므로 그것은 '초택성음이나 록문장왕보다는 명량상우 하청성대에 총마회집이 더 좋다'는 <상대별곡>에서의 주제행과 동질적인 기능을 발휘한다. 성종 조에 이르러서야 비로소 <만전춘별사>를 남녀상열지사로 몰아 비판하면서, 정전에서 군신을 대할 때 쓰지 말 것을 건의한 사실[15]을 감안한다면 이 작품이 고려에 이어

조선 건국 1세기 동안 궁중에서 무비판적으로 사용되고 있었음을 알 수 있다. 이와 같이 <만전춘별사>가 궁중악으로 쓰였다면 권근이 <상대별곡>을 경기체가 형식으로 지으면서 필요에 의해 <만전춘별사> 일부의 짜임을 원용했을 가능성도 전혀 없지는 않을 것이다. 따라서 <상대별곡>은 <한림별곡>과 속가들에 그 소원을 두고 있다고 보는 것이 합리적이다. 그런데 거의 1세기나 뒤에 지어진 김구[金絿, 1448-1534]의 <화전별곡(花田別曲)> 마지막 구는 이것과 똑 같은 구조로 되어 있다.

京洛繁華ㅣ야 너는 불오냐
朱門酒肉이야 너는 됴ᄒᆞ야
石田茅屋 時和歲豊 鄕村會集이야
나는 됴하ᄒᆞ노라

우선 김구가 <상대별곡>을 모방하여 이 작품을 지은 점이 확실한 듯하나, 이 당시에 이미 이런 유형이 일반화 되어 있었을 가능성도 있다. <한림별곡>의 형식[음악이든 가사이든]이 조선조에 들어와 변이를 일으키거나 새로운 형태를 파생시켰다는 점은 누누이 강조한 바 있지만, 이 작품은 그것을 모방한 정격의 작품들 사이에서도 부분적인 변이의 조짐이 드러나고 있었음을 확인할 수 있게 한다. 이와 같이 가사의 형태가 달라진 이상 곡조 역시 달라져 있었을 것은 분명하기 때문이다.

고려 말에 발생한 경기체가가 악장이 왕성하게 지어지던 15세기를 지나 16세기까지 유지되긴 했으나 결국 장르적으로 소멸될 수밖에 없었던 것은 시대의 필연적인 추세 때문이었다. 생활 주변의 사물 혹은 사물화된 관념의 나열에 의해 구조를 지탱하던 경기체가만으로는 성리학적 사유(思惟)에 젖어 있던 조선조 양반 사대부들의 미적 욕구를 감당할 수 없었다. 다시 말하면 고려의 다양성과 융통성이 이어지던 선초에는 신왕조·신도·신문물에 대한 송축의 다급한 필요성과 이에 대응한 경기체가의 효용성 때문에 약간의 손질을 거친 다음 양반 사대부들에게 수용될 수 있었지만, 15세기 예악제도의 확립을 거쳐 16-17세기 퇴계 이황 등 유학자들이 조선조 성리학을 체계화시키면서부터 경기체가는 이념적으로 군자가 가까이 할 바 못 된다는 비판을 받을 만큼[16] 양반 사대부 계층으로부터 소외당할 수밖에 없었다. 이 단계에서 경기체가는 장르적 전이의

15) 성종실록 권 219 19년 8월 13일.

16) 이황, 「도산십이곡발」, 『退溪集』 卷四十三, 『한국문집총간 30』, 468쪽의 "吾東方歌曲 大抵多淫哇 不足言

필연성에 봉착하게 된 것이다.

퇴계와 같은 시대의 권호문이 지은 ⑥[<독락팔곡>]에서 그러한 현상은 분명히 드러난다. 경기체가 장르의 마지막 작품으로 간주되는 <독락팔곡>을 통하여 태평성대의 전야일민(田野逸民)으로 부귀와 빈천을 하늘에 맡기고 오직 자연을 사랑하며 그 속에 홀로 파묻혀 유유자적하는 생활을 읊어 냄으로써 기존의 경기체가들과는 다른 성격을 보여주기 때문이다. 이 점은 권호문이 유가적 시관(詩觀)을 대전제로 이 노래를 지었다는 사실에서도 나타나는데, 그에 따라 기존의 유락적(遊樂的) 관점을 지향하던 경기체가와는 궤를 달리 하였음을 알 수 있다.[17] 이와 함께 이 작품은 형식면에서도 경기체가 일반과는 이질적인 면모를 보여주고 있는데, 이로 미루어 보건대 퇴계의 언명으로 대표되는 당대의 경기체가 관(觀)이 <독락팔곡>에서 구현되었음을 확인할 수 있다.

## 3. 표현적 특질과 주제의식

<한림별곡>류 즉 경기체가에 대한 당대 이황의 비판[18]은 내용을 겨냥한 것이면서 표현적 측면까지 표적으로 삼은 것이었다. 말하자면 윤창(輪唱) 혹은 선후창(先後唱)으로 즐기면서 이법의 발현보다는 감정의 발산을 우선시하던 경기체가 류에 대하여 내린 비판적 평어(評語)들이었다. <한림별곡>은 조선조에 들어와서도 공사(公私) 연회석상에서 많이 불렸으며 퇴계 자신 '한림별곡류'로 지목하여 불렀을 만큼 그 아류작품들이 양산되기도 하였다.

그런데 그러한 아류작품들은 대부분 가창의 필요성 때문에 만들어진 것들이었다. 적어도 가곡 창사나 가사가 본격 조선시가로 자리 잡기까지 경기체가는 명맥을 유지할 수 있었다고 보는데, 전자들이 대개 독창으로 불렸으며 필요시에만 제창(齊唱)되었던 데 반하여 경기체가는 대부분 집단창으로 불렸다는 점에서 그 원인을 찾아 볼 수 있다. 경기체가는 작품 자체의 구조적 요인과 그에 따라 이루어지는 구연상황 등으로 인하여 '유락(遊樂)'을 기본 속성으로 갖게 되었다.

이런 이유로 임금이 이 노래를 오락용으로 추장하기도 하였고 여악에 많이 쓰이기도 했으며,

---

如翰林別曲之類 出於文人之口 而矜豪放蕩 兼以褻慢戲狎 尤非君子所宜尙" 참조.

17) 『송암집(속집)』 권 6, 「독락팔곡 병서」, 『한국문집총간 41』, 289쪽의 "(…)會有嘉辰之興 可詠之事 發以爲歌 調以爲曲 揮毫題次 擬爲樂府 雖嗚嗚無節 聽以察之 則詞中有意 意中有指 可使聞者感發而興嘆也.(…)朱文公曰 詠歌其所志 以養性情 至哉斯言 心之不平而有是歌 歌之暢志而養其性 噫 松窓數般之曲 豈無少補於風朝月夕之動蕩精神乎" 참조.

18) 앞 주 16) 참조.

관원의 허참면신지례(許參免新之禮)같은 다분히 향락적 상황에 쓰이기도 했다. 이러한 구연상황에서의 실용성은 작품 자체의 구조에 의해서도 입증된다. 전대절은 3음보이고, 후소절의 경우 '위'를 한 개의 음보로 간주한다면 4음보, 3음보 등으로 이루어져 있으나 전체적으로는 3음보가 압도적이다. 3음보는 빠르고 경쾌한 무도형(舞蹈形) 보격이다. 즉 2음보, 4음보 등 짝수 음보가 균형이 이루어진 안정적 보격임에 반하여 3음보는 다소 불안하면서도 흥겨운 성격을 지닌 보격이라는 것이다. 배열된 소재들의 상호 작용으로 새로운 의미가 창출된다거나 구조적으로 완결된 후의 의미적 상승을 기대할 수 없고 오로지 자신들의 생활에 관련된 소재들을 통하여 긍지와 자신감만 고양시키고 있다는 점에서 당대 성리학자들의 비평을 받을 만도 했다고 본다. 그들은 경기체가의 담당층이 절제나 겸손과는 거리가 먼 자긍심의 표출을 통하여 자아도취의 감정 과잉 상태를 드러내고 있다고 보았던 것이다. 그러한 감정 과잉 상태는 노래를 즐기던 가창 현장[즉 구연상황]의 부도덕성, 가사 자체의 내용 및 형태의 무규범성 등으로부터 야기되는 것이었다.

예컨대 <한림별곡>의 경우, 소재로서의 문사·문집·글씨·술·꽃·악기·산·그네 등을 중심으로 이루어진 "試場ㅅ景/註조쳐내외온ㅅ景/딕논景/勸上ㅅ景/間發ㅅ景/過夜ㅅ景/登望五湖ㅅ景/携手同遊ㅅ景" 등은 문사로서의 자긍심과 향락의 실상이 적나라하게 표현되어 부화(浮華)한 양상을 보여주는 부분들이다. 제 1장의 "위 날조차 몃부니잇고"에서 보듯이 이러한 모든 표현들이 창작 및 가창 주체로서의 '나'를 전면에 내세운 점에서도 이러한 성격을 알 수 있다.

<상대별곡>[英雄豪傑 一時人材/위 날조차 몃분니잇고]·<구월산별곡> [繼志述事 無忝祖風/爲我從良 幾叱分是古]·<화전별곡>[風流酒色 一時人傑/偉 날조차 몃분이신고, 京洛繁華ㅣ야 너는 불오냐/朱門酒肉이야 너는 됴ᄒᆞ야/石田茅屋 時和歲豊 鄕村會集이야/나는 됴하ᄒᆞ노라] 등 '나'를 내 세운 작품들이 경기체가에는 대단히 많다. '나'를 내세우면 묵시적이든 명시적이든 '나'와 대조적 속성으로서의 '너'가 필연적으로 등장하게 되고, 소재의 관여 여하에 따라서는 주객대응의 구조가 이루어지거나, 혹 그 정도는 아니라도 자아[혹은 자기 계층]의 선민적(選民的) 우월성이 중심 내용으로 표상될 것은 자명하다. 이미 퇴계가 좋지 못한 시의 요소로 제시한 '과령(誇逞)·긍부(矜負)·자희(自喜)·과다(誇多)·투미(鬪靡)·영기(逞氣)·쟁승(爭勝)'등[19]은 모두 객체에 대하여 주체가 우월하려고 애쓰는 데서 빚어진 '자아도취'의 다양한 표현들이다.

---

19) 『퇴계집』 권 35, 書, 「與鄭子精」, 『한국문집총간 30』, 290쪽의 "夫詩雖末技 本於性情 有體有格 誠不可易而爲之 君惟以誇多鬪靡逞氣爭勝爲尙 言或至於放誕 義或至於雜 一切不問 而信口信筆 胡亂寫去 雖取快於一時 恐難傳於萬世" 참조.

天之涯 地之頭 一點仙島
左望雲 右錦山 巴川高川[봉내고개]
山川奇秀 鍾生豪俊 人物繁盛
偉 天南勝地 景 긔엇더ᄒᆞ닝잇고
風流酒色 一時人傑[再唱]
偉 날조차 몃분이신고

河別時 芷芷帶 齒爵兼尊
朴敎授 손ᄌᆡ이 醉中쌔릇
姜綸雜談 方勳 · 睡 鄭機飮食
偉 品官齊會 景 긔엇더ᄒᆞ닝잇고
河世涓氏 발버훈 風月[再唱]
偉 唱和 景 긔엇더ᄒᆞ닝잇고

徐玉非 高玉非 黑白頓殊
大銀德 小銀德 老少不同
姜今歌舞 綠今長鼓 버런學非 소졸玉只
偉 花林勝美 景 긔엇더ᄒᆞ닝잇고
花田別號 名實相符[再唱]
偉 鐵石肝腸이라도 아니 긋기리 업더라

漢元今 以文歌 鄭韶草笛
或打鉢 或 · 盤 間擊盞臺
搖頭輾身 備諸醉態
偉 發興 景 긔엇더ᄒᆞ닝잇고
姜允元氏 스ᄅᆞ렝딩소릐 [再唱]
偉 듯괴야 ᄌᆞᆷ드로리라

綠波酒 小麴酒 麥酒濁酒
黃金鷄 白文魚 柚子盞 貼匙臺예
偉 ᄀᆞ독브어 勸觴 景 긔엇더ᄒᆞ닝잇고
鄭希哲氏 過麥田大醉[再唱]
偉 어ᄂᆡ제 슬플저기 이실고

[〈화전별곡〉 1–5장]

이것은 김구가 남해 유배 시절의 울적한 상황에서 지은 노래로서 자기 혹은 동류들의 풍류와 향락을 과시적으로 표현하고 있다. 더구나 마지막 연에서는 서울 생활과 자신들의 생활을 비교, 제시함으로써 중앙 무대에서 밀려난 울분을 역설적이면서도 간접적인 방법으로 드러내고 있는 듯하다.

<한림별곡>과 유사한 분위기를 띠고 있으면서도 그보다 더 사실적이고 노골적인 풍류를 구가하고 있다. 이러한 성향이 주류를 이루고 있는 장르가 바로 경기체가다. 대부분 실재하는 사물 소재들을 나열한 후 그것들을 '(…)경(景)'이라는 압축적 표현으로 수렴하여 제시하는 것이 이 장르의 특징적인 표현법이다. 이 경우 대부분 전자는 현실, 후자는 그로부터 집약된 이상적 관념으로 보아도 무방할 것이다.

물론 이와 같이 창작 및 향유 계층인 문인이나 사대부 관인들의 의기양양한 자긍심만을 드러낸 것이 경기체가의 전부는 아니다. <기우목동가>·<미타찬>·<안양찬>·<미타경찬> 등의 불교계 경기체가, <오륜가>·<연형제곡>·<도동곡>·<육현가>·<태평가>·<엄연곡>·<독락팔곡> 등 정통 유교계 경기체가 등의 표현에는 이 장르의 특성으로 생각되어 온 떠들썩함을 교술적 목적의식으로 전용(轉用)코자 하던 작자들의 생각이 잘 투영되어 있다.

경기체가의 표현은 그 장르적 특질과 직결되는 사항이기도 하다. 경기체가는 기존 학계의 주장과 같이 세계의 자아화인 서정 장르가 아니라 교술 장르라는 견해[20]가 제시됨으로써 표현과 장르적 실체에 대한 새로운 시각이 등장하기도 하였다. 실제로 존재하는 객관적인 세계상의 제시, 즉 자아의 세계화가 경기체가의 장르적 특질이라는 것이다. 이와 같이 상반되는 두 견해와 이들을 절충하는 입장의 복합장르설이 가세함으로써 경기체가의 표현이나 장르를 둘러싼 논의는 분분한 양상을 보여주고 있다.

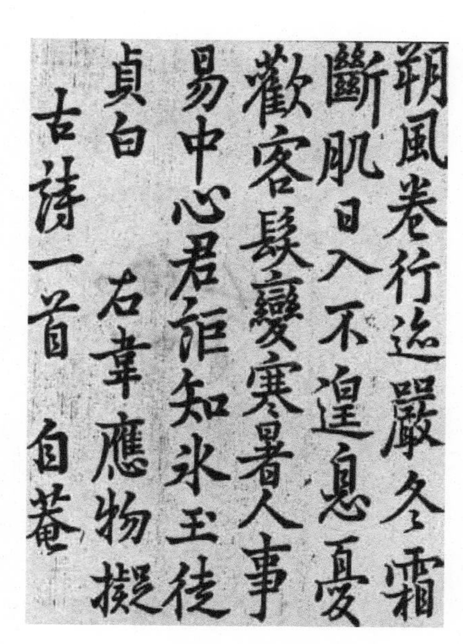

김구의 필적 [『명가필보』에 실려 있음]

문제는 이런 장르적 특질을 드러낸 요인을 찾아내는 데 있다고 본다. 여러 가지 요인들이 있을 수 있겠지만 우선적으로 어휘선택의 원리와 배열의 원리를 들 수 있

20) 조동일, 「경기체가의 장르적 성격」, 『학술원논문집』[인문·사회과학편]15, 1976.

다. 경기체가는 실재하는 사물들을 선택, 제시하기 위하여 장황한 설명이나 복잡한 수사보다 간결한 어휘나 단문들만을 사용하고 있다. 그리고 배열의 방법은 통사적 병렬로 볼 수 있는 나열 이외에는 찾아 볼 수 없다. 그러나 이러한 나열이 지루한 요설로 전락하지 않은 것은 '3·3·4' 가운데 '4'의 종결적 역할 때문이다. 한 행을 마무리하는 휴지로서의 기능까지 그 마디에 상정하고 있는데, 이것은 경기체가 어휘 배열의 중요한 특질이다. 가창 뿐 아니라 가사의 경우도 '떠들썩함'은 외면적 성향일 뿐 내면적으로는 극히 절제된 문체를 구사하고 있다. 이것이 경기체가의 핵심적 표현 원리다.

경기체가의 주제도 속가들과 마찬가지로 관점에 따라 약간씩 달리 파악될 수 있다. 지금까지의 논의들을 종합하면 대략 문인[혹은 관인]계층의 오연(傲然)한 자기 과시, 권력층에 대한 아유(阿諛), 자연미의 추구 등으로 나뉜다. 작품별로 제시하면 다음과 같다.

〈한림별곡〉 : 집권층의 향락과 문인들의 풍류
〈관동별곡〉 : 관동산수의 빼어남과 풍류
〈죽계별곡〉 : 죽계산수의 빼어남과 풍류
〈상대별곡〉 : 관인계층의 패기와 자기과시
〈구월산별곡〉 : 관인계층의 자기만족과 자연 귀의
〈화산별곡〉 : 왕조의 문물제도에 대한 찬양과 임금에 대한 송축
〈가성덕〉 : 중국에 대한 사대의 정성
〈연형제곡〉 : 형제간의 우애
〈오륜가〉 : 오륜의 중요성과 역대 실례들의 훌륭함
〈미타찬〉 : 아미타불에 대한 찬양
〈안양찬〉 : 부처에 대한 찬양
〈미타경찬〉 : 미타경에 대한 찬양
〈기우목동가〉 : 불교의 진리와 수행의 중요성
〈불우헌곡〉 : 자기 만족과 임금에 대한 송축
〈금성별곡〉 : 유교도덕의 가치 추구
〈배천곡〉 : 왕조의 문물제도에 대한 찬양과 임금에 대한 송축
〈화전별곡〉 : 화전의 자연과 풍류생활
〈도동곡〉 : 유교 전승의 유래와 안유(安裕)의 위덕(偉德)
〈육현가〉 : 육현[정이천(程伊川)·장횡거(張橫渠)·사마천(司馬遷)·한위공(韓魏公)·소요부(昭堯夫)·범문정공(范文正公)]의 절의와 덕행

〈엄연곡〉 : 군자의 엄연한 위의(偉儀)

〈태평곡〉 : 공자 가어(家語)의 훌륭하심

〈독락팔곡〉 : 자연 귀의와 유유자적한 생활

〈정동방곡〉 : 이태조의 무공에 대한 찬양

〈천권동수지곡〉 : 천명의 내리심과 임금에 대한 송축

〈복록가〉 : 하늘의 복록에 대한 찬양

〈축성수〉 : 황제의 은혜에 대한 찬양

〈온문의경왕추존악장종헌가〉 : 임금의 덕에 대한 찬양

이상에서 본 바와 같이 주로 사대부 관인 계층의 자긍심과 풍류, 왕조의 문물제도와 임금에 대한 찬양 및 송축, 자연 속의 생활, 유교 및 불교 이념 등 노래의 주제들은 다방면에 걸쳐 있다. 상당수의 노래들이 연장체로 되어 있어 규모가 비교적 크고 내용 또한 풍부하다. 그런 이유로 보기에 따라서는 내용이나 주제를 약간씩 달리 파악할 수도 있다. 여기에 제시한 주제가 반드시 옳다고만 할 수 없는 이유도 여기에 있다.

# 조선조 악장의 장르적 양상과 성격

## 1. 장르 성립 과정

조선 초기 악장 관계 기록에 '악부'라는 명칭이 간혹 등장한다. 원래 악관이 익히는 악장을 악부라 했다.[1] 원래 악장이란 국가적 차원의 교사지례를 제정하면서 크게 확충된 공식적인 노랫말 혹은 그 양식이다. 시가 장르 명으로서의 악부는 한나라 무제 때 악부의 관제를 개혁하여 널리 사방의 풍요를 채집하고 새로이 시부를 지었으므로 악부에 채집된 시를 '악부'로 지칭한 데서 출발한다. 악장과 악부의 개념적 상관성이나 내용적 범주 등에 관한 단서는 세종 14년의 회례악장 논의로부터 확인된다. 이 자리에서는 태조와 태종의 악장인 <수보록>·<근천정>·<하황은>·<성택>·<포구락>·<아박>·<무고>·<몽금척>·<수명명> 등이 모두 악부에 들지 못한다는 점/도참의 설이면서도 <수보록>은 악부의 반열에 넣었으나 <몽금척>은 등가된 적이 없었다는 점/<하황은>을 폐할 수 없다면 <수명명>도 악부에 넣어야 한다는 점/<성택>과 <포구락>은 악부에 올릴 수 없다는 점 등이 거론되었다.[2]

일반적으로 음영구송에 그치는 시와 달리 음악으로 반주되는 가곡이 악부이므로 악장에 악곡이 첨부되어야 비로소 악부로 호칭되었다. 다시 말하면 적어도 선초에는 악곡이 첨부되지 아니한 악장이 대부분이었던 듯하고, 실제 사용 여부가 결정된 뒤에 비로소 악곡이 부가된 것으로 보인다. 또한 일반적으로 악장은 고정되었으나 거기에 맞추어 쓰이는 음악은 다양하였다. 예컨대, 회례악장 논의 가운데 언급된 <근천청>은 오운개서조(五雲開瑞朝)와 금전악령(金殿樂令) 등 여러 곡에

---

1) 서사증, 『시체명변』, 71쪽의 "按樂府者樂官肄習之樂章也" 참조.

2) 세종실록 권 55, 14년 3월 16일.

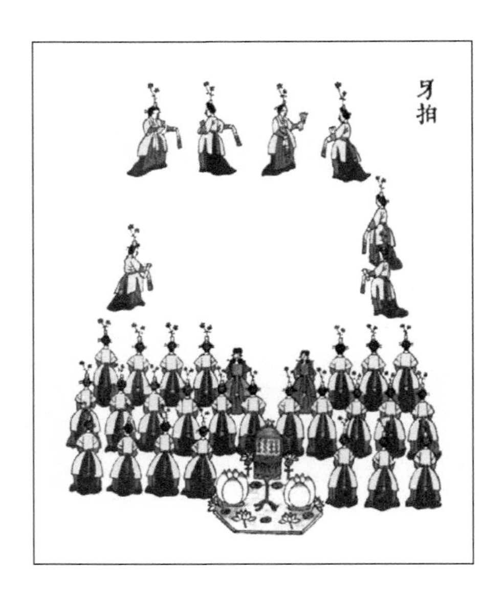


향악정재 '아박'의 대형

당악정재 포구락의 한 장면

올려 쓰이기도 했다. 이로 미루어 악장 창작 당시에 곡조까지 만들어 올린 것 같지는 않고, 지어 올린 가사를 연향악으로 쓰라는 왕명에 따라 기존의 연향악곡을 그대로 이용했던 것 같다. 따라서 악장을 지어 올린다고 모두가 사용된 것은 아니며 오히려 실제 쓰이지 않은 악장이 더 많았으리라 본다.

회례악장 논의와 결부시킬 경우 '선초악장 = 악부'의 관계가 성립되고, 그 경우 선초악장의 소원은 교묘가사 등 중국의 정격악장에서 찾을 수 있다. <용비어천가>의 국문가사까지 악부로 보는 견해도 있는데,[3] 이는 고시체로서의 악부와 악장이 가창되던 종합예술체로서의 악부를 혼동한 데서 빚어진 오해다. <수보록>을 예로 들어 살펴보기로 한다. <수보록>은 세종조 회례연에서 임금에게 소선(小膳)을 올릴 때 『시경』 <녹명> 제 1장의 음악에 올려 연주했는데, 원래는 고취곡에 붙여졌던 노래다. 그러다가 성종 대 당악정재에서는 악관이 연주하던 보허자령에 맞추어 봉위의(奉威儀) 6대 18인이 족도하면서 악절에 따라 가창하게 되었다. 이와 같이 악장 <수보록>은 음악과 무용이 어우러진 예술체 속에서 비로소 의미를 가질 수 있었다. 지어 올리는 모든 가시(歌詩)나 악장을 이렇게 번다한 규모의 정재에 올리기가 힘들었으리라는 점을 감안하면, 실제로 사용해보지도 못한 채 버려진 악장 또한 한 둘이 아니었을 것이다. 그런 점에서 당시 기록들에 나타나는 '악부' 명칭이 종합 예술체로서의 정재와 같은 의미를 지니고 있었음은 분명하다.

---

3) 이종찬, 「한국 악장과 중국 악부와의 대비」, 『국어국문학논문집』 7·8합집, 동국대 국어국문학회, 1969, 243쪽.

1930년대 이왕직아악부에서 아악을 연주하던 모습

악장 논의에서 가장 중요한 요소는 음악이다. 그런데 조선의 음악은 고려조의 음악과 연계시켜 논하지 않을 수 없다. 고려의 음악이 실질적으로 큰 변화를 맞이한 계기는 송나라로부터 대성악을 수입,[4] 태묘에 제향을 올리면서 신제구실등가악장(新制九室登歌樂章)을 연주하던 예종 11년으로 잡을 수 있다. 이 대성악이 바로 아악이다.

그리고 전래되어 오던 향악과 신라 때부터 중국에서 도입되어 쓰이던 당악을 합쳐 속악이라 부르고 아악과 구분하게 되었다. 아악인 대성악으로 신제 태묘악장을 연주했다는 사실은, 그 후로도 연주되는 음악에 따라 악장의 성격이 결정되는 선례로 남게 되었다. 앞서 말한 세종 때의 회례연의를 보면, 순서 중 제 5작까지는 아악을 연주하고 그 이후는 속악을 연주하게 되어 있다. 그런데 아악을 연주하는 부분은 융안지악(隆安之樂)·서안지악(舒安之樂)·휴안지악(休安之樂)·수보록지악(受寶籙之樂)·문명지곡(文明之曲)·근천정지악(覲天庭之樂)·하황은지악(荷皇恩之樂)·수명명지악(受明命之樂)·무열지곡(武烈之曲) 등이고, 속악을 연주하는 부분은 몽금척지기(夢金尺之伎)·수룡음지악(水龍吟之樂)·오양선지기(五羊仙之伎)·황하청지악(黃河淸之樂)·동동지기(動動之伎)·만년환지악(萬年歡之樂)·무고지기(舞鼓之伎)·태평년지악(太平年之樂) 등이다. 노랫말의 경우 전자는 모두 정격의 4언시로 되어 있고 후자는 모두 고려 당악에 속한 산사(散詞)

4) ① 「고려사」 권 70, 지 제 24, 악 1, 『역주 고려사』, 481-483쪽.
② 『文淵閣四庫全書: 史部/正史類師/宋史/樂志』 卷八十二·樂四의 "八月 帝親制大晟樂記 命太中大夫劉昺編修樂書爲八 참조.

들로서 일정치 않은 형태로 이루어져 있다. 대개 정악인 아악은 종묘제례악에 쓰였고, 연향 등에는 속악이 주로 쓰인 듯하다. 최정여도 지적한 바와 같이[5] 아악장으로는 고려시대부터 예외 없이 4언체가 사용되었고, 속악장으로는 낙양춘·보허자·풍입송 등 당·향악곡을 사용했기 때문에 형태적으로 다양한 것은 자연스런 현상이었다. 물론 연향에도 아악곡이 사용되긴 했지만 이 경우에는 당악곡을 차용하여 만든 아악곡들로서 악장의 형식은 예외 없이 4언체다.

조선악장은 고려악장을, 고려악장은 송 악장을 각각 차용했다면, 결국 조선악장의 소원은 송 악장인 셈이다. 『송사』「악지」[6]에는 43종의 악장이 실려 있다. 이것들은 모두 국가의 공식적인 제향과 연향에 사용되던 악장들이며 이것들 중 『시경』 시를 사용하는 향음주만 빼고는 모두 창작 악장들로서 4언의 정격으로 되어 있다. 향음주에는 '녹명(鹿鳴)·남해(南陔)·가어(嘉魚)·관저(關雎)·작소(鵲巢)' 등이 속해 있는데, '남해'의 경우 사가 없고 '녹명·가어' 등은 한 두 귀가 두세 자만 초과할 뿐 모두 4언으로 되어 있다. 이것들 뿐 아니라 행진곡이라 할 수 있는 고취에도 4언의 악장이 사용된 것은 물론이다.

이것들과는 별개의 것으로 '시악(詩樂)'이 있는데, 이것은 공자가 강조한 예악지교(禮樂之教)의 정신에 입각, 『시경』 을 음악에 올려 배우는 사람들에게 노래 부르도록 한 것이다. 여기에는 '소아 6편', '이남(二南)·국풍(國風) 6편' 등이 사용되었다. 중국의 왕조들에서 사용되던 교사가(郊祀歌)들의 근원은 『시경』이다. 그러나 시간이 흐르면서 그런 악장들은 정격화해 간 반면 애당초 『시경』으로부터 나온 격조는 상실되어 감으로써 결국 『시경』과는 거리가 생기게 되었다. 이런 이유로 정교(政教)의 근간이었던 유가의 입장에서 『시경』의 정음이 변질되어 가는 일은 시급히 바로잡아져야 할 과제였으며 이 과정에서 국가의 공식 악장들에 변격이 생기기 시작한 것이 아닌가 생각된다. 여하튼 중국의 정격악장들이 4언인 것만은 분명하다. '송-고려-조선'의 정격 악장들 사이의 관계를 확인하기 위해 실제 작품들을 들어보기로 한다.

① 明明我朝 빛나고 빛나시는 우리 익조께서는
積德累仁 덕과 어짐 쌓으셨네
居晦匿曜 겸허하게 빛을 감추시고
邁種惟勤 힘써 덕을 펴시고 부지런하셨네

---

5) 최정여, 『조선초기 예악의 연구』, 계명대 출판부, 1981, 256쪽.
6) 『文淵閣四庫全書: 史部/正史類師/宋史/樂志』 卷九十二·樂十四 참조.

帝圖天錫 제왕의 계책을 하늘이 주셨으니
輝光日新 휘광이 날로 새롭도다
寢廟繹繹 높고 큰 종묘에서
昭事同寅[7] 밝게 제사 올리는 일 힘쓰옵니다

② 明明我朝 빛나고 빛나시는 우리 조종께서는
德合乾坤 덕이 천지와 부합하시도다
丕顯其德 크고 뚜렷하신 그 덕
垂裕後昆 후손들에게 내려주셨도다
克禋克祀 지극하게 정결히 제사지내니
黍稷惟馨 서직이 향기롭도다
是歆是享 이 제사 흠향하시고
永保康寧[8] 길이 강녕을 지켜주소서

③ 明明世宗 빛나고 빛나시는 세종께서는
天德之純 타고나신 덕이 밝으시도다
道洽政治 도는 정치에 흡족하시고
制作維新 제작은 새로우시도다
有侐新宮 고요한 신궁에
籩豆斯陳 변두를 늘어놓고
於昭陟降 아아 밝게 올리락 내리락 제사드리며
無射於人[9] 우러러 뫼시어 마지 않도다

이상의 세 작품은 각각 송·고려·조선시대의 정격악장들이다. 4언8구로 되어 있다는 사실 외에도 일치하는 점은 많다. 첫 부분에는 제사의 대상을, 다음 부분에는 그 대상이 이룩한 생전의 치적과 덕을, 마지막 부분에는 제사의 과정 및 기원을 각각 늘어놓았다는 점에서 내용 전개의 방법이 모두 동일하다. 정확하진 않지만 요소마다 운자를 배치하고 있는 점이나 표현 수법에서도 전혀 차이점을 발견할 수 없다. 시대와 국적은 달라도, '제사라는 상황의 고정성·선대 조종이라는 대상의 고정성·찬양이라는 감정 표현 방식의 고정성·규모와 연주되는 음악의 고정성' 등 다양한

7) 『文淵閣四庫全書: 史部/正史類師/宋史/樂志』 第八十七·樂九의 '攝事十三首' 중 '翼祖室大順.'
8) <원종 제4실>, 『역주 고려사』 제6[1987], 501쪽.
9) 欽明 1장, 『한문악장자료집』, 계명문화사 영인, 1988, 22쪽.

전제조건들 때문에 시대적으로 얼마든지 나타날 수 있는 개성들은 사상(捨象)될 수밖에 없었다.[10]

이런 점으로 미루어 송 악장 가운데 일부 연향악장에서 『시경』 시를 채택한 점이라든가 시악의 중요성을 제기한 것 등은 정격악장에 대하여 변격이 등장할 수 있는 빌미로 작용하지 않았는가 생각된다. 『시경』 시를 송두리째 사용하지 않은 경우라도 정격악장들의 경우 『시경』 시의 집구에 불과한 것들은 상당수에 달한다. 논자에 따라 견해가 다르겠으나 『시경』 시는 입악의 역사가 길고, 내용적으로도 풍·아·송 등 각각의 사안에 맞추어 사용할만한 찬양의 표현들이 다양하며, 공자가 선양하고자 한 유교이념과 부합하기 때문에 활발하게 악장으로 전용되어 온 듯하다. 예컨대 공민왕대에 신찬한 <휘의공주혼전악장> 중 5헌 악장은 전체 8구 모두 『시경』 시들의 집구로 이루어져 있다.[11] 그리고 조선조에 들어와 처음으로 나타나는 태종조의 악조 논의[12]는 향후 조회·연향악의 방향을 가늠케 한 점에서 중요한 의미를 지니는데, 그것은 고려조의 음악에 대한 비판을 논의의 출발점으로 삼고 있다.

고려조는 삼국 말년의 음악을 답습했고, 송나라의 교방악을 도입하여 썼다. 조선 초에 그것들을 그대로 인습할 수는 없어 양부의 음악 중 그 성음이 약간이라도 바른 것을 취하고 풍아의 시를 참고로 하여 조회·연향의 악을 정했다고 한다. 여기서 양부의 음악이 무엇인지 분명치는 않으나 아부와 속부[당악과 향악을 합친 개념]를 일컬은 듯하다. 그러면서도 음악으로 사용한 곡조들 대부분은 당악이었으며 가사에도 <수룡음>·<금잔자>·<억취소> 등 당악 대곡의 산사들이 포함됨으로써 전조의 음악과 그다지 현격한 거리를 보여주지는 못했다.

그러나 가사들 중 『시경』 시가 15편으로서 큰 부분을 차지하고, <문덕곡>과 같은 창작 악장, <오관산>·<방등산> 등 전조의 속악, <권농가>와 같은 민요 등도 포함되어 다양한 모습을 보여준다. 물론 이러한 연향악보다 먼저 제향악인 적전·선잠·우제의 악장을 새로 제작했으나,[13] 여기에

10) 예컨대, 이혜구, 『국역 악학궤범 Ⅰ』, 민족문화문고간행회, 1985, 121쪽의 주 93)에 따르면, 정격악장인 성종 때의 <문선왕 악장>은 세종실록 권 147의 <문선왕 석전악장>과 같고, 세종실록 권 137의 원조임우대성악보 및 『송사』 지 권 90의 대성부의찬 석전 14수와 같다고 한다. 이로 미루어 볼 때 시대나 왕조는 달라도 공자와 같이 동일한 대상일 경우의 정격악장은 그대로 습용되었던 듯 하고, 여타 선왕들에 대한 악장은 이름이나 실제 공덕의 차이에 상응하는 정도의 내용적 차이만 나타날 따름이다.

11) 차주환, 『고려사악지』, 을유문화사, 1974, 105쪽 해설 참조.

12) 태종실록 권 3, 2년 6월 5일.

13) 태종실록 권 2, 1년 12월 21일.

쓰이는 음악 또한 고려의 것을 습용한 이상 노래의 형식이 바뀔 수는 없었다. 대체로 선초에 종묘·원구·사직·선농·선잠 등 제향의 경우 악장만 새로 지었을 뿐 그 음악은 고려 이래의 중국계 아악을 사용했는데, 그 사실은 태종 재위 동안 중국으로부터 악기를 들여와 종묘제향에 사용했다거나 관복·의물·음악과 신사(神事)에 관계되는 것은 모두 송제를 따랐다는 점 등으로 입증된다고 한다.14) 중국계 아악의 수용과 함께 적어도 정격악장들만은 중국의 것들을 도입해 썼거나 중국의 영향을 받아 이루어진 고려악장들을 습용했으리라는 점에는 이론의 여지가 없다. 이와 같이 태종대에 자리를 잡았다고 보이는 중국계 아악이 그 후 세종에 의해 비판된 사실15)은 음악뿐 아니라 악장의 경우에도 조선 특유의 양식이 확고히 자리 잡게 될 것을 암시한 단서라고 할 수 있다.

조선조의 선농제를 재현한 모습

이와 함께 중국계 아악의 정리에 심혈을 기울였던 박연[朴堧, 1378-1458]이 봉상시 판관으로 있으면서 「조선국악장」을 찬집한 사실이 조선왕조실록에 나타난다.16) 현재로서는 이 악장집의 실체를 짐작할 수 없지만, 38수의 악장과 십이율성통례를 주자(鑄字)로 인쇄했다는 점 등으로 미루어 그것은 당대에 통용되던 음악이론과 악장을 함께 엮은 책이었을 것이다. 이 책은 종묘지악·사직지악·석전지악·원단적전선잠지악·산천단지악 등을 싣고 있음이 발문에 밝혀져 있는데, 이 점으로 미루어 볼 때 그것은 조선 초기 제향악의 집대성이었을 가능성이 크다. 그럴 경우 여기에 실렸던 악장들은 모두 4언체의 정격이었을 것이다.

이와 같이 세종 조에 이르면 음악과 함께 악장의 정비가 활발히 추진되는데, 악장의 개념이나 존재의의 혹은 기존 악장에 대한 재평가 등 악장이나 그에 대한 논의의 폭이 넓어지는 것도 이 시기의 일이다. 여기서 폭이 넓어졌다는 것은, 그 이전에 왕성하게 창작·헌상되던 개인 제작의

14) 장사훈, 『세종조 음악연구』, 서울대 출판부, 1982, 48-49쪽.

15) 세종실록 권 49, 12년 9월 11일.

16) 세종실록 권 32, 8년 4월 25일.

박연의 초상

송가들을 악장으로 인식한 것과 함께 정격 이외의 악장들 심지어 '광부(曠夫)·원녀(怨女)의 노래'와 같은 민속의 가요들까지 수집하여 관습도감의 향악 악장에 포함시키는 등[17] 그 범위가 크게 확장된 사실을 지적한 말이다. 변격의 작품들이 대폭 악장의 범주 안으로 포용됨으로써 정격과 변격이 변증법적으로 통합되어 <용비어천가>와 같은 조선조 특유의 악장으로 완성될 수 있었던 데서도 이 사실은 입증된다.

이 단계에 이르러 형성된 음악과 악장에 대한 인식의 일단은 유사눌[柳思訥, 1375-1440]의 상소[18]에 뚜렷이 나타난다. 유사눌이 올린 글의 내용은 크게 두 부분으로 나뉘는데, 당시 창작 악장의 위상을 확정하는 데 있어 결정적인 의미를 지닌다. 첫 부분은 음악에 대한 언급이고 뒷부분은 악장에 대한 언급으로, 당대의 음악적 현실을 비교적 정확하게 진단한 내용이다. 물론 여기서 언급된 것은 제향악 아닌 조회·연향악이다. 제향악이 중국계 아악에 의해 연주되던 음악이고 여기에 쓰인 악장이 정격이었기 때문에 이 분야에 대한 논의는 악장의 조선적 특수성을 논하는 데 그다지 긴요하지 않을 수도 있다. 그보다는 오히려 조회·연향악을 중심으로 거론하는 일이야말로 선초악장의 특질을 드러내기 위한 생산적 작업일 것이다.

악장에 관한 언급 내용을 몇 가지로 요약하면, ① 당시까지 식자들 사이에서도 시형이나 내용 등 악장에 관한 인식이 제대로 되어 있지 않았다는 점/② 악장이 뚜렷한 근거와 목적성을 상정하고 이루어진 장르라는 사실을 인식하고 있었다는 점/③ 제시된 악장들 중 대부분이 4언체의 정격에서 벗어난 변격이며, 모두 선초에 들어와 창작된 악장이라는 점/④ 『시경』의 아·송을, 의미표상의 정도에 대한 비교의 대상으로 생각하고 있었다는 점/⑤ 시가와 악장이란 용어를 병렬적으로 사용함으로써 악장을 시문학 속에 포괄되는 것으로 이해하고 있었다는 점 등이다.

물론 세종 대에 제례악장들도 새로이 창작되긴 했지만,[19] 그 형태나 내용 면에서 기존의 정격

17) 세종실록 권 61, 15년 9월 12일.
18) 세종실록 권 62, 15년 11월 27일.
19) 세종실록 권 58, 14년 10월 17일.

악장으로부터 크게 벗어날 수는 없었다. 건국 초기 옛 제도를 일신했으나 오히려 사직·원구·문선왕 등 제례악장은 옛 제도에 따라 개작되었고,[20] 그런 추세는 태종 때에 더욱 강화되었으며 세종대 전반까지도 크게 변함이 없었다. 이 경우 옛 제도란 중국 혹은 중국의 것을 도입한 고려의 제도를 말하는데, 주로 제례에 사용한 정격악장의 맥은 변함없이 이어지고 있었음을 보여준다. 유사눌의 견해로 알 수 있듯이 회례악에서 악장의 시대적 성향이 드러났고, 그러한 시대적 성향은 시간이 흐를수록 더욱 확대되었다. 따라서 정격악장과 변격악장은 뚜렷이 분화되었고, 양자는 의식이나 음악에 있어 특별한 구분 없이 혼용되는 단계에까지 진전되었는데, 이러한 경향은 향후 악장 뿐 아니라 음악에까지 파급되었다.

이러한 악장의 시대적인 성향과 함께 <용비어천가>의 의미나 활용에 관한 당대의 견해가 의정부의 계문[세종 29년 6월]에서 구체화 되었다. 그리고 그것은 악장의 성격을 보여주는 단서로 이해될 수 있다. 즉, '① 시가를 짓는 것은 모두 선왕의 성덕과 신공을 칭찬하기 위한 것이므로 반드시 성률에 맞추어 위아래에 사용하고 향당 방국으로 하여금 노래하고 읊고 외우게 함으로써 그 사모하는 마음을 일으켜야 한다는 점/② <주남>·<소남>은 본래 왕후 부인들의 방중 악가로서 향국에 번진 것이고, <녹명>·<사모>·<황황자화>는 본래 천자가 신하들이나 귀한 손님들과 잔치하거나 사신을 보내고 위로하는 악가로서 연례와 향음주에 쓰인 노래라는 점. 그리고 <문왕>·<대명>·<면>은 본래 천자 조회의 악가로서 두 임금이 상견하는 음악으로 통용되었으며, <사하번알거>는 본래 천자가 종묘에 제사하는 악가로서 원후의 제향에도 통용되었으니, 이것은 곧 국풍·아송이 처음에는 모두 각각 주로 쓰이는 데가 있었으나 상하 조야 사이에 통용되었음이 틀림없었다는 점/③지금 내린 <용비어천가>는 조종의 성덕과 신공을 가영하기 위하여 지은 것으로 마땅히 상하에 통용하여 칭양의 뜻을 극진히 해야 하므로, 그것을 종묘에 쓰는 데만 그치게 할 수가 없으니 여민락·치화평·취풍형 등의 악을 공사 연향에 모두 통용하도록 허락해야 한다는 점'[21] 등이 그것들이다.

역대 악장들이 여러 경우에 통용되었다는 당시의 생각은 악장의 범주를 확장하는 데 결정적인 조건으로 작용하였다. <용비어천가>를 악장으로 올려 쓰던 여민락·치화평·취풍형 등의 음악을 공·사의 연향에 통용하게 한 것도 그 구체적인 사례의 하나였다. 이와 동시에 문·무의 춤곡을 만들어 「보태평」·「정대업」이라 부르고 별도로 상서의 감응된 바를 취재하여 <발상>이란 곡조를 지었으며, <환환

---

20) 태조실록 권 8, 4년 11월 16일.

21) 세종실록 권 116, 29년 6월 4일.

곡(桓桓曲)>·<미미곡(亹亹曲)>·<유황곡(維皇曲)>·<유천곡(維天曲)>·<정동방곡(靖東方曲)>·<헌천수(獻天壽)>·<절화(折花)>·<만엽치요도최자(萬葉熾瑤圖嗺子)>·<소포구락(小抛毬樂)>·<보허자파자(步虛子破子)>·<청평악(淸平樂)>·<오운개서조(五雲開瑞朝)>·<중선회(衆仙會)>·<백학자(白鶴子)>·<반하무(班賀舞)>·<수룡음(水龍吟)>·<무애>·<동동>·<정읍>·<진작>·<이상곡>·<봉황음>·<만전춘> 등의 노래를 속악으로 정한 것[22]도 이런 노래들의 가사를 공식적인 악장으로 인정했음을 의미한다. 회례악으로 쓰기 위해 만든 「정대업」과 「보태평」이 세조대에 이르러 얼마간 수정을 거친 후 종묘제례악과 진풍정·양로연 등에 통용되기 시작함으로써,[23] 음악이나 의식의 종류에 따라 악장의 형태가 제한을 받는다거나 4언의 정격만이 악장으로 취급되는 일은 없어졌다. 그럼에도 불구하고 한정된 분야이긴 하지만 중국이나 고려로부터 이어지던 4언의 정격은 꾸준히 쓰였으며, 이러한 정격들 외에 건국 이래 계속 창작된 변격의 시형들과 심지어 민간가요까지 궁극적으로는 정격과 마찬가지의 악장임을 인정받게 된 것은 발전적 변화였다.

이러한 악장의 변모 양상이 구체화된 실례로 <용비어천가>를 들 수 있다. 이 작품을 조선조 악장의 결정판으로 볼 수 있는 근거는, '정격의 부분과 변격의 부분을 포괄하고 있다는 점/작자 자신들이 소재의 차용원을 민속칭송지사로 밝혀 내용 및 표현의 비 작위성을 강조하였고 결과적으로 기존의 조묘악가와는 구분된다고 명시한 점' 등이다.

첫 번째 근거를 살피기로 한다. 이 작품의 국문시와 한문시가 원시와 번역시의 관계로 맺어지든 아니면 그 역이든,[24] 악장의 측면에서 그것이 본질적인 문제는 아니다. 왜냐하면 가사를 두 갈래로 제시해 놓은 것을 단순히 의미전달 자체의 목적으로만 볼 수는 없기 때문이다. 의미의 전달만을 목표로 했다면 국문가사나 한문가사 중의 하나와 주해만으로 충분했을 것이다. 더구나 「여민락」의 악장으로는 한문가사[수(首)·2·3·4·졸장]를, 「치화평」과 「취풍형」의 악장으로는 국·한문가사 전편을 각각 사용한다는 점으로 미루어 볼 때 양자는 모두 독자적인 존립 가치를 지니고 있었음이 분명해진다. '수장·110장-125장'을 제외한 한문가사 전체는 4언 8구로서 기존 정격악장의 형태를 완벽하게 지키고 있다. 그러나 국문가사의 경우는 학자들이 이견을 보일 만큼[25] 외견상

---

22) 같은 책, 같은 곳.

23) 세조실록 권 31, 9년 9월 8일, 세조실록 권 34, 10년 9월 3일, 세조실록 권 39, 12년 9월 10일 등 참조.

24) 사실 지금까지도 이 문제는 완전히 해결을 보지 못한 논쟁거리의 하나로 남아 있다. 진전(進箋)에서 작자들이 "노래는 우리말을 사용했고, 한시로 그 말을 풀이했다"고 명시하였음에도 불구하고 노래의 짜임이나 표현 등으로 미루어 그 사실을 의심쩍게 보는 사람들이 상당수에 달하는 것이 부정할 수 없는 현실이다.

25) 조윤제[『조선시가사강』, 을유문화사, 1937, 174쪽]는 <용비어천가>를 그 이전에도 그 이후에도 찾아 볼 수

새로운 형태임에 틀림없다. 말하자면 한문가사로써 정격의 의미를 국문가사로써 변격의 의미를 각각 부여한 셈이다. 세종의 입장에서는 예악 전통의 계속성을 단절시킬 수가 없었고, 마찬가지로 중국계 아악에 대하여 문제점을 제기한 만큼 악장의 조선적 특수성을 고려하지 않을 수 없었다. 왜냐하면 계속하여 정격악장을 고수할 경우 자신이 비판해 마지않던 아악을 전적으로 다시 써야 할 것이기 때문이었다.

다시 말하면 이러한 두 가지 상반되는 성격의 문제들을 무리 없이 해결하고 궁극적으로 조선의 음악과 악장의 독자성을 확립할 수 있는 방법까지 모색한 결과가 바로 '한문악장·국문악장 병치구조'인 <용비어천가>였다. <용비어천가>를 연주하기 위해 전조로부터 이어져 내려오던 향악과 당악을 사용했다[26]는 사실과, <용비어천가>의 음악적 형식이 <진작> 및 <북전>에서 찾아 볼 수 있는 '전강·중강·후강·대엽·2엽·3엽·4엽·5엽'의 확대 발전형이라는 점[27] 등을 감안할 때 이러한 의도는 얼마간 달성한 것으로 보인다. 악장으로 사용할 것을 대전제로 <용비어천가>를 제작했기 때문에, 국문악장과 한문악장을 병치시켜서라도 전통의 지속과 변혁적 의지의 표출이라는 상반되는 목적을 동시에 추구할 수밖에 없었던 것이다. 이렇게 특이한 <용비어천가>의 구조가 결국은 선초 변격악장의 존립기반을 조성한 주 요인이었다.

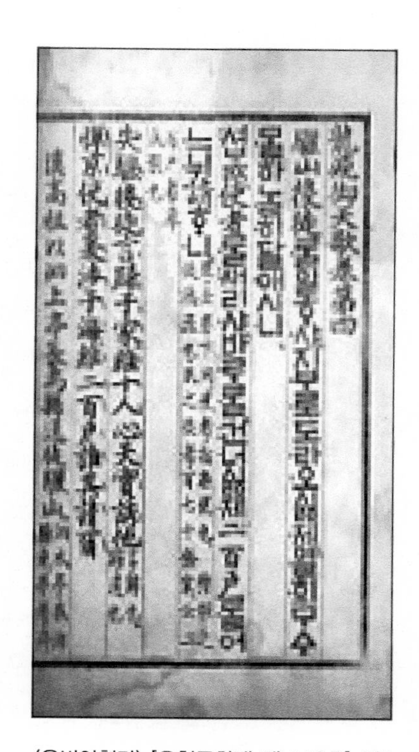

〈용비어천가〉 [유형문화재 제 140호] 권4

두 번째 이유를 생각해 보기로 한다. 세종은 <용비어천가>의 창작을 위한 준비 단계로 지방에 산재하여 있는 태조의 사적을 수집하도록 했다.[28] <용비어천가>가 완성된 후 작자들은 이에 대하여 민속의 칭송하는 말을 캐 놓은 것일 뿐이며 감히 조묘의 악가에 비길 수 없다고 겸양하였다.[29]

---

없는 시형으로 본 반면, 이혜구[「세종조의 종묘제례악」, 『한국음악서설』, 서울대 출판부, 1975, 206쪽]는 이 노래가 시조나 일부의 고려가요 등에서 발견되는 3행 체의 구조로 보았다.

26) 세종실록 권 116, 29년 5월 5일.

27) 이혜구, 『한국음악서설』, 207쪽.

28) 세종실록 권 95, 24년 3월 1일.

29) 세종실록 권 108, 27년 4월 5일.

'민속의 칭송'을 단순히 나열식으로 엮어 노래를 만들었다는 말은 아니겠지만, 소재들을 민간으로부터 수집한 것은 앞에서 든 바 있는 세종의 명으로 미루어 보아도 사실이었다.

민속의 칭송을 강조함으로써 '왕조에 대한 민심의 귀부'를 드러내고자 한 것이 1차적인 목적이겠으나, 바로 뒤에 나오는 '불감의조묘지악가(不敢擬朝廟之樂歌)'라는 언급과 결부시킬 경우 악장의 현실적 수요 또한 주된 요인 중의 하나였음을 알 수 있다. '조묘의 악가에 비길 수 없다'는 말 또한 단순히 자신들의 작품에 대한 겸사로만 이해될 수는 없다. 조묘의 악가가 다분히 의례적이고 작위적인 내용인 반면 <용비어천가>는 자연스러우면서도 진실에 입각한 사적의 실재성을 내용으로 지니고 있음을 은근히 드러냄으로써 그것이 기존의 조묘 악가들과는 다르다는 점을 부각시킨 것으로 보이기 때문이다.

이런 점을 감안할 때, 지금까지 설명한 두 가지 이유는 서로 연결되는 내용들임이 분명해진다. 즉 백성들이 모두 참여하여 실제 있었던 일들을 자신들의 노래 형식으로 읊어낸 <용비어천가>가 비록 변격이라고는 하나 부분적으로 정격의 요소를 갖추고 있는 한, 악장의 범주에서 제외할 수는 없으리라는 것. 이것이 바로 <용비어천가> 작자들이 지니고 있던 창작의식이었다. 여기에 고유의 음악이 가세하여 <용비어천가>의 독자성은 더욱 확고해질 수 있었다. 이처럼 <용비어천가>가 악장으로서의 포괄적인 특성을 보여주었다면, 이어 등장한 불교악장 <월인천강지곡>은 완벽하게 조선적인 요소만 선별하여 갖춘 작품이다. 4언체 한시로 된 정격악장의 계속성을 보여줄 필요도 없었고 드러내고자 하는 내용의 증거능력을 확보하기 위해 중국의 사적을 끌어들일 필요도 없었기 때문에, <용비어천가>와 같이 완벽하긴 하지만 구차한 방법을 쓰지는 않았던 것이다. 더구나 이념적으로도 배척당하는 입장에 있었던 만큼 최소한의 표현법만 도입하여 쓰는 데 그쳤다고 생각된다. <용비어천가>와 <월인천강지곡>에 이르러, 악장은 장르적 차용 및 전용의 단계를 벗어나 조선조 악장의 독자성을 구체화할 수 있었다. 물론 이런 독자성이 더 이상 지속·확장되지 못한 것은 조선조 악장의 넘어설 수 없는 한계일 수밖에 없었다.

## 2. 악장의 장르적 성격

지금까지 선초악장이 형성되어 온 개략적인 과정을 논의했다. 그 논의는 조선조 악장이 하나의 장르로 독립할 수 있느냐의 여부에 대한 논리적 전제일 수 있다. 정격악장이 4언[4구 혹은 8구]으로 되어 있다지만 그것은 한시의 형태적 갈래 중 하나일 뿐이다. 여기에 변격악장들은 종잡을 수 없을 만큼 다양한 형태로 이루어져 있다. 따라서 규범적 장르론만으로 조선조 악장을 재단하는 것은 불가능하다. 송조나 고려조의 경우 4언으로 된 정격악장이 주류였으나, 조선의 경우는 사정이 다르다. 조선조 변격악장들의 형태적 잡연성을 처리할 묘안이나 기준을 찾아내기란 그리 쉽지 않다.

어떤 논리로 따져도 이들 악장의 주된 장르적 성향은 교술이다.[30] 작품에 따라 부분적으로나마 서정·서사적 성향도 나타나지 않는 것은 아니다. 그러나 개개 작품에 총체적으로 표면화되는 성향은 교술이고, 서정·서사적 요소들은 그 교술적 성향의 장식에 불과한 경우가 대부분이다. 물론 이 경우의 교술은 '가송 대상의 덕망·업적 찬양 → 삼대지치의 재현 및 왕조 영속의 당위성 선양'이라는 정치적 목적의식을 대전제로 한 데서 구현된 장르적 성향이며, 이것은 악장이면 어느 작품이나 다 같은 양상을 보인다. 악장[특히 변격악장]의 형태보다도 그것이 사용된 전례적(典禮的) 상황이 여타 장르들과 그것을 구분해주는 유일한 변별요소다. 이 전례적 상황이란 '조선 초기'라는 제한된 시간대와 그 노래가 사용되는 실제적 국면을 전제로 하는 관습적 상황이다. 따라서 이 경우 규범적 장르론의 속박을 벗어나 조선조 악장만의 독특한 관습성을 찾아내는 것만이 문제의 해결 방안이다. 악장이란 왕조시대 궁궐에서 공식적으로 사용되던 음악의 노랫말들을 두루 통칭하는 용어다. 그 범주에는 시기적으로 기존의 것들과 새로이 만들어지는 것들이 포함되어 있고, 그에 따라 형태나 주제의식 또한 다양하다. 노래 자체나 노랫말의 소원에 따라서는 담당계층마저 여러 갈래로 추정해야 할 만큼 존재로서의 문헌과 당위로서의 장르적 지향 면에서 복잡한 양상을 보여준다.

학계에서는 고려의 시가문학을 '고려가요·고려가사·고려시가·장가·별곡' 등으로 다양하게 부르고, 동일한 수준의 별개 장르 명으로 경기체가를 들기도 한다. 뿐만 아니라 광의의 '고려시가'에 기존의 한시문학과 이른바 '속요[고려속요]', 경기체가 등을 포함시키기도 한다. 그러나 문헌적 현실은 크게 다르다. 대체로 우리는 '악장'을 조선조의 그것으로, '속요'나 '경기체가' 등을 고려의 그것들로 구분하여 인식해오고 있다. 이처럼 대부분 장르적 측면에서나 실용적 측면에서나 양자는 아예 같은 것들이었음에도 불구하고, 그것들을 아주 다른 범주의 것들로 전제하고 논리를 펴기 일쑤다.

이른바 고려가요의 경우 많고 적음의 차이는 보이지만, 『익재난고』·『급암집』·『고려사악지』·

---

30) 조동일, 『한국문학통사 2』, 지식산업사, 1983, 281-289쪽.

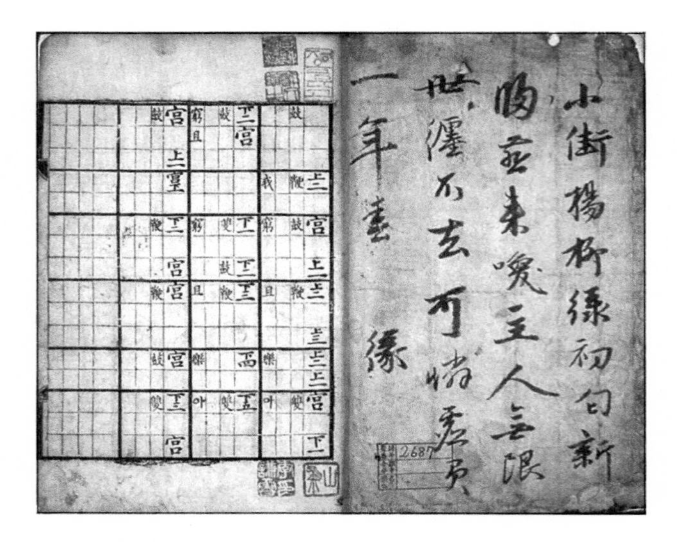

『시용향악보』 [보물 551호]

『악학궤범』·『악장가사』·『시용향악보』·『대악후보』·『악학편고』 등에 두루 실려 전해지고 있다. 그러나 『익재난고』와 『급암집』을 제외한 여타의 문헌들은 모두 조선조에 들어와 이루어진 것들이거나 조선조의 음악 관계 문헌들이다. 고려시대에 만들어진 문헌이나 『고려사악지』에는 고려 노래의 제목이나 내력 혹은 몇 수의 한역 시들만 간략하게 적혀있을 뿐이고, 그 노랫말들의 대부분은 조선조의 문헌들에 실려 있다. 그러나 이것들 모두는 고려조에서도 악장 혹은 속악의 가사로 사용되던 것들이다. 물론 그 시기로부터 조선조의 관련문헌들이 나타나기 시작할 때까지의 공백을 설명하기가 쉽지 않은 것은 사실이다. 국문표기 이전 상태의 기록물이 잔존할 가능성을 염두에 둔다 해도 현재 그 기간은 공백으로 남아 있기 때문이다. 그 기간 동안 모종의 기록물로 전승되었든 구비 상태로 전승되었든 전사과정에서의 개작이나 변이는 불가피했으며, 최소한 그러한 측면에서라도 이들 노래에 '고려'라는 왕조 명을 독점적으로 부여하기가 꺼려지는 것이 사실이다.

좀 더 다른 측면에서 연구자들의 편견이 두드러지는 경우로 이른바 '고려속요'라는 조어를 들 수 있다. 『고려사악지』의 '속악' 조에서 유추된 명칭이겠지만, 노랫말의 내용 및 창작·수용계층을 염두에 둔 연구자들의 선입견에 의해 '민중[농민·천민계층]의 진솔한 생활체험을 표출한 노래'라는 적극적인 의미로 확장·고정된 명칭이기도 하다. 이 정의 속에는 노래들의 담당계층과 주제의식 및 세계관에 대한 연구자들의 단정적인 견해가 이미 확고하게 반영되어 있다. 그러나 분명한 사실은 속악 조에 들어있는 노래들이 거의 모두 궁중악으로 사용되었다는 점이다. '속'자가 들어있다 하여 무조건 민간 혹은 민중의 노래[민중의 유행가; 요(謠)]는 아니며, 그것은 단지 중국으로부터의 수입 음악을 지칭하던 아악이나 당악에 대하여 우리의 자생 음악을 변별하기 위한 명칭일 뿐이었다. 물론 속악이 원천적인 의미에서 기층문화를 어느 정도 반영할 수는 있다. 그러나 그것은 상층문화로 상승하여 정재 등 궁중예술의 양식으로 재편된 이상 다층적 복합성을 본질로 지니게 되었다. 그 결과 '일대의 제도에 따른 일대의 악'[31]이라는 의미에서 당대에 표준으로 삼던 중국의 음악과 다른 우리 고유의 음악을 지칭하는 용어로 고정되었다고 보는 것이 타당하다. 따라서 민요로부터 온 것들이건 창작된 것들이건, 이 노래들이 세련된 궁중악과 다르다고 볼 이유는 없다. 이런 점을 감안하여 '속요'라는 명칭 대신 '속악가사'라는 원래의 명칭을 쓴다면 그것들은 명실상부하게 악장의 범주에 포섭되며, 그 점은 '경기체가'의 경우도 마찬가지다. 말하자면 그것들은 원천적으로 악장 그 자체이었거나 혹은 그것과 뗄 수 없는 관계를 맺고 있었기 때문이다.

『대악후보』[보물 1291호]. 조선 영조 35년(1759) 서명응이 세조 때의 음악을 모아 편집한 7권 7책의 악보.

고려의 노래들을 실어 놓은 문적들은 모두 궁중의 음악 절차나 가사를 적어 놓은 의궤 혹은 악장·가사집들이었다. 『고려사악지』의 내용 역시 대부분 고려 궁중의 음악에 관한 것들이며, 그 노래들의 대부분은 조선조에 들어와 궁중음악으로 대물림되었다는 점에서 전자들과 마찬가지다. 다시 말하여 이 노래들은 신찬악장들과 함께 조선조 공식 음악의 가사로 사용된 것이다. 이런 사실은 이 시기에 이미 조묘 아송의 음악이 갖추어졌으며, 아울러 관습도감에 백제·신라 등 삼국과 고려의 민간 노래로 이루어진 관습향악 50여성이 있었다는 사실[32]을 통해서도 입증된다. 관습도감은 고려 말엽부터 조선 초기까지 당악과 향악을 가르치던 기관이었다. 현재 고려가요로 지칭

31) 정도전은 "신이 보건대 역대 이래로 천명을 받은 인군은 무릇 공덕이 있으면 반드시 악장에 나타내어 당시를 빛나게 하고, 장래에 전하여 보이게 되니, 그런 까닭으로 '한 시대가 일어나면 반드시 한 시대의 제작이 있게 된다'고 하였습니다.(…)고려왕조의 말기에 정치가 퇴폐하고 법도가 무너져서, 토지제도가 바르지 못하여 백성이 그 해를 받게 되고, 예악이 일어나지 않아서 관원이 그 직책을 잃게 되었는데, 전하께서 일체 모두 바로잡아 정하였으므로, 천도로써는 저와 같았고 인도로써는 이와 같았으니, 공을 비교하고 덕을 헤아려 보매 더불어 비할 데가 없습니다. 이것을 마땅히 성시(聲詩)로써 전파하고 현가(絃歌)에 올려서 한없는 세상에 전하여 듣는 사람으로 하여금 성덕의 만분의 일이라도 알게 해야 될 것입니다."라고 말한 바 있다.[태조실록 권 4, 2년 7월 26일 참조]

32) 세종실록 권 61, 15년 9월 12일.

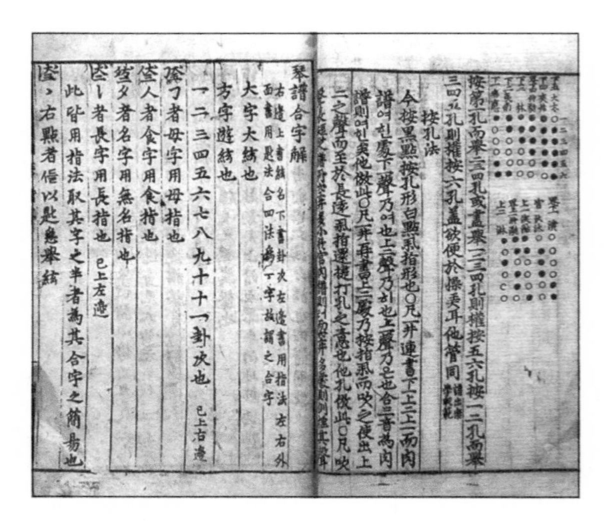

琴譜合字解
右邊上書絃名下書卦次左邊書用指法左右外面書用匙法合四法爲一字故謂之合字
大字大絃也
方字遊絃也
一二三四五六七八九十十一卦次也 已上右邊
亻者母字用母指也
人者食字用食指也
夕者名字用無名指也
ㄴ者長字用長指也 已上左邊
此皆用指法取其字之半者爲其合字之簡易也

『금보』[보물 283호]. 선조 5년[1572]에 안상이 편찬한 거문고 악보. 이 책은 크게 세 부분으로 나눌 수 있는데, 〈정석가〉·〈한림별곡〉·〈감군은〉·〈여민락〉 등은 둘째 부분에 실려 있다.

되는 많은 노래들은 이 관습향악에 속해 있었을 것이다.

이처럼 고려의 민요들이 속악으로 편입되는 과정에서 당대에 도입된 송악의 편제가 표본이 되었을 가능성은 매우 크다. 정치의 득실이나 오륜의 올바름에 관한 내용으로서 권면할 만한 노래들뿐 아니라 남녀의 노래로서 변풍을 면치 못한 노래들까지 모두 수집하여 정치의 자료로 삼을 것을 요청한 계문[33]은, 현재 우리가 고려노래들에서 볼 수 있는 자유분방한 내용과 표현들이 유교적 경건주의 아래서 살아남을 수 있었던 현실적 근거를 보여준다. 이와 같이 고려조의 속악들은 선초악장의 단계에 이르러서야 기록으로 가시화될 수 있었다. 그 계문의 취지에 따라 편찬된 것으로 추정되는 『악장가사』의 가사 조에는 <정석가>·<청산별곡>·<서경별곡>·<사모곡>·<이상곡>·<가시리>·<한림별곡>·<만전춘별사> 등이 실려 있다. 특히 고려 시대에 창작되었으면서도 오히려 조선조에 들어와 치자사회를 중심으로 오랜 기간 불려진 <한림별곡>은 다양한 경기체가 류[34]를 파생시켰으며, 그것들은 악장의 주요 부분을 이루었다.

초창기 창작악장으로 알려져 있는 <납씨가>·<정동방곡>은 각각 <청산별곡>·<서경별곡>과 동곡이사(同曲異詞)로서, 전자들을 후자들에 얹어 부르기 위해 현토로 부족 자수를 메운 점[35]도 고려속가와 조선조 악장 사이의 뗄 수 없는 관계를 명시해준다. <유림가> 등에서 볼 수 있는 '—샷다' 류의 감탄 종지어미는 원래 <동동>·<처용가> 등 고려속가들에 쓰인 것인데, <정동방곡>·<납씨가>·<문덕곡>·<신도가>·<봉황음>·<관음찬>·<능엄찬> 등 선초의 악장에도 쓰였다. 그리고 <상대별곡>·<화산별곡>·<성덕가>·<연형제곡>·<오륜가> 등 선초의 악장들은 경기체

33) 같은 곳.

34) 이른바 경기체가 장르의 전형적인 특질을 지닌 작품들과 그로부터 약간씩 변이된 모습을 보이는 작품들을 포괄하여 '경기체가 류'로 부른다.

35) 장사훈, 『국악논고』, 서울대 출판부, 1966, 49-65쪽 참조.

가의 전형에 충실한 작품들이며, <정동방곡>·<천권동수지곡>·<복록가>·<축성수>·<온문의경왕추존악장종헌가> 등은 심하게 변이되어 경기체가의 장르적 흔적만을 지닌 작품들이다. 고려의 속가와 경기체가, 선초의 악장을 함께 다루어 그것들의 상관성과 장르적 성격 및 개념을 파악해야 한다고 보는 이유도 바로 여기에 있다. 이른바 고려속가나 경기체가가 대부분 악장의 범주로부터 자유롭지 못한 것은 사실이나 별개의 장르들로 다루어지고 있는 현실 또한 도외시할 수는 없다. 말하자면 원래 고려의 노래들이 모습을 드러낸 계기는 악장 혹은 조선 초의 음악에 있으며, 그것들이 실린 문헌들 또한 포괄적으로 악장이나 조선조의 음악이라는 테두리를 벗어날 수 없다는 것이다. 그러나 그러한 문헌적 현실을 의식은 하되 원 장르의 본질적 문제를 살필 경우는 일단 그 현실로부터 벗어나 시대적 귀속 문제를 가려주는 것이 논리 전개의 객관성이나 타당성을 확보하는 방법일 수 있다. 음악을 선결조건으로 삼아야 했던 점 때문에 끝내 문학적인 안정을 얻지 못한 점[36]을 인정하면서도 작품들이 공유하는 기능적 특수성의 지배가 예외적으로 강하다는 점[37]을 생각한다면, 장르적 관점에서 어떤 식으로든 악장의 존재를 정위시킬 필요는 있을 것이다. 현실적 측면에서의 악장은 구체적인 실체이나 장르적 측면에서의 그것은 추상적 존재라는 이중성을 지니고 있기 때문이다.

구체적인 모습을 갖춘 관습적 장르로서의 고려속가나 경기체가 등은 악장을 추상적인 국면에서 구체적 실체로 전환시켜주는 역할을 한다. 고려속가를 악장의 측면에서 바라보는 경우도, 그것으로부터 벗어나서 작품 그 자체로 바라보는 경우도 있을 수 있다. 그러나 작품의 소원이나 배경·효용 등을 무시할 수 없는 이상 그것이 바탕으로 삼고 있는 악장의 본질적 측면을 거론하는 것은 지극히 자연스럽다. 따라서 고려속가·경기체가·악장이 공유하는 역사적·관습적 바탕은 장르론의 대전제로 인정되어야 한다. 고려의 문화적 유산으로부터 자유로울 수 없었던 조선 초의 현실에서 고려속가나 경기체가 등의 수용은 불가피했다. 그 자장으로부터 탈피해보려는 노력의 일환이 악장의 창작이나 악장으로 대용할만한 기존 한시들의 현토작업으로 구체화되기도 했다.

이런 추세에 힘입어 조선조 후기에 이르면, 일부 가곡이나 가사 또한 악장으로 수용될 수 있었다. 그리고 그것은 악장의 경향이 각각의 시대정신이나 현실에 따라 확대되는 모습을 보여준 것으로 해석될 수 있다. 악장은 시대와 문화의 소산으로서 기존 장르 류의 다양한 성격들을 종합하여 지닌 복합체다. 내면적으로 서정과 서사 및 교술의 다양한 성향들이 녹아들어 문화적·정신

---

36) 조동일, 『제3판 한국문학통사 2』, 지식산업사, 1994, 305쪽.

37) 김흥규, 『한국문학의 이해』, 민음사, 1986, 110쪽.

적 결집체로 승화된 실체가 바로 악장이다. 악장이 하나의 장르이면서 초 장르의 추상적 범주인 이유도 바로 여기에 있다. 즉 실용적 국면의 관습적 층위와 문예적 측면의 규범적 층위가 그것들인데, 말하자면 두 가지의 상이한 층위를 포괄하는 것이 악장의 장르적 본질이다.

악장과 직·간접적으로 관련되는 여타 관습장르들은 고려속가·경기체가·가곡 등이다. 현재 남아 전해지는 대부분의 고려속가나 경기체가 등은 사실 궁중악에 맞추어 공연된 종합 무대예술의 한 부분이었다. 그리고 조선조 후대의 각종 정재들에서 창사는 가곡 편(編)에 맞추어 가창되었다. 물론 형태상 고려속가·경기체가·가곡 등과 또 다른 창작악장들의 경우도 있다. 학계에서는 이들만을 '본질적인 악장'으로 인정하고 있으며, 고려속가나 경기체가 등은 악장과 다른 범주로 인식되고 있다. 따라서 악장은 추상적 층위와 현실적 층위를 포괄하는 장르명이다. 전자는 하위갈래들을 모두 포괄하는 층위로서 작품의 존재이유와 실용적 국면을 전제하는 경우이고, 후자는 여타 하위 장르들과 공존하는 범주다.

이와 달리 좀더 본질적 측면에서 아·속 제연(祭宴)에 등가·헌가악을 배설하고 사용한 악사는 악장, 각종 연회에 사용한 당·향의 속악으로 불려진 각종 형식의 노래는 가사라 하여 그 의미범주를 좁히는 견해[38]도 있다. 그러나 악관이 익히는 악장을 악부라 했고, 예로부터 사방의 풍요를 채집하거나 새로이 시부를 지어 악부로 부른 사실을 감안하면 악장의 의미범주는 크게 넓어진다. 조선왕조실록에도 <수보록>·<근천정>·<하황은>·<성택>·<포구락>·<아박>·<무고>·<몽금척>·<수명명> 등은 악장과 악부로 병칭되었다.[39]

따라서 '악장'으로 불리기 위해서는 각종 악무와 같은 종합예술의 무대에서 음악·무용과 함께 가창되는 것이 필수적이었다. 악장이나 악부 등의 용어들에 관치(冠置)된 '악'은 바로 노랫말을 포함한 음악이나 악무의 종합적 측면을 지시하는 의미로 사용된 말이었다. 『악장가사』의 경우도 '대보단악장'에만 악장의 명칭을 썼을 뿐, '종묘 영녕전[영신/전폐/진찬]'을 비롯한 각종 제차의 노래들에 모두 가사(歌詞) 혹은 가(歌)라는 명칭을 사용하고 있다. 따라서 조선조 당대에는 '악장·악부·가사' 등을 엄격하게 구분하여 쓰지 않았던 듯하다. 따라서 제·연향의 아·속악에 쓰인 노랫말들을 악장으로 범칭하는 데 전혀 무리가 없다.

이러한 관점에서 조선조 악장의 장르적 성격은 다음과 같은 범주 안에서 구체화될 수 있다. 즉 '조선시대·전례적 상황에서·왕조영속의 당위성이나 삼대지치의 이념을 고양할 목적으로·당

38) 최정여, 앞의 책, 258쪽.

39) 세종실록 권 55, 14년 3월 16일.

대에 존재하던 시가들의 형태를 차용하거나 창작하여 · 선왕 혹은 현왕에 대한 찬양을 주지(主旨)로 하며, 교술적 어조로 전개하는 특수한 문학'이 그것이다. 여기서 정격악장은 이런 성격을 지니고 있으면서 4언4구[혹은 8구]로 이루어진 것들이며, 그 나머지는 모두 변격으로 보면 된다. 악장의 의미범주를 중심으로 기존의 작품들을 분류할 경우, '고려속가계 악장/경기체가계 악장/창작 단형노래계 악장/창작 장형노래계 악장/현토한시계 악장/가곡계 악장/가사계 악장' 등으로 나눌 수 있다. 이 가운데 고려속가나 경기체가는 고려의 시가장르들이고, 현토 한시는 전통 한문학의 장르이며, 가곡이나 가사는 조선조 민간 시가장르들이다. 따라서 창작 악장들과 함께 경우에 따라 일부 전통적 시가장르들 또한 악장의 범주 안에 들어 갈 수 있었다.

당악정재 '하황은'의 공연 모습 [한국전통문화연구원]

## 3. 형태 및 주제의식

삼국시대나 통일 신라 시대를 통하여 제향 · 연향에 우리 고유의 노래를 악장으로 썼으며 고려에 들어 와서도 대성악이 도입되기 이전이나 원나라 복속시대에는 우리 고유의 노래들을 악장으로 썼다. 조선조에 들어 와서도 속악장으로 수용된 각종 고려속가들은 이미 고려조에서 악장으로

당악정재 수보록 공연의 모습 [한국전통문화연구원]

쓰이던 것들이었다. 그러나 원래의 민간 노래들이 이 정도로 세련될 수 있었던 것은 새로운 음악과 악장의 영향 때문이었다. 신라나 고려의 악장에 이어 본격화된 시가 장르들이 각각 개인적 서정이 우세하면서도 대상에 대한 찬양이나 송도의 성격[향가의 찬가적 요소/고려속가의 송도적 요소]이 짙다는 점과 선초악장에 이어 본격화된 가곡창사나 가사에 개인적 서정이 우세하면서도 임금에 대한 충성이나 지배 이데올로기로서의 유교적 덕목을 두드러지게 그 주제의식으로 삼고 있다는 점 등은 선행 장르들이 악장으로 수용된 다음 새로운 장르로 전이되었을 가능성을 암시한다.

그렇다면 악장은 자체 안에 장르적 지속과 변이의 요인을 포괄하는 특수한 장르임에 틀림없다. 그러나 신라의 경우 악장으로 명명된 작품은 현재 전혀 남아 있지 않고 고려의 경우도 중국으로부터 도입한 정격악장과 몇몇 속악가사 외에는 악장으로 명명된 작품들을 확인할 수가 없다. 다만 선초악장만은 양과 질의 면에서 탁월하여 이러한 가설을 입증하기에 어렵지 않으리라 본다.

선초악장의 범주에는 정격과 변격의 작품들이 섞여 있다. 이것들은 표기 면에서 한문표기·국문표기·한시현토 등으로 나뉜다. 선초악장이 문학사상 과도기 혹은 실험적 준비기의 문학형태였음을 밝히기 위해서는 몇 가지 사실의 논증을 필요로 한다. 즉, 형태면에서의 상관성으로, 국문악장들 및 현토체 악장들과 가곡창사 등 단형 시문학과의 형태적 연관성이나 선초악장으로 도입된 선행 장르들 중 가장 비중이 큰 경기체가 및 고려속가가 악장의 단계에서 어떻게 변하여 다음 단계의 시문학으로 정착되었는가 하는 장르적 변이의 양상 등이다. 이러한 두 가지 사항들은 고려문학과 조선문학 사이에서 과도기적 문학형태로서의 악장이 점하는 위치를 설명하는 기본틀이 될 수 있다.

한문악장에 현토한 것이 현토체 악장인데 율독의 측면에서 양자는 판이하다. <문덕곡> 가운데 첫구[法宮有嚴深九重]와 그 현토 구[法宮이 有嚴深九重ᄒᆞ시니]를 예로 들면, 전자는 '법궁유엄/심구중'과 같이 '4/3'으로 분할하여 중간에 하나의 휴지(休止)를 설정하는 것이 의미의 흐름으로 보아 자연스럽다. 그러나 후자의 경우는 '법궁이/유엄/심구중/ᄒᆞ시니'[40]로 4분되는 편이 자연스럽다. 이와 같이 현토 여부에 따라 율독의 양상은 많이 달라질 수 있다. 세종 때 경서에 현토할 것을 명한 기록 가운데 '글을 읽을 때 국어를 구절에 달아 읽는 것을 토라 한다.'[41]는 주석이

40) "심구중ᄒᆞ시니" 에서 '심구중ᄒᆞ' 는 어간, '시' 는 보조어간, '니' 는 어미로서 '심구중' 과 'ᄒᆞ시니' 는 문법적으로 서로 분리, 양립될 수 없다. 그러나 율독의 양적 균형이라는 측면에서는 문법적 측면의 무리도 약간은 허용될 수 있다.

나오는데, 이러한 현토 작업은 훈민적 차원에서 이루어진 일이었다. 훈민정음 창제 이후 왕성하게 시행된 언해 작업에서도 현토를 매우 중시했으며, 결과적으로 그것은 언해문의 문체를 결정하는 요소가 되기도 하였다. 현재 쉽게 볼 수 있는 현토 방법은 한문을 원문대로 읽으면서 우리말의 조사나 토를 첨가하여 읽는 순독구결(順讀口訣)이라 한다. 이것은 한문의 문맥을 그대로 살리면서 국어와의 차이점을 토로 표시할 수 있는 방법으로서, 예컨대 한문의 명사는 그대로 차용되었고, 동사는 접미사 'ᄒᆞ다(하다) · ᄅᆸ다(랍다) · ᄃᆸ다(답다)'를, 부사는 '히[親히] · 혀[幸혀] · 로[實로]'를 붙여 차용할 수 있었다고 한다.[42]

악장에서의 현토는 대부분 음악적 필요에 따라 이루어진 것들이다. <납씨가>와 <청산별곡>은 각각 같은 곡조에 가사만 다르다. 다시 말하면 전자를 후자에 얹어 부르기 위해 현토로 부족 자수를 메웠기 때문이다. <정동방곡> 역시 <서경별곡>의 선율에 맞추기 위해 현토로 부족 자수를 충당한 경우다. <납씨가>와 <청산별곡>의 정간수를 들면 다음과 같다.

〈납〉 : 納氏恃雄强(16) ᄒᆞ야(16)
〈청〉 : 살어리살어리(16) 라ᄯᅡ(16)
〈납〉 : 入寇東北方(16) ᄒᆞ더니(16)
〈청〉 : 青山의살어리(16) 라ᄯᅡ(16)
〈납〉 : 縱傲誇以力(16) ᄒᆞ니(16)
〈청〉 : 멀위랑ᄃᆞ래랑(16) ᄯᅡ먹고(16)
〈납〉 : 鋒銳라不可當이(16) 로다(16)
〈청〉 : 청산의살어리랏다(16) 얄리얄리(16)
〈청〉 : 얄라(16) 얄라셩얄라(16)

<납씨가>는 선초악장의 효시 작품인데, 정도전이 새로움을 표방하기 위하여 정격악장의 4언도 아니고 고려속가의 형식도 아닌 5언의 한시로 지어 올렸던 듯하다. 그러나 음악에 올리면서 어쩔 수 없이 고려악장의 선례를 따르게 되었을 것이다. 말하자면 <납씨가>의 현토는 고려악장의 음악에 맞추려는 목적으로 불가피하게 첨가된 것인데, 의미적 측면에서 보면 잉여적인 부분이다.

---

41) 세종실록 권 40, 10년 윤4월 18일의 "凡讀書以諺語節句讀者 俗謂之吐" 참조.
42) 남풍현, 「한국한문의 어학적 성격」, 『한국문학연구입문』, 지식산업사, 1982, 175-176쪽.

<서경별곡>에 맞추어 현토된 <정동방곡>의 경우도 그 정간수를 들면 각 악절 대부분이 16정간으로 되어 있다.[『대악후보』 참조] 현토체 악장이 주로 고려악장의 음악적 구속에서 벗어나지 못한 관계로 그 문학적 형태 역시 고려속가의 두 마디 단위[43]로 전개되고 있음을 발견할 수 있다. 더구나 <정동방곡>의 경우 3언 4구의 한시체로 이루어진 각 연마다 마무리 역할을 하는 "偉 東王德盛"의 어구가 첨부되어 있는데, 이 경우 '위(偉)'에 3개의 정간을 배당하고 있는 점으로 미루어 보아도 애당초부터 독립구로 간주하고 있었음에 틀림없다. 그렇다면 'ᄒᆞᄂᆞ이다'는 더더욱 잉여부분에 불과하여 실제 시적 측면에서는 그 존재를 생략해도 무방할 정도다. 동시에 '피교동절천기'를 원래대로 양분하여 하나의 행으로 고정시키면 전체는 3행 6구의 시형으로 재구성된다.

박절 구분이 두 마디의 대응으로 이루어지는 것은 고려속가의 음악적 구속으로부터 생겨난 경향인데, 이런 경향이 현토체에만 국한되는 것은 아니다. 창작 악장으로 생각되는 <유림가>[44]의 경우도 이와 정확히 부합한다.

> 五百年이(16) 도라(16)
> 黃河ㅅ므리(16) ᄆᆞᆯ가(16)
> 聖主ㅣ重興(16) ᄒᆞ시니(16)
> 萬民의咸樂이(16) 샷다(16)
> (여음 생략)
> 浴乎沂(13) 風乎舞雩(13)
> 詠而歸호리라(16)

이상의 예들에서 보면 현토부분이나 어미·접미어 등은 원시(原詩)나 어간·어근 부분과 대개 같은 수의 정간으로 되어 있다. 음악상으로는 원시의 길이를 배가시키기 위해 현토를 첨가했다고 보아야 한다. 따라서 원시와 현토 부분, 혹은 어간[또는 어근]과 어미[접미어]가 각각 1:1로 대응하게 된다. 그러나 문학적 측면에서는 원시의 글자 수에 따라 2:3[5언시], 4:3[7언시]으로 나뉘며 현토는 체언과 떨어질 수 없다는 문법적 원칙에 따라 뒷부분으로 연결된다. <유림가>의 이 부분을

---

43) 김대행, 「고려가요의 율격」, 김열규·신동욱 편, 『고려시대의 가요문학』, 새문사, 1982, Ⅱ-19 참조.

44) 『시용향악보』, 대제각 영인본, 1973, 3-9쪽. 이 책에서의 현토 '-샷다'가 악장가사 소재분에는 '-로다'로 되어 있다.

다시 배열하여 보면 다음과 같다.

五百年ㅣ도라/黃河ㅅ므리 ᄆᆞᆯ가
聖主ㅣ重興ᄒᆞ시니/萬民의 咸樂이샷다
浴乎沂 風乎舞雩/詠而歸호리라

각 반행 단위로 따져 본 정간의 수도 '26/16' 인 마지막 행을 제외하고는 32개씩으로 모두 균일한데 여기서 가곡창사[시조시]의 형태적 출발을 볼 수 있다. 또한 '샷다' 류의 감탄 종지어는 원래 <동동>·<처용가> 등에 쓰인 것인데, <정동방곡>·<납씨가>·<문덕곡>·<신도가>·<봉황음>·<관음찬>·<능엄찬> 등 선초악장에도 쓰임으로써 음악적 측면 뿐 아니라 표현의 측면에서 고려속가로부터 받은 영향을 드러내고 있는 것이다. <유림가> 1연을 원래의 가사 대로 후렴구까지 첨부하고 다시 배열하여 보면 다음과 같다.

五百年 ㅣ/ 도라 黃河ㅅ므리/ ᄆᆞᆯ가
聖主ㅣ/ 中興ᄒᆞ시니 萬民의/ 咸樂이샷다
五百年ㅣ/ 도라 沂水ㅅ므리/ ᄆᆞᆯ가
聖主ㅣ/ 中興ᄒᆞ시니 百穀이/ 豊登ᄒᆞ샷다
我窮且樂아 窮且窮且樂아
浴乎沂 風乎舞雩 詠而歸호리라
我窮且樂아 窮且窮且樂아

앞에서 언급한 점들 외에, 전-후 분절에 고려속가들과 같은 후렴구가 첨부된 구조적 양상을 발견할 수 있다. 이 경우 전·후절은 두 음보 격의 4구로 이루어져 있으며 정확한 대구를 형성하고 있다. 그리고 후렴구는 악기의 구음으로 생각되는 부분과 종결행[浴乎沂 호리라]이 합쳐진 부분이다. 의미부만을 가려낸다면, 앞에 말한 대로 가곡창사의 그것과 부합하고, 전-후절 병렬 혹은 대구의 구조는 <용비어천가>나 <월인천강지곡>의 그것과도 상통한다. 말하자면 이러한 악장은 고려속가의 형태를 차용하는 동시에 현토를 통하여 신형 악장의 형태적 원리까지 포괄적으로 구현하는 셈이다. 후렴은 나타나지 않으나 다음 작품의 경우도 이와 동일하다.

東方이 歌盛德ᄒᆞ며/四海 稱美聲이어늘

帝眷이 優楙渥ᄒᆞ시니/臣隣이 與有榮이로다

萬有 千歲를/享天福ᄒᆞ쇼셔[45]

이 작품은 <유림가>에 비하여 전·후절이 각각 한 구로 단순화되었으며, 후렴에도 의미 없는 악기의 구음이 생략된 채 의미 부분만 남아 있다. '첫 행의 앞 구: 32정간/뒤 구: 29정간, 둘째 행 앞 구: 27정간/뒤 구: 37정간, 셋째 행 앞 구: 32정간/뒤 구: 32정간'으로서 앞의 예들처럼 각 행이 두 개의 큰 마디로 분할되고, 그 마디들은 다시 마찬가지로 두 개의 작은 마디들로 세분된다. 부분 혹은 작품 전체가 두 개의 크고 작은 마디들의 대응으로 구성된다는 점, 시상이 거의 모두 3단계로 전개된다는 점 등은 조선조 시가의 전형적 특질을 보여준다. 아울러 이 노래의 다른 장들[1·2·3·4·5]에 쓰인 토는 'ᄒᆞ샷다' 체로서 고려속가의 영향이 드러난 것으로 볼 수 있다.

앞서 말한 대로 창작 악장으로서 선초악장의 결정판인 <용비어천가>의 경우도 이 점에서 예외는 아니다. 이미 이혜구는 시조시인 가곡창의 창사와 <용비어천가>의 한 장이 3구[3행]로 일치함을 정간 수에 의해 밝히고 있다.[46] 즉 현토체 악장이나 창작 악장들이 정간보를 근거로 할 때 각 행 2마디, 3행 6마디의 구조로 이루어져 있는데, 이혜구의 설명도 이것과 부합한다는 말이다.

이상과 같은 것들은 주로 한문악장에 우리말로 현토한 경우이거나 새로이 창작한 신형악장에 구현되는 장르적 지속과 변이 등의 현상이었다. 다시 말하면 한문악장이라는 이질적인 장르에 현토함으로써 일단 '우리 것'으로 만들고, 그것에 앞 단계의 시가 형태를 발전적으로 수용함으로써 새로운 형태를 만들어 낼 수 있었던 것이다. 이미 언급한 변이형 혹은 파생형 경기체가와 함께 현토체 악장이나 창작 악장은 모두 새로운 시가 형태를 내포하고 있었다. 이것은 국문학의 통시적 전개 과정 중 조선조 시가의 출현을 설명하면서 선초악장을 도외시할 수 없다는 점을 분명히 보여주는 구체적 사례이기도 하다. 선초악장은 형태적 측면에서 장르적 지속과 변이의 양상을 포괄적으로 드러내고 있기 때문에 이 시기의 문학사 기술에서 문제되던 장르들 사이의 단절을 합리적으로 이어주는 의의를 지니고 있다.

선초악장을 포함하여 관각문학 등 치자계급의 문학 상당 부분을 지배자에 대한 아유(阿諛)의 전형으로 보아 온 것이 지금까지의 중론이었다. 당·송 고문을 추종, 자신들의 문학을 정통문학이

---

45) <경근지곡> 9장 중 6. 세조실록 권 49 악보 / 新製略定樂譜 / 圜丘 / 경근지곡(6) 임종궁 徵調.

46) 『한국음악서설』, 205-206쪽.

자 순정문학으로 자부하던 관각문학의 초기 멤버들이 이러한 경향을 주도했다는 사실은 매우 의미심장하다. 더구나 조선조 후기 봉건사회 해체의 위기를 맞으면서 광채를 잃은 것이 관각문학이었다면, 그러한 문학적 경향의 변모가 신분구조의 개방이나 해체라는 능동적이고 자각적인 측면에 의해 이루어진 것이 아니고 지배계층의 기득권 고착화가 빚어낸 자체 모순으로부터 이루어진 것이기 때문에 당시 치자계급의 문학이 지닌 현실대응 양식의 편협성을 부인할 길이 없다. 이렇게 뚜렷한 한계성에도 불구하고 선초 치자계급에 나타났던 주제의식 측면의 목적성은 그 나름의 불가피한 현실적 요구로부터 기인되었다. 객관적으로 보아 별로 떳떳하지 못했던 창업 자체를 합리화 하는 데서 악장의 효용성은 발휘되었고, 그런 이유로 악장의 조선적 변용은 필연적인 것이었다.

악장의 창작자나 수용자들이 보편적으로 표방하던 정치적 이상은 삼대지치(三代之治)의 재현이었다. 물론 그들 내면적 욕구의 중점이 기득권의 보호와 유지에 놓인다 해도, 이 땅을 유교적 이상 사회로 만들어야 한다는 점만은 요지부동의 대명제였다. 이러한 삼대지치의 재현은 왕의 마음 먹기 여하에 달린 문제였다. 따라서 작품에서 찬양되고 있는 이상적 내용을, 존재로서의 현실 묘사로 볼 수는 없다. 사실 그것들 모두는 삼대지치의 필수 요건들이었다. 악장에 나타나는 아부적 찬양의 표현 양상 이면에 강력한 주문이 내재되어 있고, 이것을 다른 말로 하면 진계(陳戒) 혹은 권면규계지의(勸勉規戒之意)라고 할 수 있다.

악장의 내용적 골간은 치공(治功)의 선양과 치도(治道)의 진작이고, 그것의 저변에서 작용하는 문학적 표현 기법상의 최대 공약수는 '풍(諷)·양(揚)[풍자와 찬양]이다.[47] 치공은 제왕이 이룩한 존재로서의 업적이고 치도는 왕이 준행해야 할 당위로서의 이상적 규범이다. 작품상의 외연과 내포에 대응하는 요인을 현실과 이상으로 상정할 수 있는 것이 선초악장 내용의 구조적 특질인 점도 바로 그 때문이다.

작품에 표현되고 있는 것은 언제나 이상적인 것으로 윤색된 현실 자체다. 모든 여건을 감안해 볼 때 당대의 상황이 결코 이상적인 것은 아니었다. 찬송되는 왕의 입장에서 자신의 실상이 그렇지 못하다고 느낄 경우 쉽사리 마음을 고쳐먹고 치도의 진작에 적극적인 자세를 가질 수 있다고

47) 「삼봉집」 권14, 부록, 敎告文, 本朝封公奉化縣開國伯敎書, 『한국문집총간 5』, 541쪽의 "至於詞賦諷揚 내卿之餘事 言辭典雅有詩之古風 所獻樂詞三篇 誦其辭無艱澁泥拘之聲 玩其義有優柔沈蘊之旨 可擬二南之什而有三歎之音 予惟禮樂之興 功業所著 苟非和氣被於萬物 惠澤浹於群生 中外又安 神人協慶 固所讓也 疇克當之 如卿所言 實有補於治道 顧予之德 安敢擅其美名" 참조.

본 것이 악장 제작의 관행을 정착시킨 집권 사대부 계층의 공통된 인식이었을 것이다. 태조가 일찍이 <문덕>·<무공> 두 곡을 듣고, '공덕을 가송하는 것이 실정에 지나쳐서 이 가곡을 들을 적마다 내 마음이 대단히 부끄럽다'는 자신의 심정을 토로한 데 대하여 정도전이 '전하께서 그런 마음이 계시기 때문에 이런 노래를 지은 것입니다.'[48]라고 응답한 사례도 이런 경우에 해당된다. 이와 같이 악장이 창작 및 수용자들의 현실과 직접 관련을 맺는 목적문학으로 존립할 수 있었던 것은, 논리상으로나 실제 창작 상으로 대립적 의미를 지니면서도 단일한 존재양상으로 드러나는 '풍·양'의 기법적 측면 때문이다. 즉 풍은 숨고 양만 드러나 있으면서도 실제 현실과 연결되는 경우 작품 내에서 양자는 분명한 모습으로 드러나 함께 부각된다는 말이다. 양이든 풍이든 그 궁극적인 목적은 이상사회의 실현에 있었고, 선초라는 특수한 상황에서 정치적 이상의 구체적 표본은 삼대지치였다. 이것이 선초 악장의 제작자들이 자신들의 작품에 상정하던 주제의식이었다.

48) 「삼봉집」 권 14, 부록, 사실, 『한국문집총간 5』, 536쪽.

# 가곡창사[시조]의 출현과 전개

## 1. 문제의 제기

고전시가 특히 국문으로 기록되어 있는 것들은 거의 대부분 노랫말들이다. 따라서 시문학의 범주만으로 국한시켜 그것의 발생이나 변천을 논할 경우 타당한 결론을 얻기가 어렵다. 그동안 가곡창사[1]의 발생 및 연행(演行), 정착에 관한 논의는 무수히 이루어졌다. 필자는 음악적인 상황을 깊이 고려해야 비로소 타당한 논의가 이루어질 수 있음을 이미 강조한 바 있다.[2] 대부분의 고대시가는 '노래 한 자락'의 소산이었고, 그 노래는 이 땅에서 전통적으로 내려오던 연희(演戲) 혹은 오락문화와 불가분의 관계를 맺고 있다. 특정 시가장르의 발생·성장·소멸[혹은 변이]의 과정은 연희문화 혹은 가요문화 전체의 맥락에서 살펴져야 한다고 보는 것은 그 때문이다. 이 부분에서는 이른바 가곡창사가 출발 당시 어떤 노래문화나 장르에 속해 있었을 것이며, 어떤 과정을 통해서 분리·독립·세련되어갔는지를 살펴보고자 한다. 여기서 거론하고자 하는 노래는 <심방곡>과 <북전>이다. <심방곡>은 대엽(大葉)으로서[3] <북전>과는 외견상 무관한 것처럼 보인

---

1) 명칭 변증 문제는 이 글의 주된 내용이 아니다. 음악적 측면에서는 '대엽·영언·가요·노래' 등 여러 가지로 쓰이다가 결국 박효관과 안민영에 이르러 '가곡'이란 말로 그동안 불려오던 노래들이 집대성되었다. 이런 이유로 여기서는 가곡창사라는 용어를 사용하고 그것이 학계에서 관습적으로 사용되고 있는 시조문학[혹은 시조창사]과 같은 대상을 지칭한다는 점을 밝힘으로써 논쟁의 여지를 줄이고자 한다. 시조 창사를 올려 부른 노래를 초창기에도 가곡으로 지칭했는지에 대해서는 별도의 논의가 필요한 것이 사실이지만, 만·중·삭대엽의 노래들을 후대 기록들에서는 가곡으로 통칭하고 있기 때문에 본서에서는 그 견해를 존중하여 가곡창사로 부르고, 필요할 경우 '시조'라는 명칭도 사용한다.

2) 『가곡창사의 국문학적 본질』, 집문당, 1994, 참조.

3) 『국역 성호사설』Ⅴ, 재단법인 민족문화추진회, 1977, 39쪽의 "東俗歌詞 有大葉調 四方同 然槩無長短之別概 其中 又有慢中數三調 此本號心方曲 慢者極緩 人厭廢久 中者差促亦鮮好者 今之所通用卽大葉數調也" 참조.

다. 그러나 세밀히 살핀다면 이것들이 의외로 밀접하게 연결되며 특히 가곡창사의 발생 혹은 초기적 양태에서 중요한 단서를 지니고 있음을 알게 된다. 그것은 다음과 같은 이유 때문이다. 대엽의 근원이 <과정삼기곡(瓜亭三機曲)> 즉 진작(眞勺)이고[4] 고려 당대 <북전>의 악곡형태가 '후전진작(後殿眞勺)'[5]이라면 양자는 결국 뿌리를 함께 하는 같은 계통의 노래로서 조선조 후대에 이르기까지 주요 악서들에 꾸준히 나타나며 결국 가곡의 중요한 부분으로 정착되었다고 볼 수 있다는 점, 양자 모두 그 근원은 여하 간에 송도가[혹은 송축가] 등 어전풍류(御前風流)의 노래로 인식되고 사용되었다는 점 등이다.

이 사실들의 단서를 『용재총화(慵齋叢話)』[권 1 '처용지희']와 『악학궤범』[권 5 '학연화대처용무합설']의 기록에서 찾을 수 있다. <동동>·<신방곡(神房曲)>·<북전>을 차례로 연주하면 처용이 물러가 자리에 열 지어 선다는 것이 『용재총화』의 설명이다. 『악학궤범』에는 <봉황음>·<삼진작>·<정읍> 등이 더 등장하나 마지막에 <북전(급기)>으로 마무리되는 점은 마찬가지다. 그런데 『악학궤범』 소재 <북전(급기)>의 가사는 진작조에 올려진 장가다. <봉황음>·<삼진작>·<정읍> 등도 진작조[혹은 그 변형]로 불린 노래들이다. 그러나 <심방곡>이 『용재총화』에 등장하는 점으로 미루어, 『용재총화』에 언급된 <북전>과 『악학궤범』에 실린 그것은 성격상 다소 차이를 보이거나 전자가 후자보다 얼마간 뒷 시기의 것으로 짐작된다. 두 문헌이 동일인[성현(成俔)]에 의해 기록된 것이긴 하지만 저술의 목적이나 취재대상의 우선순위에 따라 내용상의 차이는 보일 수 있을 것이기 때문이다.

<심방곡>과 <북전>은 가사의 형태와 규모가 일치하고 악곡 역시 같은 성격의 것들이다. 물론 '처용지희'가 삼국시대부터 있어왔던 '축사(逐邪)' 혹은 '구나(驅儺)'라는 종교적 의미를 갖는 행사이긴 하지만, 결국은 왕실이나 궁중의 안녕과 임금의 복을 비는 것으로 귀결된다. 즉 그것은 '송도'나 '송축'의 목적의식을 갖는 행사들이었다. 더구나 <동동>은 본래 '송도지사'였고, 조선조에 들어와 개작된 <봉황음>·<북전> 등도 신왕조의 문물을 찬양하거나 임금의 수와 복을 비는 송도의 노래들이었다.

---

4) 『양금신보』「현금향부」, 『한국음악학자료총서 14』, 77쪽의 "時用大葉慢中數 皆出於瓜亭三機曲中" 참조. *이하 인용되는 모든 악서들은 『한국음악학자료총서』[국립국악원 전통예술진흥회, 1989]에 들어있는 것들이므로 서지사항은 생략한다.

5) 세종실록 권 3, 1년 1월 1일의 "上王語孟思誠卞季良許稠等曰 後殿眞勺 其音節雖好 其歌詞不欲聞也 思誠等曰 上旨允當 今樂府用其調 不用其詞 眞勺有慢調有平調有數調 高麗忠惠王頗好淫聲 與嬖幸在後殿 作新聲淫詞以自娛 時人謂之後殿眞勺 非獨其詞調亦不可用" 참조.

이와 같이 가곡창사가 고려 이래의 속악가사에서 출발한다는 가설을, 곡조와 함께 그것에 올려 불리던 가사로부터 미흡하나마 입증하려고 하는 것이 이 부분의 주된 내용이다.

## 2. 출발기 작품으로서의 <북전>과 <심방곡>

일명 '뒤뎐', '후정화(後庭花)'라고도 불리던[6] <북전>은 여러 악서들을 거쳐 조선 후기의 가집들에 가곡 중의 한 창조(唱調)로 기록되어 있다. 고려 충혜왕이 즐겼다고 하는 음악(淫樂) '후전진작'이 바로 이 노래다. 특히 만·평·삭조가 있었다는 설명으로 미루어 <진작삼기곡>을 지칭했음이 분명하며 따라서 <북전> 역시 진작조의 노래였음을 확인할 수 있다. 성종 때 이세좌는 이 노래를 익히지 말 것을 건의한 바 있다. <북전>이나 <만전춘> 류를 비리지사이자 음악으로 보았기 때문이다.[7]

『악학궤범』 권 5 「학연화대처용무합설」의 경우도 <북전(급기)>의 개작 창사는 진작 조에 붙여져 있다. 그러나 개작 가사를 제외한다면 『금합자보(琴合字譜)』[1572년, 선조 5년 안상 편찬]와 『양금신보(梁琴新譜)』[1610년, 광해군 2년 양덕수(梁德壽) 편찬] 소재의 창사들이 지금까지 전해지는 최고(最古)의 것들이며, 이것들을 고려조에서 내려온 것으로 보는 견해가 일반적이다.

그런데 이러한 문헌들에 실린 <북전>의 창사와 『악학궤범』에 실린 개작 창사는 그 성격과 규모에 있어 약간의 차이를 보여준다. 『악학궤범』 소재의 그것은 진작조의 3강8엽으로 불린 '긴 노래'인 반면, 『금합자보』와 『양금신보』에 실린 그것들은 비교적 '짧은 노래들'이다. 이것을 조선 전기에 <단가북전>이 <장가북전>을 대치한 것으로 설명할 수 있다고 한다.[8] 양자 간의 정확한 선율 비교가 선행되어야 하겠으나 필자가 보기에 '<장가북전>→<단가북전>'은 '진작→대엽'과 같은 맥락으로 파악해야 할 듯하다. 다시 말하여 <북전>은 고려조에서 진작의 악조로 불린 것이 확실하기 때문이다.

---

6) 「韓琴新譜」 <평조북전>, 『한국음악학자료총서 18』, 48쪽의 "平調北殿 俗稱뒤뎐 或稱後庭花" 참조.

7) 성종실록 권 219, 19년 8월 13일의 "御經筵講訖 特進官李世佐啓曰 方今音樂率用男女相悅之詞 如曲宴觀射行幸時 則用之不妨 御正殿臨群臣時用此俚語 於事體何如 臣爲掌樂提調 本不解音律 然以所聞言之 眞勺雖俚語乃忠臣戀主之詞 用之不妨 但間歌鄙俚之詞如後庭花滿殿春之類亦多…(中略)…舍正樂而好淫樂 甚爲未便 一應俚語請改勿習 上顧問左右 領事李克培對曰 此言是也 但積習已久 不可遽革 令該曹商議以啓 上曰可" 참조.

8) 황준연, 「조선전기의 음악」, 『한국음악사』, 대한민국 예술원, 1985, 258쪽.

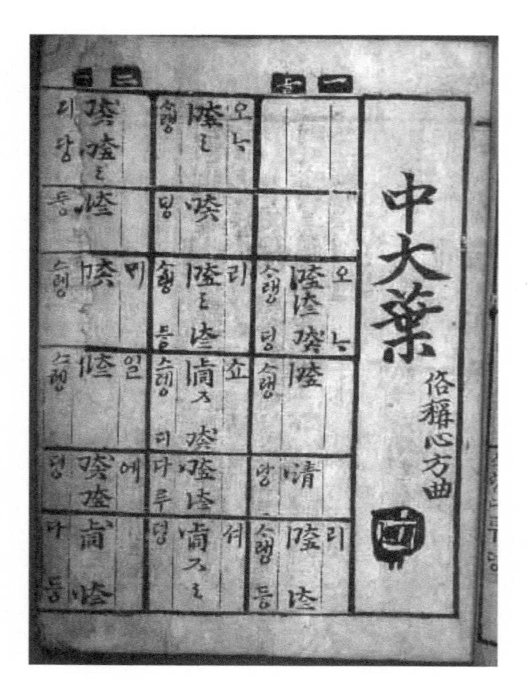


『양금신보』[규장각 소장 목판본. 중대엽 부분]

이와 같이 <장가북전> 즉 <후전진작>이 <단가북전>으로 바뀐 것을 <과정삼기곡>에서 대엽이 나온 점과 같은 것으로 볼 수 있다는 점은 조선조 악서들에 꾸준히 출현하는 <북전>이 가곡의 한 부분으로 편입되었다는 사실과 밀접한 관계를 갖는다. 즉 <장가북전>에서 <단가북전>이 파생되면서 비로소 <북전>은 대엽의 한 부분으로 합류했다고 볼 수 있기 때문이다. 그로부터 <북전>은 조선조 내내 다른 곡조들에 대한 상대적 독립성을 유지한 채 가곡의 범주 안에서 불려 내려왔다. 그런데 음악적인 면에서 시조가 가곡으로부터 파생된 것이 아니라 <북전>으로부터 나왔다는 주장이 있지만,[9] <만대엽>과 <북전>의 음악이 혹사(酷似)하다는 『현금동문류기』의 해당 기록[10]과 함께 조선 후기의 가집에 가곡의 한 창조로 편입되어 있다는 점을 감안한다면 <북전>이 일단 가곡장르로 포섭된 다음 그 가곡으로부터 시조가 파생되었으리라고 보는 편이 합리적일 것이다. 삼죽 조황[趙榥, 1803-?]이 편찬한 것으로 추정되는 『삼죽금보』에 나온 '시조'도 현행 시조창으로 볼 수는 없고 가곡의 범주 안에서 약간 '새로워진 가락', 즉 부분적으로 변이되기 시작한 노래에 불과하다고 생각한다. 왜냐하면 『삼죽금보』에 '시조'로 명명되어 있는 해당 악보는 5장으로 뚜렷이 구분되어 있으며, 이것을 단순히 편찬자의 무지(無知)나 실수로 돌릴 수 없기 때문이다. 더구나 조황의 가사집 『삼죽사류(三竹詞流)』에 가사가 5장으로

---

9) 황준연, 「북전과 시조」, 『세종학연구』, 세종대왕기념사업회, 1986, 창간호.

10) 答鄭評事書, 「玄琴東文類記 單」, 『한국음악학자료총서 15』, 국립국악원 전통예술진흥회, 89-90쪽의 ".其平調慢大葉者 諸曲之祖 而從容閑遠 自然平淡 故若使入三昧者彈之 則悠悠乎 若春雲之浮空 浩浩乎若薰風之拂野 人如千歲驪龍吟於瀨下 半空笙鶴唳於松間 則所謂蕩滌其邪穢 昭融其查滓 而怳在於唐虞三代之天矣 此與亂世亡國之音 絶不相似 尙今乃比而同之 非吾之所敢知也…(中略)…又曰癸未以後 慢調大行 仍致世亂者亦恐未然也 近年所尙非 慢大葉乃是別樣調也 似慢而不慢 慢中有淫 似和而不和 和中有傷 低昂回互 多有變風之態 今之北殿斜調是也 識者以玉樹後庭爲比 而不知者欣欣然 惟曰不足今之樂猶古之樂乎 若是者雖曰惡鄭聲之亂 正音可也 夫旣然矣 而抑又有說焉" 참조.

구분되어 실려 있는 사실[11]까지 감안한다면 이 점은 더욱 분명해진다.

이 점과 관련, 앞에 인용한 『현금동문류기』의 기록[각주 10)]으로부터 두 가지의 중요한 사실을 확인할 수 있다. 즉 평조만대엽의 곡태와 함께 이것이 당대에 불리던 많은 곡조들의 조종이었다는 사실, <북전>의 존재 및 곡태 등이다. 만대엽의 '만'이 '만·중·삭'의 그것임이 확실한 만큼 그 당시 이미 '대엽'에서 '만·중·삭대엽'이 분화되어 있었음을 알 수 있다. 만약 중대엽이나 삭대엽이 나오지 않았다면, 굳이 '만'이라는 변별적 관사를 사용할 필요가 없었을 것이기 때문이다.

따라서 『금합자보』[1572, 선조 5년] 소재의 <평조 만대엽>도 이런 관점에서 『현금동문류기』의 그것과 같은 것으로 보이며 <평조 만대엽>은 <대엽>으로부터 얼마간 진전을 보인 단계의 곡조로 보아야 할 듯하다. 그런데 이러한 만대엽이 계미[선조 16년, 1583] 이후 크게 유행하였다고 한다. 만대엽을 조종으로 하는 '제곡'이란 『현금동문류기』 편찬 시기인 17세기 전반[1620년] 무렵의 노래들을 통칭하는 것 같다. 이 단계는 이미 대부분의 고려속가들을 청산하고 노래의 가닥이 가곡, 즉 중대엽과 삭대엽의 체제로 잡혀진 시기라고 할 수 있다. 『금합자보』에는 <평조 만대엽>만 실려 있으나 그보다 40여년 후의 『양금신보』[1610, 광해군 2년]에는 만대엽과 중대엽이, 그 이후의 『현금동문류기』[1620년, 광해군 12년]와 『금보신증가령(琴譜新證假令)』[1680년, 숙종 6년]에는 만·중·삭대엽이 모두 실려 있다. 그리고 『백운암금보(白雲庵琴譜)』[1610년에서 1681년 사이로 추정][12])에는 만대엽낙시조·평조우조중대엽·우조계면조중대엽 등이, 『한금신보』[1724, 경종 4년]에는 우조중대엽·평조계면조중대엽·평조삭대엽·평조계면조삭대엽·우조계면조삭대엽 등이 각각 실려 있다. 그리고 숙종대의 『금보신증가령』에는 만대엽과 함께 일(一)·이(二)·삼(三)으로 분화된 중·삭대엽이 실려 있다.

이와 같이 17세기에 들어서면서 중·삭대엽 안에서도 상당한 정도의 분화가 일어났으며 그에 따라 17세기에는 중·삭대엽이 성행했다고 보아야 할 것이다. 18세기 초경 편찬됐을 것으로 추정되는 『연대소장금보(延大所藏琴譜)』[13]에는 만대엽, 중대엽[속칭 심방곡], 평조중대엽[제 1-제 3], 평조계면조중대엽[제 1-제 3], 우조중대엽[제 1-제 3], 우조계면조중대엽[제 1-제 3], 평조삭대엽

---

11) 『삼죽사류』[규장각 소장 가람본. 단책 39장 필사본 26.5×17.5㎝] 「人道行」의 모두(冒頭) 작품[天地間蠢動物이初章 口腹外예닐업거널二章 藐然헌此一身에제헐닐이하고만타三章 第一에四章 人道곳업스면저禽獸나다를소냐五章] 참조.

12) 이혜구의 추정. 『한국음악학자료총서 16』, 25쪽의 「백운암금보 해제」 참조.

13) 송방송, 『한국음악사연구』, 영남대 출판부, 1982, 345-358쪽.

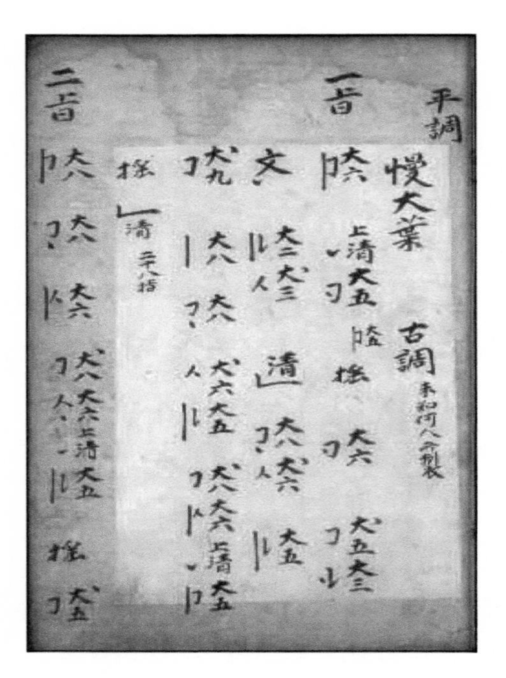


『현금동문류기』[규장각 소장 필사본, 거문고 악보]

[제 1-제 3], 우조삭대엽[제 1-제 3] 등 다양한 곡들이 실려 있다. 더구나 이 악보의 중대엽에는 가사 9편이 붙어 있기까지 하다. 따라서 이 시기의 유행곡은 중·삭대엽이 주도하였고, 그 가운데서도 중대엽보다는 삭대엽 쪽의 비중이 컸으리라 본다. 18세기에는 이익의 언급[14]과 같이, 삭대엽만 통용되었던 듯하다. 18세기 이후에는 삭대엽으로부터 많은 변주곡들이 파생되어 가곡의 레퍼토리는 대단히 넓게 확장되는 모습을 보여주었다. 19세기 초 편찬된 것으로 추정되는 『동대금보(東大琴譜)』에는 만대엽, 중대엽[속칭 심방곡], 우조 중대엽, 우조계면조중대엽 등이 실려 있다.

조선조에 들어와 <만전춘> 등과 함께 '음악(淫樂)'으로 지탄받던 <북전>은 『금합자보』[평조 및 우조]에 실려 있다. 『양금신보』에도 『금합자보』의 평조북전과 같은 악곡과 가사가 실려 전해지고 있다. 『현금동문류기』에도 삼지(三旨)와 여음의 평조북전이 실려 있고, 『금보신증가령』에는 삼지와 여음으로 이루어진 평조북전과 평조계면조북전이 실려 있으며, 『백운암금보』에도 마찬가지의 평조·우조북전이 실려 있다. 『한금신보』에는 3지와 두개의 여음으로 이루어진 평조북전과 3지와 하나의 여음으로 된 우조북전이 실려 있다. 『연대소장금보』에는 『현금신증가령』 소재의 그것과 같은 4조가 모두 사용된 북전이 실려 있다. 『동대금보』에는 삼지와 여음으로 이루어진 <북전>이 실려 있다.

후대의 가집들[『청구영언』·『해동가요』·『가곡원류』]에 이르면 <북전>은 가곡의 한 레퍼토리로 고정된다.[15] 이 당시에 중대엽·삭대엽·낙희조(樂戲調)·소용(騷聳)이·편락(編樂) 등의 노래

---

14) 이익, 『국역 성호사설』Ⅴ, 119쪽.

15) 이 점은 가집들 앞부분에 제시된 목록으로 분명해진다. 김수장의 다음과 같은 노래는 이것을 확실히 뒷받침한다. "노ᄅᆡᄀᆞᆺ치, 조코조흔거슬벗님ᄂᆡ야아돗던가春花柳夏淸風과秋月明冬雪景에弼雲昭格 蕩春臺와南北漢江絶勝處에酒肴爛熳ᄒᆞᆫ듸조은벗가즌海笛알릿ᄯᆞ온아모가이第一名唱드리ᄎᆞ례로안자엇거러불너ᄂᆡ니中大葉數大葉은堯舜禹湯文武ᄀᆞᆺ고後庭花樂戱調는漢唐宋이되여잇고騷聳이編樂은戰國이되어이셔刀창劍術이各自騰揚ᄒᆞ야管絃聲에어릐엿다功名과富貴도ᄂᆡ몰ᄂᆡ라男兒의豪氣를나ᄂᆞᆫ됴화ᄒᆞ노라"[甁窩歌曲集·가번 1092/김용찬, 『교주

들과 함께 <후정화> 즉 <북전>이 가곡의 범주에서 가창되고 있었음을 김수장의 이 노래로부터 파악할 수 있다. 더욱 관심을 끄는 점은 만대엽에서 삭대엽 혹은 그로부터 많은 곡들이 파생되는 시점까지도 약간의 변이를 거치긴 했겠지만, <북전>은 큰 변화 없이 불려왔다는 사실이다. 이로 미루어 본다면 대엽과 <북전>은 발전과 변이를 함께 하였고 대엽이 가곡이라는 노래장르로 확대 정착되자 <북전>은 가곡의 한 부분으로 편입된 듯하다.

『현금동문류기』의 해당 기록에도 언급된 바와 같이 그것은 만대엽과 쉽게 구별할 수 없을 만큼 서로 유사했기 때문이었을 것이다. 이미 <북전>의 악보는 『대악후보』에도 실려 있지만, 가사와 함께 실린 경우는 『금합자보』가 처음이다. 앞에서 인용한 『현금동문류기』의 해당 기록으로 미루어본다면 이 당시 <북전>은 <만대엽>과 혼동될만한 노래였다. 더욱이 만·중·삭대엽이 진작으로 불렸던 <과정삼기곡>에서 나왔다는 기록까지 감안한다면 <후전진작> 즉 <장가북전>은 가곡을 파생시킨 노래로서 그것에 올려 부르던 가사 역시 크게 다르지 않았으리라 짐작된다. 따라서 가곡창사의 출발 역시 고려조 <북전>을 상정할 수 있고, 이상의 악서 외에 『학포금보(學圃琴譜)』 등 후대 악서나 『청구영언』, 『병와가곡집』, 『영언류초(永言類抄)』 등의 가집들에서도 이런 점을 의식한 듯 '북전(후정화)'을 가곡조의 하나로 꾸준히 삽입시켰음을 확인할 수 있다.

『육당본청구영언』「청구영언목록(靑邱永言目錄)」'후정화'의 곡태를 설명하는 글에 "低昻回互有變風之態"라는 『현금동문류기』「답정평사서(答鄭評事書)」의 한 부분이 전재(轉載)되어 있다. 그러나 가사로는 『금합자보』에 기록되어 있는 초창기의 그것과 달리 "누은들~"[가번 9]과 "秦淮에ᄇᆡᄅᆞᆯᄆᆡ고~"[가번 10] 등이 실려 있다. 그 후 『진본청구영언』의 단계에 이르면 <북전>으로부터 <이북전>이 파생되었으며 <북전>의 가사로는 『금합자보』 소재 평조 북전의 가사가, <이북전>의 가사로는 『병와가곡집』과 같이 "ᄋᆞ자내黃毛試筆墨을~"[가번 5]이 올려져 있다. 『청구영언』과 비슷한 시기에 편찬되었을 것으로 보는 『병와가곡집』에도 <이북전>까지 파생된 모습을 확인할 수 있다. 또한 가사로는 <북전>에 "누은들잠이오며~"[가번 18]/"흐리누거괴오시든~"[가번 19]/"綠駬霜蹄은櫪上에셔~"[가번 20]/"秦淮에ᄇᆡ을ᄆᆡ고~"[가번 21] 등이 <이북전>에는 "아쟈ᄂᆡ黃毛試筆~"[가번 22] 등이 각각 올려져 있다. 『六堂本海東歌謠』의 <후정화>에는 "雁叫霜天 草裡驚蛇"로, <이후정화>에는 "空閨少婦 哀怨悽愴"으로 그 풍도형용(風度形容)이 각각 제시되어 있으며 가사로는 전자에 "누은들ᄌᆞᆷ이오며~"[가번 4]가 후자에 "ᄋᆞ자내黃毛試筆~"[가번 5]가 각각

병와가곡집』, 월인, 2001, 422쪽]

실려 있다. 『육당본가곡원류』에는 <후정화>와 <대(臺)> 및 <이후정화>[16] 등 세 항목으로 구분되어 있다.

특기할 사항은 대의 존재다. 대란 대받침 즉 노래의 과정이 끝날 때 부르는 노래다. 여말선초에는 <북전>이 대받침이었으나 조선조 후기에는 <태평가>가 대받침이었다. 그러나 여기서 보는 바와 같이 조선조 후기에도 <북전>이 대받침으로 겸용되었음을 알 수 있다. 그리고 대의 가사는 두목(杜牧)의 시 <박진회(泊秦淮)>[17]가 패로디parody되어있다. <북전>을 <후정화>에 빗대어 전통적으로 그렇게 불러 온 것을 노래 자체로 뒷받침하고 있는 셈이다. 따라서 <단가북전>의 가사로서는 처음인 『금합자보』의 해당가사[<평조북전>]가 『병와가곡집』과 『청구영언』의 단계까지는 전승된 것으로 보인다.

악보 상 <북전>이 삼지의 규모와 체제로서 일관하고 있다는 점은 간과할 수 없는 의미를 지닌다. 여기서 하나의 추리가 가능하다. 즉 <만대엽[즉 심방곡]>이나 <북전> 모두 진작에서 유래된 노래들이지만 전자는 5지로 편성되었고, 후자는 3지로 편성된 것으로서 이것들을 가곡의 범주 안에 공존하던 두 가지 형식으로 보아야 할 듯하다. 가곡 가운데 북전의 3지 형태가 후대 시조창의 3장 형태로 변이되었을 가능성 역시 크다. 결국 가곡에서 시조가 나왔다는 점을 인정할 수밖에 없고, 그것은 이면적으로는 <북전>에서 시조가 나왔다는 국악계 일각의 주장이 설득력을 갖게 하면서 동시에 가곡에서 시조가 나왔다는 주장 역시 설득력을 갖게 하는 요인이라고 할 수 있다. 따라서 『금합자보』에 실려 있는 <평조북전>, <우조북전>과 <평조만대엽>이 가곡창사 즉 시조문학의 실질적인 출발이 되는 셈이다.

다음으로 <북전>과 <만대엽>간의 형태적 유사성을 보이기 위해 정간보에 배열된 창사들을 뽑아내보기로 한다.

| 〈1〉-a흐리누거 괴어시든 | 〈1〉-b 空房을 겻고릴동 |
|---|---|
| 어누거 좃니져어 | 聖德을 너표릴동 |
| 젼ᄎ 젼ᄎ로 | 乃終 始終을 |
| 벋니믜 젼ᄎ로 | 모ᄅ옵건 마ᄅ나 |

16) 이 책의 <이후정화>에는 가사가 기록되어 있지 않고 다만 "今其失調可惜"이라고 되어 있어 이미 그 당시에는 <이후정화>가 불리지 않고 있었음을 알 수 있다.

17) 원문은 『文淵閣四庫全書: 集部/總集類/唐詩品彙』 卷五十三 · 七言絶句 · 政變의 "煙籠寒水月籠沙/夜泊秦淮近酒家/商女不知亡國恨/隔江猶唱後庭花" 참조.

설면ᄌᆺ 가ᄉᆡ론ᄃᆺ

범그러셔 노니져

[『금합자보』 소재 평조북전]

〈2〉 오ᄂᆞ리 오ᄂᆞ리나

ᄆᆡ일에 오ᄂᆞ리나

졈므디도 새디도

오ᄂᆞ리 새리나

ᄆᆡ일댱샹의

오ᄂᆞ리오쇼셔

[『금합자보』 소재 평조만대엽]

當시론 괴실ᄉᆡ

좃ᄌᆞᆸ노이다

[『금합자보』 소재 우조북전]

그런데 『병와가곡집』[가번 18-22][18], 『진본청구영언』[가번 4][19], 『가람본 청구영언』[가번 4][20], 『영언류초』[가번 4][21] 등에는 '북전'이라는 곡목 지정과 함께, 이미 인용한 『금합자보』 소재의 해당 가사와 거의 일치하는 노랫말이 올려져 있다. 사실 이것이 시대를 상당히 거슬러 올라간 시기의 『금합자보』에 실린 노래라기보다는 그 당시에 가곡의 범주 안에서 불리고 있던 <북전> 그 자체일 가능성이 크다. 물론 가집 편찬 시 선행 가보들을 참조하는 일이 통례였음을 감안한다면, 고려조 <북전>이 조선조 후기까지 가곡으로서 꾸준히 가창되고 활발히 전사되어 왔음은 분명하다. 그럴 경우 가곡창사의 문헌적 출발은 <단가북전> 그 자체 혹은 그와 공존하던 고려속가류에서 찾을 수 있다고 보아야 할 것이다. 더욱이 가사 <1>과 <2>가 표현이나 내용 혹은 분위기의 측면에서 여타 고려속가들과 상통되고 있다는 점을 생각할 때 이런 점은 더욱 분명해진다.

적어도 이 당시의 <북전>은 주로 마지막 부분의 대받침으로 가창되던 노래였다. 속칭 '뒤면'은

---

18) 이형상, 김동준 편저, 『樂學拾零』, 동국대 한국학연구소, 1978, 16쪽의 "누은들잠이오며기ᄃᆞ린들님이오랴이ᄌᆡ누어신들어ᄂᆡ줌이ᄒᆞ마오리출ᄒᆞ리안즌고ᄃᆡ셔긴밤아나ᄉᆡ오리라[18]/흐리누거괴오시든어누거좃니옵ᄉᆡ젼ᄎᆡ〃〃에벗님의젼ᄎᆞ로셔雪綿子가ᄉᆡ로온듯시벙그러져노옵ᄉᆡ[19]/綠駬霜蹄은櫪上에서늙고龍泉雪鍔은匣裡에운다丈夫ㅣ되여나셔爲國功勳못ᄒᆞ고셔귀밋ᄐᆡ白髮이홋ᄂᆞᆯ이니그를슬허ᄒᆞ노라[20]/秦淮에ᄇᆡ을ᄆᆡ고酒家로도라드니隔江商女는亡國恨을모로고셔밤중만寒水에月籠ᄒᆞᆯ제後庭花ᄅᆞᆯ ᄒᆞ더라[21, 이상 北殿]/아쟈ᄂᆡ黃毛試筆먹을무쳐牕밧긔지거고이ᄌᆡ도라가면어들법잇것마ᄂᆞᆫ아모나아모나어더가져셔그려보면알이라[22, 二北殿]" 참조.

19) 원문[흐리누거괴ᄋᆞ시든어누거좃니읍시뎐ᄎᆞ〃〃에벗님의뎐ᄎᆞ로셔雪綿子ㅅ가ᄉᆡ로온듯이범그려노읍서] 참조.

20) 원문[흐리누거괴오셔든어리누거즛니읍새뎐ᄎᆞ뎐ᄎᆞ번님의게뎐ᄎᆞ로세雪綿子ㅅ가ᄉᆡ로온듯시범그려노읍새] 참조.

21) 원문[흐리누거괴어시든어누거좃니옵ᄉᆡ젼ᄎᆞ젼ᄎᆞ에벗님의젼ᄎᆞ로셔雪錦子가ᄉᆡ론ᄃᆺ벗그져노읍새] 참조.

대받침을 의미할 수도 있을 것이다. 어전풍류의 대받침 속에 주인공인 임금에 대한 송축이나 송도의 표현이 들어갈 것은 당연하다. 『악학궤범』 권 5 「학연화대처용무합설」에 나와 있으며, 선초에 들어와 개작된 것이 분명한 <북전(급기)>이 새 왕조의 문물을 찬양하고 임금의 만수무강을 축수하는 송도적 내용인 것만을 보아도 짐작되는 일이다. 이와 같이 개작 <북전>이거나 원 <북전>이거나 간에 표현방법은 달랐을망정 임금에 대한 송도의 내용을 담은 점에서는 마찬가지였을 것이다. 앞의 인용문[주 7)] 중 이세좌의 계문에도 밝혀진 바와 같이 당시 남녀상열지사로 매도되던 <후정화>·<만전춘> 등은 곡연·관사·행행시에 사용되고 있었다. 이 행사들의 좌장이 예외 없이 임금이었음을 감안한다면 그 내용 역시 송도에서 벗어날 수 없었다고 보아야 할 것이다. 그런데 여기서 이들이 문제 삼은 것은 음탕한 상말로 이루어졌다는 점일 뿐 송도 그 자체는 아니었다. 따라서 여러 이설이 있을 수 있겠으나 원 <북전>은 임금이 좋아하여 임금 앞에서 가창되던 궁중악으로서의 송도가류로 보아야 하지 않을까 한다.

물론 『용재총화』 권 1 「처용지희(處容之戲)」에 밝혀진 바와 같이 영산회를 부르는 등 불교의식을 거행하면서 <보허자>·<동동>·<신방곡>·<북전> 등을 부른다는 요지의 내용을 들어 이보형은 <북전>이 종교적 의미를 지닌 노래였을 가능성이 있다고 필자에게 밝힌 적이 있다. 그러나 그것이 사찰 아닌 궁중에서 행하여졌다는 점을 염두에 둘 때 당시 성행하던 <북전>은 오히려 송도가적 성격이 주된 내용이자 목적의식으로 만들어진 노래였다고 보는 것이 더욱 타당하리라 생각한다.

송(頌)은 '신명·인군 등의 성덕과 성공을 찬양하는 노래'이며 도(禱)는 '신명에게 일을 고하여 복을 구한다'는 의미이므로 '송도'[혹은 '송도가']는 임금의 덕을 찬양함은 물론 복이나 상서(祥瑞)까지 기구(祈求)하는 노래로 정의될 수 있을 것이다.[22] 더구나 <북전>과 함께 불린 <동동>이나 <보허자>가 널리 알려진 송도의 노래였음을 감안한다면, 이런 점은 더욱 분명해진다. 송도의 현장에서 이와 같은 성격의 <북전>과 병행 가창되면서 <심방곡>은 하나의 구체적인 장르로 확대될 계기를 맞은 셈이다.

그런데 그 노래[즉 앞에 인용한 노래 <2>]는 조선 후기 가집들에 약간씩 달리 기록되어 있다. 그 가운데 편의상 『병와가곡집』에 실린 것을 들기로 한다.

---

22) 조규익, 『고려속악가사·경기체가·선초악장』, 한샘출판사, 1993, 17쪽.

오늘이오늘이쇼셔每日의오늘이쇼셔져므려지도새지도마르시고ᄆᆡ양에晝夜長常에오늘이오늘이쇼셔[병와가곡집-10]

『병와가곡집』에 이 노래의 곡조는 이중대엽으로 되어있다. 그러나 『진본청구영언』·『일석본 해동가요』·『주씨본 해동가요』·『시가요곡(詩歌謠曲)』·『서울대본 악부』·『가람본 청구영언』·『근화악부(槿花樂府)』 등에는 초중대엽으로 나와 있다. 그런데 우리는 이 노래를 이른 시기의 악서인 『금합자보』[1572년 선조 5년, 안상 찬], 『양금신보』[1610년대 양덕수 찬], 『낭옹신보(浪翁新譜)』[1788년 정조 12년 낭옹과 그의 제자들 찬] 등에서 확인할 수 있다. 『금합자보』에는 만대엽으로, 『양금신보』와 『낭옹신보』 등에는 중대엽으로 각각 나와 있다. 그리고 『양금신보』와 『낭옹신보』의 해당조에는 "中大葉 俗稱 心方曲"으로 나와있다. 따라서 중대엽·만대엽 등 가곡 대엽과 <심방곡>, 혹은 이 노랫말과 <심방곡>은 모종의 관계로 연결되고 있음을 짐작할 수 있다. 더구나 <심방곡>의 해석 여하나 그것의 곡태에 따라서는 가곡창사의 초기단계나 그 근원에 대한 추정도 가능할 수 있으리라 본다.

이익은 『성호사설』 「국조악장조」에서 "만중삭 삼대엽조를 心方曲"[23]이라 하였고 처용지희에서 신방곡을 연주하였다 한다.[24] 더구나 이 기록[『용재총화』 권 1 처용지희 조]에서 <북전>을 연주하기 바로 앞에 <신방곡>을 연주하게 되어있다는 점을 감안한다면 두 노래의 밀접한 상관성은 저절로 입증된다. 이보형은 육자배기토리로 된 허튼 가락의 기악곡인 시나위를 <심방곡>이라 하였고[25] 『양금신보』의 중대엽 심방곡과 『현금동문류기』의 기록[慢大葉 非慢乃中葉 卽今之心方曲也 厥當人云云]으로부터 실제 가곡 중 어느 대목을 심방곡이라 불렀다고도 하였다.[26]

한유신[韓維信, 1690?-1765]도 그의 「영언선 서」에서 김유기[金裕器, 1674-1720]의 말을 인용하는 가운데 '심방곡(尋芳曲)'을 언급하였으며 [27] 안민영[安玟英, 1816-?]도 통소(洞簫) 신방곡

---

23) "東俗歌詞 有大葉調 四方同 然槩無長短之別概 其中 又有慢中數三調 此本號心方曲 慢者極緩 人厭廢久 中者差促亦鮮好者 今之所通用卽大葉數調也" 참조.

24) 『용재총화』[한국고전종합DB: db.itkc.or.kr] 권 1, 처용지희 조의 "處容之戲。肇自新羅憲康王時。有神人出自海中。始現於開雲浦。來入王都。其爲人奇偉倜儻。好歌舞(…)繼爲神房曲。婆娑亂舞。終奏北殿。處容退列于位。於是有妓一人。唱南無阿彌陁佛。群從而和之。又唱觀音贊三周。回匝而出。每於除夜則一日夜。分入昌慶昌德兩宮殿庭。昌慶用妓樂。昌德用歌童。達曙奏樂。各賜伶妓布物。爲闢邪也.

25) 『한국민족문화대백과사전 13』, 499쪽.

26) 이보형, 「한국 巫儀式의 음악」, 『한국무속의 종합적 고찰』, 고려대 민족문화연구소, 1982, 211쪽.

27) 원문[公曰調成矣 所未竟者 獨有尋芳曲中 中大葉兩調 此聖門所謂終條理也] 참조.

(神方曲)의 명창을 만났다는 기록[28]을 남기고 있다. 이때의 <심방곡>·<신방곡> 역시 시나위를 의미할 것이다. 따라서 옛 문헌에 나오는 "心方曲 · 神方曲 · 神房曲 · 尋芳曲" 등은 모두 <심방곡>을 나타내는 표기들이다.

심방곡은 가객 한유신의 글[29]에도 나타난다. 한유신은 대구에서 활동하던 가객이었으나 전국의 금객·가객들과 두루 교제를 맺고 있었던 것 같다. 한유신이 을미년 봄 처음으로 김유기를 만났으리라고 보기는 어렵다. 그 이전에 이미 직접·간접으로 그를 만났을 것이다. 따라서 김유기와 같은 시기에 활동한 것으로 알려져 있던 당대 최고의 명금 김성기가 '금이가(琴二家)'에 포함되었을 가능성은 농후하다. 그리고 한유신 자신이 김성기와 같은 '낭옹(浪翁)'으로 자호한 것도 이미 한유신이 김성기를 만났고 그를 추수했을 가능성까지 시사한다. 더구나 김성기와 함께 '여항육인'[30]에 속해있던 김유기를 만나 그에게 가곡을 배운 것도 이러한 인연이 있지 않고는 쉽지 않은 일이었을 것이다. 어쨌든 한유신은 김유기로부터 고조(古調)를 배웠다. 그러나 이형상은 양덕수의 『양금신보』를 고조로, 김성기의 『어은유보(漁隱遺譜)』를 시조(時調)로 규정하였다.[31] 전자에는 중대엽까지만 보이고 후자에는 삭대엽이 나타나 있다. 김성기의 곡을 제자들이 적어놓은 『낭옹신보』 삭대엽의 전말(顚末)[32]을 참고한다면, 대체로 『낭옹신보』에는 고조의 노래를 『어은유보』에는 시조의 노래를 실어놓은 듯하다. 그런데 『낭옹신보』의 중대엽 제일은 "속칭심방곡(俗稱心方曲)"

---

28) 『金玉叢部』 가번 157 해설. 안민영 원저, 김신중 역주, 『역주 금옥총부』, 박이정, 2003, 178쪽.

29) 한유신, 「永言選序」, 『영인 해동가요 부 영언선』, 규장문화사, 1983, 110-111쪽의 "余少而好歌 殆忘寢食 或從泉石間 聽其自然 或就瑟二家和大小絃 自謂若有得 思欲一質於大方君子 以進其所不及 而顧世無能言者 每按曲裵回 徒有水遠山高之思 乙未春 金公裕器適自京師來 公卽今代之爲獨步也 余往省之 試以時譜叩之 公輒笑而不應 夜久始吟數闋 聲出金石 若不可影響焉 余乃窅然自喪 私語心 曰 正聲在是矣 厥明 延公置別舘 遂與二三同志 盡其舊學而請敎焉 公曰不亦善乎 歌有古今二調 哀而促者 衰世之音 而時人之所取也 和而緩者 太平之聲 而吾之所取也 我國歌謠 雜以方言 雖與古樂府有異 而亦有風化之一端 歌不可不審 仍出橐中所藏永言及公之所自製新翻十餘闋 以示曰 此白雪家路脈也 遂而平調等諸曲日課而授之 不佞等 專心學習 閱累年而始能効嚬 公曰調成矣 所未竟者 獨有尋芳曲中 中大葉兩調 此聖門所謂終條理也 了此卒業矣 是夕因唱尋芳曲一闋 始如天女散花 洞庭無波 其終也惝悅若緩掉泝月 而逍遙乎蓬海與水仙子語." 참조.

30) 『진본청구영언』에 등장하는 한 그룹의 가객을 일컫는다. 장현(張鉉) · 주의식(朱義植) · 김삼현(金三賢) · 김성기(金聖器) · 김유기(金裕器) · 김천택(金天澤) 등을 일컫는다.

31) 이형상, 「악학습령 서문」, 『악학습령』, 5쪽의 "本朝梁德壽作琴譜 稱梁琴新譜 謂之古調 本朝金成器作琴譜 稱漁隱遺譜 謂之時調" 참조.

32) 「낭옹신보」, 『한국음악학자료총서 14』, 210쪽의 "此曲近世無傳焉 盖失之於兵燹中 而且自中古以來 絶無唱之者故也 今浪翁博採今古諸譜 以成此曲焉" 참조.

이라 하여 다음과 같은 노래를 들고 있다.

黃河水ᄆᆞᆰ다터니聖人이나시도다草野群賢이다니러나단말가어즈버이江山風月을눌을주고가리요

따라서 <심방곡>이란 명칭의 근원이 무가의 내용을 담은 가사에 있다고 보는 견해는 잘못되었음을 이 노래로부터 확인할 수 있다. 물론 "오ᄂᆞ리나~"의 예와 같이 분명 가곡의 출발은 무가를 비롯한 속가들의 영향 하에서 이루어졌을 것이다. 처음부터 가곡이 독립적으로 출발되었다고 볼 수는 없고, 모두 속가의 범주 안에서 두루 불리던 노래들이었기 때문이다. 그러나 시간이 흐르면서 <심방곡>이 지니고 있던 무가적 성향이 탈색되었고 가곡의 장르적 독자성은 확보될 수 있었다. 이익은 『성호사설』에서 "만·중·삭 등 세 가지 곡에 통할만한 '이사(俚詞)' 한 편이 있다"[33]고 했는데 이 경우의 '이사'가 바로 『금합자보』 소재 <만대엽>임에 틀림없으리라 본다.

가곡이 독립 장르로서의 지위를 확보한 것은 적어도 중대엽 이후부터였다. 그런데 이미 인용한 바와 같이 양덕수는 당시에 불리던 만·중·삭대엽이 모두 <과정삼기곡>으로부터 나왔다고 하였다. 또한 <북전>이 만대엽 이전 단계 즉 가곡 이전 형태의 노래로서 그 노랫말은 거의 가곡창사와 부합하는 수준으로 완성된 단계였음을 추정한 바 있다. <심방곡>이란 명칭이 부대되어 있는 것은 모두 중대엽이다. 그러나 중대엽 그 자체만을 <심방곡>으로 볼 수는 없고, 대엽의 장르적 근원을 암시하는 명칭으로 보면 된다. 그러기 때문에 만대엽 가사도 중대엽[이른바 <심방곡>]의 그것과 같은 것이다. 초기 문헌으로는 『양금신보』에 '중대엽 속칭 심방곡'이 명시되었고, 거기에 실린 창사와 거의 같은 노래가 바로 앞 단계인 『금합자보』에는 평조 만대엽의 가사로 실려 있다. 그리고 『청구영언』의 초중대엽과 『악학습령』의 초중대엽에도 같은 노래들이 실려 있다. 금보인 『낭옹신보』에는 '平調 古調 心方曲'과 '中大葉 俗稱 心方曲'이 실려 있다.

심방곡[혹은 신방곡]에 대한 설명은 이미 성현의 『용재총화』와 이익의 『성호사설』에 나오는데, 『용재총화』 「처용지희」의 해당 기록은 다음과 같다.

보허자를 주악하면 쌍학이 곡조에 따라 너울너울 춤추면서 연꽃 받침을 쪼면 두 소기가 그 꽃받침을 헤치고 나와 서로 마주 보기도 하고 서로 등지기도 하며 뛰면서 춤을 추는데, 이를 동동(動動)이라고 한다. 이리하여 쌍학은 물러가고 처용이 들어온다. 처음에 만기(縵機)를 연주하면 처용 다섯 사람이 각각 오방(五

33) 『국역 성호사설』 V, 민족문화추진회, 1977, 119쪽.

方)으로 나누어 서서 소매를 떨치고 춤을 추며, 그 다음에 촉기(促機)를 연주하는데, 신방곡에 따라 너울너울 어지러이 춤을 추고, 끝으로 북전을 연주하면 처용이 물러가 자리에 열지어 선다.[34]

이 기록은 『악학궤범』 제 5권 「학연화대처용무합설」의 내용을 약술, 전재한 것으로 볼 수 있다. 두 문헌 모두 성현의 저술이기 때문에 상세하고 소략하다는 차이 외에는 근본적으로 같은 내용이다. 여기서 <신방곡>과 <북전>이 순차로 연주되었다는 사실과 『금합자보』에 <만대엽>[<신방곡>에 올려 부르던 가사와 동일] 다음에 <북전>이 기록되어 있다는 것은 연행(演行)할 때 두 노래가 밀접한 관련을 맺고 있었다는 점을 시사하는 내용으로 볼 수 있을 것이다.

『용재총화』에 나오는 <신방곡>도 『성호사설』에서 언급한 <심방곡>도 모두 가곡을 지칭하는 같은 이름이다. 이 점은 『현금동문류기』의 기록[35]으로도 확인된다. 이보형은 가곡의 음조가 육자배기토리가 아니므로 만대엽이나 중대엽 평조를 심방곡이라 이른 것은 그 음조에 연유된 것이 아닐 것이라고 추정했다. 즉 『금합자보』 소재의 만대엽과 『양금신보』 소재의 중대엽 평조는 거의 비슷한 가사로 되어 있는데, 이 가사와 비슷한 것이 제주무가, 강릉 성주고사소리, 일본구주묘대천(日本九州苗代川) 한국인 도공(陶工)의 신가(神歌) 등에 보인다고 한다. 그러기 때문에 만대엽과 중대엽평조를 심방곡이라 부른 것은 무가의 내용을 담은 가사 때문이라고 보는 것이다.[36] 아울러 그는 고어와 오늘날 제주도 방언에 무당을 심방이라 이르듯이 심방 즉 무당의 음악이란 뜻이겠는데, 대엽조만 <심방곡>이라 했는지, 『시용향악보』 소재의 무가들을 모두 <심방곡>이라 했는지 알 길이 없다고 하였으나[37] 분명 출발은 무가를 포함한 고려속가들이었을 것이다. 그 후에 대엽조는 하나의 독립된 장르로 확대되는 것이다.

또한 『양금신보』에는 『금합자보』 소재의 평조 <북전>이 표기법 몇 개만 달라진 채 그대로 실려 있다. 가사가 실려 있지는 않으나[38] 세조조의 음악을 반영하고 있는[39] 『대악후보』[1759년,

---

34) 『국역 대동야승Ⅰ』, 22-23쪽.

35) 『玄琴東文類記』, 『한국음악학자료총서』 十五, 101쪽의 "慢大葉 非慢乃中葉 卽分之心方曲也厥當人云云" 참조.

36) 이보형, 「한국 巫儀式의 음악」, 『한국무속의 종합적 고찰』, 212쪽.

37) 이보형, 같은 글, 같은 곳.

38) 『대악후보』는 5음약보(五音略譜)이며, 『금합자보』는 거문고 합자보와 육보(肉譜), 오음약보[궁상하보(宮上下譜)]를 겸용하고 또한 장고보(杖鼓譜), 고보(鼓譜)를 합친 총보(總譜)라는 점에서도 다르고 규모 또한 『대악후보』의 것이 훨씬 크다.

39) 『증보문헌비고』 『악고』 5, 「역대악제」 3의 "徐命膺 大樂前譜引曰 凡世宗朝樂 皆以十二律四淸聲而紀之 世

영조 35년 서명응 편찬]에도 이 노래의 악보는 나와 있다. 어쨌든 『악학궤범』의 그것을 제외한다면 악보와 가사가 실려 있는 문헌으로는 『금합자보』와 『양금신보』가 최고(最古)의 것들이다. 두 노래의 관계를 살펴보기 위하여 정간과 가사를 함께 들기로 한다.

慢 大 葉

|  |  |  | 오 |  | ᄂᆞ |  |  |  |  |  |  |  | 리 |  |  |
|---|---|---|---|---|---|---|---|---|---|---|---|---|---|---|---|

北 殿

|  |  |  | 흐 | 리 | 누 | 거 |  | 괴 |  | 어 | 시 |  |  | 든 |  |
|---|---|---|---|---|---|---|---|---|---|---|---|---|---|---|---|

慢 大 葉

|  |  |  | 오 |  | ᄂᆞ |  |  | 리 |  |  |  |  | 나 |  |  |
|---|---|---|---|---|---|---|---|---|---|---|---|---|---|---|---|

北 殿

| 어 |  | 누 |  |  | 거 |  |  | 좃 |  | 니 | 져 |  |  | 어 |  |
|---|---|---|---|---|---|---|---|---|---|---|---|---|---|---|---|

慢 大 葉

|  |  |  | 미 |  | 일 |  |  |  |  |  |  |  | 에 |  |  |
|---|---|---|---|---|---|---|---|---|---|---|---|---|---|---|---|

北 殿

|  |  |  | 전 |  | ᄎᆞ |  |  | 젼 |  |  | ᄎᆞ |  | 로 |  |  |
|---|---|---|---|---|---|---|---|---|---|---|---|---|---|---|---|

慢 大 葉

| 오 |  |  | ᄂᆞ |  |  |  |  | 리 |  |  |  |  | 나 |  |  |
|---|---|---|---|---|---|---|---|---|---|---|---|---|---|---|---|

北 殿

| 번 |  |  | 니 |  | 믜 | 전 | ᄎᆞ | 로 |  |  |  |  |  |  |  |
|---|---|---|---|---|---|---|---|---|---|---|---|---|---|---|---|

慢 大 葉

| 졈 |  |  | 므 |  | 디 |  |  |  |  |  |  |  | 도 |  |  |
|---|---|---|---|---|---|---|---|---|---|---|---|---|---|---|---|

祖朝之樂 皆以上一上五下一下五而紀之 其有以世祖朝之腔調 協入世宗朝之律呂者 則又以上一上五下一下五 而旁注于十二律四淸聲 始終條理 不相侵亂 謹敢序次 樂彙分類別 以世宗朝 樂爲前譜 世祖朝爲後譜 繕寫成帙 共十六卷 英祖 己卯 纂定" 참조. 이 기록에 의하면, 「대악후보」는 세조 때의 음악을 반영하였다 한다. 따라서 인용 문헌들 가운데 편찬연대는 가장 늦으나 반영된 음악은 가장 이른 시기의 그것임을 알 수 있다. 그러나 이 책에는 세조 당대의 창작음악과 함께 고려 이래의 향악들이 실려 있다. 그 가운데 본서의 논의 대상인 <만대엽>이 들어있다.

北 殿

| | | | 셜 | 면 | 좃 | 가 | | 싀 | 론 | | 둧 | | | | |
|---|---|---|---|---|---|---|---|---|---|---|---|---|---|---|---|

慢 大 葉

| 새 | | | 디 | | | | | 도 | | | | | | | |
|---|---|---|---|---|---|---|---|---|---|---|---|---|---|---|---|

北 殿

| 범 | | 그 | 러 | | 셔 | | | 노 | | | 니 | | 져 | | |
|---|---|---|---|---|---|---|---|---|---|---|---|---|---|---|---|

慢 大 葉

| 오 | | | | | | | | ᄂᆞ | | | | | 리 | | |
|---|---|---|---|---|---|---|---|---|---|---|---|---|---|---|---|

北 殿

| | | | | | | | | | | | | | | | |
|---|---|---|---|---|---|---|---|---|---|---|---|---|---|---|---|

慢 大 葉

| | | | 새 | | | | | | | | | | 리 | | |
|---|---|---|---|---|---|---|---|---|---|---|---|---|---|---|---|

北 殿

| | | | | | | | | | | | | | | | |
|---|---|---|---|---|---|---|---|---|---|---|---|---|---|---|---|

慢 大 葉

| | | | | | | | | 나 | | | | | | | |
|---|---|---|---|---|---|---|---|---|---|---|---|---|---|---|---|

北 殿

| | | | | | | | | | | | | | | | |
|---|---|---|---|---|---|---|---|---|---|---|---|---|---|---|---|

慢 大 葉

| 미 | | | 일 | | 댱 | | | 샹 | | | | | 의 | | |
|---|---|---|---|---|---|---|---|---|---|---|---|---|---|---|---|

北 殿

| | | | | | | | | | | | | | | | |
|---|---|---|---|---|---|---|---|---|---|---|---|---|---|---|---|

慢 大 葉

| 오 | | | ᄂᆞ | | | | | 리 | | | | | 오 | | |
|---|---|---|---|---|---|---|---|---|---|---|---|---|---|---|---|

北 殿

| | | | | | | | | | | | | | | | |
|---|---|---|---|---|---|---|---|---|---|---|---|---|---|---|---|

慢 大 葉

| 쇼 | | | | | | | | | | | | | 셔 | | |
|---|---|---|---|---|---|---|---|---|---|---|---|---|---|---|---|

『금합자보』에 실려 있는 <만대엽>[평조]과 <북전>[평조]의 악보를 정간과 가사만 추려본 것이다. <만대엽>의 경우 둘째 행강에서 시작된 제 1, 2행만 제외하고는 나머지 모두 첫 행강에서 시작되고 있다. 사설붙임에서 차이가 있을 뿐 두 노래는 같은 규모와 형식의 노래라고 할 수 있다.

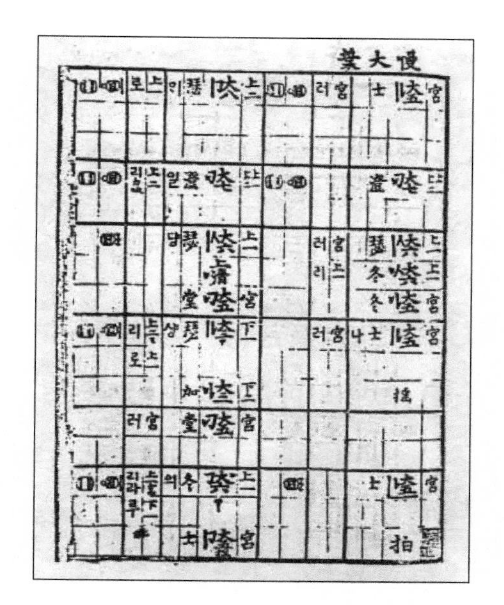

만대엽 악보

<만대엽>에서는 "오ᄂᆞ리 오ᄂᆞ리나"가 두 장단에 걸쳐 노래되고 있다. 그러나 <북전>의 경우 같은 규모의 사설 "흐리누거 괴어시든"이 한 장단으로 노래되고 있다. 따라서 <북전>은 2소절 1장단의 형식이나 <만대엽>은 1소절 1장단의 형식이다. 따라서 <만대엽>을 가창하는 데는 <북전>보다 두 배의 시간이 걸리게 되어 있다. 그러나 두 노래는 장단의 차이만 있을 뿐 노랫말의 형태는 물론이고 가창의 형태까지 유사하다. 대체로 사설붙임의 형식이 <만대엽>과 유사한 것들은 <사모곡>·<정석가>·<여민락> 등이고, <북전>과 유사한 것들은 <한림별곡>·<감군은> 등이다. 물론 세부적인 선율을 비교한다면 노래마다 분명한 차이가 드러나겠지만 동시대에 불리던 노래들 사이에는 공통요소로서의 형태적 관습이나 분위기가 잠재되어 있음을 부인할 수 없다. 즉 <만대엽>과 <북전>은 고려속가 자체 혹은 그것들과 함께 불리던 노래들이었기 때문이다.

이와 같이 대엽의 가사와 고려속가들이 같은 분위기와 방식으로 노래 불렀다면 결국 대엽 가사의 장르적 근원은 고려속가에 있을 것임은 자명하다. 비교를 위하여 『시용향악보』에 실려 있는 <귀호곡>[평조]의 정간과 사설붙임을 들기로 한다.

| 가 | 시 | | | | 리 | | | 가 | | | 시 | | 리 | | |
|---|---|---|---|---|---|---|---|---|---|---|---|---|---|---|---|
| 이 | | | ᄭᅩ | | 나 | | | ᄂᆞᆫ | | | | | | | |
| ᄇᆞ | | | 리 | | 고 | | | 가 | | | 시 | | 리 | | |
| 이 | | | ᄭᅩ | | 나 | | | ᄂᆞᆫ | | | | | 위 | | |
| 증 | | | | | 즐 | | | 가 | | | | | | | |
| 大 | | | | | 平 | | | 盛 | | | | | 代 | | |

<북전>이 둘째 행강부터 시작한 데 반하여 <귀호곡>은 첫 행강부터 시작하고 있다는 차이만을 보여줄 뿐 전체적인 사설붙임에 있어서는 큰 차이가 없다. 물론 세부적인 선율에 있어서는 차이를 보이리라 생각한다. 여기서 중요한 것은 <만대엽>이나 <북전>, <가시리> 등이 사설붙임 등 거시적인 측면에서 하나의 동질적인 질서를 형성하고 있다는 점이다.

## 3. 시조의 궁중악적 성격

『금합자보』에는 <평조만대엽>·<정석가>·<한림별곡>·<감군은>·<평조북전>·<우조북전>·<여민락>·<보허자>·<사모곡> 등이 실려 있다. 이 노래들은 적어도 당대에 가장 널리 불린, 가장 대표적인 노래들이라고 할 수 있다. 그리고 그것들은 궁중이나 관인 층에서 주로 가창되던 노래들임이 분명하다. 동시에 그것들은 <감군은>·<여민락>만 제외하고는 모두 고려 이래의 속가들이다. <보허자>의 경우 당악이긴 하나 고려조 이래 조선조까지 궁중의 연회에 주로 사용되었으며, 유선(遊仙)의 황홀경·태평성대의 즐거움 등과 함께 임금의 복과 수를 송도하는 내용의 가사를 갖고 있다는 점에서 여타 노래들과 마찬가지다.

<정석가>는 송덕의 노래이며[40] <감군은> 역시 그렇다. <한림별곡>은 허참면신지례(許參免新之禮) 등 관인계층의 떠들썩한 유락의 장소에서 불리던 노래였고, 심지어 왕까지 신하들에게 즐기기를 권하던 노래이기도 하였다.[41] 또한 한문으로 된 <용비어천가>[수장·2·3·4·졸장]를 올려 부른 여민락은 향악계 창작음악의 대표 격이다.

이 노래들이 모두 구체적인 선율의 면에서 약간씩 다르다는 점에서 개별적 독자성을 지닐 뿐 당대 속가들의 범주에 속한다는 점은 부정할 수 없다. 즉 시조문학의 근원과 출발이 고려속가에 있었다는 것이다. 다시 말하여 <만대엽>이나 <북전>과 같은 구체적이고 개별적인 노래들이 대엽이라는 하나의 장르로 정착·확장되었고, 후대에 시조 장르로 변이된 것이다.

대엽은 <심방곡>으로 지칭되기도 했으며, <만대엽>은 향후 가곡의 조종으로 인식되었다. 따라서 <북전>이나 <심방곡> 등은 무가에서 근원한 어전풍류의 송도지사들이었다. 성종때 이세좌의 계문에 의하면 곡연·관사·행행은 물론 정전에서 신하들을 만날 때에도 <후정화> 등 남녀상열지사가 사용되었음을 알 수 있다.

---

40) 조규익, 『고려속악가사·경기체가·선초악장』, 30쪽.

41) 태종실록 권 26, 13년 7월 18일.

<북전>이나 <심방곡> 양자 모두 무가에서 발원하여 궁중악으로 편입된 대표적인 우리말 노래들이다. 그리고 현재까지 드러난 그 문헌적 단서가 바로 『금합자보』라고 할 수 있다. 이 책의 편자인 안상이 장악원 첨정이었다는 점은 이 책에 실린 노래들이 대부분 궁중악이었던 점을 뒷받침한다. 당대 속악들 가운데 끼어 있던 구체적인 작품으로서의 <만대엽>과 <북전>이 대중에게 선호되면서[42] 이 노래는 하나의 구체적인 장르로 확대·정착·변이되기 시작하였을 것이다. 그렇게 대중적 선호도가 높아진 것은 이 노래들이 궁중 혹은 관인 층에서 애호되었기 때문이다. 결국 발생기의 대엽 가사는 전통 악조인 진작에서 파생된 고려속악들 중 한 노래로서 조선조 중기 이후 구체적인 장르로 확대 고정되었으며, 거기에 붙여진 가사는 『금합자보』 소재 <북전>과 <만대엽>의 단계에 이르러 확립되었다. 즉 초창기 대엽 가사[시조문학]는 속가[무가 포함]류에 포함되어 있었던 것이다.

歌詞上
與民樂

〈여민락〉 악보 [『악장가사』 소재]

42) 「답정평사서」, 『현금동문류기 단』, 『한국음악학총서 15』, 89-90쪽 참조.

# 장가[혹은 가사]의 형성과 전개 바탕으로서의 가맥(歌脈)

## 1. <상춘곡>-<서호별곡>-<관동별곡>과 음악

기초적인 문제마저 아직 해결을 보지 못하고 있는 국문학 장르들 가운데 하나가 바로 장가[가사]다. 가사의 장르적 특질은 국문학 연구 초창기부터 논란을 벌여 온 분야인데, 지금까지 전개되고 있는 무성한 논리들의 현란함에 비해 도출된 결과는 초창기의 그것에서 크게 진전된 모습을 보여주지 못하고 있다. 그 이유는 여러 측면에서 거론될 수 있을 것이다. 가사문학의 발생이나 전개 등 존재론적 근거를 면밀히 고찰하지 아니 한 채 서구적 장르이론 만을 무리하게 적용하려는 데서 빚어진 결과라는 점을 우선적으로 꼽아야 할 것이다. 가사문학이 어떤 토양에서 왜 발생하였으며, 어떤 바탕에서 지속되고 변이되었는가를 먼저 구명했어야 한다. 현재 남아 있는 언어 구조물로서의 그것에만 초점을 맞추어 일반적인 장르이론으로 재단하려 할 때 그 본질이 제대로 드러나지 않을 것은 자명하다.

물론 지난 시대 문학의 특정 장르를 논할 때 정확한 발생 시기나 효시 작품을 찾아내는 일은 거의 불가능하거나 사실상 비생산적인 작업일 수 있다. 그러나 하나의 장르가 등장하여 많은 사람들에 의해 창작되고 수용되면서 일정 기간 지속되는 모습은 비교적 관찰이 용이하고, 그에 대한 설명 역시 가능할 것이다. 그런 과정을 통할 때 비로소 특정 장르의 본질에 대한 규명 작업은 객관 타당성을 획득하게 된다.

'가사는 노래 즉 가창문학이었다'는 평범하면서도 상식적인 사실이 이 글의 대전제다. 지금까지 벌어진 논란의 근저를 캐 보면 '가사가 노래였다'는 사실을 몰랐거나 외면한 연구자들의 입장을 발견할 수 있다. 일단 가사가 노래라는 점을 인정한다면 창작과 수용의 실상이 비교적 수월하게 드러날 것이고 기존의 장르 이론상 맞지 않는다고 지적된 점들도 관습적 차원에서 해명될 수 있으며, 이런 점은 여타 장르들의 해명에도 연쇄적인 파급 효과를 가져 올 수 있을 것이다. 노래와 문학은 엄연히 다른 분야이고, 문학을 연구하는 입장에서 음악을 거론하는 것이 사리에 맞지 않는다는 반론이 제기될 가능성은 충분하다. 그러나 과거의 시문학 대부분이 '부르기 위해' [즉 음악의 일부로] 만들어졌다는 점은 부정할 수 없는 사실이지만, 그것이 우리 시문학의 존재가치를 폄하시키는 요인이 될 수는 없다. 설사 우리 시문학의 음악적 배경이 그 존재가치의 폄하 요인이라 하더라도 그 음악적 요인에 대한 논의를 회피하는 일이 합리화될 수는 더더욱 없는 일이다. 모든 논의는 장르적 본질의 규명에 모아져야 하기 때문이다.

여기서 거론될 <상춘곡>·<서호별곡>·<관동별곡>은 어느 시기부터 각각 가사문학의 통시적 선상에서 주목받기 시작한 작품들이다. 물론 이 자리에서 이들 세 작품을 억지로 연결시키려는 것은 아니다.

이설이 분분하긴 하나 <상춘곡>은 문헌에 기록된 작품들 가운데 시기적으로 가장 이른 작품이며, 작자인 불우헌(不憂軒) 정극인[丁克仁, 1401-1481]이 <불우헌가>와 <불우헌곡> 등 당대에 유행하던 형태의 노래를 지은 사람이라는 점을 감안한다면 이 작품이 지닌 문학사적 의의가 결코 가볍지 않다. 그리고 정철의 가사는 질적 우수성에서 돋보일 뿐 아니라 당대인들에게 많이 불렸다는 점에서도 문학사상 무시할 수 없는 위치를 지닌다. 그리고 그 사이에 위치한 허강[許橿, 1520-1592]의 <서호별곡>은 악조의 표시가 되어 있음은 물론 내용적 성향으로도 두 작품들과 모종의 연관을 맺을 가능성이 있기 때문에 당연히 선택되어야 한다. 서로가 전혀 무관한 상태에서 창작되고 가창된 노래들이지만 장가 혹은 가사의 문학사적 맥락으로 보아 그것들은 밀접하게 연결된다. 따라서 적어도 가사를 통하여 조선조 가맥의 일단을 논의할 경우 이 작품들을 논외로 할 수 없음은 자명하다.

현재 <상춘곡>이 정극인의 작품이라는 점에 대해서는 대체로 의견의 일치를 보이는 편이다. 정극인은 조선 초기 1세기 내의 인물이고, 주지하다시피 이 시기는 문화의 모든 방면에서 고려풍을 청산하지 못한 상태에 있었으며, 음악의 경우는 더욱 그러했다. 속악에 포함되어 있던 고려노래들의 존재는 이러한 점을 극명하게 드러낸다. 조선조에 들어와 노래를 새로이 지었다 해도 대부분 앞 시대의 곡에 전사(塡詞)하는 정도였음은 이미 많은 연구들에서 밝혀진 바 있다. 그런데 정극인은 <상춘곡>·<불우헌가>·<불우헌곡>을 지었다.[1] 이 가운데 <불우헌가>와 <상춘곡>은 비교적 새로운 형식으로 보이나, <불우헌곡>은 노랫말의 형식뿐만 아니라 그 자신이 밝혔듯이 이 노래에서의 '위(偉)'나 '하여(何如)'는 고려조 <한림별곡>의 음악과 절주(節奏)를 본뜬 것들이다.[2] 그렇다면 결국 이 노래는 <한림별곡>과 같은 곡조의 노래이며 가창 방법 역시 그러했으리라 짐작된다.

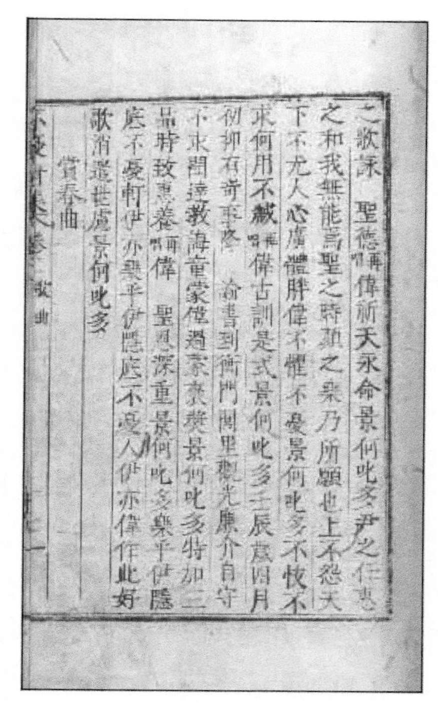
不憂軒集卷二 歌曲

之歌詠 聖德(再唱)偉新天永命景何叱多 [illegible]
之和我無能爲聖之時覩之樂乃所願也上不怨天
下不尤人心廣體胖偉不懼不憂景何叱多不忮不
求何用不臧(再唱)偉古訓是式景何叱多壬辰歲四月
初抑有奇事矣 綸書到衡門閭里觀光廉介自守
不求聞達教誨童蒙偉過[illegible]景何叱多特加三
品時致惠養(再唱)偉 聖恩深重景何叱多樂乎伊隱
底不憂軒伊亦樂乎伊隱底不憂人伊亦偉作此好
歌消遣世慮景何叱多

賞春曲

〈상춘곡〉 [『불우헌집』, 규장각 소장본]

성종실록의 기록과 이에 인용된 정극인 자신의 상소, 황윤석이 쓴 행장, 손비장이 쓴 묘갈문, 필자 미상의 가장초(家狀草) 등에는 천편일률적이긴 하나 그의 노래에 관한 몇 가지 기록들이 남아 있다.[3] 문면만으로는 그 기록들에 나오는 장가와 단가가 구체적으로 무슨 작품을 가리키는지 알 수 없다. 그러나 현재 전해지고 있는 『불우헌집』에 실린 작품들이 그가 지은 국문노래의 전부라면 장가는 <상춘곡>을, 단가는 <불우헌가>와 <불우헌곡>을 각각 가리킨다고 보는 것이 타당하다. 그러나 권영철은 "長歌六章 短歌二章"이라는 성종실록의 기록을 들어 장가는 <불우헌곡>, 단가는 <불우헌가>라 하였고, 그에 따라 <상춘곡>은 그의 작품이 아닐 수도 있다고 보았다.[4] 그가 그렇게 본 이유 중의 하나는 <불우헌곡>이 정확히 여섯 개의 연으로 되어 있다는 점이다. 그러나 실제로 <불우헌곡>은 일곱 개의 연으로 되어 있다. "3·3·4/3·3·4/3·3·4/偉○○○景何叱多"로 이루어진 연 여섯 개와 "樂乎伊隱底 不憂軒伊亦/樂乎伊隱底 不憂軒伊亦/偉 作此好歌 消遣世慮景何叱多"로 된 마지막 연 등 분명히 일곱 개의 연으로 되어 있는 것이다.

---

1) 세 작품은 『不憂軒集』 권 2, 가곡, 『한국문집총간 9』, 34-36쪽에 실려 있다.

2) 같은 책, 34쪽의 "不憂軒曲 何叱多 方言譯之則何如也 曰偉曰何如 用高麗翰林別曲音節" 참조.

3) ①敎誨子弟 閒儒常事 而褒之三品好爵 此生餘年 無堦上合 謹作長歌六章短歌二章 或與朋友歌詠 或夜歌且舞 頌禱之勤 殆無虛日(…)幷進俚歌二章 儻豪一經天視 老臣之願也 謹昧死以上長歌一章 短歌二章 皆雜以俚語(…)且所著長短歌 皆自賢誇大之辭 必是年老衰耗而然也[성종실록 권 122, 11년 10월 26일]/②盖中直大夫 陞通政大夫也 每念天恩罔極 倚高麗翰林別曲音節 作不憂軒曲 先以短歌 以時歌詠其榮 申祝上壽[황윤석, 불우헌정공행장, 『한국문집총간 9』, 11쪽]/③特加三品散官 又令其道 時致惠養 公不勝感激 拜稽以謝 又作歌曲 以詠其榮寵[불우헌가장초, 『한국문집총간 9』, 16쪽]/④天恩罔極 乃被之於詞 名曰不憂軒曲 時時歌詠以祝上壽(…)感恩騰歌 祝聖多年 奉謝之情[불우헌묘갈문, 『한국문집총간 9』, 17쪽].

4) 권영철, 「불우헌가곡 연구」, 『국문학연구』 2집, 효성여대 국어국문학연구실, 1969, 51-55쪽.

권영철의 견해와 같이 이 노래의 마지막 부분을 낙구(落句)로 볼 수도 있겠지만, <한림별곡>의 마지막 장[5]이나 <한림별곡>을 의방한 것으로 생각되는 <상대별곡>의 마지막 부분[6]과 함께 그것을 하나의 장으로 독립시키는 것이 타당하다. 그리고 그는 <불우헌가>가 두 개의 연으로 이루어졌다고 하였으나 이 노래는 전체가 세 개의 논리적 구성 부분으로 나누어질 수 있을지언정 두 개 연이 합성된 하나의 노래로 볼 수는 없다.[7] 따라서 '長歌六章 短歌二章'에서 장가를 <불우헌곡>, 단가를 <불우헌가>로 보아야 한다는 주장은 재고의 여지가 있다. 오히려 여기서의 장은 독립된 작품들 하나하나를 가리키는 말로 보아야 할 것이다. 그렇게 본다면 '단가 2장'은 <불우헌가>와 <불우헌곡>임이 분명하다. 문제는 '장가 6장'에 있다. 그의 장가가 여섯 작품이나 된다는 사실을 현재 실증할 수 없다는 것이 이 주장의 약점이긴 하나, 그것을 사실이 아니라고 보는 주장 역시 근거가 없긴 마찬가지다. 따라서 필자는 일단 그가 장가를 여섯 작품쯤 지었거나 <상춘곡>이란 하나의 장가로 합성될 수 있는 규모의 독립된 작품들 여섯을 지었으리라고 본다.

권영철은 성종실록의 기록[앞 주 3)-① 참조]을 들어 이 기록에서 언급되는 장가나 단가는 모두 송도지사여야 하는데 <상춘곡>은 결코 송도지사가 아니므로 여기서의 장가와 무관하다는 점을 지적하고 있다.[8] 그러나 이 기록 속의 전후 사실들이 완벽하게 필연적인 관계로 연결되는 맥락인가의 문제는 재고할 필요가 있다. (a)'장가 여섯 작품과 단가 두 작품을 지음'-(b)'혹은 벗들과 더불어 노래하고 혹은 밤에 노래하며 춤을 춤'-(c)'부지런히 송도하여 헛되이 보내는 날이 거의 없음' 의 세 의미 단락들은 과연 어떤 관계를 맺는가. 표면상으로는 '(a)-(b)-(c)'가 필연적인 관계로 연결되지만 이면적으로는 그렇지 않다. 문장 속의 '혹(或)'이나 '태(殆)' 등 부사어가 그러하며, 또한 상식으로 판단해도 가능한 일이다. 그가 지은 작품들이 크게 보아 당대 지배 질서 중심의 이데올로기를 벗어나지 않았고, 좁게 보아 임금에 대한 송도를 '형상화' 했다 뿐이지 그가 지은 모든 노래의 내용들이 임금에 대한 송도만으로 되어 있어야 한다는 말은 아닐 것이다. 그렇게

---

5) 원문[唐唐唐 唐楸子 皂莢남긔/紅실로 紅글위 ᄆᆡ요이다/혀고시라 밀오시라 鄭少年하/위 내가논ᄃᆡ ᄂᆞᆷ갈셰라/(葉)削玉纖纖 雙手ㅅ길헤 削玉纖纖 雙手ㅅ길헤/위 携手同遊ㅅ景 긔 엇더ᄒᆞ니잇고.] 참조

6) 원문[楚澤醒吟이아 너는 됴ᄒᆞ녀/鹿門長往이아 너는 됴ᄒᆞ녀/明良相遇 河淸盛代예/驄馬會集이아 난 됴하이다] 참조.

7) 원문[浮雲似宦海上애事不如心ᄒᆞᆫ이하고만코ᄒᆞ니이다/뵈고시라不憂軒翁뵈고시라時致惠養ᄒᆞ신口之於味뵈고시라뵈고뵈고시라三品儀章뵈고시라光被聖恩ᄒᆞ신馬首腰間뵈고시라/嵩三呼華三呼ᄅᆞᆯ何日忘之ᄒᆞ리잇고] 참조. 『한국문집총간 9』, 34쪽. *'/'는 인용자가 나눈 것임.

8) 권영철, 앞의 논문, 86쪽.

본다면 장가 6장, 단가 2장 가운데는 임금에 대한 송도의 뜻을 직접 표출한 작품도, 그렇지 못한 작품도 섞여 있을 가능성은 매우 크다.

<상춘곡>이 강호자연 속에서의 지락(至樂)을 통하여 양성(養性)하고자 한 당대 사대부 식자층의 일반적인 의식을 표출한 작품이긴 하지만, 그 내용은 크게 보아 지배 이데올로기의 선양과 무관한 것으로 평가되었을 가능성은 있다. 더구나 성종실록의 같은 기록 가운데 "所著長短歌皆自賢誇大之辭 必是年老衰耗而然也"와 같은 지적은 그의 작품 일반에 대한 폄시이면서 그 안에 들어 있는 <상춘곡>의 존재를 정확하게 지적해낸 말이기도 하다. 임금에 대한 송도지사를 모조리 '자현과대지사(自賢誇大之辭)'로 매도할 수 없긴 하지만 "幷進俚歌二章 儻豪一經天視 老臣之願也"라는 정극인 자신의 말을 참조한다면 당대의 도승지 김계창(金季昌) 등이 이와 같이 그의 작품들을 평가 절하한 것도 무리는 아니었을 것이다.

그런데 같은 기록의 중간에 "삼가 죽기를 무릅쓰고 장가 한 작품과 단가 두 작품을 올리오니 모두 우리말을 섞은 것(謹昧死以上長歌一章 短歌二章 皆雜以俚語)"이라는 설명이 나온다. 이러한 내용들을 감안한다면 정극인은 장가 한 작품[그것이 <상춘곡>이든 아니든]을 <불우헌가>·<불우헌곡> 등 단가 두 작품과 함께 묶어 임금에게 올렸음을 추정할 수 있다. 단가 두 작품이야 원래 송도지사이니 위험 부담은 없었을 것이고, 만약 함께 올린 장가가 <상춘곡>이었다면 그것은 자신의 내면과 학식을 마음껏 뽐내고자 한 노래였던 만큼 그가 말한 '죽음을 무릅쓴다[昧死]'는 말도 이 작품 때문에 나온 언급이었을 가능성은 크다. 도승지 등이 '자현과대지사'라 함도 대개는 <상춘곡>을 염두에 둔 평가였을 것이다.

시대적으로 고려 음악의 영향권 안에 있었고, 또한 고려 이래 전래되고 있던 <한림별곡>을 의방하여 노래를 지었던 정극인이었던 만큼 그가 한시 아닌 '우리 말 노래'를 지었다면 그것 역시 여말 선초의 음악에 올려 불렀을 것임은 자명한 사실이다. 『악장가사』·『악학궤범』·『시용향악보』 등 선초의 3대 악서 이후에 고려 속악의 존재를 극명하게 보여 주는 첫 악서로 안상의 『금합자보』를 들 수 있다. 이 책에는 <심방곡>·<북전>·<정석가>·<한림별곡>·<감군은>·<보허자>·<사모곡> 등의 노래들이 실려 있다. 이 노래들은 적어도 당대에 널리 불린, 대표적인 노래들이었다고 할 수 있다. 그리고 그것들은 궁중이나 관인층에서 주로 가창된 노래들임이 분명하다.

이 책의 편자인 안상이 장악원 첨정이었다는 점은 이 책의 노래들이 대부분 궁중악이었던 점을 뒷받침하는 사실이기도 하다. 동시에 그것들 가운데 <감군은>·<여민락>만 제외하고는 모두 고려 이래의 속가들이다. <보허자>의 경우 당악의 하나이긴 하나 고려조 이래 조선조까지 궁중의 연회에 주로 사용되었으며, 유선(遊仙)의 황홀경·태평성대의 즐거움 등과 함께 임금의 복과 수를 송도하는 내용의 가사를 갖고 있다는 점에서 여타의 노래들과 마찬가지인 셈이다. <정석가>는 송덕의 노래이며, <감군은> 역시 그렇다. <한림별곡>은 '허참면신지례(許參免新之禮)' 등 관인 계층의 떠들썩한 유락의 장소에서 불렸고, 심지어 왕까지 신하들에게 즐기기를 권하던 노래이기도 했다.[9]

한문으로 된 <용비어천가>[수장·2·3·4·졸장]를 올려 부른 <여민락>은 향악계 창작음악의 대표작이다. 이 노래들은 모두 구체적인 선율이 약간씩 다르다는 점에서 개별적 독자성을 지닐 뿐 당대 속가들의 범주에 속한다는 점은 부정할 수 없다.[10] 『금합자보』는 그 간행 시기로 보아 조선초기의 음악 현실을 정확히 반영하고 있을 것이기 때문에 정극인이 지니고 있었을 음악적 소양 역시 대개 그 책에 실린 내용과 거의 합치되리라 본다. 그렇다면 <한림별곡>을 의방하여 지은 정극인의 <불우헌곡>과 함께 <불우헌가>·<상춘곡> 등의 음악적 측면도 당대 속악 일반의 그것과 상통하는 양상을 지니고 있었을 가능성이 크다.

그런데 『금합자보』보다 약간 늦은 시기에 나온 『양금신보』[1610년, 광해군 2년]에는 조선조 노래와 <정과정>의 관계가 언급되어 있다. 즉 당대에 쓰이던 대엽의 만·중·삭은 모두 <과정삼기곡>으로부터 나왔다는 것이다.[11] 그렇다면 고려노래 <정과정>은 당대 속악의 표준형이었음에 틀림없다. 이미 『악학궤범』[권5]에는 이 노래가 삼진작으로 연주되었다는 사실이 밝혀져 있고, 그 노랫말이 당대 노래 형식의 표준이었던 3강 8엽[前腔-中腔-後腔-附葉-大葉-附葉-二葉-三葉-四葉-附葉-五葉]의 형식으로 안배되어 있다. 세종 대에 창작되고 작곡되어 불리던 <용비어천가>나 <월인천강지곡>도 그 음악 형식은 진작 혹은 진작의 변형이었으리라 짐작된다.

<용비어천가>를 음악적 측면에서 본다면, 예컨대 '치화평'은 제 3장-124장까지 매 장이 대동소이하고, '취풍형'은 제 3장-제 8장까지의 음악이 제 123장까지 반복된다고 한다. 다시 말하여 '취풍형'의 경우 제 8장까지만 부르고 졸장으로 뛰어넘어가는 이유도 여기서 찾을 수 있다는 것이다.[12] 특히 <용비어천가>의 '수장·2장·졸장'은 '전강-5엽'의 기본형에 해당하고, 3장 이하 124장까지는 3장 혹은 3장-8장까지의 반복으로 된 추가형 또는 각(刻)에 해당한다고 보았다.[13]

---

9) 태종실록 권 26, 13년 7월 18일.

10) 조규익, 「초창기 가곡창사의 장르적 위상에 대하여」, 『국어국문학 112』, 국어국문학회, 1994, 209쪽.

11) 양덕수, 『양금신보』 「현금향부」, 『한국음악학자료총서 14』, 77쪽.

12) 이혜구, 『한국음악서설』. 195-196쪽.

따라서 <용비어천가>를 올려 부르던 음악 자체도 진작 혹은 진작의 변용태였으며, <월인천강지곡> 역시 같았으리라 생각한다.14) 따라서 고려노래들이든 신제악장이든 당대에 속악의 범주에서 불리던 모든 노래들은 진작의 악조로 가창되었다고 보아야 할 것이다.

이런 현상은 가사에도 그대로 적용된다. 문헌상으로는 적어도 조선 초기부터 단가와 장가가 병행되는 모습을 보여주었다. 악장의 단계에서는 <용비어천가>나 <월인천강지곡>과 같은 장가와, 단가인 각종 단형 악장들이나 전통 가요들이 공존하였다. 그런 과정을 거쳐 정극인 등이 활약하던 단계에 이르면 고려노래나 조선 초기 속악을 의방하여 지은 단가와 함께 가사(歌辭)인 장가가 공존하였다. 그리고 그 뒤로는 고려 이래의 대표적인 음악 즉 진작으로부터 파생된 대엽가사(大葉歌詞)가 단가로 정극인 이래의 가사가 장가로 각각 정착·병행되었다. 그러나 진작 혹은 진작의 변용태로 가창되었다는 점에서 단가나 장가는 마찬가지의 양상을 보여주었다. 따라서 단가나 장가 사이에는 '장 : 단'이라는 노랫말의 양적 변별성만이 개재하고 있었을 뿐 양자는 원래부터 같은 성격의 노래 장르였다고 할 수 있다.15)

가창이라는 효용성을 중심으로 이종(異種) 장르들은 상호 경쟁을 벌였다고 생각되는데, 단형의 노래 장르들일수록 경쟁력을 갖추고 있었던 셈이다.16) 조선조 후기로 내려오면서 가곡이나 민요 등 단형의 노래가 융성을 보인 반면 비교적 짧은 형태의 노래인 12가사를 제외한 가사가 가창 장르로서 쇠퇴한 모습을 보인 것도 바로 이 때문이다. 즉 후대로 내려올수록 가사는 장편화·서사화의 추세에 따라 문필적 성격을 갖추게 됨으로써 가창장르로서의 본 모습을 상실하게 된 것이다. 그러나 형성 당시의 양상은 가사가 문필적 성격의 장르가 아니라 가창을 위한 장르였고, 실제로 가창되기도 했던 장르였음은 부정할 수 없는 사실이다. 장가로서의 가사를 조선조 가맥의 한 축으로 삼을 수 있다고 보는 이유도 여기에 있다.

그렇다면 가사는 가창적 측면과 문필적 측면이 상반되는 성격을 함께 지닌 장르일까. 이 문제에 대한 판단의 자료를 악장으로부터 얻을 수 있다고 본다. 악장의 경우 그것이 가창되기 위해서는 악부에 올려져야 했다. 악장이라 하여 모두가 연주되거나 가창된 것은 아니었다. 악장 가운데도

---

13) 같은 책, 198-199쪽.

14) 조규익, 「단시조·장시조·가사의 일원적 질서 모색」, 『한국학보』 62, 일지사, 1991, 112-115쪽.

15) 조규익, 『가곡창사의 국문학적 본질』, 43-45쪽.

16) 외견상 가창 장르로서의 효용성은 노랫말의 장편화·서사화와 대립되는 문제다. 그런 방편으로 융성을 보인 것이 가창 및 연행(演行) 장르로서의 판소리라 할 수 있다. 이 점은 국문학 전반의 장르 논의를 통해 다루어야 할 문제이므로, 여기서는 논외로 한다.

미수 허목의 초상

입악(入樂)되지 못했기 때문에 가창되지 않은 것들은 많았다. 이것을 입증하기 위해 <하황은>·<수명명>·<수보록> 등 선대 악장들의 입악 여부에 대한 세종대의 한 논의를 예로 들 수 있을 것이다.[17] 그러나 입악되지 않았다 하여 악장 아닌 다른 것으로 간주될 수는 없다. 원래 입악될 것을 전제로 창작된 것이고, 또한 언제든 입악될 수 있었기 때문에 악장으로서의 장르적 본질은 그대로 지니고 있었다.

가사도 마찬가지다. 허목이 편찬한 『선조영언(先祖永言)』[18]에는 허강의 <서호별곡(西湖別曲)>이 양봉래소전본(楊蓬萊所傳本)으로 실려 있다.

이 작품은 전형적인 가사인데 노랫말 전체가 진작의 변이형으로 배분되어 있는 점으로 미루어 가창되었음을 알 수 있다.[19] 그런데 같은 책의 「서호사 발(西湖詞 跋)」에 다음과 같은 구절이 나온다.

> 또한 〈서호사〉 6결이 있는데 봉래 양사군이 이것을 악부에 실어 3강 8엽 총 33절로 만들고 서호별곡이라 하였다. 뒤에 공이 많이 잘라내고 고치고 더하였으므로 악부에 실린 것과는 같지 않다.[20]

이 글의 핵심은 <서호사>를 악부에 싣되 그 형태를 3강 8엽 33절의 노래로 만들어 <서호별곡>

---

17) 세종실록 권 55, 14년 3월 16일의 "夢金尺受寶籙 太宗嘗以爲夢中之事 圖讖之說 不宜歌頌 河崙固請之以受寶籙 序於樂府 夢金尺則未嘗登歌(…)上曰若以荷皇恩爲不可廢 則受明命當序於樂府也" 참조.

18) 미수 허목의 종손인 허찬(許燦) 씨로부터 이 책의 복사본을 얻어 볼 수 있었다. 복사본인 까닭에 서지적인 것을 정확히 알 수는 없으나 대략 14장, 28면의 필사본이다. 허찬 씨는 필자에게 이 책자가 미수공의 수택본이라 하였다. 그리고 이 책자와 함께 <서호별곡>은 이미 김동욱에 의하여 소개된 바 있다.[「허강(許橿)의 서호별곡(西湖別曲)과 양사언(楊士彦)의 미인별곡(美人別曲)」, 『한국가요의 연구』, 이우출판사, 1978]

19) 양봉래소전본(楊蓬萊所傳本)에 붙어 있는 곡조를 나열하되 전강을 각 부분의 첫머리로 삼으면, 크게 세 부분 [前腔-中腔-後腔-大葉-附葉-大葉-二葉-三葉-附葉/前腔-中葉-大葉-附葉-小葉-大葉-中葉-小葉-大葉-二葉-三葉-四葉-附葉-大葉-中葉-三葉-四葉-五葉/前腔-中腔-後腔-大葉-中葉-三葉]으로 나뉜다.

20) 「서호사발」, 『선조영언(先祖永言)』의 "又有西湖詞六闋 蓬萊楊使君載之樂府 爲三腔八葉總三十三節 謂之西湖別曲 後公多删改增益 與樂府所載不同" 참조.

이라 명명했다는 사실이다. 이 점으로 미루어 볼 때 가사는 일단 모두 가창의 가능성을 지니고 있으며, 하나의 가사가 가창되었느냐의 여부는 그것이 실제로 곡조에 올려졌거나 편곡되었느냐의 여부에 달린 문제였음을 알 수 있다. 그리고 이 글 가운데 '서호사 6결'이 나오는데 이 경우의 '결(闋)'은 앞에 인용한 정극인 관계 기록 중 '장가 6장'과 관련될 가능성이 있는 용어로서 중요한 의미를 지닌다.

결은 음악에서 한 곡이 종료되는 것을 일컫는다. 말하자면 1결이란 1곡과 같은 개념이며, 이것을 노랫말로 치환한다면 1절 혹은 1장이 될 것이다. 그렇다면 애당초 <서호사>는 6곡 또는 6장으로 된 노래였을 것이다. 현재 『선조영언』에 실려 있는 <서호별곡>의 소전 문헌은 양봉래 소전본과 가전구본(家傳舊本) 등 두 개의 본이다. 전자에는 이미 말한 바와 같이 곡조가 부대되어 있고, 후자는 노랫말뿐이다. 여기서 말하는 6결의 <서호사>는 <서호별곡>의 원작인 셈이다. 즉 여섯 결의 <서호사>를 악부에 올려 <서호별곡>으로 만든 것이다. 그리고 양봉래 소전본과 가전구본은 악조 표시의 유무에 있어서만 차이가 날 뿐 노랫말은 거의 다름이 없다.

같은 논리로 <상춘곡>의 원작 역시 기록에 언급된 '여섯 장의 장가'로 볼 수 있다. 원래 '여섯 장의 장가'를 악부에 올려 <상춘곡>으로 만들었을 터인데, 현재 전해지고 있는 <상춘곡>은 가전구본 <서호별곡>과 같이 악조 표시가 생략된 채 『불우헌집』에 실린 것으로 보인다. 따라서 '6결(六闋)'이나 '6장(六章)'의 정확한 구조를 현재로서는 알 수 없다. 다만 원래 여섯 개로 이루어진 연작(連作)의 노래이었으리라는 추정을 할 뿐이다. 어쨌든 이상의 논의만으로도 <상춘곡>과 <서호별곡> 즉 가사와 음악이 갖는 밀접한 관련성을 인정하기에 충분하리라 본다.

김동욱도 <서호별곡>의 음악적 형식이 <정읍사> 만기의 형식과 유사성을 가지고 있다 한다. 물론 그것이 <정읍사> 그대로는 아니고, 확대되고 중첩된 대로 <서호별곡> 자체의 악조적 구조가 당시의 가창가사와 비슷함을 알 수 있으며, 이러한 음악적 여건을 배경적 요소로 하여 생각한다면 임진왜란 전후의 이른바 모든 가사문학은 노래 부르기 위한 장르이지 읽기 위한 장르가 아니었다는 것이다.[21]

다음으로 송강의 가사를 살펴보자. 김상숙[金相肅, 1717-1792]은 송강가사 번사(飜辭) 발문에서 다음과 같이 말하였다.

21) 김동욱, 앞의 논문, 289쪽.

오른쪽의 글은 송강선생의 사미인곡과 속미인곡을 번역한 것이다. 우리나라의 말과 중국의 말은 같지 않으며 그 이항노래는 모두 우리 말로 장구를 만들었으므로 고시와 국풍의 체 및 후세 악부의 가사와 같지 않다. 그러나 그 말을 관현에 올린즉 저절로 한 시대의 속악이 되니, 버릴 수 없고 배우지 않을 수 없으며 또한 가히 볼 수 있게 하고 원망할 수 있게 하는 것이다. 그 體에 短歌와 長辭가 있으나 대개 음·토·구절은 하나다. 또한 5언과 7언으로 가사의 내용을 담을 수는 없다.[22)]

중국 노래에 대한 우리 말 노래의 독자성이나 가치와 함께 그 장르적 양상을 분명히 보여주는 설명이다. 이 글에서 '관현에 올린다[被之管絃]'는 말은 이미 앞에서 거론한 '악부에 올린다[載之樂府]'는 말과 그 의미가 같다. 말하자면 송강의 <사미인곡>이나 <속미인곡>도 <상춘곡>이나 <서호별곡>과 같이 가창을 위해 지어진 우리말 노래들이라는 점을 암시한다. 이것들을 곡에 맞추어 부른다면 한 시대의 속악, 즉 대중의 음악이 될 수 있다는 것이다. 이 글에서 언급한 '단가와 장사'는 가곡과 가사를 말한다. 장사(長辭) 즉 가사는 이미 앞에서 장가로 부른, 우리말의 긴 노래들을 통칭한다. 이 글에서 말한 바와 같이 송강의 가사들을 관현에 올려 가창한 자취는 여러 곳에서 드러난다. 다음의 한시들을 살펴보자.

(1)〈大岾酒席呼韻〉 고갯마루 술집에서 시를 짓다
一曲長歌思美人 사미인 한곡을 길게 노래하니
此身雖老此心新 이 몸 비록 늙었으나 마음만은 새롭다네
明年梅發牕前樹 내년 창 앞에 매화꽃 피거든
折寄江南第一春 꺾어 보내려네, 강남의 첫 봄 소식을[23)]

(2)〈贈楊理〉 양리에게
我逐浮名落世間 헛된 이름 좇느라 세간에 떨어졌으니
仙壇有約幾時還 선단에 기약 둔 이 몸, 언제나 돌아갈꼬
逢君聽唱關東曲 그대 만나 관동곡 노래를 들으니
領畧金剛萬疊山 금강 만첩산을 대략 알겠도다[24)]

---

22) 『송강전집』, 성균관대 대동문화연구원, 1964, 412-413쪽의 "右卽松江先生思美人及續曲飜辭也 東方之音與中華不同 其里巷歌謠 皆以方言爲章句 非如古詩國風之體 及後世樂府之詞者 然以其音被之管絃 則自爲一代之俗樂不可廢 而又不可不學 亦可以觀可以怨者也 其體有短歌長辭 盖其音吐句絶則一也 而又未可以五七言形容其辭意也" 참조.

23) 「송강집·원집」 권 1, 『한국문집총간 46』, 143쪽.

(3) 〈聞玉娥歌故寅城鄭相公思美人曲〉 옥아가 돌아가신 인성 정상공의 사미인곡 부르는 소리를 듣다

十年湘浦採江籬 십년 동안 상강에서 향풀을 뜯으며
望斷瑤臺怨別離 요대는 바라보지 못하고 이별이나 원망하네
兒女不知時世態 계집애들은 그 때 일 알지도 못하고
至今空唱美人辭 지금껏 헛되이 미인사만 부르는군

七娥已老石娥死 칠아는 이미 늙고 석아는 죽어
今代能歌號阿玉 오늘날의 명창은 옥이 뿐일세
高堂試唱美人辭 대청마루에서 미인사를 부르는데
聽之不似人間曲 들어보니 인간세상 노래가 아닌 듯 하군[25)]

(4) 〈龍山月夜聞歌姬唱故寅城鄭相公思美人曲率爾口占示趙持世昆季〉 용산의 달밤 어느 노래하는 계집이 돌아가신 인성 정상공의 사미인곡 부르는 소리를 들으며 문득 입으로 불러 지어 조지세 형제에게 보이다

江頭誰唱美人詞 강머리에 그 누가 미인사를 부르는가
正是孤舟月落時 외로운 배에 달지는 바로 이 때
惆悵戀君無限意 슬프도다 임 그리는 끝 없는 생각
世間惟有女郎知 세상에 오직 저 아가씨만은 알겠지[26)]

이것들은 모두 송강의 가사 작품들과 관련되는 내용의 한시들이다. (1)은 송강 스스로가 <사미인곡>을 가창하고 지은 작품으로, 그가 벼슬에서 떨려나 향리에서 지내는 동안 지었으리라 짐작된다. (2)는 양리(楊理)[27)]가 <관동별곡> 부르는 것을 듣고 권필[權韠, 1569-1612]이 지은 작품이며, (3)과 (4)는 이안눌이 <사미인곡> 노랫소리를 듣고 지은 작품들이다.

(1)은 작자인 송강이 자신의 작품인 <사미인곡>을 직접 불렀다는 점에서 다른 어떤 문헌보다도 확실한 증거 능력을 지닌다고 본다. 물론 이 "一曲長歌思美人"이 굴원(屈原)의 <이소(離騷)>[『楚辭』 卷四 九章第四] 가운데 '사미인(思美人)'을 지칭한다는 반론이 제기될 수도 있을 것이다.

---

24) 『송강전집』, 368쪽.

25) 이안눌, 「동악집·속집」, 『한국문집총간 78』, 543쪽.

26) 이안눌, 같은 책, 551쪽.

27) 양리는 <관동별곡>을 잘 불렀다고 한다.[楊也 善唱關東別曲 : 『송강전집』, 368쪽]

굴원의 해당 노래가 <사미인곡>의 시상이나 분위기에 영향을 주었다고 할 수는 있겠으나 엄연히 자신이 지은 노래를 놓아두고 굴원의 초사를 노래했을 리가 없을 것이며, 또한 <이소> 속의 '사미인'을 반드시 장가로만 보아야 할 이유도 없는 것이다.

이 시의 첫 구인 "一曲長歌思美人"에서 '장가'는 노래를 단순히 길게 부른다는 뜻과 함께 단가에 대한 변별적 의미를 지닌 명칭일 수도 있다. 장가와 단가는 당대의 노래를 지칭하던 보편적 개념으로 사용되고 있었기 때문이다. 오히려 가사(歌詞)[혹은 歌辭]라는 명칭은 장가, 단가를 막론하고 노래로 불리던 노랫말 일체를 지칭하던 말이었다. 그런 이유로 『악장가사』에는 선초에 공적(公的)으로 사용되던 음악의 노랫말들이 길고 짧음을 막론하고 실려 있으며, 『성주본 송강가사』의 「송강가사 상」에는 정철의 단가와 장가가 함께 실려 있는 것이다. 장가든 단가든 노랫말들이면 모두 가사이지 장가만이 가사는 아니다. 그런 점에서 장르 명칭으로서의 가사에 관한 재고의 필요성은 늘 제기된다. 따라서 작품 (1)의 한 구절 "一曲長歌思美人"은 가사가 지닌 노래문학 장르로서의 특질을 극명하게 보여주는 표현일 수 있다.

(2)에서 "聽唱關東曲"도 <관동별곡>에 대한 기존의 관점을 반성케 하는 표현이다. <관동별곡>이 '읽거나 읊조리는 문학'이 아니라 '부르고 듣는 노래'임은 여기서 분명해진다.[28] 현재 기록으로 전해지는 <관동별곡>에 그것이 노래로 불렸다고 할 만한 근거나 표시가 전혀 되어 있지 않은 것은 사실이지만, 앞서 <서호별곡>의 경우와 같이 그것이 악곡을 수반할 경우라면 노래로 존립할 수 있는 가능성은 상존한다. 또한 (3)과 (4)는 가사가 당대의 기방이나 여염에서도 활발하게 가창되고 있었음을 간접적으로 알 수 있게 하는 내용이다.

송강의 현손(玄孫) 도(棹)는 발문에서 "先祖所著長短歌曲 膾炙人口今過百餘年"[29]이라 했고, 또 다른 현손 천(洊)도 발문에서 "高王考文淸公長短歌曲 行於世者 摠若干篇 而累經兵亂 眞本不傳(…)其短歌多有見逸者"[30]라 하였다. 전자의 '장단가곡(長短歌曲)'은 송강 당대로부터 이 당시까지 송강의 노래들이 사람들에게 많이 가창되고 있었음을 나타내며 후자 역시 '장단가곡'으로 송강의 모든 노래들을 통칭한 다음 뒤쪽에서 '단가'만을 명시함으로써 긴 노래를 '장가'로 부른다는 점을 암시하고 있다.[31]

---

28) '부르고 듣는 문학'의 개념에 대해서는 졸저[『가곡창사의 국문학적 본질』] 참조.

29) 『송강전집』, 447쪽.

30) 같은 책, 442쪽.

31) 조규익, 『가곡창사의 국문학적 본질』, 40-41쪽.

이상에서 논한 바와 같이 가사가 노래 부르기 위한 장르였던 만큼 지난 시대 가맥의 한 갈래를 장가로서의 가사가 담당했었음은 자명한 사실이다. 그리고 그러한 사실은 <상춘곡>·<서호별곡>·「송강가사」 등 통시적 맥락에서 확인되기도 한다.

## 2. 세 작품과 문학의식

세 작품의 작자인 정극인·허강·정철 등은 15세기 초-16세기 말에 걸쳐 살았던 사람들이다. 이 가운데 허강은 강호한사(江湖閑士)로서의 삶을 시종한 사람이고, 정철은 사환(仕宦)의 험로를 걸으며 강호를 그리워하던 사람이며, 정극인도 출사를 원하다가 말년에는 강호에 묻혀 산 사람이다. 사회적 위치나 의식에 있어 차이를 보여주면서도, 자연귀의의 소망을 가지고 있었고 그 소망을 작품으로 형상화 했다는 면에서 공통점을 드러내기도 한다. 이 가운데 허강과 정철은 연배로 보아 같은 시기를 산 사람들이다. 그러나 정극인은 이들보다 거의 한 세기나 먼저 산 사람이다. 이 세 사람을 연결시킨다면 적어도 비슷한 위치와 의식을 기반으로 이루어진 가사문학의 전통과 함께 조선조 가맥의 일단이 파악될 수 있으리라 본다.

대상에 관한 작자의 판단이나 생각은 문학 작품에 늘 일관성 있게 표상되기 마련이다. 이와 같이 문학작품에 나타난 생각의 체계가 바로 문학의식이다. 문학의식을 형성하는 요소로서 작자를 둘러 싼 시대정신, 이념 등 집단의식은 물론 작자 개인의 내면적 성향이나 사상 등을 들 수 있다. 작자 개인의 내면의식이 외부로 향할 때, 우리는 그로부터 모종의 세계관을 읽어낼 수 있다. 세계에 대한 반응이나 해석의 양식에 따라 작품세계 또한 달라질 수 있다. 작자의 문학의식은 소재의 선택과 그로부터 이루어지는 이미지의 형성, 주제의 구현 등에 직접적인 영향을 미친다.

가사가 노래장르이긴 하나 그 노랫말이 작자의 생각을 표상한 문학작품이기도 한 만큼 그 문학적 기반이나 문학사적 위치를 알기 위해서라도 문학의식을 구명하는 일은 중요한 의미를 갖는다.

이 세 작품의 작자들 가운데 재야의 인물이었던 허강을 제외한 정극인과 정철은 의식의 면으로나 현실적인 삶의 모습으로나 당대 정치체제 밖의 인물이라 할 수 없다. 허강까지 포함하여 그들의 현실적 위치가 어떠하든 이들 세 사람 모두 최소한 당대의 체제를 부정한 인사들은 아니다. 그것은 그들이 당대의 지배이데올로기에 의해 강력하게 결속되어 있었기 때문이다. 그들에게는 다만 정치체제에 참여하느냐, 그로부터 물러나 강호자연에서 심성을 수양하느냐의 두 갈래 자유만이 허용될 뿐이었다.

현실과 강호자연이 별개의 활동 무대이긴 했으나 현실에 참여한 경우라도 관념상으로는 으레 강호자연을 지향하는 마음을 가꾸기 마련이었다. 현실 참여가 삶의 문제이고 그 대부분은 현실적인 이해관계에 관련되며 이익을 더 많이 얻고자 함은 욕망으로부터 기인되는 것이기 때문에, 그것을 떠난 강호자연만이 도덕적 정당성에 좀 더 가까울 수 있다고 보았다. 인간의 본성과 함께 자연은 하늘이 부여한 것이므로 자연 속에서만이 인간의 본성을 지킬 수 있다고 믿었던 것이다. 동기의 순수성 여부를 따지기 전에 복잡한 현실사회를 떠나 강호자연으로 돌아가려고 하던 당대 사대부들의 대의명분도 바로 여기에 있었다.

<상춘곡>에서 화자는 강호자연을 구성하는 물 자체의 모습을 새롭게 발견하고 있다. 그리고 그것들이 자아에 부딪쳐 야기되는 흥을 노래하고 있다. 그것은 자연을 독점했다고 자부하는 화자 자신이 티끌 세상에 대하여 느끼는 우월감이라고 할 수도 있다. '티끌세상의 재미없음 : 강호자연의 즐거움'이라는 대립 구조를 전제로 자연에서 맛보는 흥취를 떠들썩하게 과시하고 있는 것이 이 노래의 본질이기 때문이다.

> 紅塵에뭇친분네이내生涯엇더ᄒᆞᆫ고녯ᄉᆞᄅᆞᆷ風流ᄅᆞᆯ미ᄎᆞᆯ가못미ᄎᆞᆯ가 天地間男子몸이날만ᄒᆞᆫ이하건마ᄂᆞᆫ山林에뭇쳐이셔至樂을ᄆᆞᄅᆞᆯ것가 數間茅屋을 碧溪水앏픠두고松竹鬱鬱裏예風月主人되여셔라(…)功名도날ᄭᅴ우고富貴도날ᄭᅴ우니淸風明月外예엇던벗이잇ᄉᆞ올고簞瓢陋巷에흣튼혜음아니ᄒᆞᄂᆡ아모타百年行樂어이만ᄒᆞᆫᄃᆞᆯ엇지ᄒᆞ리[32]

인용문은 <상춘곡>의 첫 부분과 끝 부분이다. 사실상 이 부분에 이 노래의 주제가 투영되어 있다. 이 부분의 내용은 '홍진(紅塵)에 뭇친 분네 : 산림(山林)에 뭇친 나', '공명과 부귀 : 단표누항(簞瓢陋巷)' 등 대립 구조로 이루어져 있다. 그러나 그 대립적 요소들은 대등한 관계에 있지 않다. 강호자연은 자신의 도덕적 정당성을 뒷받침하고 보증하기 때문에 대립 구조 자체가 지닐 수 있는 서정적 긴장감은 기대할 수 없으며, 자연스럽게 '백년행락에 대한 자긍심'으로 귀결될 뿐이다. 이 결론은 첫 부분의 '완세불공(玩世不恭)'[33]한 화두(話頭)에 조응하는 자연스러움을 지니고 있

---

32) 『불우헌집』 권 2, 가곡, 『한국문집총간 9』, 35-36쪽.

33) 퇴계 이황은 이별(李鼈)의 <육가>로부터 '완세불공지의(玩世不恭之意)'를 읽어냈다. 이별이 <육가>의 구조를 대립적으로 만들어 세상 사람들에 대한 작자 자신의 우월감을 부각시켰다고 본 데서 퇴계의 이러한 평가가 나왔다고 본다.[조규익, 「퇴계 이황의 시가관」, 『퇴계학연구』 2, 단국대 퇴계학연구소, 1988. 참조]

다. 그러나 불우헌은 원래부터 은구(隱求)의 뜻을 표방했다거나 관직을 기피하지 않았다. 오히려 그것을 갈구했으면서도 끝내 자력으로 현직(顯職)을 얻지 못한 인물이었다. 그러한 이력을 가진 불우헌이 이런 내용의 노래를 부른 것은 무슨 까닭일까. 여기에 조선조 강호 문인들이 보여준 가식적 행태의 일면과 그 한계성을 발견할 수 있다. 말하자면 현실적으로 현직을 쟁취하지 못하는 데서 생길 수 있는 자기 모멸을 합리화 하고자 하는 심리적 방어 작용으로 보는 것이 타당하다.

그들이 사회적으로 용인 받지 못할 경우 돌아갈 수 있는 곳은 강호뿐이었다. 자연 속에 안주하여 피로한 심신을 쉬게 한다거나 자연으로부터 불변의 이법을 발견함으로써 인간 성정의 회복을 위한 수양의 자료로 삼는 등의 일은 그들이 선택할 수 있던 유일한 방도였다. 그런 의미에서라면 강호에 대한 귀환의 이유가 무엇이었든 그것을 불순하게 생각할 필요는 없을 것이다. 그러나 자연을 빙자, 사회 현실에 가담한 사람들에 대하여 가당치 않은 우월감을 표출하는 것은 자신의 현실 지향성을 반증하는 일로서 조선조 양반 식자층이 지니고 있던 의식의 이중성으로 보아야 할 것이다. 인용 부분에 나온 '지락', '풍월주인' 등의 표현은 강호자연에 대한 독점적 우월감을 직·간접적으로 나타낸다. 둘째 단락에서의 핵심도 물아일체와 흥을 중심으로 하는 강호자연에 대한 독점적 우월감이다.

> 칼로ᄆᆞᆯ아낸가붓으로그려낸가造化神功이物物마다헌ᄉᆞ롭다수풀에우ᄂᆞᆫ새ᄂᆞᆫ 春氣ᄅᆞᆯ못내계워소릐마다 嬌態로다 物我一體어니興이ᄋᆡ다ᄅᆞᆯ소냐 34)

조화신공이 물물마다 '헌사로운 것'은 화자의 느낌일 뿐 물 자체가 그러한 것은 아니다. 수풀에서 우는 새가 봄기운에 겨워 소리마다 교태를 내는 것 역시 화자의 느낌이나 생각일 뿐 새 스스로 그러한 것은 아니다. 즉 자아가 대상에 투영되어 피아(彼我)의 구분이 어려운 상황을 나타내는 표현들이다. 자아가 대상에 이입된 결과 내가 대상인지 대상이 나인지 구분이 안 되는 경지에 도달한 것이다. 화자 스스로가 말한 물아일체란 피아의 구분이 없는 법열(法悅)의 상태를 지칭한다. 여기서 생겨나는 것이 흥이라 했다. 그렇다면 흥이란 무엇인가. 시 6의(六義) 가운데 흥은 먼저 다른 물건을 말하여 읊고자 하는 말을 이끌어 오는 것이라 한다.35) 자연물들을 이끌어 와

---

34) 『한국문집총간 9』, 35쪽.

35) 『文淵閣四庫全書: 經部/詩類/詩傳大全』 卷一, 「國風」, '周南 一之一'의 "興者 先言他物以引起所詠之詞也" 참조.

그것들의 약동하는 생명성을 제시함으로써 화자의 기운 생동하는 내면을 드러내고자 하는 것, 그것이 이 작품에 표출되는 흥의 본질이다.

그렇다면 <상춘곡>의 모티프는 무엇인가. 그것은 바로 『논어』 「선진편」에 나오는 증점의 답변에 들어있다. 공자가 하루는 제자들을 앉혀 놓고 그들의 평소 포부를 물었다. 대부분 정치적 야심을 토로했으나 증점 만은 "늦은 봄날 봄옷이 완성되면 젊은이 대여섯, 어린이 예닐곱을 데리고 교외로 나가 기수에서 목욕하고 기우제터에서 바람을 쏘이고 읊조리며 돌아오겠습니다"[36]라고 대답하였다. 증점의 대답 속에는 정치 현실에 대한 무관심과 자연에 대한 애착 및 그로부터 야기되는 흥이 함께 들어 있다. 그러나 그 가운데서도 정치 현실에 대한 무관심이 후자들보다 비중에서 앞선다. 보기에 따라 <상춘곡> 안의 자연물들은 작자의 현실인식을 뒷받침하는 장식적 소품들일 가능성이 크다. 그러나 어쨌든 작품 도처에서 물 자체의 모습이 묘사되고, 그것이 작자의 흥으로 내면화되고 있는 점, 이것이 <상춘곡>의 특징이다.

다음으로 <서호별곡>을 살펴보자.

이 노래도 강호 지향의 의식을 표상하고 있다. 이 노래 역시 『논어』 「선진편」에 나오는 증점의 대답을 내용적 모티프로 하고 있다는 점에서 <상춘곡>과 정확히 일치된다. 그런 주제의식을 구현할 목적으로 한강을 중심으로 한 서울 일원의 유람 내용을 작품에 포함시킨 것만이 <상춘곡>과 차이를 드러내는 점이다. 말하자면 <상춘곡>에 구현된 지배 이데올로기나 사대부 의식은 이 작품에서도 기반을 이루고 있는 셈이다. 그러나 그에 덧붙여 관념상의 강호가 아닌 실제 삶의 공간을 등장시키고 있는 점은 구체적인 변화로 볼 수 있다. 관념과 현실을 적절히 배합시킴으로써 일반화되어 있던 의식의 전환을 구체화 시키고자 한 것은 작자의 치밀한 계산이었을 것이다.

> 聖代예逸民이되여湖海예누어이셔前腔時序ᄅᆞᆯ니젼닷다三月이져므도다中腔角巾春服으로서너번ᄃᆞ리고後腔(…)舞雩에曾點氣像은엇더턴고ᄒᆞ노라三葉[37]

'성대'는 치도가 이상적으로 구현되던 시대를 말하는 동시에 중세 질서를 긍정하는 대전제이기도 하다. 이런 시대라면 일선에 나가서 경륜을 펴고 치도를 구현하는 것이 군자의 임무일 것이다. 그런데도 이 노래의 화자는 일민(逸民)이 되어 강호에 누어 시절을 잊었다고 하였다. 일민은 현실

---

36) "暮春者 春服旣成 與冠者五六人 童子六七人 浴乎沂 風乎舞雩 詠而歸."

37) <서호별곡>[양봉래 소전본]. 주 18) 참조.

세계를 피하여 은거하는 사람을 말한다. 『논어』 「미자」 편에서는 ‘백이(伯夷) · 숙제(叔齊) · 우중(虞仲) · 이일(夷逸) · 주장(朱張) · 유하혜(柳下惠) · 소련(少連)’ 등을 일민의 예로 들었고, 또 같은 책의 「요왈」 편에서는 멸망한 나라를 일으키고 끊어진 시대를 이으며 일민을 들어 쓰면 천하의 백성이 귀의한다고 하였다.

이 노래의 화자는 스스로를 『논어』에 언급된 일민의 범주에 넣음으로써 강호에 묻혀 사는 자신의 세속에 대한 초연함과 고결함을 과시하고 있다. 또 그가 “시서를 잊었다” 함은 세상의 모든 일에 무관심함을 의미한다. 화자가 강호와 현실, 강호에 묻혀 사는 자신과 세속에 묻혀 사는 세인들을 각각 대립적으로 제시하고 상대적인 가치 비중을 전자에 두려는 의도를 모두(冒頭)에서 분명히 한 셈이다.

그 다음에 계속되는 전문[“三月이져므도다角巾春服으로서너벋ᄃᆞ리고~舞雩에曾點氣像은엇더턴고ᄒᆞ노라”]은 『논어』 「선진편」에 나오는 증점의 대답으로부터 따온 내용이다. 그런 점에서 <서호별곡> 역시 <상춘곡>의 작의와 부합한다. 그런데 그러한 작의를 구현하기 위하여 <상춘곡>에서는 작자의 관념이 투사된 일반적인 자연물들이 등장하나 <서호별곡>에는 한강을 중심으로 한 구체적인 장소들과 강호자연이 등장한다. 그것도 그것들을 바라보며 주워섬기는 데 그치는 것이 아니라 그 속에 들어가 완상하는 자세를 보여주고 있다. 말하자면 이 노래에 기행문적 성격의 일면이 담겨 있음을 발견할 수 있다는 것이다.

표현이 정확하진 않으나 그 노정은 대략 “북한산[華嶽]-종남[南山]-강한[한강]-관악산-청계산-한남나루-동작나루 앞의 작은 섬-동작나루-노들[露乭]-한남동 제천정(濟天亭) 아래-용담[龍山 부근의 한강]-용산-마포-마포의 옹기점-서강-마포의 튀어나온 곳-이수[현 동작 나루와 구 반포 사이]-금화산(金華山)” 등이다. 중국의 지명이나 고사를 주로 들어가며 이들 지역에서 느끼는 감정을 소박하게 노래하고 있는 점은 <상춘곡>에서 찾아 볼 수 없는 특질이기도 하다. 단순히 정적(靜的)이고 관념적인 강호 추구로부터 강호에 대한 구체적이고 사실적인 의미 파악으로 전환되는 모습을 <서호별곡>에서 분명히 발견할 수 있다. 다만 그가 추구하는 강호의 영역이 자신의 거주지와 그 인근을 벗어나지 못하는 한계를 지니고 있긴 하나 어쨌든 관념의 테두리를 벗어나 있다는 점만은 부인할 수 없을 것이다.

이러한 점이 <관동별곡>에 이르러 어떤 양상으로 바뀌는가. 이 노래는 <서호별곡>으로부터 좀 더 진전된 모습을 보여준다. 즉 강호자연에 대한 애착과 함께 현실 정치에 대한 참여의 욕구를 숨김없이 드러내고 있는 점, 또한 그러한 두 가지 욕구를 새로운 지역이나 자연의 탐사에 의존하여 표출시키고 있는 점 등이 바로 그것이다. 말하자면 <상춘곡>이나 <서호별곡>보다 훨씬 규모가 크고 동적이며 현실적이라는 것이다. 그러나 기본적인 구조에 있어서는 앞의 작품들과 별반 큰 차이를 보이지 않는다.

> 江강湖호애病병이깁퍼竹듁林림의누엇더니關관東동八팔百ᄇᆡᆨ里리에方방面면을맛디시니어와聖셩恩은이야가디록罔망極극ᄒᆞ다(…)져근덧가디마오이술ᄒᆞᆫ잔먹어보오北븍斗두星셩기우려滄창海ᄒᆡ水슈부어내여저먹고날먹여늘서너잔거후로니和화風풍이習습習습ᄒᆞ야兩냥腋ᄋᆡᆨ을추혀드러九구萬만里리長댱空공애저기면ᄂᆞᆯ리로다이술가져다가四ᄉᆞ海ᄒᆡ예고로ᄂᆞᆫ화億억萬만蒼창生ᄉᆡᆼ을다醉취케ᄆᆡᆼ근後후의그제야고텨만나또ᄒᆞᆫ잔ᄒᆞ쟛고야[38]

송강 역시 강호 지향의 명분을 모두에 내세우고 있다는 점에서 앞의 작품들과 일치한다. 이것이 대부분의 문인들이 보이는 상투적 반응임은 말할 것도 없다. 그러나 벼슬자리를 내려 준 임금에 대한 감읍의 표현을 시작으로 송강 나름의 적극적이고 활동적이며 낭만적인 기개를 펼치는 모습은 여타 작품에서 볼 수 없는 특질이다. 작자는 만폭동, 금강대, 진헐대, 개심대, 화룡연, 십이폭포 등 내금강의 절경들과 총석정, 삼일포, 의상대의 일출, 경포대·죽서루·망양정 등에서 보는 동해의 경치, 외금강, 해금강과 동해안에서의 유람 등을 노래하고 있다. 앞의 작품들과 같이 관념적이고 정적이며 좁은 영역의 자연이 아니고, 자아로부터 멀리 떨어져 있는 스케일 큰 자연 경관들을 직접 밟아 보면서 그것들의 아름다움을 동적으로 노래하고 있는 것이다.

그러면서 간간이 자신의 정치적 포부를 삽입시키고 있다. "孤臣去國에白髮도하도할샤/弓王大闕터희烏鵲이지지괴니/汲長孺風采를고텨아니볼게이고/風雲을언제어더三日雨를디련ᄂᆞᆫ다陰崖예이온플을다살와내여ᄉᆞ라" 등 액면 그대로의 자연이 아니라 현실 정치 혹은 그에 대한 참여의 의지를 강하게 드러내는 표현들을 요소마다 배치하고 있다. 말하자면 이런 점도 여타 강호 지향의 문인들이 보여준 바, 현실 정치를 백안시하거나 강호와 현실을 대립적인 것으로 제시하는 의식으로부터 변화된 모습을 보여주는 점이다. 이전 시대 혹은 당대의 여타 문인들이 지니고 있던 강호의식이 소극적이고 퇴영적인 그것이었다면, 송강의 그것은 적극적이고 구체적이며 발전적인 성격을 보여준다. 앞 노래들과 달리 이 노래가 정치 참여의 의욕과 이상을 피력하는 내용으로 마무리되는 점을 미루어 보아도 이런 성격을 알 수 있다.

상계(上界)의 진선(眞仙)이 "북두성기우려" 화자에게 먹여주던 '창해수'는 진선과 화자만이 아

---

38) <관동별곡>[성주본], 『송강전집』, 318-327쪽.

니라 만백성들이 골고루 나누어 마셔야 하는 생명수다. 그 술은 핍박 받는 만백성을 살려주는 신약(神藥) 즉 선정(善政)을 의미한다. “이술가져다가四ᄉᆞ海ᄒᆡ예고로ᄂᆞᆫ화億억萬만蒼창生ᄉᆡᆼ을다醉취케ᄆᆡᆼ근後후의그제야고텨만나ᄯᅩᄒᆞᆫ잔ᄒᆞ잣고야”에 나타난 생각은 치자보다 백성을 먼저 해야 한다는 애민사상이다. 그러나 애민사상의 이면에는 현실 정치에 대한 불만과 함께 현실 참여에 대한 강한 욕망이 들어 있다. 앞 노래의 작자들이나 당대의 지식인 일반과 마찬가지로 송강에게도 강호자연이 존심양성의 결정적 조건이긴 하였으나, 그렇다고 그가 현실을 백안시하거나 현실 정치에의 참여 욕구를 일부러 감추지도 않았다. 오히려 적극적인 태도로 그것을 추구하였으며 자신의 이상을 당당하게 표출하였다.

<관동별곡>은 단순한 기행문이 아니다. 비록 현실 정치에의 경륜이나 포부보다는 관동의 경치가 문면에 드러나 있긴 하지만 작자의식의 초점은 전자에 맞추어져 있었다고 보아야 한다. 강호자연의 아름다움이 작품의 전면에 노출되는 점은 적어도 조선조 창작 가사들 대부분이 공통되는 모습을 보여준다. 그러나 그 이면에 들어 있는 작자의 의식이 직설적이면서도 노골적으로 현실을 지향한 점에 있어서는 송강의 경우가 으뜸일 것이다. 작자로서 송강이 지닌 의식의 탁월함과 함께 언어 구사의 특출함에도 그 중요한 요인이 있다고 본다.

## 3. 장가와 고전시가의 맥

가사는 단가인 대엽[혹은 가곡]과 함께 초창기부터 가창되던 장가의 대표적 장르였다. 이러한 단가, 장가 모두 조선조까지 많이 불리던 진작으로부터 파생된 곡조들임은 물론이다. 가사가 노래 부르기 위한 장르였던 만큼 지난 시대 가맥의 한 갈래를 장가인 가사가 담당했었음은 자명하다. 그리고 그러한 사실은 <상춘곡>·<서호별곡>·「송강가사」 등 통시적 맥락에서 확인되기도 한다. 국문학 특히 시가문학의 통시적 양상을 파악하기 위하여 당대 예능문화와 함께 개별 장르가 바탕으로 하고 있던 음악적 기반에 대한 이해가 필요한 것도 이 때문이다.

이와 함께 작품에 나타난 의식의 변화도 고려되어야 한다. 작품에 나타난 의식은 작자 개인의 세계관이면서 작자를 둘러 싼 당대 사회 혹은 국가의 이데올로기일 수도 있다. 작자의식의 측면에서 세 작품은 각각 미묘한 차이를 보여준다. <상춘곡>은 작품 도처에서 물 자체의 모습을 묘사하고, 그것을 작자의 흥으로 내면화한 노래다. 이 노래에는 정치 현실에 대한 의도적 무관심과 자연에 대한 애착 및 그로부터 야기되는 흥이 함께 들어 있다. 그러나 그 가운데서도 정치 현실에 대한 무관심이 후자들보다 비중에서 앞선다.

<서호별곡>의 경우 중국의 지명이나 고사를 곁들여가며 실제로 작자 주변의 지역에서 느끼는 감정을 소박하게 노래하고 있는 점은 <상춘곡>에서 찾아 볼 수 없는 특질이다. 단순히 정적(靜的)이고 관념적인 강호 추구로부터 그에 대한 구체적이고 사실적인 의미 파악으로 전환되는 모습을 <서호별곡>에서 발견할 수 있다. 다만 그가 추구하는 강호의 영역이 자신의 거주지와 그 인근을 벗어나지 못하는 한계를 지니고 있긴 하나 어쨌든 관념의 테두리를 벗어나 있다는 점만은 부인할 수 없다. 이 노래들의 작자들이나 당대의 지식인 일반과 마찬가지로 송강에게도 강호자연이 존심양성의 실천적 장이긴 하였으나, 그는 현실을 백안시하거나 현실 정치에의 참여 욕구를 일부러 감추지는 않았다. 오히려 적극적인 태도로 그것을 추구하였으며 자신의 이상을 당당하게 표출하였다. 따라서 <관동별곡>을 단순한 기행문으로 볼 수는 없다. 왜냐하면 관동의 경치가 문면에 드러나 있긴 하지만 작자의식의 초점이 현실 정치에 대한 경륜이나 포부에 맞추어져 있었기 때문이다.

강호자연의 아름다움이 작품의 전면에 노출되는 점은 적어도 조선조에 창작된 가사들 대부분이 공통되는 모습을 보여준다. 그러나 그 이면에 들어 있는 작자들의 의식은 약간씩 다르다. 의식의 차이는 세계관의 확대에 기인한다. 내가 살고 있는 '이곳' 뿐만 아니라 멀리 떨어진 '저곳'이나 바깥 세계, 좀 더 크고 넓은 세계에 대한 호기심이 바로 그것이다. 그것은 자아 중심적이고 협소한 세계관으로부터 외부세계로의 관심의 확대라고 할 수도 있다. 특히 <관동별곡>은 강호 유람을 통하여 우리 내부에 충만한 동적 에너지를 확인한 데 그 의미가 있다. 전통적인 강호로부터 새로운 차원의 강호로 이입했다는 점, 즉 움직이는 시점으로 강호에 내재된 새로운 의미를 발굴한 데 그 의미가 있는 것이다.

고전시가 가운데 양이나 질의 측면에서 가장 탁월한 장르 중의 하나인 가사는 고전시대 노래 장르의 중요한 맥을 형성한다. 그 맥은 음악이라는 존재 양상과 노랫말에 표현된 의식의 변화 양상을 중심으로 확인할 수 있다.

# 4 고전시가 작품들과 담론 정립의 가능성

# 정읍

## -해석의 이중성, 그 동아시아적 보편성-

### 1. <정읍> 논의의 당위성

『고려사악지』에서 처음으로 선 보인 <정읍>은 삼국 중 백제의 노래라는 공시적 산물이기도 하고, 고려·조선 등 후대까지 지속된 지역 노래라는 통시적 산물이기도 하다. 『고려사악지』에는 무고정재와 그 악장인 <정읍>의 유래가 실려 있다.[1] 전자 즉 무고정재에서 "제기가 정읍사를 노래한다[諸妓歌井邑詞]"는 설명은 이 시기에 이미 <정읍사>[2]의 채록(採錄)·편사(編詞)·편곡(編曲)이 완성되었음을 명시적으로 보여주고, 후자에서 언급된 무고정재의 노래[악장]가 바로 그것임을 알 수 있다. 조선조에 들어와 세조조의 음악을 수록한 『대악후보(大樂後譜)』에 <정읍>의 악보가 실려 있고,[3] 『악학궤범(樂學軌範)』[卷之五]에는 '만기(慢機)·중기(中機)·급기(急機)' 등 세 틀로 연주되는 무고정재가 실려 있으며, 악장인 <정읍사>의 전문이 비로소 완벽하게 모습을 드러냈다.[4]

---

1) 한국사데이터베이스[http://db.history.go.kr]의 『高麗史 卷七十一 /志 卷第二十五 / 樂 二 / 속악 / 무고 / 무고 서』의 [舞隊【皀衫】 率樂官及妓【樂官朱衣 妓丹粧】立于南 樂官重行而坐 樂官二人 奉鼓及臺 置於殿中 諸妓歌井邑詞 鄕樂奏其曲 妓二人先出分左右 立於鼓之南 向北拜 訖 跪 斂手起舞 俟樂一成 兩妓執鼓槌起舞 分左右俠鼓 一進一退 訖 繞鼓或面或背 周旋而舞 以槌擊鼓 從樂節次 與杖鼓相應 樂終而止 樂徹 兩妓如前 俛伏興退]와 '고려사 > 卷七十一 > 志 卷第二十五 > 樂 二 > 속악 > 무고 > 무고의 유래'[舞鼓 侍中李混 謫宦寧海 乃得海上浮査 制爲舞鼓 其聲宏壯 其舞變轉 翩翩然雙蝶繞花 矯矯然二龍爭珠 最樂部之奇者也] 참조.

2) 본서에서는 '<정읍>'을 기본 명칭으로 사용하되, 텍스트에 따라 '<정읍사>'를 사용한 경우도 있으므로, <정읍>과 <정읍사>를 혼용한다. 양자 모두 노래 가사 혹은 악장을 의미함은 물론이다.

3) 『한국음악학자료총서1: 大樂後譜(全)』, 196-200쪽.

이 노래가 조선조 문헌들에 나타나기까지의 과정에 대한 몇 가지 가능성들을 점칠 수 있다. '처음 이 노래가 정읍 주민들 사이에서 가창되다가 백제 왕실에 의해 궁중악으로 수용된 후 통일 신라를 거쳐 고려 후기에 이르러 비로소 문헌에 올랐고, 조선조에 계승되었을 가능성/고려 후기에 옛날 백제 권역이었던 정읍 지역에서 백제시대부터 전해지던 이 노래를 채록하여 궁중악으로 수용했을 가능성/고려 중기까지 불완전한 모습으로 전승되다가 고려 후기에 완성한 이 노래와 정재를 조선이 현재의 모습으로 계승했거나 변이시켰을 가능성' 등이 그것이다. 그러나 조선조 태종 2년 6월 5일에 올린 '악조(樂調)' 서문의 "전조(前朝)에서 삼국 말년의 악을 이어받아 그대로 썼고, 또 송조(宋朝)의 악을 따라 교방의 악을 사용토록 청하였으니"라는 언급에 따르면, '송조에서 아악과 교방악을 받아들여 썼고 삼국[신라·고구려·백제] 말년의 악을 이어받았다는 것'이니, 삼국 속악의 경우도 삼국에서 각각 채집하여 궁중악으로 사용하던 것들을 이어받았음을 확인하게 된다. 따라서 백제의 속악에 속해있던 <정읍> 역시 백제 왕실에 의해 궁중악으로 수용된 그것임은 물론이다. 이처럼 <정읍>을 포함한 속악들은 민간의 노래를 지배층이 받아들여 자신들의 것으로 만든 궁중예술이었다.

백제나 고려의 지배층은 왜 민간의 노래 <정읍사>를 받아들여 궁중예술로 만들었으며, 조선의 지배층은 왜 그것을 계승·발전시켜 나갔을까. 그것이 과연 그들만의 독자적인 판단으로 이룬 결과인지 아니면 모종의 동양적 전통이나 보편적 문화의식 속에서 자연스럽게 받아들인 결과인지 알아볼 필요가 있다. 특히 노래의 내용과 노래에 부대된 설화의 관계를 바탕으로 노래의 본질적 성격을 파악하는 일은 무엇보다 중요하다. 노래의 내용과 부대설화의 관계를 어떻게 파악할 것인가는 고대·중세의 한·중·일이 민간의 노래들을 수용하여 궁중악무로 개편하는 과정에서 반드시 제기되는 문제일 수도 있었다. 내용 및 주제가 정확히 부합하지는 않지만, 중국 최고(最古)의 악장집인 『시경』의 「국풍」이나, 민간의 풍속가무가 귀족계급에게 수용되어 만들어진 사이바라(催馬樂) 등 일본 민간가요의 경우는 민간의 풍속가요로서 궁중악으로 수용된 <정읍사>와 동아시아의 문화적 보편성을 공유한다고 할 수 있다.

지금까지 학계에서는 <정읍사>를 포함한 융합텍스트로서의 '무고'를 가·무·악의 측면에서 다각적으로 분석해 왔다.[5] <정읍>이나 무고정재의 해독 및 해석에 대하여 학자들 간에 큰 이견이

---

4) 『原本影印 韓國古典叢書(復元版) Ⅱ. 詩歌類 ▪樂學軌範』, 대제각, 1973, 218-220쪽.

5) <정읍>이나 무고정재에 관한 새로운 관점이나 견해들을 제시했다고 판단되는 논저들 몇 편만 제시하면 다음과 같다. 지헌영[「井邑詞硏究」, 『아세아연구』 Vol.4 No.1, 고려대학교 아세아문제연구소, 1961]·조재훈[「井邑歌

없는 것도 사실은 그 덕이라 할 수 있다. 그동안 산출된 연구결과들을 겸허히 수용하며, 본서의 이 부분에서는 소박하게나마 『시경』의 「국풍」과 일본의 사이바라를 비교의 대상으로 삼음으로써 동아시아 지역을 하나로 묶던 문화적 보편성을 바탕으로 <정읍사>가 차지하던 위치를 비정(比定)해 보고자 한다.[6]

## 2. <정읍사>와 『시경』 및 일본 사이바라의 거리

### 1) 〈정읍사〉의 텍스트와 콘텍스트

前腔 ᄃᆞᆯ하 노피곰 도ᄃᆞ샤 어긔야 머리곰 비취오시라 어긔야 어강됴리

小葉 아으 다롱디리

後腔 全져재 녀러신고요 어긔야 즌ᄃᆡᄅᆞᆯ 드ᄃᆡ욜셰라 어긔야 어강됴리

過篇 어느이 다 노코시라

金善調 어긔야 내 가논 ᄃᆡ 졈그ᄅᆞᆯ셰라 어긔야 어강됴리

小葉 아으 다롱디리[7]

---

攷」, 『韓國詩歌의 通時的 硏究』, 국학자료원, 1996]·조경아[「무고 정재의 가무악 요소에 담긴 의미와 그 역사성」, 『한국무용사학』 13, 한국무용사학회, 2012]·임재욱[「노랫말과 곡조를 통해 본 향악정재 <舞鼓>와 <黃鷄詞>의 관계」, 『고전문학연구』 44, 한국고전문학회, 2013]·서철원[「지역문화권으로서 <정읍사>와 정읍의 문화사적 위상」, 『국문학연구』 40, 국문학회, 2019]·김명준[「<정읍> 전승사에서 '정읍'의 장소성에 대한 인식 변화 양상」, 『한국시가연구』 34, 한국시가학회, 2013]·문숙희[「조선전기 정읍의 노래 복원을 위한 연구」, 『공연문화연구』 34, 한국공연문화학회, 2017]·손선숙[「의궤 정재도의 도상학적 연구(1): <가인전목단>·<몽금척>·<무고>·<아박무>·<포구락>을 중심으로」, 『무용역사기록학』 36, 무용역사기록학회, 2015; 「<무고>와 <아박무>의 舞踏 비교고찰」, 『한국문학과 예술』 37, 숭실대 한국문학과예술연구소, 2021] 등.

6) 조경아는 무고가 寧海에서 탄생한 이래 '아내의 사랑노래를 부른 조선 전기의 무고/효자의 노래를 부른 조선 중종대의 무고/기녀의 춤추는 모습을 노래한 조선 후기의 무고/조선 후기 지방의 무고' 등 단계별로 변화했음을 논했다.[앞의 논문 참조.] 본서에서 필자는 악장으로서의 <정읍>이 <오관산>이나 창작악장으로 代替되는 과정을 들고 민간가요였던 <정읍>이 궁중정재의 악장으로 수용되는 현상의 문화사적 의미를 규명하는 데만 초점을 맞추고자 한다.

7) 『原本影印 韓國古典叢書(復元版) Ⅱ. 詩歌類 ▪樂學軌範』, 219-220쪽. 단, 띄어쓰기는 현대문법에 맞추었고, 감탄사와 후렴구를 제외한 의미부에는 밑줄을 그었다.

井邑 全州屬縣 縣人爲行商 久不至 其妻登山石以望之 恐其夫夜行犯害 托泥水之汚以歌之 世傳 有登岵望夫石云[8)]

노래와 그 유래담에 등장하는 인물들은 행상인과 처 등 2인이다. 표면적으로는 노래의 화자인 행상인의 처가 행상 다니는 남편이 길을 가다가 '진 곳을 디딜까, 길을 갈 때 날이 저물어 어려움을 겪지나 않을까' 염려하여 남편을 밝게 비춰달라고 달에게 기원하는 것이 내용의 핵심이니, 남편의 안위에 대한 걱정을 노래의 주제로 보아도 무방하다. 그러나 이면적으로는 여인의 성적 욕망과 깊은 관계를 갖고 있는 것이 달이고, 유래의 '托泥水之汚以歌之'에서 '泥水之汚[진흙탕물의 더러움]'가 여성의 성적 메타포이므로, <정읍>은 그 자체가 성적 메타포인 달을 매개로 '멀리 떨어져 있는 남편을 그리워하고, 다른 여자와의 사랑을 상상하며 질투하는 아낙의 사랑노래'로 볼 수도 있다.[9)]

말하자면 이 노래가 '먼 곳으로 행상 나간 남편의 안부에 대한 걱정'을 통해 단순히 '夫爲婦綱[남편은 아내의 근본이 됨]'의 중요성을 강조한다고 보는 것은 매우 단순하고 표면적인 독법(讀法)이라는 것이다. 즉 "오상(五常)으로 말한즉 부부가 그 하나를 차지하니, 사생(死生)을 함께 함이 가하고, 삼강(三綱)으로써 말한즉 부위부강이니 부인은 남편을 위해 죽어도 가하다"[10)]는 유가(儒家) 이데올로기의 정교적(政敎的) 모토야말로 당시의 지배층이 이 노래를 궁중악의 하나로 끌어들인 첫째 이유일 것이다. 그러나 그 반대로 남편과 떨어져 있는 아내가 갖게 되는 성적 욕망의 고뇌를 은유의 장막에 숨긴 것은 가창자나 화자의 진실이자 이 노래의 이면적 주제라 할 수 있다. 이처럼 이중의 감정이나 상징 혹은 은유로 교묘하게 본심을 감춘 것은 <정읍사>

---

8) 한국사데이터베이스[http://db.history.go.kr], 고려사 > 卷七十一 > 志 卷第二十五 > 樂 二 > 삼국속악 > 백제(百濟) > 정읍.

9) 지헌영[앞의 논문]과 조재훈[앞의 책, 64쪽]의 견해 참조. 지헌영은 <정읍사>를 아예 淫褻之詞로 규정하고 '정읍'의 두 글자 그대로 '정읍의 사'라고 했다.['정읍'을 지명으로 볼 것이 아니라 '샘골·옹달샘'으로 풀어 여성 성기의 상징적 은어로 보아야 하므로, 그것은 '즌ᄃᆡ' '내 가논ᄃᆡ' 등과 상응하는 말이라 했다: 앞의 논문, 171쪽 참조] 즉 情慾이란 인간 생명의 출발점에서 생명의 종결에 이르도록 發動하는 神祕不可說의 그 무엇이라는 것이다. <정읍사>에 '月下'의 상황을 설정한 것은 독수공방의 閨中之情도 月下의 靜寂 속에서는 본능적인 정감이 치열하리라는 想定에 입각한 것이니, <정읍사> 작자의 비범한 用意를 우리에게 보여주는 것이라 했다. [지헌영, 앞의 논문, 174-175쪽 참조.] <정읍사>를 '음사'로 단정한 관점은 지헌영에게서 비롯되었으며, 지금도 그런 생각을 부정할만한 근거는 거의 없다고 본다.

10) 『文淵閣四庫全書: 別集部/金至元/師山集/遺文』 卷三의 "夫以五常而言則 夫婦居其一 與之同死生可也 以三綱而言則 夫爲婦綱 婦爲夫死可也" 참조.

창자의 본심일 수 있었다. 이 점은 조선조에 들어와 <오관산>으로 노래가 바뀐 점으로도 알 수 있다.

> 五冠山 孝子文忠所作也 忠居五冠山下 事母至孝 其居 距京都三十里 爲養祿仕 朝出暮歸 定省不少衰 嘆其母老 作是歌 李齊賢作詩解之曰 "木頭雕作小唐雞 筋子拈來壁上棲 此鳥膠膠報時節 慈顔始似日平西[〈오관산〉은 효자 문충이 지은 것이다. 문충은 오관산 아래 살면서 어머니를 섬김에 효성을 극진히 하였는데, 그의 집은 경도에서 30리 떨어져 있었다. 어머니 봉양을 위해 녹봉을 받고자 벼슬살이를 하느라고 아침에 나갔다가 저녁 늦게야 돌아왔지만, 아침저녁으로 어머니의 안부를 묻고 살피는 데 조금도 게을리 하지 않았다. 어머니의 늙으심을 한탄하여 이 노래를 지었다. 이제현이 시를 지어 그 뜻을 풀이하여 말하기를, "나무토막으로 조그만 당닭을 깎아 만들어/젓가락으로 집어다가 담벼락에 올려 두었네/이 닭이 '꼬끼오' 하고 때를 알려야/어머님 얼굴이 비로소 서쪽으로 지는 해와 같아지리라."고 하였다."[11]

이제현은 시를 지어 이 노래[<오관산>]의 뜻을 풀었다. 그 시[나무토막으로 조그만 당닭을 깎아 만들어/젓가락으로 집어다가 담벼락에 올려 두었네./이 닭이 '꼬끼오' 하고 때를 알려야/어머님 얼굴이 비로소 서쪽으로 지는 해와 같아지리라]에서 보듯이 불가능한 상황에 자신의 소망을 역으로 결부시켜 노래함으로써 '지극한 효심'을 표현한 것이다. <정읍사>를 <오관산>으로 대체한 시점은 조선조 중종 13년의 일이었고, 그 계기는 다음과 같다.

> 대제학 남곤이 아뢰기를, "전일 신에게 악장 속의 음사(淫詞)나 석교(釋敎)에 관계있는 말을 고치라고 명하시기에, 신이 장악원 제조 및 음률을 아는 악사와 진지한 의논을 거쳐 아박정재(牙拍呈才) 동동사(動動詞) 같은 남녀의 음사에 가까운 말은 신도가(新都歌)로 대신하였으니, 이는 대개 음절(音節)이 그와 같기 때문입니다. 신도가는 아조(我朝)가 한양으로 천도할 때 정도전(鄭道傳)이 지은 것인데, 이 곡은 문사(文詞)를 쓰지 않고 방언(方言)을 많이 써서 지금 쉽게 이해할 수 없으나, 토풍(土風)을 보존해야 할 것이요, 또 절주(節奏)로 말하면 옛날에는 느린 것을 숭상하였으나 지금은 촉박함을 숭상하니 고칠 수가 없습니다. 무고정재(舞鼓呈才) 정읍사는 오관산(五冠山)으로 대용하였으니, 이것 역시 음률(音律)이 서로 맞기 때문입니다."[12]

---

11) 『한국사데이터베이스: 고려사 卷七十一 / 志 第二十五 / 樂 二 / 속악 / 오관산』. 다만, 인용자의 자의로 번역 중 몇 군데를 고쳤음.

12) 중종실록 권 32, 13년 4월 1일.

'남녀의 음사에 가까운' 아박정재의 악장 <동동사>를 <신도가>로 바꾼 이유를 '음절이 같기 때문'이라 했고, 무고정재의 악장인 백제의 <정읍사>를 고려의 속가 <오관산>으로 바꾼 이유 또한 '음률이 서로 맞기 때문'이라 했다. 아박정재에서 <동동사>는 음사에 가깝기 때문에 <동동사>와 '음절이 같은' <신도가>로 바꾸었다고 했다. 그런데 무고정재의 경우 <정읍사>는 '음률이 맞기 때문에' <오관산>으로 바꾼다고 했다. '음절이 같다/음률이 맞는다'는 것은 음악의 절주 즉 악곡의 박자와 장단이 같거나 잘 맞는 것을 말한다. 즉 어떤 악곡의 악장을 새 악장으로 바꾸어야 할 경우는 '음절이 같거나 잘 맞아야' 할 것이다. 그런데 그들은 왜 악장을 바꾸려 했을까. <동동사>를 <신도가>로 바꾼 이유는 <동동사>가 남녀의 음사에 가깝다는 데 있었다. 그런데, <정읍사>를 <오관산>으로 바꾼 이유는 분명히 제시되지 않았다. 다만 악장들을 교체한 중종실록 권 32[중종 13년 4월 1일의 다섯 번째 기사]의 해당기록 표제[악장 속의 음사나 석교에 관계있는 말을 고치라고 명했는데, 남곤이 고친 것을 아뢰다]에 그 이유가 명시되어 있으니, 분명 '<정읍사>→<오관산>'의 이유는 <정읍사>가 음사 아니면 석교였기 때문일 것이다. 그러나 <정읍사>의 어떤 부분에도 석교로 볼만한 어휘나 표현은 없다. 그렇다면 노래 중에 음사이거나 음사로 해석될 어떤 표현들이 들어 있다고 보아야 할 것이다. 말하자면 오늘날 <정읍사>의 음사(淫詞)로 해석되는 부분들을 당시의 관료계층도 똑같이 인식하고 있었다고 할 수 있다. <동동사>를 음사로 지적하면서도 <정읍>에 관해서는 차마 구체적으로 말할 수 없었기 때문이다. '즌ᄃᆡ를 드ᄃᆡ다'와 같은 구절을 설명하기 위해서는 여체의 해부학적 측면을 언급해야 했기 때문에 유교화의 기치를 높이 들어 올리던 당시 어전에서는 차마 말할 수 없었을 것이므로, '음률이 맞는다'는 핑계를 댔을 뿐 구체적인 설명은 생략했을 것으로 보인다.

더 주목되는 것은 국초인 태종 2년 6월 5일 예조에서 올린 「악조」[13]의 존재인데, 국왕연사신악(國王宴使臣樂)[여섯째 잔에 아박정재/일곱째 잔에 무고정재]·국왕연종친형제악(國王宴宗親兄弟樂)[다섯째 잔에 무고정재]·의정부연조정사신악(議政府宴朝廷使臣樂) 및 의정부연본국사신악(議政府宴本國使臣樂)[넷째 잔에 아박정재/다섯째 잔에 무고정재] 등에서 보듯이 무고정재와 아박정재는 당시에 각광받던 레퍼터리들이었다는 점이다. 그것들은 고려로부터 계승한 정재들이었으므로, 당연히 각각의 악장은 <동동>이나 <정읍사>였는데, 중종 대에 이르러 교체될 수밖에 없었던 이유는 무엇일까. 중종 대 조광조[趙光祖, 1482-1519]의 정계 진출로 사림파의 존재가

13) 태종실록 권 3, 2년 6월 5일.

부각되면서 도학의 비중이 절대적으로 높아진 점을 그 첫 요인으로 찾을 수 있을 것이다. 무엇보다 조광조는 유교화(儒敎化)가 미흡한 상황에 안타까움을 느끼고 성리학적 가치를 지향하는 사람들의 공론을 대변하는 한편, 유교적 가치의 현실 적용을 주장하는 정풍운동으로서의 사림운동을 적극 추진했다.[14] 사림파가 선호한 분야는 정주성리학(程朱性理學)이었고, 유향소(留鄕所)를 활동의 근거로 삼아 유학의 실천에 주력했다. 즉 성리학적 가치를 신봉하는 새로운 세대가 정치무대의 주역으로 등장하게 되는 상황에서 훈구공신으로 대표되는 기성세대가 퇴장하면서 사림의 정풍운동은 성공을 거두게 되고, 조선의 유교화는 한층 더 심화되었던 것이다.[15]

앞에서 언급한 바와 같이 태종대의 「악조」에 계승된 고려조 아박정재 <동동사>와 무고정재 <정읍사>가 중종 대에 이르러 '음사 혹은 음사에 가깝다'는 이유로 <신도가>와 <오관산>으로 대체된 것도 중종 대에 시대정신으로 정착된 '유교화'에서 그 이유를 찾을 수 있을 것이다. '三代 이후로 『소학』이 밝지 못하다' 하여 『소학』을 지어 후세를 가르친 주자를 거론하며 조선의 유자(儒子)들이 『소학』의 독서를 통해 삼대(三代)의 이상을 회복해야 한다고 주장한[16] 남곤[南袞, 1471-1527] 등 사림들은 소학이라는 경전을 강조하는 데서 '유교화'의 의미를 찾고자 했는데,[17] 유교 이데올로기의 체화(體化)가 바로 그 시대정신이었던 것이다. 태종 대의 「악조」에서까지 계승한 <정읍사>를 중종 대에 <오관산>으로 대체한 요인은 '유교화'라는 시대정신의 구현에 있었다. 따라서 '행상 나간 남편의 안위를 염려하는' 부인의 노래 <정읍사>를 부위부강(夫爲婦綱)의 유교 윤리적 덕목을 실천하는 표본으로 제시하여 정교(政敎)의 자료로 삼으려 한 것은 그 나름 정치적인 결단이었고, <정읍사>에서 유교윤리와 약간 벗어난 점을 발견하여 '지극한 효심'의 노래 <오관산>으로 대체한 것 또한 정치적인 결단이었다. 그것은 지역노래가 궁중으로 수용되는 과정에서 지배집단에 의해 덧붙여지거나 강조된 부가적 의미라 할 수 있다. 당시 그들이 <정읍사>에서 간파한 음사적(淫詞的) 요소들은 유교 이데올로기를 표방하고 전파하기 위한 필수 수단으로서의 궁중음악이 범해서는 안 될 커다란 흠이었을 것이다. 그렇다고 그동안 <정읍사>를 악장으로 하는 무고정재가 궁중에서 성대하게 공연되어온 역사적 자취까지 뭉갤 수는 없었으리라 본다. 그들은 '음사(淫詞)의 구축(驅逐)'을 '유교화'의 큰 과업으로 인식했고, '유교화'라는 모토를 분기점으로

---

14) 송웅섭, 「중종대 사대의식과 유교화의 심화」, 『조선시대사학보』 74, 조선시대사학회, 2015, 369쪽.

15) 송웅섭, 같은 논문, 370쪽.

16) 중종실록 권 23, 11년 1월 15일.

17) 허준, 「朝鮮時代 儒敎化와 國家 正體性」, 『역사문화연구』 72, 한국외대 역사문화연구소, 2019, 33쪽.

‘유교화’ 이전의 시기와 ‘유교화’ 이후의 시기로 구분하기 위해서라도 음사로 해석될 수 있는 <정읍사>를 슬그머니 내려놓을 수밖에 없었던 것이다. <오관산>이 <정읍사>의 대체가요로 사용된 것도 그런 시대적 요청에 따른 일이었다.

### 2) 〈정읍사〉와 『시경』「국풍」

『시경』의 국풍(國風)은 주나라 초기부터 춘추 때까지 대략 5세기에 걸쳐 15국[주남(周南)·소남(召南)· 패(邶)·용(鄘)·위(衛)·왕(王)·정(鄭)·제(齊)·위(魏)·당(唐)·진(秦)·진(陳)·회(檜)·조(曹)·빈(豳)] 민초들 사이에서 불리던 노래들의 모음이고, 아(雅)는 주나라에서 널리 통용되던 정악으로서 정사(政事)에 직·간접적으로 관련되는 노래들의 모음이며, 송은 신명(神明)과 교류하는 종묘의 악가들이나 제왕에 대한 송축 노래들의 모음으로 알려져 있다. 공자가 원래 3천여 편의 시 가운데 중복된 것들을 버리고 예의에 베풀만한 것들만 취했다거나,[18] 주나라의 시를 주로 하되 은나라에서 노나라의 시까지 305편만 취했다고도 하고,[19] 공영달은 그런 설들을 부정하기도 했지만,[20] 공자에 의해 음악이 바로잡혔고 그 악장으로서의 아송 즉 『시경』이 제자리를 잡은 것으로 보는 견해가 일반적이다.[21] 주지하다시피 15국풍은 바로 15개의 서로 다른 지방 악조(樂調)이자 ‘토풍(土風)·토조(土調)’ 또한 주나라 왕조의 아악에 대립되는 가락을 말하는데, 각 제후국의 지방색채를 갖는 악조를 일반적으로 가리키는 개념이다. 그리고 그것은 각 제후국 안의 수많은 노동 계층의 노래를 포함할 뿐 아니라 각 제후국 궁정 통치자 및 대소 귀족들의 창작까지 포함한다고 할 수 있다.[22] 그런 전통이 후세 왕조들에 수용되어 송사(宋詞)에 이르렀고, 송사는 고려에 수용되어 속가들을 창출하게 되었다. 물론 속가들의 원천은 민간 노래 즉 민요들이

---

18) 『文淵閣四庫全書: 史部/正史類/史記』卷四十七의 “古者 詩三千餘篇 及至孔子 去其重 取可施於禮義 上采契后稷 中述殷周之盛 至幽厲之缺 始於衽席” 참조.

19) 『文淵閣四庫全書: 史部/正史類/前漢書』卷三十의 “孔子純取周詩 上采殷下取魯 凡三百五篇 遭秦而全者以其諷誦 不獨在竹帛故也” 참조.

20) 『文淵閣四庫全書: 經部/詩類/詩傳大全(綱領)』의 “孔穎達曰 按書傳所引之詩 見在者多 亡逆者少 則孔子所錄 不容十分去九 馬遷之言未可信也” 참조.

21) 『文淵閣四庫全書: 經部/四書類/四書章句集注_論語集注』卷五의 “子曰 吾自衛反魯 然後樂正 雅頌各得其所” 참조.

22) 許伯卿,「宮廷文學的界定及<<詩經>>宮廷乐歌的识别」,『怀化师专学报』第19卷 第4期, 2000, 8, 64쪽.

었다. 궁중에 수용된 민간의 노래들이 편곡·개작의 단계를 거쳐 무대예술로 전환되는 과정에서 표본 역할을 한 것이 송사들이었다. 따라서 노래들의 내용이나 분위기, 미학은 고려 국풍의 그것들이되, 구조나 형상화의 방법은 『시경』의 「국풍」, 아악화된 일본의 국풍가요 등과 동질적인 성향을 보여준다.

풍·아·송에 관한 원나라 유근(劉瑾)과 명나라 주기(周琦)의 논리는 『시경』의 시편들이 무용을 포함하는 음악문화의 콘텍스트 속에서 정치적 효용성을 발휘하던 악장들이었음을 명료하게 보여준다. 먼저 유근의 설명을 살펴보기로 한다. 국풍에 관한 『주자집전』의 언급[국(國)이란 제후에게 봉해 준 지역이고, 풍(風)이란 민속가요의 시이다. 풍이라 부른 것은 위의 가르침을 입어 말이 있었는데, 그 말이 족히 사람을 감동시킴이 물건이 바람으로 인해 움직여 소리가 있고, 그 소리가 또한 족히 물건을 움직이는 것과 같다. 이로써 제후가 채집하여 천자에게 바치고 천자는 이를 받아 악관으로 하여금 나열케 하여 그 세속에서 좋아하는 바의 아름다움과 악함을 살펴 정치의 득실을 알았다][23]과 그에 관한 자신의 설명[남녀가 함께 노래를 불러 그 정을 표현하고, 행인은 목탁을 두드려 순행하며 이를 채집했다. 하휴[何休, 129-182]가 이르기를 '남자 나이 60 여자 나이 50에 자식이 없는 자는 관아에서 입혀주고 먹여주되 시를 구하여 고을에서 나라로 올리고 나라는 천자에게 들리도록 했다'는데, 통전의 주에 '시를 채집하는 자는 백성의 노래를 채취하여 정치와 교화의 득실을 알았다'고 했다][24]을 통해 풍이 궁극적으로 정치에 직결되는 노래[즉 악장]임을 강조했다. 이처럼 백성들로부터 나온 노래들을 각 제후국 별로 속상(俗尙)의 미악(美惡)을 통해 정치의 득실을 판단하는 자료로 삼았고, 그것을 천자도 참고하도록 하는 과정에서 결정적 수단이 된 것은 음악이자 노래였으며, 그 내용적 골자는 천하의 치란(治亂)이었다. 따라서 비록 변풍(變風)이라 할지라도 공자가 산거(刪去)하지 않은 이유는 그 가르침이 상실되었음을 치자(治者)들에게 보여주려 한 데 있었으므로,[25] 궁중 노래들의 가사로 쓰인 국풍이 정치 노래였음은

---

23) 『文淵閣四庫全書: 經部/詩類/詩傳通釋』 卷一의 "國者諸侯所封之域 而風者民俗歌謠之詩也 謂之風者 以其被上之化以有言 而其言又足以感人 如物因風之動以有聲 而其聲又足以動物也 是以 諸侯采之 以貢於天子 天子受之而列於樂官 於以考其俗尙之美惡 而知其政治之得失焉" 참조.

24) 劉瑾, 『詩傳通釋』, 『文淵閣四庫全書: 經部/詩類/詩傳通釋』 卷九의 "男女相與詠歌 以言其情 行人振木鐸徇路采之 何休云 男年六十女年五十無子者 官衣食之 使求詩 邑移于國 國以聞于天子 通典注曰 采詩者采取百姓謳謠 以知政敎得失也" 참조.

25) 文淵閣四庫全書: 經部/詩類/詩傳遺說』 卷三의 "變風多是淫亂之詩 故班固言男女相與歌詠 以言其情是也 聖人存此亦以見上失其敎 則民欲動情勝其弊至此 故曰詩可以觀也." 참조.

분명해지는 것이다.

당나라 성백여(成伯璵)는 '시와 음악이 상통하여 가히 정치를 볼 수 있었다는 것, 왕들은 발언과 거사를 좌우에서 기록하여 오히려 신하에게 곡종(曲從)이 있고 사관(史官)에게 직필(直筆)이 없을까 염려하였다는 것, 이에 방소를 살피며 순수(巡狩)하여 출척(黜陟)을 크게 밝히고, 제후국은 각각 시를 채집하여 올려 풍속을 살피는 한편 채시관을 두고 이를 주납(主納)하게 했다는 것, 고사(瞽史)에게 그것을 익혀 잠송(箴誦)하게 하고 교간(敎諫)의 뜻을 널리 듣게 했다는 것'[26] 등을 혼란스러워지기 이전의 주나라 왕실이 시나 노래를 정치적으로 활용하던 모범적 행태로 들었다. 말하자면 나라 전체가 백성들의 시를 채집하여 풍속을 살피고 정치에 활용하는 것을 제도화 했다고 보았는데, 역사상 그 가장 모범적인 사례를 『시경』에서 찾아낸 것이다.

『시경』의 아송에 대응할만한 『고려사악지』의 음악과 악장은 중국 역대 왕조들과 마찬가지로 아악이고, 『시경』의 국풍에 대응할만한 것이 바로 속악이다. 속악에는 고려의 속악과 삼국의 속악을 함께 실어 놓았고, 아악과 속악 사이에는 당악이 끼어 있다. 말하자면 아악과 당악은 외래악, 속악은 고유의 향악이라 할 수 있는데, 전자가 중국에서 도입하여 고려 지배층의 각종 제례 및 조회·연향에 쓰인 중심부의 음악이었다면, 후자는 각 지역 혹은 삼국을 대표하던 주변부의 음악이었다. 특히 당악이 중국의 속악임에도 「무고(舞鼓)」·「동동(動動)」·「무애(無㝵)」 등 가·무·악 융합 무대예술로서의 속악정재들은 구조나 체계를 고려 속악[삼국의 속악 포함]보다 선진이라고 생각하던 당악정재들로부터 본받았다고 보기 때문이다.

그렇다면, 그 근거를 어디서 찾을 수 있을까. 고려 속악 가운데 <동동>에 대한 설명[동동 놀이의 가사에 송도의 말이 많은데, 대개 선어(仙語)를 본떠 만든 것이다. 그러나 가사가 비속한 일상어로 되어 있어서 싣지 않는다./動動之戱 其歌詞多有頌禱之詞 盖效仙語而爲之 然詞俚不載]이 그것이다. 이 말에 대하여 기존 선학들의 설명이 구구하게 많지만, 수긍되는 것은 거의 없다. 말하자면 선학들은 노랫말 <동동>만을 바라보았을 뿐, 그것을 둘러싸고 있는 콘텍스트로서의 속악정재나, 속악정재와 상호텍스트의 관계로 공존했을 당악정재[27]에 미처 시선을 주지 못했기 때문이다.[28]

---

26) 『文淵閣四庫全書: 經部/詩類/毛詩之說』의 "詩樂相通 可以觀政矣 古之王者 發言擧事 左右書之 猶慮臣有曲從 史無直筆 於是 省方巡狩 大明黜陟 諸侯之國 各使陳詩以觀風 又置采詩之官而主納之 申命瞽史習其箴誦 廣聞敎諫之義也 人心之哀樂 王政之得失 備於此矣" 참조.

27) 獻仙桃·壽延長·五羊仙·抛毬樂·蓮花臺 등 5종의 당악정재들이 『고려사악지』에 비교적 완벽하게 남아 있으며, 이것들은 약간씩 變改되며 『악학궤범』을 거쳐 조선조 후기의 각종 笏記들에도 실리게 된다.

28) 조규익·문숙희·손선숙·성영애, 『동동動動-궁중 융합무대예술, 그 본질과 아름다움』, 민속원, 2019, 18-64쪽

노래의 주제적 측면을 지칭한 '송도지사'와 표현적 측면을 지칭한 '선어' 모두 동시대의 당악정재에 근원을 두고 있는데, 그런 표현법이나 주제의식은 당대 궁중에서 성대하게 공연되던 당악정재의 창사를 본뜬 것들, 즉 이들 정재에서 서왕모 등 신선으로 분장하여 '송도'의 노래를 가창하던 여기(女妓)들의 창법에서 비롯된 것일 뿐이다.[29] 예컨대, 선계의 왕모가 내려와 원소가회(元宵嘉會)에서 천세영도(千歲靈桃)를 바치며 군왕에게 헌수하던 서사구조의 정재 헌선도(獻仙桃)를 보자. 서왕모로 분장한 무기(舞妓)가 군왕에게 선도(仙桃)를 올림으로써 장수의 축원은 마무리되며, 이 장면에서 부르는 왕모의 노래들이 헌선도의 핵심이다. 그 때 부르는 <원소가회사(元宵嘉會詞)>와 <일난풍화사(日暖風和詞)>의 핵심은 송도와 축수다. 그리고 두 노래의 화자는 왕모이며, 왕모는 오직 임금만을 위해 송도한다. 전자의 결사[반도 한 떨기로 천 가지 상서를 바침]와 후자의 결사[한없는 수명의 신선이 임금께 천만년의 수를 드림]는 각각 신선과 송도의 이미지가 결합되어 있다거나 신선과 송도의 시적 의미가 직설되어 있다는 점에서 동일하다. 이 점은 진구호(進口號)와 퇴구호(退口號), <동풍보난사(東風報暖詞)>·<여일서장사(麗日舒長詞)> 등에도 마찬가지로 나타난다.

송축 혹은 송도의 주지를 바탕으로 만들어진 헌선도 정재의 창사들을 '신선의 말'이라 지칭하는 것도 타당하고,[30] 속악정재 '동동놀이[동동지희(動動之戱)]'가 그런 신선의 말을 본떠 만들어졌음은 <동동>의 서사(序詞)[德으란 곰빅예 받좁고 福으란 림빅에 받좁고 德이여 福이라호늘 나ᄉᆞ라 오소이다 아으 動動다리][31]에서 분명해진다. 그런 점에서 보면 속악은 당악정재의 체례와 표현문법을 본받아 정리되었을 가능성이 커지는 것이다. 따라서 『고려사악지』의 아악과 당악은 『시경』의 아·송에, 『고려사악지』의 속악은 『시경』의 국풍에 각각 대응되는 성격을 지닌다고 할 수 있다. 말하자면 『고려사악지』의 편자들은 우선적으로 『송사』나 『원사』의 「악지」 혹은 「예악지」를 표본으로 삼았겠지만, 이것들에서 찾아보기 어려운 당대(當代)의 속악이나 이전 시대[삼국]의 속악들을 실어 놓은 것은 『시경』이 지니고 있는 악장집으로서의 취지에 부합하고자 했기 때문일 것이다. 좀 더 구체적으로 말하자면 『시경』의 「국풍」이 주나라가 봉한 15개 제후국의 노래들인 것처럼 『고려사악지』에 수록한 <정읍> 등 3국[신라·백제·고구려]의 노래들도 그런 의식 하에 궁중에서

---

참조.

29) 조규익, 『조선조 악장 연구』, 새문사, 2014, 364-365쪽 참조.

30) 같은 책, 365-366쪽 참조.

31) 『原本影印 韓國古典叢書(復元版) Ⅱ. 詩歌類 ■樂學軌範 全』, 대제각, 1973, 215쪽.

사용했을 것으로 짐작된다. 민간의 소박한 생활 속에서 만들어진 것들이라 해도 정치집단의 구성원들에 의해 채록되고 궁중이라는 정치적 공간에 수용되는 순간 텍스트는 정치적 멘트로 바뀌게 된다. 따라서 언제, 어디의 누구에 의해서 발화되었든 원 저자의 표현된 의미는 공유 가능한 언어의 관습을 통해 모종의 의미를 산출하고자 하는 저자의 의도를 말한다. <정읍사>를 '정읍 지역에서 불려 내려오던, 특별한 내용의 민간 노래'로 규정하는 순간 그것은 『시경』의 국풍과 마찬가지로 정치적 · 역사적 의도를 지닌 해석의 대상으로 고정된다. 독자나 청자, 연구자는 <정읍사>와의 대화를 통해 그것이 지니고 있던 비밀을 간파하게 되기 때문이다. 먼저 『시경』「왕풍(王風)」의 <군자우역(君子于役)>을 들고 <정읍사>와 대비해 보기로 한다.

〈君子于役〉

君子于役　낭군이 부역 가시어

不知其期　돌아오실 기약을 모르니

曷至哉　어디쯤 가 계실까

雞棲于塒　닭은 홰에 오르고

日之夕矣　날은 저물어

羊牛下來　양과 소는 내려오는데

君子于役　낭군은 부역 가셨으니

如之何勿思　어찌 아니 그리우리

君子于役　낭군은 부역 가시어

不日不月　날과 달로 헤아릴 수 없으니

曷其有佸　언제나 만나뵐까

雞棲于桀　닭은 말뚝에 오르고

日之夕矣　날은 저물어

羊牛下括　양과 소는 내려오는데

君子于役　부역에 가신 낭군

苟無飢渴[32]　기갈이나 없으셨으면

이 노래의 화자는 부역 나간 남자의 아내다. '어디론가 부역 나간 낭군에 대한 그리움과 그의

---

32) 『文淵閣四庫全書: 經部/詩類/詩經集傳』 卷二.

고통에 대한 염려'가 이 노래의 주제다. 역(役)은 병역(兵役)이나 노역(勞役)을 말하는데, 노래 속의 역은 어느 쪽이든 상관없었을 것이다.[33] 젊은 남자들이 역에 차출되어 전장(戰場)에 나가는 것은 흔한 일이었고, 특히 춘추시대인 동주(東周)의 평왕(平王)시대는 더욱 심했다. 유왕(幽王)이 포사(褒姒)에 빠져 그녀와의 사이에 낳은 백복(伯服)을 태자로 삼으려 하자 의구(宜臼)[뒷날의 평왕]는 신(申)으로 달아났고, 외조부 신후(申侯)가 유왕을 살해함으로써 서주(西周)는 종말을 고했다. 신후의 창의(倡義)에 동참한 제후들이 의구를 왕으로 세우고 낙읍(洛邑)으로 도읍을 옮긴 뒤 세운 나라가 동주(東周)다. 당시 주나라 왕실은 쇠미해졌고, 제(齊)·초(楚)·진(秦)·진(晉) 등이 점차 강성해졌으며, 정치는 지방의 강력한 힘을 가진 패자(霸者)들을 중심으로 이루어지고 있었다. 평왕 원년[기원전 770]을 춘추시대의 시작으로 보는 것도 그 때문인데, 이 시기 각지에서는 전쟁과 내란이 빈발했고, 백성들의 삶 또한 피폐해진 것은 물론이다. 따라서 '이 노래는 평왕을 자계(刺戒)한 내용으로서, 군자가 부역을 가서 돌아올 기약이 없으므로 대부(大夫)가 그 위난(危難)을 생각하여 풍자했다'[34]는 것이 「모서(毛序)」의 설명이다. 말하자면 당시 각지에 전란이 일어나 극도로 혼란했으므로 젊은이들은 수시로 징발되어 전장에서 목숨을 잃기 일쑤였다. 그런 젊은이의 아내가 전장에 나간 남편을 걱정하고 그리워하면서 이 노래를 불렀다는 것인데, 핵심은 '평왕에 대한 자계(刺戒)'로 본 점이다. 백성이 무능하고 나약한 군주를 풍자하거나 깨우치고자 이 노래를 불렀다는 설명을 정확하다고 볼 수는 없다. 이 노래를 접한 채록자나 편사자는 춘추전국시대의 혼란함을 초래한 평왕에 대한 풍자로 해석했는데, 사실 텍스트에는 그런 표현이 없다. '如之何勿思/苟無飢渴'에서 복잡한 시대 상황을 소환했고, 그 책임을 평왕에게 돌려 노래의 이면적 의미를 왜곡 해석했으며, 후대의 비평가들도 이 점을 지적하고 있는 것이다.

송대 주희[朱熹, 1130-1200]의 『시집전(詩集傳)』을 계승한 것으로 알려진 원대(元代) 유근(劉

---

33) 사실 <君子于役>과 대비될 만한 백제의 노래로는 <정읍사>보다 <禪雲山>이 더 적합하다. 물론 <정읍사>는 노랫말이 남아있고, <선운산>은 노랫말이 없기 때문에 쉽사리 단정할 수 없다는 점이 전제되어야 하는 것은 사실이다. 『한국사데이터베이스: 고려사 卷七十 / 志 第二十五 / 樂 二 / 속악 / 선운산.』의 "百濟 禪雲山 長沙人 征役 過期不至 其妻思之 登禪雲山 望而歌之/백제 선운산 장사 사람이 역에 동원되어 나갔다가 기한이 지나도 돌아오지 않으니, 그의 아내가 그를 그리워하여 선운산에 올라가 바라보면서 노래를 불렀다." 참조. 이런 모티프의 유래를 갖고 있는 노래들은 동양권에 적지 않다. 군역·부역에 징발되었든 생업을 위해 행상에 나갔든 '남편의 부재'와 '아내의 기다림'이라는 話素는 이런 노래들에 공통된다고 본다. 어떤 상황에 대입해도 '남편을 그리워하며 기다리는 아내'의 마음은 같았을 것이기 때문이다.

34) 『文淵閣四庫全書: 經部/詩類/詩序』 卷上의 "君子于役 刺平王也 君子行役 無期度 大夫思其危難以風焉" 참조.

瑾)은 『시전통석(詩傳通釋)』에서 이 노래는 "국인이 부역으로 멀리 나가 있어 부인이 이를 걱정한 말이니, 서의 설명은 잘못이고 평왕을 자계했다는 것도 상고할 수 없다"고 「모서」의 해당 기록을 비판했다. 즉 "대부가 오랫동안 외지에 부역을 나가 있으니 그 부인들이 그리워하며 읊기를 '낭군이 부역 가시어 돌아오실 기약을 모르니, 지금 어디쯤 가계실까? 닭은 홰에 오르고 날은 저물어 양과 소는 내려오는데, 이는 축산의 출입도 오히려 아침저녁의 절도가 있거늘, 부역 나간 낭군은 휴식할 때가 없으니, 내가 어떻게 그리워하지 않을 수 있겠는가'라고 했다[35]는 것이다. 말하자면 「모서」의 설명은 정치적 맥락에 억지로 갖다 붙인 해석이고, 그에 대한 『시전통석』의 비판은 텍스트 내면과 외면의 의미를 함께 고려하여 찾아낸 이 노래 본래의 의미라 할 수 있다. 즉 <군자우역>은 '아내가 멀리 나간 남편의 안위를 걱정하고 그리워한 노래'로서, 궁중에 수용된 민간의 노래였음이 분명해지는 것이다. 따라서 노래의 성격이나 궁중악으로 정착하게 된 과정이 <정읍>과 유사하다고 할 수 있다.

그런데 <정읍>의 유래를 설명하는 글의 핵심은 '夜行犯害'와 '托泥水之汚'에 있고, 이것들은 노래의 성격을 규정하는 키워드이기도 하다. '恐其夫夜行犯害, 托泥水之汚以歌之'를 '<u>그 남편이 밤길에 해를 입을까 두려워</u>' '<u>진흙탕 물의 더러움에 가탁하여 노래했다</u>'고 번역하여 두 문장을 인과(因果)로 연결하는 것이 맞다. 그럴 경우 '夜行犯害'는 단순히 밤중에 불한당으로부터 강력범죄를 당한다는 뜻이 아니라, '밤중에 여인을 만난다'로 풀어야 할 것이다. 그래야 '泥水之汚'를 받을 수 있기 때문이다. 따라서 이 노래는 '아내가 행상 나간 남편의 안위를 걱정함/행상 나간 남편이 밤에 길거리의 여인을 만날까봐 걱정스럽고 질투심이 생김'이라는 이중적 의미를 갖고 있으며, 백제 당대에서 고려 후기까지는 그렇게 받아들였을 것으로 본다. 그러다가 조선조로 넘어가 상당기간을 그렇게 지속되다가 중종 조에 유교화가 강하게 이루어지면서 이 노래의 이중적 의미는 더 이상 지속될 수 없었고, 결국 <오관산>으로 대체된 것이다.

말하자면 『시경』 「국풍」의 노래들에서 흔히 보이는 해석의 이중성은 원래의 가창자가 피지배 지역민이었으나 궁중의 노래로 들어가면서 정교적(政敎的) 의미로 재해석되는 데서 생겨난 특징이었다. <정읍>도 그런 점에서 『시경』 「국풍」의 상당수 지역 노래들과 같은 부류로 분류될 수 있고, 그 점은 아악이나 아악악장의 콘텍스트로 지목되는 동아시아 고·중세문화의 보편적 성격이

---

35) 『文淵閣四庫全書: 經部/詩類/詩經集傳』 卷二의 "大夫久役于外 其室家思而賦之曰 君子行役 不知其反還之期 且今亦何所至哉 雞則棲于塒矣 日則夕矣 牛羊則下來矣 是則畜産出入 尙有旦暮之節 而行役之君子 乃無休息之時 使我如何而不思也哉" 참조.

라 할 수 있다. <정읍>은 지역노래로서의 특수성과, 지역노래에서 궁중악으로 수용·변모되는 과정에서 획득한 의미의 이중성[본래적 의미/해석적 의미]이라는 또 다른 특수성을 『시경』「국풍」의 상당수 노래들과 공유한다는 사실을 확인했다. 그리고 그런 특수성들은 동일한 시·공간적 범위 안에서 모종의 문화적 정체성으로 변환된다는 점도 확인할 수 있었다. 그렇다면 일본의 경우는 어떠했을까. 특정한 지역에 근거를 둔 풍속가요가 귀족계급이나 궁중에 수용되어 새로운 모습으로 등장한 일본의 사이바라와 <정읍>은 어떤 양상으로 대비된다고 볼 수 있을까.

3) 〈정읍사〉와 일본의 사이바라

고려의 경우 삼국 말년의 음악을 답습했고, 송나라의 교방악을 도입하여 썼다. 조선 초에 그것들을 인습할 수 없어 양부(兩部)의 음악 중 그 성음이 약간이라도 바른 것을 취하고 풍아(風雅)의 시를 참고로 조회·연향의 악을 정했다고 한다. 이 경우 양부의 음악이란 아부(雅部)와 속부(俗部)[당악과 향악을 합친 개념]를 말하는 듯하나, 실제 음악으로 사용된 곡조들 대부분은 당악이었으며, 가사에도 <수룡음(水龍吟)>·<금잔자(金盞子)>·<억취소(憶吹簫)> 등 당악대곡(唐樂大曲)의 산사(散詞)들이 포함됨으로써 전조(前朝)의 음악들과 그리 큰 차이를 보여주지는 못했다. 아악과 속악으로 구분되던 중국 왕조들의 악무와 고려·조선의 그것들이 비슷한 양상을 보여주는 것도 자연스러운 현상이었다. 삼국과 고려, 조선에서 속악 부분을 편성한 것도 민간의 노래들을 채록·개작하여 국풍으로 나눠놓은 『시경』과 역대 왕조들의 방법을 모방한 결과로 볼 수밖에 없는 것이다. 밖으로 드러난 일본 가사들의 모습이 중·한 왕조들의 속가들과 현격하게 다르긴 하나, 백성들의 노래를 지배층의 노래로 수용한 취지나 의도는 같다고 본다. 신죠사이(新嘗祭)의 가무는 여러 지역들의 민요들을 채록하여 개작하고 다듬은 것들이다.

천황 국가로서 종교국가였던 고대 일본은 불교를 시작으로 유교 · 신도(神道) 등이 어우러진 다종교 국가였다. 무엇보다 그 이전부터 발전한 독자적 종교로서의 황실 신도는 불교 등 외래종교에 포섭되지 아니한 채 701년[다이호(大寶) 원년] 다이호료(大寶令)의 제정부터 헤이안(平安) 전기인 927년[엔쵸(延長) 5년]에 성립된 엔키시키(延喜式)에 이르기까지 2세기 남짓 동안 체계적인 제도화에 성공한 것은 종교의 일본적 특징을 드러내는 결정적 요인이었다. 이런 상황에서 정형화된 이삭 수확제로서의 신죠사이나 다이죠사이(大嘗祭)가 천황 제사의 중심을 이루게 된 것이다. 그리고 그런 제사가 거행되던 중심에 이세진구(伊勢神宮)가 있었다. 이세진구에 하츠호(初穗)를 바치는 신죠사이, 신죠사이 전 71좌의 신들에게 새로 수확한 곡식을 봉헌하는 아이나메노마쯔리(相嘗祭), 매년 2월 전국의 모든 칸샤(官社)에 폐백을 바치는 키넨사이(祈年祭) 등이 거행되어 왔다. 일본의 경우 그런 제례들에서 국풍의 가요들이 불리거나 공연되었다.

원래 『시경』의 국풍은 아·송과 함께 황제국 혹은 제후국의 악장들이었고, 고려의 속가들은 조선조까지 지속하여 속악으로 연행되던 궁중정재의 노래들이었으며, 그 노랫말들은 부정할 수 없는 악장이었다. 물론 중국이나 한국의 경우 텍스트 상황은 일본의 노래들에 비해 제도적 구심력 혹은 기속력(羈束力)이 훨씬 컸던 것이 사실이다. 말하자면 고려나 조선의 그런 음악들이 공식적인 의례행사에 쓰인 데 반해, 일본의 그것들이 천황 주재의 행사에서만 독점적으로 사용되지 않았고 대소(大小) 귀족들의 연회에서도 비교적 자유롭게 사용된 점을 고려한다면, 중국이나 한국 왕조 악장들의 정체성과는 분명 다른 점을 사이바라를 비롯한 일본의 가요들에서 발견하게 되는 것이다. 특히 헤이안 시대에 들어와서는 천황을 비롯한 귀족들이 아악을 하나의 교양으로 즐기게 되었다는 점에서도 그렇다.[36] 중국 춘추시대 초나라의 도회지역을 '영(郢)'이라 불렀고, 거기서 불린 속곡(俗曲)을 영곡(郢曲)이라 불렀다. 일본에서도 우타이모노(謠い物) 혹은 속곡이 영곡이었다. 즉 헤이안 시대부터 가마쿠라 시대에 걸쳐 가창된 가구라우타(神樂歌)·사이바라·로에이(朗詠)·후조쿠(風俗)·이마요(今樣)·자쓰게이(雜芸) 등의 우타이모노를 총칭한 명칭이 바로 영곡이었던 것이다. 영곡도 이마요도 민간에서 널리 전해지던 동요나 풍속가이지만, 그것들은 정치를 잘 반영한 것들이기에 고시라카와 천황[後白河天皇/1127. 10. 18. - 1192. 4. 26.]이 이것들을 민간에서 채록한 것은 공자가 국풍을 포함시켜 『시경』을 편찬한 것과 같은 의미를 갖는다.[37]

사이바라를 비롯한 헤이안의 가요들 가운데 앞서 언급한 유키(悠紀)·스키(主基)의 풍속가요로 사용되던 곡들이 있는데,[38] 그것들 가운데 <아나타후토(安名尊)>·<미마사카(美作)>·<이세노우미(伊勢海)>·<고로모가에(更衣)> 등은 현재도 연주되고 있다.[39] 예컨대 저명한 樂家 아베(安倍) 가문에는 료 고뵤시(呂 五拍子) 13수·료 산도뵤시(呂 三度拍子) 14수·리쓰 고뵤시(律 五拍子) 5수·리쓰 산도뵤시(律 三度拍子) 11수 등의 사이바라 곡들이 있는데, 이 중에는 천황 즉위 때

36) 아베 스에마사 지음, 박태규·박진수·임만호 옮김, 『일본 아악의 이해』, 역락, 2020, 196쪽 참조.

37) 翁蘇倩卿, 『詩經と神樂歌催馬樂梁塵秘抄の比較研究』, 台北: 遠流出版公司, 1982, 19-20쪽 참조.

38) 아베스에마사, 앞의 책, 205쪽 참조.

39) 아베스에마사, 같은 책, 204-205쪽 참조.

유키·스키의 풍속가로 사용되던 곡도 있다고 하였으며, 각 부류의 첫 노래들[<이세노우미(伊勢海)>·<고로모가에(更衣)>·<미마사카(美作)>·<아나타후토(安名尊)>] 네 곡은 현재도 연주되는 것으로 알려져 있다.

이렇게 본다면, 일본의 아악은 중국이나 고대·중세의 한국과는 다르고, 무엇보다 한국의 아악에 반드시 부대(附帶)되던 악장도 없는 것처럼 보이는 건 사실이다. 두 나라와 차이를 보이는 일본의 아악은 오히려 아악 아닌 연악(燕樂)이고, 그런 연악은 민간의 노래를 궁중에서 개편·개작하여 사용했다는 점에서 『시경』의 국풍이나 당·송 연악, 삼국·고려·조선 등 고대·중세 한국왕조들의 속악[향악] 등과 상통한다고 할 수 있다. 『시경』의 「국풍」 및 <정읍사>와 비교하기 위해서 편의상 <いせのうみ(伊勢海)>·<ころもがえ(更衣)>등 두 작품을 들어보기로 한다.

〈伊勢海〉

伊勢の海の　きよき渚 (なぎさ) に 潮間(しほがひ)に
なのりそや摘 (つ) まむ　貝や拾はむや　玉や拾はむや[40]
[이세 바다, 깨끗한 물, 파도가 물러간 사이에[41]
모자반을 따 보세![42] 조개를 주워 보세! 구슬[진주]을 주워 보세![43]

신쵸사이에서는 그 해의 벼 수확을 축하하며 쌀과 야채 등을 함께 먹으며 가구라우타가 연주됨으로써, 외견상 동아시아의 보편적 제례의식을 바탕으로 하는 것 같으면서도 일본 특유의 모습이 강하게 드러나는 추수감사 제례의식의 면모를 보여준다. 그런 절차들이 거행되던 제례의 공간이 바로 이세신궁이었으므로, <伊勢海>는 신쵸사이에서 불리던 노래의 핵심이었을 것이다. 그리고

---

40) 臼田甚五郎·新間進一·外村南都子·德江元正, 『新編日本古典文学全集』 42/神樂歌·催馬樂·梁塵秘抄·閑吟集, 東京: 小学館, 2015, 126쪽.

41) ‘しほがひ’는 ‘넘실대는 파도 사이’[木村紀子 譯注, 『催馬樂』[東洋文庫 750, 東京: 平凡社, 2006, 60쪽] 혹은 ‘밀물과 썰물 사이’[臼田甚五郎 外, 앞의 책, 126쪽] 등으로도 번역할 수 있으나, 이 글에서는 양자를 절충하여 ‘파도가 물러간 사이’로 번역한다.

42) ‘なのりそ’는 褐藻類인 모자반의 옛 이름이나, ‘알리지[소리내지] 말라’는 말과도 同音으로 중의적 관점에서 해석할 필요가 있다.[臼田甚五郎 外, 앞의 책, 126쪽 참조.]

43) 조개와 구슬[진주]은 각각 여성과 남성을 암시하는 것으로 해석되기도 한다.[木村紀子 譯注, 앞의 책, 60쪽] 고대에 진주는 영혼이 깃든 신앙적 징표로도 인식되었다.[臼田甚五郎 外, 앞의 책, 126-127쪽]

어떤 식으로든 민간의식이나 풍습을 끌어와 신에게 풍요를 기원하던 의식이 반영되었으리라 보는 것이다.

<伊勢海>에서 '모자반을 따다/조개를 줍다/진주를 줍다' 등의 행위는 무엇을 의미할까. <정읍사>가 정읍이나 전주라는 지역성이나 지역민의 삶을 바탕으로 하는 것처럼 <伊勢海>도 표면적으로는 이세 지역의 바다 혹은 그 바다에서 이루어지는 삶을 노래하고 있지만, 이면적으로는 남녀의 사랑을 노래하는 심층적 의미를 갖고 있다.44) 모자반·조개·진주는 흔히 볼 수 있는 해산물들이지만, 각각에는 또 다른 상징적 의미가 들어 있다. 모자반 즉 갈조류(褐藻類) 혹은 마미조(馬尾藻)를 뜻하는 고어 なのりそ는 '알리지[소리 내지] 말라'는 말과 동음(同音)이다.45) 이 말이 노래에 중의적으로 쓰일 경우는 금지를 나타내는 상대(上代) 일본어 표현인 'な～そ'와 'なる[鳴る/울리다·소리가 나다]'의 활용형 'なり', 'のる[告る·宣る/말하다·알리다]'의 활용형 'のり'가 결합된 형태인 'ななりそ', 'なのりそ' 등으로 표기되어 '알리지[소리 내지] 마오!'의 뜻으로 해석할 수 있다는 것이다.46) 조개[貝]는 여성을, 구슬[玉/진주]은 남성을 각각 상징하는 물건들이다.47) 따라서 <伊勢海>는 아름답고 깨끗한 이세 바다의 모래 해안에서 두 남녀가 남몰래 사랑을 나누는 광경을 암시하는 노래라 할 수 있다. 무엇보다 중요한 점은 혼슈(本州) 미에현(三重縣) 이세시(伊勢市)에 일본 황실의 종묘 이세진구(伊勢神宮)가 있다는 사실이다. 일본의 모든 신사들 가운데 으뜸이 바로 이세진구다. 당연히 이세 지역에 관한 노래는 이세진구의 신쿄사이나 다이쿄사이에서 불렸을 것이다. 이세의 바다와 그곳을 배경으로 이루어지던 남녀 간의 사랑을, 해산물을 채취하는 행위에 의탁하여 표현하고 있는 것이 이 노래다. '샘골'을 뜻하는 '정읍', 여성과의 성행위를 뜻하는 '즌ᄃᆡ롤 드ᄃᆡ다' 등 성적 메타포는 <정읍>이 노래하고자 하던 남녀 간 사랑의 정서를 드러내던 핵심이었고, '행상 나간 남편에 대한 아내의 염려'는 이데올로기나 정교(政敎)의 지향성을 내포한 2차적 해석의 결과일 뿐이다.

고대의 일본인들은 이세를 '바다 저편의 이상향에서 오는 파도가 도달하는 고장'으로 여겼고, 어로(漁撈)와 채취(採取)가 활발하고 해산물이 풍부한 지역으로도 널리 알려져 있다.48) 또 なぎ

---

44) <정읍사>의 이면에 들어 있는 정서의 핵심은 '남녀 간 사랑의 감정'이다. 노래의 유래담에 지역민의 삶이나 화자 및 청자의 신분이 명시되어 있지만, 그것들은 얼마든지 '스토리텔링'할 수 있는 부분이다. 그런 점에서 <伊勢海>는 <정읍사>와도 대비되는 노래일 수 있다.

45) 臼田甚五郎 外, 앞의 책, 126쪽.

46) 中田祝夫·和田利政·北原保雄, 『古語大辭典』, 小学館, 1983, 1228쪽 참조.

47) 木村紀子 譯注, 『催馬樂[東洋文庫 750]』, 60쪽 참조.

さ(渚)는 파도가 들이치는 얕은 모래 해안으로, 고대 일본에서는 인근의 젊은 남녀가 이런 해안에 모여 함께 노는 풍습이 각지에 있었다고 한다.[49] 이런 점들을 감안할 때, 이세 바다라는 공간에서 살아가며 벌이던 남녀들의 비밀스런 사랑을 내용으로 하고 있는 것이 이 노래임을 확인할 수 있게 된다. 말하자면 삶과 사랑에 관한 이세 지역 어부들의 민요가 이 지역에서 매우 활발하게 불리고 있었으므로, 그것을 받아들여 궁중의 노래로 개편한 것은 자연스러운 일이었다고 할 수 있다.

〈更衣〉

更衣せむや さきむだちや 我が衣 (きぬ) は 野原 (のはら) 篠原 (しのはら)
萩 (はぎ) の花摺 (はなずり) や さきむだちや[50]
[옷을 갈아입읍시다,[51] 도련님이시여![52] 내 옷은 시노하라 들판[53]에 핀 싸리나무 꽃을 문질러 물들인 옷이랍니다,[54] 도련님이시여!]

<更衣>는 표면적으로 계절의 변화에 따라 옷을 바꿔 입는 행위를 의미하지만, 이 노래의 경우는 그렇게 단순하지 않다. '옷을 갈아입자'는 제의(提議)는 단순히 헌 옷을 새 옷으로 바꿔 입자는 뜻이 아니다. '서로 마음을 허락한 남녀가 육체적으로도 하나 되기를 바라는' 심층적 의미를 상정한 행위로 해석해야 한다는 것이다.[55] 단순히 노래의 장단을 맞추는 추임새로 볼 수도 있고,[56]

---

48) 臼田甚五郎 外, 『新編 日本古典文學全集 42』, 126-127쪽.
49) 木村紀子 譯注, 『催馬樂[東洋文庫 750]』, 60쪽.
50) 木村紀子, 같은 책, 89-91쪽.
51) 'ころもがへ'는 보통 '계절의 변화에 맞춰 옷을 바꿔 입는 것'을 의미하지만, 이 노래에서는 '서로 마음을 허락한 남녀가 영혼이 하나 되기를 바라며 의복을 교환하여 입는 행위'로 보는 것이 타당하다.[臼田甚五郎 外, 앞의 책, 134쪽; 木村紀子, 앞의 책, 90쪽]
52) 'さきむだちや'는 노래의 장단을 맞추는 추임새로 볼 수 있으나[臼田甚五郎 外, 앞의 책, 134쪽], '귀공자·도련님' 등으로 해석할 수도 있다.[木村紀子, 앞의 책, 90쪽]
53) しのはら(篠原)를 보통명사 '조릿대 우거진 벌판'으로 볼 수 있지만, '오미(近江)의 시노하라(篠原)'라는 지명으로 해석할 수도 있다.[臼田甚五郎 外, 앞의 책, 134쪽; 木村紀子, 앞의 책, 90쪽] 후자를 취한다면 시노하라의 들판에 핀 싸리나무 꽃 같은 자신을 잘 봐달라는, 향토색이 묻어나는 노래로 볼 수 있다.[木村紀子, 앞의 책, 91쪽]
54) 천에 예쁜 색깔의 꽃을 문질러 물들게 하는 원시적인 염색 방식.[臼田甚五郎 外, 앞의 책, 134쪽; 木村紀子, 앞의 책, 90쪽]

'귀공자·도련님' 등으로 해석될 수도 있는[57] 'さきむだちや'를 고려한다면, 이 노래는 젊은 여성이 연모하는 남성을 유혹하는 사랑의 노래라고 할 수 있다. 옷은 추위와 더위를 막아주고 육체의 안전을 도모하며 사회·경제적 지위의 표상 역할을 하는 물건이지만, 특히 여성에게 '숨김과 드러냄'이라는 옷의 미학적 측면은 성적 메타포로 확대되기도 한다. 즉 옷이 갖고 있는 '숨긴 듯한 드러냄'의 방법이나 효과는 인류의 오랜 고심이라 할 수 있는 성욕과 육체 그 자체의 아름다움 사이 혹은 예술과 외설 사이의 어려움을 해결하고자 찾아낸 방법 가운데 하나라고 할 수 있다.[58]

앞에서 언급한 것처럼, 노래 속의 しのはら(篠原)는 '조릿대 우거진 벌판'이란 보통명사로 볼 수도, '오미(近江)의 시노하라(篠原)'라는 고유명사로도 볼 수 있다.[59] 후자를 취한다면, 시노하라의 들판에 핀 싸리나무 꽃 같은 자신을 잘 봐달라는, 향토색 짙은 구애의 노래로 보는 것이 타당하다.[60] '싸리나무 꽃을 문질러 물들인 옷'이란 천에 싸리 꽃 같은 예쁜 색깔의 꽃을 문질러 물들이는 원시적인 염색 방식이다.[61] 물론 화자가 당시 그 지역의 염색방식을 구체적으로 들어 자신의 옷을 설명하고자 한 초점이 싸리나무 꽃이나 그것으로 염색한 옷에만 있었던 것은 아니었다. 정작 그녀가 강조하고자 한 것은 자신의 아름다움이었기 때문이다. 스스로 옷을 벗어 그 지역의 싸리꽃 같이 아름다운 자신을 상대방에게 바치고 싶은 마음을 은유적으로 표현한 것이 이 노래라고 할 수 있다. 말하자면 옷을 벗고 싸리 꽃 같이 아름다운 자신의 모습을 보여줄 것이니 도련님도 옷을 벗어달라는 요청을 하고 있는 것이다. 따라서 이것은 구애와 유혹의 노래임에 틀림없다.

가구라와 사이바라의 경우 주나라 악장집인 『시경』의 「국풍」이나 고려의 속악장에서 상통하는 이미지의 노래들을 찾을 수 있다. 즉 『시경』 「위풍(衛風)」의 <유호(有狐)>나 「정풍(鄭風)」 <건상(褰裳)>은 옷의 상징성을 활용한 연애노래들이라 할 수 있는데, 지역의 사랑노래를 궁중악으로 개작·편입시킨 헤이안의 지배계층도 이런 노래들을 표본으로 삼았을 가능성이 크다. 이 노래들 [「衛風」<有狐>[62]/「鄭風」 <褰裳>[63]]을 살펴보기로 한다. 전자는 "여우가 어슬렁거리며/저 기수의

---

55) 臼田甚五郎 外, 앞의 책, 134쪽; 木村紀子, 앞의 책, 90쪽 등 참조.
56) 臼田甚五郎 外, 앞의 책, 134쪽.
57) 木村紀子, 앞의 책, 90쪽.
58) 왕일가, 노승현 옮김, 『性과 文明』, 도서출판 가람기획, 2001,177-178쪽 참조.
59) 앞 주 53)참조.
60) 木村紀子, 앞의 책, 90쪽 참조.
61) 臼田甚五郎 外, 앞의 책, 134쪽; 木村紀子, 앞의 책, 90쪽 등 참조.

돌다리에 있도다/내 마음 속 근심은/그대에게 바지 없기 때문일세//여우가 어슬렁거리며/저 기수 얕은 곳에 있도다/내 마음 속 근심은/그대에게 두를 띠가 없기 때문일세//여우가 어슬렁거리며/저 기수 가에 있도다/내 마음 속 근심은/그대에게 입을 옷이 없기 때문일세"로, 후자는 "그대가 날 사랑한다면/내 치마 걷고 진수라도 건너련만/그대가 날 사랑하지 않는다면/어찌 다른 남자 없으리?/저 미친 녀석 미친 짓 하는구나//그대가 날 사랑한다면/내 치마 걷고 유수라도 건너련만/그대가 날 사랑하지 않는다면/어찌 다른 남자 없으리?/저 미친 녀석 미친 짓 하는구나"로 풀 수 있다.

전자의 화자는 여성이고 여우는 그 상대인데, '바지가 없고, 띠가 없으며, 입을 옷 없음'이 화자의 근심이라 했다. "시대를 풍자한 시로서 위나라 남녀가 혼기를 놓쳐 짝을 잃었는데, 옛날 나라에 흉년이 들면 예를 낮추고 혼인을 많이 하여 남녀 중 남편의 집이 없는 자들을 모은 것은 인민을 생육하려 해서였다"[64]고 하고, "나라가 어지럽고 백성은 흩어져 그 짝을 잃으니, 어떤 과부가 홀아비를 보고 시집가고자 하였다. 그러므로 '여우가 외롭게 가는데 치마가 없음을 근심한다'고 칭탁하여 말한 것"[65]이라고도 하였다. 두 해석 모두 정치적 함의를 전제로 하고 있으나, 이 노래의 바탕에 들어 있는 것은 남자에 대한 여자의 순수한 연애감정이다. 상대 남성이 '바지가 없고, 띠가 없으며, 입을 옷 없음'은 성적으로 무방비 상태 즉 '함께 살고 있는' 여성이 없음을 상징하는 표현이다. 즉 자신을 드러낸 채 사랑의 상대를 찾아 나선 여성을 그려낸 상징적 표현이라 할 수 있는 것이다.

김지선에 의하면, 『시경』에 등장하는 여우는 주로 남녀의 애정을 노래한 가사에서 볼 수 있는데, 예컨대 「위풍」 <유호>의 '有狐綏綏'에서 '綏綏'는 홀로 짝을 찾아 헤매는 모습을 형용한 말이며 이 경우 여우는 자신의 짝을 찾아나서는, 발랄하고 건강한 남녀의 심정에 대한 메타포로 작용한다고 했다.[66] 따라서 <유호>는 수용된 이후에 정치적 함의를 갖게 되었을지라도 원래 민간에서

---

62) 『文淵閣四庫全書: 經部/詩類/詩經集傳』 卷二의 "有狐綏綏/在彼淇梁/心之憂矣/之子無裳//有狐綏綏/在彼淇厲/心之憂矣/之子無帶//有狐綏綏/在彼淇側/心之憂矣/之子無服" 참조.

63) 『文淵閣四庫全書: 經部/詩類/詩經集傳』 卷三의 "子惠思我/褰裳涉溱/子不我思/豈無他人/狂童之狂也且//子惠思我/褰裳涉洧/子不我思/豈無他士/狂童之狂也且" 참조.

64) 『文淵閣四庫全書: 經部/詩類/詩序』 卷上의 "有狐刺時也 衛之男女失時 喪其妃耦焉 古者國有凶荒 則殺禮而多昏 會男女之無夫家者 所以育人民也" 참조.

65) 『文淵閣四庫全書: 經部/詩類/詩經集傳』 卷二의 "國亂民散 喪其妃耦 有寡婦見鰥夫 而欲嫁之 故託言有狐獨行 而憂其無裳也" 참조.

66) 김지선, 「동아시아 여우 설화를 통해 본 신의의 문제」, 『신뢰연구』 15권 2호, 한림과학원, 2005, 121쪽.

불리던 시기에는 사이바라 <갱의>와 같은 부류의 남녀 간 사랑노래였음이 분명하다. 후자[「정풍」 <건상>]도 그런 면에서 <유호>와 부합하는 노래다. <건상>은 '바로잡아지기를 원하는 노래'이니, 광동(狂童)이 제멋대로 행동하자 나라사람들이 대국이 자기 나라를 바로잡아 주기를 생각했다는 것'[67]이 「모서(毛序)」의 설명이다. 그러나 그런 해석은 정치적 입장에서 구차하게 부여한 해석적 의미일 수 있다. 오히려 원래 정나라 사람들 사이에서 이 노래가 불리던 시점에는 화자인 여성이 사랑하는 남성의 마음을 확인하기 위한 애정노래였을 가능성이 크다. '여자의 심리에 내재된 남자에 대한 연모의 정을 해학적이며 역설적으로 나타냈다'[68]고 해석하여 여자의 심리적 기제로 일반화 시킨 조규백의 견해도 그런 점에서 주목할 만하다.

또 다른 측면에서 "음녀가 정부(情夫)에게 말하기를 '그대가 사랑하여 나를 사모한다면 장차 치마 걷고 진수를 건너 그대를 따르련만, 그대가 나를 사모하지 않는다면 어찌 따를만한 다른 남자가 없어 반드시 그대만을 따르겠는가, 미치광이의 어리석음이여!'라고 하였으니, 또한 그를 조롱한 말"[69]이라는 주희의 설명은 화자를 음녀(淫女)라 함으로써 도덕적 판단의 잣대를 들이댄 점에서 논란을 부를 여지는 있지만, 이 노래의 원래 모습을 추정할 만한 단서를 제공한다는 점에서는 비교적 합리적이다. 주희에 의해 음녀로 지목되었을 만큼 성에 자유분방한 여성화자가 정부인 상대에게 희롱조로 건넨 민간인 남녀의 애정노래로 보는 것도 타당한 일면이 있기 때문이다. 따라서 <유호>·<건상> 등 두 노래 역시 민간에서 널리 불리다가 궁중으로 수용되어 편곡·개작된 것으로 보이는 사이바라 <갱의>와 같은 성격의 노래인 것이다. 특히 『시경』의 「국풍」이 민간의 노래들을 궁중의 노래나 악장으로 사용된 것들임을 감안하면 <갱의>를 비롯한 사이바라 류도 그런 성향에 바탕을 두고 있음은 분명해진다.

〈미마사카(美作)〉

美作や久米の佐良山 さらさらに なよや さらさらに なよや さらさらに 我が名 我が名は立てじ 万代までにや 万代までにや[70]

---

67) 『文淵閣四庫全書: 經部/詩類/詩序』 卷上의 "褰裳 思見正也 狂童恣行 國人思大國之正己也" 참조.

68) 조규백, 「<<詩經>> <鄭風> 愛情詩 小考」, 『中國文學研究』 Vol.7 No.1, 한국중문학회, 1989, 23쪽.

69) 『文淵閣四庫全書: 經部/詩類/詩經集傳』 卷三의 "淫女語其所私者曰 子惠然而思我 則豈無他人之可從而必於子哉 狂童之狂也 且亦謔之之辭" 참조.

70) 아베 스에마사, 앞의 책, 220쪽.

[미마사카의 구메(久米) 지역에 있는 사라야마(佐良山)
사라사라니 나요야, 사라사라니 나요야, 사라사라니
나의 이름, 나의 이름을 발설하지 마세요, 만대까지, 만대까지나]

<미마사카(美作)>도 <이세노우미(伊勢海)>처럼 지역 명을 제목으로 삼은 노래다. 일본의 오카야마(岡山)현은 원래 비젠(備前)·빗츄(備中)·미마사카(美作) 등 세 개의 쿠니(国)로 분할되어 있었다. 비젠 쿠니의 북쪽에 위치하고 있는 것이 미마사카 쿠니로서, 세 쿠니들은 그들 스스로 혹은 외부세력의 침투에 의해 많은 역사적 곡절들을 겪으면서 지배자가 교체되거나 번영과 쇠퇴를 거듭해온 역사를 갖고 있다. 노래 속의 구메(久米)는 오카야마 현 구메군(久米郡)을 말하며, 오카야마 현 중북부의 옛 지명인 사라야마(佐良山) 혹은 사라야마손(佐良山村)은 현재 쓰야마시(津山市) 내에 있는데, 예로부터 와카(和歌)에 자주 등장하던 우타마구라(歌枕)들 가운데 하나였다. 우타마구라는 와카들에 자주 등장하던 명소나 옛 유적들을 말하는데, 노래의 내용에 따라 지명이나 산 등 구체적인 대상으로 양식화 된 경우가 많았다. ‘さらさらに なよや さらさらに なよや さらさらに’의 さら 혹은 さらさら는 さらやま 지역 명에서 따와 리듬감 있게 표현한 구절로서 의미상 ‘さらさらに’를 ‘새삼’, ‘なよや’를 ‘좋다’는 의미로 각각 새긴다면,[71] ‘새삼스레 좋구나, 새삼스레 좋아, 새삼스레!’ 쯤으로 번역될 수는 있을 것이다.[72] 기무라노리코(木村紀子)의 설명에 따르면,[73] 이 노래 마지막 부분[我が名 我が名は立てじ 万代までにや 万代までにや]의 ‘じ’는 意志가 담긴 否定의 조동사로서 萬葉歌들 중 No. 978[<山上臣憶良沈痾之時一首>/士やも 空しくあるべき 萬代に 語り續ぐべき 名は立てずして(대장부들이/ 허망해서야 되겠는가/ 만대 후에도/ 이야기로 전해질/ 이름 세우지 않고)][74]과 No.4165[No.978에 창화한 노래/大夫は 名をし立つべし 後の代に 聞き繼ぐ人も 語り繼ぐがね(대장부라면/ 명성 떨쳐야 하네/ 뒷날에/ 전해들은 사람들/ 말로 전해 가도록)][75], No.731[<大伴坂上大嬢贈大伴宿禰家持謌三首>/わが名はも 千名の五百名に 立ちぬとも 君が名立たば 惜しみこそ泣け(나의 소문은/ 아무리 시끄

71) 木村紀子, 앞의 책, 146-148쪽 참조.

72) 그러나 굳이 의미를 새기기보다는 노래를 만든 사람의 원래 의도를 살려서 그냥 두기로 한다.

73) 木村紀子, 앞의 책, 148쪽 참조.

74) 이연숙, 『한국어역 만엽집 4-만엽집 권 제5·6』, 도서출판 박이정, 278-279쪽.

75) 이연숙, 『한국어역 만엽집 14-만엽집 권 제19·20』, 52-53쪽.

럽게/ 난대도 좋아/ 그대 이름이 소문나면/ 분해서 눈물 나네)][76] 등과 같이 이른바 관인의 명예욕을 야유한 뜻이 있는 지도 알 수 없다고 했다.

No.731의 번역자는 해설에서 "나의 바람기 많은 이름은 아무리 소문이 높게 난다고 해도 좋지만, 그대의 바람기 많은 이름이 소문나면 분해서 눈물이 납니다"라는 내용임을 설명했고,[77] 기무라도 <미마사카>의 설명에서 이런 '대장부의 명성'이 남녀관계 상의 말일 수 있다는 추측을 내놓았다.[78] 즉 <미마사카>의 핵심구절인 '我が名は立てじ'의 경우, 이 노래 화자인 여성의 입장에서 상대방 남성의 이름이 추문(醜聞)에 오르내릴 것을 걱정했다는 것인데, 이들의 설명과 함께 이 노래의 원천이 민속의 노래였음을 감안한다면, 남녀 간 사랑노래임이 분명해진다고 할 수 있다.

필자 역시 이 노래는 남녀관계의 정서를 표출한 것으로 보고 있다. 예컨대, 고려 속악장 가운데 <쌍화점>도 이 노래와 상통하는 면을 갖고 있다.[79] <쌍화점>을 형성하는 네 개의 연들에는 각각 다른 등장인물들이 직접 등장하거나 동물 등으로 은유되어 드러나고 에피소드 혹은 행동도 각각이지만, 사랑의 행위와 '비밀누설 금지 요구' 모티프가 공통된다는 점은 특이하다. '죠고맛감 삿기광대 네 마리라 호리라'(1연), '죠고맛간 삿기 샹좌ㅣ 네 마리라 호리라'(2연), '죠고맛간 드레바가 네 마리라 호리라'(3연), '죠고맛간 싀구비가 네 마리라 호리라'(4연) 등 미래에 일어날 수 있는 누설의 책임을 보잘 것 없는 대상에게 전가하는 것은 결국 '내 이름을 발설하지 말라'는 <미마사카> 화자의 강력한 요구와 정확히 맞아 떨어지는 점이다.

이런 내용이나 모티프의 노래들은 신라 <서동요(薯童謠)>부터 조선조 후기 만횡청류(蔓橫淸類)의 '불륜노래'들에 이르기까지 지속적으로 등장했다. 전자는 화자 자신이 꾸민 상황을 스스로 누설하는 서사가 뼈대를 이루는 노래이므로, 역설적 책략으로나마 '발설 금지'의 강한 요구가

---

76) 이연숙, 『한국어역 만엽집 3-만엽집 권 제4』, 246-257쪽.

77) 이연숙, 같은 책, 257쪽.

78) 木村紀子, 앞의 책, 148쪽.

79) 『原本影印 韓國古典叢書(復元版) Ⅱ. 詩歌類 ■樂章歌詞』, 44-45쪽. 같은 구조로 이루어진 4개의 장 중 편의상 제3장을 인용하되, 여음을 제외하고 의미부만 가져오며, 띄어쓰기와 행 구분은 현대의 표기법을 따른다.
"드레 우므레 므를 길라 가고신딘
우뭇룡龍이 내 손모글 주여이다
이 말ᄉᆞ미 이 우믈 밧ᄭᅴ 나명들명
죠고맛간 드레바가 네 마리라 호리라
긔 자리예 나도 자라 가리라
긔 잔ᄃᆡᄀᆞ티 덦거츠니 업다"

내포된 경우라 할 수 있다. 후자[80]에서는 그런 의도를 직설적으로 노출시키고 있다. 불륜 현장의 모습과 행위를 구체적으로 그려낸 것이 이 노래다. 불륜의 현장을 목격한 제3자가 부르는 고발의 노래로서, 화자인 고발자가 여자의 남편에게 이르겠다고 협박하고 그 여자가 이를 변명으로 얼버무리는 언술로 끝을 맺지만,[81] 남녀의 입장에서 사랑의 현장이 발설되면 안 된다는 것이 심층적 의도이고, 화자의 그런 의도와 함께 노래 내부에 설정된 화자 및 상대방의 서사적 갈등이나 모티프는 <미마사카>의 그것과 정확히 일치한다고 할 수 있다. 특히 스가와라노 미치자네(菅原道真)의 후예에 속하는 여러 집안들이 미마사카칸케당(美作菅家党)이란 이름으로 미마사카 쿠니에 할거하고 있었음을 감안하면, 그들 사이에서 불리던 이 노래가 뒤에 궁중으로 수용된 것은 자연스런 과정이었으리라 본다.

## 3. <정읍>의 양면적 위상

<정읍>은 삼국시대 백제의 지역 노래로서,[82] 고려와 조선에 걸쳐 궁중정재 무고의 악장으로 사용되었다. 백제가 이 노래를 수집했다면, 그것은 채시관으로 하여금 각지의 노래를 기록하여 백성들의 풍속을 관찰하고 득실을 깨달아 스스로 잘못 된 점을 바르게 고치고자 한 옛 제도를 따른 일이며, 곧바로 『시경』 「국풍」의 정신을 받아들여 실천에 옮긴 일이기도 하다. 『시경』의 15 국풍은 바로 15개에 이르는 서로 다른 지방 악조이자 토풍 혹은 토조를 말하는데, 그것은

---

80) 대표적으로 『珍本青丘永言』 No.576을 들 수 있다.[황순구 편, 『시조자료총서 · 1: 青丘永言』, 한국시조학회, 1987. 참조] 가사[니르랴 보쟈 니르랴 보쟈 내 아니 니르랴 네 남진ᄃᆞ려 거즛거스로 물깃ᄂᆞᆫ 쳬ᄒᆞ고 통으란 ᄂᆞ리와 우물젼에 노코 쏘아리 버서 통조지에 걸고 건넌집 쟈근 金書房을 눈ᄀᆡ야 불러내여 두손목 마조 덥셕쥐고 슈근슈근 말ᄒᆞ다가 삼밧트로 드러가셔 므스 일 ᄒᆞ던지 준삼은 쓰러지고 굴근 삼대 븟만 나마 우즑우즑ᄒᆞ더라ᄒᆞ고 내 아니 니르랴 네 남진ᄃᆞ려 져 아희 입이 보도라와 거즛말 마라스라 우리ᄂᆞᆫ ᄆᆞ을 지서미라 실삼 죠곰 ᄏᆡ더니라] 참조.

81) 조규익, 『우리의 옛 노래문학 蔓横清類』[도서출판 박이정, 1996, 182쪽]와 『만횡청류의 미학』[수정증보판 2009, 74쪽] 참조.

82) 지헌영은 官人[翰林學士 · 文人 등 포함] 계급이 아니라면 樂師 · 樂工 또는 教坊妓生 등의 직업에 종사하는 부류의 사람들을 <정읍>의 창작그룹으로 꼽았고, 창작공간을 고려의 관인 · 악사 · 교방기생 등의 활동 중심지였던 國都 開城 주변으로 한정될 가능성이 농후하다고 추정하였으며, <정읍>의 작사자를 백제 정읍현의 賤人商人之女로 볼 수 없다고 말했다.[앞의 논문, 181쪽] 그런 논리의 일부를 인정한다 해도 삼국을 대표한다고 보는 『고려사악지』 소재의 다른 노래들까지 감안한다면, 그것들 모두를 삼국시대인 아닌 고려인들의 창작[혹은 造作]으로 단정하기는 어렵다. 이 점은 다른 관점에서 재론될 필요가 있다고 보아, 별도의 자리로 미룬다.

주나라 왕조의 아악과 구별되는 악조로서 각 제후국의 지방색채를 갖는 악조를 지칭하는 것이 일반적이다. 그리고 그것은 각 제후국들의 하층민들이 부르던 노래와 함께 경우에 따라 귀족들의 창작을 포함하기도 한다. 그런 전통이 후세 왕조들에 이어져 송사가 나왔고, 송사는 고려에 수용되어 속가들을 창출하게 되었다. 이런 속가들의 원천은 민요 즉 민간 노래들이었다. 궁중에 수용된 민간의 노래들이 편곡·개작의 단계를 거쳐 무대예술로 전환되는 과정에서 표본 역할을 한 것이 송사들이었다. 따라서 노래들의 내용이나 분위기·미학은 고려 국풍의 그것들이되, 구조나 형상화의 방법은 『시경』의 「국풍」을 비롯한 역대 왕조들의 속악, 아악화된 일본의 국풍가요 등과 동질적인 성향을 보여준다.

『시경』의 국풍은 아·송과 함께 주나라 혹은 제후국의 악장들이었고, 고려의 속가들은 조선조까지 속악으로 연행되던 궁중정재의 악장들이었다. 물론 중국이나 한국 텍스트 상황의 경우 일본 노래들에 비해 제도적 구심력은 훨씬 컸다. 말하자면 고려나 조선의 그런 음악들이 공식적인 의례행사에 쓰인 데 반해, 일본의 그것들은 천황 주재의 행사에 독점적으로 사용되지 않았고 귀족들의 연회에서도 비교적 자유롭게 사용된 점을 고려한다면, 중국이나 한국 왕조 악장들의 정체성과는 분명 다른 점을 사이바라를 비롯한 일본의 가요들에서 발견하게 된다. 특히 헤이안 시대에 들어와서는 천황을 비롯한 귀족들이 아악을 하나의 교양으로 즐기게 되었다는 점에서도 그렇다.

<정읍>은 정읍 지역 민간의 노래로서, 지배계층에 의해 채록되어 궁중정재의 악장으로 쓰였다. 민간의 노래가 지방관 혹은 채시관에 의해 채집되고, 중앙의 궁중악으로 수용되기까지 여러 요인과 절차들이 필요했을 것이다. 지역의 노래가 갖고 있던 효용성이나 가치에 대한 인식을 전제로 그러한 절차와 요인들이 구체화되었을 것이다. 따라서 그 노래의 유래나 설명을 액면 그대로 받아들일 수는 없다. 효용성의 경우 정교적 목적을 고려하여 판단할 수 있는 성향이다. 특히 유교적 이데올로기를 바탕으로 하는 정치에서는 백성들의 교화가 큰 부분이었는데, 노래의 내용이 유교적 덕목과 일치한다면 더 바랄 나위 없었을 것이다. 그러나 노래의 내용이 유교적 덕목에 비추어 바람직한 면과 바람직하지 못한 면의 경계에 놓였을 때 노래의 유래를 채록하는 자가 어떻게 기록하느냐에 따라 처리의 방향은 달라진다. 이미 채록된 노래를 새로운 관점에서 다루는 해석자도 마찬가지 상황에 처하게 된다. 채록자와 해석자가 의견을 같이 할 수도 있고 달리 할 수도 있기 때문이다. 텍스트나 콘텍스트를 동원하여 노래의 표면적 의미와 이면적 의미를 모두 찾아내야 하는 것도 바로 그 때문이다.

'행상 나간 남편의 안위를 걱정하는 아내의 노래'는 <정읍>의 표면적 의미이나, 제목과 함께 몇몇 심상치 않은 어구들을 통해 이 노래의 본질이 '아낙네의 성적 질투심'을 표출한 데 있다는 이면에 초점을 맞춘다면 거의 정반대의 해석도 나올 수 있다. 그런 점은 지역민들의 본원적 정서와 그 지역을 떠나 텍스트에만 의존해야 하는 해석자 사이의 거리 때문이다. 수용미학적 차원에서 <정읍사>가 표면·이면 등 두 의미로 받아들여져 왔고, 그 이유 때문인지 아직은 불확실하지만 중간에 악장이 교체된 것도 그런 까닭으로 이해함이 온당하다.

『고려사악지』의 아악과 당악은 『시경』의 아·송에, 『고려사악지』의 속악은 『시경』의 국풍에 각각 대응되는 성격을 지닌다. 즉 『시경』의 「국풍」이 주나라가 봉한 15개 제후국의 노래들인 것처럼, 『고려사악지』에 수록한 3국[신라·백제·고구려]의 노래들도 그런 의식 하에 궁중에서 사용되었을 것이다. 민간의 소박한 생활 속에서 만들어진 것들이라 해도 정치집단의 구성원들에 의해 채록되고 궁중이라는 정치적 공간에 수용되는 순간 텍스트는 정치적 멘트로 바뀌게 된다. <정읍사>를 '정읍 지역에서 불려 내려오던, 특별한 내용의 민간 노래'로 규정하는 순간 그것은 『시경』의 국풍과 마찬가지로 정치적·역사적 의도를 지닌 특별한 해석의 대상으로 고정된다. 독자나 청자, 연구자는 <정읍사>와의 대화를 통해 그것이 지니고 있던 비밀이 간파되기 때문이다.

이런 점에서 <정읍>과 성격이 같은 상당수 『시경』 「국풍」의 노래들도 해석의 양면성을 노정시키고 있으며, 의례에 쓰이던 일본의 국풍가무들도 마찬가지였다. 유우노기[夕の儀/悠紀殿の儀]와 아카츠키노기[曉の儀/主基殿の儀]는 니이나메사이의 핵심적 의례들이었고, 유키(悠紀)와 스키(主基)는 일본의 동과 서에 걸친 여러 지방을 대표하여 다이죠사이에 봉납하던 벼를 올리던 지역들인데, 그곳에서 가창·공연되던 민요와 향토 춤을 이 행사에서 공연했다. 이것들과 함께 호오메이덴(豊明殿)에서 진행되던 대연향 의식에서도 풍속무를 만들어 제사 후 공연하기도 했다. 사이바라를 비롯한 헤이안의 가요들 가운데는 유키·스키의 풍속가요로 사용되던 곡들이 있는데, 그 가운데 <아나타후토(安名尊)>·<미마사카(美作)>·<이세노우미(伊勢海)>·<고로모가에(更衣)> 등은 현재도 연주되고 있는 노래들로 이중적 의미를 갖고 있음을 앞에서 확인한 바 있다.

『시경』의 「국풍」, 고려속가, 일본의 풍속가요 등 지역을 기반으로 하는 노래들로서 궁중의 의례에 사용된 노래들은 대부분 이중의 의미구조를 지니고 있음을 알 수 있었다. 지역의 민초들이 부르던 노래였던 만큼 삶의 현장에 존재하는 것들을 소재로 꾸밈없는 정서를 표출했을 것으로 보이지만, 지배집단의 의례공간에서 요구되는 내용이나 이데올로기와 맞지 않는 것들은 교묘한 해석으로 진실을 위장해온 것으로 짐작된다. 그러나 노래들의 이면적 의미가 반복적으로 문제될 때 노래 자체를 교체하는 경우도 빈번했을 것이다. <정읍>을 비롯한, 한·중·일의 지역 노래들로서 지배집단에 의해 간택된 것들은 통시적으로 이런 해석적 검증의 테두리를 벗어날 수 없었고, 그것이 바로 지역예술의 궁중 수용과 함께 부각되는 문화사적 의미라 할 수 있다.

# '동동'/〈동동〉*

## -텍스트와 콘텍스트의 정체-

### 1. '동동'/<동동>, 해석의 현황

'동동'은 고려와 조선조 궁중에서 연행(演行)되던 가무악 융합의 무대예술이다. 그러나 그간 국문학계에서는 '동동'의 노랫말만을, 음악계에서는 악보와 음악만을, 무용계에서는 무보와 무용만을 각각 배타적으로 다루어 왔다. 특히 국문학계에서는 수록 문헌의 성격상 '고려속가'로 부르는 것이 타당한 노랫말 텍스트 <동동>을 '고려속요 · 고려가요 · 고려노래 · 고려국어가요 · 려가 · 여요' 등 다양한 명칭으로 부르며 오늘날까지 연구해 오고 있다.[1] '고려'라는 왕조 이름을 관치(冠置)하고 있으면서도 고려와 조선 양조에 걸쳐 연행되었다는 점, 대부분 가 · 무 · 악이 융합된 무대예술의 한 부분으로 연행되었음이 분명한 점 등으로 미루어 고려속가만큼 텍스트와 콘텍스트[2]가 다층적으로 복합된 고전시가 장르도 드물 것이다. 향가들이 배경산문이라는 명시적인 콘텍

---

* 이 글에서 "'동동', <동동>, 동동정재, 속악정재 동동, 노랫말 텍스트 <동동>, 고려속가 <동동>, 악장 <동동>' 등 동동의 표기는 본서 제2부[시가와 소재·주제·이념의 구현 양상]의 두 번째 글[고전시가 콘텍스트로서의 제의 및 놀이문화] 각주 33)에 설명된 원칙에 따른다.

1) 이 글에서는 '속요(俗謠)'라는 학계의 통칭 대신 '속악가사(俗樂歌詞)'의 약어인 '속가(俗歌)'를 사용한다. 『고려사』「악지」'속악'에 들어있는 노래들 상당수가 궁중악으로 사용되었음이 밝혀졌고, 상층문화인 궁중정재의 한 부분으로 수용된 이상, 그것들을 단순히 '서민 대중의 노래'라는 의미의 '속요'로 부를 수는 없기 때문이다. [조규익, 『高麗俗樂歌詞 · 景幾體歌 · 鮮初樂章』, 한샘, 1994, 5-6쪽 참조].

2) 텍스트와 콘텍스트의 의미범주에 대하여 다양한 견해들이 제출되어 있으나, 명쾌한 설명을 유수열의 글[「문학지식의 교육적 구도」, 『國語敎育學硏究』 25, 국어교육학회, 2006]에서 발견하게 된다. 그는 텍스트 개념을 중심에 두고 지식의 산출 영역을 기준으로 '텍스트적 지식[본문 자체에 대한 앎을 뜻한다. 작품의 일부나 전체를 원문대로 혹은 약간 변형된 수준으로 외고 있는 경우와, 어려운 단어의 뜻이나 고전물의 어석을 알고

스트에 매여 있던 노래의 텍스트였고, 가창이라는 명시적 콘텍스트에 매여 있던 조선조의 가곡창사[3]가 문자 텍스트로도 수용된 시가장르였음을 감안하면, 융합무대예술로서의 정재 혹은 공연문화라는 콘텍스트 속의 한 부분으로 존재하던 고려속가는 시기 상 두 장르들의 사이에 끼여 있거나 그것들과 부분적으로 겹친다는 이유에서[4] 문화·예술적 측면의 양상은 매우 복잡하다. 국문학계에서 연구되어 온 노랫말 텍스트 <동동>은 가·무·악 융합의 무대예술 '동동'의 한 부분일 뿐이다. <동동>의 정체를 제대로 알기 위해서라도 가·무·악이 융합된 복합 텍스트로서의 '동동'에 대한 분석이 전제되어야 하고, 그러한 '동동'이 과연 독자적으로 생성된 텍스트인가에 대하여 따져볼 필요가 있는 것도 그 때문이다.

사실 몇몇 어휘들을 제외한 악장[5]으로서의 노랫말 텍스트 <동동>이나, 음악 및 춤이 그리

---

있는 경우를 가리킨다]/콘텍스트적 지식[작품 창작·연행·전승 등 작품의 존재 방식이나 문학적 관습, 작가와 독자 등 작품의 향유에 참여한 주체, 창작 동기와 효용 등에 대한 지식을 비롯한 문학사적 사실에 관련된 지식]/메타텍스트적 지식[작품의 내재적 요소를 설명할 때 동원되는 전문적인 용어의 개념 등에 대한 지식]'으로 나누었다. 이런 구분법을 모든 경우들에 일률적으로 적용할 수는 없으나, 고전시가의 텍스트 현실을 이해하고 분석하는 데 참고가 되는 것은 사실이다.

3) 국문학계의 이른바 '시조'[혹은 '시조시']는 '가곡창사'라 불러야 맞다.[조규익, 『가곡창사의 국문학적 본질』, 47-72쪽 참조] 학계에서 '시조집'이라 부르는 3대 가집들[『청구영언(青丘永言)』·『해동가요(海東歌謠)』·『가곡원류(歌曲源流)』]은 모두 가곡의 노랫말들을 모아놓은 문헌들이다. 대략 19세기 중반 쯤 등장한 시조는 가곡과 함께 그 노랫말을 공유했으나, 시조창사는 마지막 장 끝구의 가창을 생략하는 것으로 가곡창사와 변별하게 되었다. 가곡창사임이 분명한 노랫말을 '시조'로 호칭하는 것은 노랫말 텍스트 <동동>을 콘텍스트인 속악 '동동'으로부터 분리하여 '고려시대 기층민중의 가요'를 의미하는 '고려속요'로 부르는 것만큼이나 부정확한 처사다. 정확한 사실을 바탕으로 분석적·논리적이어야 할 '국문학과학'이 언제부턴가 두루뭉술한 관행에 사로잡혀 한 발짝도 전진하지 못하는 상황이 지속되고 있다.

4) 문학사 전개를 단선적인 왕조사와 결부시키는 학자들이 대부분인데, 고려속가가 정확히 향가와 가곡창사의 중간 위치를 점한다고 말할 수는 없다. 삼국과 통일신라를 지나 중세기인 고려시대에도 향가는 창작·가창되고 있었음이 기록에 나타나 있으며, 조선조 훈민정음의 창제 이후에야 고려속가들의 존재를 기록에서 확인하게 되는 점으로 보아 그것들이 언제까지 어떤 모습으로 창작·가창되었는지 확언할 수 없다. 표기법의 차이나 당시에 가창되던 노래 곡조 등 여러 요인들을 감안할 경우 향유(享有)의 현장에서 세 장르는 얼마간 서로 겹치는 양식들이었을 가능성도 없지 않다.

5) 역사상 고대나 중세 왕조들의 제향·연향·조회·책봉 등 궁중의 공식 의례들에서 사용되던 악무(樂舞)의 노랫말을 '악장(樂章)·가사(歌詞)·악사(樂詞)' 등으로 불렀고, 그 가운데 많이 쓰여 온 명칭이 '악장'이다. 『악장가사(樂章歌詞)』·『시용향악보(時用鄉樂譜)』·『악학궤범(樂學軌範)』·『고려사(高麗史)』·『증보문헌비고(增補文獻備考)』·『악학편고(樂學便考)』·『대악후보(大樂後譜)』 등 조선조 관찬 문헌들 속의 고려노래들[<정석가>·<서경별곡>·<청산별곡>·<사모곡>·<쌍화점>·<이상곡>·<가시리>·<처용가>·<만전춘>·<동동>·<정읍사>·<정과정> 등]은 악장으로서의 정체성을 분명히 갖춘 채 조선조로 이월되었다. <용비어천가>와 함

난해하다고 볼 수는 없다. 간략하나마 『고려사악지』 「속악」 ‘동동’에 아박(牙拍)을 든 기녀 2명이 등장하여 춤추는 절차가 소개되어 있고 조선조 『악학궤범』 권5 「향악정재도의」 ‘아박’의 상세한 기록도 있어, 현재 음악과 무용의 재구再構나 복원 또한 전혀 불가능하지는 않다고 본다.

그런데 『고려사악지』 「속악」 ‘동동’ 말미의 언급에 대한 해석은 풀리지 않는 문제로 남아 있다. 학계에서는 그간 이에 대하여 많은 이견들이 있었으나, 그에 대한 논의는 현재 정지된 상황이다. 텍스트에 대한 오해와 편견들이 그렇게 된 상황의 저변에 존재하기 때문인데, ‘동동’의 정체를 밝히는 일은 이 언급의 분석으로부터 시작되어야 할 것이다. 그 글을 여기에 다시 인용한다.

> 動動之戲 其歌詞多有頌禱之詞 盖效仙語而爲之 然詞俚不載
> 동동놀이는 그 노랫말에 송도의 말이 많으니, 대개 선어를 본떠 지은 것이다. 그러나 가사가 비속한 일상어로 되어 있어 싣지 않는다[6]

이 글에 언급된 대상은 ‘동동지희’와 ‘가사’다. 동동지희는 가무악이 융합된 무대예술로서의 ‘동동’이고, 가사는 거기서 가창된 악장으로서의 <동동>을 말한다. ‘동동지희’의 ‘희(戱)’는 역사적으로 긴 유래를 갖고 있는 말이다. 김학주는 갖가지 문헌 고증들을 통해 ‘이미 춘추시대부터 희라는 말은 무술을 겨루는 데서 시작하여 유희(遊戱)와 일락(逸樂)을 거쳐 잡기(雜伎)와 가무에까지 이르는 광범한 놀이와 연예를 뜻하던’ 말이었고,[7] 따라서 ‘가무희는 노래와 음악과 춤을 위주로 연출되는 일종의 종합예술로서 위로는 임금과 귀족들, 아래로는 민간의 백성들에 이르는 온 국민이 좋아하고 즐기던 연예였음’[8]을 밝힌 바 있다. ‘동동지희’의 ‘희’가 무심하게 쓰인 말이

---

께 정도전·권근·변계량 등의 악장을 주로 언급하면서 악장이 ‘조선조에만 있었던 장르’라는 착각과 오해를 불러일으키기도 했으나, 조선조 초기는 속악이나 향악 혹은 당악 범주 안의 고려조 악장들과 조선조 창작 악장들이 공존하는 상태에서 고려악장으로부터 조선조 악장으로 교체되어가던 과도기였다고 할 수 있다.[조규익 외, 『한국문학개론』, 새문사, 2015, 109-111쪽 참조]. ‘고려가요는 악장이다’라는 명제 아래 ‘고려가요’에 두드러지는 반복과 표현상의 관용화와 역설적 구도를 악장에서 찾을 수 있는 ‘양식화(樣式化)’로 규정하고 그것을 고려가요 생명력의 근원으로 본 조만호의 글[「고려가요의 情調와 樂章으로서의 성격」, 성균관대 인문과학연구소 편 『高麗歌謠 硏究의 現況과 展望』, 집문당, 1996, 111-144쪽 참조]도 고려속가가 악장일 수밖에 없는 논거들을 치밀하게 제시한 글이다.

6) 『한국사데이터베이스: 고려사 권 71/지 제 25/악 2/속악/동동』 참조.

7) 김학주, 『중국 고대의 가무희』, 민음사, 1994, 18쪽.

8) 김학주, 같은 책, 14쪽.

결코 아니었음을 보여주는 근거라 할 수 있다. 사실 '동동' 및 <동동>을 함께 거론하는 것과 <동동>만을 거론하는 것은 엄연히 다르다. 전자의 <동동>은 가·무·악 융합의 무대예술이라는 콘텍스트를 전제로 하는 경우이고, 후자의 <동동>은 그런 콘텍스트가 전제되지 않는 경우이다. 지금까지 주로 후자의 입장에 서 있던 국문학계에서 '선어를 본떠 동동사를 만들었다'는 말의 뜻을 이해하지 못한 것도 무리는 아니었다. 따라서 <동동> 콘텍스트로서의 속악정재 '동동', 속악정재와 상호텍스트의 관계로 존재해온 당악정재 등, 이 문제는 텍스트의 다층적 관점에서 해결되어야 한다.

'동동놀이의 노랫말에 송도의 말이 많은데 신선의 말을 본뜬 것들'이라는 지적은 노랫말 텍스트 <동동>이 '송도지사(頌禱之詞)나 선어'로 은유[혹은 지적]된 어떤 텍스트(들)와 상호텍스트적 연관을 갖고 있음을 나타내며, 동시에 '동동'을 '놀이'로 본 점은 <동동>의 텍스트가 모종의 놀이 콘텍스트와 상호텍스트적으로 연관됨을 분명히 보여준다. 이 점은 <동동>과 공존하던 당대 고려속가들의 텍스트 혹은 콘텍스트들이 종으로 횡으로 그물처럼 연관을 맺으며 문화예술계의 보편적인 관습을 형성하고 있었음을 보여주는 사실이기도 하다. '모든 텍스트를 사로잡는 상호텍스트성은 텍스트의 어떤 기원과도 혼동될 수 없다'는 롤랑 바르트의 설명은 이런 점에서 타당하다. 즉 텍스트를 이루는 인용은 익명이자 인지할 수 없으면서도 이미 읽혀진 것으로, 인용부호를 붙이지 않은 인용이라는 것이다.[9]

이런 사실과 논리를 전제로 할 때 비로소 노랫말 텍스트로서의 <동동>과 그 콘텍스트로서의 '동동'이 포괄하는 음악이나 무용의 본질이 파악될 것이며, 그런 점이 수용되어야 비로소 합리적인 연구도 가능해진다. 뿐만 아니라 노랫말 텍스트 <동동>에 대한 개별적 연구는 물론 <동동>을 포함한 고려속가 일반의 연구 또한 논리적 정합성을 확보할 수 있게 된다. 그럴 경우 노랫말 텍스트 <동동>과 상호텍스트적 연관을 맺고 있다고 생각되는 송도지사·선어·놀이 등에 대한 해석의 기반 역시 우선적으로 마련되어야 할 조건이다. 크리스테바의 설명처럼[10] '어떠한 텍스트라도 서로 다른 다양한 인용의 모자이크로 이루어지기 때문에 텍스트는 모름지기 한 텍스트의 다른 한 텍스트로의 흡수와 변형에 지나지 않는다'[109쪽]거나, '한 담론의 주체는 작가가 자기 자신의 텍스트를 쓸 때 참고로 하는 다른 담론[혹은 다른 책]과 융합되는데, 수평축인 주체와 수직축인 텍스트가 합치된 결과 하나의 중요한 사실 - 즉 언어[텍스트]는 여러 개 언어[텍스트]들

9) 롤랑 바르트, 김희영 역, 『텍스트의 즐거움』, 동문선, 1997, 43쪽.
10) 줄리아 크리스테바, 서민원 옮김, 『세미오티케』, 동문선, 2005, 108-109쪽.

의 결합으로 이루어진 것이며, 그곳에서 우리는 적어도 또 하나의 언어[텍스트]를 읽을 수 있다-이 명백해진다'[108쪽]는 상호텍스트성의 본질을 노랫말 텍스트 <동동>과 융합 텍스트로서의 속악정재 '동동'에서 모두 읽어낼 수 있는 것이다.

'동동'의 본질을 가·무·악 융합의 측면에서 심층적으로 논하고자 하는 이 글에서 그런 관점으로 '송도지사와 선어'의 관계, '놀이와 선어의 상관성' 등을 개관하고, 그 논리적 선상에서 <동동> 전체의 의미를 살펴보고자 하는 것도 그 때문이다.

## 2. '동동' 텍스트의 문화·예술적 본질과 지향성

현재 국문학계의 관습처럼 문학이란 단일 범주 아래 고전문학과 현대문학을 시간적 연계의 선후 관계로 단순화 시킨다면, 텍스트를 중심으로 하는 양자 간의 의미 있는 차이는 사상(捨象)될 가능성이 크다. 텍스트 존재양상 자체가 복합적인 고전문학을 단순화시킴으로써 잃는 부분이 적지 않을 것이기 때문이다. 물론 양자의 차이만을 강조함으로써 시간과 공간을 초월하는 문학의 보편적 가치를 부정하려는 것은 아니다. 양자를 관통하는 보편적 원리를 바탕으로 차이가 설명될 수 있어야 비로소 대상의 정확한 의미가 파악될 수 있고, 대상에 대한 정확한 이해야말로 제대로 된 연구의 전제조건임을 강조하려는 것뿐이다.

문학의 본질, 문학의 수용과 창작, 문학의 가치화와 태도, 문학과 문화의 상관성 등을 종합적으로 추구하는 일은 향후 국문학계가 견지해야 할 의식의 지평이다. 그 가운데 '문학과 문화'는 고전 텍스트가 지닌 융합적 본질 가운데 두드러지는 항목이다. 김창원의 설명과 같이 '언어 문화·문학 문화·국어 문화'에서 중요한 것은 '언어·문학·국어'이고, 문화는 거기에 기생하는 어떤 속성 혹은 지향점을 나타낸다고 할 수도 있다.[11] 문학과 그 상위개념인 문화를 함께 다룸으로써 연구나 교육의 단편[면]성을 극복할 수 있다면, 그것이야말로 학계가 수용해야 할 당위적 지향성이고, 그 궁극에서 세계문학과 만나는 부분이 바로 보편문화일 것이기 때문이다. 달리 말하면, 세계문학이란 낡은 애국주의를 청산하고 보편주의를 이룩하여 세계화 시대의 국제적 인식을 갖추기 위해 긴요한 개념이자 지향점인 것이다.[12] 사실 문학의 인접영역은 음악·무용·역사·철학

11) 김창원, 『국어교육론-관점과 체제』, 삼지원, 2007, 20쪽.

12) 조동일, 「한국문학사·동아시아문학사·세계문학사의 상관관계」, 『比較文學』 19, 한국비교문학회, 1994, 3쪽, 8쪽 등 참조.

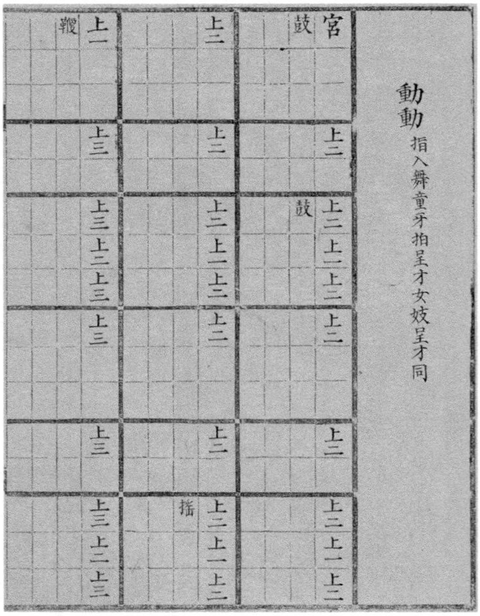

동동의 악보 [『대악후보』, 국립국악원 소장]

등 다양하다. '개개의 예술적 매체가 독자성을 갖고 있음에도 불구하고 나름대로의 질서체계를 갖고 다른 매체들과 결합할 수 있기 때문에 예술을 일종의 연방으로 보아도 좋다'[13]는 견해는 인접영역들의 존재가치에 대한 논리적 뒷받침인 셈이다. 예컨대 고려속가들이 원래 악보의 한 부분이었다거나 정재 절차의 한 부분이었다면, 그 노래는 종합예술의 한 부분으로서 음악이나 무용의 인접영역들이기 때문에 지금까지와는 다른 접근방법이 요구된다는 것이다. 이처럼 세계문학의 양상과 흐름을 이해할 때 민족문학의 본질을 객관타당하게 이해할 수 있고, 인접영역에 대한 지식이나 소양을 갖출 때 문학의 독자적 미학을 분명히 이해할 수 있게 된다.

이런 인식들이 보편화되고 있음에도, 현실적으로 고려속가 연구는 아직 그 방향으로 나아가지 못하는 실정이다. 작품의 텍스트와 콘텍스트를 포함한 기초적 사실들을 제대로 파악하지 못한 채 논의를 전개해온 점에 근본적인 문제가 있는 것이다. 물론 고려속가만 그런 것은 아니고, 고전문학 전반이 그런 비판으로부터 자유롭지 못한 게 사실이다. 가장 기초적인 텍스트 현실을 대하는 기본 인식마저 결여된 것이 이 분야라 할 수 있는데, 그 점을 융합예술 '동동'과 노랫말 텍스트 <동동>의 예를 통해 구체적으로 살핀 다음 새로운 길을 제시하고자 하는 것이 이 글의 핵심 논지이다.

'동동'은 『고려사악지』·『악학궤범』·『대악후보』 등에 실려 있다. 『고려사악지』에는 노랫말은 빠진 채 동동정재의 절차가 실려 있고, 『악학궤범』에는 '동동(動動)·동동지기(動動之伎)·아박(牙拍)' 등으로 소개되어 있으며,[14] 『대악후보』의 '시용향악보'에는 '동동'이란 제목으로 악보만 실려

---

13) 김문환, 『문화교육론』, 서울대학교 출판부, 1999, 164쪽.

14) 『原本影印 韓國古典叢書(復元版) Ⅱ. 詩歌類 : 樂學軌範 全』[대제각, 1973]의 121쪽[권2 '世宗朝會禮宴儀']에 '動動之伎'로, 150-151쪽[권3 '高麗史樂志俗樂呈才']에 '動動'으로, 214-216쪽[권5 '時用鄕樂呈才圖儀']에 '牙拍'으로 소개되어 있으며, 『樂學軌範』의 '아박'에 정재의 절차와 함께 노랫말의 전문이 실려 있다.

있다.[15] 중요한 점은 세 가지 모두 음악이나 정재와 같은 공연예술의 텍스트라는 사실이다. 말하자면 시 텍스트가 아닌 구어로서의 노래가 음악이나 정재 텍스트의 한 부분으로 끼어 든 양상을 보여주고 있다는 것이다.

<동동>은 고려속가라는 관습적 장르에 속한 노래작품이다. 고려속가는 고려라는 시간대와 속가라는 예술형태를 포괄하는 명칭이다. 속가는 '속악+노래[혹은 노랫말]'로 이루어진 조어(造語)다. 속악이란 제도권 내의 음악으로 아악과 대비되는 속성 즉 고려시대 궁중에서 속악의 체계로 '작곡·작사·연주·가창'되던 음악 일반을 지칭한다. 따라서 이것들이 표시된 기호로서의 악보는 그 자체가 복합적 성격을 지닌 텍스트다. 그러나 국문학계에서는 그 복합적 텍스트 가운데 노랫말만 적출(摘出)하여 '고려속요' 혹은 '고려가요'란 장르 명을 붙여놓고 노래 텍스트 즉 시문학 중심의 연구만 반복해오고 있다. 정재·악곡·노랫말 모두 '동동'이라는 구체적인 융합 예술작품에 관계되지만, 각각의 성격이나 상호 포함의 관계는 다르다. 문학 연구자의 입장에서 정재나 악곡까지 다루기는 쉽지 않을 것이고, 그럴 여유 또한 없다고 주장할지 모른다. 그러나 이제 무엇을 어떻게 다루어야 할지 재고할 때가 되었다. <동동>의 문학성을 온전히 밝히기 위해서라도 음악이나 무용을 아우르는 콘텍스트 혹은 상호텍스트성도 고려하고 그것을 뛰어넘는 텍스트의 시대·문화적 측면까지 고려할 때가 되었다는 것이다.

'동동'의 텍스트는 노랫말일 수도, 노랫말을 포함한 악곡일 수도, 노랫말과 악곡·무용을 포괄하는 정재 그 자체일 수도 있다.[16] 그러니 노랫말로 한정하지 않을 경우, '동동'의 텍스트는 융합성을 본질로 한다. 노래·음악·무용이 한데 어울려 이루어진 융합예술형식은 그 자체가 문화론의 한 텍스트다. '동동'이 문학을 포함한 당대 예술문화의 융합적인 텍스트로 기능할 수 있다고 보는 것도 그 때문이다. 노랫말 <동동>을 문학 분야의 독점적 텍스트로 간주하고 다른 부분들을 배제한다면, 노랫말 텍스트로서의 <동동>마저 왜곡될 위험성은 다분하다. 따라서 좀 더 열린 관점에서 또 다른 텍스트[혹은 콘텍스트]로서의 음악이나 무용 등 공연예술문화도 함께 다루어야 문학 텍스트로서의 <동동>이 갖고 있는 본질도 제대로 분석·해명될 수 있다.

사실 지금의 관습대로라면 노랫말 텍스트 <동동>을 포함하는 고려속가들의 본질 파악을 통해 의미 있는 문화교육이나 연구를 지향하는 일이 쉽지만은 않다. 노랫말 텍스트 자체의 문해적(文解

15) 『韓國音樂學資料叢書·1: 大樂後譜 (全)』 권 7 '시용향악보', 193-196쪽.

16) 요즈음의 시각으로 좁혀 보면 노랫말을 '동동'의 텍스트로 볼 경우, 악곡이나 정재는 그 노랫말을 둘러싸고 있는 콘텍스트의 일부 혹은 각각이 독립된 텍스트로서 노랫말 텍스트와 상호텍스트성을 형성하는 요소들이다.

的)[17] 지식과 콘텍스트로서의 장르적 관습 및 작자계층의 인식, 사회·문화적 배경 등에 대한 이해를 <동동> 연구의 내용적 범주에 상정하고 있지만, 주로 텍스트 해독이나 심층내용의 분석에 머물고 있는 것이 연구의 현실이다.

<동동>을 비롯한 고려속가들의 문화를 이해하기 위해서는 그것들이 어떤 환경 속에서 만들어졌으며 어떻게 연창(演唱)되었는지, 음악이나 무용 등 인접분야 예술들과는 어떤 관계를 맺고 있는지 등이 두루 설명되어야 한다. 즉 속가를 시로 이해할 경우 그 기법이 상징적이긴 하나 일정한 형상과 감정을 짧은 글 속에 응축시켜 작가의 영감이나 미감을 강하게 담아냄으로써 독자들에게 큰 감동을 불러일으키는 예술이 시이고, 소리로 표현하는 예술들 가운데 시와 같이 가장 세련된 기법으로 가장 큰 감동을 주는 예술이 음악이며, 사람의 동작으로 표현하는 예술로서 시나 음악처럼 가장 세련되고 가장 큰 감동을 주는 예술이 춤이라는 점에서,[18] 가장 미적으로 세련된 세 예술들을 엮어 만들어낸 정재가 최고의 융합예술이었던 것이다. 물론 중세적 형식미의 모범을 지향하는 고전시가의 성향 때문에 현대인들이 공감하거나 친근감을 갖기가 상대적으로 어려운 것은 사실이다. 그렇다 해도, 상·하층을 아우르는 근대 이전 시기 문화체험의 결과물로서 민족적 정서를 전달하는 데 있어서 절대 빼놓을 수 없는 장르라는 사실을 감안한다면,[19] '동동'의 텍스트 또한 가·무·악 융합의 관점을 바탕으로 당대 문화의 실상을 알려주는 표본적 의미를 지닌다고 할 수 있다. 사실 오늘날 다학문적(多學問的) 방법을 대표하는 것은 문화연구이며, 이 문화 연구 방법의 도입과 적용이 필요하다는 것을 대부분의 인문학자들은 공감한다.[20] 이처럼 '동동'을 비롯한 전통예술 텍스트의 연구나 교육에 문화론적 시각을 적용해야 한다는 분위기가

---

17) '문해' 혹은 '문해력'은 영어 literacy의 번역어다. 대부분의 학자들은 '문식성(文識性)'으로 번역해 쓰고 있으며, '문자성(文字性)'으로 번역한 사람[월터 J. 옹, 이기우 · 임명진 역, 『구술문자와 문자문화』, 문예출판사, 2006]도 있고, 영문발음 그대로 '리터러시'를 사용하는 사람들도 있다. 사실 영어 literacy의 의미 "typically described as the ability to read and write.(…)ability to identify, understand, interpret, create, communicate, compute and use printed and written materials associated with varying contexts. Literacy involves a continuum of learnin g in enabling individuals to achieve their goals, to develop their knowledge and potential, and to participate fully in their community and wider society."[The American Heritage Dictionary of the English Language, http://en.wikipedia.org 참조.]를 생각할 때, 1차적 관건은 '문자 해독'이다. 이처럼 고전에서 우선적으로 요구되는 조건이 문자의 해독임을 고려한다면, 교육이나 연구의 첫 단계를 문해 즉 텍스트 해독으로 잡는 것도 당연하다고 본다.

18) 김학주, 앞의 책, 27쪽 참조.

19) 권정은, 「문화교육과 고전시가의 맥락적 정보」, 『새국어교육』 79, 한국국어교육학회, 2008, 9쪽.

20) 도정일, 「인문학의 미래 - 몇 가지 모색」, 『인문학연구』 3, 경희대 인문학연구소, 1996, 11쪽.

이미 무르익었다고 보아야 할 것이다.

서정적 화자가 임에 대한 사랑을 다양한 표층으로 노래하는 시문법은 노랫말 텍스트 <동동>에 작용하는 콘텍스트이며, 이것은 정재라는 콘텍스트와 만나면서 보다 큰 규모의 생산적인 텍스트로 거듭 났다고 할 수 있다. 뿐만 아니라 노랫말 텍스트 <동동>은 동시대에 통용되던 각종 당악정재의 노랫말 텍스트들과 상호텍스트적 연관을 갖기도 한다. 『삼국사기』 권 6 「신라본기」의 기록을 바탕으로, 통일신라시대 당나라로부터 전래된 당악을 전승하고 거기에 새로 도입된 송나라의 교방악을 수용함으로써 다양하게 형성된 것이 고려의 당악이라는 설명[21]과 『구궁대성남북사궁보(九宮大成南北詞宮譜)』와의 비교를 통해 『고려사악지』의 당악은 송나라 때 고려로 유입되었다는 설명[22]이 학계에 공존하고 있다. 『삼국사기』의 기록에 대한 신뢰와 함께 당나라 문화에 경도되었던 삼국 및 통일신라시대의 상황을 감안한다면, 당악은 통일신라시대에 이미 이 땅에 정착되었으리라 보는 것이 타당하다. 따라서 당악은 고려의 향악을 세련시키는 데 큰 영향을 주었을 것이고, 당악의 토착화 과정에서 상당 부분 향악의 영향을 받았으리라 보기 때문에 양자 간의 상호텍스트적 연관을 추정하기에 충분하다고 본다.

이런 사실과 논리를 전제로 할 때 비로소 노랫말 텍스트로서의 <동동>과 그 콘텍스트로서의 '동동' 음악이나 동동정재의 본질이 파악될 것이며, 그런 관점이 수용될 때 비로소 <동동>에 대한 교육이나 연구는 합리적으로 이루어질 수 있다. 또한 노랫말 텍스트 <동동>을 소재로 한 문화적 접근이 가능해질 뿐 아니라, <동동>이나 고려속가 일반의 연구 또한 논리적 정합성을 확보할 수 있게 되는 것이다. 그렇다면 노랫말 텍스트 <동동>과 상호텍스트적 연관을 맺고 있다고 생각되는 '송도지사'나 '선어', 놀이는 과연 어떻게 해석해낼 수 있을까. 앞에서 인용한 크리스테바의 설명처럼 '어떠한 텍스트라도 서로 다른 다양한 인용의 모자이크로 이루어지기 때문에 텍스트는 모름지기 한 텍스트의 다른 한 텍스트로의 흡수와 변형에 지나지 않는다'거나, '한 담론의 주체는 작가가 자기 자신의 텍스트를 쓸 때 참고로 하는 다른 담론[혹은 다른 책]과 융합되는데, 수평축인 주체와 수직축인 텍스트가 합치된 결과 하나의 중요한 사실 - 즉 언어(텍스트)는 여러 개의 언어[텍스트]의 결합으로 이루어진 것이며, 그곳에서 우리는 적어도 또 하나의 언어[텍스트]를 읽을 수 있다 - 이 명백해진다'는 상호텍스트성의 본질을 노랫말 혹은 정재 텍스트로서의 '동동'에서 읽어내게 되는 것이다.

---

21) 송방송, 『한국음악통사』, 일조각, 1995, 146-147쪽.

22) 박은옥, 『고려사악지의 당악 연구』, 민속원, 2006, 15쪽.

## 3. 송도지사 및 선어와 노랫말 텍스트 <동동>

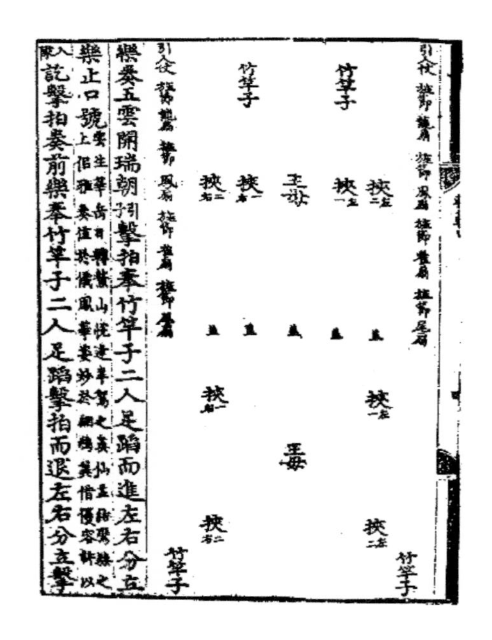
竹竿子
竹竿子
竹竿子
竹竿子
樂奏五雲開瑞朝引子擊拍奉竹竿子二人足蹈而進左右分立
樂止口號
訖擊拍奏前樂奉竹竿子二人足蹈擊拍而退左右分立擊

선어에 대한 해석적 견해들[23]이 다양하지만, 아직 만족스런 답은 나오지 않았다. 분명 선어는 송도지사와 불가분의 관계를 갖고 있는 관념이며, 두 개념의 정체를 파악하기 위해서 노랫말 텍스트인 <동동>과 콘텍스트인 '동동'은 물론 속악정재들의 모범적 선례로 작용했을 동시대의 당악정재들까지 함께 고려해야 한다. 같은 시기의 노래인 <풍입송(風入松)>에 '송도의 뜻이 있다'[24]거나 그 노래 마지막 수의 후반에 '송도'의 모티프와 함께 '신선'·'환궁악' 등이 언급되고 있는데,[25] 이런 점들은 '동동'과 관련하여 주목할 만하다. 이 표현들은 모두 <환궁악사>를 인용한 것들로서 환궁악이 상당수 당악들과 같은 시기에 수입되었음을 감안할 때, <풍입송>은 연회 절차에 사용되던 당악이 수입된 이후에 편성되었으리라 보는 견해[26]가 타당하다. '동동'의 송도 모티프가 당악이나 당악정재의 그것으로부터 영향 받았을 가능성이 클 것이라는 추론도 여기서 나올 수 있다.

헌선도(獻仙桃)·수연장(壽延長)·오양선(五羊仙)·포구락(抛毬樂)·연화대(蓮花臺) 등 5종의 당악정재들이 『고려사악지』에 비교적 완벽하게 남아 있으며, 이것들은 약간씩 변개(變改)를 보이

---

23) 수많은 견해들이 등장했지만, '불선적(佛仙的)인 말'[우리어문학회, 『국문학개론』, 일성당, 1949, 173쪽], '선랑(仙郞) 혹은 화랑(花郞)의 말'[이혜구, 『숙대신문』, 1959.9.2., 2면; 김명호, 「고려가요의 전반적 성격」, 『백영 정병욱선생 환갑기념논총』, 신구문화사, 1982, 77쪽], '산천제의 제의가(祭儀歌)'[최진원, 「동동고(Ⅲ)」, 『대동문화연구』 10, 성균관대 대동문화연구원, 1975, 122쪽], '무속과 연관된 종교적 색채가 강한 서정요'[박혜숙, 「동동의 님에 대한 일고찰」, 『국문학연구』 10, 효성여대 국문과, 1987, 87쪽], '경망(輕妄)한 연정의 노래'[임기중, 『고전시가의 실증적 연구』, 동국대학교 출판부, 1992, 268쪽], '오구굿 등 무가에서 불린 노래'[최미정, 「죽은 님을 위한 노래」, 『신편 고전시가론』, 새문사, 2003, 194-196쪽], '선풍(仙風)을 담고 있는 말'[이성주, 『고려시가의 연구』, 웅비사, 1991, 169쪽], '선풍의 말을 의미하며 선풍은 신라 이래 고려에 지속된 팔관제의'[허남춘, 「동동의 송도성과 서정성 연구(1)」, 『도남학보』 14, 도남학회, 1993, 163쪽] 등이 대표적이다.

24) 『한국사데이터베이스: 고려사 권 71/지 제 25/악 2/속악/풍입송』의 "風入松有頌禱之意" 참조.

25) 같은 곳의 "笙歌寥亮盡神仙 爭唱還宮樂詞 爲報聖壽萬歲" 참조.

26) 차주환, 『唐樂硏究』, 범학, 1979, 28-29쪽.

며 『악학궤범』을 거쳐 조선조 후기의 정재들이 실린 각종 홀기(笏記)들에도 실리게 된다. 이런 당악정재들의 바탕을 형성하고 있는 것이 ‘선어’와 ‘송도’의 모티프이며, 『고려사악지』의 동동정재나 노랫말 텍스트 <동동> 관련 언급 중 ‘선어’와 ‘송도지사’ 또한 당악정재로부터 연원된 것들일 가능성이 크다. 즉 『고려사악지』 ‘동동’에 관한 언급 중 “多有頌禱之詞 盖效仙語而爲之”에서 ‘송도지사’는 주제 혹은 내용적 측면을 ‘선어’는 표출방법의 측면을 각각 지칭하는데, 모두 동시대의 당악정재에 그 근원을 두고 있다는 것이다.

헌선도의 내용적 근원은 원소가회(元宵嘉會) 즉 정월 대보름의 야연(夜宴)에서 선계로부터 내려온 왕모가 천세영도(千歲靈桃)를 바쳐 군왕에게 헌수하는, ‘서왕모(西王母) 헌도(獻桃)’ 고사에 있다. 왕모는 도교 전설 속 ‘반인반수(半人半獸)의 여선(女仙)’인 서왕모를 가리키는데, 예로부터 중국에서 서왕모는 장수의 주재자로 일컬어져 왔다. 따라서 헌선도는 서왕모로 분장한 무기(舞妓)가 군왕에게 선도를 올림으로써 장수를 축원하는 가무희[정재]를 말한다. 선도를 바칠 때 부르는 왕모의 노래들은 이 가무희의 핵심내용을 보여준다. 즉 선도반을 받든 왕모가 가창하는 <원소가회사(元宵嘉會詞)>와 <일난풍화사(日暖風和詞)>에 송도나 축수의 핵심은 극명하게 나타난다. 두 노래 모두 화자는 왕모이며, 왕모는 오직 임금만을 위해 송도를 행한다. 전자에는 임금이 요임금과 순임금으로 미화되어 있으며, 후자에는 궁궐[丹墀]과 임금[君]이 직접 언급되어 있다. 전자의 결사[‘반도 한 떨기로 천 가지 상서를 바침’]에는 신선과 송도의 이미지가 결합되어 등장하며, 후자의 결사[‘한없는 수명의 신선이 임금께 천만년의 수를 드림’]에는 신선과 송도의 시적 의미가 직설되어 있다. 먼저 <동동>의 기구(起句)와 <원소가회사>를 들어보기로 한다.

| | |
|---|---|
| 德으란 곰ᄇᆡ예 받ᄌᆞᆸ고 | 덕은 앞 잔으로 바치옵고 |
| 福으란 림ᄇᆡ예 받ᄌᆞᆸ고 | 복은 뒤 잔으로 바치옵고 |
| 德이여 福이라 ᄒᆞᄂᆞᆯ | 덕이여 복이라 하는 것을 |
| 나ᅀᆞ라 오소이다 | 드리러 왔사옵니다 |
| 아으 動動다리[27] | 아아, 동동다리 |

元宵嘉會賞春光　원소의 가회에 봄 경치 즐기니
盛事當年憶上陽　성대한 행사 있던 당년의 상양궁 생각나누나

27) 『原本影印 韓國古典叢書(復元版) Ⅱ. [詩歌類] 樂學軌範』, 215쪽.

堯顙喜瞻天北極 요임금 머리 들어 기쁘게 하늘의 북극 바라보시고
舜衣深拱殿中央 순임금 옷 입으시고 깊이 궁전 중앙에 팔짱 끼고 계시네
懽聲浩蕩連韶曲 환성은 호탕하게 순임금의 악곡 따라 일어나고
和氣氤氳帶御香 화기는 자욱하게 궁중의 향기 둘렀도다
壯觀太平何以報 장관 이룬 태평, 무엇으로 보답할꼬
蟠桃一朶獻天祥 반도 한 떨기로 천 가지 상서 바치려오[28]

'덕과 복을 (임금에게) 드리러 왔다'는 것이 <동동> 기구의 핵심이다. 두 명의 여기가 악사의 연주에 맞추어 부르는 것이 이 내용인데, '임금에게 덕과 복을 드리겠다'는 것은 <원소가회사>의 끝구에서 '반도 한 떨기로 천 가지 상서를 바치겠다'는 것과 같은 뜻의 말이다. 그렇다면 '동동'에 등장하는 화자의 정체나 표현 혹은 모티프는 과연 어디서 유래한 것일까. 그 화자는 바로 <원소가회사>의 화자인 서왕모를 떠올리게 하는 존재 즉 '임금에게 덕과 복을 바치기 위해 선계에서 내려온 신선'이고, 표현이나 모티프는 헌선도를 비롯한 당악정재로부터 나온 것이다. 말하자면 헌선도에 등장하는 화자인 서왕모의 표현법과 모티프가 차용되었고, 헌선도의 그것은 당시 당악정재 전반을 지배하고 있던 '신선 모티프' 그 자체였다. 그런데 <원소가회사>의 8구까지는 잔치가 벌어지는 궁궐의 저녁 풍경이나 분위기, 임금의 위의(威儀) 등에 대한 묘사로 일관할 뿐, 그다지 중요한 내용은 아니다. 마지막 구에 이르러서야 송도(頌禱)의 핵심 의도는 비로소 노출된다. 이처럼 <원소가회사>에서 서왕모가 임금에게 바친 송도 및 주제의식이나 모티프 등은 그대로 '동동'에 수용된 것이고, '개효선어'는 바로 그 점을 지적한 말이다.

다음의 <일난풍화사>도 마찬가지다.

日暖風和春更遲 날씨 따뜻하고 바람 부드러운데 봄날은 더욱 느리니
是太平時 이는 태평시절일세
我從蓬島整容姿 우리는 봉래섬에서 용모 가다듬고
來降下丹墀 단서에 내려왔네
幸逢燈夕眞佳會 다행히 원소절 저녁의 참으로 좋은 연회를 만나

28) 같은 책, 136쪽.

喜近天威　임금님 곁에 가까이 하게 됨을 기뻐하네
神仙壽算遠無期　신선의 수명은 영원하여
獻君壽　임금님께 헌수하오니
萬千斯　천만년 수명을 누리소서[29]

1-6구는 태평시절, 원소의 저녁잔치, 봉래섬에서 내려와 임금과 만난 일 등을 말한 부분이다. 그러나 이 노래의 주지(主旨)는 7구-9구의 '임금에 대한 송도'이다. 앞부분이 아무리 길어도 그런 내용은 마지막 부분의 주제를 도출하기 위한 전제에 불과하다. 따라서 이 노래의 경우도 <동동>의 작자가 본뜬 신선의 말 즉 '선어'임을 알 수 있다.

다음은 오양선의 <벽연롱효사(碧烟籠曉詞)>다.

碧烟籠曉海波閑　푸른 연기 새벽 바다 자욱한데 물결은 고요하고
江上數峯寒　강가의 두어 봉우리가 차갑도다
珮環聲裏 異香飄落人間　패옥소리 들리고 기이한 향기 인간 세상에 나부끼며
弭絳節 五雲端　강절이 오색구름 끝에 멈추도다
宛然共指嘉禾瑞　완연히 함께 가화의 상서 가리키고
開一笑破朱顔　한 차례 웃어 붉은 얼굴 펴보이네
九重嶢闕望中　구중의 높은 궁궐 바라보며
三祝高天　높은 하늘 향해 세 번 축수하되
萬萬載對南山　만만년 동안 남산을 마주하듯 장수하소서[30]

이 노래의 대부분은 주변 경관, 궁궐, 임금의 모습 등에 대한 묘사이나, 핵심은 8-9구의 송축에 있다. 이 작품은 오색의 양을 타고 나타난 오선(五仙)의 고사[31]로부터 유래된 오양선 정재에서 불린 노래다. 악관이 오운개서조인자(五雲開瑞朝引子)를 연주한 다음 죽간자가 치어를 드리는데, 거기에 등장하는 '양의 수레를 탄 진선(羊駕之眞仙)', '난새 수레를 탄 상려(鸞驂之上侶)' 등은 선계 혹은 신선의 이미지를 차용한 표현들이다. 곧 이어 등장하는 왕모의 치어[32]에는 송도의

29) 같은 책, 같은 곳.

30) 같은 책, 142-143쪽.

31) 『文淵閣四庫全書 : 史部/地理類/總志之屬/太平寰宇記』 卷一百五十七의 "舊說 有五仙人騎五色羊 執六穗秬而至" 참조.

작의(作意)가 직설되어 있다. 즉 노래와 춤을 사용하여 임금에게 송도의 뜻을 바친다는 것이다. 그 다음에 등장하는 악장이 <벽연롱효사>이다. 인용한 바와 같이 이 악장에는 신선의 이미지[佩環聲裡異香飄落人間/弭絳節五雲端]와 함께 송도의 주제의식[萬萬載對南山]이 주지로 나타나 있고, <표묘삼산사(縹緲三山詞)>에도 선계의 이미지[縹緲三山島]와 송도의 뜻[祝高齡後天難老]이 표출되고 있다. 오양선 정재에서 불리는 각종 노래들 역시 헌선도와 마찬가지로 송축 혹은 송도의 뜻이 화자인 신선의 입을 빌거나 선계의 이미지에 실려 표현되고 있으므로 역시 '신선의 말'이라고 보아야 할 것이다.[33]

당악정재들의 모티프나 주제의식은 대부분 '임금에 대한 송도나 송축'이었고, 악장은 음악이나 동작을 통한 상징적 메시지인 가무에 비해 의미적으로 가장 직접적이고 분명한 언어 메시지였다. 말하자면 '화자인 신선이 임금에게 바친 송도지사'가 바로 '선어'였던 것이다. 사실 당악과 속악을 막론하고 고려의 정재들은 모두 임금에 대한 송도나 축수로 귀결된다. 그리고 악무(樂舞)의 춤사위나 절차 등은 선적(線的)·순환적(循環的)·반복적(反復的) 진행으로 연결되어 리듬감을 조성하는데, 그 리듬감이야말로 선계를 형상하는 가장 핵심적 요인이다. 이처럼 고려와 조선을 잇는 정재의 흐름에서 당악의 존재는 사실상 선계 지향 의식을 바탕으로 한다. 물론 조선에 접어들면서 고려로부터 이어진 당악의 비중이 상대적으로 낮아지고, 그마저 말기로 가면 새로운 음악이나 악장으로 바뀌지만, 기본적으로 지향하는 공간은 선계를 벗어나지 않는다. 말하자면 전반적으로 절제된 춤 동작들을 통하여 우화등선(羽化登仙)하는 신선의 이미지가 표상될 수 있었기 때문이다.[34] 따라서 '신선의 말'이란 송축 혹은 송도의 주지(主旨)를 바탕으로 한 노래 텍스트 <동동>의 내용을 지칭하는 것으로 보아야 타당하다.

이상의 설명을 전제로 한다면, "多有頌禱之詞 盖效仙語而爲之"에서 송도는 '동동' 정재 창사 기구(起句)의 내용이나 주제를 지칭한 것이며, 그런 표현법이나 주제의식은 당대 궁중에서 성대하게 공연되던 헌선도·오양선·포구락 등 궁중 당악정재들의 창사를 본뜬 것들임을 알 수 있다. 선어는 바로 이들 정재에서 서왕모 등 신선으로 분장하여 송도의 노래를 가창하던 여기들의 창법에서 비롯되었다는 것이다.[35]

---

32) 『한국사데이터베이스: 고려사 권 71/지 제 25/악 2/당악/오양선』의 "式歌且舞/聊申頌禱之情/俾熾而昌/用贊延洪之祚/妾等無任/激切屛營之至" 참조.

33) 이상은 조규익, 「頌禱 모티프의 연원과 전개양상」, 『고전문학연구』 32, 한국고전문학회, 2007, 41-44쪽을 요약한 내용임.

34) 조규익, 「악장과 정재의 미학적 상관성」, 『민족무용』 4, 세계민족무용연구소, 2004, 109쪽.

따라서 속악정재 '동동'의 텍스트에 대하여 헌선도·오양선·포구락 등 당악정재들은 상호텍스트적 연관을 맺고 있으며, 특히 그런 당악정재들의 주제의식과 등장인물들의 대사(臺詞)는 '동동'의 텍스트적 근간을 형성하고 있었음을 확인하게 된다. 그리고 당악·속악 등의 정재들이 형성하는 당대 공연예술이나 분위기 등은 노랫말 <동동>의 텍스트에 대한 콘텍스트로 존재하고 있었던 것이다. 콘텍스트는 물론 여타 텍스트와의 상호텍스트적 연관 아래 '동동'의 본질을 제대로 파악할 수 있다고 보는 것도 그 때문이다.

## 4. 놀이 텍스트로서의 '동동'

『고려사악지』에 '동동지희(動動之戲)'가 언급되어 있고, 구체적인 가무절차 또한 소개되어 있다. 또 아박을 들고 동동사(動動詞)의 기구를 창했다는 사실, 『악학궤범』 소재 「시용향악정재」에 아박이 들어 있다는 점과 함께 그 아박의 절차 가운데 여러 기들이 부르던 동동사를 기록해놓고 있다는 점 등을 감안한다면, 현재 학계에 알려진 노랫말 텍스트 <동동>이 바로 '동동'의 악장임을 알 수 있다. 그런데 『고려사악지』의 '동동'과 『악학궤범』의 아박에서 기구를 창했다는 점은 매우 흥미롭다. 같은 시기 당악정재들의 경우 첫 부분에서 한시형태를 구호(口號)한 데 비해 '동동'의 경우 첫 부분에서 기구를 '창(唱)'했다는 점이 미심쩍기는 하나, <동동>의 기구가 당악정재들의 구호와 같은 역할을 했기 때문인 듯하다. 팔관회에서 백희(百戲)가무를 상연할 때의 구호가 국어로 된 가요였을 수 있다는 추정[36]이 가능한 것도 그 때문이다. 이처럼 '동동'은 옛날부터 내려오던 제의가 해체되면서 그 제의들에서 불리던 노래들이 정재의 체제에 맞게 재편성된 것으로 보인다. 이처럼 당악과 속악이 상호텍스트적 관계 아래 서로 영향을 주고받으며 제의적 흔적이나 그 변이형태로서의 놀이적 요소가 강조된 공연물로

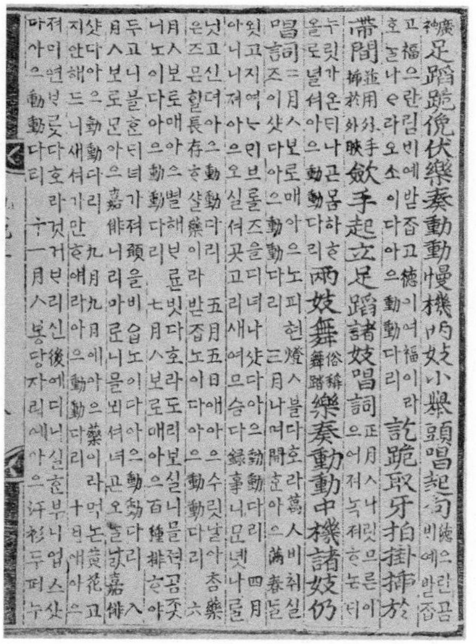

『악학궤범』 권5·아박(국립국악원 소장)

---

35) 조규익, 「頌禱 모티프의 연원과 전개양상」, 46쪽.

36) 최진원, 「動動攷 1」, 『大東文化研究』 8, 성균관대학교 대동문화연구원, 1971, 10쪽.

정착된 것이다. 노랫말 텍스트인 <동동>은 계절축제의 원형을 지니고 있다.[37] 풍요축제인 영등굿과 유관한 2월 보름의 연등·5월 수릿날의 세시풍속·6월 유두에 행하던 정화(淨化)축제·7월 백중의 위령제·섣달 그믐의 나례 등 각종 계절제의가 바탕을 이룬 노래로서, 기구만 제외한다면 전체가 계절축제의 내용으로 일관되고 있다.[38] 말하자면 개별적으로나 일부의 행사들만이 부분적으로 결합된 채 치러지던 앞 시대의 제의 노래들이 <동동>이라는 노랫말 텍스트로 통합, 정재에서 가창·공연됨으로써 놀이의 성격이 더 강화되었으며, 축제의 단계를 거쳐 제사의 비중이 엷어지면서 궁극적으로는 '놀이'의 기능만 강조되게 된 것이다.

'동동놀이(動動之戲)'라 지칭한 『고려사악지』 속악조의 설명으로도 '동동'의 놀이적 성격은 더욱 분명해졌다고 할 수 있다. 정재를 놀이의 관점으로 파악한 사례는 무애놀이(無㝵之戲)[39]에서도 확인되는데, 놀이로서의 무애는 이전부터 내려오던 불교제의로부터 변모된 것이다. 또한 노랫말 텍스트 <정읍>을 한 부분으로 하는 무고(舞鼓)의 경우는 '굉장(宏壯)하다'고 묘사된 소리나 펄럭펄럭 변화무쌍한 춤동작[회무(回舞) - 선무(旋舞) - 이수고저(以袖高低) - 상대이무(相對而舞)] 등으로 미루어, 완벽하게 '놀이'로 전환된 모습을 보여주며, '악부 중 가장 기묘하다'는 지적으로 미루어 보아도 그런 점은 확인된다.

노랫말 텍스트 <동동>이 의미전달의 핵심으로 되어있는 아박정재는 다음과 같이 진행된다.

1. 악사는 동영(東楹)을 거쳐 들어와 전중(殿中)의 좌우에 아박을 놓는다.
2. 무기(舞妓) 두 사람이 좌우로 나뉘어 나아가 꿇어앉아서 아박을 집었다가 도로 놓고 일어서서 염수족도하고 꿇어 엎드리면 악대는 동동의 만기(慢機)를 연주하고 두 여기는 머리를 약간 든 채 기구를 부른다[기구].
3. 끝나면 꿇어앉아 아박을 집어 허리띠 사이에 꽂고 염수하고 일어서서 족도하면 제기(諸妓)는 가사를 노래한다[정월사].
4. 두 여기는 춤[속칭 무답(舞踏)]을 춘다. 악사가 동동의 중기(中機)를 연주하면 제기는 이어서 가사를 노래한다[2월-12월사].
5. 박을 치면 두 여기는 꿇어 앉아 아박을 손에 잡고 염수하며 일어선다. 박을 치는 소리에 따라 북쪽을

37) 윤광봉·김선풍 외 지음, 『한국축제의 이론과 현장』, 월인, 2000, 7-8쪽.

38) 그러나 2월[연등], 5월[단오], 6월[유두], 7월[백중], 8월[추석], 9월[중양] 등을 제외한 나머지 달들의 제의나 놀이는 확실치 않다. 최진원은 1월이 답교, 3월이 산화, 12월은 나례와 각각 관련이 있다고 했다.

39) 『한국사데이터베이스: 고려사 권 71/지 제 25/악 2/속악/무애』의 "無㝵之戲 出自西域 其歌詞多有佛家語 且雜以方言 難於編錄 姑存節奏以備當時所用之樂" 참조.

향하여 춤을 추고 대무(對舞)한다. 또 북쪽을 향하여 춤추고 배무(背舞)한다. 다시 북쪽을 향하여 춤춘다.

6. 악사가 절차의 느리고 빠름에 따라 1장을 걸러 박을 치면, 두 여기가 염수하고 꿇어 앉아 본디 있던 자리에 아박을 놓고, 염수하고 일어서서 족도하고 꿇어 앉아 부복하고, 일어나서 족도하다가 물러가면 음악이 그친다. 악사는 동영을 거쳐 들어와 아박을 가지고 나간다.

이 절차에서 노랫말 텍스트 <동동>과 직접 관련되는 부분은 2·3·4다. 2에서 기구는 정재들의 진구호(進口號)나 입대치어(入隊致語)와 같은 역할을 한다. 그것은 또한 『시용향악보』 소재 <대국(大國)2>[오부샹셔 비샹셔 슈슈천자(天子)여/천자대왕(天子大王) 경상(景像)여 보허ᄅᆡ허/천자대왕 오시는나래/ᄉᆞ랑대왕인ᄃᆞᆯ 아니오시려/양분(兩分)이 오시논 나래/명(命)엣 복(福)을 져미쇼셔/얄리얄리얄라/얄라셩얄라]와 같이 초복(招福)을 하고 있다는 점에서 무가적 성격을 나타낸다고 보는 연구자도 있다.[40] 또한 아박이 원래의 무속제의 그 자체라고 할 수는 없고, 월령체 무가[예컨대 영일지역 무가]의 존재나 동해안 오구굿에서 가창되던 <신 중타령> 등의 존재, 혹은 '선어 운운'의 지적 등을 들어 노랫말 텍스트 <동동>이 무속적 원천을 지닌 노래[41]라는 견해를 모두 인정하기도 어렵다. 그렇다고 이 노래나 이 노래가 핵으로 되어 있는 아박의 저변에 무속제의의 흔적이 잠재되어 있다는 사실을 완전히 부정할 수도 없다.[42] 전승(戰勝)을 기원한 데서 연유되었건, 풍요를 기원하던 행사에서 연유되었건, 그러한 제의의 정신과 이념이 후대에 정재와 같은 공연예술로 승화되었을 가능성은 크다. 중국으로부터 받아들인 당악정재들 역시 우리의 고유한 정신이나 이념에 접목되면서 궁극적으로 이 땅의 특성에 맞도록 변이되었다고 보아야 한다. 이 점이 놀이형태로서의 정재가 지닌 제의의 잔영(殘影)이다.[43]

'동동'이 지닌 놀이적 성격은 노랫말 텍스트 <동동>의 콘텍스트로 연결된다. 아니면 놀이적 성격을 지닌 텍스트로서의 당악 및 속악정재들이 <동동>과 상호텍스트적 연관을 맺는다고 볼 수도 있다. 사실 조선조에 사용된 '정재(呈才)'라는 명칭도 본질은 놀이다. 정재의 개념에 대한 연구자의 다음과 같은 설명은 그 점을 보여준다.

---

40) 박혜숙, 「「동동」의 <님>에 대한 일고찰」, 『국문학연구』 10, 효성여자대학교 국어국문학과, 1987, 89쪽.

41) 최미정, 「죽은 님을 위한 노래 - 「동동」」, 국어국문학회 편, 『고려가요·악장연구』, 태학사, 1977, 286-293쪽 참조.

42) 민간에서 채록한 '원 텍스트'의 흔적을 궁중 도입 당시에 완전히 씻어내지 못한 한계일 수도 있지만, 원래 민속가요가 서민들의 기원이 담긴 민간 신앙적 요소를 얼마간 포함했었을 가능성까지 부인할 수는 없다. 그렇다 해도 그런 흔적들이 궁중악으로 변신한 노래들의 주제적 성향을 결정할 만한 요인은 아니다.

43) 이상 '놀이 콘텍스트'의 의미와 내용은 조규익의 논문[「제의 및 놀이 문맥과 고려노래」, 『온지논총』 8, 온지학회, 2002], 35-38쪽을 요약한 내용임.

정재란 본시 중국에서 전해진 용어로서 왕실을 위해 봉공(奉供)한다는 의미와 관련하여 여러 가지 뜻으로 사용된 듯하다. 그러나 현재는 "군왕에게 헌기(獻技)한다", "예재(藝才)로 헌정(獻呈)한다", "재조(才操)를 드린다" 등의 뜻으로 그 기능을 고귀한 사람에게 보게 한다는 말로서 비단 춤뿐만 아니라 "땅 재주, 줄타기 등 모든 재예(才藝)를 드린다"는 뜻을 내포한다. 그리고 여러 영역의 예제(禮祭)와 관련해서 궁중의례 때 연무(演舞)·연주(演奏)된 가무를 지칭하는 궁중무악(宮中舞樂)의 대명사로 총칭되는 고유명사로도 사용되었다.[44)]

말 그대로 '군왕에게 재예를 드리는 것'이 정재인데, 춤만 아니라 땅재주나 줄타기 등 놀이에 속하는 모든 것들이 그 재(才)의 범주에 들어간다고 본 것이 인용문의 설명이다. 그러니 '정재를 한다'는 것은 '놀이판을 벌인다'는 것과 동일한 뜻의 말로 인식되어 온 것도 사실이다. '춤-음악-노래'를 포괄하는 개념이 바로 '놀이'라면, '정재=놀이'라는 등식이 성립된다. 놀이가 제의에서 출발되었다면, 놀이와 동일시되는 정재 또한 제의와 무관할 수 없다. 필자는 이미 제의·정재·놀이문맥 등을 바탕으로 고려노래들을 규정한 바 있는데, 그 중 두 부분만 인용하기로 한다.

① 특히 고려조에 성행했던 팔관회 및 그 절차 속에서 공연된 몇몇 정재들은 그 시대 축제의 대표적인 양식이었다. 그리고 그 정재들 속에는 오늘날 우리가 당대 서정노래들의 핵심이라 일컫는 〈정읍〉·〈동동〉 등이 포함되어 일정한 역할을 수행했다. 팔관회로부터 고려노래들에 이르기까지의 개념적 범주는 '축제〉놀이〉노래'의 단계로 좁혀진다. 제의와 놀이가 합쳐진 축제에서 제의적 본질이 소거(消去)되면 예술적 부면으로서의 놀이가 성립되고, 노래만의 독립적인 단계에 이르면 거의 완벽하게 제의적 성격은 탈색된다. 정재나 그 한 부분인 옛 노래[혹은 악장]가 그 나름대로 놀이적 본질과 그 효과로서의 흥(興)을 구현할 수 있었다는 점, 제의적 연원과 그 헌신(獻身)의 덕목인 충(忠)을 정서적으로 구현했으며 결과적으로 그러한 덕목들이 집약되어 이루어지는 집단이념을 드러낼 수 있었다는 점, 전·후자를 하나로 통합하는 미학이 시기별로 편차를 보이며 전개되었다는 점 등은 명백한 사실이다.[45)]

② 제의 전체의 이념화된 대상은 신격이다. 그러나 융합예술체로서의 놀이에 상정되는 헌신 대상은 현실적으로 임금이다. 대부분의 궁중공연들이 임금에게 바치는 것으로 짜여진 점은 모든 제의가 신격을 대상으로 하는 헌신인 것과 같은 구조다. 원시 제천행사에서 공연된 놀이들이 민중의 무제한적 참여에 의한 카오스 상태를 바탕으로 자연 발생된 집단예술이라면, 후대의 정재들은 그것들을 의례화·질서화시킴으로써 고도로 인공화된 예술이다. 전자가 신에 대한 인간의 간절한 기원의 마음을 상징했다면, 후자는 임금에 대한 신민의 기원을 형상화했다. 그러니 그 구조는 동일하다고 보는 것이 타당하다. 춤사위 뿐 아니라 거기서 불

---

44) 정은혜, 『呈才硏究』Ⅰ, 대광문화사, 1996, 46쪽.

45) 조규익, 「조선조 악장과 정재의 문예미적 상관성 연구」, 『한국시가연구』 10, 한국시가학회, 2001, 115쪽.

리는 노래의 내용 또한 그러한 것이다. 이 점은 팔관회나 연등회에서 공연되었다는 몇몇 정재들에만 국한되는 성향이 아니라, 정재에 보편화 되어있던 정신적 기조 그 자체가 그러했다.46)

<동동>을 비롯한 고려속가들의 원천을 축제에서 찾을 수 있으리라는 것, 제의와 놀이가 합쳐진 것이 축제인 만큼 제의에 상정된 헌신의 대상이 신이라는 점은 정재[즉 놀이]에 상정된 충성[즉 송도]의 대상이 임금인 점과 부합한다는 것 등이 ①의 골자다. 상상력을 통해 우주와 세계의 질서를 구체화시키는 것이 제의라면, 그 구체화의 방법은 '보여주기·들려주기·노래하기[혹은 말하기]'로서 놀이와 상통하며, 그것들이 후대의 연극이나 문학을 포함한 예술의 본질적 성격이기도 했다. 원래 미분화 상태의 제의와 놀이가 분화되면서 전자는 신앙적 성실성이나 종교적 신성성을 전담하는 부분으로, 후자는 미적 감흥이나 오락성을 전담하는 부분으로 각각 독립하게 되었다. 말하자면 제의와 갈라선 지 오래 된 놀이로서의 '동동' 같은 속악정재에는 미적 감흥과 오락성만 남게 되었다는 것, 즉 임[임금]에 대한 송축 혹은 송도 행위를 통해서나 겨우 제의에서 신에게 헌신하던 모습을 떠올릴 수 있게 되었을 뿐이라는 것이다.

①과 마찬가지의 내용이지만, 놀이의 양상을 좀 더 구체적으로 설명한 것이 ②이다. 제의에서 헌신의 대상이 신격이듯 융합예술체로서의 놀이에 상정되는 헌신의 대상은 임금이라는 점, 원시 제천행사들에서 공연되던 놀이들이 카오스 상태의 집단예술이었다면, 후대의 정재들은 그것들의 의례화·질서화를 통해 세련된 인공예술로 변모했다는 점 등이 그 골자다. 앞에 제시한 바와 같이 노랫말 텍스트 <동동>이 의미전달의 핵심으로 되어있는 아박정재의 절차는 여섯 부분으로 나뉘는데, <동동>은 2·3·4에서 모두 소화된다. 2는 두 무기(舞妓)의 '보여주기'[두 사람이 좌우로 나뉘어 나아가 꿇어앉아서 아박을 집었다가 도로 놓고 일어서서 염수족도하고 꿇어 엎드림], 악대의 '들려주기'[동동의 만기를 연주함], 두 여기의 '노래하기'[머리를 약간 든 채 기구를 부름] 등으로 구성된 부분이고, 3은 두 여기의 '보여주기'[꿇어앉아 아박을 집어 허리띠 사이에 꽂고 염수하고 일어서서 족도함], 제기의 '노래하기'[정월사를 노래함] 등으로 구성된 부분이며, 4는 두 여기의 '보여주기'[무답 춤을 춤] 악대의 '들려주기'[동동의 중기를 연주함], 제기의 '노래하기'[2월사-12월사를 노래함] 등으로 구성된 부분이다. 5-6은 여기와 악대의 '보여주기/들려주기'로 정재를 마무리하는 부분이다. 말하자면 아박정재 전체는 음악, 무용, 노래가 매우 정교하고 빈틈없이 짜인 대본이다. 의례화와 질서화는 집단예술의 카오스적 자연스러움에 인공을 가하여 만든

46) 조규익, 「제의 및 놀이문맥과 고려 노래」, 『온지논총』 8, 사단법인 온지학회, 2002, 28쪽.

당대 놀이 미학의 정점이라 할 수 있다.

이처럼 축제 가운데 종교나 신앙의 부분이 탈색되면서 놀이는 예술로 독립하여 세속의 지배구조에 복무하게 되었다. 즉 '인간이 신에게 헌신하던' 제의에서 '임금에게 송축하고 송도하는' 놀이로 전환된 실례를 궁중의 정재에서 찾을 수 있고, 그 대표를 '동동'에서 확인할 수 있다는 것이다. '동동지희' 운운한 문헌의 기록이야말로 당대 정재들의 놀이적 본질과 불가분의 관계를 맺는 증거라고 할 수 있기 때문이다.

## 5. <동동>의 주제적 일관성

이 글의 핵심적 논지들 가운데 하나는 "動動之戲 其歌詞多有頌禱之詞 盖效仙語而爲之"에서 '송도지사'와 '선어'가 무엇을 의미하며 양자는 어떻게 연결되는지를 확인하는 것이었다. 당악과 속악을 막론하고 당대 궁중악은 주로 '임금을 위한 수(壽)와 복(福)의 송도'를 목적으로 연행되던 예술장르들이었고, 그 범주에서 공연되던 정재들은 대부분 송도적 모티프를 구현하던 공연예술의 형태들이었다는 것이다. 그러나 당시에는 당악정재들이 속악보다 선행했거나 선진적이었으므로, 속악정재들이 당악정재로부터 송도 모티프를 차용하는 일은 자연스러웠다. 이 경우 당악정재들에서 송도 모티프를 이야기하는 화자의 정체는 매우 중요했다. 당시 상당수의 정재들은 임금을 도가적(道家的) 공간의 상제(上帝)로, 송도의 주체를 신선으로 각각 치환하여 만든 공연예술의 텍스트들이었다. 예컨대 당악정재 헌선도는 신선인 서왕모가 선도(仙桃)를 따다가 임금에게 바침으로써 인간이 상상할 수 있는 최고의 공헌(貢獻)을 예술적으로 구현하고자 한 예술형태였다. 따라서 '서왕모가 임금에게 송도지사를 올리는 말'이 바로 '선어'였고, 그 선어를 본뜬 것이 '동동'을 연행하던 여악이나 여기들의 노래였다. <동동>을 현대어로 풀면 다음과 같다.[47]

---

47) 선학들의 해독을 일일이 변증(辨證)하기 위해서는 별도의 자리가 필요할 만큼 <동동> 텍스트의 해독은 많이 이루어져 왔다. 선학들의 해독들은 김명준 편, 『고려속요집성』[도서출판 다운샘, 2002]에 일목요연하게 정리되어 있다. <동동>의 해독을 위해 필자는 김명준의 책에 정리된 선학들의 견해를 참조했으며, 해독 가운데 선학들의 견해와 다른 내용은 필자의 독자적인 주장이다. 그에 대한 자세한 논의와 변증은 다른 자리로 미룬다.

기구

덕은 앞 잔으로 바치옵고
복은 뒤 잔으로 바치옵고
덕이여 복이라 하는 것을
드리러 왔사옵니다
아아, 동동다리

정월사

정월의 냇물은
아아, 얼며 녹으며 하는데
세상 가운데 태어나
이내 몸이여, 홀로 살아가는구나
아아, 동동다리

2월사

2월 보름에
아아, 높이 켜 달아맨
등불 같으시도다
만인을 비추실 모습이시로다
아아, 동동다리

3월사

3월 지나며 핀
아아, 늦봄의 진달래꽃이여
남들이 부러워할 모습을
지니고 나셨도다
아아, 동동다리

4월사

4월 아니 잊어
아아, 오시는구나 꾀꼬리새여
어찌하여 녹사님은
옛날의 나를 잊고 계시는가
아아, 동동다리

5월사

5월 5일에
아아, 단옷날 아침 약은
천년을 오래 사실
약이라서 바치옵니다
아아, 동동다리

6월사

6월 보름에
아아, 벼랑에 버려진 빗과 같도다
돌아보실 임을
잠시 좇아다녀 봅니다
아아, 동동다리

7월사

7월 보름에
아아, 백중 날 제물 차려두고
임과 함께 살아가고자
소원을 비옵나이다
아아, 동동다리

8월사

8월 보름은
아아, 가위 날이지만
임을 모셔 살아가거든
오늘날이 가위날이로구나
아아, 동동다리

9월사

9월 9일에
아아, 약이라 먹는
황국화 꽃을 집안에 들이니
초가집이 조용하구나
아아, 동동다리

10월사

10월에
아아, 점점이 열린 보로쇠열매 같구나
꺾어버리신 후에
지니실 한 분이 없으시도다
아아, 동동다리

11월사

11월의 봉당 자리에
아아, 한삼 덮고 누워
슬프고 슬픈지고
고운 이를 이별하고 살아가도다
아아, 동동다리

12월사

십이월의 분지나무로 깎은
아아, 임께 올릴 상의 젓가락 같도다
임의 앞에 드러누워 아양을 부리니
손님이 갖다가 입에 무시는군요
아아 동동다리[48]

48) 조규익, 『2018 한국문학과예술연구소 동계학술대회/'동동' 복원공연 자료집』, 숭실대학교 한국문학과예술연구소, 2018, 1-3쪽.

'기구는 분명 송도지사라 할 수 있으나, 나머지 정월-12월사도 송도지사라 할 수 있는가'라는 의문이 생길 수 있다. 후자는 남녀 간의 사랑노래로 볼 만큼 <동동>은 '시간이 흘러도 변함없는 사랑의 염원'을 강조한 여성화자의 노래로 보이기 때문이다. 기구는 지존(至尊)인 임금에게 송도의 뜻을 올린 부분이다. 그러나 정월-12월사에서는 매월 다른 내용의 사랑이 노래되고 있다. 기구에서 말한 송도의 뜻을 단조롭게 반복하기보다는 매월 약간씩 다른 대상과 상황을 설정하여 존경과 연모(戀慕)의 뜻을 표출했기 때문일 것이다. 그 연모는 짝사랑, 즉 이루어질 수 없는 사랑을 간구하는 안타까움의 반복이다.

정월사에서는 임과 떨어져 홀로 살아가는 외로움을 한탄했다. '정월의 냇물이 얼며 녹으며 한다'는 표현에서 자신의 외로움이 임의 부재에서 비롯되었음과, 그 임이 '쉽지 않은 대상'이라는 점이 암시된다. 2월사에서는 '높이 켜 달아맨 등불/만인 비추실 모습'이라 하여 은유의 매개[媒介/vehicle]와 취의[趣意/tenor][49]를 함께 제시했고, 3월사에서도 '늦봄의 진달래꽃/남들이 부러워할 모습'으로 매개와 취의를 함께 제시하여 사모하는 임을 명시적으로 드러냈다. 4월사에서는 '꾀꼬리새/녹사님'으로 '옛날의 나를 잊고 계신' 임[녹사님]에 대한 원망의 감정을 드러냈는데, 원망의 감정을 자유로이 표현하기 위해 임금 대신 녹사님을 끌어오는 편법적 전략을 구사했다. 5월사에서 '천년을 오래 사실 약이라 바치는' 대상이 명시되지는 않았으나, 그 역시 임금이고, 6월사에서는 '벼랑에 버려진 빗', '돌아보실 임을 잠시 쫓아다니는 존재' 등으로 그려낸 외롭고 비참한 모습의 자신과 대조적인 임이 암시되었다. 7월사에서는 '백중 날 제물 차려 놓고' '자신을 버린 임'과 함께 살아갈 수 있기를 소원했으며, 8월사에서는 '가윗날에 임을 모시고 살아갈 수 있기'를 소원했다. 9월사에서는 임이 떠난 초가집 안에 황국화 꽃을 들여와도 채워지지 않는 텅 빈 외로움의 탄식을, 10월사에서는 '알알이 보로쇠 열매같이 아름다운' 자신이지만 가지가 꺾인 후에는 자신을 취(取)해줄 한 분의 임이 없다는 외로움과 슬픔을 각각 토로했다. 사랑하는 임과 이별하고 살아가는 괴로움을 '홀로 봉당자리에 한삼을 덮고 누운' 상태로 그려낸 11월사에서는 극심해진 그리움과 외로움을 표출했다. 그러다가 드디어 12월사에서는 어떻게든 임의 사랑을 회복하기 위해 임 앞에서 '밥상 위의 젓가락처럼 아양을 부려도' 임 대신 다른 사람이 가져가는 상황, 즉 '이루지 못할 사랑의 비극성'을 노래했다.

이상 살펴본 바와 같이 서사(序詞)격인 기구에서 '임금에 대한 송도'의 주제를 제기했고, 정월

49) 필립 휠라이트가 사용한 vehicle과 tenor를 김태옥이 이렇게 번역했다. 필립 휠라이트, 김태옥 역, 『은유와 실재』, 문학과지성사, 1982, 참조.

-11월사에서는 '시간이 흘러도 변함없는 사랑의 염원'을 노래했으나, 결사(結詞)인 12월사에서는 이룰 수 없는 사랑의 비극성을 강조함으로써 임에 대한 사모의 정을 극대화시키는 데 성공했다. 그런데 화자가 시종일관 임을 사모하면서도 그 사랑을 이루지 못하는 비극으로 결말을 맺은 이유는 무엇일까. 노래 속의 대상이 임금이기 때문일 것이다. 임금에 대한 '이루어질 수 없는 사랑'은 '무한대의 충성'을 의미한다. 일반인들의 사랑은 대부분 '이루어지고 나면' 끝이다. 그러나 임금에 대한 사모는 끝날 수 없고 끝나서도 안 되는 무한대의 그것이어야 했다. '임금에 대한 송도'는 기구에 단정적으로 제시한 주제다. 그것을 정월-12월사에서는 임에 대한 일방적 사랑의 호소를 통해 '시간이 흘러도 변함없는 사랑의 염원'으로 풀어나갔다. '임금에 대한 송도'를 '시간이 흘러도 변함없는 사랑의 염원'으로 바꾸어 표출한 것은 노래를 만든 자의 세련된 수법이었다. 이처럼 '임금에 대한 송도'와 '변함없는 사랑의 호소'는 매개와 취의로 이어지는 은유구조의 두 축이면서 주제 구현의 두 축이기도 하다.

『예기(禮記)』[「단궁(檀弓) 하(下)」 '진(晉)나라 헌문자(獻文子)의 일화]에 나오는 선송(善頌)과 선도(善禱)에 대한 공영달(孔穎達)의 설명[송이라는 것은 융성한 덕을 찬미하며 형용하는 말이고, 도라는 것은 복을 기원하며 제 스스로 비는 것이다/頌者 美盛德之形容 禱者 求福以自輔也][50]에서 <동동>의 취지에 맞는 송도의 전거(典據)를 발견하게 된다. '위대한 존재를 찬미하고 그의 복을 빌어주는 것'이 송도의 뜻이라고 했다. 대상에 대한 존경과 숭배, 가까이 하고자 하는 염원 등은 송도의 의미범주에 속하는 내용들이다. 전통시대 '신에 대한 인간의 헌신'과 대응하는 것이 '임금에 대한 신민의 송도'였음을 감안하면, 송도는 인간이 인간에게 바칠 수 있는 최고의 정성이었다. 그렇다면 <동동>의 작자나 화자는 그런 송도를 어떻게 구체화 시켰을까. 그것은 노래를 만들거나 부르는 자들의 상상력과 미학적 설계로 해결해야 하는 일이었다. 기구에서 '송도'를 제기하고, 후속의 정월-12월사에서 그 송도를 은유하는 것이 전략이었다. 말하자면 '12개월로 나누어 송도를 패러프레이즈한 것'이 <동동>에 구사된 은유의 방식이었던 것이다. 앞에 언급한 매월의 내용적 골자를 추려 제시하면 다음과 같다.

· 정월사 : 임과 떨어져 홀로 살아가는 외로움
· 2월사 : 훌륭하신 임을 선망하고 연모함
· 3월사 : 훌륭하신 임을 선망하고 연모함

---

50) 陳澔 編, 정병섭 역, 『譯註 禮記集說大全』「檀弓 下」- 2, 학고방, 2013, 301쪽.

· 4월사 : 옛날의 나를 잊고 계신 임에 대한 원망
· 5월사 : 임을 연모하여 정성을 바침
· 6월사 : 임을 연모하며 좇아다니는 자신의 외로운 모습 한탄
· 7월사 : 자신을 버린 임과 함께 살아가고자 하는 비원(悲願)
· 8월사 : 임을 모시고 살아갈 수 있기를 비는 가윗날의 소원
· 9월사 : 집안에 황국화를 들여놓아도 적막하기만 한 외로움의 탄식
· 10월사 : 임의 사랑을 받지 못하는 외로움과 한스러움
· 11월사 : 임에 대한 극심한 그리움과 외로움
· 12월사 : 임의 앞에서 아양을 부려도 다른 사람이 취해가는 한스러움

사랑에 초점을 맞춘다면 열두 달의 노래들 모두가 부정적이고 절망적인 내용이다. 사랑을 구체적으로 노래하기 위해 희망적이고 즐거운 일들을 노래하는 것이 일반적이겠지만, 노래의 콘텍스트에 따라서는 정반대일 수 있고, 정반대로 해야 효과가 극대화될 수도 있다. 미리 말하자면, 이 노래의 비극성은 '사랑에 집착함으로써 갖게 된 지극한 외로움'을 강조하는 극적 장치일 뿐이다. 작자나 가창자는 사랑의 결과에 집착하지 않는다. 대상에 따라 결과가 비극적인 것이 오히려 지극한 정성의 표현일 수 있기 때문이다. 그리고 액면 그대로의 사랑을 노래하기 위해 그런 '이룰 수 없는 사랑'을 장황하게 반복하고 있는 것은 아니다. 기구에서 제기한 '송도'를 열두 달에 걸쳐 '이루어지지 못한 사랑의 현상들'로 번역, 은유, 혹은 패러프레이즈함으로써 화자 혹은 가창자가 표현하고자 하는 정성을 보다 극적으로 드러내고자 한 작의(作意)를 읽어낼 수 있기 때문이다. 따라서 <동동>에 표출되는 갖가지 양상의 사랑들은 '번역 혹은 패러프레이즈된 송도' 즉 '임금의 융성한 덕을 찬미하고, 임금의 복을 빌어주기 위한 은유적 장치'임이 밝혀지는 것이다. 엄경희는 은유가 진리와 진실에 도달하기 위한 사유의 투쟁적 산물이고, 그 투쟁적 과정이 의미의 이동이자 융합이므로, 은유는 움직이는 사유라 했다.[51] 그래서 '임에 대한 송도 → 임에 대한 불변의 사랑'은 '움직이는 사유'의 실체이고, 불변의 사랑 이면에는 남녀 간의 애정에 대한 욕망이 잠재되어 있다는 점도 간과할 수 없다. 이 경우 남녀 간의 애정은 상하·주종의 관계를 넘어서는 원초적이고 보편적인 욕망으로 변모한다.

그렇다면 이 상황에 적용할 수 있는 번역이나 패러프레이즈의 원리란 무엇인가. 매슈 레이놀즈

51) 엄경희, 『은유』, 모악, 2016, 12-13쪽.

(Matthew Reynolds)는 번역을 세 가지로 나눈다. 즉 한 언어에서 다른 언어로 저자의 단어를 단어로, 행을 행으로 바꾸는 것을 '메타프레이즈'로서의 번역이라 하고, 저자가 시야에서 사라지지 않도록 늘 염두에 두면서도 저자의 단어를 저자의 의미대로 엄격하게 따르지 않는 것을 '패러프레이즈'로서의 번역이라 하며, 번역자가 단어와 의미로부터 벗어날 자유뿐 아니라 자신이 적절하다고 생각하는 대로 이 두 가지를 내팽개칠 자유까지 갖고 있는 체하는 '모방'으로서의 번역이라 한다는 것이다.[52] 이와 관련이 있다고 생각되는 은유를 보자. 하나의 사고영역을 또 다른 사고 영역으로 개념화하는 방식이므로 언어사용자의 사고체계를 반영하는 것이 은유라고 한다.[53] 말하자면, 은유란 단순히 현실을 반영하는 것이 아니라 현실을 규정하고 구성하는 능동적 역할을 수행한다는 것, 즉 사람들은 은유를 통해 사물·사건에 대한 개념을 형성하고, 그 개념에 따라 행위하므로 은유는 언어적이고 사회적이며 정치적이라는 것이다.[54] 이런 설명들을 바탕으로 할 때 수준 높은 번역의 방법이 패러프레이즈이고, 패러프레이즈는 은유의 효과적인 구현방법들 가운데 하나로 이해될 수 있는 것이다.

강선아는 이것과 약간 다른 관점인 화용론적 입장에서 써얼(John Searl)의 은유이론을 인용하고, '문장 의미[sentence meaning]'와 '화자 의미[speaker's meaning]'를 중심으로 그 의미를 설명했다.[55] 은유는 문장 의미와 화자 의미가 일치하지 않는 사례들 중의 하나이므로 은유적 의미는 화자 의미에 속한다는 것, 은유는 기본적으로 'S is P'라는 문장을 사용하여 'S is R'이라는 의미를 전달하는데, 'S is P'가 'S is R'을 의미하기 위해서는 화자가 'S is P'를 통해 'S is R'을 의도해야 하고 청자 역시 'S is P'를 'S is R'로 해석할 수 있어야 한다는 것, 이런 과정이 가능하려면 화자와 청자가 공통적으로 따르는 전략과 원리들이 있어야 한다는 것 등이 그 설명의 핵심이다.[56] 리차즈(I. A. Richards)가 사용한 '매개'와 '취의'라는 한 쌍의 용어도 두 사항의 관계를 잘 설명한다. 전자는 표출된 이미저리나 구체적 상황에 대한 용어이며 후자는 매개가 민감한 상상력에게 암시하는바 배후의 의미작용을 말한다.[57] 송도의 패러프레이즈로 제시된 '임에 대한 사랑의 다양한

52) 매슈 레이놀즈, 이재만 옮김, 『번역』, 문학동네, 2017, 34쪽 참조.

53) 김영신, 「번역을 이해하는 은유, 번역을 설명하는 은유 - 국내 번역가들은 번역을 어떻게 은유적으로 이해하고 있는가」, 『번역학연구』 14(4)[한국번역학회, 2013.9]의 38쪽에 인용한 레이코프와 존슨의 견해 참조.

54) 김영신, 같은 논문, 41쪽 참조.

55) 강선아, 「은유에 대한 화용론적 접근」, 『美學』 68, 한국미학회, 2011, 70-71쪽 참조.

56) 강선아, 같은 논문, 70쪽 참조.

57) 필립 휠라이트, 앞의 책, 52쪽.

양상들'은 '일반화된 관점'과 '새로이 탄생되는 신선한 개인적 관점'으로 대비될 수 있고,[58] 양자간에는 변화(meta)를 통한 동작(phora)으로서의 '의미의 동작'이 구체적으로 작동된다고 한다.[59]

이상의 설명들을 <동동>의 담화에도 적용할 수 있다. <동동>의 기구는 노래 전체의 서사(序詞)이자 전통적으로 내려 온 '문장 의미'[60]이다. 그러나 정월-12월사 각각은 표면상 서사와 일치하지 않는 '화자 의미'들이다. 만약 이처럼 양자가 표면상 일치하지 않으면서 이면에 들어 있는 화자들의 진의나 전략마저 이해되거나 수용되지 않았다면, 이 노래가 불리던 연례(宴禮)의 공간은 현실의 그것과 분리될 수 없었고, 현실의 전략만이 유효할 경우 현실적인 문제들이 생겨났을 가능성이 큰 것은 물론이다. 그러나 화자인 여악과 청자인 임금이 공유하던 이 노래의 전략이나 원리가 중세 궁중예술의 뚜렷한 관습으로 정착되어 있었다는 점은 고려를 극복하고 일어난 조선조에 들어와 '화자 의미'들을 실어 전달하던 '이어(俚語)' 배척의 논의들에서 분명히 드러난다.[61] 더구나 고려시대에 이런 부류의 노래들이 지닌 '화자 의미'가 하루아침에 이루어질 수 없었을 것임을 감안하면, <동동>에 구사된 '임금에 대한 송도 → 임에 대한 변함없는 사랑'으로의 세련된 전환(transformation)은 은유와 번역에 모두 걸치는, 가능한 패러프레이즈의 좋은 예로 설명될 수 있다.

---

58) 필립 휠라이트, 앞의 책, 14쪽.

59) 필립 휠라이트, 앞의 책, 65쪽.

60) <동동>의 기구에서 제기된 개념은 '송도'이다. 앞에서 언급한 바와 같이 당시 송도는 임금만을 대상으로 하던 발화 형식이었다. 오랜 세월 각종 문헌 기록들을 통해 고착되어 왔을 뿐 아니라, 중세왕조에서 꽃을 피운 전통적 개념이기도 하다. '성대한 덕을 지니신 임금님을 송도하고자 한다'는 '문장 의미'의 상투성은 당대를 살고 있는 모든 사람들이 공유하던 언어습관의 일부였을 것이다.

61) <동동>의 '화자 의미'는 임금에 대한 송도의 패러프레이즈로 해석되는 고려속가들의 애정표현 혹은 [조선조 사대부 계층이 고려속가들을 비판하던 비평적 용어로서의] 남녀상열지사(男女相悅之詞)에 속하는 것들이다. 그런 '화자 의미'가 조선조에 들어와 크게 비판된 점은 고려와 조선의 이념적 차이에서 빚어진 결과일 것이다. 조선조 성종 22년 대사헌 김여석(金礪石) 등은 연향에 여악 쓰는 일을 강력하게 반대했다. '성색을 옥좌에 가깝게 함으로써 설만(褻慢)함이 심하다는 것, 성탕(成湯)이나 공자도 여악을 멀리했는데 어찌 여악을 사용한 후에야 군신상열의 즐거움을 누릴 수 있겠는가 하는 점, 우리 조정의 모든 것은 중국의 제도에 준하고 있는데 여악 한 가지로 거룩한 치적에 누됨을 면치 못하고 있다는 점' 등이 그 주된 이유였다. 이에 대하여 윤필상(尹弼商) 등은 연향에 여악을 쓰는 것은 이미 오래 된 일이며 중국의 문사들이 우리나라를 예의의 나라라고 칭찬하기는 해도 여악 쓰는 것을 잘못되었다고 하는 말을 들어보지 못했다고 함으로써 여악 옹호론을 폈다.[『증보문헌비고』 권 94 「악고」 '역대악제', 동국문화사 영인, 1957, 157쪽 참조] 조선조에 들어와 활발해진 음악의 음란성 논란은 주로 속악가사의 음란성에 대한 논척이었으며, 가무악이 같은 차원에 놓인 채 취급되던 풍교적(風敎的) 재단비평의 기준이기도 했다.[조규익, 「조선조 시가 수용의 한 측면 - 남녀상열지사論」, 『국어국문학』 98, 국어국문학회, 1987, 85쪽 참조] 따라서 고려 당대에는 '화자 의미' 차원에서 언급되던 남녀의 사랑 담론이 임금을 대상으로 하던 궁중의 연향악에 쓰여도 이념적으로나 문화적으로 전혀 문제되지 않았다고 할 수 있다.

앞에서 인용한 바와 같이, 은유에 개재하는 변환의 과정은 의미의 동작이고 은유과정의 본질적 성격을 말하는 의미의 탐색작용과 결합작용의 이중적 상상행위를 뜻한다.[62] '저자가 시야에서 사라지지 않도록 늘 염두에 두면서도 저자의 단어를 저자의 의미대로 엄격하게 따르지 않는 것'이 레이놀즈가 말한 이른바 패러프레이즈라면, <동동>의 화자는 이념의 한계를 넘지 않도록 조심하면서 '송도'라는 말을 자신의 단어와 의미로 바꾸는 데 성공했다고 할 수 있다. 화자는 사모하는 임의 훌륭한 모습에 대하여 상대적으로 초라한 자신의 모습을 대조해 그려내기도 하고, 그런 임과 떨어져 홀로 살아갈 수밖에 없는 자신의 외로움을 탄식하기도 한다. 그러나 대상을 함부로 원망하지 못한다. 부득이 원망의 정서를 표출할 수밖에 없는 경우 임의 존재에 대한 현실적 조정(調整)이 필요했다. 4월사를 들어보면 그 점이 분명해진다.

> 4월 아니 잊어
> 아아, 오시는구나 꾀꼬리새여
> 어찌하여 녹사님은
> 옛날의 나를 잊고 계시는가
> 아으, 동동다리

4월조에서만 유일하게 임은 '녹사(錄事)'라는 구체적 직함을 지닌 존재로 등장한다. '어찌하여-잊고 계시는가'는 해석하기에 따라 대상에 대한 화자의 강한 원망이나 비판이라 할 수 있다. 대상에 대한 강한 원망이나 비판이 내용의 핵심으로 제시된 4월조에 유독 그 대상이 구체적으로 명시된 이유는 무엇일까. 녹사는 고려와 조선 초기 중앙의 여러 관서에 설치되었던 하위관직인데, 고려시대의 경우 중앙의 여러 관부에는 문하녹사 등의 정7품에서부터 병과권무(丙科權務)에 이르기까지 각급의 녹사 직이 있었다. 여기서 임금을 대상으로 부르던 <동동>의 한 부분에 7품-8품의 하위직인 녹사를 명시적으로 노출시킨 이유가 밝혀진다. 이 부분은 '사랑하는 상대방의 무심함에 대한 원망(怨望)의 발화'이다. 임금이 대상으로 암시되고 있는 다른 부분들의 어조나 내용은 자신의 외로움이나 대상에 대한 찬미 혹은 그리움의 범주를 벗어나지 않는다. 아무리 화자가 송도의 본의를 자유롭게 패러프레이즈한 것이 <동동>이라 해도 4월조처럼 '대상에 대한 원망'의 내용을 임금에게 직설하기는 어려웠을 것이다. 부득이 화자의 원망스런 심정을 표출할 대상으로 '(나이로

62) 필립 휠라이트, 앞의 책, 68-69쪽.

도 직함으로도 부담 없는) 녹사님'을 택하여 이 부분에만 끼워 넣은 것도 그 때문이었다. 노래 내용의 일관성에 흠이 가는 한이 있어도, '연향에서의 송도'라는 궁중의례의 정신과 절차를 중시하지 않을 수 없었을 것이다. 그런 점에서 임금을 송도하는 노래에 대하여 갖고 있던 당시의 기대지평을 흔들어 놓은 예외적 존재가 바로 '녹사님'이다. <동동>의 기구에서 언급한 송도를 패러프레이즈한 것이 정월-12월사의 내용인 만큼 시종일관 임금을 대상으로 해야 한다는 것은 일종의 상식이었다. 그러나 그런 상식의 파괴가 노래의 단조로움을 극복할 수 있게 한, 효과적 장치로 작용한 점은 의외의 수확일 수 있었던 것이다.

정리하자면, '기구[임금에 대한 송도] → 정월-12월사[임에 대한 변함없는 사랑]'로 패러프레이즈 된 것이 <동동>이다. 따라서 그것이 비록 사랑으로 패러프레이즈 되었다 해도 매개가 송도라면, <동동> 전체를 송도지사로 보는 것이 맞다. 우리나라 왕조들이 중국으로부터 도입하여 궁중음악의 한 부분으로 쓰고 있던 당악의 기본 정신이자 주제가 송도였다. 서왕모 등 신선의 퍼스나를 갖춘 여악들이 당악정재의 무대 위에서 임금에게 장수와 행복을 빌어주던 행위가 그것이었다. 당악정재들과 상호텍스트의 관계를 맺고 있던 속악정재들은 송도의 표현과 관습을 본뜨는 것이 당연했다. 속악정재의 하나인 '동동'이 본뜬 것은 헌선도 등 당악정재들의 표현 관습이었고, <동동>은 당악정재의 악장들로부터 본뜬 송도를 '임금에 대한 변함없는 사랑'으로 패러프레이즈함으로써 속악정재 나름의 독자성을 구현할 수 있었다고 본다.

## 6. 문화론적 탐구 대상으로서의 '동동' 텍스트

속악정재 '동동'을 연구하면서 노랫말 텍스트[즉 악장] <동동>만을 대상으로 삼을 수는 없다. '동동'에서 <동동> 만을 분리해 내는 것은 텍스트와 콘텍스트 혹은 상호텍스트적 연관을 무시함으로써 결국 텍스트의 왜곡을 초래할 수 있기 때문이다.

분명 텍스트는 악곡과 노랫말, 혹은 무도절차와 노랫말의 융합을 바탕으로 하고 있는데, 연구자가 그 중의 한 부분인 노랫말만을 분리해낼 경우 복합적인 상황에서 의미를 갖는 요인들이 사상(捨象)될 수 있다. 물론 분석하고 고려할 내용이 많기 때문에 텍스트 내의 복합요인들 모두를 연구대상으로 수용할 수 없는 현실적 제약은 있을 것이다. 그러나 존재하는 융합 텍스트를 연구활동에 수용하지 못한다면, 고전시가의 본질은 제대로 밝혀질 수 없다. 텍스트 상황을 무시한 채 현대시나 고전시가를 '문학'으로 묶어 똑 같이 취급하는 경우, 연구결과의 정확성이나 객관성이 담보될 수 없을 것은 당연하다.

텍스트 생산이나 유통·전승의 면에서 분명 고전시가는 현대시와 같을 수 없다. 고전과 현대가 한 순간의 단절도 없이 이어져 내린 것은 사실이나, 텍스트의 상황만으로 볼 경우는 엄연히 구분될 수밖에 없다. '노래로 가창된 것'이 고전시가 일반의 속성이다. 그렇다면 음악이라는 분야가 끼어들고, 노래가 나올 경우 춤이 따라 나오는 것은 당연하다. 구어체든 문어체든 기록 중심의 현대시와 달리 고전시가는 음악이나 무용 같은 분야가 덧붙게 되므로 텍스트 자체부터 확연한 차이를 보이는 것이다. 따라서 현대시와 달리 고전시가는 문학을 포함한 음악·무용 등을 포괄하는 융합 연구의 대상이 되어야 한다.

기존의 고전시가 연구와 마찬가지로 문화연구도 텍스트를 다루며, 그러한 개별 텍스트들 혹은 융합 텍스트 내의 부분들이 상호텍스트적 관계를 맺고 있다는 점에서 문화연구의 본질은 대화적이다.[63] 노랫말 텍스트 <동동>의 내용적 핵심은 서정적 화자가 다양한 표층으로 노래하는, 임에 대한 사랑이다. 그것은 텍스트의 존립을 가능케 하는 시문법으로 구현되며, 그것 또한 콘텍스트다. 정재라는 보다 상위의 콘텍스트와 만나 융합적이고 생산적인 텍스트로 거듭나게 된 것도 바로 그런 점이다.

'독자를 떠난 텍스트는 있을 수 없으므로, 독자야말로 절대적인 위치에 서 있는 콘텍스트'라는 논리를 원용한다면, 텍스트 수용자들도 진정한 의미에서의 콘텍스트라 할 수 있고, 텍스트에서 콘텍스트로 나아가고 궁극적으로 다시 텍스트로 회귀하는 상호텍스트적 읽기는 독자가 개인 혹은 사회문화적 맥락에서 구현하는 발산적 상호텍스트성의 측면에서 큰 의의를 갖는다.[64]

'동동'에서 다양한 동작들[跪取牙拍 - 斂手足蹈 - 唱詞 - 跪執牙拍 - 斂手起立 - 北向舞 - 對舞 - 背舞 - 進退而舞 - 跪置牙拍 - 起立足蹈 - 跪俛伏興足蹈而退]이 형성하는 무용 텍스트와 음악절차[樂奏動動慢機 - 樂奏動動中機 - 樂師因節次遲速越一腔擊拍]로 형성된 텍스트, 시문법을 골간으로 형성된 악장[노랫말] 텍스트는 상호 유기적으로 연결된다. 이처럼 속악정재 '동동'은 노랫말 텍스트, 악곡 텍스트, 무용과 연기(演技) 절차의 텍스트 등으로 융합되어 있다. 세 개의 텍스트가

---

63) 대화적 성향을 모든 담론의 특징이라고 본 바흐친의 생각을 원용한다면, 문화연구의 본질 또한 상호텍스트성에서 찾을 수 있을 것이다.[츠베탕 토도로브, 최현무 역, 「바흐친과 상호 텍스트성」, 김욱동 편, 『바흐친과 대화주의』, 도서출판 나남, 1990, 199-200쪽 참조]

64) 류수열, 읽기 교육에서의 콘텍스트 : 의미와 적용, 『<사미인곡>의 콘텍스트와 상호텍스트적 읽기』, 한국독서학회, 2009, 101쪽.

하나로 어울려, 그 어느 것도 아닌 융합적 미학을 구현하는 것이 문화연구 대상으로서의 '동동'이다. 악곡이나 무용 및 연기 절차는 노랫말 텍스트로서의 <동동>을 위한 콘텍스트가 되며, 다른 텍스트 역시 또 다른 두 텍스트들과 그런 관계를 맺는다. 연구 활동에서 텍스트 현실에 충실하기만 하면 문화연구의 취지를 살리는 것은 어렵지 않다. 즉 음악 텍스트, 무용 텍스트, 노랫말 텍스트가 융합됨으로써 '동동'은 이상적인 텍스트성을 보여주기 때문이다. '동동'의 텍스트가 갖는 융합성이 문화 텍스트의 이념에 얼마나 부합하는지는 더 깊이 논의되어야 할 것이나, '문화 텍스트에 대한 수용자의 의미생산 과정에 다양한 맥락들이 동원되어야 한다'는 점[65]은 논리의 대전제로서 이론의 여지가 없다.

노랫말 텍스트 <동동>을 제대로 연구하기 위해서는 인접분야인 음악 텍스트와 무용 텍스트를 고려해야 하고, 그런 것들이 하나로 융합된 텍스트 전체를 이해 · 분석하기 위해서는 콘텍스트로서 당대의 예술적 상황을 고려해야 한다. 그 과정에서 '동동'은 당악정재들의 표현원리와 상호텍스트적 연관을 맺는다. 현재 당대의 정재들이 상당수 재현되어 있고, 실제로 많은 사람들이 그런 재현 정재들을 통해 고전시대의 문화적 분위기를 수용하고 있는 현실에서 특정 분야의 연구만 유독 그러한 조류를 외면해서는 안 될 것이다. 융합텍스트로서의 '동동'이 갖고 있는 다분야 연관성을 이해하는 길만이 고전시가 연구에서 더 이상의 텍스트 왜곡을 막는 지름길이다.

## 7. '동동'/<동동> 연구의 향방

텍스트의 선택과 해석은 고전예술 연구의 대부분을 차지하는 작업이다. 의미 있는 텍스트의 선택은 연구자의 개인적 관점과 재량에 속하는 사항이지만, 텍스트의 한 부분을 떼 내어 자의적 해석을 가하는 일은 누구에게도 허락되지 않는다. 그것은 대상의 융합적 본질을 손상시키거나 왜곡시키는 행위로서, 텍스트에 대한 횡포이기 때문이다. 부득이 텍스트의 한 부분을 떼어낼 수밖에 없다고 해도, 텍스트 분리 행위는 전체 텍스트의 융합적인 의미가 온전히 유지된다는 것을 전제로 한 다음에야 가능한 일이다. 그런 점에서 정재 '동동'을 중심으로 지금까지 이루어져 온 시가·음악·무용 등의 개별적 연구는 '장님 코끼리 만지는 격'의 부정확하고 비생산적인 작업이었다. 특히 고려속가들에 대한 국문학계의 연구는 텍스트에 대한 몰각의 반복이었

65) 정현선, 「'문화교육'이라는 문제 설정Ⅱ」, 『국어교육연구』 Vol.4, No.1, 서울대 국어교육연구소, 1997, 242쪽 참조.

다. 따라서 향후 그간 무사려(無思慮)하게 분리해낸 고려속가의 텍스트를 콘텍스트로서의 악곡이나 정재의 절차에 환원시켜 전체적 맥락과의 연관 아래 재해석해내는 것은 텍스트 지평의 확대이자 텍스트의 본질을 회복하는 일이다.

속악정재 '동동'은 생산 시점 이후 현재까지 노랫말과 음악, 무용의 인접분야들이 하나로 융합된 텍스트로 존재해왔고, 그 예술·문화적 콘텍스트 양상 또한 적어도 근대 이전까지는 유지되어 왔다. 그럼에도 그런 콘텍스트의 현실을 아예 무시한 채 텍스트들 가운데 하나만 분리해냄으로써 각 인접분야들의 예술적 요인들을 사상시킨 점은 연구의 원천적 오류를 초래한 근본원인이었다.

예컨대 문학 분야를 생각해보면, 텍스트 생산 과정이나 기록 및 전승, 연행의 과정이 복잡하다는 점에서 그것은 현대시와 엄연히 다르다. 서정적 화자가 임에 대한 사랑을 다양한 표층으로 노래하는 시문법은 노랫말 텍스트 <동동>에 대하여 콘텍스트로 작용하며, 그것은 음악과 무용이 결합된 형태로서의 정재라는 콘텍스트를 만나 보다 생산적인 텍스트로 거듭 태어나게 만든 요인이었다. 그럼에도 그동안 국문학계는 다른 분야들을 함께 고려하는 여유를 갖지 못해 온 것이 사실이다.

'동동'에 송도의 말이 많고, 그것들은 '신선의 말'을 본뜬 것이라 한 『고려사악지』의 언급은 속악정재 '동동'이 당시의 당악정재들과 상호텍스트적 연관을 형성하고 있었음을 암시한다. 말하자면 당대 궁중악은 주로 '임금을 위한 수와 복의 송도'를 목적으로 연행되던 예술장르였고, 그 범주에서 공연되던 정재들은 송도 모티프의 구현을 지향하던 공연예술의 형태들이었다. 상당수의 정재들은 임금을 도가적 공간의 상제로 상정하고, 임금에 대한 송도의 주체를 신선으로 치환하여 만든 공연예술의 텍스트들이었다. 예컨대 당악정재 헌선도는 신선인 서왕모가 선도를 따다가 임금에게 바침으로써 인간이 상상할 수 있는 최고의 공헌을 예술적으로 구현하고자 한 무대예술 작품이었다. 이러한 당악정재의 창작원리나 동기 혹은 구조는 '동동'을 비롯한 속악정재들과 상호텍스트적 연관을 형성하고 있었다. 이처럼 속악·당악 등의 정재들은 당대 공연예술문화의 핵심을 이루고 있었으며, 그것들에 대한 종합적 이해나 연구는 음악이나 무용 혹은 <동동>과 같은 노랫말 텍스트만을 대상으로 하는 평면성을 벗어나 입체적이고 포괄적인 문화연구로까지 확대될 수 있는 기반을 갖추고 있다.

그렇다면 '동동'에서 가무악은 어떻게 융합되어 있는가. '기구[임금에 대한 송도] → 정월-12월사[임에 대한 변함없는 사랑]'로 패러프레이즈 된 것이 노랫말 텍스트 <동동>이다. 따라서 그것이 비록 다양한 사랑의 정서로 패러프레이즈되었다 해도 매개가 송도라면, <동동> 전체를 송도지사로 보는 것이 맞다. 우리나라 왕조들이 중국으로부터 도입하여 궁중음악의 한 부분으로 쓰고 있던 당악들 대부분의 기본 정신이자 주제가 송도였다. 서왕모 등 신선의 퍼스나를 갖춘 여악들이 당악정재의 무대 위에서 임금에게 장수와 행복을 빌어주던 행위의 골자가 그것이었다. 당악정재들과 상호텍스트의 관계를 맺고 있던 속악정재들은 송도의 표현과 관습을 본뜬 것들이다. 이처럼 속악정재의 하나인 '동동'이 본뜬 것은 헌선도 등 당악정재들의 표현 관습이었고, <동동>은 당악정재의 악장들로부터 본뜬 송도를 '임금에 대한 변함없는 사랑'으로 패러프레이즈함으로써 속악정재 나름의 독자성을 구현할 수 있었다.

노랫말 텍스트 <동동>을 제대로 연구하기 위해서는 인접분야인 음악 텍스트와 무용 텍스트를 이해해야 하고, 그런 것들이 하나로 융합된 텍스트 전체를 이해·분석하기 위해서는 콘텍스트로서 당대의 예술적 상황을 이해해야 한다. 여타 텍스트들을 고려해야 한다는 점은 음악 텍스트와 무용 텍스트 연구자의 입장도 마찬가지다. 융합텍스트로서의 '동동'이 갖고 있는 다분야 연관성을 이해하는 길만이 더 이상의 텍스트 왜곡을 막는 지름길이 될 것이고, 그 연구가 문화론으로 격상하는 기반이 될 것이다.

악보 혹은 무보를 분석하거나 단순한 문자의미의 해독에만 몰두한다면, '동동'이 지닌 융합예술적 본질은 쉽게 찾아낼 수 없다. 이 시점에서 근대 이전까지 조선 왕조에서 공연된 재현 정재들을 통해 가무악 융합의 예술적·문화적 분위기를 이해·분석·수용하는 것이 무엇보다 중요한 것도 그 때문이다.

# 용비어천가

## -생태적 바탕과 풍수적 사유(思惟)-

### 1. <용비어천가> 풍수론의 당위성

불완전한 서사성을 포함한 교술문학으로서의 <용비어천가>[1]는 조선왕조의 왕통과 건국의 당위성을 노래한 장편 시작품이다. 특히 작품 전체에서 일관된 모습을 보여주는 '사전적(史傳的) 서사화자'[2]는 6조의 사적을 제시하고, 함께 등장하는 교술적 화자는 그로부터 교훈적 덕목을 이끌어냄으로써, '후왕들에 대한 규계(規戒)'라는 소기의 목적을 달성하는 존재들이다. 말하자면 '여섯 명의 조상'을 서술의 통시적 근간으로 삼아 조선왕조가 성립되기까지의 과정을 노래한 구조라 할 수 있는데, 그런 점에서 보기에 따라 '시로 읊은 역사' 즉 영사시(詠史詩)로 볼 수 있는 것[3]도 그 때문이다. <용비어천가>에서 노래된 조선 건국의 과정 속에 '한양 정도[혹은 천도]'의 역사적 사실이 반영되어 있다면, 생태적 사고의 패러다임으로 당대를 지배하던 '국도풍수론(國都風水論)'이나 '가거지론(可居地論)' 또한 어떤 양상으로든 노래에 반영되었을 가능성은 크다. 물산이 풍부하고 악천후나 외적의 침입을 막아 줌으로써 안온한 삶을 영위할만한 '좋은 환경'의 땅을 골라 나라를 세우고 도읍을 정하는 일이야말로 사회 전 계층의 소망이었음은 물론이다. 무라야마의 지적처럼 산이나 강에 둘러싸인 가운데 넓은 평야가 있어야 한다는 산하금대(山河襟帶)의 지세야말로 풍수신앙의 대상인 지세와 공통되므로 국도의 지세는 풍수신앙의 대상이 될 수도 있었다.[4] 이런 점에서 조선조의 풍수[5]담론은 당대 지배층의 국도풍수로 집약되고, 어떤

1) 조규익, 『조선조 악장의 문예미학』, 민속원, 2005, 213-229쪽.

2) 같은 책, 211쪽.

3) 최두식, 『韓國詠史文學研究』, 태학사, 1987, 212-213쪽.

식으로든 국도풍수는 건국의 역사와 영속의 당위성을 읊어낸 장편 시 <용비어천가>에 반영되어 있으리라는 추정이 가능해진다. 따라서 자연을 생명체로 인식하는[6] 풍수사상이야말로 인간이 정착하여 오래도록 생존할 만한 자연친화적·생태적 조건을 모색하거나 만들어가는 인식의 모델이라 할 수 있다. 다시 말하면 '풍수에서 지기(地氣)를 가진 터는 포괄적인 관계의 움직임에 따라 성격과 표정이 달라지고 그러한 땅에 나를 맞추어서 좋아할 수 있는 장소를 택해 거주하고 생활함으로써 사람의 건강과 생명력을 추구하려는 것이 동양적인 생태적 환경관'[7]일 수 있다는 것이다.

사실 이성계가 개경에서 조선의 창업을 선언한 이후 가장 어려웠던 문제들 중의 하나가 국도를 정하는 일이었는데, 태종에 이르러서야 한양천도를 성사시킨 것만 보아도 그것이 그리 수월한 일이 아니었음을 알게 된다. 말하자면 여섯 명의 조상들이 가장 어려웠던 일이 바로 따르는 사람들과 함께 '살 만한'[혹은 '다스릴만한'] 곳을 찾는 일이었고, 그런 땅을 모색하던 오랜 방황의 과정을 거쳐 결국 '한양'에 안착했음을 노래하고 있는 것이다. 작품에 드러나 있든 암시에 그쳤든 '방황과 안착'은 <용비어천가>를 성립시킨 두 코드로 제시되었고, '안착'은 미래 시간대의 번영과 영속을 담보하는 발판으로 인식되었으며, 그 영속은 국도의 풍수에 예정되어 있음을 말하고 있는 것이다. 왕조의 영속을 더욱 확실히 하기 위해 화자가 강조한 조건은 '후왕들이 지켜야 할 경천근민(敬天勤民)의 수칙'이었음은 물론이다. 따라서 '6조의 왕자적(王者的) 자질/좋은 땅을 찾으려는 모색과 안착/후왕들의 근면'이 <용비어천가> 핵심내용의 세 축이라 할 수 있다. 새로운 나라를 개창하기 위해 '좋은 터'를 찾아 온갖 고생을 감내한 선조들의 이야기로부터 후왕들이 명심해야 할 수칙을 주제로 도출해낸 것이 바로 <용비어천가>라고 할 수 있다.

'심층생태학의 인식체계와 우주론적 역동구조를 지리학에 연계시켜 발전된 풍수사상을 살펴보면 두 사상의 인식체계가 전체성·역동성·순환성이라는 생명 현상의 공통적인 특성을 보여주며 상동성을 지닌다'[8]고 본 김희경의 관점은 풍수적 사유가 반영된 <용비어천가>의 전통 생태 담론을 살펴보려는 이 부분의 논지를 크게 뒷받침할 것이다.

---

4) 村山智順, 최길성 옮김, 『朝鮮의 風水』, 민음사, 1990, 543쪽 참조.

5) 풍수가 陰宅풍수와 陽基풍수로 나눠진다면, 이 경우는 후자를 주로 지칭한다.

6) 경상대 인문학연구소, 『인문학과 생태학』, 백의, 2001, 223쪽.

7) 옥한석·정택동, 「풍수지리의 현대적 재해석」, 『대한지리학회지』 제48권 제6호, 대한지리학회, 2013, 972쪽.

8) 김희경, 「한국의 풍수지리 사상과 심층 생태학」, 『기호학연구』 Vol.9, No.1, 한국기호학회, 2001, 110쪽.

## 2. <용비어천가>에 반영된 풍수적 사유(思惟)의 맥락

<용비어천가>에 풍수학적 사유가 반영되었으리라 보는 관점은 텍스트 외에 당대의 주도적인 국도풍수론과 함께 제도적 측면에서도 추정될 수 있다. 우선 전자를 살펴보기로 한다. 조선 건국 이후 한양천도를 둘러싸고 발생한 혼란상의 원인으로 실력자들 사이의 권력투쟁을 들 수 있지만, 그 대표적인 명분으로 등장한 것이 풍수이론이었다.[9] 천도에 즈음한 조선전기의 풍수론은 다음과 같은 두 설명으로 요약된다.

> 북쪽으로 삼각산, 백악의 두 산이 있다. 삼각산은 높이 636미터, 화산 또는 북한산이라고도 하고 강원도 분수령에서 다가와 連峯疊岳이 구불구불 에워싸고 구부러져 양주 서남의 道峰을 일으켜 그 餘脈이 돌기한 산이다. 백운, 국망, 인수의 삼봉과 더불어 구름 속에 솟아나 흡사 세 줄기의 부용처럼 3개의 각을 이루어 三角이라 이름지어졌다. 국망봉은 만경대를 말하는데, 萬景이란 그곳에 서면 산하가 만경처럼 들어온다는 데서 유래하고, 國望이란 이태조가 無學을 시켜 國都의 터를 선정케 했을 때 무학이 이 臺 위에 서서 살폈다는, 즉 국도를 望相한 데서 기인한다. 인수봉은 백운의 동쪽에 있으며 '仁者樂山' '仁者壽'란 뜻이다.(…) 백악과 인왕산 사이에서 발생하여 동쪽으로 흘러 도성의 중앙을 가로지르는 것이 開川 또는 청계천이 되고, 백악, 인왕, 남산 여러 계곡의 물을 모아서 남쪽으로 3개의 물줄기는 中梁浦에서 한강으로 합류한다. 서울에는 開川이 궁궐의 전방을 북서에서 동남으로 돌아 명당수가 되고, 한강은 북동에서 서남으로 남산을 돌아서 도성을 포옹하고 있다. 開川은 襟과 같고 한강은 帶와 같아 그야말로 山河襟帶 그대로이다.[10]

> 서울은 북한산을 최고점으로 하는 高陽, 楊州丘陵과 경기평야와의 접촉지대에 자리 잡고 있다. 주위에 상당히 높은 산악 구릉으로 둘러싸인 盆地狀 地帶로서 동쪽이 약간 열려 청계천이 東流하고 또 남서의 남대문 부근의 分水界(36.6m)가 심히 낮아 용산 방면을 향하여 열려져 있으나 그 동남에 한강이 自然濠와 같이 흐르고 있어 방어 상 이상적인 지형일뿐더러 북서의 인왕산(338m)에서부터 북방의 북악산을 지나 鷹峯에 이르고, 東의 낙타산(125m), 남의 남산(265m) 등의 諸峰을 연결한 山地丘陵은 자연 성벽으로 되어 있으므로 이것을 이용하여 견고한 築城을 할 수 있고, 또 성벽의 외방에는 북에 북한산(836m), 남에 남한산(495m), 관악산(829m)이 솟아 외곽을 이루어 三重의 방어벽으로 되는 천연의 요새지였다. 또 청계천이 東流하여 배

---

9) 풍수론을 둘러싼 한양천도 과정에 관한 내용은 村山智順[앞의 책, 553-583쪽], 최창조[『韓國의 風水思想』, 민음사, 1984, 191-247쪽], 장지연[「조선 전기 漢陽의 지세 인식과 風水 논란 및 설화」, 『역사문화연구』 46, 한국외국어대학교 역사문화연구소, 2013] 등의 논의 참조.

10) 村山智順, 앞의 책, 554-555쪽.

수가 잘 되어 토지 高燥하고 周緣을 흐르는 한강은 서해와 연결하여 각지의 물자가 집중되는 위치이기도 하다.[11]

물론 <용비어천가>에 암시된 풍수 관련 내용이 한양에만 국한된 것은 아니다. 조선건국의 역사적 사실 가운데 핵심을 차지하는 것이 한양 천도라는 점, 당대에 가장 첨예하게 대립된 논란이 한양에 관한 풍수담론이었다는 점 등에서 <용비어천가>에 반영된 풍수담론은 으레 한양에 국한된다는 착각을 불러 일으켰을 가능성이 크다. 그러나 6조의 행적 대부분은 한양 이외의 땅에서 이루어진 것들이고, 풍수론을 바탕으로 하는 한양 정도 및 천도는 태조와 태종대에 이르러서야 이루어진 일이다. 따라서 한양 뿐 아니라 전주(全州)·경흥(慶興)·덕원(德源)·적도(赤島)·동해빈(東海濱)·개경(開京) 등 노래 속의 주체들이 옮겨 다니거나 정착한 지역들을 포괄하는 '일반적인 도회(都會) 혹은 가거지(可居地)' 관련 언급들이 <용비어천가>의 상당부분에 직·간접적인 풍수담론으로 반영되어 있음을 확인할 수 있다. 그럼에도 이 부분에서 한양의 국도풍수만을 사례로 거론한 것은 그동안 이 부분을 풍수론자들이 가장 많이 다뤘을 뿐 아니라 기록 또한 분명히 남아 있기 때문이다. 그것과 함께 기존의 '가거지론(可居地論)'들을 합쳐 이루어진 주거지 선택이나 이동의 논리적 기준을 바탕으로 <용비어천가>에 반영된 생태담론을 밝힐 수 있다고 본 것이다.

미세한 부분들에서 차이가 없지 않지만, 인용한 두 견해 모두 한양이 '산하금대(山河襟帶)의 요해처(要害處)이므로 명당'이라는 내용적 핵심을 공유하고 있다. 즉 도선(道詵)의 비기(秘記)에 따라 '지기(地氣)가 쇠미(衰微)해진 개경'[12]을 버리고 한양을 새로운 왕도로 잡아야 한다는 천도의 당위성을 풍수론이라는 전통 생태와 환경의 논리에서 찾아낸 것이다. 풍수란 말이 원래 '장풍득수(藏風得水)'에서 나왔으나, 우리나라의 실제 풍수에서는 '산룡(山龍)·득수(得水)·장풍(藏風)'을 꼽는 통시적 분석이 우선한다거나, 산(山)·수(水)·방위(方位)를 기본요소로 하는 풍수의 본질은 천지의 생기를 지맥을 매개로 향수함으로써 인생의 행복을 구하는 것임을 감안하면,[13] 잘 갖추어진 자연환경과 인간의 삶이 상호작용으로 조화를 이루는 그 자체가 풍수임을 알 수 있다. 도성을 앉힐만한 지세나 이를 둘러싼 산세, 물의 흐름 등이 인간의 삶과 조화를 이루거나

11) 최창조, 앞의 책, 216쪽.

12) 村山智順, 앞의 책, 567쪽, 611-613쪽 등 참조. 원래 '개경의 地氣가 쇠했음'을 이유로 천도[평양 천도]를 주장한 것은 辛旽이었고, 그 후 그 논리를 한양 천도에 활용한 사람은 이태조였다.

13) 최창조, 앞의 책, 23쪽 참조.

영향을 줄 때 풍수라는 개념이 성립하기 때문이다.

국도로서의 한양이 갖추고 있는 풍수는 한기와 외적을 막아주는 주변의 산들과 토지를 적셔주며 종횡으로 흐르는 명당수의 상호작용으로 형성하는 생태적 조건을 지칭한다. 풍수에 대한 왕조의 믿음은 합리적 사고에 의해 불신을 받기도 했지만, 실질적인 제도에 의해 뒷받침됨으로써 지배세력 내부에 일반화된 현실적 사유체계로 지금까지 존립해 나올 수 있었던 것이다.

1750년경 완성된 것으로 보이는[14] 이중환의 『택리지(擇里志)』는 좀 더 현실적이고 객관적인 측면에서 한양의 풍수적 조건을 다음과 같이 서술했다.

> 함경도 안변부 철령에서 나온 한 맥이 남쪽으로 500~600리를 달리다가 양주에 이르러 자잘한 산이 되고, 다시 동쪽으로 비스듬하게 돌아들면서 갑자기 솟아나 도봉산 만장봉이 되었다. 여기에서 동남방을 향해 가면서 조금 끊어진 듯 하다가 또 우뚝 솟아, 삼각산 백운대가 되었다. 여기에서 다시 남쪽으로 내려가서 만경대가 되었는데, 여기서 한 가지는 서남쪽으로 가고, 또 한 가지는 남쪽으로 가 백악산이 되었다. 형가는 "하늘을 꿰뚫는 목성의 형국이며 궁성의 主山이다" 하였다. 동·남·북쪽은 모두 큰 강이 둘렀고, 서쪽으로 바다의 조수와 통한다. 여러 곳 물이 모두 모이는 그 사이에 백악산이 서리고 얽혀 온 나라 산수의 정기가 모인 곳이라 일컫는다. 옛날 신라 때 승려 도선의 『留記』에 "왕 씨를 이어 임금 될 사람은 이 씨이고, 한양에 도읍한다" 하였다.(…)무학은 길을 바꿔 만경대에서 정남쪽 맥을 따라 바로 백악산 밑에 도착하였다. 세 곳 맥이 합쳐져 한 들로 된 것을 보고 드디어 궁성 터로 정하였는데, 바로 이곳이 고려 때 오얏을 심던 곳이었다.(…)여기가 300년 동안이나 명성과 문화의 중심 지역이 되어 儒風이 크게 떨치고, 학자가 무리지어 나왔으니 엄연한 하나의 작은 中華였다.[15]

이중환은 『택리지』에서 '산룡(山龍)·득수(得水)·장풍(藏風)'과 함께 그것들을 바탕으로 실제 펼쳐지는 인간의 삶을 분석하여 한양에 관한 '해석적 풍수론'을 전개했다는 점에서 좀 더 객관적이고 과학적인 모습을 갖추게 된 것으로 보인다. 이중환 생존 당시는 조선 건국 후 300년이 지속된 시점으로서 <용비어천가>와 멀리 떨어져 있긴 하지만, '자연생태환경과학이면서 생태미학'인[16] 도선의 예언이나 국도풍수의 담론, 그리고 그것들을 논리적 기반으로 삼았을 <용비어천가>의 '소망적 사고'[17]가 단순한 꿈이 아니라 타당한 근거를 갖추고 있었음을 뒷받침하는 담론이었음을

---

14) 이익성, 「해제」, 이중환 지음·이익성 옮김, 『택리지』, 을유문화사, 2002, 5쪽.

15) 같은 책, 120-121쪽.

16) 현영조·이동근, 「風水地理觀點에서 본 生態空間解釋에 관한 研究-韓國의 傳統的 風水地理를 中心으로-」, 『韓國環境復元綠化技術學會誌』 Vol.5 No.6, 한국환경복원녹화기술학회, 2002, 52쪽.

보여주었다고 할 수 있다.

이런 국도풍수 외에 당시 지배계층의 풍수론 신봉의 관습이나 조정의 제도 역시 그런 가능성을 부추긴 요인이었다. 예학(禮學)[유학(儒學)]·악학(樂學)·병학(兵學)[무학(武學)]·율학(律學)·자학(字學)·의학(醫學)·풍수음양학(風水陰陽學)·이학(吏學)·역학(譯學)·산학(算學) 등 10학 체계는 이미 고려 말부터 시작되었고, 조선조의 경우도 태종 6년[1406] 하륜에 의해 유학·무학·이학·역학·음양풍수학·의학·자학·율학·산학·악학 순으로 재정비되었다. 선초에 들어와 한때 풍수음양학과 이학·악학 등이 폐지된 적이 있으나, 태종 6년 다시 10학 체제로 환원되었고, 세종대에 자학과 이학 대신 도학과 화학이 채워졌다. 그런 경우에도 풍수음양학은 변동 없이 10학의 한 분야로 정착되어 있었음은 풍수학이 국가적으로 중시되고 있었음을 보여주는 사실이다. 물론 유학이나 무학을 제외한 나머지 8학은 중인층의 기술관들이 담당하여 상대적으로 천시되긴 했으나, 풍수음양학의 경우 건물의 신축·이거(移居)·능침(陵寢)의 조영 등 국가적 중대사에 큰 역할을 수행함으로써 특별한 의미를 갖게 되었다. 예컨대, 세종 13년 '지리(地理)로 봐서 국도(國都) 장의동 문과 관광방(觀光坊) 동쪽 고갯길은 바로 경복궁의 좌우 팔이니, 길을 열지 말아서 지맥을 온전하게 해 달라'는 풍수학생 최양선의 상서를 그대로 따른 일,[18] 평안도 관찰사가 박천성이 풍수지리에 맞지 않고 수재도 있으니 옛 성터로 옮기자고 청하자 그대로 따른 일,[19] 풍수술객 고중안·최양선 등에게 원묘 터를 논하게 한 일,[20] 목멱산에 올라 한양 산수의 내맥을 탐지하게 하고 술사들을 시켜 한양의 풍수를 토론하게 한 일,[21] 등 조선 초에 들어와 보여준 풍수에 대한 임금들의 믿음은 대체로 흔들림이 없었다. <용비어천가>를 짓게 한 세종은 풍수설에 대해서 특히 긍정적이었는데, 예컨대 경복궁이 바른 명당이 아니므로 가회방(嘉會坊)으로 궁궐을 옮기자는 최양선의 상서에 대하여 대신들이 징계를 청하자, '양선의 소견이 저러하고, 또 나라 일을

---

17) 필자는 '천명에 비추어 본 조선 건국의 당위성'과 '왕조 영속의 당위성'을 <용비어천가>의 주제로 든 바 있다. [앞의 책, 227쪽 참조.] 물론 양자는 '둘이면서 하나이고, 하나이면서 둘'의 관계를 갖고 있는 것이 사실이다. 조선이 천명을 받아 건국되었으므로 영속되어야 한다는 당위성을 노래했다는 것인데, 그러기 위해서라도 '후왕들은 敬天勤民의 治道를 명심해야 한다'는 저자들의 뜻이 <용비어천가>에 강하게 부각되어 있다고 보는 것이 필자의 관점이다.

18) 태종실록 권 25, 13년 6월 19일.

19) 세종실록 권 1, 즉위년 8월 17일.

20) 세종실록 권 55, 14년 1월 15일.

21) 세종실록 권 61, 15년 7월 9일.

위하여 말한 것인데 어찌 죄 주겠는가'라고 적극 변호한 경우도 있었고,[22] 풍수설에 반대하는 집현전 교리 어효첨이 올린 장문의 상소에 대하여 그 글의 조리가 깊음을 칭찬하면서도 '풍수서라는 것이 믿을 것은 못되나 옛 사람들이 다 그것을 썼고, 재상으로 있는 하륜(河崙)·정초(鄭招)·정인지(鄭麟趾)가 다 풍수서를 알고 있으니, 이런 사람들에게 풍수술(風水術)을 諮問하겠노라'는 답을 내린 경우도 있었다.[23] 흥미로운 사실은 세종 27년[1445]에 <용비어천가>가 편찬되었는데, 그 주역이 정인지였으며, 그 시기 또한 어효첨이 풍수설에 대한 비판적 견해를 올린 직후였다는 점이다. 당시 젊은 학자들 가운데 풍수설을 비판하는 인물들이 나오기 시작했고, 세종 또한 내심으로 그들의 견해에 대하여 동조의 의도를 나타내는 경우도 있었지만, 이미 국가의 기틀을 잡는 데 풍수설이 큰 역할을 했고, 정인지 같은 대학자도 풍수설에 대한 식견을 갖고 있었다는 현실을 무시할 수는 없었을 것이다.

사실 풍수적 사유가 뼈대를 이룬 선초 악장문학의 한 계통이 있었다는 사실은 <용비어천가>에 풍수적 사유가 반영되는 것이 자연스러웠던 방증으로 받아들일 수 있다. 예컨대 조선조 악장의 개조였던 정도전[24]은 한양 정도에 즈음하여 <신도가(新都歌)>를 짓는데, <몽금척(夢金尺)>·<수보록(受寶籙)> 등 그의 대표적인 악장들이 도참의 설을 뼈대로 하고 있다는 사실과 함께, 목적문학으로서의 악장과 고려 이래 통치에 이용된 풍수지리설이나 도참설이 적어도 선초 악장의 단계에서 자연스럽게 결합했다는 점을 보여주는 물증일 수 있고,[25] 그런 경향은 하나의 추세로 굳어져 적어도 <용비어천가> 단계까지는 지속된 것으로 볼 수 있다. <용비어천가>에 풍수적 사유가 반영될 수 있었던 바탕을 여기서 찾아볼 수 있는 것이다.

## 3. <용비어천가>에 반영된 풍수적 사유

앞에서 말한 바와 같이 조선조 건국에서 소프트웨어 차원의 이념은 주자성리학이었으되, 도성 건설을 중심으로 한 하드웨어 차원의 이념은 풍수론[혹은 풍수술]이었다. 그러한 하드웨어적 풍수

---

22) 세종실록 93권, 23년 6월 9일.

23) 세종실록 권 106,26년 12월 22일.

24) 조규익, 앞의 책, 403쪽.

25) 조규익, 「鮮初 新都詩歌의 文學的 性格-작자계층의 목적의식과 풍수지리적 관점의 형상화를 중심으로-」, 『문학작품에 나타난 서울의 형상』, 한국고전문학회, 1994, 40쪽.

론이 조선 사람들에게 깊이 체질화된 결과 단순한 방법론적 차원의 '지술(地術)'[26]에서 신앙 차원으로 변환되는 양상을 보여주기도 했다. 즉 '풍수가 실용기술학이었던' 조선시대[27]에 그에 대한 신봉은 단순히 테크닉으로 보는 관점의 수준을 뛰어넘었던 것 같다. 예컨대 풍수지리를 본격 인문지리학으로 발전시킨 『택리지』의 경우도 비록 <용비어천가> 제작으로부터 300년 가까이 지난 시점에 나온 것이지만, 기존 풍수론의 '산룡·득수·장풍'을 '지리(地理)·생리(生利)·인심(人心)·산수(山水)'라는 현실적 논리로 구체화 시켰다는 점에서 전통 생태론의 범주에 훨씬 가까워졌음을 인정할 수 있다. 따라서 '산룡·득수·장풍 등 국도풍수를 중심으로 하는 생태환경과, 생리 및 인심을 중심으로 하는 현실 생활이나 환경 여건'의 종합, 즉 넓은 범위의 풍수사상과 생태론을 함께 찾아볼 수 있는 것이 바로 <용비어천가>란 것이다. 정인지는 「용비어천가 서」에서 다음과 같이 말했다.

> 왕실 조상의 덕은 두껍게 쌓였고 또 깊고도 멀기 때문에 그 왕업의 터는 오래 되었고 무궁합니다. 사람들은 바다와 산천의 널려 있음과 새와 물고기, 동물과 식물의 자연히 자라남 그리고 바람과 비, 천둥과 벼락의 변화와 천체가 운행하고 계절이 바뀌는 것만을 보았을 뿐이지, 천지의 도가 쉬지 않는 그 넓고 두터우며 높고도 밝은 공은 모릅니다. 또 사람들은 종묘와 궁실의 아름다움, 백성들의 부유하고 풍성함 그리고 예악과 정치와 형벌의 밝게 이루어짐과 어진 은혜와 교화가 넘치는 것만을 보았지 오랫동안 쌓인 깊고도 먼 뽑히지 않는 기초가 있음을 모릅니다."[28]

정인지는 서문의 첫머리에서 '무궁한 왕업의 터'와 '오랫동안 쌓인 깊고도 먼 뽑히지 않는 기초'를 언급했다. 표현만 다를 뿐 두 표현 속에는 '6조가 새 왕조를 세우기 위해 지속적으로 모색해 온 좋은 땅과 한양에의 안착'이란 동일한 내포적 의미가 들어 있고, 그 바탕에 놓인 것이 바로

---

26) 村山智順에 따르면, 풍수는 '堪輿·地理·地術'이라고 하는데, 감여는 땅과 인간의 관계를 그 근본적·발생적 관계에서 관찰하고, 지리는 땅과 인간의 관계를 學理的으로 설명하며, 지술은 '避凶求福'이라고 하는 술법에 중심을 둔다고 한다.[앞의 책, 21-22쪽]

27) 이도원 외, 『한국의 전통생태학 2』, 사이언스북스, 2008, 165쪽.

28) 「龍飛御天歌 序」, 『龍飛御天歌 全』, 아세아문화사 영인, 1972, 1쪽의 "祖宗之德 積累深長 故其基業也 亦悠遠而無窮 今人徒見夫海嶽山川之布列也 飛潛動植之涵育也 風雨雷霆之變化也 日月寒暑之運行也 不知博厚也高明也 所以致不息之功 人徒見夫宗廟宮室之懿美也 州郡民物之富盛也 禮樂刑政之文明也 仁恩教化之洋溢也 不知積累也深長也 所以建不拔之基" 참조. *앞으로 본고의 <용비어천가> 관련 기록들은 모두 이 책에서 인용한 것들임을 밝힌다.

풍수적 조건이다. 정인지와 함께 당대 지도층 인사들 대부분이 정치 담론으로서의 '천명론'과 직접 관련을 맺는 풍수 패러다임에 경도되어 있었음은 부인할 수 없다. 당대의 지성을 대표하던 인사들이 <용비어천가>의 제작과 주해 작업에 참여하여 생태론으로 해석되는 풍수론과 천명론을 작품에 반영했고, 역사적 사실들을 동원하여 그 객관성을 부여하고자 한 것이 사실이기 때문이다.

### 1) 실존적 삶을 위한 공간으로서의 생태적 이상향

(1) 周國大王이 豳谷애 사ᄅᆞ샤 帝業을 여르시니
우리 始祖ㅣ 慶興에 사ᄅᆞ샤 王業을 여르시니[29)]
〈제3장〉

(2) 狄人서리예 가샤 狄人이 ᄀᆞ외어늘 岐山올ᄆᆞ샴도 하ᄂᆞᆶᄠᅳ디시니
野人서리예 가샤 野人이 ᄀᆞ외어늘 德源 올ᄆᆞ샴도 하ᄂᆞᆶᄠᅳ디시니[30)]
〈제4장〉

(3) 商德이 衰ᄒᆞ거든 天下ᄅᆞᆯ 맛ᄃᆞ시릴ᄊᆡ 西水ㅅ ᄀᆞᅀᅵ 져재ᄀᆞᆮᄒᆞ니
麗運이 衰ᄒᆞ거든 나라ᄒᆞᆯ 맛ᄃᆞ시릴ᄊᆡ 東海ㅅ ᄀᆞᅀᅵ 져재ᄀᆞᆮᄒᆞ니[31)]
〈제6장〉

(1)은 조선조 왕통체계의 시조인 목조가 경흥에서 왕업을 연 사실과, 그렇게 되기까지 겪었던 여러 곳에서의 시련들을 암시한 내용이다. '후직(后稷)-불줄(不窋)-국도(鞠陶)-공류(公劉)'로 이어지는 주나라 왕통체계의 조상들을 제시하고 그들이 여러 곳을 거쳐 빈곡(豳谷)에 나라를 세운 사실을 조선조의 그것과 대비시켰다. 노래의 앞부분에서 '어른이 된 뒤 농사짓기를 좋아하여 마땅한 땅을 살피고 길흉을 판단했으며, 거기에 마땅한 곡식을 심어 수확했고, 백성들 모두 그것을 법칙으로 삼은'[32)] 후직의 고사를 중심에 배치했다. 이 고사의 핵심이 바로 '상지(相地)' 즉 지세(地勢)를 살펴 길흉을 판단하는 풍수론의 모티프이다. 왕통체계의 첫 인물인 후직이 지세를 살펴

---

29) 『龍飛御天歌 全』, 21쪽. 이하 해독의 편의를 위해 띄어쓰기는 현행대로 함.
30) 같은 책, 30쪽.
31) 같은 책, 39쪽.
32) 같은 책, 22쪽의 "及爲成人 遂好耕農 相地之宜 宜穀者稼穡焉 民皆法則之" 참조.

주나라 창업의 기반을 마련한 점을 강조한 것이다. 그와 함께 주나라 창업의 결정적 기반을 마련한 공류가 빈곡에 나라를 세운 사실을 들었다. 즉 '공류가 융적들 사이에 처했으나, 후직의 공업(功業)을 다시 닦을 수 있었고 백성들은 부유하고 내실 있게 되어, 이에 토지의 마땅함을 살피고 길흉을 점침으로써 결국 빈곡에 나라를 세우게 되었다'[33]는 것이다. 이것과 정확하게 대비되는 내용이 바로 목조가 경흥에서 왕업을 연 사실(史實)이다. 목조는 원래 견훤이 후백제의 도읍으로 삼았던 전주에 살았으나, 관기(官妓)를 놓고 지주(知州)와 다투다가 지주의 모함으로 조정에서 군대를 보내 목조를 도모하려 하자 강원도 삼척 현으로 거처를 옮겼다. 그 때 따라간 백성들이 170여호에 이르렀다. 지도자인 목조와 다수의 백성들이 새로운 공간으로 옮겨간 것은 분명한 정치적 행위로서, 완벽한 왕조나 국도를 이루어 정착하기 위한 장정(長征)이 시작되었음을 의미한다. '삼척현의 진산(鎭山)은 갈야(葛夜)로서 강원도 안에서 으뜸가는 관청'[34]이란 설명으로도 풍수적 생태담론을 바탕에 깔고 있었음을 짐작할 수 있다. 말하자면 목조가 풍수적 생태공간인 전주를 떠나 함께 따르는 사람들과 새로운 풍수 공간인 삼척으로 옮겼다는 것이다. 그러나 그곳으로 부임하게 될 새로운 안렴사 또한 목조와 구원(舊怨)이 있었기 때문에 함길도 덕원부로 옮기게 되었고, 이 때 역시 함께 이동해왔던 170여호의 백성들이 그대로 목조를 따랐다고 한다. 천하가 원나라의 지배하에 들어간 후 경흥부 동쪽 30리의 알동(斡東)으로 옮겼고, 원나라는 목조를 5천호의 다로가치로 삼았는데, 동북지방의 민심이 모두 그에게 쏠리게 되었으므로 이로부터 왕업이 일어나게 되었다는 것이다.

'전주→삼척→경흥'으로 옮기는 과정마다 '상지'의 행위나 과정이 암시되는 것은 물론 많은 사람들이 함께 했다는 사실은 매우 중요한 풍수적 요인이다. 즉 이중환이 『택리지』에서 언급한 '가거지 요소' 중에서 인심을 들 수 있는데, 목조가 이동할 때마다 많은 백성들이 함께 따라다녔다는 것은 바로 이 조건으로 해석될 수 있다는 것이다. 즉 이중환은 '마을 인심이 착한 곳이 좋으니, 착한 곳을 가려 살지 않으면 어찌 지혜롭다 하랴'는 공자의 말을 인용하면서 '살 터를 잡음에 있어 그 지방의 풍속을 살피지 않을 수 없다'고 했다.[35] 말하자면 목조의 경우 원래 전주에서 좋은 백성들의 마음을 얻었고, 옮기는 곳마다 그들이 따라갔으므로, 그곳의 지세나 생리, 혹은 산수만 살핀다면 인심의 문제는 저절로 해결되는 조건이었다. '지도자가 민심을 얻었다'는 언술

---

33) 같은 책, 24쪽의 "公劉雖在戎狄之間 能復修后稷之業 民以富實 乃相土地之宜 而立國於豳之谷焉" 참조.

34) 같은 책, 28쪽의 "其山鎭曰葛夜 江原道界首官也" 참조

35) 이중환, 앞의 책, 149쪽.

속에는 지도자의 정치적 역량과 함께 백성들의 천성이 착하다는 점이 함께 들어 있다. 즉 유능한 지도자가 좋은 환경과 생리를 바탕으로 착한 백성들 속에서 새로운 나라를 만든다는 역사적 법칙을 확인하고 있는 셈인데, '후직-공류'로 완성되는 주나라 왕통체계의 조상들이 걸어온 자취와 부합한다는 것이다. 이런 경우를 풍수적 생태담론의 반영이라 할 수 있다.

(2)에 반영된 것은 익조의 사적이다. 원래 목조는 알동에 거주하면서 여진족들과 사이좋게 지냈는데, 익조 역시 그렇게 했다. 말하자면 부자가 여진족의 민심까지 얻었다는 것이다. 그러나 그런 민심의 귀부가 심해지자 여진의 천호(千戶)들이 시기하여 익조를 모해코자 했다. 그 기미를 알고 있던 한 노파가 익조에게 알려주었고, 익조는 가족들과 함께 그곳을 떠나 적도로 건너가려고 했다. 그러나 물은 깊고 배도 없는 상황에서 당황하던 중 갑자기 물이 줄었고, 그곳을 건너 간 뒤에야 다시 물이 불어났다. 익조는 적도에 움집을 만들어 살았고, 알동 사람들 역시 나중에 익조를 따라 왔으며, 덕원부로 옮기자 또한 많은 사람들이 따라왔다고 한다. 당시 사람들은 익조가 적도로 무사히 건너 간 것을 하늘이 시킨 일이라 일컬었고, 거주지를 옮길 때마다 많은 사람들이 따라붙은 것 역시 민심을 얻은 것으로 하늘의 도움으로 이룩한 왕업의 기초라고 할 수 있었다. 말하자면 음양오행설의 '천인감응' 관련 사적이라 할 수 있는데, 거주지를 옮길 때마다 사람들이 따랐다는 것은 인간이 살기에 적합한 환경이나 생리 등 생태론적 풍수의 적지(適地)를 점치는 능력을 익조가 갖고 있었음을 말하며, 그런 능력을 하늘로부터 받았음을 암시함으로써 익조의 왕자적(王者的) 자질에 대한 증표로 제시하고자 한 작자들의 의도를 찾아볼 수 있다. 생태적으로 이상적인 땅을 택함으로써 이상적인 땅에서 훌륭한 지도자의 보호 아래 살고자 하는 백성들이 따라붙은 현상을 새 왕조에 대한 여망으로 해석했다는 것은 조선왕조의 건립을 하늘의 뜻으로 처리하려는 작자들의 철학이나 의도가 생태론적 풍수담론에서 비롯되었음을 짐작할 수 있다.

(3)에 관련되는 사적들은 이미 <용비어천가>의 3장과 4장에 반영된 바 있다. 그리고 무엇보다 '고려의 운수가 쇠해졌다'는 것은 「도선비기」를 바탕으로 한 '송도(松都) 지기쇠왕설(地氣衰旺說)'에서 나온 것으로,[36] 새 왕조 건설의 당위성을 생태론적 풍수담론에서 찾으려는 작자들의 의도가 반영된 내용이다.

36) 村山智順, 앞의 책, 566-568쪽.

2) 창업과 수성을 위한 정치적 공간으로서의 이상향

(4) 聖孫이 一怒ᄒᆞ시니 六百年天下ㅣ 洛陽애 올ᄆᆞ니이다
聖子ㅣ 三讓이시나 五百年 나라히 漢陽애 올ᄆᆞ니이다[37]
〈14장〉

(5) 揚子江南ᄋᆞᆯ 꺼리샤 使者ᄅᆞᆯ 보내신ᄃᆞᆯ 七代之王ᄋᆞᆯ 뉘마ᄀᆞ리잇가
公州ㅣ 江南ᄋᆞᆯ 저ᄒᆞ샤 子孫ᄋᆞᆯ ᄀᆞᄅᆞ치신ᄃᆞᆯ 九變之局이 사ᄅᆞᆷ ᄠᅳ디리잇가[38]
〈15장〉

(6) 千世우희 미리 定ᄒᆞ샨 漢水北에 累仁開國ᄒᆞ샤 卜年이 ᄀᆞᇫ업스시니
聖神이 니ᅀᆞ샤도 敬天勤民ᄒᆞ샤ᅀᅡ 더욱 구드시리이다
님금하 아ᄅᆞ쇼셔 洛水예 山行 가 이셔 하나빌 미드니잇가[39]
〈125장〉

(4)의 전반은 상나라를 무너뜨린 주나라 무왕이 낙양에 도읍을 옮긴 사실을 노래한 것이고, 후반은 고려 공양왕에게 세 번 치사(致仕)의 상소를 올렸으나 번번이 허락받지 못하다가 결국 왕위에 올라 한양으로 도읍을 옮긴 사실을 노래한 것이다. 전자에서 "낙예(洛汭)에서 이예(伊之汭)에 이르기까지 땅이 평탄하고 험하지 않아 하나라 때의 거처와 같음이 있었다. 내가 남쪽으로 삼도[낙양에서 사방으로 통하는 대행(大行)·환원(轘轅)·효민(崤澠)의 세 길]를, 북으로 악비[嶽鄙/산악과 가까운 변방의 성읍]를 바라보고, 유하(有河)를 돌아보며, 이수(伊水)와 낙수(洛水)를 살펴보니, 천실[天室/별들이 하늘에 자리하고 있는 위치. 도읍을 정하고 궁실을 지을 때에 이 별들의 위치에 의거한 까닭에 붙여진 이름]이 멀지 않으므로 장차 낙읍에 주나라의 도읍을 경영하겠노라."[40]는 주나라 무왕의 말은 철저히 풍수적 관점에 바탕을 둔 것으로, 산과 물, 생리 등 생태적 환경과 함께, 하나라를 본받겠다는 정치적 이상까지 담은 말이었다. 이에 대응하는 한양의

---

37) 『龍飛御天歌 全』, 240쪽.
38) 같은 책, 243쪽.
39) 같은 책, 1049쪽. <용비어천가> 16장도 사적의 내용은 다르나, 같은 차원의 의도로 설명될 수 있는 경우다.
40) 같은 책, 211쪽의 "史記 武王謂周公 曰 自洛汭延于伊之汭 居易無固 其有夏之居 我南望三塗 北望嶽鄙 顧瞻有河 粤瞻伊洛 毋遠天室 將營周居於洛邑" 참조.

풍수 역시 핵심은 백성들의 삶이나 생리에 초점을 맞춘 전통 생태론적 패러다임의 국도론이었다. 즉 한양에 도읍했던 역대 왕조들을 나열하고, 한양의 풍수적 뼈대를 형성하는 지세의 설명에 이어, 각 지역의 물산들이 집중되는 통로로서의 강줄기나 조운(漕運)의 체계를 중심으로 국도로서의 한양이 갖는 장점들을 나열했다. 그를 통해 이씨왕조의 도읍이 한양이 될 수밖에 없는 당위성을 설명했는데, 그 저변에는 '풍부한 물산으로 백성들을 먹여야 나라가 안정된다'는 정치적 메시지가 내재되어 있다고 본다.

(5)는 정치적인 색채가 훨씬 강한 언술이다. 풍수가 훌륭하여 장래에 새 도읍으로 삼을만한 곳이면, 현실적으로 풍수의 원리가 작동되지 않도록 막는 것은 자신들의 현재 왕조를 영속시키려는 욕망 때문이다. 진시황 때 땅의 기운을 볼 줄 아는 술사(術士) 한 사람이 금릉(金陵)에 천자의 기운이 있다는 판단을 내리자, 관리로 하여금 산을 뚫어 개천을 만들어 지맥을 끊고 금릉을 말릉(秣陵)으로 고쳤음에도, 오(吳)·진(晉)·송(宋)·제(齊)·양(梁)·진(陳)·명(明) 등 7국이 이어 금릉을 도읍으로 삼은 사실을 노래함으로써 일국의 흥망은 하늘의 시킴이라는 사실을 노래한 것이 전반부의 뜻이며, 고려 태조가 '훈요십조(訓要十條)'를 만들어 후손에게 전하되, 제8조의 '차현 이남 공주의 강[금강] 바깥은 산 모양과 지세가 모두 배반과 반역으로 달리니, 그 아래 주군의 인물들이 조정에 참여하고 임금이나 귀족 및 그 친척과 혼인을 맺어 나라의 정권을 잡으면 혹 나라에 변란이 일어나거나 통합에 대한 원망으로 왕의 행차를 범하여 혼란이 생길 수도 있으니, 비록 그곳의 양민이라 할지라도 벼슬에 앉혀 일을 하게 해서는 안 된다'는 내용이 바로 이것이다. 그럼에도 '구변지국(九變之局)' 즉 '이씨가 한양에서 새로운 나라를 건국한다'는 예언서의 말을 들어 한양에 도읍을 둔 조선의 건국이 사람의 힘으로 피할 수 없는 '하늘의 뜻'임을 밝혔다.

(6)은 <용비어천가>의 졸장으로서 작품의 마무리이자 주제가 응축된 부분이다. 첫 장인 '해동장'에서 '천복(天福)'을 언급했고, 그것은 결국 '천명(天命)'으로 연결된다.[41] 말하자면 육조가 각각 입지(立志)한 지역들에서 위기를 극복했거나 수행하는 일들마다 잘 된 원인이 인간의 힘에 있는 것이 아니라, 천복과 천명 덕분이었다는 것이다. 작고 큰 공간을 바탕으로 이룩한 이런 공덕들이 결국 천복이나 천명의 실현태인 국가의 창업으로 이어졌음을 그 다음 장인 '불휘장'에서 노래했다. 크고 작은 여러 공간들을 거쳐 한양에 안착함으로써 국가 창업은 결실을 보았다는

---

41) 『龍飛御天歌 全』, 19쪽, 주해의 "易曰 時乘六龍以御天 又曰 飛龍在天 利見大人 龍之爲物 靈變不測 故以象聖人進退也 我朝自穆至太宗 凡六聖 故借用六龍之語也 天福謂天之福祿也 左傳曰 商頌有之曰 不僭不濫不敢怠皇 命于下國 封建厥福 此湯所以獲天福也" 참조.

것인데, 그 '화가위국(化家爲國)'의 지극히 어려운 과정들을 나열하고 그로부터 후왕들에 대한 교훈을 제시한 것이 3장부터 124장까지의 내용이다. 이런 내용들을 요약한 졸장의 첫 부분에 제시한 것이 전통 생태 공간적 의미를 지닌 국도풍수의 직설적 언급이다. 즉 "千世우희 미리 定ᄒᆞ샨 漢水北"이 바로 그것인데, 그 뒤에 따르는 '누인개국(累仁開國)/복년무강(卜年無疆)'은 각각 현재 가시화된 결과와 미래의 예정된 결과를 말한 것이다. 한양 국도풍수의 근본바탕을 제공한 「도선비기(道詵秘記)」의 한 부분이 바로 여기에 반영되어 있는데, 통일신라 후기의 승려 도선[827-898]이 '송도기쇠설(松都氣衰說)',[42] '한양이씨 도읍설(漢陽 李氏 都邑說)'[43] 등을 전제로 한 언급이다. 「도선비기」에 이미 '한수 북' 즉 한양을 도성으로 하여 이씨조선이 건국되리라는 예언이 있었고, 그에 부응하여 6조가 어짊을 쌓아 나라를 열었으므로 영속될 것이라는 믿음을 밝혔다. 그러나 아무리 거룩하고 신묘한 존재들이 왕위를 이어간다 해도 '경천근민'해야 나라는 영속되리라는 가르침으로 마무리했다.

첫 장에서 '해동의 육룡이 날아오른 일'이 천복 혹은 천명임을 말했고, 졸장에서 '한양'이 천세 전에 미리 정해진 터임을 말함으로써 국도풍수 혹은 예언과 왕조영속을 위한 경계성(警戒性) 교훈으로 마무리되었으며, 그 사이에 6조가 '전주(全州) · 경흥(慶興) · 덕원(德源) · 적도(赤島) · 동해빈(東海濱) · 개경(開京)' 등의 길지들을 거쳐 최종적으로 안착한 한양이야말로 풍수의 최적지임을 천명하고, 이 땅에 세운 조선왕조가 영속될 수 있고, 또 되어야 함을 노래함으로써 <용비어천가>에 전통 생태론으로 연결되는 풍수담론이 반영된 셈이다. 그러나 이것으로만 마무리된다면 후왕들을 경계하고자 한 세종이나 작자들의 의도는 살아날 수 없었을 것이다. 하늘의 뜻과 인간의 자발적인 참여로 이루어지는 왕조의 굳건한 바탕과, 영속의 이치가 구현될 수 있다는 이치를 말하고자 한 것이 그들의 진정한 뜻이었다. 놀기만 좋아하여 백성들로부터 버림받은 하(夏)나라 태강(太康)의 사적을 내용으로 든 것이 졸장의 전반부다. '우리 왕이 놀지 않는데, 내가 어찌 쉴 수 있으며 우리 왕이 좋아하지 않는데 내가 어찌 도울 수 있는가?'라는 하나라 이언(俚諺)을 바탕으로, '놀고 즐김에 관한 제후의 절도'와 그 절도를 지키지 못해 왕위에서 쫓겨난 태강의 예를 들었다. '백성들이 모두 두 마음을 갖고 있었으나 태강은 오히려 나중에 후회할 줄 모르고

42) 『한국사데이터베이스: 고려사 권 132/열전 제 45/반역/신돈/신돈이 도선비기의 설을 근거로 천도를 건의하다』 참조.

43) 徐居正 저, 成百曉 역, 『(譯註)四佳名著選: 東人詩話 · 筆苑雜記 · 滑稽傳』, 이회문화사, 2000, 115쪽의 "以漢陽爲李氏都者 見於道詵圖讖 是以高麗建南京于漢陽 種李樹擇李姓以尹 王亦歲一巡幸 埋龍鳳帳壓之" 참조.

절제 없는 놀이와 사냥에 빠지게 되어, 멀리 가면 낙수의 남쪽에 이르고 오래 되면 100일이나 되어도 돌아올 줄을 몰랐으니, 이로 인해 태강이 스스로 나라를 버리게 되었다'[44]는 것이다. 잘하는 왕에게는 따라붙고, 잘 하지 못하는 왕은 배척한다는 백성들의 두 마음을 알아서, 후왕들이 스스로 열심히 해야 왕조가 영속될 수 있다는 점을 깨우치고자 한 것이 <용비어천가>의 궁극적 주제라고 할 수 있다. 말하자면 '왕조 영속'의 대전제가 바로 '백성들의 마음' 즉 인심을 얻는 일임을 강조한 것인데, 앞서 말한 '가거지론'의 4요소인 '지리·생리·인심·산수' 가운데, 천 년 전에 이미 점친 '풍수적 요인들'과 함께 '인심[혹은 민심]'은 왕 스스로의 생각이나 자세에 따라 정해질 수 있는 조건임을 밝힘으로써 <용비어천가>는 전통 생태론으로서의 풍수담론이 반영되어 있는 교술시임이 분명해진다.

## 4. 국도풍수의 미래적 의미와 <용비어천가>

풍수 즉 '장풍득수'는 '바람을 막고 물을 얻을 수 있으며 좋은 기가 승한' 최적의 땅을 지칭하므로 풍수론이야말로 인간의 생활환경 생태담론과 자연스럽게 연결된다. 인간 삶의 행복 여부는 노력으로 되는 부분을 제외하면 그가 처한 환경적 요인이 결정적 역할을 한다. 그래서 '자연의 형세나 방위, 유천(流泉)의 유무(有無)와 형상, 지표(地表) 밑 정기(精氣)의 우열(優劣), 전체적인 음양 조화의 정도를 관찰하여 가능한 한 많은 호조건(好條件)을 갖춘 곳을 선택하려는 이론과 방법'을 고안하게 되었고, 그 사상체계가 바로 풍수지리설인 것이다.[45] 새 왕조의 도읍을 한양으로 정하면서 각광을 받은 '국도풍수론'도 환경 생태론을 바탕으로 한 것임은 이런 점에서 당연하다. 풍수적 사유는 외견상 자연의 조건이 인간의 삶을 지배하는 것으로 되어 있지만, 그 내면은 인간과 자연의 조화 그 자체임을 알 수 있다. 북친(Murray Bookchin)의 말처럼, '인간이 자연을 지배한다'는 사고는 원래 '인간에 대한 인간의 지배'로부터 근원했는데, 이런 모든 형태의 지배를 없애지 않고는 합리적이고 생태적인 사회를 진정으로 창조할 수 없기 때문이다.[46]

천명에 의한 조선의 건국, 궁극적인 이상향을 찾아 노력한 6조의 간난신고(艱難辛苦), 국도풍수

---

44) 『龍飛御天歌 全』, 19쪽, 주해의 "民咸貳心 而太康猶不知悔 乃安於遊畋之無度 言其遠則至于洛水之南 言其久則十旬而弗反 是則太康自棄其國矣" 참조.

45) 儒教事典編纂委員會, 『儒教大事典』, 박영사, 1990, 1653쪽.

46) Murray Bookchin, 박홍규 옮김, 『사회생태주의란 무엇인가』, 민음사, 1998, 55쪽.

에 바탕을 둔 가거지로서의 한양 도읍, 왕조영속을 이루기 위한 당위적 조건으로서의 경천근민 등은 <용비어천가>의 내용적 핵심들이다. 말하자면 천명이나 천복은 왕조 건국의 주체로서 6조가 받은 행운이고, 최적의 생활 여건을 갖추고 있는 국도의 이상적인 풍수 또한 6조와 백성들이 하늘로부터 얻어낸 선물이었다. 그러나 하늘로부터의 선물만으로 왕조가 영속될 수는 없고, 그에 부응하는 인간의 노력이 요구되는데, 그 노력의 책임은 후왕들에게 지워져 있다는 것이다. 경천근민 즉 하늘의 뜻을 공경하고 백성들을 위해 노력하지 않으면 하늘이 부여한 '좋은 조건들'도 힘을 발휘할 수 없다는 뜻이 문면들에 내재되어 있다. 풍수지리의 이상적 조건과 그에 부응하는 인간의 노력이 합해질 때 비로소 조선왕조나 국도 한양은 인간이 행복한 삶을 누릴 수 있는 가거지로서의 공간적 의미를 갖출 수 있게 된다는 것이 <용비어천가>에 표상된 생태론의 패러다임이다.

조선조는 주자성리학을 통치이념으로 세워진 왕조였으나, 도성의 설계 및 건축, 능묘의 건설 등 하드웨어적 측면은 '지술(地術)' 즉 땅에 관한 기술적 차원의 풍수담론을 바탕으로 하고 있었다. 그런 풍수담론이 조야에 파급·신봉되어 신앙 차원으로 고착됨으로써 부정적인 결과를 낳기도 했지만, 사회 전반에 원칙과 표준을 확립시킨 점에서는 긍정적이었다. 『도선비기』에서 찾을 수 있는 예언과 『택리지』의 '가거지론' 등을 조선초기의 국도풍수론과 함께 고려할 경우 한양은 인간이 행복을 누릴 수 있는 최고의 생태 공간으로 가시화된다. 그런 이상적 공간이 국도로 영속되기 위해서 후왕들이 어떤 마음가짐으로 임해야 할 것인가를 조목조목 나열하고 강조한 것이 바로 <용비어천가>의 내용이고, 그 근원은 작자계층의 철학에 있었다.

태종에 이르러서야 한양천도를 성사시킬 수 있었을 만큼 개경에서 창업한 이성계에게 가장 어려운 일은 새로운 국도를 정하여 옮기는 일이었다. 여섯 명의 조상들이 가장 어려웠던 일이 바로 따르는 사람들과 함께 '살 만한' 혹은 '다스릴만한' 곳을 찾는 일이었고, 그런 땅을 찾아 방황하는 긴 기간의 시련들을 거쳐 결국 '한양'에 안착했음을 노래하고 있다. 작품에 드러나 있든 암시에 그쳤든 '방황과 안착'은 <용비어천가>를 요약하는 두 코드였고, '안착'은 미래 시간대의 번영과 영속을 담보하는 발판으로 인식되었으며, 그 영속은 국도의 풍수에 예정되어 있음을 말하고 있다. 왕조의 영속을 더욱 확실히 하기 위해 화자가 강조한 조건은 '후왕들이 지켜야 할 경천근민(敬天勤民)의 수칙'이라 보았으므로 '6조의 왕자적(王者的) 자질/좋은 땅을 찾으려는 모색과 안착/후왕들의 근면'이 <용비어천가> 핵심내용의 세 축이라 할 수 있다. '과연 6조는 어디서 일어나 어떻게 옮겼으며, 어떤 환경적 조건 위에 나라를 세웠는가?' 라는 <용비어천가>의 중심내용은 생태 담론의 실천과정을 압축한 그것이었다. 이처럼 새로운 나라를 개창하기 위해 '좋은 터'를 찾아 온갖 고생을 감내한 선조들의 이야기로부터 후왕들이 명심해야 할 수칙을 주제로 도출해낸 <용비어천가>에 생태론 차원의 풍수담론이 반영되어 있음은 자연스런 결과였다.

# 「만횡청류」
## - 에코 페미니즘과 성적 자유의 구가 -

### 1. 「만횡청류」 에코 페미니즘의 전제

「만횡청류(蔓橫淸類)」 116수는 『진본청구영언』[1]을 다른 가집들로부터 변별하는 기획이라는 점에서 특이한 의미를 지닌다. 「만횡청류」는 두 가지 점에서 특이한 모습을 갖고 있다. 당대의 도덕률이나 윤리적 기준으로부터 거리가 있는 작품들이 대부분이라는 점, 조사법(措辭法)의 차원에서 같은 가집 내의 다른 작품들과 구분되는 것들이 대부분이라는 점 등이다. 첫 번째 특징 중에서 가장 두드러진 점은 '성적(性的) 개방성(開放性)'이다. 유교 윤리가 사회를 통제하던 당대에 성의 주도자는 남성이었고, 여성은 '성적 주체성'을 주장할 수 없는 타자(他者)에 불과했다. 상당수의 작품에서 그런 여성들의 입으로[2] 개방적 성을 말하게 된 점은 분명 위험하면서도 새로운 시도였다. 두 번 째 특징 역시 첫 번째 특징의 연장선에서 이해할 수 있다. 성의 개방은 불가피하게 은폐의 국면에서 사용되던 관습적 표현의 제약을 뛰어넘게 했고, 그 과정에서 과감하면서도

---

1) 이 글에서는 『時調資料叢書 1: 靑丘永言』[황순구 편, 한국시조학회, 1987]을 텍스트로 삼는다.

2) 실제 여성들이 주체적으로 참여한 결과일 수도, 단순히 남성들이 여성의 퍼스나를 내세운 결과일 수도 있다. 소수이긴 하지만 정철·이정보·김수장 등 밝혀진 작자들이 남성이라는 점을 전제로 「만횡청류」의 담당층이 주로 남성이었음을 주장하는 사람들도 있다. 그 점을 근거로 한다면, 작품에 노출되는 여성화자들이 액면 그대로의 여성들일 수만은 없다는 가설도 가능하다. 그러나 여성화자의 목소리를 남성이 가장한 것이라는 일부의 견해를 무조건 받아들일 수는 없다. 그런 견해가 노래에 표출되는 여성들의 현실적인 욕망을 부정할만한 근거는 되지 못하기 때문이다. 그것이 수용 계층의 중요한 부분이었을 여성들의 욕구를 무시할 수 없다는 현실적 인식이 반영된 결과일 뿐 아니라, 남성 작자들이 여성의 목소리를 가장했다는 사실 자체가 여성들의 기대지평이 반영된 결과일 것이기 때문이다.

거친 표현들이나 교묘한 은유가 등장했다.

「만횡청류」의 노래들에서 여성이 빈번하게 등장하고, 여성의 성적 주체성이 표면화 되며, 그런 변화 자체의 논리적 근거를 '자연(自然)'[3]의 발로에서 찾을 수 있다면, 이 노래들로부터 생태주의적(生態主義的) 단서 더 나아가 생태여성주의[生態女性主義/ecofeminism]적 단서가 발견될 가능성은 크다. 물론 그 경우의 '자연'이 인간이나 사물의 존립 근거로서 '스스로 그러함/저절로 그러함'이란 의미 범주를 벗어나지 않는다 해도, 그 근원은 물리적 혹은 환경적 자연[nature] 그 자체일 것이기 때문이다. 따라서 「만횡청류」는 심층생태학이나 사회생태학 차원의 논의 대상이다. 특히 생태여성주의가 사회 생태학에서 논의될 수 있고 사회 생태학의 큰 논점이 남녀 간의 성 차별이나 불평등이었음을 감안하면, 남성이 지배하고 여성은 은폐되어야 했던 기존 사회의 차별이나 불평등에 대한 저항의 문법(文法)을 바탕으로 여성성 표출에 관한 패러다임의 변환을 시도한 것으로 보이는 「만횡청류」의 상당수 노래들이 생태주의적 관점에서 분석되는 것은 당연하다. 지배적인 세계관은 자연을 통제하려는 데 반해, 자연과의 조화를 모색하는 것이 심층생태학인데,[4] 유교 및 남성 중심의 세계관이 자연을 억압하는 시대적 분위기 속에서 여성들 스스로 '성의 자유'를 구가한 일이야말로 자연의 질서를 그 억압으로부터 해방시키고자 시도한 일이라 할 수 있으며, 그것은 심층생태학이나 생태여성주의의 본질적 내용을 벗어나지 않는다.[5]

마악노초(磨嶽老樵)가 언급한 '자연'의 개념을 전제로, 「만횡청류」노래들의 성 담론을 에코페미니즘적 관점에서 살펴보기로 한다.

## 2. 저항과 도전, 그 해법으로서의 자연

김천택은 마악노초로부터 글을 받아 『진본청구영언』의 후발(後跋)로 실어 놓았다. 마악노초는 선조의 첫째 아들 임해군(臨海君)의 후손으로서 그 자신 시조의 창작과 가창에 관심을 가졌고, 두 살 정도 위인 김천택의 노래를 즐겨 듣곤 하던 소론계통의 지식인이었다.[6] 마악노초의 「청구영

3) 磨嶽老樵의 「청구영언 후발」에 등장하는 '자연'의 의미는 뒤에서 논의될 것이다.

4) B. Devall & George Sessions, Deep Ecology, Salt Lake City: Gibbs M. Smith, 1985, p.65.

5) 생태여성주의는 심층생태주의나 사회생태주의와 공통분모를 갖지만, 차이점도 없지 않다. 이에 관해서는 이귀우의 논문[「생태담론과 에코페미니즘」『새한영어영문학회 학술발표논문집』 Vol. 2001 No.5, 새한영어영문학회, 2001, 60-62쪽] 참조.

6) 김윤조, 「樗村 李廷燮의 生涯와 文學」, 『韓國漢文學硏究』 14, 한국한문학회, 1991, 312쪽.

언후발」은 다음과 같다.

> 김천택이 하루는 청구영언 한 책을 가지고 와 내게 보여주면서, "이 책은 실로 많은 우리나라 선배 명공위인의 작품들을 널리 모은 것입니다. 민간의 음란한 이야기와 상스럽고 외설스러운 가사도 있습니다. 노래는 실로 보잘 것 없는 예술인데 더욱이 이것에 누를 끼쳤으니 군자가 이것을 보고 병으로 여기지 않겠습니까. 선생님께서는 어떻게 생각하시는지요?" 라고 말했다. 나는 "괜찮다. 공자께서 시경을 편찬하시면서 정풍·위풍을 버리지 않으신 것은 선과 악을 갖추어 권장하고 경계하는 뜻을 두신 까닭이다. 시가 어찌 주남의 〈관저〉 뿐이며, 노래가 어찌 반드시 순임금 조정의 〈갱재〉 뿐이리오. 성정에서 떠나지만 않으면 그런대로 괜찮은 것이다." 라고 말했다.(…)우리나라에 내려와서는 그 폐단이 더욱 심하여 오직 노래 한 길만이 풍인이 남긴 뜻에 차차 가까워져 정을 이끌고 인연을 펴내니, 우리말로 읊조리고 노래하는 사이에 유연히 사람을 감동시킨다. 민간의 노래 소리에 이르면 곡조는 비록 아름답고 세련되지 못하나 무릇 그 기뻐 즐기며 원망하고 탄식하고, 미쳐 날뛰며 거칠게 구는 모습과 태도는 각각 자연의 진기에서 나온 것이다. 옛날 백성의 풍속을 살피는 자로 하여금 이를 채집하게 할 새 시로써가 아니라 노래로써 하였음을 나는 알고 있으니, 노래가 어찌 작다고 할 수 있는가.[7]

마악노초가 쓴 글이지만, 『청구영언』에 대한 김천택의 생각과 의도 또한 분명히 들어 있다. 앞부분에 제시된 김천택의 우려는 「만횡청류」에 대한 것으로 보이며, 그 우려는 마악노초의 분명한 설명으로 말끔히 해소되었음을 확인할 수 있다. 사실 김천택은 자신이 수집한 「만횡청류」에 대하여 내심 불안감을 갖고 있었다.[8] 파격적인 표현과 묘사 때문에 사회적 제재의 가능성을 염려하고 있던 그였다. 그 '파격적인 표현과 묘사'가 당대의 통치이념이나 사회적 통념에 위배될 수 있는지의 여부에 대하여 스스로 자신이 없었던 데 그 이유가 있었다. 그래서 전문가인 마악노초를 찾아와 그의 판단을 구한 것이었다. 「만횡청류」의 말미에 덧붙인 발문과 「청구영언 후발」의 뒷부분은 「만횡청류」의 존재가치 혹은 본질적 의미에 대한 설명이나 합리화이면서 그 부분을 『청구영

---

7) 磨嶽老樵, 「靑丘永言 後跋」, 『時調資料叢書 1 : 靑丘永言』, 123-124쪽의 "金天澤 一日 持靑丘永言一編 以來目示 余 曰 是編也 固多國朝先輩名公鉅人之作 而以其廣收也 委巷市井 淫哇之談 俚褻之設詞 亦往往而在歌固小藝也 而又以累之 君子覽之 得無病諸 夫子以爲奚如 余曰 無傷也 孔子刪詩 不遺鄭衛 所以備善惡而存勸戒也 詩何必周南關雎 歌何必虞廷賡載 惟不離乎性情 則幾矣.(…)下逮吾東 其弊滋甚 獨有歌謠一路 差近風人之遺旨 率情而發緣 以俚語 吟諷之間 油然感人 至於里巷謳歈之音 腔調雖不雅馴 凡其愉佚怨歎猖狂粗莽之情狀態色 各出於自然之眞機 使古觀民風者采之 吾知不于詩而于歌 歌其少乎哉."

8) 같은 책, 98쪽의 "蔓橫淸類 辭語淫哇 意旨寒陋 不足爲法 然其流來也已久 不可以一時廢棄 故特顧于下方" 참조.

언』에 실을 수밖에 없었던 현실적 이유의 피력이기도 하다. 김천택의 입장에서는 이 노래들이 파격이긴 하지만 단순히 당대의 상식이나 윤리적 표준에 비추어 배척되어야 할 대상은 아니라는 점을 강조하고 싶었을 것이다.

마악노초도 김천택과 마찬가지로 그가 가져온 노래집 가운데 '위항시정음와지담(委巷市井淫哇之談)'과 '이설지설사(俚褻之設詞)'에 은근히 호감을 갖고 있었던 듯하다. 아정(雅正)한 노래들과 정위(鄭衛)의 노래들을 함께 묶어놓은 공자의 뜻을 들어 김천택의 노래 수집 행위를 적극 변호한 것도 그 때문이다. 「주남(周南)」의 <관저(關雎)>나 우정(虞廷)의 <갱재(賡載)> 만이 옛 노래의 전부가 아니듯 '국조선배명공거인(國朝先輩名公鉅人)'들의 노래만이 그 시대 노래의 전부는 아니라고 했으니, 당시로서는 꽤 진보적인 견해였다. 마악노초는 왕족의 후예로서 당대 지배집단의 상층에 속하던 지식인이었다. 추정컨대 그는 지식인들 사이의 여론을 주도했을 뿐만 아니라 「만횡청류」에 불어 닥칠지도 모르는 역풍 또한 막아줄만한 역량을 지니고 있던 인사로 추측된다. 김천택의 의도는 바로 여기에 있었다. 김천택이 말로는 「만횡청류」를 '본받을 만한 것이 없는' 누추한 것이라고 하면서도 내심 그것에 애착을 갖고 있었으므로 위험을 무릅쓰고라도 이 부분을 『청구영언』에 넣으려 했던 것이다. 이처럼 「만횡청류」와 같은 노래들을 가집에 실어 당대 가요계의 전면에 노출시키기 위해서는 사회적 제재를 막아줄 안전판이 필요했고, 마악노초는 그에 적합한 인사였을 것이다. 그와 함께 또 하나의 안전판은 작품들의 익명성이었다. 김천택이 「만횡청류」를 제외한 상당수의 노래들에 분명한 작자명이나 적어도 작자계층 정도는 추정할만한 단서들을 제시한 반면, 「만횡청류」에 대해서만은 작자 혹은 최소한 그것을 추단할만한 단서 하나도 제시하지 않았다. 「만횡청류」에 속한 노래들이 원래부터 익명의 상태로 전승되거나 창작되고 있었을 가능성도 있지만, 상당부분 김천택이 작자를 추정할만한 단서를 굳이 밝히려 하지 않았던 것으로 보인다.[9]

그렇다면 이 노래들의 문제적 성향은 무엇일까. 우선 「청구영언후발」의 앞부분에서 김천택이 지적한 '위항시정(委巷市井) 음와지담(淫哇之談) 이설지설사(俚褻之設詞)'를 같은 글의 뒷부분에서 마악노초는 '이항구유지음(里巷謳歈之音)'이라 했는데, 그 말들은 모두 「만횡청류」를 지칭한다. 그런데 마악노초는 그것들의 성향을 "곡조는 비록 아름답고 세련되지 못하나 기뻐 즐기며

---

9) 강혜정은 '만횡청류가 가집에 수록되기 전에는 여항에서 떠돌던 노래였다'[「만횡청류의 형성 기반과 여항가요와의 친연성에 대한 고찰」, 『어문논집』 62, 민족어문학회, 2010, 18쪽.]고 했다. 작자를 알 수 있음에도 밝히지 않은 몇몇 작품들을 보면, 굳이 이름을 밝히고자 하지 않았던 것이 김천택의 의도였으리라 짐작된다.

원망하고 탄식하고, 미쳐 날뛰며 거칠게 구는 모습과 태도는 모두 자연의 진기에서 나왔다"고 했다.

여기서 '자연의 진기'는 「만횡청류」의 본질을 지적한 말이다. 전통적으로 『역(易)』을 제외하고 자연이란 말을 별로 쓰지 않았던 유가(儒家)와 달리 『노자(老子)』[10]를 필두로 도가에서는 빈번하게 사용해 왔다. 노자의 자연은 창조된 사물이 아니라 자연적인 것이며, 자연법칙에 따라 이루어진 것이므로 자연법칙은 바로 '도(道)'요, 도는 바로 자연법칙이었다.[11] 그 때의 자연은 '스스로 그러함/그렇게 됨' 즉 '인간의 힘이나 의도가 가해지지 않은 상태 혹은 존재'를 의미한다. 유가의 경우 인간의 자연적 상태에 대하여 낙천적 태도를 지님에도 불구하고 거기에 인위적 가공이 첨가되어야 조화를 유지할 수 있다고 보았는데,[12] 그렇다면 분명 유자였던 마악노초가 도가적 자연의식으로 노래의 본질을 논하고 있는 점은 이채로운 사실이다. 마악노초는 '자연의 진기'를 언급했다. 진기(眞機)란 '현묘한 이치나 비결'을 의미한다. '인간사를 포함, 세상사의 작위적(作爲的)이지 않은 자연스런 모습을 보여주는 것'이 모두 천기(天機)라면,[13] 진기는 천기와 같은 의미를 갖는 말이다. 천기의 심층적 의미를 '자연의 생명기작(生命機作)이 내재화된 인간의 창조 역량'[14]으로 해석할 수 있으므로 창조를 지향하는 인간의 심리와 '걸림 없는' 자연의 본질이 만나 이룩한 바탕을 진기로 이해해도 무방할 것이다. 천기라는 말은 『장자』[15]에서 비롯되어, 후세의 유학자들이나 다양한 문헌들에서도 많이 사용되어 왔다. 마악노초가 말한 '진기'의 진은 '선인(仙人), 진인(眞人), 사물의 있는 그대로의 모습 곧 우주의 절대 진리' 등을 뜻하는데, 전통적으로 도가에서 많이 사용되어 오던 말이다.[16] 원래 정주학이 노장과 불교를 배격하기 위한 논리체계로서 불교적

---

10) 박일봉 역저, 『老子 道德經』[육문사, 1991]의 제 17장[悠兮其貴言 功成事遂 百姓皆曰我自然], 23장[希言自然 故飄風不終朝 驟雨不終日 孰爲此者], 25장[人法之 地法天 天法道 道法自然], 51장[道生之 德畜之 物形之 勢成之 是而萬物莫不尊道而貴德 道之尊 德之貴 夫莫之命而常自然] 등 참조.

11) 김동원, 「道와 自然」, 『退溪學硏究』 7, 단국대 퇴계학연구소, 1993, 97쪽.

12) 정용환, 「유가에서 자연과 인공의 조화」, 『한중철학』 8, 한중철학회, 2002, 183쪽.

13) 정요일, 「天機의 槪念과 天機論의 意義」, 『漢文學報』 19, 우리한문학회, 2008, 247쪽.

14) 이동환, 「朝鮮後記 '天機論'의 槪念 및 美學理念과 그 文藝·理想史的 聯關」, 『韓國漢文學硏究』 28, 한국한문학회, 2001, 123쪽.

15) 『莊子』 「內篇」 '大宗師'의 "其耆欲深者 天機淺"[장기근·이석호 역, 『老子·莊子』, 삼성출판사, 1982, 241쪽] 참조.

16) 佛家나 유가에서도 '진'이란 글자가 붙은 용어들을 사용하고는 있으나, '眞客·眞格·眞訣·眞境·眞界·眞誥·眞公·眞果·眞官·眞館·眞關·眞君·眞宮·眞機·眞洞·眞侶·眞靈·眞錄·眞仙·眞聖·眞聲·眞宇·眞游·眞宰·眞籍·眞庭' 등 '진'이 붙은 말들은 대부분 도가의 용어들이다.

이론이나 도가적 사변이 그 근저를 형성하고 있으며, 시대의 변화나 요청에 부응하여 도가나 불교의 이론을 수용해온 점을 감안하면,17) 여기서 언급된 ‘자연’에 도가적 색채가 들어 있다하여 논란이 될 일은 없다고 본다.

마악노초가 단가를 잘 불렀고 당대의 악사나 가객들과 교유했으며 노래를 짓기도 했다는 점,18) 그가 평소 노래 듣기를 좋아했고 그 중에서도 더욱 김천택의 노래 듣기를 좋아했다는 점19) 등도 당대 노래에 관한 두 사람의 공감대를 『청구영언』의 「만횡청류」에서 확인하게 되는 단서들이다. 더욱이 「만횡청류」에 대한 마악노초의 전문가적 비평의식은 김천택과 공유하던 생각이었을 것이다. 특히 마악노초가 평생을 현실정치와 일정한 거리를 유지하며 칩거했다는 사실20) 또한 당대의 지배 이데올로기로부터 약간의 거리를 둔 채 자신의 비평에 무의식적으로나마 도가적 기풍을 깔게 된 이유로 짐작된다.

그는 “①민간의 노래 소리에 이르면 곡조는 비록 아름답고 세련되지 못하나 ②무릇 그 기뻐 즐기며 원망하고 탄식하고, 미쳐 날뛰며 거칠게 구는 모습과 태도는 각각 자연의 진기에서 나온 것”이라고 했다. 이 말의 내용이 당대의 지배이념이었던 유교적 관점과는 크게 다르거나 한 발 더 나아가 그것과 대척의 지점에 서 있음은 분명하다. 유가적 미의식에 따를 경우 노래의 이상은 즐겁되 지나치지 않고 슬프되 상함에 미치지 않아야 하며,21) ‘아정하거나 아순(雅馴)’한 것이어야 했다. 조선시대 유가적 미의식의 대표적 사례는 퇴계(退溪) 이황에 의해서도 피력된 바 있다. 그는 조선시대에 많이 불리던 <한림별곡>이나 이별의 <육가>에 대해서 ‘호걸스러움을 자랑하여 방탕하고 무례하고 거만하며 희롱하고 친압한 노래라서 군자가 숭상할 바가 아니며, ‘세상을 놀리는 불공스런 뜻이 있고 온유돈후의 실질이 적다’22)고 질타했으며, ‘정위를 좋아하여 음탕함을 더하고 옥수후정화를 들어 뜻을 방탕하게 갖는’23) 세상 사람들을 꾸짖기도 했다. 뿐만 아니라

---

17) 안병주, 「유교와 이론 보완: 페미니즘 수용과 관련하여」, 한국유교학회 편 『유교와 페미니즘』, 철학과현실사, 2001, 16-17쪽 참조.

18) 김윤조, 앞의 논문, 323-327쪽 참조.

19) 같은 논문, 325쪽.

20) 같은 논문, 319쪽.

21) 朱熹, 「詩經 序」, 『原本集註 詩傳』, 명문당, 1978, 3쪽의 “其發於言者 樂而不過於淫 哀而不及於傷”

22) 「陶山十二曲跋」, 『退溪先生全書[續內集]』 권 60 · 跋, 『陶山全書 三』, 한국정신문화연구원, 1980, 294쪽의 “如翰林別曲之類 出於文人之口 而矜豪放蕩 兼而褻慢戲狎 尤非君子少宜尙 惟近世有李鼈六歌者 世所盛傳 猶爲彼善於此 亦惜乎其有玩世不恭之意 而少溫柔敦厚之實也”.

23) 「書漁父歌後」, 『陶山全書 三』, 284쪽의 “豈若世俗之人 悅鄭衛而增淫 聞玉樹而蕩志者比耶”.

‘자부심을 드러내고 화려함을 다투며 기개를 다하여 남보다 나아지려고 함으로써 방탄함이나 방잡함에 이르는 것은 말을 삼가거나 방자한 마음을 수습하는 도에 방해가 되므로 마땅히 경계해야 한다’[24]는 작시의 기본태도를 강조하기도 했다. 이처럼 노래에 대한 유가적 미의식의 바탕은 절제와 균형이었으며, 무엇보다도 타자로 차별받던 여성의 섹슈얼리티(sexuality)에 의해 조성되는 음탕함을 배척함으로써 그런 미학은 두드러질 수 있다고 보았다. ‘자연스러운 감정의 소리가 과불급의 치우침이 없도록 악기의 연주로 조절하여 균형을 찾는 것, 즉 인공의 가미에 의해 인간의 자연성을 조화롭게 양성하는 것’이 노래에 적용되던 유가적 미의식이었다.[25]

그러나 마악노초가 「청구영언 후발」에서 거론한 민간의 노래는 그와 정반대였다. 앞에 제시한 ①은 표면적으로 볼 때 부정적인 언급인 듯하나 기존 유가적 관점에서의 ‘낙이불음(樂而不淫)’이나 ‘애이불상(哀而不傷)’과 다름을 강조하는 내용이며, ②는 ①을 좀 더 구체적으로 보여주는 언술이다. 이 내용이 바로 「만횡청류」의 파격성을 지적하고 있음은 물론이다. 「만횡청류」의 파격성들 가운데 가장 두드러져 김천택으로 하여금 불안감을 느끼도록 한 것은 성(性)을 둘러 싼 개방적이고 대담한 묘사와 서술이다. 성이 남녀 모두의 문제이며, 「만횡청류」에서 성을 언급하는 노래들의 화자로 남성이 등장한다 해도 노래 밖으로 두드러지는 개방의 실질적인 주체[혹은 대상]가 여성이라는 점에서 이들 노래는 당시의 지배 이데올로기에 대하여 꽤 도전적이다. 특히 조선조 이념사회의 차별 구조 속에 은폐되어 왔던 존재가 여성이었기에, 여성의 존재가 노래에 표현된 성적 사건의 분명한 당사자로 노출된 점은 큰 사건이라 할 수 있다. 남녀 관계에서 욕망이나 쾌락을 색(色)이라 할 때, 그것은 성의 자연적인 기능이며 자연적 존재로서의 자기 자신을 경험하는, ‘존재에 대한 자기 확인’이다.[26] 그러나 인간의 현실적 삶을 통제하는 지배 이데올로기의 작동 여하에 따라서는 가장 사적인 부분인 남녀 간의 성을 통한 쾌락 추구의 구도조차 바뀔 수 있는 것이다. 즉 남녀 쌍방의 참여로 이루어지는 것이 성행위임에도 주체자나 수혜자가 어느 일방으로만 한정된다면, 분명 불평등한 관계라 할 수 있다. 말하자면 성행위에서 여성은 쾌락을 수혜할 수 없었고, ‘음녀(淫女)’의 불명예를 피하기 위해서 성적 쾌감을 적나라하게 표현해서는 안 되었기 때문이다.

---

24) 「與鄭子精」, 『退溪先生全書』 권 49 · 書, 『陶山全書 三』, 53쪽의 “君惟以誇多鬪靡 逞氣爭勝爲尙 言或至於放誕 義或至於庬雜(…)尤有妨於謹出言收放心之道”.

25) 정용환, 앞의 논문, 183쪽.

26) 이숙인, 「‘貞淫’과 ‘德色’의 개념으로 본 유교의 성담론」, 『哲學』 67, 한국철학회, 2001, 19쪽.

이러한 사회적 분위기에서 「만횡청류」를 엮었다는 사실은 대단한 사회적 제재를 각오하지 않으면 불가능한 일이었다. 현실 상황의 엄중함 때문에 당대의 명망 있는 재야 지식인 마악노초는 '자연의 진기'라는 예술미학적 근거를 끌어옴으로써 예상되는 사회적 제재를 사전에 예방하려 했고, 김천택으로서도 일종의 안전장치를 마련해 둔 것으로 생각했던 것이다.

## 3. 자연성 회복의 성 담론

김천택의 요청으로 마악노초가 마련한 '자연의 진기' 논리는 사회 생태학으로 해석될 수 있는 담론이다. 몇 가지 점에서 「만횡청류」는 생태학과 밀접한 관련을 맺는다. 북친(M. Bookchin)의 사회 생태학 이론에 따르면, 오늘날 생태계의 위기는 인간의 자연에 대한 지배보다 인간이 인간을 지배하고 억압하는 '사회적 불평등'에 그 원인이 있다고 본다. 즉 불평등이나 억압이라는 사회문제는 사회생태주의에 의해 착취의 경제적 제 형태를 훨씬 뛰어넘어 가족 속에, 세대와 성별 사이에, 민족 집단 사이에 정치적·경제적·사회적인 관리제도 속에, 그리고 가장 중요한 자연과 인간 이외의 생물종도 포함하는 전체로서의 현실을 경험하는 방식 속에 존재하는 지배의 문화적인 여러 형태로 확장된다고 한다.[27] 여성에 대한 남성의 억압, 한 계급에 대한 다른 계급의 지배와 억압, 이러한 인간의 불평등한 지배구조가 자연에 대한 지배와 착취로 이어졌다는 것이다.[28] 남성 중심적이고 인간 중심적인 사고에서 벗어나 성차별의 사회구조를 철폐함과 아울러 자연의 존엄성을 재인식하고, 여성과 자연의 근원적인 결합을 통해 성의 조화와 모든 생명체들의 공생을 도모하고자 하는 것이 생태 여성주의의 담론이다.[29] 따라서 「만횡청류」는 사회생태학의 입장에서 분석될 수 있는 텍스트이며 생태 여성주의와도 밀접한 관련을 맺는다.

「만횡청류」에서 발견하는 성적 자유에 대한 구가(謳歌)는 불평등한 사회구조에 대한 일종의 반역이다. 그것은 과거부터 지속되어온 남성중심의 사회구조나 남녀 차별의 지배 이데올로기에 대한 반역이기도 하다. 성의 자유나 쾌락을 말하는 화자가 비록 남성이라 할지라도 여성의 성 심리를 섬세하게 노출시키고 있는 한 그 자유로움의 결정권은 상당부분 여성이 쥐고 있었던 것으로 볼 수 있다. 특히 과감성을 보이는 일련의 노래들은 여염의 여자들과는 다른 부류인 기생들이

---

27) 머레이 북친, 박홍규 옮김, 『사회생태주의란 무엇인가』, 민음사, 1998, 57쪽.

28) 홍문표, 「기독교와 생태주의 시론」, 『한국시문학』 11, 한국시문학회, 2001, 15쪽.

29) 같은 논문, 16쪽.

지어 불렀을 가능성이 크며,[30] 노래에 등장하는 남성화자들 역시 여성들이 자신들의 욕망을 투사하여 설정한 존재들에 불과하다. 또는 이들과 정서적으로 소통하면서 노래를 다듬어 내던 중인가객들이 그들의 욕망을 반영하여 설정한 존재들일 수도 있다.[31] 어느 경우이든 여성이 우월한 주체로 등장하는 텍스트가 「만횡청류」다. 그렇다면 「만횡청류」가 반역하고자 한 대상은 무엇일까. 바로 남성 중심의 지배이데올로기가 만들어낸 '열녀담론'이었다. 여성 스스로 자신의 성적 욕망을 억누름으로써 만들어지는 열녀는 불평등한 사회구조의 반자연적·반 생태적 산물이었다.[32] 열녀담론의 틀을 깨는 것이 여성이든 남성이든 「만횡청류」의 담당계층이 노랫말에 숨겨놓거나 과감히 드러낸 표현적 기교였고, 그런 기교를 통해 억눌렸던 리비도의 해소는 가능했으며, 리비도의 해소를 통해 몸은 자연의 상태를 회복할 수 있었다. 여기서 누가 성적 주도권을 쥐게 되었으며, 그 주도권을 통해 '자기 존재'를 확인할 수 있었던 주체는 누구였는가를 알아볼 필요가 있다. 이숙인은 다음과 같이 설명한다.

> 유교의 논리에서 볼 때 쾌락의 주체는 곧 모든 인식과 실천의 주체가 될 수 있는 사람에게 한정된다. 즉 쾌락의 능동성은 도덕의 주체자만이 확보할 수 있는 것이다. 반대로 쾌락의 측면에서 수동적이고 순응적인 태도를 강요당한다는 것은 다른 인식과 실천에서도 그런 태도가 요구되었기 때문이다. 여기서 역사 속에서 적극적이고 능동적인 삶을 살았던 여성들이 '쾌락의 탐닉자'로 정의되는 맥락을 이해할 수 있다.(…)여성은 남성과 달리 쾌락의 주체가 될 수는 없으며 따라서 여성의 도덕은 쾌락을 부정하는 데서 성립된다. 주체성을 확보할 수 없는 여성에게 도덕과 쾌락은 이원 대립적이고 상호배타적인 것이 되는 것이다. 다시 말하면 여성에게 도덕과 쾌락은 서로 분리되면서 상호 연결되어 있는 구조 속에서 이해된다. 쾌락이 단순히 자연 기능에 불과한 것이 아니라 인식과 실천의 다른 태도들과 연계되어 있는 유교의 논리에서 볼 때 여성에게서 쾌락 등의 성적 욕망을 박탈하는 것은 곧 여성의 모든 것을 장악할 수 있는 방법이 된다.[33]

---

30) 조규익, 『만횡청류의 미학』, 박이정, 2009, 197쪽.

31) 강명관은 기방에 출입할 수 있는 계층으로 양반 중 무반과 중간계급을 들었는데,[「기방풍경1-처음 보는 계집 말 묻겠소」, 『조선 사람들, 혜원의 그림 밖으로 걸어 나오다』, 푸른 역사, 2001, 123쪽] 그 '중간계급'을 중인층으로 보아야 할 것이다.

32) 이숙인, 「열녀담론의 철학적 배경: 여성 섹슈얼리티의 문제로 보는 열녀」, 한국고전여성문학회, 『조선시대의 열녀담론』, 월인, 2002, 48쪽 참조. 성의 억압을 통한 쾌락의 배척은 남성이 여성을 통제하는 좋은 수단이었고, 그 논리적 바탕을 제시해준 것이 바로 유교 이데올로기였다. 그러나 열녀담론이 여성에게만 불리했던 것은 아니다. 남성 역시 무한의 자유를 누릴 수 없었던 것은 바로 열녀담론의 제약 때문이었다. 그런 점에서 정도의 차이는 있지만, 열녀담론은 '자연'이라는 바탕으로부터 남녀 모두를 소외시킨, 반 생태적 논리체계였다.

조선조 사회에서 대부분의 여성들은 사회를 주도하고 성관계를 주도하던 남성들에 대한 타자의 입장이었다. 성관계를 통해 이루어지는 쾌락은 쌍방의 공유물이어야 했으나 당대의 여성들에게 그것을 동등한 자격으로 요구하거나 공유할 권리는 없었다. 남성들은 여성으로부터 성적 쾌락을 박탈함으로써 여성들에게 '정숙(貞淑)'이라는 허울뿐인 명분을 달아주고 그들의 삶 자체를 지배하고자 했다. 성적 주체성이나 자기 존재에 대한 확인은 조선 시대가 유지되는 한, 유교가 지배이념으로 지속되는 한 유보될 수밖에 없었던 잉여적 권리일 뿐이었다. 이런 점에서 조선 시대의 성문화는 자연의 이법이나 이치를 거스른 반 생태적인 것이었고, 남성을 비롯한 지배층이 자진하여 바꾸지 않는 한 그런 상황은 개선될 수 없었다. 따라서 「만횡청류」에 등장하는 성 담론은 일종의 집단적 반역으로 비쳐지기에 충분한 조건을 갖추고 있었다.

#### 1) 은유를 통한 여성의 존재확인

> ᄃᆡᆨ들에나모들사오져쟝스야네나모갑시언매웨ᄂᆞᆫ다사쟈ᄡᆞ리남게ᄂᆞᆫᄒᆞᆫ말치고검부남게ᄂᆞᆫ닷되를쳐셔合ᄒᆞ야혜면마닷되밧습ᄂᆡ삿대혀보으소잘붓습ᄂᆞ니ᄒᆞᆫ적곳사ᄡᅡ혀보며ᄂᆞᆫᄆᆡ양사ᄡᅡ히쟈ᄒᆞ리라. 〈만횡청류-535〉[34]

남자로 추정되는 장사와 소비자로 추정되는 여성화자가 땔나무를 사이에 두고 모종의 대화를 주고받는 '나무장사 노래'다. 외견상 나무장사와 소비자인 여성과의 대화일 뿐 특이한 점을 발견할 수는 없다. 그러나 노래의 끝부분까지 읽을 경우 수상한 이면적 의미가 존재함을 깨닫게 된다. "삿대혀 보으소 잘 붓습나니 ᄒᆞᆫ 적곳 사ᄡᅡ혀 보며ᄂᆞᆫ ᄆᆡ양 사ᄡᅡ히쟈 ᄒᆞ리라"는 표현 속에 들어있는 진의(眞意)다. 이 표현 가운데 '삿대혀 보으소'는 '사서 때다'라는 외연과 함께 '샅[남녀의 성기]을 대다' 라는 내포가 상정된 표현이라는 점이 쉽게 간파된다. 그리고 '잘 붓습나니'는 '불이 잘 붙는다'는 외연과 함께 '남녀 간에 잘 교합된다'는 하나의 내포가 병치된 언술이다. 이처럼 나무장사를 등장시킨 의도가 범상치 않다. 나무장사는 옛날 도회에서 흔히 볼 수 있던 땔감장수이고, 땔감은 불을 떠올리게 한다. 원시시대에는 나무를 비벼 불을 얻었다. 대목과 발화봉이 마찰하면 불이 일어나는데, 그 모양과 행위가 남녀의 성기나 남녀 간의 성행위와 유사하다. 따라서 불에는 남녀 간의 성행위나 성적 에너지라는 의미가 내포되어 있다. 이 노래에는 전체적으로 '나무에

---

33) 이숙인, 「'貞淫'과 '德色'의 개념으로 본 유교의 성담론」, 21쪽.

34) 『時調資料叢書 1: 靑丘永言』, 111쪽.

불이 잘 붙음'이라는 보조관념과 '남녀 간의 성적 결합'이라는 원관념을 교묘하게 병치시킨 창조적 은유가 표현원리로 작용하고 있다. 두 개념을 서툰 방법으로 문면에 노출시키기보다는 음성의 유사성을 통하여 의미까지 연상시키도록 배려한 작자의 주도면밀한 기교를 엿볼 수 있다. 한술 더 뜨는 점은 땔나무의 등급까지 매긴 점이다. 싸리나무는 한 말을 쳐서 팔고, 검불나무는 닷되를 쳐서 판다고 했다. 산에 올라가야 얻을 수 있는 싸리나무는 강하고 탄력이 있으며 화력도 세다. 그러나 농가에서 쉽게 얻을 수 있는 검불나무는 가볍고 보드라우며 화력이 약하다. 싸리나무와 검불나무가 성적으로 강하고 약한 남자를 은유한다는 것쯤은 어렵지 않게 간파할 수 있다. 이처럼 이 노래 전체에 세련된 병치가 이루어져 있는데, 그것이 바로 『만횡청류』에서 흔히 볼 수 있는 은유의 창조적 특질이기도 하다.[35]

이 노래 내용의 대부분이 남성 화자에 의해 이야기되고 있다하여, 그것을 단순히 남성중심 이데올로기의 산물로 보아서는 안 된다. 우선 이 노래는 여성 화자에 의해 유도된 언술이다. 그리고 싸리나무와 검불나무가 모두 남성을 은유하고 있지만, 구매자가 여성들인 이상 그것들은 여성의 성적 쾌락을 위해 봉사하는 도구들일 뿐이다. 그러므로 이 노래의 이면에는 여성의 성욕이 들어 있고, 노래의 실질적 주체는 여성이다. 따라서 남성 화자도 여성에 의해 설정된 수동적 존재로 보는 것이 타당하다. 비록 교묘한 은유의 외피를 감고 있긴 하나, 이 노래의 본질은 '정숙한 여인' 모델에 대한 부정에 있다. 이런 노래들을 통해 조선의 여성들은 성적 쾌락을 비로소 노래하기 시작했는데, 교묘한 은유의 시도로 미루어 이 노래는 그런 파괴나 반역의 첫 단계에 속할 것이다. 다음의 노래도 같은 차원에서 볼 수 있다.

> 琵琶야너ᄂᆞᆫ어이간되녠듸앙쥬아리ᄂᆞᆫ힝금ᄒᆞᆫ목을에후로혀안고엄파ᄀᆞᆺ튼손으로ᄇᆡ를자바ᄠᅳᆺ거든아니앙쥬아리랴아
> 마도大珠小珠落玉盤ᄒᆞ기ᄂᆞᆫ너ᄲᅮᆫ인가ᄒᆞ노라.
> [만횡청류-536][36]

앞에서 살펴 본 <나무장사 노래>와 인접하여 실려 있는데, 비파의 아름다운 소리와 연주할 때 비파를 잡는 모습 등을 중심 소재로 다룬 노래다. 여기서도 두 명의 화자가 등장하여 대화를 주고받는다. 처음의 화자가 비파를 불러내어 '왜 가는 곳마다 앙알거리느냐?'고 묻자 상대 화자인

35) 이상 작품에 대한 해석은 조규익, 앞의 책, 125-126쪽 참조.
36) 『時調資料叢書 1 : 靑丘永言』, 111쪽.

비파는 '홀쭉한 목을 둘러 안고 움파 같은 손으로 배를 잡아 뜯는데 앙알거리지 않을소냐?'고 대답했고, 다시 처음의 화자는 '아마도 크고 작은 구슬이 옥 소반에 떨어지는 소리는 너뿐일 것'이라고 감탄한다. 노래의 핵심은 '앙쥬아리ᄂᆞᆫ'이나 '힝금ᄒᆞᆫ목을에후로혀안고엄파ᄀᆞᆺ튼손으로 ᄇᆡ를쟈바뜻거든아니앙쥬아리랴'에 있다. 즉 앙알거리는 비파의 소리, 가는 목을 둘러 당겨 안고 희고 가냘픈 손으로 배를 잡아 뜯는 듯한 연주 태도 등에 내용 파악의 열쇠가 있다는 것이다. '가는 목을 안고 배를 잡아 뜯으니 앙알거리지 않을 수 없다'는 요지의 언술은 외견상 비파 연주의 모습을 객관적으로 묘사한 내용 같아 보이지만, 그 이면적 의미는 다르다. 우선 비파라는 무 생명체를 생명체로 파악하고 있다는 점, 목이나 배 같은 인간의 육체를 끌어왔다는 점, 그 육체에 손을 대니 소리를 내는 것으로 묘사하고 있다는 점 등은 작자의 실제의도가 어디에 있는지를 보여준다. 마지막 부분인 '대주소주낙옥반(大珠小珠落玉盤)'의 주옥은 여성을 상징한다. 따라서 이 노래의 첫 화자는 남성, 두 번 째 화자인 비파는 여성이다. 노래의 작자는 비파의 모습에서 여인을, 비파 연주 모습 혹은 그 소리를 통해 여인과 벌이는 사랑의 행위를 떠올렸을 것이다. 비파와 비파 연주자는 사랑하는 남녀와 유사성을 가졌다고 본 것이다. 즉 비파 연주자가 비파를 다루는 행위는 남자가 여자를 애무하는 행위로 자연스럽게 연결된다. 비파를 연주할 때 울려나오는 소리는 남자가 여자를 애무할 때 여자가 토해내는 기쁨의 소리와 유사성을 갖고 있는 것으로 보았을 법하다. 그러나 노래의 문면에는 남자와 여자, 혹은 남녀 간의 애정에 관한 말은 한 마디도 노출되어 있지 않다. 세련된 악기 이야기를 펼쳐, 듣는 사람으로 하여금 안심하게 하면서도 이면적으로는 도에 넘치는 외설적 이야기를 펼치는 범상치 않은 표현기법을 사용했다.[37]

이상의 <나무장사 노래>와 <비파노래>에는 남성과 여성화자가 함께 등장하지만, 여성화자의 비중이 더 크다. 남성을 은유하고 있는 '싸리나무'나 '검불나무'는 쾌락을 즐기는 여성의 입장에서 매긴 등급이며, 비파 역시 여성의 입장에서 느끼는 쾌락을 묘사한 실황이다. 말하자면 작자들 스스로의 성적 쾌락을 구가하기 위해 편의상 남성 화자를 등장시켰을 뿐, 노래들의 실질적 주체는 여성이라는 것이다. 적어도 이 시기에 쾌락 추구의 성 담론을 이처럼 과감하게 펼친 것은 사회의 이면에서 큰 변화가 일어나고 있었음을 암시하는 일이다. '쾌락을 추구하기 위한 수단'으로서의 성을 남성과 여성의 동등한 입장에서 말할 수 있게 된 것은 남성주도의 이념사회에 대한 반역인 동시에 여성들의 '성적 주체성'에 대한 깨달음이나 의미부여의 결과였다. 그것은 여성에 대한

37) 이상 작품에 대한 해석은 조규익, 앞의 책, 130-131쪽 참조.

남성의 성적 억압이 '인간의 자연 지배'와 동질적인 사안임[38]을 인식한 「만횡청류」 에코페미니즘의 출발선이기도 하다. 자연의 본질을 이해하려는 관점에 설 때 비로소 여성도 남성과 마찬가지로 성적 쾌락을 느끼는 존재라는 점을 인정하게 된다. 남성과 여성, 인간과 자연 사이에 균형과 조화를 모색한다는 점에서 이런 노래는 생명 평등주의의 성 담론일 수 있다.

그렇다면 작자는 이 노래들에서 왜 땔나무와 비파 같은 소도구들을 동원했을까. 일종의 자기검열 혹은 자기보호의 장치인데, 작자들은 은유를 자기검열의 효과적인 장치로 여긴 듯하다. 프로이트에 의하면 잠재된 꿈의 내용이 외현된 꿈의 내용으로 전환되는 과정에 '마음의 검열관'이 자리잡고 있다 했다. 즉 '꿈-검열'이란 원래 드러내고자 했던 것 대신 표현을 완화시키거나 유사한 것으로 변죽을 울리며 암시로 끝나고 마는 제2유형과 강조점의 이동에 따른 내용의 재편성을 통해 외현적 꿈에서 잠재적 꿈-사고를 추측해낼 수 없는 제3의 유형도 있다고 본다. 즉 재료의 누락이나 수정, 내용의 재편성 등이 바로 꿈-검열의 작용이며 꿈-왜곡의 수단이라는 것이다.[39]

프로이트가 말한 수정·재편성·왜곡 등은 자기검열의 무의식적 결과이며, 그 주요한 수단으로 사용되는 것이 바로 은유다. 위의 노래들에서 땔나무나 비파를 동원한 행위는 그런 자기검열의 무의식과 은유라는 도구로 설명될 수 있다. 휠라이트는 은유로 서술된 현실은 '상징적 간접성을 통해 부분적으로 그리고 애매하게 드러남 자체'라 했다.[40] 작자 자신 혹은 자기계층의 집단적 욕구[성욕과 쾌락의 자유로운 표출 및 향수를 통한 성적 주체성의 확인]를 드러내기 위해 끌어온 땔나무와 비파 등의 소재들이 드러내는 의미적 명징성에는 한계가 있다. 사실은 작자들의 의도 또한 그 점에 있었다. 노래의 수용자나 해석자의 능력에 맡겨둘 수밖에 없을 만큼 그들이 사용한 은유적 표현은 애매한 것이 사실이다. 따라서 원래 '존재를 정확히 언표해 줄 수 있거나 존재의 현상을 올바르게 드러내는 언어가 있다면, 굳이 은유를 통하지 않고 그렇게 할 것'이며, '내용의 풍부함을 전달하기 위해 일부러 은유적 표현을 사용하기도 한다'는 설명들[41]과 다른 차원에서 이 노래들의 은유는 훨씬 창조적이고 심층적인 의미를 담고 있다. 노래의 의도나 의미가 쉽게 간파될 수도 있고, 단순한 '나무장사 노래'나 '비파노래'로 수용될 수도 있겠지만, 어느 쪽이든 노래의 담당층[42]으로서는 손해 볼 것이 없었다. 노래의 작자가 여성이든 남성이든 남성중심의

---

38) 이정남, 『종교적 영성 페미니즘 에코 페미니즘』, 영산원불교대학, 1999, 174쪽 참조.

39) 지그문트 프로이트, 임홍빈·홍혜경 공역, 『정신분석강의』 상권, 열린책들, 1997, 198-199쪽 참조.

40) 필립 휠라이트, 김태옥 역, 『隱喩와 實在』, 문학과지성사, 1982, 167쪽.

41) 정기철, 『상징, 은유 그리고 이야기』, 문예출판사, 2004, 68쪽.

사회가 자행하던 성적 억압에 맞서 그들 스스로 시도한 첫 단계의 반역이 바로 이런 노래들에 나타났다고 할 수 있기 때문이다.

2) 성적 자기 결정권을 통한 자연의 회복

<나무장사 노래>와 <비파노래>가 자기검열의 보호막을 앞세운 욕망과 쾌락의 자연스러움을 노래했다면, 그로부터 한 발 더 나아가 자기 보호의 가림막을 과감하게 벗겨냈다는 점에서 외간남자와의 불륜을 내용으로 하는 다음의 노래는 쾌락에 대한 욕망이 훨씬 자극적이다.

> 니르랴보쟈니르랴보쟈내아니니르랴네남진ᄃᆞ려거즛거스로물깃ᄂᆞᆫ쳬ᄒᆞ고통으란ᄂᆞ리와우물젼에노코ᄯᅩ아리버서통조지에걸고건넌집쟈근金書房을눈기야불러내여두손목마조덤셕쥐고슈근슈근말ᄒᆞ다가삼밧트로드러가셔므스일ᄒᆞ던지ᄌᆞᆫ삼은쓰러지고굴근삼대ᄭᅳᆺ만나마우즑우즑ᄒᆞ더라ᄒᆞ고내아니니르랴네남진ᄃᆞ려져아희 입이보도라와거즛말마라스라우리ᄂᆞᆫᄆᆞ을지서미라실삼쇼곰ᄏᆡ더니라. [『만횡청류』 – 576][43]

유부녀와 외간남자가 벌이는 불륜 즉 간통을 중심 소재로 한 이 노래에도 두 명의 화자가 등장한다. 한 사람은 간통 행위를 훔쳐본 남자,[44] 또 한 사람은 간통 행위의 당사자인 유부녀다. 노래의 전반부는 간통의 현장을 잡아 남편에게 이르겠다는 협박이고, 후반부는 이에 대한 유부녀의 변명이다. 무대는 전통사회에서 추문의 현장으로 흔히 등장하던 동네 우물가 삼밭이다. 유부녀와 건넌 집 작은 김 서방이 만나 두 손목 마주 쥐고 수근 대다가 삼밭으로 들어갔다는 것, 그들이 삼밭으로 들어간 뒤 키 작은 삼은 쓰러지고 키 큰 삼은 우쭐우쭐 흔들거리더라는 것 등이 화자가 훔쳐 본 내용이다. 반복과 도치에 의해 이루어지긴 했으나 첫 두 행에는 화자의 감정이 명료하게 투영되어 있다. 화자가 표출하는 욕망이나 질투의 대상은 1차적으로 간통의 당사자인 여인이며, 2차적으로는 그녀와 사랑을 나눈 '작은 김 서방'이다. 여인이 외간남자와 관계를 맺는 현장을

---

42) 작자나 가창자, 전파자들을 두루 포괄하는 개념이다.

43) 『時調資料叢書 1 : 靑丘永言』, 121쪽.

44) 화자 혹은 고발자가 남성 아닌 여성일 수도 있다. 그러나 당사자인 유부녀가 노래의 끝에서 '마을 지어미'를 강조한 점이나 '저 아이'라고 지칭한 점 등을 감안하면 '나 어린 남자 즉 아동'일 가능성이 크다. 한 연구자는 '우리는 마을 지어미'라는 말을 들어 당사자인 유부녀가 '삼밭에 함께 들어간 사람은 남성이 아니라 여성'이라는 주장[류해춘, 「不倫을 媒介로 한 辭說時調의 性談論」, 『우리文學硏究』 24, 우리문학회, 2008, 9쪽]을 내놓은 바도 있다. 다른 관점에서 '저 아이'라는 말은 실제로 '나이 어린 아이[남자 아이]'를 지칭한 말일 가능성이 크지만, '성의 현장'에서 '우월해진 여성에 대한 왜소해진 남성'을 암시하는 언술일 수도 있다.

훔쳐 본 화자의 입장에서 그녀의 남편은 더 이상 성적 질투의 대상이 아니다. 남편만이 불륜을 저지른 여인과 외간남자에게 당당한 권리를 행사할 수 있으므로, 화자가 볼 때 그녀의 남편이야말로 이용가치가 충분한 존재일 뿐이다. '남편에게 이르겠다'는 것은 여인의 비행을 징치(懲治)의 주체에게 폭로하겠다는 말이다. 물론 남편에게 일러바친다고 협박한 것은 화자의 가슴 가득 들어찬 성적 욕망과 질투 때문이지 도덕심 때문으로 볼 수는 없다. 첫 부분에 암시된 불륜의 정황은 그 다음부터 끝 부분 직전["내아니니르랴네남진ᄃᆞ려"]까지의 노랫말에서 구체화된다. 노래 가운데 제1화자에 의한 구체적 정황묘사에 이어 열세 번째 행부터 마지막 행까지의 부분은 여인의 변명이다. 여인의 변명 속에 들어 있는 '마을 지어미'와 '실삼을 캐다'라는 언술은 자신의 지위와 노동의 당위성을 바탕으로 '혐의 없음'을 강하게 암시하는 내용이다. 물론 그 때문에 본의 아니게 불륜의 혐의에 대한 정황 증거 일부를 스스로 노출시킨 것도 사실이다. 이처럼 노래에 등장하는 화자들의 자기 모순적 언술을 통해 오히려 성적인 분위기나 욕망을 증폭시키고자 한 기법은 독특하다.[45]

사실 이 노래가 '불륜에 대한 고발'의 의도로 불렸다고 보기에는 노랫말 전편에 넘치는 서사적·서정적 분위기가 인간적이면서도 자극적이다. 특히 이 사건의 한 당사자인 유부녀의 그럴 듯한 변명은 향촌사회에서 달라진 여성의 위상을 암시하기도 한다. 불륜이 자기애(自己愛)를 바탕으로 한 행위[46]임을 감안한다면, 여기서 노래된 불륜은 「만횡청류」에서 제기된 여성의 '성적 쾌락에 대한 자유의지'의 한 양상으로 볼 수 있기 때문이다. 표면상 유교적 경건주의가 '열녀 이데올로기'[47]로 여성들의 성적 자유를 강하게 억압하고 있었지만,[48] 동시에 여성들은 이면적으로 노래를 통해 '성적 자기 결정권'을 구가하고 있었던 것이다.[49] 남성 중심의 지배 이데올로기가 여성들의 성적

45) 이상 노래의 내용 분석은 조규익, 앞의 책, 50-51쪽 참조.

46) 게르티 젱어, 함미라 옮김, 『불륜의 심리학』, 소담출판사, 2009, 32쪽.

47) 최근 열녀에 대한 새로운 조명이 이루어지고 있다. 예컨대, '烈을 드러내는 행위에 인간적인 외로움이나 부부간의 깊은 사랑을 드러내는 측면이 있다'[「전주 이씨 <절명사>에 나타난 죽음과 열의 문제」, 한국고전여성문학회 제3차 학술발표대회, 2000. 10. 28. 이화여대, 34-42쪽 참조]는 나정순의 견해나, 金紹行의 『삼한습유』에 중세적 이념과 제도를 뛰어넘는 '참된 사랑의 추구와 실현'이 진정한 열임을 보여주려는 의도가 반영되어 있다[「『三韓拾遺』에 나타난 열녀의 형상」, 한국고전여성문학회 제3차 학술발표대회, 2000. 10. 28. 43-57쪽]는 장효현의 견해는 烈에 대한 새로운 해석의 사례들이다. 물론 탁월한 여성들의 행적을 중심으로 그러한 예들은 간간이 있어 왔겠지만, 그렇다고 그런 사례들을 주된 경향이나 흐름으로 파악할 수는 없다.

48) 장숙자, 「유교사상에 나타난 여성에 대한 이해」, 『동양정치사상사』 Vol.3 No.2, 한국정치사상사학회, 2003, 41쪽.

쾌락에 대한 탐닉의 자유를 박탈해왔지만, 그에 반발하여 성적 쾌락을 누리기 위한 갖가지 방법들을 시도하기 시작한 것이다. 그 증거가 바로 이 노래에 나타난 '불륜의 성 담론'이다. 표면상 한 아이의 고발과 이에 대한 당사자[유부녀]의 변명이란 단순 구조로 되어 있으나, 그 이면에서 읽어낼 수 있는 다양한 서사구조를 통해 그들은 성적 쾌락을 간접적으로나마 경험할 수 있었을 것이며, 이러한 담론의 근원이 될 만한 사건들 또한 실재했었으리라 본다. 불륜을 통해 제도화된 성적 자유의 억압에 반기를 들고, 쾌락 추구의 자유를 구가하고 있는 점은 분명 당시 사회의 달라진 모습이며, 본능에 충실하려 했다는 점이야말로 생태주의와 부합하는 일면이라 할 수 있다.

> 어이려뇨어이려뇨싀어마님아어이려뇨쇼대남진의밥을담다가놋쥬걱잘를부르쳐시니이를어이ᄒᆞ려뇨싀어마님아
> 져아기하걱졍마스라우리도져머신제만히것거보왓노라 [「만횡청류」 – 478][50)]

이 노래의 화자도 두 명이다. 그런데, 앞 노래들과 달리 시어머니와 며느리가 화자로 등장한다. 노래 내용의 초점은 '며느리가 샛서방의 밥을 푸다가 놋 주걱 자루를 부러뜨렸다'는 사실이다. 밥을 너무 꾹꾹 눌러 담다 보니 놋 주걱 자루가 부러졌다는 것이다. 밥 먹고 살기 어렵던 시절 밥그릇에 밥을 꾹꾹 눌러 담은 것은 그 밥그릇 임자에 대한 사랑 때문이었다. 다만 그 사랑의 대상이 남편 아닌 샛서방인 점에 문제의 소지가 있었다. 그러나 불벼락을 내릴 줄 알았던 시어머니 자신도 그러한 과거가 있다고 고백함으로써 노래 속에 조성된 긴장은 극적으로 해소되고 있다. 이 노래에서 '놋 주걱 자루를 부러뜨린 일'과 '샛서방과의 사랑'은 기지(機智)와 해학을 기반으로 교묘하게 형상화된 은유다. 특히 불륜이 자아내는 무겁고 탁한 분위기 대신 비교적 가벼운 느낌의 해학을 성공적으로 구현함으로써 그 은유는 탁월한 모습을 띄게 된다.[51)]

노래의 내용적 핵심은 불륜이다. '서방 있는 젊은 여인이 샛서방을 두고 있다'는 서사적 문맥이 이 노래에 들어 있다. 그 문맥 속에는 다양한 상황이 들어 있을 수 있다. 서방이 있음에도 샛서방을 갖게 된 이유가 바로 그 다양한 상황들의 출발점이다. 며느리의 대상은 나이 어린 서방이거나 아주 늙은 서방, 혹은 젊었으면서도 성적으로 무능력한 서방일 것이다. 어떤 서방이든 이 여성을 성적으로 만족시키지 못한다는 것이 문제다. 그래서 며느리는 샛서방을 두게 되었고, 그를 사랑하

---

49) 물론 이런 노래의 생산이나 수용계층이 妓女들이었다 해도 여성의식의 변모라는 시대적 징후를 부정할 이유는 없다.

50) 『時調資料叢書 1: 青丘永言』, 101쪽.

51) 노래 내용의 분석은 조규익, 앞의 책, 128쪽 참조.

게 되었다. 샛서방에 대한 사랑은 '그의 밥을 꾹꾹 눌러 퍼 담은 행위'로 암시된다. 그런데 더욱 놀라운 일은 시어머니도 젊은 시절 그런 불륜을 저질렀다는 사실이다. 물론 노래 속의 내용을 근거로 당시의 세태를 단언할 수는 없다. 노래는 다만 노래일 뿐이고, 노래는 노래하는 자의 상상에서 만들어진 언어적 구조물일 뿐이기 때문이다. 그렇다 해도 당시 사람들은 음으로 양으로 이 노래를 부르며 자신들의 현실적 스트레스를 해소하는 수단으로 삼았을 가능성이 크다. 이 노래에서 무엇보다 중요한 것은 여성이 성 문제의 주도권을 쥐고 있었거나 쥐고자 했다는 점이다. 이 노래의 작자가 여성이든 남성이든 지배층이 만들어낸 열녀담론을 통해 여성들의 성적 결정권을 억압해온 남성 위주의 반 생태적 제도에 반역을 꾀함으로써 성에 관한 자연적 질서를 회복하고자 한 시도의 결과로 보는 것이 옳다.

3) 성적 주체성과 자신감의 확립

성적 쾌락의 추구는 남녀 쌍방의 참여에 의해 이루어지는 일이지만, 남성중심의 전통적 이데올로기 하에서 여성들은 성적 주체성을 확립할 수 없었다. 남성 주체의 사유 체계에서 여성은 언제나 대상화되어 있기 때문이다.[52] 조선조의 열녀 담론이나 '정숙'의 행동규범은 남성들의 입장에서 만든 것이며, 그런 와중에 '성적 쾌락'이라는 여성 신체의 자연적 욕구는 '음란(淫亂)'이란 부정적 판단 아래 무시되어 버렸다. 이것이 여성들을 옭아 맨 반 생태적 폭거였다. 「만횡청류」의 성 담론을 수립한 주체들은 그런 제약들의 극복을 통해 성적 주체성을 확립함으로써 성적 쾌락을 자연 그 자체로 돌리고자 했다. 성적 쾌락을 몸이 요구하는 자연으로 인식하고 받아들여야 한다는, 생태주의적 인식으로의 전환이 바로 그것이었다.

> 高臺廣室나ᄂᆞᆫ마다錦衣玉食더옥마다銀金寶貨奴婢田宅緋緞치마大段장옷蜜羅珠겻칼紫芝鄕織져고리ᄯᆞᆫ머리石雄黃으로다ᄭᅮᆷ자리ᄀᆞᆺ고 眞實로 나의 平生願ᄒᆞ기ᄂᆞᆫ말잘ᄒᆞ고글잘ᄒᆞ고얼골ᄀᆡ자ᄒᆞ고품자리잘ᄒᆞᄂᆞᆫ져믄 書房이로다. [「만횡청류」-9; 559][53]

이 노래 첫 부분의 '고대광실(高臺廣室)·금의옥식(錦衣玉食)'은 부귀를 나타내는 보조관념으로서, '사물의 한 부분으로 그 사물의 전체를 나타내는' 제유(提喩)다. 고대광실은 거처나 집을,

52) 토릴 모이, 임옥희 외 역, 『성과 텍스트의 정치학』, 한신문화사, 1994, 151-160쪽 참조.

53) 『時調資料叢書 1 : 靑丘永言』, 116쪽.

금의옥식은 옷과 음식을 각각 의미하는 말들이니, 부귀한 사람들을 나타내는 기표(記標)들 가운데 일부분이다. 그리고 그 다음 부분의 '은금보화(銀金寶貨), 노비(奴婢), 전택(田宅), 비단(緋緞)치마, 대단(大段)쟝옷, 밀라주(蜜羅珠)겻칼, 자지향직(紫芝鄕織)져고리, 뚠머리, 석웅황(石雄黃)' 등은 그 내용을 좀 더 구체화 시킨 물건들이다. 그런데 화자는 '고대광실·금의옥식'을 싫다고 했다. '마다→더옥마다'로 말이 바뀌면서 그 의미의 강도는 한 단계 높아진다. '마다하다'는 '싫어하다'는 뜻이지만, 강도나 어감이 다르다. 더욱이 '은금보화~석웅황'의 물목들이 모두 '꿈자리 같다'고 한 데 이르면, 적어도 여성화자의 뜻이 '부귀영화'에 있지 않음은 분명해진다. 그와 동시에 화자는 자신의 평생소원이 '졂은 서방'이라고 했다. 그러면서 그 졂은 서방의 조건을 '말 잘하고, 글 잘하고, 얼굴 깨끗하고, 잠자리 잘 하는 것'으로 제시했다. 여성화자는 물질적 욕망을 거부하는 대신에 '졂은 서방'을 원하고 있는데, 그 조건들 가운데 가장 두드러지는 것이 '잠자리 실력'이다. 말하자면 남성의 교양과 함께 성적 조건으로서의 몸을 원한 것이다. 유교가 지배하던 시기에 '남성, 특히 지배계급의 남성은 몸이 없는 추상화된 정신적 인간'이었다.[54] 시대가 흐름에 따라 사회 안에서 남성 중심의 정도가 약화되면서 남성의 모습은 달라졌고, 남성에 대한 관점 또한 달라졌다. 이성이나 보편적 가치를 담지(擔持)한 존재로서의 남성에서 '육체를 가진 남성'으로의 개념적 전이는 20세기에 와서야 나타났다.[55] 그러나 『만횡청류』의 경우는 그보다 훨씬 전에 '강한 육체의 남성'을 의미하는 '졂은 서방'을 등장시킨 것이다.[56] 특히 19세기 말에 확산되는 고등교육과 교양적 독서에 대한 관심이 새로운 남성의 기표였다면,[57] 여성화자가 '졂은 서방'에게 요구한 남성성의 기표야말로 매우 진보적인 그것이었음을 알 수 있다. 특히 중요한 부분은 '잠자리 실력'일 텐데, 그것은 여성화자가 내세운 조건 가운데 가장 의미 있는 항목이기도 하다. 사대부적 교양과 함께 성적 쾌락을 제공할 수 있는 능력까지 남성에게 요구한 여성화자는 성적 자기 결정권을 상당 부분 확보한 상황을 암시한다. 남성이 갖고 있던 성적 권리를 자신이 되찾아 취향에 맞는 남성을 선택하고픈 욕망을 과감하면서도 세련된 어조로 드러낸 것은 앞에서 제시한 노래들에

54) 송승철, 「남성의 육체는 무엇을 보여주는가?」, 『인문학연구』 9, 한림대 인문학연구소, 2002, 9쪽.

55) 같은 논문, 같은 곳.

56) 조선조 남성들의 養身法[喜怒嗜慾을 근신할 것, 춥기 전에 옷을 입고, 목마르기 전에 물 마실 것, 바람 피하는 것을 화살 피하듯이 하고 女色을 금하고 思慮를 적게 하여, 精과 神을 아낄 것 : 『聾齋逸稿』 권 1 「養生雜戒」. 김호, 「조선시대 '남성'의 몸」, 『인문학연구』 9, 한림대 인문학연구소, 2002, 36쪽에서 재인용]은 理性과 節制를 기본으로 쾌락이나 마음의 자연스런 욕망을 억압하는 데 중점을 두고 있었다.

57) 김호, 같은 논문, 같은 곳.

비해 훨씬 진전된 여성의 모습이다. 물질적인 부보다는 '자신을 성적으로 만족시켜 주고 교양을 갖춘 젊은 남성'을 과감히 요구하는 여성의 자신감이나 욕망은 자연의 요구에 합일하고자 하는 생태적 패러다임을 내포하고 있는 것이다.

> 밋난편廣州ㅣᄡᆞ리뷔쟝ᄉᆞ쇼대난편朔寧닛뷔쟝ᄉᆞ눈경에거론님은ᄯᅮᄯᅡᆨᄯᅮ두려방망치쟝ᄉᆞ돌호로가마홍도ᄭᅢ쟝ᄉᆞ빙빙도라물레쟝ᄉᆞ우물젼에치ᄃᆞ라ᄀᆞᆫ댕ᄀᆞᆫ댕ᄒᆞ다가워렁충창풍ᄲᅡ져물ᄃᆞᆷ복ᄯᅥ내ᄂᆞᆫ드레곡지쟝ᄉᆞ어듸가이얼골가지고죠릐쟝ᄉᆞ를못어드리.[「만횡청류」-565][58)]

이 노래는 표면상 앞에 제시한 <나무장사 노래>와 같은 부류로 보인다. 그러나 <나무장사 노래>가 외설적인 노래의 낌새조차 챌 수 없을 만큼 완벽한 은유로 이루어져 있다면, 원관념의 단서를 상당 부분 노출시킴으로써 은폐의 의도를 찾아낼 수 없는 것이 이 노래다. 여성화자는 자신의 상대역으로 '밋난편, 쇼대난편, 눈경에 거론님' 등 여러 종류의 남성들을 들었다. '밋난편'은 본남편, '쇼대난편'은 샛서방, '눈경에 거론님'은 아직 샛서방은 아니지만 언제든 그런 단계로 진입할 수 있는 남성이다. 본남편은 광주(廣州) 싸리비 장사라 했고, 샛서방은 삭녕(朔寧)의 잇비 장사라 했다. 그리고 '눈경에 거론 님' 즉 눈 정에 걸어둔 님은 '방망치 장사·홍두깨 장사·물레 장사·드레꼭지 장사'라 했으며, 각각에 '뚝딱 두드려·도르르·빙빙 돌아·우물전에 치달아 간댕간댕하다가 워렁충창 풍 빠져' 등으로 그 모습이나 행위를 묘사하여 덧붙였다. 싸리비나 잇비의 경우 외연적 의미는 빗자루이나 사실은 남성의 성기를 은유한 말들이다. 싸리비는 강하나 거칠고 잇비는 부드러우면서 곱다. 화자는 빗자루를 들어 남편의 성기와 샛서방의 성기를 대조적으로 그려냈다. '눈경에 거론님'은 좀 더 다양한 모습으로 그려지고 있다. '눈경에 거론님'이란 실제로 행위를 나누지는 않고 눈짓으로 걸어둔 상대들이며, 방망이·홍두깨·두레박 등은 모두 남성의 성기를 은유한 것들이다. 그에 덧붙은 '뚝딱 두드려·도르르 감아·빙빙 돌아·우물 전에 치달아 간댕간댕하다가 워렁충창 풍 빠져' 등은 성행위의 기교나 모습을 묘사한 은유적 표현들이다. 그리고 '우물 전'은 여성 화자 자신의 성기를 은유한 말이다. 말하자면 이 화자는 자신이 마주친 뭇 남자들로부터 사랑 받고 있으며, 사랑 받을 수 있다는 자신감에 가득 차 있는 여성이라고 보아야 한다. 그러기 때문에 끝부분에서 '어듸가 이 얼골 가지고 죠릐쟝ᄉᆞ를 못 어드리' 라고 큰소리 칠 수 있는 것이다. 조리장사는 그녀가 생각하는 최상의 남성이다. 조리란 곡식을 이는 데 쓰는

58) 『時調資料叢書 1: 青丘永言』, 118쪽.

도구다. 화자는 '곡식을 이는 행위'와 성행위의 기교를 병치적으로 은유하고 있다. 따라서 이 노래의 화자는 현실이든 가상이든 자신이 최상으로 생각하는 어떤 남성과도 만날 수 있다는 자신감으로 가득 찬 행복한 여성이다.[59] 남성들 앞에서 쭈뼛거리지 않고 자신의 순간적인 욕망대로 짝을 찾아 성적 쾌락을 즐기는 여성상을 「만횡청류」에서 찾기란 어려운 일이 아니다. 성적 쾌락에 대한 욕구를 억누르고 은폐하는 것을 미덕으로 여기지 않고, 스스로 그것을 찾아 나서는 일은 자연 혹은 자연스러움의 표준을 자신에게 맞추는 데서 출발하기 때문이다. 따라서 남성 중심의 유교 이데올로기 사회에서 성적 본능을 억압하고 살아야 했던 여성상과 달리, 이 노래의 화자처럼 성적 쾌락을 탐닉하게 된 것을 반 생태적 억압에 대한 자신감과 반항의 선언으로 보아야 할 것이다.

## 4. 「만횡청류」 사랑담론의 의미

「만횡청류」의 특수성들 가운데 성적 쾌락에 대한 여성들의 입장은 생태주의적인 관점에서 살펴볼 수 있는 대상이다. 「만횡청류」는 지배이념이나 사회 통념 상 가장 이채로우면서도 모험적인 성향을 보여주는 노래들이다. 마악노초는 「청구영언 후발」에서 「만횡청류」를 염두에 두었다고 생각되는 '민간 노래 소리'의 정상(情狀)과 태색(態色)이 '자연의 진기'로부터 나왔다고 했다. 여기서의 '자연'은 물질로서의 그것이 아니라 '존재나 사유방식'으로서의 그것이었다. 자연 즉 인간 욕망의 '저절로 그러함/스스로 그러함'을 억압하거나 막는 것은 반자연이거나 반생태적 행위다. 「만횡청류」의 파격성들 가운데 김천택이 불안감을 느꼈을 만큼 두드러진 것은 성에 대한 개방적 묘사와 서술이었다. 그런데 그 개방의 주체로 여성을 등장시켰다는 것은 당시 남성 중심의 지배 이데올로기에 대하여 매우 도전적인 시도였다. 설령 일각의 주장대로 남성이 여성화자로 가장하여 작품에 등장했다 해도 '여성성의 신장'이라는 사회적 변화의 징후를 부정할 수는 없다. 특히 이념사회의 차별 구조 속에 철저히 은폐되어 왔던 여성의 존재가 성적 서사의 분명한 당사자로 노출된 점은 충격이었을 것이다. 남녀 관계에서 욕망이나 쾌락은 성의 자연적인 기능이고, 자연적 존재로서의 여성 자신을 경험하는 메카니즘이었으며, '존재에 대한 자기 확인'이었다. 노래의 작자나 여성화자들이 남성 중심의 이데올로기가 만들어 놓은 '열녀담론'의 덫을 빠져나와 성적

---

59) 노래의 해석은 조규익, 앞의 책, 229-230쪽 참조.

쾌락을 주체적으로 탐닉함으로써 성적 자기 결정권을 확보했다는 점은 「만횡청류」에 구현된 에코페미니즘의 큰 부분이다.

당시의 불평등한 사회구조가 만들어낸 열녀담론은 반자연적·반생태주의적 산물이었고, 그 틀을 깨려고 한 것이 「만횡청류」 담당자들의 의도였다. 열녀담론에 대한 반역의 의지를 노랫말에 숨겨놓거나 과감히 드러냄으로써 억눌렸던 리비도의 해소는 가능했으며, 몸은 자연의 상태를 회복할 수 있었다. 비록 노래라는 가상적 공간의 일이긴 하나, 남녀가 성적 쾌락을 공유하는 수준을 넘어 여성에게 주도권을 쥐어 준 점은 여성이 비로소 성의 향유를 통해 '자기 존재'를 확인할 수 있게 되었음을 의미한다. 남녀가 함께 행위에 참여하면서도 쾌락을 표출할 경우 가차 없이 '음녀'로 매도되던 불평등 구조에서, 성적 쾌락을 액면 그대로 받아들이는 것이 몸으로 나타난 자연의 질서에 부합하는 일임을 깨닫게 되었으니, 「만횡청류」를 통해 에코페미니즘은 제대로 구현된 셈이다.

「만횡청류」에 반영된 에코페미니즘은 '은유를 통한 여성의 존재확인, 여성의 성적 자기 결정권을 통한 자연의 회복, 여성의 성적 주체성과 자신감의 확립' 등으로 구체화될 수 있다. 불평등의 시대에 일어날 수 있는 사회적 제재로부터 스스로를 보호하려는 자기 검열의 본능은 은유의 메커니즘으로 나타나게 되었다. 창조적인 은유를 구사함으로써 남성중심의 사회에 대한 반역을 시도할 수 있었던 것이다. 반 생태주의적 열녀담론에 명시적인 반역을 꾀함으로써 성에 관한 자연적 질서를 회복하려는 시도는 그보다 한 단계 높은 노래들에서 발견된다. 가장 높은 수준의 생태주의는 자연 혹은 자연스러움의 표준을 자신에게 맞춤으로써 스스로 성적 쾌락을 찾아 나서는 내용의 노래들이다. 남성 중심의 이데올로기에 순종하는 여성들과 달리 적극적이고 능동적으로 성적 쾌락을 탐닉하는 여성들의 노래는 반 생태주의적 억압에 대한 반항의 선언이며 높은 자신감의 표출이야말로 가장 수준 높은 생태 여성주의 담론임을 「만횡청류」의 노래들은 보여준다.

# 거창가(居昌歌)

## -조선조 저항가사의 백미(白眉)-

### 1. <거창가>의 텍스트적 본질 및 그에 대한 오해의 전말

<거창가>는 삼정(三政)의 문란과 백성들의 고통을 중심내용으로 하는, 조선왕조 말기의 대표적 가사작품이다. 그동안 이 작품은 정치의 부패상과 민중의 참상을 그려낸 비판적 사실주의 문학의 한 사례이자 민란이라는 역사적 사건을 촉발시킨 선동적 격서(檄書) 혹은 그 전말을 묘사한 기술물(記述物)로서 국문학계의 주목을 받아왔다.[1] 그러나 정확한 작자나 전사자(轉寫者) 혹은 전사과정이 알려져 있지 않기 때문에 지금까지 상당부분 의문에 싸여 있었던 것이 사실이다. 뿐만 아니라 조선조 말기 삼정의 문란이 극에 달한 상황을 내용으로 하고 있다는 점에서 이 작품을 임술민란(壬戌民亂)과 결부시킬 수밖에 없다고 보는데, 그러기에는 작품 내에 암시되어 있는 실제 사건들의 시기가 그보다 훨씬 이전이라는 점이 난제로 남는다.

현재 남아 전하는 몇몇 이본들만을 근거로 삼을 수밖에 없는 형편에서는 그 창작시기, 창작자[혹은 창작계층], 수용자[혹은 수용계층], 원본, 민란과의 관계 등에서 연구자들이 분석해 보여준 견해들은 약간씩의 차이를 드러낼 수밖에 없었다. 특히 이 노래가 <정읍군민란시여항청요(井邑郡民亂時閭巷聽謠)>[김준영본][2]로 수용되었다는 점, 진주민란(晉州民亂)에서 유계춘[柳繼春,

---

1) <거창가>에 대한 대표적 논의로는 류탁일[「朝鮮後期歌辭에 나타난 庶民의 意向」, 『淵民李家源博士六秩頌壽紀念論叢』, 범학도서, 1977], 金文基[『庶民歌辭研究』, 형설출판사, 1983], 진경환[「<거창가>와 <井邑郡民亂時閭巷聽謠>의 관계」, 『語文論集』 27, 고려대학교 국어국문학연구회, 1987], 고순희[「19세기 현실비판가사 연구」, 이화여자대학교 박사학위논문, 1990], 崔美汀[「1800년대의 民亂과 국문시가」, 『省谷論叢』 24, 省谷學術文化財團, 1993] 등의 업적을 꼽을 수 있다.

2) 「井邑郡 民亂時 閭巷 聽謠」, 『국어국문학』 29, 국어국문학회, 1965, 417-438쪽. 여기에 소개된 작품을 이

1816?-1862]이 몰래 지어 초군(樵軍)을 불러모으는 데 사용했던 '언가(諺歌)'[3]가 바로 이 노래일 수도 있다는 점 등을 감안한다면 <거창가>와 민요(民擾)를 결부시켜 해석해온 일부 학자들의 견해 또한 타당한 일면을 지닌다고 본다. 어느 방향으로든 <거창가>에 관한 지금까지의 견해들이 추정의 단계에 머물 수밖에 없었던 것도 대개 불완전한 상태로 정착되어있는 필사본들이나 그 내용과 직결된다고 짐작되는 현실적 사건들만을 염두에 둘 수밖에 없는, 자료부족의 한계성 때문이었다.

19세기에 접어들어 본격화된 삼정의 문란과 이로 인하여 도탄에 빠진 백성의 삶, 더 이상 인내할 수 없는 한계상황에서 터져 나온 임술민란 등은 연속적으로 이어진 폐단의 과정이기 때문에 기존의 연구들이 창작시기를 추정하는 데 있어서 다소간 차이들을 보인다 해도 본질로부터 크게 어그러지는 일은 아닐 것이다. 그리고 평민·향촌 사류층·부녀자 등으로 창작의 주체에 관한 견해들 역시 갈리고 있지만, 그러한 차이들은 전사자들이나 수용계층의 차이에서 기인되는 것이지 어느 한 계층으로 국한시킬 수 있는 문제는 아니다. 특히 원본이나 원본에 가까운 이본들을 찾아내지 못한 현실에서 이 문제에 관한 어떤 판단도 섣불리 내릴 수 없다.

어느 촌로의 기억과 암송을 더듬어 이 작품의 기록을 구득했다는 김일근은 이 노래가 실린 『ᄀᆞᄉᆞ集』에 이 노래 외에도 수편의 규방가사·서한·제문 등 많은 자료가 포함되어 있다고 밝힌 바 있다.[4] 그의 말에 따른다면, 상당수의 이본들은 저본을 보고 베낀 것이 아니라 기억에 의지하여 기록한 것들일 가능성 또한 배제할 수 없다. 실제로 대부분의 이본들에서 와전(訛傳)·오기(誤記) 등의 실례들이 더러 발견된다거나 앞뒤의 연결 상 부자연스러운 부분들이 있다는 점, 채 마무리도 되기 전에 그쳐버린 듯한 이본들이 있는 점 등은 이런 사실을 입증한다고 할 수 있다.

만약 지금까지 드러난 논자들의 견해에 오류가 있었다면, 그것은 한정된 수의 이본들만을 대상으로 삼을 수밖에 없었던 저간의 사정 때문일 것이다. 결정적인 자료가 발견되지 못할 경우 언제까지나 이러한 추론의 단계를 벗어날 수 없는 것도 바로 이 때문이다.

<거창가>에 남아있는 몇 가지 문제들을 간추리면 다음과 같다.

---

글에서는 김준영본으로 지칭한다.

3) 『韓國史料叢書 第八: 壬戌錄 全』, 탐구당, 1974, 24쪽의 "柳繼春段 本李喜事之徒 主張鄕里之論 籍口於邑弊民瘼 營私於騙財取利 鄕會里會卽其能事 邑訴營訴作爲生涯 畢竟弊民惡習 弄出大事 挺身發文 會亂類於市場 潛製諺歌 倡樵軍於邑村" 참조.

4) 김일근, 「歌詞 <居昌歌>(一名 漢陽歌)」, 『국어국문학』 39·40 합병호, 국어국문학회, 1968, 435쪽.

1) 와전·오기에 의한 난해어구들이 적지 않고, 실제사건들이나 인물들의 정체를 추정할만한 문헌적 근거가 부족하다.

2) 창작시기나 작자를 추정하기가 쉽지 않다. 비슷한 시기의 가장 확실한 배경사건으로 임술민란을 들 수 있으나, 문면을 통해 본다면 이 작품의 창작은 그 사건보다 시기적으로 훨씬 앞서기 때문이다.

3) '거창'이라는 지역의 명칭을 제목으로 하고 있으면서도 작품의 전반부는 전혀 다른 성격과 내용의 가사로 되어 있는데, 지금까지 연구자들의 견해를 살펴보면 이 점이 1), 2)와 관련되는 문제들의 해결에 오히려 어려움을 주고 있는 듯하다.

지금까지 학계에 소개된 이본들은 김준영본, 김일근본[5], 박순호본[6], 류탁일본A[7], 임기중본[8], 창악대강본[9] 등이다. 필자는 고 이현조 박사를 통해 <거창별곡>이 실려 있는 책 한 권[10]과 또 하나의 이본 <거창가>[11]를, 그 후 거창의 김현구(金顯九)선생으로부터 <아림별곡>[12]을 각각 입수한 바 있다. 특히 흥미로운 점은 조규익본에 <거창별곡>이 「거창부폐장초(居昌府弊狀抄)」[13]와 「취옹정기(取翁政記)」, 「사곡서(四哭序)」 등의 글과 함께 실려 있다는 사실이다. 「폐장」은 당시

5) 주 4) 참조.

6) 박순호 교수가 소장하고 있는 '娥林'이란 제목의 한 고서에 <거창가> 한 편과 함께 두어 편의 다른 가사들이 실려 있다. 가로 18.5㎝×세로 22.5㎝ 크기의 한지에 모필로 쓰여진 이 책은 제목[娥林: 거창의 옛 이름]으로 미루어 거창 현지에서 제작된 듯하다. 이 필사본을 박순호본으로 명명한다.

7) 류탁일교수는 <거창가>의 필사본 둘을 소장하고 있음을 밝힌 바 있고[앞의 논문, 66쪽], 필자는 그 가운데 하나를 借覽한 바 있다. 필자가 확보한 필사본을 A로, 아직 보지 못한 필사본을 B로 명명하고자 한다.

8) 『歷代歌辭文學全集』, 여강출판사, 1988, 71-99쪽.

9) 朴憲鳳, 『唱樂大綱』[국악예술학교출판부, 1966]의 '短歌' 항목에는 <거창가>의 상당 부분과 내용적으로 일치하는 <太平歌>·<樂豊歌>·<逆旅歌>·<民怨歌> 등이 따로따로 실려 있다. 필자는 이것들을 모두 '창악대강본'으로 명명한다.

10) 고 이현조 박사의 소개로 그 책을 필자가 구입·소장하게 되었으며, 이 책을 '조규익본 <거창가>'로 명명하고, 이 글에서는 '조규익본'으로 약칭한다. 조규익본의 실제 제목은 '거창별곡'이나, 이것 역시 '거창가'의 별칭들 가운데 하나이므로 공식명칭은 '조규익본 <거창가>'가 타당하리라 본다.

11) 이 필사본은 고 이현조 박사가 소장하고 있던 이본으로 표지를 포함한 앞부분 석 장 정도, 뒷부분 두 장 정도가 떨어져 나간 상태로 정확한 제목이나 필사자·필사연대 등을 추정할만한 단서들이 남아있지 않다. 다만, 일부 표기를 제외한 내용이 기존의 <거창가> 이본들과 일치하며, 紙質·글씨체 등으로 미루어 전자보다 약간 뒷 시기에 필사된 것으로 추정된다. 이 사본을 이현조본으로 명명한다.

12) <아림별곡>은 거창에 거주하고 있는 김현구선생[成均館 典儀, 儒道會 慶南道本部 副會長]의 曾祖인 金完鉉[1841-1902]선생이 필사한 것으로 가로·세로 각 18㎝의 작은 책자 형태다.

13) 이하 「폐장」으로 약칭한다.

그 지역의 수령과 아전들이 자행하던 민폐의 실상을 적어 순상(巡相)에게 올린 소장(訴狀)이며, 「취옹정기」와 「사곡서」는 이를 좀 더 다른 각도에서 서술한 희문(戲文)들이다. <거창가> 의 내용을 구체적으로 뒷받침하는 이 글들이 발견됨으로써 이 작품을 둘러싼 의문이 상당부분 해소될 가능성과 함께 '현 <거창가>'의 성립과정이 밝혀질 가능성 또한 있다고 본다. 궁극적으로 이런 문제들의 해결을 위해 이 글에서는 조규익본 <거창가> 및 그것과 함께 실려 있는 글들[「폐장」·「취옹정기」·「사곡서」]을 살펴보되, 다른 이본들을 참조하면서 그간 의문에 싸여 있던 몇 가지 사항들을 논의할 필요가 있다고 본다.

이와 함께 학계에서 통용되고 있는 <거창가> 관련 오해를 해명하고자 한다. 주지하다시피 한국 문학사상 최고의 현실 비판적 저항가사 <거창가>는 역사와 문학이 함께 녹아든 리얼리즘 문학의 최고봉이다. 최근 『한국민족문화대백과사전』[한국학중앙연구원]을 보완하는 과정에서 해당 편찬 위원회의 청탁으로 필자는 <거창가>에 대한 설명을 새로 쓰게 되었는데, 그 글 첫머리에서 '19세기 중반 경남 거창의 수령 이재가(李在稼)와 아전들이 자행하던 탐학을 고발한 저항적 현실비판 가사'라는 말로 이 작품을 정의한 바 있다.[*455-456쪽의 도표 참조] 원래 <거창가>에 대한 학계의 인식은 오해나 오류로부터 출발된 것이 사실이다. 김준영은 「정읍군민란시여항청요」[『국어국문학』 29, 1965]에서 '여항청요'를 소개했으나, 그것이 원래 <거창가>였음을 미처 알지 못했고, 김일근 교수는 「가사歌詞 『거창가居昌歌』」[『국어국문학』 39·40 합병호, 1968]에서 이 노래를 '규방가사'로 단정함으로써 작품 해석의 첫 단추부터 잘못 끼우고 말았다. 더욱이 김일근의 자료 소개 내용은 첫 단계 『한국민족문화대백과사전』의 표제어 '거창가'의 설명으로 원용된 이후 최근까지 이 노래의 본질을 오도해온 셈이다. 앞에 제시한 두 가지 오류들 가운데 편의상 후자를 먼저 살펴보기로 한다. 1979년 편찬을 시작하여 1991년 총 27권으로 완간된 『한국민족문화대백과사전』은 우리 민족의 문화유산과 역사적 사실들을 체계적으로 정리·집대성한 최초의 백과사전으로서, 한국학의 보편지식을 대변한다. 그러나 <거창가>의 경우 한동안 이 사전에는 앞에서 필자가 제시한 것처럼 사실과 동떨어진 내용의 설명이 실려 있었다. 이 사전 편찬 이후 <거창가>에 대한 새로운 자료들과 논의들이 속출했음에도 불구하고, 그런 것들이 순발력 있게 반영되지 못한 점은 학계의 연구가 사전이나 교재 등으로 적시에 수용되지 못하는 우리의 문제적 현실을 뚜렷하게 보여주는 대표적 사례이기도 했다.

당시 해당 사전 표제어 '거창가'의 설명을 몇 가지로 정리하면, '① 경남 거창군 가조면 변씨가(卞氏家)의 문중에서 필사된 이 자료의 작자는 조선 말기 거창부 내의 어느 양반집 부녀자일 것이라는 점, ② 이 가사가 서부 경남 지방을 무대로 유행되었으며, '한양가'라는 이칭이 붙은 것은 가사 전반부가 역대의 사적과 한양을 중심으로 한 근교의 승경을 노래했기 때문이라는 점, ③ 작품의 후반부에서는 전반부와 대조적으로 조선 말기 거창부 임장(任掌)들의 학정을 폭로하고 도탄에 빠진 민생을 개탄하는 내용을 주제로 노래하고 있다는 점, ④ 현실의 부조리가 구체적이고 사실적으로 묘사되어 있어 규방가사 내용의 일반적인 한계를 벗어났으며 현실비판의식이 분명하게 나타나 있다는 점' 등으로 요약된다. 이처럼 비교적 사실에 근접한 ②-④의 내용에도 불구하고 ①에 얽매여 이 작품의 성격을 '규방가사'로 못 박은 채 최근까지 내려오게 된 것이다.

필자는 2016년 2월 27일 거창군 가조면 사병리 변씨 고가에서 만난 변장환 선생으로부터 '김일근 식 <거창가> 해석'이 나오게 된 전말을 확인하게 되었다. 변장환 선생의 고모가 함양 출신인 김일근 교수의 집안으로 출가할 때 <거창가>를 한 벌 베껴 혼수에 넣어 간 것이 오해와 오류의 단초였던 것이다. 변 선생의 고모는 '원래 규방가사 아닌 <거창가>'를 베껴 갔으나, 그것을 입수한 김 교수에 의해 '규방가사 <거창가>'로 잘못 소개되었다는 것이다. 시집오는 새댁이 베껴왔으니 '당연히 규방가사일 것'이라는 예단이 해석의 전제로 작용했고, 작품 속 거창의 비극적 장면들 가운데 등장하는 몇 사람의 여인들을 그 전제에 억지로 결부시킨 결과가 '김일근 식 해석'이었으며, 그 해석이 『한국민족문화대백과사전』에 등재되면서 최근까지 틀림없는 사실로 인식되어 온 것이다. 두 번째 오류는 김일근의 글보다 3년 먼저 발표된 김준영의 자료소개로부터 비롯되었다. '거창가' 아닌 '정읍군민란시여항청요'로 소개되었기 때문에 몇몇 학자들의 지적이 나오기까지는 그것이 <거창가>와 혼동될 이유도, <거창가>에 관한 학계나 대중의 인식에 혼란을 줄 까닭도 없었다. 김준영이 소개한 <정읍군민란시여항청요>는 <거창가>에서 '거창'을 '정읍'으로 바꾼 노래인데, 애당초 제목이 없었기 때문에 그렇게 지칭되었을 뿐이었다.

그런데, 『한국민족문화대백과사전』에 수록된 표제어 '가사'의 설명 가운데 <거창가>와 <정읍군민란시여항청요>가 '서민가사'의 범주로 함께 묶이는 일이 벌어진 것이다. <거창가>와 <정읍군민란시여항청요>가 사실상 같은 작품임에도 별개의 작품들인 것처럼 나열됨으로써 그 사전을 참조하는 사람들에게 혼동을 초래한 것은 분명한 오류이고, 그 오류를 얼마 전까지 바로잡지 않았던 것은 더더욱 심각한 문제라 할 수 있었다. 더구나 "이 가사의 배경 중 사건 발생지가 정읍[현 정주읍]으로 되어 있으나, 가사 중 '정읍'이라 적힌 곳은 모두 전에 '거창'으로 기록된 것을 후에 '정읍'으로 덮어 쓰여졌다"는 김일근의 지적을 감안해도, 원래 <거창가>에서 지명만 바꾼 것이 <정읍군민란시여항청요>임은 분명하기 때문이다.

이상과 같이 김준영이 <정읍군민란시여항청요>로, 김일근이 '규방가사'로 각각 학계에 소개했고, 그것들이 『한국민족문화대백과사전』에까지 '별개의 것들로' 수록되면서 <거창가>는 무려 50여 년 간 올바른 조명을 받아오지 못했던 것이다. 그러나 최근 조규익에 의해 새로운 필사본과 그에 관한 분석이 학계에 등장하면서 비로소 <거창가>의 정체가 밝혀지기 시작했고, 상당수의 학자들이 새로운 시각으로 그 의미를 조명하기 시작했다.

참고 도표: 『한국민족문화대백과사전』[한국학중앙연구원]

## ▌거창가

**【간략정보】**

· 한자 居昌歌
· 분야 문학/고전시가
· 유형 작품
· 시대 근대/개항기
· 성격 가사
· 창작연도/발표연도 미상
· 작가 미상
· 관련인물(전승자) 이재가(李在稼)
· 집필자 조규익

**【정의】**

19세기 중반 거창의 수령 이재가(李在稼)와 아전들의 탐학을 고발한 저항적 현실비판 가사.

**【구성 및 형식】**

「거창가」는 「한양가」와 원 「거창가」 두 부분으로 구성되어 있다. 최근 발굴된 조규익본과, 그 내용 중의 사실들을 입증하는 관련 문서들이 전혀 성격이 다른 책의 한 부분으로 조심스럽게 필사 · 합철되어 있음이 밝혀졌는데, 조규익본의 「한양가」 부분을 제외한 원 「거창가」 부분은 '299-310구'(서사), '311-754구'(본사), '755-776구'(결사)로 구성되어 있다.

**【내용】**

이른 시기에 발굴되어 '정읍군 민란시 여항청요'로 명명된 김준영본의 "이제가 어느제며/저제가 어인젠고"를 학계에서는 최근까지 '이 때가 어느 때며/저 때가 어느 땐고'로 풀었다. 그러나 조규익본이 발굴 · 소개되면서 '이제가'는 거창부사 재임 시절 탐학을 자행한 핵심 인물 이재가의 와전 혹은 풍자적 어희(語戱)였음과, 그로 인해 김준영본은 원래 「거창가」의 '거창'을 '정읍'으로 바꾼 이본임이 함께 밝혀지기도 했다.

현재 남아 전해지는 「거창가」의 필사본들은 대부분 임술민란 이후 고종대~1930년대에 이루어진 것들이다. 「거창가」 내용 가운데 핵심 인물인 수령 이재가의 재임이 1837~1841년임에도 그로부터 20여 년이나 지나서야 필사본들이 이루어지기 시작했다는 점과, 「한양가」와 '원 「거창가」'가 결합되어 있는 점 등은 '원 「거창가」'가 불온 문서로 상당 기간 단속되어 오다가 임술민란을 계기로 지방관들의 학정에 대항하기 위한 대민(對民) 창의(倡義)의 수단으로 사용되는 과정에서 「한양가」와 결합되었고, 임술민란 이후 약간 느슨해진 분위기를 틈타 각 지방에서 활발하게 전사(轉寫)되었음을 의미한다.

작품 뒷부분에 나오는 '거창의 비참한 현실'은 「거창부폐장 초」의 내용을 가사체로 바꾼 데 불과하다. 「거창부폐장 초」는 서두와 본체로 나뉘며, 서두에 제시된 폐단들을 조목조목 나열하여 설명한 본체는 6폐(六弊)[환폐(還弊) · 결환지폐(結還之弊) · 군정지폐(軍政之弊) · 방채지폐(放債之弊) · 창역조지폐(倉役租之弊) · 차일지폐(遮日之弊)], 3통(三痛)[남장지통(濫杖之痛) · 부녀원사지통(婦女寃死之痛) · 명분지문란(名分之紊亂)], 2원(二寃)[우정지폐(牛政之弊) · 면임원징지원(面任寃徵之寃)], 기타[향소쟁임의 변(鄕所爭任之變) · 염문(廉問) · 학궁지폐(學宮之弊)] 등이고, 〈거창가〉는 이 내용들을 순서에 맞게 정확한 가사체로 바꾸어 놓은 데 불과하다.

조선조 문물의 찬연함과 왕조 창업의 정당성 및 영속성을 찬양한 「한양가」를 앞쪽에 배치한 것은 거창의 비참함을 대비적으로 강조함으로써 「거창가」 창작 및 수용의 주체들이 현실에서 만나는 수령과 아전들의 착취와 학정을 비판하고 바로잡으려 했을 뿐, 임금을 정점으로 하던 중세적 통치 질서에 대한 반역의 의사가 없었음을 천명하려 했기 때문이다. 작품 구조상 서사에 그쳤어야 할 앞부분이 지나치게 장황하여 전체적으로 불균형을 이룬 것도 뒷부분 즉 '거창의 현실에 대한 고발'이 몰고 올 현실적 파장을 작자들 스스로 우려한 결과라 할 수 있다.

「거창가」는 기층 민중들이 중세적 지배질서의 해체가 이루어지던 조선조 말기에 지방관의 학정을 비판하며 저항 정신을 구체적으로 드러낸 가사 작품이다. 내용상 규탄의 표적은 개인으로서의 거창 수령 이재가와 탐학을 일삼는 아전들이었는데, 이재가가 이임하고 나서도 삼정(三政)의 문란은 여전하거나 오히려 더욱 심해지는 형편이었다. 시간이 지나면서 수령이나 아전들도 바뀌긴 했겠으나 이재가를 규탄하는 노래가 여전히 힘을 발휘한 것은 이재가가 개인으로서가 아니라 탐관오리의 전형으로 치환되었을 가능성이 있기 때문이다. 새로운 체제 혁명이 아닌 정상적 통치 질서의 확립에 대한 기층 민중들의 요구를 감안할 때, 임금에게 호소하고 기대는 것이 유일한 해결책이었다. 당장 살아갈 길이 막막해진 민중들의 입장에서는 우선 탐관오리를 제거하는 일이 급했기 때문이다.

**【의의와 평가】**

민중 저항의 극치였던 동학 농민반란의 단계에 이르러서도 근본적인 체제 부정은 생각할 수 없었다. 동학 농민반란보다 30여 년 이상이나 앞서 일어난 임술민란 역시 그 목적은 탐관오리의 축출이나 잘못된 제도의 개선에 국한되어 있었다. 「거창가」와 함께 발견된 「거창부폐장 초」·「취옹정기」·「사곡서」 등이 임술민란 훨씬 전인 이재가 재임 당시 혹은 이임 직후 만들어진 것들로 본다면, 이것들을 근거로 하여 만들어진 「거창가」는 향후 임술민란을 중심으로 하는 민중의 봉기에 불쏘시개 역할을 함으로써 한국문학사상 저항 가사의 대표작으로 자리 잡게 된 것이다.

**【참고문헌】**


『〈거창가〉 제대로 읽기』(조규익, 학고방, 2017)
『봉건시대 민중의 저항과 고발문학 거창가』(조규익, 월인, 2000)
「조선 후기가사에 나타난 서민의 의향」(류탁일, 『연민 이가원박사6질송수기념논총』, 범학도서, 1977)
「가사 거창가(일명 한양가)」(김일근, 『국어국문학』 39 · 40 합병호, 국어국문학회, 1968)
「정읍군 민란시 여항청요」(김준영, 『국어국문학』 29, 국어국문학회, 1965)

## 2. <거창가> 내용에 관한 몇 가지 문제들

1) 작자

필자가 접한 필사본들 가운데 작자를 밝히고 있는 것은 박순호본이 유일하다. 계유(癸酉)년[1873, 고종 10년] 2월 필사되었다는 박순호본은 정자육(鄭子育)이 지은 것이라 하는데,[14] 일단 신축[辛丑]년[1841, 헌종 7년] 8월로 그 창작시기를 밝히고 있는 점과 그로부터 필사시기가 그리 멀지 않은 점 등으로 미루어 그가 실제 작자는 아닐지라도 그 사건에 직·간접적으로 연관될 수 있었던 가능성을 시사해준다는 점에서 나름대로 그 기록의 의미는 인정할만하다고 본다. 정자육은 조규익본과 임기중본의 본문에 모두 나타난다. 임기중본의 경우 「폐장」에서 거론되는 "爲弊者六/爲痛者三/爲寃者二/爲變者一/其不敢言者一"을 반영한 듯, "一弊·二弊·三弊"와 "一痛·二痛" 등의 내용적 표지가 해당 행들의 앞에 관치되어 있다. 이 점으로 미루어 임기중본이 오히려 「폐장」에 가깝긴 하나 내용을 대비해본 결과 조규익본과 임기중본은 표기상 몇 글자의 차이만 제외하고 거의 완벽하게 일치한다.

조규익본의 경우 작품이 시작되기 전의 여백에 거창을 도탄에 빠뜨린 원흉으로 이재가(李在稼)를 지목하여 노출시켰고, 본사(本詞) 부분 216행-223행["議訟씬 鄭子育을 긋틱여 잡단말가/잡기도 심ᄒᆞ거든 八痛狀草 아ᄉᆞ들여/범가치 썽닌官員 그 暴虐이 오직ᄒᆞᆯ가 /아모리 惡刑ᄒᆞ며 千萬番鞫問ᄒᆞᆫ들/鐵石가치 구든마ᄋᆞᆷ 秋毫나 亂招ᄒᆞᆯ가"]에서는 의송(議送) 작성자로서의 정자육을 언급하고 있다.[15] 이와 같이 조규익본에는 작자가 구체적으로 드러나지 아니한 채, 정자육만 의송의 작성자로 언급되고 있다. 이 부분에 나타난 '8통장초(八痛狀草)'란 분명 정자육이 쓴 의송을 지칭한 말이다.

의송이란 조선조 당시 민원사건의 항소장(抗訴狀)을 말한다. 백성들이 관찰사나 순찰사 등에게 올리던 소장(訴狀)으로서 청원서 혹은 진정서가 이것이며 소지류(所志類)에 속한다. 이 경우 관찰사로부터 판결을 받게 되는데, 그 판결문은 의송의 왼편 아래쪽 여백에 쓰며 그것을 제사(題辭)라고 하였다. 원래 제사를 받은 의송은 그것을 올린 사람에게 다시 돌려주어야 함에도 불구하고

14) "辛丑八月日 滯囚中 鄭子育 所作" 참조.

15) 임기중본의 216행-223행, 김현구본의 231행-238행 등도 같은 내용으로 되어 있다. 이 글에서 인용하는 행들의 번호는 <거창가>의 앞부분 즉 <한양가>[본장 4절에서 거론 예정]를 제외하고, 거창 관련 부분만을 대상으로 하여 붙인 것이다.

거창의 원은 그것을 빼앗았을 뿐 아니라 그 작성자인 정자육을 핍박까지 한 것이다. 그 사실을 언급한 것이 바로 이 부분의 내용이다. 원래 「폐장」의 첫머리에 아전의 포탈(逋頉)문제가 시정되지 않자 순상(巡相)에게 의송을 올렸고, 그 의송에 대하여 순상으로부터 “엄정히 實査하여 바로잡되, 三狀頭와 逋吏를 엄히 처단하라”는 제사를 내렸다는 사실이 기록되어 있다.[16] 「폐장」의 첫머리에 언급되는 형배(刑配)를 당한 4명의 향원(鄕員)이나 3명의 장두 등 ‘억울함을 씻으려는 장민(狀民)’[17] 가운데 정자육은 속해 있었을 가능성이 크다.[18] 정자육에 대한 안타까움과 함께 조규익본의 한 부분에는 「폐장」의 조장자(造狀者) 윤치광(尹致光)에 대한 안타까움도 표현되어 있다.[19] 이 점으로 미루어 정자육에 관한 사실은 조규익본에서 비교적 소상하게 다루어지고 있는 듯하다. 사실 「폐장」의 조장자 윤치광은 자신이 쓴 이 글의 첫머리에서 자신이 순상에게 「폐장」을 올리기 이전에도 여러 번 있었던 소지(所志) 사건과 의송 사건들을 언급하고 있는데, 이 때문에 정자육을 의송의 작성자로 한정하는 편이 타당할 것이다. 박순호본의 기록은 작자 혹은 필사자가 의송 작성자로서의 정자육이 핍박받는 것을 불쌍히 여겼거나 작자 자신의 존재를 감추기 위해 이미 희생된 정자육의 이름을 작자로 이용한 듯하다. 따라서 정자육이 작자인지 아닌지를 판단하기 위해서는 좀 더 확실한 근거가 필요하다.

### 2) 이재가는 누구인가?

김준영본과 김일근본 등을 필두로 <거창가>의 이본들은 학계에 소개되기 시작하였다. 다음과 같은 사례들은 이러한 이본들을 소개하거나 주석(註釋)하는 자리에서 오류를 많이 범한 내용들이다.

·(7) 이제가 어느제며 저제가 어인젠고[20]/ (8) 井邑이 廢邑되고 재갸가 亡家로다[21] 〈김준영본〉

---

16) 「폐장」의 “題曰 民訴若是累有不已矣 有委各色報民狀 每每相左 不可不一番査實後 乃可歸正 到付卽日三狀頭 與犯逋諸吏 一一上使于營下 以爲嚴處之向事” 참조.

17) 「폐장」의 “鄕員中四爲刑配 三爲收贖 以至蕩産亡身之境是乎矣 徵民之逋吏 不受一杖 雪冤之狀民 箇箇刑配 則其恤民去弊之誼 固不如是” 참조.

18) 박순호본 109행[“우리狀頭 沈全仲을 쥭일거죠 시작ᄒᆞᆫ다”]에는 장두 이름이 沈全仲으로 제시되어 있다. 그가 분명 3장두 가운데 속해 있었을 것이나, 누구인지 현재로서는 확인할 수 없다.

19) “(227)불상ᄒᆞ다 尹致光아 구세다 尹致光아/(228)一邑弊端 고치ᄌᆞ고 年年定配 무숨일고”

20) 이 부분은 유탁일본A와 김일근본, 이현조본에도 거의 같은 표기로 되어있으며, 김현구본의 “(7)이ᄌᆡ기가 외인ᄌᆡ며 져ᄌᆡ기가 외인ᄌᆡ고”와 창악대강본[<民怨歌>]의 “(8)이재(災)가 어인잰가 저자가 재가되고” 또한 비슷한 양상을 보여준다.

· (12) 宰가 내려온후의 온갖弊端 지어낼제[22]〈김준영본〉

· (99) 寃痛타 우난소래 재개身命 온전할가[23]〈김준영본〉

· (191) 辛丑年 閏三月의 재개자식 京試볼제[24]〈김준영본〉

이재가의 존재를 알만한 단서가 없었던 기존의 주석자들이 오류를 범한 것은 당연한 일이었다. <정읍군민란시여항청요>를 학계에 공개하여 <거창가>의 존재를 처음으로 인지시킨 김준영이 (7)의 ‘어인제’를 ‘어떠한 때’로 주석한 것은 당시에 “이제가”가 사람 이름임을 알지 못했기 때문이었다. 그는 ‘이제가’[25]를 ‘이제 + 가’라는 어사로 보아 ‘이제’의 의미를 ‘이 때’로 풀이한 것이다. 또한 (8)의 “재갸”를 ‘자기가’로, (99)와 (191)의 “재개”를 ‘자기의’로 풀었으며, ‘재가(在稼)’의 오기(誤記)로 보았어야 할 (12)의 “宰가”를 ‘宰 + 가’로 보아 태수(太守) 즉 정읍현감(井邑縣監)으로 설명하기도 하였다. 이러던 것이 임기중본[26]과 박순호본[27]에 이르러 비로소 ‘이재가’의 정확한 표기로 바뀐다. 그러나 이 필사본들의 단계에서도 이재가의 정체가 확실히 드러난 것은 아니었다. 결국 임기중본이나 박순호본과 같이 이재가가 뚜렷하게 표기된 조규익본이 「폐장」과 함께 출현함으로써 이재가의 존재는 밝혀지게 되었고, 그의 존재로 인하여 이 작품의 창작 시기나 창작 경위는 물론 내용까지 분명해질 수 있게 된 것이다.

조규익본과 「폐장」에서 강조되는 규탄 대상은 실제 인물 이재가로서 <거창가>의 창작동기,

---

21) 이 부분이 유탁일본A에는 “(9)거창이 ᄑᆡ창ᄃᆡ고 집가가 망가로다”로, 김일근본에는 “(9)거ᄎᆞᆼ이 폐ᄎᆞᆼ되고 ᄌᆡ가가 방가로다”로, 김현구본에는 “(8)거창이 폐창되니 ᄌᆡ기가 망기ᄒᆞ리”로, 조규익본에는 “(8)거창이 펴창되고 ᄐᆡ슈가 원슈로쇠”로, 창악대강본[<民怨歌>]에는 “거창(居昌)이 폐창(廢昌)되고 자(自)개가 망(亡)개로다”로 각각 되어 있다.

22) 김일근본에는 “(7)이ᄌᆡ가 나리온후 온갖폐단 지어ᄂᆡᆫ다”로, 유탁일본A에는 “(12)제가임 나려온후 온갓ᄑᆡ단 지어ᄂᆡ되”로, 이현조본에는 “ᄌᆡ가시 나려온후의 온갓펴단 지여ᄂᆡ되”로, 김현구본에는 “(12)ᄌᆡ기기 ᄂᆡ러온휴의 온갓 폐단 지어ᄂᆡ이”로, 창악대강본(<民怨歌>)에는 “(13)자개가 나린후에 온갖폐단 지어내되”로 각각 되어 있다.

23) 유탁일본A에는 “(140)원통ᄒᆞ다 우난쇼ᄅᆡ 제갸신명 온전ᄒᆞᆯ가”로, 김현구본에는 “(101)원통타 우ᄂᆞᆫ쇼ᄅᆡ ᄌᆡ기신명 온전ᄒᆞᆯ가”로 각각 되어 있다.

24) 유탁일본A에는 “(190)신축ᄉᆞᆷ월 초십일에 제갸아달 경시볼제”로, 김현구본에는 “(195)신축연 윤사월의 ᄌᆡ기ᄌᆞ제 경시볼제”로, 이현조본에는 “(189)신축연 윤삼월의 ᄌᆡ가ᄌᆞ제 경시볼제”로 각각 되어 있다.

25) ‘이재가’의 오기다.

26) “(7)李在稼 언인ᄌᆡ며 져ᄌᆡ가 어인ᄌᆡ고 /(8)居昌니 廢昌되고 在稼가 亡稼로다”, “(179)在稼아달 京試볼ᄌᆡ 學宮弊端 지어ᄂᆡ니”[이상 임기중본]

27) “(7)李在稼 언의ᄌᆡ며 져在稼 언의진고 /(8)居昌이 廢昌되고 在稼가 亡稼된이”, “(12)在稼 나려온後의 왼갓弊端 지어ᄂᆡ되”, “(100)寃痛타 우ᄂᆞᆫ쇼ᄅᆡ 在稼身命 온젼할가”[이상, 박순호본]

창작연대, 내용과 사실(史實)의 관련성 여부 등을 규명할 수 있는 가장 중요한 단서다. 이재가는 「폐장」[28]에 한 번, 「취옹정기」[29]에 한 번 나오며, 조규익본과 「폐장」의 사이, 더 정확하게는 「폐장」을 마무리하고 남은 여백의 "거창부사 이재가가 재읍 4년에 일경이 도탄에 빠진고로 居人이 이 居昌別曲을 지었다"[30]는 설명에도 거명된다. 말하자면 거창의 태수로 4년간 재임했던 이재가는 당시 3정(三政)의 문란으로 대표되던 부정부패의 중심에 있었으며, 탐관오리의 전형으로서 「폐장」과 조규익본을 비롯한 모든 필사본들이 이재가를 표적으로 하고 있었다는 점을 알 수 있다.

이재가는 『교남지(嶠南誌)』「관안(官案)」에 헌묘시(憲廟時) 이곳 수령을 지낸 것으로 되어 있고,[31] 『거창군읍지(居昌郡邑誌)』에는 영평군수(永平郡守)로 있다가 정유(丁酉)년[헌종 3년, 1837] 이곳에 왔으며, 다시 신축(辛丑)년[헌종 7년, 1841]에 청주목사(淸州牧使)로 이배(移拜)되었다고 한다.[32] 또한 『용인이씨대동보(龍仁李氏大同譜)』에 따르면, 그는 1783년[정조 7년] 2월 1일 출생하여 1865년[고종 2년] 8월 6일 몰(歿)했고 벼슬은 청백리의 후예로서 광능참봉에 봉해졌다가 안주목사를 지냈으며 80세 되던 임술년[1862]에는 조관(朝官)으로서 통정대부 돈녕부 도정에 봉해진 것으로 되어 있다.[33] 대동보에는 나와 있지 않으나 「폐장」이나 조규익본, 『읍지』 등의 내용을 참조한다면 이재가가 거창부사를 지낸 것은 분명하고, 그 재임기간 또한 「폐장」에서 언급된 4년과 읍지에 나와 있는 4년[1837: 헌종3년-1841: 헌종7년]이 일치한다.[34] 조규익본에 이재가가 직접적으로 언급된 부분은 두 곳이다.[35] 「폐장」과 조규익본 모두 주된 규탄대상이 이재가임을 이 부분들은 분명히 보여준다. 주 35)의 전자는 거창을 망친 이재가와 아전들의 횡포

---

28) 「폐장」의 "已上十三弊瘼 未呈上營之前 先爲見捉於本官 卽其狀頭與書寫之人 忍當不忍當之刑耳 本官卽李在稼 追入大弊一件 在下" 참조.

29) 「取翁政記」의 "取能與吏樂 成能述而謀者太守也 太守謂誰 龍仁李在稼也" 참조.

30) "居昌府使李在稼在邑四年 一境塗炭 故 居人有此居昌別曲" 참조.

31) 「嶠南誌」 卷之六十一, 『韓國近代道誌』 v.14, 韓國人文科學院, 1991, 266쪽.

32) 『慶尙南道 居昌郡邑誌』 第五號, 서울대학교 규장각 소장 마이크로 필름[No. 10882].

33) 「府使公派中同副承旨公派」, 『龍仁李氏大同譜』 卷之三, 龍仁李氏大宗會, 1983, 541쪽 참조.

34) 거창의 역사를 오랜 기간 연구해온 전 거창문화원장 고 김태순 선생[전 濟昌醫院長]은 필자와의 면담에서 李在稼가 1838년 正月末에 부임하여 1841년 七月 청주목사로 전임했다 한다. 이럴 경우 그의 정확한 재임기간은 4년이 아니라 3년 6개월이 맞다. 따라서 「폐장」이나 읍지 등에 기록된 '재임 4년'은 대략적으로 산정된 기간일 것이다.

35) "(7)李在稼 어인진고 져지가 어인진고/(8)居昌이 弊昌되고 在家가 亡家로다/(9)諸吏가 奸吏되고 太守가 怨讐로다/(10)冊房이 取謗ᄒᆞ고 進士가 多士ᄒᆞ다", "(179)在稼아들 京試볼제 學宮弊端 지여ᄂᆡ여/(180)鄕校學宮 各書院의 色掌弊端 지여ᄂᆡ여" 참조.

를 포괄적으로 지적한 내용이고, 후자는 이재가의 아들이 과거시험에 응시하던 당시에 끼친 민폐를 지적한 내용이다. 앞에서 본 바와 같이 김일근본이나 김준영본에도 '이재가'의 이름이 나타나는데, 저본을 '보고 베낀' 것이 아니라 낭송하는 것을 적었거나 전에 들었던 것을 기억하여 적어놓은 것들임에 틀림없다. 특히 구양수(歐陽脩)의 「취옹정기(醉翁亭記)」[36]를 패러디하여 만든 「취옹정기(取翁政記)」와 태수 이임 시 유독 눈물로 이별하는 네 사람을 들어 비꼼으로써 태수의 포학함을 역으로 강조한 글 「사곡서」는 모두 이재가에 대한 비판과 규탄의 생생한 표현들이다.

### 3) 창작시기 및 이본들의 필사시기

전기(前記) 윤치광이나 정자육에 관한 언급과 함께 정유년[1837] 적화면 우거(寓居)양반 김일광 처의 원사(寃死)사건에 대한 언급,[37] 한유택(韓有宅)·정치광(鄭致光)[38]·김부대(金夫大) 등이 무고하게 장살(杖殺)되었다는 언급이 「폐장」[39]과 조규익본[40] 및 김준영본[41], 김현구본[42], 이현조본[43] 등에 나타나 있다. 그리고 이우석(李遇錫) 모친의 원사사건 또한 「폐장」[44]과 조규익본[45]·이현조본[46]과 김준영본[47] 등에 나타나 있다. 뿐만 아니라 안의(安義) 수령 민치서(閔致舒)

---

36) 「古文眞寶 後集」 卷之六, 『原本備旨懸吐註解 古文眞寶 前后集 合部』, 世昌書舘, 116-117쪽.

37) 「폐장」에는 "去丁酉冬 赤火面面任公納收殺之際 扶接士人金光日之妻 云云"으로 '士人 金光日'이 언급되어 있고, 김준영본["丁酉年 十月달의 적화면의 變이낫네/寓居양반 김일광이 宣撫布 당한말가"]과 김일근본["정유년 시월달의 적화선의 변이ᄂᆞᆫ네/우거양반 김일광이 션무포가 당ᄒᆞᆫ말가"], 김현구본["우거양반 짐일광이 션무포가 당ᄒᆞᆫ말가"], 이현조본["우거양반 김일광은 현무포가 당ᄒᆞᆫ말가"] 등에는 '김일광'의 이름이 명시되어 있는 반면, 조규익본["赤火面 任掌輩가 公納收殺 ᄒᆞ올져게/兩班內庭 突入ᄒᆞ여 靑春婦女 ᄭᅳ어ᄂᆡ여"]의 경우 그의 이름은 나타나지 않는다. *「폐장」의 '金光日'과 이본들에 나타나는 '김일광'은 동일인물의 이름들이나 어느 쪽이 정확한지는 알 수 없다.

38) 정치광(鄭致光)은 윤치광(尹致光)의 오기(誤記)다. 그러나 이 글에서 '정치광'으로 쓰인 각종 이본들의 기록을 인용할 경우는 그대로 '정치광'으로 기록한다.

39) 「폐장」의 "以去去年 虮虱之嫌 肆來來時 蛇虺之毒 <u>本邑韓有宅鄭致光金夫大之等</u> 皆<u>無辜杖殺</u>" 참조.

40) "(78)韓有宅 鄭致光과 金夫大 너의等이/(79)무ᄉᆞᆷ죄 重ᄒᆞ거관ᄃᆡ 杖下의 쥭단말가" 참조.

41) "(91)한일택 정치익과 김부담 강일선아 /(92)너의등 무삼죄로 杖下의 죽단말가" 참조.

42) "(93)한이틱 정치광과 전ᄃᆡ부 강일상니 /(94)네의등 무삼됴로 장화의 쥭단말가" 참조.

43) "(85)한유틱 정치셔과 젼부퇴 강일상아 /(86)너의등은 무삼죄로 장ᄒᆞ의 쥭단말가" 참조.

44) 「폐장」의 "又於昨年會哭之役 提致李遇錫 其所惡刑 無所不至 卽其老母 以其獨子之惡刑 不忍可見 結項先死 此何等怨也 此其一痛也" 참조.

45) "(100)昨日會哭 鄕會판에 狀頭百姓 査問할제/(101)李彦碩의 어린同生 쥬길擧措 시작ᄒᆞ니/(102)그어만이 擧動보쇼 靑孀寡婦 키운ᄌᆞ식/(103)惡刑ᄒᆞ물 보기실타 結項致死 몬져ᄒᆞ니/(104)古來事蹟 ᄂᆡ리본들 이러ᄒᆞᆫ일

[48]도 조규익본[49]·이현조본[50]과 김준영본[51], 김현구본[52] 등에 나와 있다. 이 가운데 윤치광은 순상(巡相)에게 올린 「폐장」을 지은 사람일 뿐 아니라, 이재가에게 소장(訴狀)을 올릴 때 서명한 3명의 장두(狀頭) 가운데 한 사람이기도 하다. 그는 그 일로 인하여 이재가로부터 무수한 핍박을 받았음이 조규익본에 드러난다.[53] 윤치광이나 정자육은 한문지식을 갖추고 있던 향촌의 사류(士類)층이었을 것이며 회곡(會哭)이나 향회(鄕會)에 관련되어 고통을 받은 이우석과 사소한 죄로 장살된 한유택·정치광·김부대 등은 상민(常民)이었을 것이다. 윤치광[정치광]은 해평윤씨(海平尹氏) 문익공파(文翼公派)에 속하는 인물로 부친 복렬(福烈)과 어머니 인동장씨(仁同張氏) 사이의 둘째 아들로서 자는 화보(華甫)이며 신사(辛巳)년[순조 21, 1821]에 태어났다. 대동보에 그 후예가 기록되어 있지 않은 점으로 미루어 「폐장」 사건과 민란의 와중에서 희생된 것으로 보인다.[54]

민치서를 제외한 등장인물 모두는 이재가가 부임한 이후 자행한 학정에 저항하다가 화를 입은 사람들이다. 이들과 관련된 사건을 참고로 할 경우 「폐장」이 작성된 시기 또한 추정할 만한 근거가 분명히 있다. 한유택 등이 장살된 사건의 설명에서 조장자(造狀者)는 "去去年"이라 했고, 이우석 모친의 원사사건은 "昨年會哭之役"이라 했으며, 적화면 부녀 원사사건은 "去丁酉冬"이라 했다. 이재가가 부임한 해는 정유년이다. '거거년, 작년, 거정유동'을 함께 놓고 추정할 경우 작년은

---

또이실가" 참조.

46) "(102)이우셕 ᄌᆞ바드려 죽길거죠 시작ᄒᆞ이 /(103)그어만임 거동보쇼 청싱과틱 질운ᄌᆞ식/(104)악형ᄒᆞ믈 보기시러 졀항치ᄉᆞ 몬져ᄒᆞ이 /(105)고금ᄉᆞ젹 나려본들 이련변이 또잇실가" 참조.

47) "(107)昨年회곡 行會판의 通文首唱 査實하야 /(108)이우석 잡아들여 죽일計巧 차릴적의/(109)그어마님 거동보소 靑孀寡宅 기린자식/(110)惡刑함을 보기싫어 結項致死 몬저하니/(111)古今事蹟 내리본덜 이러한변 또 있을까" 참조.

48) 헌종 4년[1838년]-헌종 8년[1842] 안의의 수령으로 재임하다가 繡衣啓罷되었다 한다. [거창군 web site-http://www.keochang.kyongnam.kr 참조]

49) "(117)이러ᄒᆞᆫ 禮義方의 男女가 有別커든/(118)精誠잇가 아당잇가 듯도보도 못ᄒᆞᆫ일을/(119)安義倅 閔致舒가 譏弄하야 이른마리/(120)內衙進止 ᄒᆞ지말고 內衙房守 엇더ᄒᆞᆯ고" 참조.

50) "(122)안의슈 민치셔가 긔롱으로 일은말이" 참조.

51) "(128)全羅監營 치치달아 감상갈자 貫引하니/(129)안의골 김치서가 譏弄하야 하난말이/(130)內衙進支 하지말고 內衙守廳 하여보소" 참조. 이 경우의 '김치서'는 '민치서'의 誤記다.

52) "(131)안의슈 민치셔 긔롱ᄒᆞ여 일론말삼"

53) 앞의 주 19) 참조.

54) 『海平尹氏世譜』 卷之十六 文翼公派 二十一世 부분 참조.

이 「폐장」을 쓰는 시점에서 1년 전, 거거년은 2년 전을 말한다. 「폐장」과 함께 붙어있는 「취옹정기」의 내용을 감안할 때 이 글을 쓴 시기를 이재가가 떠나던 신축년[1841]이라고 본다면, 「폐장」 또한 이 해이거나 그에 근접하는 시기에 쓴 문건으로 보아야 할 것이다. 이 시기를 추정할 수 있는 또 하나의 단서는 우박에 관한 사실(史實)이다. 부녀 원사사건이 일어났을 때 그 일을 저지른 면임(面任)은 한갓 형배(刑配)의 율로 다스려졌을 뿐 합당한 처벌을 받지 않았고, 그에 따라 올해 4월의 우박은 이에 연유된 것이나 아니겠느냐고 말했다.[55] 조선왕조실록에 기록된 우박사건은 헌종 5년[1839] 5월 5일 경상감사 이도희가 비안현 정북면, 용궁현 동면·남면, 예천현 현내·현동, 함창현의 서면·북면, 의성현의 북부 등에 우박이 내려 곡식과 채소가 남아나지 않았음을 임금에게 아뢴 내용이다.[56] 대체로 이들 지역이 거창과 인접해 있는 점을 감안한다면 거창 또한 그 우박의 피해를 보았을 가능성이 크다. 이럴 경우 이 「폐장」은 헌종 5년[1839]에 쓰여졌다고 보아야 할 것이다. 따라서 「폐장」에 기록된 '작년'은 무술년(1838)일 것이고, '거거년'은 정유년[1837]일 것이다. 「폐장」이 쓰여진 후에 이것을 대본으로 조규익본이나 그 저본을 지었다면 이 작품에서 '한양가' 부분을 제외하고 말 그대로의 '원 <거창가>'가 지어진 것은 1839년 혹은 그로부터 멀지 않은 시기일 것이다.[57]

「폐장」을 쓴 사람은 윤치광이고, 그 때문에 수령으로부터 고초를 당하던 윤치광을 동정하는 말이 조규익본에 나타난다. 그와 함께 「폐장」과 합철되어 있는 「사곡서(四哭序)」 또한 이재가가 이임하는 현장의 모습을 그린 글이니만큼 1841년에 쓰여졌음이 분명하다. 문체나 글의 분위기로 보아 「취옹정기」와 「사곡서」는 같은 사람의 작품으로 짐작되는데 전사자는 조규익본과 함께 「폐장」, 「취옹정기」, 「사곡서」 등을 필사하여 합철한 듯 하다.[58] 애당초 「폐장」을 기초로 지어진

---

55) 「폐장」의 "使其任掌 徒懲刑配之律 卽其等班常別男女褒貞烈罪亂民之法 果安在哉 今年四月 本邑雨雹 安知非緣此而誰歟 此其二痛也" 참조.

56) 헌종실록 권 6, 5년 5월 18일.

57) 조규익본과 임기중본의 77행["今年四月 本邑雨雹/그血寃이 아니든가"], 이현조본의 83행·김준영본의 89행·류탁일본의 90행·김일근본의 52행·박순호본의 90행·김현구본의 91행 등 대부분의 필사본에 '금년 4월'의 우박사건이 언급되어 있다. 물론 가사 속의 '금년'이란 말만으로 <거창가>의 창작시기를 1839년으로 곧바로 단정할 수는 없겠지만, '금년 4월'이 명시되어 있는 「폐장」 등을 함께 감안할 경우 '원 <거창가>'의 창작시기는 1839년에서 박순호본에 밝혀진 1841년 사이로 추정된다.

58) <거창별곡>이 끝난 다음 쪽에 같은 글씨체로 "丙子重陽/栗支抄刊"이란 글씨가 쓰여 있다. 여기서 丙子年은 고종 17년[1876]이다. 栗支란 原栗이라고도 하며 전라도 潭陽府의 治所 동쪽 15리에 있던 栗支縣을 말한다. [『新增東國輿地勝覽』 39, 全羅道, 潭陽] 따라서 조규익본은 1876년 전라도 담양지역에서 만들어진 필사본으

것이 조규익본이나 임기중본 혹은 그것들의 저본인데, 암암리에 전승되다가 임술민란을 계기로 이들 노래가 대중 선동의 한 수단으로 사용되었다고 볼 수 있는 것이다. 필사시기를 밝히고 있는 이본들은 박순호본, 조규익본, 유탁일본A 등이다. 박순호본의 필사시기는 1873년[고종 10년]이고, 조규익본은 1876년[고종 17년], 유탁일본A는 1932년이다. 임기중본은 조규익본과 거의 일치하는 것으로 보아, 이것을 저본으로 했거나 비슷한 시기에 동일한 저본을 필사한 것으로 보인다. 이로 미루어 보면 현존 필사본들은 대체로 고종 대 혹은 그 이후에 이루어진 것들이다.

#### 4) '현 〈거창가〉'의 성립과정

현재 전해지고 있는 <거창가>의 구조상 특이한 사실들 가운데 하나는 거창과 상관없거나 최소한 현격하게 다른 성격의 내용[59]이 앞부분에 덧붙어 전체적으로 불균형 상태를 보여주고 있는 점이다. 그렇다면 지금 보는 바와 같은 기형적인 모습은 어떻게 형성되었을까? 그 경위에 대한 파악은 '현 <거창가>'의 성립 과정에 대한 규명과 함께 이 노래가 지닌 현실적 의미를 밝히는 작업이 될 수도 있을 것이다.

자의적이라는 비판의 우려가 없진 않으나, <거창가>를 '원 <거창가>'와 '현 <거창가>'로 나누어 보는 것이 합리적이다.[60] 현재 전해지고 있는 필사본들 가운데 창악대강본을 제외한 모든 이본들은 구조상 기형적인 모습을 하고 있다. 연대가 밝혀진 이본들 모두 고종 대 혹은 그 이후에 필사된 것들이며 대교(對校)를 통해보면,[61] 직·간접적으로 영향을 주면서 비슷한 시기에 이루어진 것들로 보인다. 더구나 1839-1841년경에 창작된 것으로 추정되면서도 아직 원본이 발견되지 않고 있음은 물론 임술민란이 일어난 1862년의 시기적 표지를 달고 있는 필사본조차도 찾아볼 수 없기 때문에, 현재는 임술민란 이후에 필사된 것들만 남아있는 셈이다. 따라서 창작당시의

---

로 볼 수 있다.

59) 학계에서는 이 부분을 <한양가>로 부르고 있다.

60) 진경환은 이 점에 대하여 "원 <거창가>는 1841년 직후쯤 만들어졌고, 이어 현 <거창가>가 축약 필사되었으며, 그 후에 <정읍가>가 변개·복사되었다"[앞의 논문, 463쪽]고 했는데, '원 <거창가>'와 '현 <거창가>'로 나누어 논리를 전개한 점에서 탁견이다.

61) 여기서는 원고분량의 제한으로 異本對校의 결과를 들 수 없다. 다만, 이본들 사이에 訛傳과 誤記 등으로 인한 부분적 출입이 없지는 않으나 대체로 같은 내용과 비슷한 표기들로 이루어져 있으므로 상호간에 필사시기의 현격한 차이를 보여주지는 않는다.

것은 '원 <거창가>'일 것이고 임술민란에 즈음하여 '현 <거창가>'가 형성되었으며 민란을 거치면서 이 노래는 각 지방으로 퍼져나가 필사되면서 현재 남아 전해지는 <거창가>의 이본들을 형성하게 되었으리라 본다. 이런 점에서 창악대강본은 흥미로운 자료라고 할 수 있다. <거창가> 내용의 특정부분만을 대폭 축약·반영했거나 골자만을 뽑아 단가[短歌/판소리 허두가]형태로 만들어져 있기 때문에, 그것들을 당당한 이본으로 취급할 수 있을지에 대해서는 논란의 여지가 없지 않으나 <거창가>의 구조를 살펴볼만한 단서가 숨어 있다는 점에서는 유용하다. 앞에서 언급한 바와 같이 『창악대강』의 단가 부분에는 <태평가(太平歌)>[62]·<낙풍가(樂豊歌)>[63]·<역려가(逆旅歌)>[64]·<민원가(民怨歌)>[65] 등이 실려 있다. 이 가운데 <태평가>·<낙풍가>·<역려가>는 '현 <거창가>'에서 '원 <거창가>'를 제외한, 이른바 <한양가>의 내용에 관련된 이본들이고, <민원가>는 <한양가> 부분을 제외한 '현 <거창가>'의 이본이다. 그러나 이 책에서 이것들이 따로따로 실려 있다는 것은 적어도 이 책이 편찬될 당시에는 이 노래들이 서로 전혀 무관하게 전승되고 있었음을 의미한다. <거창가>에서 보는 바와 같이 처음에는 붙어 있던 것이 나중에 분리되었는지는 알 수 없으되, 적어도 이 책에서 감지할 수 있는 사실은 이것들이 이미 오래전부터 별개의 노래들로 불려 내려왔다는 점이다. <거창가>가 처음으로 창작될 당시에도 이 <태평가>나 <낙풍가>, <역려가>, <민원가> 등은 『창악대강』에서와 같이 별도로 존재했을 것이다. 사실 이 가운데 <태평가>[혹은 <한양가>]는 그동안 학계에서 <거창가>의 창작시기를 추정하는 단서로 인식되어 왔다. 최미정은 <한양가>라고 불리는 부분이 본격 <한양가>와는 다르나 그런 명칭이 붙은 것으로 보아 한양가의 장르가 상당히 유행된 뒤에 이것을 지은 듯하다고 하며 한양가 계열의 성립이 1844년 이후라는 학계의 견해를 참작할 경우, 이 작품의 창작연대는 1844년 이후 임술민란 이전의 시기로 추정할 수 있다고 하였다.[66]

그러나 <한양가>를 창작연대 추정의 근거로 삼을 수 없다고 보는 것이 필자의 견해인데, 그것은 '원 <거창가>'의 창작시기와 '현 <거창가>'의 성립 시기가 다르다고 보기 때문이다. 조세저항이나 수령과 아전들의 탐학에 항거하던 민란 혹은 민요(民擾)의 현장에서 <거창가>류의 저항적인

62) 『창악대강』, 479쪽.

63) 같은 책, 482쪽.

64) 같은 책, 526-527쪽.

65) 같은 책, 531-532쪽.

66) 최미정, 앞의 논문, 1714-1715쪽.

노래에 <한양가>와 같은 체제 찬양적인 내용의 노래를 덧붙이는 일은 필수적이었을 것이다. <한양가>는 왕조의 정통성을 강조하고 역대에 이룩해온 문물을 찬양하는, 긍정적·상향적 분위기의 내용이다. 이에 반해 후반부[즉 '원 <거창가>']는 부정적이고 비참한 분위기의 내용이다. '상승과 하강'의 대립구조를 통하여 거창부의 처참한 실상을 극적으로 부각시키는 수법을 쓴 것이 바로 '현 <거창가>'라고 할 수 있다. 앞뒤의 내용적 질·량이 미적으로 균형을 이루고 있는 것은 아닌데, 이러한 구조상의 불균형과 의사전달의 비효율성을 감수하면서까지 이 내용을 앞부분에 내놓은 것은 그들이 '원 <거창가>' 부분에서 드러낸 부정부패에 대한 규탄의 의도나 그로 인해 촉발되는 백성들의 소요(騷擾)가 적어도 체제에 대한 반역은 아님을 강조할 필요가 있었기 때문이다. 즉 자신들이 일으킨 민란의 주목적은 단지 탐학과 횡포를 일삼는 지방의 수령이나 아전들을 응징하는 데 있었을 뿐 왕을 정점으로 하는 통치체제 자체에 대한 도전은 결코 아님을 강조하고 싶었던 것이다. 따라서 이 부분을 <거창가>의 핵심적 내용이라 할 수는 없다.

필자는 <한양가>가 덧붙어 있는 <거창별곡>이 임술민란 시 백성들을 선동하는 데 큰 효과를 발휘할 수 있었다고 본다. 비록 내용상 규탄의 표적은 개인으로서의 태수 이재가와 탐학을 일삼는 아전들이었지만, 이재가가 이임하고 나서도 삼정의 문란은 여전하거나 오히려 더욱 심해지고 있었기 때문에 <거창가>의 존재가치는 오히려 제고될 수 있었던 것이다. 시간이 지나면서 수령이나 아전들도 바뀌긴 했겠으나 이재가를 규탄하는 노래가 여전히 힘을 발휘한 것은 이재가가 개인으로서의 그가 아니라 탐관오리의 전형으로 자리 잡게 되었기 때문이다.[67] 이와 관련하여, 서민의 의향은 새로운 체제혁명을 바라는 것이 아니라 평형 잃은 질서에 대한 정상상태의 회복이요 직접 당하고 있는 비정상적인 치정(治政)의 문란에 대한 민생의 고발이었고, 그 해결의 방법은 임금님이 아니면 의사(義士) 즉 영웅에 기대하는 것이라는 류탁일의 견해[68]는 <거창가>에 반영된 서민들의 의식과 그 한계를 적절하게 설명한다. 당장 살아갈 길이 막막해진 서민대중들의 입장에서는 탐관오리를 제거하는 일이 무엇보다 다급했다고 보아야 한다. 농민전쟁의 극치였다고 할 수 있는 동학농민반란의 단계에 이르러서도 근본적인 체제에 대한 부정까지는 생각할 수 없었던 점을

67) 이 내용이 김준영본에는 "(12)宰가 내려온 후 온갖弊端 지어낼제"로, 김일근본에는 "(8)이ᄌᆡ가 어인ᄌᆡ며 저ᄌᆡ[*인용자주: 김일근은 '者'로 보았음]가 어인지고/(9)거ᄎᆞᆼ이 폐ᄎᆞᆼ되고 ᄌᆡ가[*인용자주: 김일근은 '宰家'로 보았음]가 방가(放家)로다"로 되어 있다. 이들 내용 가운데 "이ᄌᆡ가 · ᄌᆡ · 宰 · 저ᄌᆡ · ᄌᆡ가" 등은 모두 '이재가'의 語戱로 보는 것이 타당하겠으나, 관점을 달리 한다면 보통명사로서의 '宰'를 지칭하는 말로 해석될 수도 있다.

68) 앞의 논문, 71쪽.

이와 비슷한 예로 들 수 있다고 본다. 동학농민반란사건에서 농민들의 힘을 체제 변혁적인 차원으로 돌리는 데 실패한 것은 지도층 내에서조차 그런 비전을 지닌 인물들이 부족했기 때문이다. 대내적으로는 양반을 중심으로 공고히 구축되어 있는 봉건질서에 대항하고 대외적으로는 외세에 대항했지만, 결국 외세와 기존 봉건체제의 연합에 의해 동학군은 패배하고 만 것이다. 동학군이 내걸었던 폐정(弊政)개혁 12조는 대부분 「폐장」의 내용과 부합한다. 특히 탐관오리에 대한 징치(懲治), 횡포한 부호에 대한 엄징(嚴懲), 불량한 유림과 양반무리에 대한 징벌, 무명의 잡세 폐지 등은 봉건 말기에 극성했던 민생의 침해에 대한 광정(匡正)의 요구였다. 그럼에도 불구하고 폐정개혁 12조의 첫머리에서 "동학도는 정부와의 원한을 씻고 서정에 협력한다"고 강조함으로써 왕을 중심으로 하던 기존 통치체제의 변혁은 애당초부터 기도(企圖)하지 않았다고 보아야 할 것이다.

동학농민반란보다 30여년 이상 앞서 일어난 임술민란 역시 그 직접적 대상은 탐관오리의 축출이나 잘못된 제도의 개선에만 국한되어 있었음을 알 수 있다. 탐관오리가 나타날 수밖에 없고, 자신들이 수탈당할 수밖에 없는 근본적인 체제 자체의 문제점까지는 인식할 수 없었던 것이다. 이 점은 조규익본의 마무리 부분에 극명하게 나타난다.[69)]

자신들이 역사 변혁의 주체라는 인식을 갖지 못하고 있던 당시의 농민들이나 이 노래를 지은 지식인마저도 임금 이외에는 기댈 곳이 없다는 패배적 상황인식에 머물러 있었음을 이 작품의 문면에서 읽을 수 있다. 당시의 피압박 민중들로서는 암행어사나 금부도사 역시 간교한 수령이나 아전들에 휘둘릴 수밖에 없는 현실을 잘 알지만, 그래도 그들만이 공고한 봉건적 지배체제의 일원인 수령이나 아전들을 징치할 수 있다고 생각했을 법하다. 이런 맥락에서 <거창가>의 앞부분인 <한양가>는 자신들의 주적(主敵)이 임금 아닌 지방의 수령이나 아전들일 뿐이라는 점을 강조하기 위해 반드시 들어야 할 내용이었다. 따라서 이 노래의 핵심은 뒷부분 즉 '원 <거창가>'에 있는 것이다. 거창 수령 이재가를 비판의 대상으로 삼았던 '원 <거창가>'는 임술민란에 즈음하여 민란의 주도세력이 <한양가>를 수용함으로써 '현 <거창가>'로 확대되었으며, 이것이 민란 이후 각처에서 활발히 전사됨으로써 현재의 이본 분포 상을 보여주게 된 것이다.

---

69) "(232)青天一張紙에 細細民情 가려다가/(233)仁政殿 龍床압페 나는다시 올이시면/(234)우리聖上 보신후의 別般下教 ᄂᆡ리쇼ᄉᆞ/(235)더드도다 더드도다 暗行御史 더드도다/(236)바ᄅᆡ고 바ᄅᆡᄂᆞ니 禁府都司 바ᄅᆡ노니/(237)푸ᄃᆡ쏨의 ᄌᆞ바다가 路突의 버이쇼셔/(238)어와 百姓들아 萬世萬世 億萬世로/(239)然後의 太平世界 與民同樂 ᄒᆞ오리라" 참조.

## 3. <거창별곡>과 '「폐장」·「취옹정기」·「사곡서」'의 관계

### 1) 「폐장」과 〈거창별곡〉

「폐장」과 「취옹정기」, 「사곡서」 등은 '원 <거창가>'의 내용적 사실성을 입증하는 결정적 자료들이다. 우선 조규익본 가운데 <한양가>를 뺀 부분의 내용을 간추려보기로 한다.

1. (1)-(6): 서사(序詞)(도탄에 빠진 거창의 모습을 한탄)/2. (7)-(10): 태수 이재가의 부패와 아전들의 탐학/3. (11)-(15): 이노포(吏奴逋) 만여석(万餘石)을 백성에게 징수하면서도 이노(吏奴)들은 매 한 대 맞지 않는 현실/4. (16)-(19): 3천4백(三千四百) 방채전(放債錢)을 민징(民徵)한 데 대한 원망/ 5. (20)-(22): 원징(寃徵) 폐단의 영속성 한탄/ 6. (23)-(30): 결복(結卜)을 높이 하여 주변지역[삼가(三嘉)·합천(陜川)·안의(安義)·지례(知禮)]보다 이삼(二三)냥씩 가렴(加斂)하는 횡포와 백사장에까지 징세하는 비리/ 7. (31)-(34): 재앙에 의해 조정에서 회감(會減)한 혜택을 백성이 받지 못하고, 그 차액을 수령이나 아전이 투식(偸食)하는 현실/8. (35)-(43): 악생포(樂生布)의 작폐와 수군포(水軍布)·육군포(陸軍布)·금위보포(禁衛保布)·어령보포(御令保布)·인리보포(人吏保布)·노령보포(奴令保布) 등 허다한 가포(價布)를 늑징(勒徵)하는 현실/9. (44)-(57): 백골징포(白骨徵布)에 관련된 억울한 사연/10. (58)-(60): 관차(官差)와 이교(吏校)의 악행/11. (61)-(77): 적화면(赤火面) 임장배(任掌輩)의 횡포에 의해 저질러진 부녀원사(婦女寃死) 사건/12. (78)-(105): 무고한 백성이 남장(濫杖)으로 억울하게 죽는 고통. 한유택(韓有宅)·정치광(鄭致光)·김부대(金夫大) 등이 죽고, 이언석(李彦碩)의 동생 사건에 어미가 결항치사(結項致死)한 사건/13. (106)-(125): 춘추감사(春秋監司) 순도시(巡到時)의 민폐/14. (126)-(131): 우정지폐(牛政之弊)/15. (132)-(145): 각면(各面) 임장배(任掌輩)와 육방하리(六房下吏)의 수쇄(收殺) 횡포. 일가친척(一家親戚)의 가장전지(家庄田地)를 탕진하는 억울함/16. (146)-(155): 창역조(倉役租)의 폐단[(십두(十斗)나락은 거창 뿐임]/17. (156)-(162): 농사일의 신고(辛苦)를 통해 거둔 곡식과 짜낸 베를 아전이 먼저 먹는 폐단/18. (163)-(173): 환상분급시(還上分給時) 재인(才人) 광대 등 온갖 놀음으로 낮시간을 보낸 다음 밤중에 곡식을 분배하는 과정에서 벌이는 작태. 그마저도 아전(衙前) 장교(將校)의 독촉으로 잃어버리고 마는 참상/19. (174)-(178): 수령의 탐학과 무분별함/20. (179)-(196): 이재가 아들의 경시(京試)응시를 계기로 드러난 학궁(學宮)의 폐단/21. (197)-(211): 사액서원의 제사에 쓸 제물을 빼돌려 강상(綱常)을 그르치고, 제물복(祭物僕)까지 죽게 한 사건/22. (212)-(228): 이방우(李芳佑)[말별감(末別監)] 등 아전의 농간에 대한 규탄. 의송(議送)을 쓴 정자육(鄭子育)과 장소(狀訴)를 지은 윤치광(尹致光)에 대한 동정과 수령·아전의 횡포에 대한 분노/23. (229)-(239): 결사(結詞)[청천 외기러기에게 자신들의 소지(訴紙)를 대궐에 계신 임금께 전해줄 것을 호소. 임금이 백성들의 참상을 안 뒤에 속히 암행어사를 파송하여 바로잡아줄 것을 간청][70)]

이상은 수령과 아전들에 의해 저질러진 거창부의 실상이자 백성들의 피맺힌 절규다. 서사는 도탄에 빠진 거창의 포괄적인 상황을 내용으로 하고 있으며 2에서는 그 상황의 원흉으로 이재가가 거명되면서 이 노래가 누구를 규탄의 대상으로 삼았는지 분명하게 밝히고 있다. 3-22는 본사로서 서사에서 포괄적으로 밝힌 내용이 구체화되는 단계다. 그리고 23은 결사로서 임금이 이 참상을 알고 자신들을 구제해달라는 호소의 내용이다. 그렇다면 조규익본을 비롯한 모든 이본들에 표현되어 있는 민폐의 구체적인 내용은 어떤 것들인가를 「폐장」으로부터 알아보기로 한다.

> 1. 서설(序說): 순상(巡相)에게 백성들의 억울한 사정을 잘 헤아려달라고 소청/ 2.구체적인 민폐들[이포(吏逋) 늑징(勒徵)의 문제, 즉 16,000여석을 포탈한 뒤 4전씩을 전미(全米) 1석에 분급하여 민징(民徵)한 일/방채전(放債錢) 2,400냥 포탈 건/장민(狀民)들은 처벌 받았으나 포리(逋吏)들은 매 한 대 맞지 않은 억울함/억울한 일을 巡相에게 호소한 사실과 그에 대한 題辭의 내용]/ 3.순상에게 수령·아전의 횡포를 고발하고, 백성들을 생활고로부터 구해주기를 순상에게 호소/ 4.각종 폐단들[a. 환곡(還穀)·b. 결환(結還)·c. 군정(軍政)·d. 방채(放債)·e. 창역조(倉役租)·f. 차일(遮日) 등 여섯 가지 폐단·g. 남장(濫杖)·h. 부녀(婦女)의 원사(冤死)·i. 명분의 문란 등 세 가지 고통·j. 우정(牛政)·k. 면임(面任)의 원징(冤徵) 등 두 가지 억울한 일·l. 향소(鄕所) 쟁임(爭任) 같은 한 가지 변고·m. 염문(廉問) 같은 감히 말할 수 없는 일 한 가지] 나열[71]

양자의 내용을 비교하면, 1 → 1[앞의 번호는 조규익본의 그것이고 뒤의 번호는 폐장의 그것임, 이하 같음], 2·3 → 2, 19 → 3, 3 → 4-a, 6 →4-b, 8 → 4-c, 4 → 4-d, 16 → 4-e, 13 → 4-f, 12 → 4-g, 11 → 4-h · 4-i, 14 → 4-j, 15 → 4-k, 13 → 4-m 등으로 연결된다.[72] 따라서 조규익본과 임기중본은 「폐장」을 기초로 지어진 원본을 필사했거나 그 내용을 대폭 반영한 것들로 보인다. 한 예를 들면 다음과 같다.

> 本邑地形 둘너보니 三嘉陜川 安義知禮/四邑中의 處ᄒᆞ야셔 每年結卜 詳定ᄒᆞᆯ제/他邑은 十一二兩 民間의 出秩ᄒᆞ되/本邑은 十五六兩 年年의 加斂ᄒᆞ니/他邑도 木上納예 戶惠曺廳 밧지ᄒᆞ고/다갓튼 王民으로 王稅을 가치ᄒᆞ며/엇지타 우리골은 二三兩式 加斂ᄒᆞ며/더구더나 冤痛ᄒᆞᆯᄉᆞ 白沙場의 結卜이라/近來의 落江成川 邱山갓치 씩연ᄂᆞᆫᄃᆡ/불상ᄒᆞ다 이ᄂᆡ百姓 灾ᄒᆞᆫ짐 못먹어라/灾結의 會減ᄒᆞ문 廟堂의 處分이라/廟堂會減 져灾結을 그뉘가 偸食ᄒᆞ고 [조규익본]

70) 1·2·3 등은 작품 내용의 일련번호들이고, (1)·(2) 등은 '원 <거창가>' 부분의 행 번호들이다.
71) 1, 2, 3 등은 폐장 내용에 대한 일련번호들이다.
72) 이 가운데 「폐장」의 '4-l'는 조규익본에 어떤 식으로도 반영되어 있지 않다.

인용문은 결환(結還)의 폐단을 노래한 부분이다. 거창을 둘러싸고 있는 삼가·합천·안의·지례 등에서는 매년 결을 정할 때 결당 12, 13냥을 거두어들이는데, 거창만은 이들 고을보다 4, 5냥씩 가렴하는 폐단을 성토하고 있다. 같은 왕과 같은 제도 아래 살아가는데 다른 고을보다 세금을 더 거두어 가고, 심지어 백사장에까지 세금을 징수하는 것은 말 못할 횡포라는 것이다. 더구나 흉년 등 재난을 당했을 때 회감(會減)하는 것은 정부의 처분임에도 불구하고 거창의 주민들은 회감의 덕을 전혀 보지 못하고, 그 차액을 수령이나 아전들이 착복한다는 것이 이 부분에서 강조된 내용이기도 하다. 「폐장」에도 이와 동일한 내용[73]이 나오는 만큼 양자가 서로 밀접한 관계를 갖고 있음은 물론이다. 즉 「폐장」은 산문이고 <거창별곡>은 「폐장」의 요점을 중심으로 암송하기에 편한 운문으로 되어있는 점만 다를 뿐 양자는 내용상 부합한다는 것이다. 예컨대 양자는 "本邑則東南三嘉陜川 西北安義知禮" → "本邑地形 三嘉陜川安義知禮", "而每年結定之時 接境四邑則每結十二三兩爲捧 本邑則必以十五六兩加徵" → "每年結卜 詳定홀제 他邑은 十一二兩 民間의 出秩ᄒᆞ되 本邑은 十五六兩 年年의 加斂ᄒᆞ니"처럼 서로 부합하는데, <거창별곡>이 「폐장」을 대본으로 각색한 결과에 가깝다는 사실을 입증하는 사례라고 할 수 있다.

#### 2) 「취옹정기」와 〈거창별곡〉

「취옹정기(取翁政記)」는 구양수[歐陽脩, 1007-1072]의 「취옹정기(醉翁亭記)」를 패러디한 글로서 「폐장」과 <거창가>의 내용을 또 다른 차원에서 반복·강조하는 구실을 한다. 「폐장」과 붙어있는 점, 내용과 어조가 상통하는 점 등으로 미루어 같은 작자에 의해 지어진 것으로 짐작되며, 당시의 수령과 아전들이 자행하던 탐학의 현실을 풍자하려는 의도를 드러낸 기(記) 형식의 글이다.[74]

구양수는 인종(仁宗) 천성(天聖) 8년[1030] 진사시에 합격하여 서경추관(西京推官)이 되었고,

---

73) 「폐장」의 "本邑則東南三嘉陜川 西北安義知禮 而每年結定之時 接境四邑則每結十二三兩爲捧 本邑則必以十五六兩加徵 夫三安知陜 皆木無異納 稅無異所 以一王之土民 共一王之貢賦 而奈之何 本邑則處於四邑之中 稅加於四邑者 不知其故之安在 其利之何歸 而又有至冤者 沙場之徵稅也 大抵 災結有減 自是廟堂處分 營門亦災報之闕文 則雖有十數結蒙減 營關終無一把束免頉之官令也 夫結役太高莫過於此邑 則此其二弊也" 참조.

74) 작자의 설명[中原亦有醉翁亭記 我東方有取翁政 取之政 雖文字不同 熟讀詳味 乃知其意也]으로부터 풍자의 의도를 쉽게 읽어낼 수 있다.

경력(慶曆) 3년[1043] 태상승(太常丞)으로 범중엄[范仲淹, 989-1052]을 도와 신정(新政)을 편 인물이다. 그 신정이 실패한 뒤 범중엄을 변호했다가 붕당으로 몰려 저주(滁州)로 밀려난 적이 있었고, 그는 그곳 낭야(瑯琊)의 유곡(幽谷)에 성심(醒心)·취옹(醉翁)의 두 정자를 세운 바 있다. 이 글은 안휘성(安徽省) 저주에 세운 정자의 유래와 그 땅의 풍경 및 태수 자신이 이 정자에서 유락하는 심경을 술회한 수필 혹은 기사문(記事文)이다. 이 글 전체는 결사를 포함하여 다섯 부분으로 이루어져 있다. 작자는 「취옹정기(取翁政記)」에서 구양수와 그의 선정, 저주 백성들의 행복한 삶과 자연풍광 등을 묘사한 「취옹정기(醉翁亭記)」의 표현이나 어구들을 교묘하게 역전시켜 이재가와 당대 거창에 관련된 그것들로 바꾸는 데 성공하였다.

첫부분 : '州'[醉]를 '居昌'[取]으로, '皆山'[醉]을 '乃府'[取]로, '其西南諸峰'[醉]을 '其西南諸邑'[取]으로, '林壑尤美'[醉]를 '風俗淳美'[取]로, '望之蔚然而深秀者'[醉]를 '望之吏民晏然者'[取]로, '琅琊也'[醉]를 '三安也'[取]로 각각 바꾸어 놓음으로써 저주 풍광의 수려함에 대한 찬탄을 거창의 이민(吏民)들이 편안하게 살아가는 모습으로 패러디하였다.[75]

둘째 부분 : 양천(釀泉)의 모습, 취옹정(醉翁亭)의 건조(建造) 및 명명(命名) 경위, 취옹정에서의 즐거움 등 「취옹정기(醉翁亭記)」의 내용을 「취옹정기(取翁政記)」에서는 아림[娥林: 거창의 옛 이름]의 위치, 아전과 포교 및 태수의 학정, 이곳에서 그들이 누리는 화뢰지락(貨賂之樂) 등으로 패러디하였다. 저주를 둘러싸고 있는 산들 가운데 초목이 울창하며 깊고 뛰어나게 솟은 것이 낭야산인데, 이 부분에서는 이것을 뒤바꾸어 거창으로 그려냈다. 거창의 서남방에 있는 삼가(三嘉)·안의(安義) 등 제읍은 풍속이 순미하고 아전과 백성이 안연하나 고을 이정(里程) 육칠십리에 곡성이 울려 인읍(隣邑)들 사이에 통철한 곳은 거창이라 하고, 이교(吏校)들은 호강(豪强)하여 포학한 정사를 펴니 그 경내에 있는 것이 바로 취옹정(取翁政)이라는 것이다. 말하자면 '취옹(取翁)'은 수탈하여 재물을 취하는 늙은이라는 뜻으로, '취옹(醉翁)'을 패러디한 말이다. 신장(愼章)으로 대표되는[76] 고을의 아전과 태수 자신이 그 학정의 주인공들이다. 태수와 아전이 이곳[77]에 내림하여 '마실' 때에는 빈번히 '취(取)'하곤 했는데, 그 '취(取)'하는 행위가 아주 교묘하기 때문에 호를 취옹(取翁)이라 했다 한다. 그러나 그 취옹의 뜻이 백성을 잘 다스리는 데 있는 것이 아니고 화뢰에 있으므로 이 말 속에는 백성의 재물을 취하여 자신의 더 높은 벼슬을 도모하려는 그의 의도가 교묘하게 함축되어 있는 셈

---

75) '醉'는 「醉翁亭記」를, '取'는 「取翁政記」를 각각 나타낸다.

76) '劉·愼·章·丁·朱·崔' 등을 거창의 토착성씨들로 꼽는다. 여기서 언급된 '愼章'이란 壬戌民亂에 잡혀죽은 아전 愼在文과 章福榮을 아울러 지칭하는 말로 생각되지만, 만약 「取翁政記」가 임술민란 전에 지어진 것이라면 愼門과 章門에서 나온 세습 鄕吏들을 통칭했을 가능성도 있다.

77) 醉翁亭에 대한 패러디라는 점에 중점을 둔다면 '정자'로 보아야 할 것이나, 이 경우는 거창으로 보는 것이 타당하다.

이다.

셋째 부분 : 옛날의 태수[즉 구양수]가 자연의 무쌍한 변화 속에서 즐거움을 무궁하게 누렸다면, 지금의 태수는 자신의 명령 하나와 붓 놀리기에 따라 쉽게 열리는 돈길(錢路)을 통하여 무궁한 폐단을 만들어낸다고 비판하였다. 즉 명령이 나가 돈길이 열리고 은연히 구하면 돈구멍이 밝아지니 그 회명과 변화는 붓 놀리는 데 좌우된다는 것이다. 아전들이 포탈한 것을 백성에게 물리고 놀이 돈을 세금에서 징수하고, 만백성에게 일포(一布)씩 징수하고, 죽은 사람에게 포를 물리고, 민간의 차일을 징속하고, 백성들의 다리 부러진 소를 빼앗고, 무고한 백성을 죽이고, 반상의 분의(分義)를 무시하는 등 여덟 가지 고통으로 폐단 또한 무궁하다는 것이 '낙역무궁야(樂亦無窮也)'[「취옹정기(醉翁亭記)」] 대신 '낙역무궁야(弊亦無窮也)'를 외친 「취옹정기(取翁政記)」의 내용적 핵심이다.[78)]

넷째 부분 : 「취옹정기(醉翁亭記)」에서는 짐을 진 자는 길에서 노래하고 걸어가는 자는 나무 아래서 쉬고 앞선 자는 부르고 뒤에 가는 자는 호응하면서 오고가는 사람들을 들어 저주사람들의 유산(遊山)광경을 그려냈다. 특히 시내에서 고기를 낚으면 시내가 깊어서 고기가 살져있고 양천으로 술을 빚으면 샘물이 향기로워 술이 맑다고 하였으며 산과 들에서 나는 안주를 늘어놓은 것은 태수의 잔치인데, 잔치에서 취하는 즐거움이 사죽(絲竹) 때문은 아니라고 하였다. 활 쏘는 자는 맞고 바둑 두는 자는 이기며 술잔들이 교착하고 자리에서 떠들썩하게 지껄이는 것은 많은 손님들이 즐기는 모습이며, 창안백발(蒼顔白髮)로 그 사이에 쓰러져 넘어져 있는 것은 태수가 취한 모습이라는 것이다. 그러나 「취옹정기(取翁政記)」에는 이 내용이 태수와 아전들의 착취로 초점이 바뀌어져 있다. 빈자(貧者)는 길에서 울고 행자(行者)는 숲에서 근심하며 전자가 부르면 후자가 응하고 노유 간에 부축하여 왕래하며 끊이지 않는 것은 거창사람들의 '떠돎'(流離)이라고 하였다. 경계에 임하여 고기를 잡으면 경계가 넓어 고기가 살져있고 돈 빚기를 주로 하니 돈의 폐단은 많은 것을 주장한다 하였으며, 산야가 들레어 함께 진상되는 것이 태수의 정치인데 정치에 효과가 있는 것은 덕도 아니요 위엄도 아니라고 하였다. 죽은 자는 많고 형을 받는 자는 유배되어 포학으로 백성을 제압하니 거기에서 떠들썩한 것은 아전의 무리가 환호하는 것이요, 그 사이에 벼룩낯짝의 늙은이가 넘어져 있는 것은 태수의 추한 모습이며, 그에 따라 이미 전야는 황벽해졌고 인심은 산란해졌다고 하였다. 태수가 돌아감에 이교(吏校) 또한 따르고 나무숲 그늘진 데 새소리가 위아래로 나는 것은 '거민[居民: 거창 백성]'이 흩어져 짐승과 새들이 즐기는 모습이라 하였다. 그러나 금조(禽鳥)는 산림의 즐거움을 알고 사람의 근심을 모르며 사람은 태수의 정사를 따를 줄을 알지만 나라는 태수가 그 즐거움을 즐기는 줄을 모른다는 것이다. 취(取)하면 능히 아전과 더불어 즐거워하고 이루어지면 능히 지어서 꾀하는 것은 태수인데, 그 태수란 용인 이재가를 지칭한다고 함으로써 「취옹정기(醉翁亭記)」를 교묘하게 패러디하였다.

결사(結詞) : 앞부분의 내용이나 패러디의 의도를 간략하게 밝힌 부분이다. 이 글에서 동원한 유개념들은

---

78) 조규익본에 언급되는 八痛은 바로 이 내용을 지칭한 것이고, 「폐장」의 六弊 · 三痛 · 二寃 · 一變 · 一不敢言者 등도 모두 이 내용과 정확히 부합된다.

> 여러 가지다. 기린과 견마가 모두 '짐승'으로 통칭되지만 선악이 분명히 구분되고, 봉황이나 참새가 모두 '날짐승'으로 통칭되지만 귀천이 분명히 다르다고 하였다. 취옹(醉翁)과 취옹(取翁)이 모두 사람이지만 현우(賢愚)가 자별한즉 물건으로부터 사람에 이르기까지 원래 대신할 수 없는 이치는 없다고 하였다. 옛 태수인 구양수는 시주(詩酒)로써 깨끗한 풋대를 세웠고, 지금의 태수인 이재가는 잔학낭탐(殘虐狼貪)으로 백년에 더러운 냄새를 끼쳤으므로 거창의 주산(主山)인 계산(雞山)과 더불어 더욱 높고도 높으며 영수(灐水)로 더불어 더욱 길고 길게 흐를 것이니[79] 대개 향기를 흘리는 것과 냄새를 남기는 것이 모두 한 가지이나 그 차이는 크다고 본 것이다.

「취옹정기(醉翁亭記)」는 작자가 스스로를 희롱의 대상으로 삼은 글이다. 저주의 자연경물을 배경으로 창안백발의 자신이 주석에서 넘어질 만큼 취한 모습까지 그려냈기 때문이다. 따라서 이 글은 풍류적 희문인 셈이다. 이 글이 고금을 통하여 많은 사랑을 받을 수 있었던 것은 풍류적 표현 때문이 아니라, 태수 자신이 그 풍류의 즐거움을 백성들과 함께 하려 했기 때문이었다. 말하자면 선정의 근본정신이 바로 이 글의 훌륭함이며, 그에 따라 거창의 수령과 아전들의 학정을 역으로 강조하는 데 이 글을 패러디하는 것만큼 효과적인 글이 있을 수 없다는 판단 또한 가능했을 법하다. 따라서 「폐장」과 「취옹정기」는 같은 작자가 지은 글들임이 분명하다. 이와 같이 <거창가>의 내용을 다른 표현수법으로 그려낸 것이 「취옹정기」다. 즉 수령과 아전들이 자행하던 탐학의 구체적인 행위들을 묘사하는 대신, 전체적인 모습을 구양수와 대비시킴으로써 그들의 문제성을 더욱 부각시키고자 한 것이다. 또한 글의 필치나 수준, 거론된 내용[이재가와 수령들의 탐학상, 거창의 여덟 가지 폐단 등]이나 분위기 등도 「폐장」과 동일하다고 생각되기 때문에, 이것들을 같은 작자의 작품으로 보고자 하는 것이다.

### 3) 「사곡서」와 〈거창별곡〉

「사곡서」는 작자가 지닌 풍자의 의도를 잘 구현하고 있는 산문으로서 「취옹정기」의 속편이라 할 수 있다. 첫머리에 "이와 같은 1경이 모두 도탄이 되니 운운(云云)"[80]의 표현으로 미루어

---

79) 이 부분은 范希文의 「嚴先生祠堂記」[『古文眞寶 後集』 卷之六, 世昌書舘 판본] 가운데 한 문장["始構堂而奠焉 乃復其爲後者四家 以奉祠事 又從而歌 曰雲山蒼蒼 江水泱泱 先生之風 山高水長"]으로부터 그 표현수법을 취해온 것으로 보인다.

80) 「四哭序」의 "如此一境 皆爲塗炭 萬民欲死之際" 참조.

보건대 이 글은 앞에 나온 <거창별곡>과 「폐장」의 의도나 내용을 이어받은 글이다.[81] 그러면서도 글의 대상이나 내용이 약간 달라질지도 모른다는 점이 암시된다. 즉 "본관이 바뀌어가는 날을 당하여 오히려 잊지 못하는 자 4인이 있으니 이를 위해 눈물 흘려 송별을 하는구나"[82] 라는 첫 문장의 내용을 감안할 때, 규탄의 표적이 앞글들의 이재가로부터 그의 재임기간 동안 그에 부화(附和)하여 거창백성들을 괴롭히고 이익을 추구하던 일부 인사들로 옮겨 왔음을 알 수 있다. 그들은 바로 용산촌(龍山村), 대초동(大楚洞), 시중촌(矢中村), 화동촌(花洞村) 등 네 고을을 대표하던 장로(長老)들이었다.[83] 그런데 본관이 이임하는 날 이들이 눈물로 이별하는 광경을 보고 「사곡서」를 짓되, 차마 향로(鄕老)들의 이름을 직서할 수 없어 그들이 사는 마을 이름으로 그 작태를 선양하고자 한다는 것이었다.[84] 그러나 탐학의 주체 이재가와 함께 이익을 취한 향로들이 분명 칭송의 대상이 될 수는 없는 노릇이니 이 글 또한 「취옹정기」와 함께 풍자를 주목적으로 하는 역설적 희문인 셈이다. 본론에 들어가면 그 풍자의 의도는 짧은 호흡으로 숨 막히게 이어진다. 풍우상설은 사시(四時)의 떳떳한 모습이고, 희로애락은 사정(四情)의 떳떳한 모습으로서 그것들은 모두 앞뒤가 들어맞아야 정상이라고 했다. 즉 바람이 불어야 하는데 서리치는 것이나 비가 와야 하는데 눈이 오는 것 모두 변고라는 것이다. 마찬가지로 즐거워해야 하는데 즐거우면 그 뜻이 즐거운 것이나 울지 말아야 하는데 우는 것은 마음을 속이는, 가식의 울음이라 한다. 그러나 기쁨에는 연유하는 바가 있고 울음에는 묘리가 있는 법인데, 이제 거창의 울음을 보면 특별한 경우가 많다고 하였다. 그 울음을 들어 당치 않은 그들의 행동을 풍자·비판하려 한 것이다. 따라서 「사곡서」도 <거창별곡>의 취지를 또 다른 차원에서 반복, 강조할 목적으로 지은 글이라 할 수 있다.

## 4. <거창가>는 권력에 대한 저항의 외침

<거창가>는 지방관의 학정에 대한 비판이 주된 목적이자 내용이었으며 그 중심에 실재했던

---

81) 김현구본에는 조규익본에 붙어 있는 「취옹정기」의 끝부분["若夫麒麟之於犬馬~豈偶然哉"]이 '居昌歌 序'로 명명되어 나와 있고, 이어 「四哭序」가 붙어 있다.

82) 「四哭序」의 "當本官遞歸之日 猶有戀戀不忘之意者四人 爲之涕泣送別" 참조.

83) 「四哭序」의 "一則龍山村人也 二卽大楚洞人也 三則矢中村人也 四卽花洞村人也" 참조.

84) 김현구본에는 이 鄕老들의 이름이 '龍山村의 鄭華彦', '大楚洞의 金淸之', '花洞村의 姜烈之', '矢項村의 朴肅虎' 등 가명으로 제시되어 있다.

인물 이재가가 놓여있다. 특히 그 내용의 사실성을 뒷받침하는 기록이 「거창부폐장」이며, 그것과 함께 필사되어 있는 조규익본 및 그와 규모나 내용상 일치하는 임기중본은 원본을 직접 저본으로 삼았거나 내용적으로 가장 분명한 모습을 지니고 있는 필사본들이다. 따라서 이 두 필사본을 기준 본으로 삼을 수 있고, 이것들과 대교(對校)한 결과 나타나는 여타 필사본들의 잉여부분은 필사 혹은 전사자들의 창의에 의한 소산으로 보인다. 그리고 모든 필사본들의 앞 부분에 실려 있는 <한양가>의 경우 '원 <거창가>'와는 특별한 관계가 없다고 본다. <거창가>의 내용적 골격으로 볼 수 있는 「폐장」이 거창에서 일어난 수령과 아전들의 탐학만을 거론하고 있다는 점도 이런 사실을 뒷받침한다. 따라서 <한양가> 부분은 조선조 문물의 찬연함과 왕조 창업의 정당성 및 그 영속성을 주제의식의 근간으로 한다고 볼 수 있다. 이런 성격의 가사를 앞부분에 내어놓은 것은 <거창가> 창작 및 수용의 주체들이 자신들의 현실생활에서 부닥치는 지방관들의 착취와 학정만을 비판하고 바로잡으려 했을 뿐 임금을 정점으로 하던 중세적 통치 질서나 왕조 체제에 대한 반역 혹은 혁명의 의사는 처음부터 없었음을 천명하려 했기 때문으로 보인다. 작품 구조상 서사(序詞)에 그쳤어야 마땅하다고 보이는 <한양가> 부분이 지나치게 장황하여 전체적으로 불균형을 이룬 것도 '원 <거창가>'가 몰고 올 현실적 파장에 대하여 작자[혹은 작자계층]가 심각하게 우려했던 결과라고 생각된다.

현재 남아있는 필사본들은 대부분 임술민란 이후 고종 대-1930년대까지 이루어진 것들이다. 전해지는 필사본들 모두 임술민란 이후에 이루어졌다는 것은 아주 흥미로운 사실이다. 추정되는 '원 <거창가>'의 창작시기가 1839년-1841년임에도 그로부터 20여년이나 지나서야 필사본들이 이루어지기 시작했다는 점과, 더구나 '원 <거창가>'와 <한양가>가 결합되어있는 점 등은 심상히 보아 넘길 일이 아니다. 여기서 '원 <거창가>'가 당대에 '불온문서'로 상당기간 단속되어 오다가 임술민란을 계기로 지방관들의 학정에 대항하기 위한 대민(對民) 창의(倡義)의 수단으로 사용되는 과정에서 <한양가>와 결합되었고, 임술민란 이후 약간 느슨해진 단속의 분위기를 틈타 이 작품은 각 지방에서 비교적 활발하게 필사되었음을 짐작할 수 있다. 그러나 그 시기에도 이 노래의 전사(轉寫) 자체가 '조심스러운' 일이었음은 물론이다. 「폐장」이나 조규익본이 그것들과는 전혀 다른 성격의 책 속에 조심스럽게 필사되어 감추어져 있는 것도 이러한 이유 때문이다.

「폐장」이나 「취옹정기」·「사곡서」 등이 임술민란보다 훨씬 이전인 이재가의 재임 시 혹은 이임 직후 이루어진 것으로 본다면, 이것을 내용적 근거로 한 <거창가>가 임술민란을 중심으로 하는 농민의 봉기에 불쏘시개 역할을 했으며, 진주민란에서 유계춘이 사용한 언문가사 역시 이 노래였을 가능성은 아주 높은 것이다.

조규익본과 「폐장」, 「취옹정기」, 「사곡서」 등의 발견은 <거창가>의 핵심적인 사실들을 규명하는 계기가 되었다. 막연한 추정만을 반복해오던 기존 연구를 새로운 차원으로 고양시킬 바탕을 마련한 것이다. 향후 <거창가> 논의들은 반드시 여기서 출발해야 한다고 보는 것도 그 때문이다. 각처에서 발견되는 이본들을 정밀히 대교(對校)하여 원본을 추정한다거나 작자를 규명하는 일 뿐 아니라 노래 전파의 경로를 파악하는 일은 당면 과제로 부각되었다. 국가 혹은 지방 권력의 횡포에 대하여 민중은 어떻게 반응했으며, 지식인들은 민중의 생각을 어떻게 문학이나 노래로 수렴하여 분노한 민중에게 제공했는지 등을 중심으로 지난 시대 저항문학의 본질을 밝히는 것은 향후 <거창가> 연구담론의 지향점이 되어야 할 것이다.

## 1. 자료

『교감 삼국사기』, 김정배 교감·이병도 감수, 민족문화추진회, 1982.
『교감 삼국유사』, 김정배 교감·이병도 감수, 민족문화추진회, 1982.
『교주 병와가곡집』, 김용찬 편, 월인, 2001.
『교합 아악부가집』, 김동욱·임기중 편, 태학사, 1982.
『국역 순조 기축년 진찬의궤』[Ⅰ·Ⅱ], 『한국음악사학보』[14·15.], 한국음악사학회, 1995.
『금강산문학자료선집』, 노규호 편, 국학자료원, 1996.
『금강산 한시집』, 리용준·오희복, 평양: 문예출판사, 1989.
『금옥총부』, 김신중 역주, 박이정, 2003.
『紀行歌詞集-燕行歌-』, 홍순학·이석래 교주, 신구문화사, 1976.
『陶山全書』, 한국정신문화연구원, 1980.
『杜谷集』[민족문화자료총서 v.4], 영남대 민족문화연구소, 1988.
『龍飛御天歌 全』, 아세아문화사 영인, 1972.
『蔓天集』, 숭실대학교 부설 한국기독교박물관 소장.
『戊子進爵儀軌』, 국립국악원 전통예술진흥회, 1989.
『文淵閣 四庫全書』[電子版], 상해 인민출판사.
『三竹詞流』, 규장각 소장 가람본. 단책 39장 필사본. 26.5×17.5cm
『松江全集』, 성균관대 대동문화연구원, 1964.
『시조자료총서』[1-4], 황순구 편, 한국시조학회, 1987.
『愼齋全書』, 신재주선생유적선양회, 1979.
『역대가사문학전집』[1-51], 임기중 편, 동서문화원·여강출판사·아세아문화사, 1987-1998.
『原本影印 韓國古典叢書(復元版)·詩歌類』[전7권], 대제각, 1973.
『翼宗文集一』/『翼宗文集二』, 한국학자료총서 17, 한국정신문화연구원, 1998.
『일동장유가』, 김인겸 지음·이민수 교주, 탐구당, 1976.
『呈才舞圖笏記』, 국립국악원 전통예술진흥회, 1989.
조선왕조실록[http://silok.history.go.kr], 국사편찬위원회.
『한국가창대계』 2, 이창배 편, 홍인문화사, 1976.
『한국고전종합 DB: db.itkc.or.kr』, 한국고전번역원.
『韓國文集叢刊』 [No.9·27·30·38-41·44·46·78·115·198-200·224·248] 민족문화추진회, 1990.

『한국불교가사전집』, 이상보 편, 집문당, 1980.
한국사 데이터베이스[db.history.go.kr], 국사편찬위원회.
『한국어역 만엽집』[1-14], 이연숙 역, 박이정, 2012-2022.
『한국음악학자료총서』[1-58], 국립국악원전통예술진흥회, 은하출판사. 1979-2001.

***

『고시조대전』, 김흥규 외 편, 고려대학교 민족문화연구원, 2012.
『古語大辭典』, 中田祝夫·和田利政·北原保雄, 東京: 小学館, 1983.
『교본 역대시조전서』, 심재완 편, 세종문화사, 1972.
『국어국문학사전』, 서울대 동아문화연구소 편, 신구문화사, 1981.
『大漢和辭典』, 諸橋轍次, 東京: 大修館書店, 1984.
『동양사상사전』, 유정기 편, 우문당출판사, 1965.
『萬葉集事典』, 佐佐木信綱 著, 東京: 平凡社, 1980.
『문학비평용어사전』, 한국문학평론가협회, 국학자료원, 2006.
『미학사전』, 헹크만 로터 엮음, 김진수 옮김, 도서출판 예경, 1999.
『시조문학사전』, 정병욱 편, 신구문화사, 1966.
『儒教大事典』, 유교사전편찬위원회, 1990.
『일본문화사전』, 고려대학교 일본연구센터 최관 외, 도서출판 문, 2010.
『增補 文獻備考』, 上·中·下, 동국문화사, 1957.
『한국민족문화대백과사전』 [https://encykorea.aks.ac.kr] 한국정신문화연구원
『현대문학·문화비평 용어사전』, 조셉 칠더즈·게리헨치, 황종연 옮김, 문학동네, 1999.

## 2. 논저

강명관, 『조선시대 문학예술의 생성공간』, 소명, 1999.
강명혜, 『고려속요, 사설시조의 새로운 이해』, 북스힐, 2002.
강전섭, 『한국시가연구』, 대왕사, 1986.
강혜정, 「만횡청류의 형성 기반과 여항가요와의 친연성에 대한 고찰」, 『어문논집』 62, 민족어문학회, 2010.
경상대 인문학연구소, 『인문학과 생태학』, 백의, 2001.
고미숙, 「19세기 시가사의 시각」, 『19세기 시가문학의 탐구』, 집문당, 1995.
고순희, 「19세기 현실비판가사 연구」, 이화여대 박사논문, 1990.
고정희, 『고전시가와 문체의 시학』, 월인, 2004.
구사회, 『한국고전문학의 세계인식과 전승맥락』, 보고사, 2022.
권정은, 「문화교육과 고전시가의 맥락적 정보」, 『새국어교육』 79, 한국국어교육학회, 2008.
김기영, 『금강산 기행가사 연구』, 아세아문화사, 1999.
김대행, 『한국시의 전통연구』, 개문사, 1980.
김동욱, 『韓國歌謠의 硏究』, 을유문화사, 1976.
김동욱, 『韓國歌謠의 硏究續』, 이우출판사, 1978.

김명준, 『악장가사 연구』, 도서출판 다운샘, 2004.
김명준, 「〈정읍〉 전승사에서 '정읍'의 장소성에 대한 인식 변화 양상」, 『한국시가연구』 34, 한국시가학회, 2013.
김문기, 『서민가사연구』, 형설출판사, 1983.
김병선, 『개화기 시가연구』, 계명문화사, 1987.
김사엽, 『李朝時代의 歌謠研究』, 학원사, 1956.
김석연, 「시조율성의 과학적 연구」, 『아세아연구』 32, 고려대 아세아문제연구원, 1986.
김석회, 『조선후기 시가 연구』, 월인, 2003.
김선아, 「龍飛御天歌 研究-敍事詩的 構造 分析과 神話的 性格-」, 숙명여대 박사논문, 1985.
김선풍 외, 『한국축제의 이론과 현장』, 월인, 2000.
김성진, 「조선후기 통신사의 기행시문에 나타난 일본관 연구」, 『陶南學報』 15, 도남학회, 1996.
김성칠, 「燕行小攷」, 『歷史學報』 12, 역사학회, 1960.
김시황, 「朝鮮朝 樂章文學 研究(Ⅰ)」, 『伏賢漢文學』 3, 伏賢漢文學研究會, 1984.
김양선, 『한국기독교사연구』, 기독교문사, 1971.
김열규 등, 「龍飛御天歌에 대한 綜合的 考察」, 『東亞文化』 2, 서울대 동아문화연구소, 1964.
김영수, 『조선시가연구』, 새문사, 2004.
김영운, 「歌曲과 時調의 音樂史的 展開」, 『제1회 (사)한국국악학회·한국시조학회 연합학술대회발표요지』, 2001.
김옥희, 『최양업 신부의 천주가사』, 계성출판사, 1986.
김완진, 『향가해독법연구』, 서울대 출판부, 1981.
김용섭, 「宗廟樂章 譯註」, 『국어국문학』 22호, 국어국문학회, 1960.
김용찬, 『조선후기 시가문학의 지형도』, 보고사, 2002.
김욱동, 『문학생태학을 위하여』, 민음사, 1998.
김윤조, 「樗村 李廷燮의 生涯와 文學」, 『한국한문학연구』 14, 한국한문학회, 1991.
김일근, 「歌詞 〈居昌歌〉[一名 漢陽歌]」, 『국어국문학』 39·40, 국어국문학회, 1968.
김종수, 「朝鮮後期 宗廟樂章 論議-酌獻時 악장의 演奏 慣行-」, 『한국음악연구』 17, 한국국악학회, 1989.
김종수, 『朝鮮時代 宮中宴享과 女樂 研究』, 민속원, 2001.
김지선, 「동아시아 여우 설화를 통해 본 신의의 문제」, 『신뢰연구』 15권 2호, 한림과학원, 2005.
김천흥, 『呈才舞圖笏記 唱詞譜』, 민속원, 2002.
김학동, 『한국개화기시가연구』, 시문학사, 1981.
김학성, 『한국 고시가의 거시적 탐구』, 집문당, 1997.
김학주, 『한·중 두 나라의 가무와 잡희』, 서울대 출판부, 1994.
김흥규, 「鮮初 樂章의 天命論的 상상력과 정치의식」, 『詩歌史와 藝術史의 관련양상』, 보고사, 2000.
김희경, 「한국의 풍수지리 사상과 심층생태학」, 『기호학연구』 Vol.9 No.1, 한국기호학회, 2001.
나정순, 「전주 이씨 〈절명사〉에 나타난 죽음과 열의 문제」, 한국고전여성문학회 제3차 학술발표대회 『열녀담론 기획특집 2부』, 2000. 10. 28. 이화여대.
류수열, 「읽기 교육에서의 콘텍스트: 의미와 적용」, 『〈사미인곡〉의 콘텍스트와 상호텍스트적 읽기』, 한국독서학회, 2009.
류해춘, 「不倫을 媒介로 한 辭說時調의 性談論」, 『우리文學研究』 24, 우리문학회, 2008.
문숙희, 「조선전기 정읍의 노래 복원을 위한 연구」, 『공연문화연구』 34, 한국공연문화학회, 2017.

문순홍, 『생태학의 담론』, 아르케, 2006.
박노준, 『조선후기 시가의 현실인식』, 고려대 민족문화연구원, 1998.
박병채, 『論註 月印千江之曲(上)』, 정음사, 1974.
박준규, 「松江의 自然觀 研究 (1)」, 『龍鳳論叢』 9, 전남대, 1979.
박준규, 「松江의 自然觀 研究 (2)」, 『장암 지헌영 선생 고희기념논총』, 1980.
박철희, 『한국시사연구』, 일조각, 1980.
박태규, 『일본궁중악무담론』, 민속원, 2018.
박헌봉, 『唱樂大綱』, 국악예술학교 출판부, 1966.
박혜숙, 「동동의 〈님〉에 대한 일고찰」, 『국문학연구』 10, 효성여대 국어국문학과, 1987.
박희병, 「조선 후기 가사의 일본체험」, 『한국고전시가작품론 1』, 집문당, 1992.
사재동, 「月印千江之曲의 佛教敍事詩的 국면」, 『韓國文學研究入門』, 지식산업사, 1982.
徐師曾, 『文體明辯』, 旿晟社 영인, 1984.
徐師曾, 『詩體明辨』, 旿晟社 영인, 1985.
서준섭, 『한국시가문학연구』, 신구문화사, 1983.
성경린, 『한국의 무용』, 세종대왕 기념사업회, 1974.
성기숙, 『한국 전통춤 연구』, 현대미학사, 1999.
성기옥, 「龍飛御天歌의 구조와 서사성」, 『한국 판소리·고전문학연구』, 아세아문화사, 1981.
성무경, 『가사의 시학과 장르실현』, 보고사, 2000.
성호경, 『韓國詩歌의 類型과 樣式 研究』, 영남대학교 출판부, 1997.
성호주, 『景幾體歌의 形成 研究』, 제일문화사, 1988.
소재영, 「한국문학사상과 기독교」, 『기독교와 문화』, 숭실대학교 한국기독교문화 연구소, 1987.
소재영, 「18세기의 일본체험-일동장유가를 중심으로-」, 『논문집』 18[인문과학편], 숭실대학교, 1988.
손승철, 『近世朝鮮의 韓日關係 研究』, 국학자료원, 1999.
송민호, 「개화기 시가사상의 창가」, 『아세아연구』 IX, No.4, 고려대 아세아문제연구원, 1996.
송상용 외, 『생태문제와 인문학적 상상력』, 나남출판, 1999.
송방송, 『韓國音樂通史』, 일조각, 1995.
송방송, 『韓國音樂史論叢』, 민속원, 2002.
宋晳來, 『鄕歌와 萬葉集의 比較研究』, 을유문화사, 1991.
송웅섭, 「중종대 사대의식과 유교화의 심화」, 『조선시대사학보』 74, 조선시대사학회, 2015.
송지원, 「正祖代의 樂章 정비 -『國朝詩樂』의 편찬을 중심으로-」, 『한국학보』 제27권 4호, 일지사, 2001.
신경숙, 『조선 궁중의 노래 악장』 민속원, 2016.
辛映明, 『고전문학 사회사의 탐구』, 새문사, 2005.
신은경, 『풍류』, 보고사, 1999.
신현규, 「佛教敍事詩의 脈絡研究 : 「釋迦如來行蹟頌」과 「月印千江之曲」을 中心으로」, 『語文論集』 26, 중앙어문학회, 1998.
심경호, 『조선시대 漢文學과 詩經論』, 일지사, 1999.
양주동, 『麗謠箋注』, 을유문화사, 1947.

양태순, 『고려가요의 음악적 연구』, 이회문화사, 1997.
양희철, 『고려향가연구』, 새문사, 1988.
여기현, 『中國古代樂論』, 태학사, 1995.
염은열, 「고전교육의 문화론적 접근의 실태와 전망」, 『국제어문』 24, 국제어문학회, 2001.
유봉학, 「18·9세기 大明義理論과 對淸意識의 推移」, 『한신논문집』 5, 한신대, 1988.
유재헌, 『복음성가』[제6판], 대한수도원, 1956.
유정동, 「陽村의 硏究—哲學思想을 中心하여」, 『成大論文集』 13, 성균관대학교, 1968.
윤광봉·김선풍 외 지음, 『한국축제의 이론』, 월인, 2000.
윤사순, 『한국의 성리학과 실학』, 열음사, 1987.
윤영옥, 『시조의 이해』, 영남대출판부, 1980.
이도원 외, 『한국의 전통생태학 2』, 사이언스북스, 2008.
이동찬, 「18세기 對日 使行體驗의 문화적 충격 양상」, 『한국문학논총』 15, 한국문학회, 1994.
이동환, 「朝鮮後期 '天機論'의 개념 및 美學理念과 그 文藝·理想史的 관련」, 『한국한문학연구』 28, 한국한문학회, 2001.
이명구, 『高麗歌謠의 硏究』, 신아사, 1974.
李敏弘, 『韓國 民族樂舞와 禮樂思想』, 집문당, 1997.
이보형, 「한국 巫儀式의 음악」, 『한국무속의 종합적 고찰』, 고려대 민족문화연구소, 1982.
이성후, 『日東壯遊歌硏究』, 형설출판사, 2000
이수곤, 「辭說時調의 거리두기 양상에 대한 고찰」, 『시학과 언어학』 5, 시학과언어학회, 2003.
이숙인, 「'貞淫'과 '德色'의 개념으로 본 유교의 성담론」, 『哲學』 67, 한국철학회, 2001.
이유선, 『기독교 음악사』, 기독교문사, 1989.
이정남, 『종교적 영성 페미니즘 에코 페미니즘』, 영상원불교대학, 1999.
이종기, 『가락국탐사』, 일지사, 1977.
이종찬, 「한국 악장과 중국 악부와의 대비」, 『국어국문학논문집』 7·8합집, 동국대 국어국문학회, 1969.
이종출, 「朝鮮初期 樂章體歌의 硏究」, 『省谷論叢』 10, 성곡학술문화재단, 1979.
이중환, 이익성 옮김, 『택리지』, 을유문화사, 2002.
이혜구, 「용비어천가의 형식」, 『동아문화』 2, 서울대 동아문화연구소, 1963.
이혜순·정하영·호승희·김경미, 『조선중기의 유산기 문학』, 집문당, 1997.
이혜순, 『조선 통신사의 문학』, 이화여대 출판부, 1996.
임기중, 『고전시가의 실증적 연구』, 동국대 출판부, 1992.
임기중, 『연행가사연구』, 아세아문화사, 2001.
임재욱, 「노랫말과 곡조를 통해 본 향악정재 〈舞鼓〉와 〈黃鷄詞〉의 관계」, 『고전문학연구』 44, 한국고전문학회, 2013.
임형택, 「계미통신사와 실학자들의 일본관」, 『창작과 비평』 85, 창작과 비평사, 1994.
장사훈, 『세종조 음악연구』, 서울대 출판부, 1982.
장숙자, 「유교사상에 나타난 여성에 대한 이해」, 『동양정치사상사』 Vol.3 No.2, 한국정치사상사학회, 2003.
장지연, 「조선 전기 漢陽의 지세 인식과 風水 논란 및 설화」, 『역사문화연구』 46, 한국외국어대학교 역사문화연구소, 2013.
전일환, 『朝鮮歌辭文學論』, 계명문화사, 1990.

전재강, 「'月印千江之曲'의 서사적 구조와 主題 형성의 多層性」, 『안동어문학』 4, 안동어문학회, 1999.
정기철, 『한국 기행가사의 새로운 조명』, 도서출판 역락, 1996.
정무룡, 『정과정 연구』, 신지서원, 1996.
정병욱, 『증보판 한국고전시가론』, 신구문화사, 1985.
정병호, 「한국민속무용의 유형」, 『한국민속학』 8, 한국민속학회, 1975.
정영문, 「홍순학의 〈燕行歌〉 연구」, 『숭실어문』 18, 숭실어문학회, 2002
정요일, 「天機의 개념과 天機論의 意義」, 『漢文學報』 19, 우리한문학회, 2008.
정은혜, 『呈才硏究 Ⅰ』, 대광문화사, 1996.
鄭在鎬, 『韓國歌辭文學論』, 집문당, 1990.
조경아, 「순조대 효명세자 대리청정시 정재의 계승과 변화」, 『민족무용』 5호, 세계민족무용연구소, 2004.
조 광, 『조선후기 천주교사 연구』, 고려대 민족문화연구소 출판부, 1988.
조규백, 「『詩經』 〈鄭風〉 愛情詩 小考」, 『中國文學硏究』 Vol.7 No.1, 한국중문학회, 1989.
조규익, 「조선조 시가 수용의 한 측면-남녀상열지사論」, 『국어국문학』 98, 국어국문학회, 1987.
조규익, 『조선조 시문집 서·발의 연구』, 숭실대 출판부, 1988.
조규익, 「퇴계 이황의 시가관」, 『퇴계학연구』 2, 단국대 퇴계학연구소, 1988.
조규익, 『선초악장문학연구』, 숭실대 출판부, 1990.
조규익, 『고려속악가사·경기체가·선초악장』, 한샘출판사, 1993.
조규익, 『가곡창사의 국문학적 본질』, 집문당, 1994.
조규익, 「초창기 가곡창사의 장르적 위상에 대하여」, 『국어국문학』 112, 국어국문학회, 1994.
조규익, 「鮮初 新都詩歌의 文學的 性格-작자계층의 목적의식과 풍수지리적 관점의 형상화를 중심으로-」, 『문학작품에 나타난 서울의 형상』, 한국고전문학회, 1994.
조규익, 「농암 이현보의 가곡」, 『연민학지』 2, 연민학회, 1994.
조규익, 「한국고전시가사 서술방안(2)」, 『한국시가연구』 창간호, 한국시가학회, 1997.
조규익, 『우리의 옛 노래문학 蔓橫淸類』[수정증보판], 박이정, 1999.
조규익, 『봉건시대 민중의 저항과 고발문학 거창가』, 월인, 2000.
조규익, 「조선조 악장과 정재의 문예미적 상관성 연구」, 『한국시가연구』 10, 한국시가학회, 2001.
조규익, 「금강산 기행가사의 존재양상과 의미」, 『한국시가연구』 12, 한국시가학회, 2002.
조규익, 『국문사행록의 미학』, 도서출판 역락, 2004.
조규익, 『조선조 악장의 문예미학』, 민속원, 2005.
조규익, 『풀어읽는 우리 노래문학』, 학고방, 2007.
조규익, 「頌禱 모티프의 연원과 전개양상」, 『고전문학연구』 32, 한국고전문학회, 2007.
조규익, 『만횡청류의 미학』[수정증보판], 박이정, 2009.
조규익, 『고전시가와 불교』, 학고방, 2010.
조규익, 『조선조 악장 연구』, 새문사, 2014.
조규익, 『북한문학사와 고전시가』, 보고사, 2015.
조규익, 『〈거창가〉 제대로 읽기』, 학고방, 2017.
조규익·문숙희·손선숙, 『세종대왕의 봉래의, 그 복원과 해석』[공], 민속원, 2015.

조규익·문숙희·손선숙·성영애, 『동동: 궁중 융합무대예술, 그 본질과 아름다움』[공], 민속원, 2019.
조규익·문숙희·손선숙·성영애, 『보허자: 궁중 융합무대예술, 그 본질과 아름다움』[공], 민속원, 2021.
조규익·문숙희·손선숙, 『무고: 궁중 융합무대예술, 그 본질과 아름다움』[공], 민속원, 2022.
조동일, 「가사의 장르규정」, 『어문학』 21, 한국어문학회, 1969.
조동일, 「美的範疇」, 『韓國思想大系 Ⅰ』, 성균관대 대동문화연구원, 1973.
조동일, 「경기체가의 장르적 성격」, 『학술원논문집』[인문·사회과학편] 15, 1976.
조동일, 『韓國文學思想史試論』, 지식산업사, 1979.
조동일, 「산수시의 경치, 흥취, 주제」, 『국어국문학』 98, 국어국문학회, 1987.
조동일, 『한국시가의 역사의식』, 문예출판사, 1993.
조동일, 「한국문학사·동아시아문학사·세계문학사의 상관관계」, 『比較文學』 19, 한국비교문학회, 1994.
조동일, 「문학사 시대구분을 위한 고대 서사시의 특성 검증」, 『한국사의 시대구분에 관한 연구』, 한국정신문화연구원, 1995.
조동일, 『한국문학통사』[1-6], 지식산업사, 2005.
조만호, 「고려가요의 情調와 樂章으로서의 성격」, 성균관대 인문과학연구소 편 『高麗歌謠 硏究의 現況과 展望』, 집문당, 1996.
趙潤濟, 『朝鮮詩歌史綱』, 동광당서점, 1937.
조재훈, 「井邑歌攷」, 『韓國詩歌의 通時的 硏究』, 국학자료원, 1996.
조평환, 「조선 초기 악장과 불교사상」, 『한국시가연구』 8, 한국시가학회, 2000.
조흥욱, 『월인천강지곡의 문학적 연구』, 국민대 출판부, 2008.
지헌영, 「정읍사 연구」, 『아세아연구』 Vol.4 No.1, 고려대학교 아세아문제연구소, 1961.
진경환, 「〈거창가〉와 〈井邑郡民亂時閭巷聽謠의 관계」, 『語文論集』 27, 고려대 국어국문학연구회, 1987.
차인현, 「한국천주교회의 성가와 성가집」, 『한국교회사논문집』 Ⅰ, 한국교회사연구소, 1984.
차주환, 『당악연구』, 범학사, 1979.
최강현, 『가사문학론』, 새문사, 1986.
최미정, 「1800년대의 民亂과 국문시가」, 『省谷論叢』 24, 성곡학술문화재단, 1993.
최정여, 『朝鮮初期禮樂의 硏究』, 계명대 출판부, 1981.
최정여, 「樂章·歌詞攷」, 權寧徹·金文基 외, 『韓國詩歌硏究』, 형설출판사, 1984.
최진원, 『한국고전시가의 형상성』, 성균관대 출판부, 1988.
최창조, 『韓國의 風水思想』, 민음사, 1984.
최 철, 『세종시대의 문학』, 세종대왕기념사업회, 1985.
최찰안대회, 『역주 규여전』, 새문사, 1986.
최충희 외, 『일본시가문학사』, 태학사, 2004.
하성래, 『천주가사연구』, 성 황석두 루가서원, 1985.
한국고전여성문학회, 『조선시대의 열녀담론』, 월인, 2002.
한국시조문학회 편, 『고시조작가론』, 백산출판사, 1986.
한국유교학회, 『유교와 페미니즘』, 철학과현실사, 2001.
허남춘, 『고전시가와 가악의 전통』, 월인, 1999.

허 준, 「조선시대 儒教化와 국가 정체성」, 『역사문화연구』 72, 한국외국어대 역사문화연구소, 2019.

홍문표, 「기독교와 생태주의 시론」, 『한국시문학』 11, 한국시문학회, 2001.

홍민자, 「천주가사의 교회 음악적 의의」, 『최석우 신부 화갑기념 한국교회사논총』, 한국교회사연구소, 1982.

황준연, 「北殿과 時調」, 『세종학연구』, 세종대왕기념사업회, 1986.

황준연, 『한국전통음악의 악조』, 서울대 출판부, 2005.

황성희, 『복음성가의 역사』, 크레도, 2006.

***

로제 카이와, 이상률 역, 『놀이와 인간』, 문예출판사, 1994.

롤랑 바르트, 김희영 역, 『텍스트의 즐거움』, 동문선, 1997.

머레이 북친, 박홍규 역, 『사회생태주의란 무엇인가』, 민음사, 1998.

멀치아 엘리아데, 이동하 역, 『성과 속』, 학민사, 1997.

아베스에마사, 박태규·박진수·임만호 옮김, 『일본 아악의 이해』, 역락, 2020.

아이린 다이아몬드 외 편저, 정현경·황혜숙 옮김, 『다시 꾸며보는 세상: 생태여성주의의 대두』, 이화여대 출판부, 1996.

요한 호이징가, 권영빈 역, 『호모 루덴스』, 중앙일보사, 1974.

월터 J. 옹, 이기우·임명진 옮김, 『구술문자와 문자문화』, 문예출판사, 1995.

劉若愚, 이장우 역, 『중국시학』, 동화출판공사, 1984.

제라르 즈네뜨, 권택영 옮김, 『서사담론』, 교보문고, 1992.

제랄드 프랭스·최상규 역, 『서사학-서사물의 형식과 기능』, 문학과 지성사, 1988.

줄리아 크리스테바, 서민원 옮김, 『세미오티케』, 동문선, 2005.

츠베탕 토도로브, 곽광수 역 『구조시학』, 문학과 지성사, 1980.

토릴 모이, 임옥희 외 역, 『성과 텍스트의 정치학』, 한신문화사, 1994.

폴 헤르나디, 김준오 옮김, 『장르론』, 문장, 1985.

필립 윌라이트, 김태옥 역, 『은유와 실재』, 문학과지성사, 1982.

B. De2015.vall & George Sessions, Deep Ecology, Salt Lake City: Gibbs M. Smith, 1985.

B. H. Smith, *Poetic Closure*, Chicago: Univ. of Chicago Press, 1968.

E. 슈타이거, 이유영·오현일 역, 『시학의 근본개념』, 삼중당, 1978.

Seymour Chatman, *Story and Discourse*, Ithaca: Cornell Univ. Press, 1978.

Toy, Crawford Howell, *Introduction to the History of Religion*, New York: AMS Press, 1970.

W.O.E., Oesterly, *The Sacred Dance, London*: Harper & Row, 1967.

木村紀子 譯注, 『催馬樂[東洋文庫 750]』, 東京: 平凡社, 2006.

土居光知, 「文學序說」, 東京: 岩波書店, 1941.

村山智順, 최길성 옮김, 『朝鮮의 風水』, 민음사, 1990.

許伯卿, 「宮廷文學的界定及<<詩經>>宮廷乐歌的识别」, 『怀化师专学报』 第19卷 第4期, 2000. 8.

翁蘇倩卿, 『詩經と神樂歌催馬樂梁塵秘抄の比較研究』, 台北: 遠流出版公司, 1982.

臼田甚五郎·新間進一·外村南都子·『新編日本古典文學全集/42 神樂歌·催馬樂·梁塵秘抄 ·閑吟集』, 東京: 小學館, 2015.

岩佐美代子, 『和歌研究 附 雅樂小論』, 東京: 笠間書院,

(ㄹ)



(ㅁ)

**(ㅂ)**

**(ㅅ)**

**(ㅇ)**

**(ㅊ)**

| 저자 소개 |

## 조규익

충남 태안 출생. 공주사범대학 국어교육과(문학사), 연세대학교 대학원 국어국문학과(석사 · 박사) 졸업. 해군사관학교(1981-1984) · 경남대학교(1984-1986) · 숭실대학교(1987-2022)의 교수 역임. 숭실 재직 시 인문대학장과 한국문학과예술연구소 소장을 겸했고, 베스트 펠로우 교수(Best SFP/2010-2012) 및 아너 펠로우 교수(Honor SFP/2012-2022)로 선정되어 연구 지원을 받았으며, 한국시조학술상 · 성산학술상 · 도남국문학상 · 황조근정훈장 등을 받았음. 현재 숭실대 명예교수로서 에코팜(공주 정안 높은덕골)에 거주하며 (사)한국문학과예술연구소를 이끌고 있음. 1998년 LG 연암재단 해외연구교수로 미국 UCLA에서 1년, 2013년 풀브라이트 학자(Fulbright Scholar)로 미국 오클라호마 주립대학에서 반년 동안 색다른 연구 분위기를 경험했고, 2005년 후반~2006년 초반 6개월간 자동차로 유럽 여러 나라의 문화와 역사 자취들을 답사하며 값진 깨달음을 얻었음. 1990년대 초부터 우연히 만난 중국 조선족 문학, 재미 한인문학, 구소련 고려인 문학 등을 통하여 한국문학 전반에 대한 통찰적 시각을 얻었음. 『해외 한인문학의 한 독법』(2023), 『한 · 중 · 일 악장의 비교 연구』(2022) 등 저 · 편 · 역서 다수, 「'동동' 텍스트의 본질」 · 「현실과 이상, 그 미학적 화해의 도정-고려인 극작가 한진의 문학세계」 등 논문 다수, 「조선조 사행록 텍스트의 본질」 · 「Ecological Meaning of the Capital-Feng Shui Represented in Songs of Joseon Dynasty」 등 다수의 국내 · 외 학술발표 실적이 있음.


홈페이지 http://kicho.pe.kr, http://www.ikla.kr
이메일 kicho57@hanmail.net
블로그 http://kicho.tistory.com
https://blog.naver.com/kicho_57

(사) 한국문학과예술연구소 학술총서 ⓻①

고전시가 맥락 읽기

초판 인쇄 2025년 3월 10일
초판 발행 2025년 3월 20일

지 은 이 | 조규익
펴 낸 이 | 하운근
펴 낸 곳 | 學古房

주　　소 | 경기도 고양시 덕양구 통일로 140 삼송테크노밸리 A동 B224
전　　화 | (02)353-9908 편집부(02)356-9903
팩　　스 | (02)6959-8234
홈페이지 | http://hakgobang.co.kr
전자우편 | hakgobang@naver.com
등록번호 | 제311-1994-000001호

ISBN 979-11-6995-514-0 94810
979-89-6071-160-0 (세트)

값 : 45,000원